LES MYSTÈRES DE DJEDDAH

DU MÊME AUTEUR
AUX ÉDITIONS BELFOND

La Disparue du désert, 2009 ; 10/18, 2010

ZOË FERRARIS

LES MYSTÈRES DE DJEDDAH

Traduit de l'américain
par Françoise Rose

belfond
12, avenue d'Italie
75013 Paris

Titre original :
CITY OF VEILS
publié par Little, Brown and Company, une division de Hachette Book Group, Inc., New York

Les événements et les personnages de ce roman sont fictifs. Toute ressemblance avec des personnes réelles, vivantes ou mortes, serait pure coïncidence et involontaire.

Si vous souhaitez recevoir notre catalogue
et être tenu au courant de nos publications,
vous pouvez consulter notre site internet,
www.belfond.fr
ou envoyer vos nom et adresse,
en citant ce livre,
aux Éditions Belfond,
12, avenue d'Italie, 75013 Paris.
Et, pour le Canada,
à Interforum Canada Inc.,
1055, bd René-Lévesque-Est,
Bureau 1100,
Montréal, Québec, H2L 4S5.

ISBN 978-2-7144-4756-2

« Je ne perdrai pas de vue l'œuvre de celui qui, homme ou femme, agit pour le bien ; vous êtes issus les uns des autres »

Coran, 3 : 195

« Mon royaume ne survivra que dans la mesure où il restera un pays difficile d'accès d'où l'étranger, une fois sa tâche accomplie, ne songera plus qu'à repartir. »

Le roi Abdul Aziz Al-Saud, vers 1930

1

LE CORPS DE LA FEMME GISAIT SUR LA PLAGE. Par la suite, il baptiserait pour lui-même ce lieu « le tombeau d'Ève ». Rien de comparable, bien sûr, avec le monument détruit en 1928 pour abolir le culte attaché à son nom, puis de nouveau rasé en 1975 pour réaffirmer cette interdiction. Il s'agissait d'une tombe bien plus insolite, un étroit ruban de sable au nord de Djeddah.

Cet après-midi-là, muni de sa canne à pêche, Abu-Yussuf descendit le talus en pente douce menant à la grève. Pêcheur averti, il pratiquait autrefois cette activité davantage pour le sport que par nécessité, mais une vague de licenciements à l'usine de dessalage l'obligeait désormais à y recourir afin de nourrir sa famille. À soixante-deux ans, ayant hérité de sa mère une peau résistante, il avait encore la mine radieuse d'un homme de quarante ans après toute une vie passée au soleil. Ce fut avec un intense sentiment de plaisir qu'il atteignit le bord de l'eau et foula le sable durci ; il existait certainement des façons plus pénibles d'assurer sa subsistance, se dit-il en parcourant la plage du regard. C'est alors qu'il l'aperçut, celle que plus tard il nommerait Ève.

Il déposa sa boîte d'appâts sur le sol et s'avança avec précaution, au cas où elle aurait été simplement endormie, de peur qu'elle ne le prît pour un djinn si elle se réveillait en sursaut. Elle était allongée sur le flanc, ses cheveux noirs déployés autour de sa tête tels les tentacules d'une anémone venimeuse. Les algues accrochées à son *abaya* apparaissaient, au premier regard, comme une sorte d'excroissance monstrueuse. Un bras était replié sous le corps, l'autre, nu, était étendu sur le sable en un geste implorant, pareil à celui d'un dormeur qui s'agrippe à son oreiller au milieu d'un mauvais rêve. La main, atrocement mutilée, semblait avoir été brûlée. L'avant-bras portait de multiples entailles. La moitié inférieure du corps était dénudée, l'*abaya* noire relevée jusqu'à la taille, le jean baissé entravant les chevilles à la manière d'une chaîne. Il reporta son attention sur la partie visible du visage, celle qui n'était pas enfouie dans le sable. Les joues et les lèvres étaient comme rongées par endroits, et ce qui restait de peau était tuméfié et rouge ; d'horribles coupures lui zébraient le front. Un œil grand ouvert levait vers lui un regard terne et sans vie.

« *Bism'allah, ar-rahman, ar-rahim* », psalmodia-t-il tout bas. La prière se dévida de ses lèvres tandis que, frappé d'horreur, il contemplait fixement le cadavre. Il savait qu'il aurait mieux valu ne pas regarder, ne pas laisser cette image se graver dans son esprit, mais c'était plus fort que lui. La jambe gauche était à demi enterrée dans le sable, et, maintenant qu'il se trouvait plus près, il remarqua de profondes estafilades, des plaies boursouflées et incurvées comme des gousses de tamarin sur la cuisse droite. Partout ailleurs, la peau était distendue, d'une lividité surnaturelle. Conscient qu'il ne fallait pas toucher le corps, il eut néanmoins envie d'en couvrir la partie inférieure, pour redonner à la morte un semblant de dignité.

Il dut remonter jusqu'à l'avenue pour appeler la police, car d'où il était il ne captait pas de signal sur son portable. Les policiers arrivèrent rapidement, suivis d'un médecin légiste et d'une équipe de techniciens. Abu-Yussuf attendit dans la rue, sa canne à la main, sa boîte d'appâts posée à ses pieds. Le jeune officier qui fut le premier sur les lieux le traita avec déférence et l'appela « oncle ». « Voulez-vous boire quelque chose, oncle ? Voulez-vous vous asseoir ? Je peux vous apporter un siège. » Il l'interrogea courtoisement. « Oui, oncle, c'est important. Merci. » Durant tout ce temps, la femme demeura dans son champ de vision, mais, par politesse, il s'abstint de la regarder.

Pendant que les techniciens de la police scientifique se mettaient à l'œuvre, Abu-Yussuf commença à ressentir une profonde fatigue. Il avait l'impression que s'il fermait les yeux, il s'endormirait sur-le-champ, aussi laissa-t-il son regard dériver vers la mer, et ses pensées s'égarer plus loin encore. *Ève*. Son vrai tombeau se trouvait en ville. Il lui avait toujours paru étrange qu'elle fût enterrée à Djeddah, et Adam à La Mecque. S'étaient-ils brouillés après avoir été chassés du jardin d'Éden ? Ou Adam, comme tant d'hommes aujourd'hui, était-il tout simplement mort avant sa femme, qui était ensuite partie vivre ailleurs ? Sa grand-mère, puisse-t-elle reposer en paix, lui avait jadis raconté qu'Ève mesurait cent quatre-vingts mètres de haut. Elle s'était rendue sur la tombe dans sa jeunesse, avant que le vice-roi ne la fasse démolir. La longueur du monument dépassait celle de la caravane de chameaux de son père.

L'un des techniciens se pencha sur le corps. Abu-Yussuf, émergeant brusquement de sa rêverie, eut une dernière vision du bras nu de la jeune fille. *Qu'Allah la reçoive en son paradis.* Il se courba pour ramasser sa musette et fut pris de nausée. Ravalant un flot de bile, il inspecta la rue et se remit en marche avec une énergie qu'il était loin de posséder. « Oncle, puis-je vous aider ? » C'était un autre policier, plus grand que le premier, avec un visage qui semblait sculpté dans le marbre, rigide et tout en angles lisses. Sans lui laisser le temps de protester, l'homme lui prit le bras, et ils cheminèrent ensemble, lentement, à petits pas. La démarche d'Abu-Yussuf retrouva un peu plus de vigueur quand il se représenta une Ève géante piétinant les villes comme de vulgaires paillassons. Elle aurait pu enjamber cette plage d'un seul bond. Dommage que la femme moderne fût devenue si petite et fragile.

2

Vingt-quatre heures plus tôt.

IL RÉGNAIT UN TEL BRUIT dans le garage d'al-amir imports que Nayir n'entendit pas la sonnerie du portable au fond de sa poche. Il y avait tellement de choses à faire : plier les tentes, ranger les rations de vivres, calculer la quantité d'eau à emporter, outre le fait qu'ils n'étaient toujours pas connectés au réseau GPS. Comme les plus jeunes des frères Amir se plaignaient des parasites sur l'écran de leur navigateur de poche, un assistant se précipita vers Nayir pour l'informer que les serviteurs avaient oublié les comprimés de sel.

Tandis que son portable continuait à tintinnabuler joyeusement, Nayir alla droit vers le Land Rover en question et fouilla le coffre à la recherche des comprimés manquants. Il y trouva des serviettes de table et de l'argenterie, deux boîtes de cigares, un lecteur de DVD portable et une antenne satellite – autant d'objets qui ne figuraient pas sur sa liste. Ses clients étaient libres d'emporter ce qu'ils voulaient dans le désert, mais une antenne satellite, c'était vraiment dépasser les bornes.

« Enlevez toutes ces affaires de là, ordonna-t-il. N'en parlez à personne, contentez-vous de le faire.

— Où dois-je les mettre ? demanda l'assistant.

— Où vous voudrez, ça m'est égal, répondit Nayir, le dos ruisselant de sueur. Mais veillez à ce qu'ils ne s'en aperçoivent pas avant que nous ayons pris la route. »

Il sortit un mouchoir de sa poche et s'essuya le visage. Le garage avait beau être climatisé, comme la plupart de ceux des gens fortunés, cela n'y changeait rien. La chaleur s'insinuait partout.

« Et envoyez un domestique acheter des comprimés ! » ajouta-t-il.

Ces hommes allaient prendre leur dose quotidienne de sel, que cela leur plaise ou non. Il ne voulait pas qu'ils rentrent chez eux sur des civières, à moitié morts de déshydratation.

Il saisit une bouteille d'eau et se dirigea vers la porte. Derrière lui, douze Land Rover étaient majestueusement alignés, chacun d'eux entouré d'une armée de nettoyeurs et de mécaniciens, bichonné avec amour par une main-d'œuvre servile (ces nouveaux esclaves de l'âge moderne importés du Sri Lanka et des Philippines). Tout cela pour une balade de cinq jours dans le désert, afin que la fraction mâle d'une grande famille d'importateurs de textile outrageusement riches puisse ensuite se vanter auprès de ses amis et voisins d'avoir tiré sur des renards, mangé autour d'un feu de camp et campé à la dure en lisière du Rub'al-Khali – le « Quart Vide », la plus vaste étendue de sable au monde. L'expédition, qui devait à l'origine durer une quinzaine de jours, s'était peu à peu réduite à moins d'une semaine, pour des problèmes d'emploi du temps et d'engagements divers – chacun des fils Amir ayant une boutique à diriger, des investisseurs à satisfaire et des employés à houspiller. *Cinq jours.* Nayir se livra à un rapide calcul mental. Le premier et le deuxième, ils rouleraient vers le désert. Le troisième, ils pisseraient dans le désert. Le quatrième et le cinquième, ils effectueraient le trajet de retour.

Il se rappela les préparatifs des expéditions d'antan, vers des régions bien plus difficiles, en compagnie d'hommes bien supérieurs à ceux-là. Les sacs de sable et les pigeons vivants qu'on chargeait dans la voiture, quand il partait avec Abu-Tareq et le vieux Dr Roeghar vers un chantier de fouilles archéologiques. « Pourquoi apporter du sable dans le désert ? » avait-il demandé, du haut de ses huit ans. « Pour servir de lest, en cas de tempête de sable », avait répondu le Dr Roeghar. Nayir ne connaissait pas le mot « lest » et avait dû en chercher la signification dans le dictionnaire anglais-arabe de son oncle. Il s'était alors représenté le désert balayé par un vent gigantesque, et cette image lui avait paru si fantastique qu'il avait eu du mal à réprimer son excitation. Puis il était arrivé dans le vrai désert, où la chaleur était tellement implacable qu'ils avaient été obligés, lui et les autres enfants, de se couvrir le visage pour la première fois de leur vie, de boire de l'eau à intervalles réguliers, comme un médicament – et d'expérimenter, à leur grande honte, les effets redoutables des comprimés de sel sur l'appareil digestif.

C'était cette année-là qu'il avait fièrement arboré sa première paire de lunettes de soleil. La fille d'Abu-Tareq, Raja, s'était moquée de lui en disant qu'il avait l'air d'un Américain, si bien qu'il les avait ôtées et n'en avait plus jamais porté. La jeune et belle Raja aux yeux d'un vert si lumineux… Elle avait juré de l'épouser un jour, et il l'avait crue, puis en avait ressenti par la suite une immense gêne. Durant la journée, ils dormaient côte à côte dans la tente de son oncle Samir, sur un vieux matelas de paille dont émanait une odeur bizarre, mi-végétale, mi-chimique. Au-dessus d'eux se dressaient des machines posées sur des tables pliantes en bois. Raja et lui se recroquevillaient comme des jumeaux dans le ventre de leur mère, face à face, de la poussière sur les joues et du sable dans les cheveux. Parfois, ils entrelaçaient leurs jambes, et un jour il avait noué des bouts de ficelle dans sa chevelure pendant qu'elle dormait, et relié le tout à une ficelle plus longue attachée à ses propres cheveux. De temps à autre, à son réveil, il découvrait les doigts de Raja empêtrés dans sa tignasse, qu'il avait longue et souvent emmêlée par le vent – ce vent qui les réveillait au crépuscule ; ils entendaient alors le campement s'agiter, et la fraîcheur du soir les incitait à quitter la touffeur de la tente. Il n'était plus question d'entrecroiser leurs doigts quand ils couraient se joindre aux jeux de leurs camarades.

Il était difficile aujourd'hui d'imaginer qu'ils avaient jadis été proches au point de dormir sur le même matelas, au point que chacun considérait l'autre comme son meilleur ami. À onze ans, Raja était devenue une « femme » ; sa mère l'avait drapée dans un voile et renvoyée auprès de ses sœurs. Il ne l'avait jamais revue. L'hiver suivant, les fouilles du Dr Roeghar s'étaient déroulées sans elle, et Nayir avait rapidement acquis une maturité suffisante pour éprouver de la honte quand le visage de Raja lui revenait en mémoire.

Il but la moitié de la bouteille d'eau, résistant à l'envie de verser le reste sur sa tête. Leur guide bédouin, Abdullah bin Salim, se tenait à l'extérieur du garage, indifférent à la chaleur. Il regardait les voitures défiler sur le boulevard de la même façon qu'il observait les pâturages hivernaux du Quart Vide – avec une expression contemplative et défiante à la fois, qui semblait demander : *Alors, que me réserves-tu, cette année ?*

À l'approche de Nayir, il se rembrunit.

« Es-tu sûr de vouloir emmener ces gens-là dans le désert ? » s'enquit-il.

Nayir faillit lui rétorquer qu'il disait la même chose tous les ans, quels que soient leurs clients.

« C'est vrai qu'ils ont l'air plutôt mal préparés », concéda-t-il.

Abdullah ne répondit pas.

« Écoute, reprit Nayir, je suis certain que tout se passera bien.

— Comment les as-tu rencontrés ? demanda le guide, les yeux toujours rivés sur le boulevard.

— Par l'intermédiaire de Samir. Il connaît leur père depuis douze ans.

— Ces types-là ne sont pas des Bédouins. Ils ne l'ont jamais été. Il suffit de les regarder pour savoir que c'étaient des *sharwaya.* »

Il entendait par là des bergers, des éleveurs de moutons, pas de « vrais » Bédouins dont le mode de vie reposait essentiellement sur l'élevage des chameaux. C'était une insulte, mais Nayir l'avait déjà entendue bien des fois, elle aussi. Les familles qu'ils accompagnaient dans le désert trouvaient rarement grâce aux yeux d'Abdullah. Et sans doute n'auraient-elles jamais été capables de survivre au quotidien dans l'environnement où leurs ancêtres avaient habité pendant six mille ans. Mais, tout bien considéré, il était déjà méritoire de leur part de s'y essayer pendant quelques jours.

Nayir acquiesça poliment.

« Tu as probablement raison. Alors, apprenons-leur à devenir de vrais Bédouins. »

Son portable sonna de nouveau, et cette fois il l'entendit. Il écouta patiemment son oncle, répondit brièvement et, la conversation finie, alla s'excuser auprès de ses clients. Puis, d'un pas vif, il regagna sa Jeep garée sur le parking.

3

Vingt-quatre heures plus tôt.

EN SE FRAYANT UN PASSAGE VERS L'ARRIÈRE DE L'APPAREIL, Miriam Walker comprit que ce vol à destination de Djeddah n'allait pas être une partie de plaisir. L'avion était bondé de vacanciers, et il y avait trop de bagages à main dans les casiers, trop de stewards dans le couloir cherchant fébrilement où les ranger. Elle vérifia une nouvelle fois le numéro de son siège, 59 C, en proie à un sentiment familier de crainte mêlée d'excitation. Elle avait hâte de revoir Eric, après un mois de séparation, mais appréhendait ce retour vers un monde qui était pour elle synonyme d'enfermement. Coincée dans la file qui avançait avec une lenteur exaspérante, elle commençait à s'impatienter, pressée de s'installer et de boucler sa ceinture, comme si ce geste pouvait l'empêcher de redescendre de l'avion et de tourner définitivement le dos à cette vie-là.

Elle constata que le siège voisin du sien était occupé par un homme. On aurait pu croire que, sur les lignes saoudiennes, le règlement interdirait de placer une femme à côté d'un inconnu du sexe opposé, mais apparemment il n'en était rien. L'homme la regardait approcher d'un air appréciateur. Il avait les yeux sombres et la peau bistre d'un Arabe, mais son épaisse chevelure était d'un blond visiblement naturel – un contraste qui lui conférait une étonnante beauté. Miriam sentit ses joues s'empourprer. Elle fit un pas de côté et se cacha derrière le voyageur qui la précédait, un homme de haute taille coiffé d'un turban. Lentement, mine de rien, elle redressa les épaules et passa le bout de sa langue sur ses dents de devant. Un furtif coup d'œil lui confirma qu'il continuait à la dévisager. Concrètement, ils se trouvaient toujours à New York, mais elle avait l'impression que l'Arabie saoudite les étouffait déjà sous sa chape d'air recyclé. Elle passa une main dans ses cheveux, en songeant : *Profitez de vos derniers instants de liberté, mes jolies boucles !*

Elle se glissa dans son siège et adressa à l'homme un sourire qui se voulait décontracté, mais qu'elle avait longuement travaillé de manière à dissimuler une incisive mal alignée. Il la salua, manifestement satisfait. Pour l'empêcher d'entamer la conversation, elle se mit à fouiller dans son sac, se livra à toute une comédie en le coinçant sous le fauteuil en face d'elle et passa plusieurs minutes à inspecter le contenu de la poche au dos de celui-ci. Elle eut le plaisir d'y découvrir un petit sac de soie fermé par un cordon, sans doute oublié par la passagère précédente. Il contenait une brosse à dents, une savonnette, un peigne en écaille et un petit flacon de parfum *Escape* de Calvin Klein, dont la vue lui arracha un sourire sardonique. « Évasion », un nom tout à fait approprié.

Quand l'appareil s'éloigna de la porte d'embarquement, Miriam se tendit. *Impossible de faire demi-tour, à présent.* Autrefois, elle n'avait jamais peur quand elle prenait l'avion, mais elle n'était plus la même depuis qu'elle vivait en Arabie saoudite. Tandis qu'il roulait lentement sur la piste, une angoisse incontrôlable s'empara d'elle. Ses paumes étaient glacées, son front humide, un poids lui écrasait la poitrine… L'avion n'allait pas assez vite, il ne réussirait jamais à décoller. Tout le monde regardait les vitres et les parois qui vibraient violemment. Un casier à bagages s'ouvrit, déversant des vestes et une boîte de Folgers sur la tête d'un passager. Elle se demanda pourquoi quelqu'un apportait du café moulu à Djeddah.

« Savez-vous, déclara son voisin, qu'autrefois, sur les vols des compagnies saoudiennes, les haut-parleurs récitaient la prière du voyage ? »

Il s'exprimait avec un accent américain prononcé, ce qui la surprit un peu, car elle l'avait cru arabe.

« Oh, vraiment ? fit-elle avec un rire nerveux.

— Encore une tradition qui s'est perdue », ajouta-t-il d'un ton allègre, comme si cette constatation le réjouissait.

Ils sentirent leur corps se contracter pour résister à la baisse de pression quand l'avion commença son ascension. De l'autre côté du couloir, un homme se mit à jurer. Miriam faillit lui dire de se taire, mais elle était trop occupée à prier silencieusement pour que l'appareil ne s'écrase pas. Il se redressa dans un soubresaut et parut alors s'immobiliser dans l'air, telle une otarie en équilibre sur un ballon. Une ritournelle obsédante résonnait dans la tête de Miriam. Il était minuit, elle était accablée de fatigue, et la peur accentuait cette sensation d'épuisement. La seule façon d'échapper à sa frayeur, c'était de sombrer dans l'inconscience, mais on ne servait pas d'alcool à bord, et il lui serait impossible de se réfugier dans le sommeil tant qu'on n'aurait pas éteint les lumières. Elle ferma les yeux, dans l'espoir de dissuader son voisin de poursuivre la conversation, mais il appuya sur le bouton d'appel. Un steward apparut, arborant une expression contrariée. Son voisin se pencha en travers du siège, et son épaule effleura légèrement le sein de Miriam. Il murmura une excuse et demanda à l'homme de leur apporter deux tasses vides.

« Une pour moi, et une pour mon amie. »

De la poche de son blouson, il sortit deux petites bouteilles de vin. À cette vue, l'estomac de Miriam se noua.

« Vous savez que c'est...

— Interdit, oui. Mais que peuvent-ils faire ? Nous flanquer dehors ? » rétorqua-t-il en souriant.

Il remplit les deux récipients et fourra les bouteilles dans la poche du siège. Puis il tendit une tasse à Miriam, mais elle secoua la tête.

« Allons, insista-t-il. Le pire qui puisse nous arriver, c'est qu'ils nous obligent à le jeter dans les toilettes. »

Avec l'impression d'être redevenue une adolescente, elle réagit exactement comme elle l'aurait fait à cette époque : elle accepta le vin.

« Merci », dit-elle avant d'en déguster une gorgée.

Ce n'était qu'un palliatif, mais il était le bienvenu. *En fait, le pire qui puisse nous arriver, c'est qu'on nous arrête et qu'on nous jette en prison dès que nous aurons débarqué.*

« C'est la première fois que vous allez à Djeddah ? s'enquit l'homme.

— Non, la seconde. »

Miriam vit la télévision s'allumer ; sur l'écran s'affichèrent une énorme flèche indiquant la direction de La Mecque ainsi que l'heure de la prochaine prière. L'hôtesse distribua des petits nécessaires de voyage ; puis un steward leur servit du café et des dattes. Miriam se hâta de dissimuler sa tasse sous la tablette, mais ni l'un ni l'autre ne parurent le remarquer ou s'en soucier.

« Et vous, reprit-elle, c'est votre premier voyage ?

— Non, répondit-il. Au fait, je m'appelle Apollo, ajouta-t-il avec un sourire aguicheur. Apollo Mabus.

— Un nom magnifique, dit-elle en lui rendant son sourire. Moi, c'est Miriam.

— Je crois déceler un petit accent sudiste dans votre voix, je me trompe ?

— Je suis originaire de Caroline du Nord.

— Ah. Et moi de New York », répliqua-t-il d'un ton suffisant, comme s'il avait marqué un point.

Il la considérait visiblement comme une espèce inférieure, sans doute issue d'Elvis, vivant dans un camping-car et se nourrissant de fromage industriel et de gruau de maïs. Un préjugé si répandu et si prévisible qu'il n'était peut-être que le jouet de son imagination. Le rouge lui monta néanmoins aux joues, et elle dissimula sa gêne en buvant une grande lampée de vin.

« Et que faites-vous ? demanda-t-il.

— Je suis docteur ès sciences. »

Elle observa sa réaction, vit son visage se crisper, et décida qu'il ne lui plaisait finalement pas tant que ça. Elle n'allait certainement pas lui expliquer qu'elle était seulement titulaire d'un doctorat en musique.

« Et vous ? Vous avez l'air d'un universitaire.

— Comment cela ? s'enquit-il en arquant les sourcils.

— Eh bien, vous plissez les yeux, ce qui signifie probablement que vous portez habituellement des lunettes. Par ailleurs, vous avez un gros cal sur le majeur et des taches d'encre sur le pouce. »

Il tenta de cacher son embarras derrière une expression amusée. Échauffée par le vin, elle poursuivit :

« Mais vous ne semblez pas du genre à porter des vestes en tweed, et vous avez de sacrés biceps, alors dites-moi quelle sorte d'universitaire pratique le culturisme ?

— Quand on passe la plus grande partie de son temps derrière un bureau, rétorqua-t-il d'un air narquois, on a besoin de se défouler un peu, d'une manière ou d'une autre. »

Elle trouva cette réponse déplacée et avala une nouvelle gorgée de vin.

« Et qu'est-ce qui vous amène en Arabie saoudite ? »

Il posa ses coudes sur les bras du siège, et elle le regarda tripoter le bracelet de sa montre, le faire pivoter autour de son poignet par petits quarts de tour.

« Je suis professeur en civilisations du Moyen-Orient, spécialiste des textes coraniques. C'est un voyage d'études.

— Ah. »

L'alcool commençait à faire son effet, et elle se sentit prise de tournis. La télévision attira son regard et, levant les yeux, elle constata que le film en cours de projection avait été censuré. Sur l'écran se mouvaient des taches grises et floues derrière lesquelles on devinait des bras et des cheveux de femme.

« Et vous ? reprit-il. Qu'allez-vous faire à Djeddah ?

— Mon mari a trouvé un poste très intéressant…

— Forcément, la coupa-t-il avec un sourire empli de fatuité. Je ne vous voyais pas débarquer dans ce pays toute seule. »

Bien qu'elle eût passé ces quatre dernières semaines à se plaindre bruyamment d'être réduite à la condition de femme entretenue - auprès de ses sœurs, de son père, de ses nièces et de tous ceux qui voulaient bien l'écouter -, elle se hérissa.

« C'est très courageux de votre part, poursuivit-il, de mettre votre carrière entre parenthèses pour suivre votre mari en Arabie saoudite afin qu'il puisse progresser dans la sienne. À moins que ce ne soit uniquement l'argent qui vous intéresse ?

— Il y a un peu des deux », répondit-elle, avec autant de désinvolture qu'elle le put.

Ce n'était pas tout à fait vrai. Eric avait accepté un emploi de garde du corps – ou plutôt de « spécialiste en sécurité » –, alors qu'il avait suivi une formation d'ingénieur à l'école militaire. Il avait déclaré vouloir changer de domaine, faire quelque chose de plus concret et de plus excitant, mais il aurait pu exercer ce métier n'importe où. Elle ne l'approuvait pas d'avoir choisi l'Arabie saoudite, même si ce n'était que pour un an.

« Et vous êtes là-bas depuis combien de temps ? s'enquit Mabus.

— Six mois.

— Impressionnant. La plupart des femmes ne tiennent pas aussi longtemps. Les Occidentales, je veux dire. Et quand elles y parviennent, c'est en recourant à la drogue. Mais je suppose que vous vivez dans le complexe résidentiel américain ?

— Non, répondit Miriam, les yeux fixés sur sa tasse.

— Vraiment ? Ça n'est pas très courant. Disposez-vous d'un chauffeur particulier ? »

Elle pinça les lèvres, secoua la tête. C'était un terrain dangereux, et elle chercha désespérément un moyen de changer de sujet, mais le vin lui embrumait l'esprit.

« Dites-moi, s'obstina-t-il, inconscient de sa gêne, comment occupez-vous vos journées, puisque vous ne pouvez ni quitter votre maison, ni conduire une voiture ou même une putain de bicyclette ? »

Il prononça ces derniers mots d'une voix si forte qu'elle jeta un regard anxieux à la ronde, s'attendant à rencontrer des expressions horrifiées. Heureusement, personne ne semblait leur prêter attention.

Cet interrogatoire avait suscité en elle une sensation qu'elle connaissait bien, faite d'apitoiement sur elle-même et de rage contenue, et maintenant elle était en nage. Elle ne voulait plus penser à ce qui l'attendait là-bas, à la réclusion qui serait son lot quotidien, et il se comportait comme un salaud en lui posant cette question. S'il espérait la voir pleurnicher, elle ne lui donnerait pas cette satisfaction.

Il rompit le silence par un rire tonitruant qui déclencha en elle une montée d'adrénaline.

« Votre attitude est une réponse en elle-même, asséna-t-il, avant d'ajouter, retrouvant son sérieux : Ce n'est pas un endroit pour une femme. »

Elle hocha la tête sans répondre. Tout ce qu'elle dirait ne servirait qu'à alimenter sa diatribe.

« Ils haïssent les femmes, dit-il en se penchant plus près. Ils les craignent et ils les haïssent, savez-vous pourquoi ? Parce qu'elles sont plus intelligentes, plus douées biologiquement et qu'elles ont toujours eu du pouvoir sur les hommes. »

Elle sentit le vin dans son haleine et le parfum boisé de son eau de toilette, qui évoqua en elle le souvenir d'une chambre à l'atmosphère confinée, imprégnée d'une odeur masculine.

« Il existe un vieux proverbe islamique, poursuivit-il, selon lequel le ciel grouille de mendiants et l'enfer déborde de femmes. »

Comme elle le regardait en fronçant les sourcils, il ajouta :

« Et vous n'avez pas encore vu le pire, croyez-moi.

— Que voulez-vous dire ?

— Au moment où vous vous apprêterez à retourner définitivement aux États-Unis, vous allez vous apercevoir que votre mari est tombé amoureux de ce pays. J'ai vu ça des dizaines de fois. Les hommes adorent l'Arabie saoudite autant que leurs épouses semblent la détester. Si vous voulez vraiment conserver l'affection de votre conjoint, rappelez-lui que les Saoudiens pieux croient qu'ils ont le devoir de tenir les infidèles à distance. Ils pensent qu'avoir des relations avec des infidèles, c'est-à-dire vous, éloigne le croyant de la religion. Ils peuvent faire preuve d'hospitalité envers votre mari, lui offrir du thé et des dattes, mais jamais ils ne l'accepteront vraiment. Les gens d'ici sont plus xénophobes que n'importe où ailleurs dans le monde. Reportez-vous au Coran : « Ô croyant, ne reçois pas en ta demeure ceux qui ne sont pas de ta foi. Ils ne manqueront pas de te corrompre. »

— Je suis persuadée que… *que tout le monde ne partage pas cette croyance,* voulut-elle répondre, mais, comme s'il avait deviné qu'elle allait tenter de modérer ses propos, il l'interrompit :

— On dit que le Coran est la parole de Dieu, et que tout ce qui y est écrit est exactement conforme au message qu'Il a transmis au prophète Mahomet. Exactement conforme, bien qu'il ait été rédigé par plusieurs dizaines de personnes et traduit de l'araméen. Mais peu importe, ils sont tellement fiers que pas un seul signe diacritique n'ait été changé dans le livre sacré depuis qu'il existe ! Le saviez-vous ?

— Plus ou moins, mentit-elle.

— Et vous allez continuer à soutenir qu'ils ne sont pas arriérés ? Si je vous disais que la Bible est la parole de Dieu, et que les textes actuels sont exactement identiques au message qu'Il a voulu nous délivrer, que rien n'a été modifié, me croiriez-vous ? »

L'irritation de Miriam était à son comble. Elle craignait que toute réponse de sa part ne fasse que l'exciter davantage et qu'il ne lui coupe encore la parole sans l'effet d'une nouvelle explosion de rage. Nul ne les observait, et pourtant elle avait l'impression que tout le monde à bord tendait l'oreille. Elle songea avec dépit que, pour un défenseur des droits des femmes, Apollo Mabus lui avait imposé silence d'une manière aussi autoritaire que n'importe quel Saoudien méprisant.

L'afflux d'adrénaline avait dissipé les vapeurs de l'alcool. Mabus poursuivait son monologue, d'un ton moins emporté à présent, comme s'il s'était arrogé la mission sacrée de lui faire comprendre à quel point ce pays était cruel et rétrograde – et à quel point elle était stupide d'endurer ces vexations, surtout pour un homme. Elle se laissa engloutir par ce flot de paroles, en se demandant d'où lui venait une telle colère. L'étrange dualité de son apparence, mi-arabe, mi-occidentale, pouvait laisser croire à une personnalité tout aussi intriguante et complexe. Mais en fait, il semblait avoir perdu toute épaisseur à présent – réduit au stéréotype de l'Américain intolérant dans toute sa platitude.

Elle pensa à Eric, dont l'intérêt pour la culture saoudienne et pour l'Islam n'avait fait que se renforcer durant les derniers mois. Elle était venue dans ce pays en s'attendant à le voir rapidement changer d'avis, sans savoir si elle l'espérait ou si elle le redoutait. Or, c'était le contraire qui s'était produit : il s'était entiché de l'Arabie un peu plus chaque jour.

« Je pense que vous vous trompez, déclara-t-elle enfin, interrompant Mabus au beau milieu d'une phrase.

— Oh ? » s'exclama-t-il, surpris.

Elle sentit son courage la quitter, submergée par l'effroi de devoir se lancer dans un raisonnement impossible à soutenir – surtout quand on avait les idées embrouillées par l'alcool.

« Oui, répondit-elle, cherchant à gagner du temps, jusqu'à ce que les mots jaillissent tout seuls de sa bouche. Je ne suis pas venue ici uniquement à cause de mon mari. Je suis venue par intérêt personnel. Je voulais voir comment vivaient les autres peuples. Je voulais comprendre.

— Et qu'avez-vous compris ? »

Elle le dévisagea, d'un air sans doute trop caustique.

« Que je hais les fanatiques de tous bords. »

Elle prit sa tasse, déboucla sa ceinture d'un geste brusque et se leva, en croisant au passage son regard offensé.

Les stewards avaient disparu. Il n'y avait personne dans le couloir et les lumières avaient été baissées. Miriam franchit en trébuchant l'espace réservé à la prière et pénétra dans les toilettes, après s'être débattue contre la porte pliante.

Elle poussa le verrou, s'assit sur le siège et enfouit son visage entre ses mains. Son cœur cognait à grands coups dans sa cage thoracique. Elle se massa le front jusqu'à ce que les battements ralentissent.

Ne sois pas stupide. Qu'est-ce qui te prend ? Il est cinglé, c'est évident. En se relevant, elle croisa son reflet dans la porte en aluminium ; elle avait l'air trapue et austère dans cette jupe grise d'une longueur convenable, qui s'ornait maintenant d'une tache de vin sur le devant. Son image était déformée, de sorte qu'elle avait une tête minuscule et des pieds immenses. Elle paraissait telle qu'elle se sentait : laide et vulnérable.

Elle fit couler de l'eau dans le lavabo, s'aspergea le visage et s'essuya avec une serviette en papier rêche M. Apollo. Qu'il aille au diable !... Elle contempla ses mains. Malgré tous ses efforts, elle n'arrivait plus à se rappeler ce qu'elle éprouvait en touchant Eric. C'était à peine si elle se souvenait de son visage – seulement de son aspect général, la couleur de ses cheveux, la forme de ses épaules.

L'odeur de l'haleine de Mabus flottait toujours autour d'elle, mais c'était à présent un effluve rance de vin tourné. Elle se pencha de nouveau au-dessus du lavabo et se rinça la bouche, puis se lava les mains et se frictionna les cheveux. Elle se nettoya encore et encore, cela l'apaisait et elle voulait se débarrasser de l'odeur. Car, après tout, elle retournait en Arabie saoudite.

À moitié aveuglée par la burqa[1] noire lui couvrant le visage, Miriam serra son sac à main contre sa poitrine et descendit d'un pas hésitant la passerelle étroite menant aux guichets de l'immigration, tandis que des hommes la dépassaient à toute allure, silhouettes blanches et floues. Mabus avait les yeux fixés sur elle quand ils étaient sortis de l'avion, aussi avait-elle abaissé sa burqa, dans l'espoir de décourager toute nouvelle tentative de conversation.

Elle se prit les pieds à deux reprises dans l'ourlet de son *abaya* – la seconde fois, elle heurta un homme qui réagit par une sorte de feulement hostile. Elle s'immobilisa. Mieux valait attendre que tout le monde soit passé, ensuite, elle pourrait relever son voile et s'offrir le luxe de voir.

Quand le calme fut revenu dans le hall des arrivées, elle ôta sa burqa. Dehors, les derniers reflets du crépuscule s'estompaient dans le ciel. Le jet gigantesque qui l'avait amenée de New York scintillait d'une lueur verte sous les lumières du tarmac. Haut de trois étages, il défiait les lois de la pesanteur,

1. La burqa ne désigne pas seulement le voile intégral couvrant la tête et le corps, mais aussi un petit voile amovible que l'on peut draper autour du visage, comme on l'explique à la page suivante. *(N.d.T.)*

de la même manière que le *Titanic* avait jadis défié l'immensité de la mer.

Elle prit son portable et vérifia les messages : Eric n'avait pas appelé. Il avait dû quitter son travail à temps et l'attendait à la sortie, du moins l'espérait-elle.

Elle suivit tant bien que mal les derniers retardataires tout au long d'une succession de couloirs moquettés et déboucha dans la vaste salle des douanes illuminée de néons blancs, où les voyageurs faisaient la queue devant les guichets de l'immigration comme des miséreux à la soupe populaire. Mis à part les sites religieux, c'était l'un des rares endroits où les Saoudiens côtoyaient les travailleurs immigrés – leurs portiers philippins, leurs chauffeurs de taxi égyptiens, leurs employées de maison indonésiennes.

Miriam prit place dans une file et se prépara à une attente interminable, tout en ajustant sa tenue : une *abaya* – long carré d'étoffe noire la couvrant jusqu'aux pieds –, un simple foulard sur ses cheveux et une burqa, un rectangle de tissu noir lui masquant le visage ; elle s'attachait sur la nuque au moyen d'un velcro, mais la sienne ne voulait pas rester en place. Certaines femmes portaient cet accoutrement avec une aisance innée. Elles flânaient dans les rues, les pans de leur vêtement bruissant au rythme de leur marche harmonieuse. Entourées d'étrangers, elles fendaient la foule à grands pas. Elles savaient que les hommes s'effaceraient devant elles comme des courtisans devant une reine, avec respect, en prenant garde de ne pas les toucher. Comme dotées d'une vision à rayons X, elles distinguaient clairement les choses à travers le tissu noir – le bord du trottoir, le chauffard adolescent déboulant dans la ruelle, tous les articles dans la vitrine de la boutique de cadeaux, sans jamais avoir besoin de soulever leur burqa.

Et puis, il y a les femmes comme moi, songea Miriam, celles qui semblent empêtrées dans leur *abaya* comme des poupées en plastique dans du film étirable par une torride journée d'été. Toujours en train de la tripoter, de l'ajuster, de tirer dessus, de trébucher, de retenir leur foulard sur le point de tomber. Sa burqa ne comportait même pas une fente pour les yeux, juste une zone plus ou moins transparente qui lui permettait de discerner de vagues formes. C'était Eric qui la lui avait achetée. Il n'avait remarqué ce détail qu'une fois rentré à la maison, quand elle avait essayé le voile. Plus amusé qu'embarrassé, il lui avait conseillé de faire comme si c'étaient des lunettes de soleil. *Le salaud !*

Malgré elle, ce souvenir fit naître un sourire sur ses lèvres.

« Tu n'es pas obligée de porter une burqa, Miriam », avait-il déclaré. Elle le savait, mais préférait néanmoins la revêtir en certaines circonstances. Le voile lui procurait un sentiment d'intimité. Elle avait fini par régler le problème en le posant de manière à dissimuler seulement son nez et sa bouche. Son front restait exposé, mais c'était mieux que rien.

Une demi-heure plus tard, elle déposait son passeport dans le réceptacle situé sous la vitre blindée et ôtait à contrecœur sa burqa pour montrer son visage au policier. Elle eut tout à coup l'impression d'être mise à nu et sentit sur elle les regards des hommes. À sa droite, un couple était en train de passer le contrôle de sécurité, et elle vit que la femme ne soulevait pas son voile.

Le policier compara son visage à la photo du document, en prenant tout son temps. La vérification était pourtant facile, mais elle s'exhorta à la patience, songeant qu'il avait bien le droit de se montrer consciencieux.

« Lieu d'origine ? s'enquit-il en se passant un doigt sous le nez.

— Caroline du Nord, États-Unis.

— Date de retour en Amérique ? »

Dès que possible, répondit-elle en elle-même, avant de prononcer à voix haute :

« Janvier.

— Un retour définitif, ou seulement des vacances ?

— Un retour définitif. Si Dieu le veut, ajouta-t-elle en clignant des yeux.

— Si Dieu le veut », répéta le policier en relevant la tête.

Il feuilleta rapidement les vingt-quatre pages du passeport, puis se frotta le nez en soufflant par saccades.

« Eh bien, madame Walker...

— *Dr* Walker.

— Madame Walker, vous n'avez pas de permis de travail à titre individuel. Je suis désolé, dit-il en lui rendant le document, mais vous n'avez pas le droit d'entrer dans le pays sans votre ma...

— Mon mari est ici. Je suis sûre qu'il m'attend en ce moment même de l'autre côté des barrières.

— Et où travaille-t-il, votre... *mari* ? demanda le fonctionnaire en dardant un coup d'œil menaçant au-dessus de sa tête.

— À la société SynTech, répondit-elle, sentant sur sa nuque le regard du voyageur qui la suivait. Il s'appelle Eric Walker. Il est dans...

— Qui est son répondant[1] ? reprit le policier en se tournant vers son clavier.

— M. Mohammed al-Saeed. »

Il tapa sur les touches puis contempla l'écran de son ordinateur pendant un temps interminable. Enfin, fronçant les sourcils, il lui fit signe de passer, d'un geste du menton.

Elle n'était pas d'humeur à le remercier.

« Madame, veuillez poser vos bagages ici, dit le douanier en lui indiquant un emplacement précis sur la table. Ici », répéta-t-il.

Elle avait l'impression d'être une gamine de maternelle passant un test d'habileté motrice. Le douanier ne semblait pas avoir plus de quinze ans, le visage imberbe, le regard brillant d'un éclat juvénile. Il avait toutefois un côté ridicule, une arrogance qui ne convenait pas à son âge. Son AK-47 glissa de son épaule, et il le remit en place à la manière d'une femme rajustant la lanière de son sac à main.

Elle hissa sa valise sur la table. Le douanier l'ouvrit et, après une inspection minutieuse, lui demanda d'en retirer les livres. Elle les empila à côté du bagage, mais il les fit glisser dans un sac plastique et les confisqua.

1. En Arabie saoudite, toute demande de visa doit être garantie par un « répondant » saoudien ou un expatrié résidant dans le pays. *(N.d.T.)*

« Ce ne sont que des romans policiers », murmura-t-elle.

Elle avait pris soin de ne pas emporter de livres dont les couvertures auraient pu être jugées indécentes. Elle avait la possibilité d'acheter les mêmes ici, au marché noir, mais elle ne voulait pas enfreindre la loi. Elle referma sa valise.

Ils fouillèrent tous ses bagages, à l'exception de son sac à main, un faux Gucci en cuir beige. Ce n'était en fait qu'une trousse de toilette, un leurre destiné à tromper les voleurs de sacs à l'arraché ; son argent était caché dans sa chaussure. En franchissant les portiques détecteurs de métal, elle se demanda pourquoi ils ne l'avaient pas examiné. Peut-être avaient-ils peur de devoir manipuler des tampons hygiéniques ou du rouge à lèvres. Voilà que son sac à main était indécent, lui aussi ! Elle le serra plus fort contre elle, tel un bouclier.

Elle soupira. Elle était presque arrivée, maintenant. Elle scruta la foule massée de l'autre côté de la barrière sans apercevoir Eric. Comme elle se dirigeait vers la sortie, elle prit conscience que son visage blanc était offert à la vue de tous les hommes présents. Ils s'abstenaient de croiser son regard, mais du coin de l'œil, elle voyait bien qu'ils la dévisageaient. *Ma foi, tant pis pour eux.* Si elle remettait sa burqa, Eric risquait de ne pas la reconnaître.

Une silhouette se dressa soudain entre elle et la sortie, un policier en uniforme avançant d'un pas vif. Il portait à l'épaule un semi-automatique et, bien qu'il évitât son regard, il se dirigeait de toute évidence vers elle. Elle se figea. Derrière la barrière, tous les regards se braquèrent sur elle. Le policier marchait si vite qu'elle crut presque qu'il n'allait pas s'arrêter. Mais il lui empoigna le bras, la cueillant au passage comme un bagage sur un tapis roulant pour l'entraîner avec lui. Elle n'opposa aucune résistance, se contentant de ramasser sa valise et de trottiner à son côté, stupéfaite par sa brutalité.

« Où m'emmenez-vous ? » bredouilla-t-elle.

Il garda le silence, mais elle obtint la réponse quand il ouvrit une porte proche des guichets de l'immigration. Elle découvrit une pièce sombre et lugubre, où trois femmes étaient assises sur des chaises métalliques. Elles paraissaient accablées par la chaleur. Le policier la poussa à l'intérieur et elle trébucha, lâchant sa valise qui heurta le sol de pierre avec un bruit mat. Puis la porte se referma derrière elle.

4

L'INSPECTEUR OSAMA IBRAHIM, penché sur le coffre de sa voiture, cherchait ses surchaussures tout en observant du coin de l'œil le vieux pêcheur s'éloigner à bord de son véhicule. Ce n'était peut-être pas une bonne idée de le laisser prendre le volant pour rentrer chez lui, il paraissait tellement bouleversé... Mais qui ne l'aurait pas été, en découvrant un cadavre dans cet état ? L'inspecteur n'avait pu s'empêcher d'éprouver de la compassion à son égard. Le vieillard lui évoquait un peu son père tel qu'il aurait été s'il avait vécu plus longtemps.

Il se souvint d'un trait de lumière verte, le halo doré de l'intérieur de la mosquée se réfléchissant tout autour d'eux. Médine, le tombeau du Prophète – la paix soit sur lui. Les mots chuchotés par son père lui revinrent soudain en mémoire : « Tu n'as pas le droit de la toucher, il est interdit d'adorer la tombe, car c'est la volonté de Mahomet, sallâ Allah'alayhi wa-sallama. »

Il eut le sentiment de commettre un sacrilège en associant le souvenir de son père à cette macabre scène de crime. Il aurait pu considérer cela comme un tour que lui jouait son esprit anxieux, mais ces pensées bizarres lui venaient trop fréquemment, ces derniers temps. Il travaillait depuis cinq ans à la brigade criminelle et avait vu bon nombre de cadavres, mais son père était la seule personne qu'il eût vue mourir sous ses yeux, passer en un instant de vie à trépas. Ou, pour être plus précis, de la vie au *barzakh*, cet état intermédiaire entre la mort physique et l'instant où l'esprit quitte le corps, une fois que les anges Munkar et Nakir ont interrogé les défunts. C'était idiot bien sûr de croire à cela, cependant il aimait à se l'imaginer.

Il descendit vers la grève, avec l'impression d'être incomplet sans Rafiq, son équipier, actuellement en congé. Il regrettait amèrement de n'avoir pu emmener Faiza, mais une femme n'avait rien à faire ici, et sa présence n'aurait servi qu'à créer des problèmes.

La plage était barrée par des cordons jaunes, à une large distance de la scène de crime elle-même, et la zone au-delà de cette barrière était moins accessible encore. Les techniciens de la police scientifique avaient installé un bureau de fortune à l'arrière d'une camionnette, et des hommes allaient et venaient en parlant bruyamment, entre les voitures de patrouille et les véhicules banalisés garés n'importe où le long de la route. Il n'y avait pas beaucoup de circulation à cette heure matinale, mais on avait quand même dressé un barrage pour empêcher les curieux d'approcher.

« Ève », avait dit le vieil homme qui l'avait découverte, en parlant de la morte, et ce prénom lui était resté à l'esprit. Curieusement, il se dégageait du lieu où elle reposait, au milieu de toute cette agitation, une atmosphère de sérénité. Osama s'avança avec précaution. *Je vous en prie, faites que ce ne soit pas une autre employée de maison,* songea-t-il. Le visage du technicien reflétait ses sentiments : une immense pitié, une commisération débordante, comme si c'était sa propre sœur qui gisait là.

Autrefois, Osama avait été très fier du faible taux de criminalité de l'Arabie saoudite, l'un des plus bas au monde. Il avait toujours cru que la dureté des châtiments infligés aux coupables produisait l'effet de dissuasion attendu. Jusqu'à ce qu'il entre à la brigade criminelle...

Les meurtres étaient en augmentation constante, et beaucoup étaient assez horribles pour lui faire penser que ce pays allait à sa perte. L'année dernière, un homme avait décapité son neveu âgé d'un an dans un supermarché, sous les yeux de la mère du bébé et d'une poignée de clients. Il avait réussi à détacher entièrement la tête. Dans le rayon fruits et légumes. Il s'était querellé avec les parents de l'enfant et s'était vengé de cette façon.

Osama se contraignit à regarder le corps. Si ses oreilles ne se mirent pas à bourdonner, la brutalité du meurtre lui donna cependant la chair de poule. Les mains étaient brûlées au dernier degré, comme si elles avaient été trempées dans de l'huile bouillante, pensa-t-il. La peau, d'un rouge enflammé, était boursouflée et couverte de cloques. L'année précédente, la police avait trouvé un cadavre de femme carbonisé à l'intérieur d'un réfrigérateur abandonné, dans le quartier d'Al-Aziziya, juste en face du ministère de l'Éducation des femmes. Mais ce n'était pas dans sa juridiction et il n'avait pas vu le corps, seulement entendu dire qu'il fumait encore quand on l'avait découvert.

Ici, il s'agissait d'une horreur d'une autre sorte. Osama s'agenouilla prudemment près de la victime, en veillant à ne rien toucher. La marée léchait les pieds de la morte, imbibant l'ourlet du jean toujours enroulé autour de ses chevilles. Les techniciens avaient construit de petites digues de sable pour empêcher la mer de monter pendant qu'ils effectuaient leur tâche, mais c'était uniquement pour leur commodité personnelle. À voir l'état du corps, il avait séjourné dans l'eau un certain temps.

Ève était étendue sur le flanc, un bras découvert, la main grande ouverte en un geste suppliant. Son visage n'était qu'un magma sanglant – l'œuvre des poissons, probablement, bien qu'il fût difficile d'en être sûr. Le bas de son *abaya* noire était entortillé autour sa taille. Une des manches était déchirée. Et le foulard qui avait dû couvrir ses cheveux lui enserrait le cou à la façon d'un garrot. Avait-elle été étranglée ?

Le médecin légiste, Ibrahim, contemplait le cadavre, le regard lointain.

« Elle a été rejetée sur le rivage ce matin, expliqua-t-il. Cette plage est très fréquentée. Si elle s'était déjà trouvée là hier soir, quelqu'un nous l'aurait signalé. »

Même si le légiste portait le même prénom que le père d'Osama, les deux hommes n'avaient rien d'autre en commun, se dit l'inspecteur une fois de plus. Cet Ibraham-ci, avec ses traits mous et son teint terreux, et à qui il manquait une oreille, avait été un des moudjahidines de Ben Laden en

Afghanistan, dans les années 80. Cela suscitait le respect parmi les policiers, mais le légiste pouvait se comporter de manière brusque et grossière, parfois même carrément menaçante. Osama essayait de ne pas se sentir comme un novice face à lui. À trente ans, il était le plus jeune inspecteur de la brigade, ainsi qu'Ibrahim se plaisait à le lui rappeler fréquemment.

« L'eau est relativement chaude, déclara Osama. Elle doit être morte depuis... disons, environ sept jours ? »

Comme Ibrahim fronçait les sourcils, il se crut tenu de lui demander :

« Ce n'est pas votre avis ?

— Je me prononcerai quand j'aurai fait l'autopsie, répliqua le médecin en le foudroyant du regard.

— Et la cause de la mort ? »

Le légiste redressa le menton, ce qui était chez lui un signe indubitable de contrariété et signifiait à peu près : *Je vous le dirai quand je le saurai, et à présent fichez-moi la paix.*

Osama devait reconnaître que les hypothèses étaient nombreuses. La jeune femme avait pu succomber à la noyade, ou mourir d'une hémorragie due à ses multiples blessures. Peut-être avait-elle été étranglée au moyen de l'étoffe qui lui ceignait le cou. Les brûlures n'avaient pas pu suffire à la tuer, mais elle avait pu s'évanouir sous l'effet de la douleur et se noyer quand elle avait été jetée à la mer.

« Les brûlures ont l'air antérieures à la mort, reprit Osama.

— Oui, approuva Ibrahim, avant d'ajouter, comme après réflexion : J'ai vu pire. »

Osama abandonna la partie. Il savait que toutes les opinions qu'il émettrait feraient de toute façon l'objet d'une vérification. Ibrahim était toujours tendu sur une scène de crime, surtout quand la victime était une femme.

« Je suppose que ses mains ont été trempées dans un liquide en ébullition, ne put-il toutefois s'empêcher de dire. De l'huile de table, peut-être ? »

Ibrahim s'éloigna sans répondre.

Osama se tourna vers Majdi, agenouillé à quelques pas de lui.

« Qu'as-tu trouvé ? » lui demanda-t-il.

Majdi était en train de ratisser un carré de sable avec sa main gantée, ses lunettes glissant sur son nez mouillé de sueur. Il releva brièvement les yeux, mais, tel un enfant qui ne peut s'arrêter de jouer, il se remit immédiatement à sa tâche.

« Un peu plus haut sur la grève, derrière toi, nous avons toute la collection des détritus habituels : cigarettes, bouteilles, morceaux de polystyrène. Mais pas en quantité anormale, franchement. Et ici, je n'ai rien trouvé pour le moment. On dirait que la mer n'a pas ramené grand-chose d'autre que le corps.

— Es-tu certain que c'est bien la mer qui l'a déposé ici ?

— Oui, répondit Majdi, avec un coup d'œil en direction de la morte, comme pour dire : *Un cadavre gonflé d'eau, ça ne te suffit pas, comme preuve ?* Mais on ne sait jamais, poursuivit-il. J'ai déjà appelé les gardes-côtes ; ils vont nous faxer les relevés des courants maritimes des deux dernières semaines. Nous devrions pouvoir déterminer approximativement l'endroit où elle a été mise à l'eau, mais je ne promets rien.

— Quelque chose sur le corps qui permettrait de l'identifier ?

— Non. Pas de portable, de carte d'identité ni de papiers. Tu as vu l'état de ses mains. Je garde un faible espoir d'arriver à relever les empreintes digitales, mais n'y compte pas trop. »

Il émit une petite toux sèche et secoua la tête.

Je vais devoir contacter le Service des personnes disparues, songea Osama avec appréhension. Les disparitions signalées concernaient essentiellement des femmes, majoritairement des employées de maison qui avaient quitté leur employeur à cause du salaire insuffisant, des mauvais traitements, du harcèlement ou, dans certains cas, sans raison particulière. L'esclavage était interdit dans le royaume depuis 1967, mais se perpétuait dans certaines demeures sous l'appellation moins répréhensible de domesticité. On dénombrait environ quinze mille bonnes en fuite à travers le pays, dont un grand nombre à Djeddah, et seules la moitié d'entre elles avaient fait l'objet d'un signalement. Mais, même s'il n'y en avait eu que deux, cela signifiait encore trop de femmes seules sans argent, sans toit ni nourriture ni visa en règle. De toute manière, si Ève avait été tuée par ses employeurs, ceux-ci n'avaient probablement pas signalé sa disparition. *Je vous en prie, faites que ce ne soit pas une autre employée de maison !* Sa raison lui disait que ce type de meurtre n'était pas pire qu'un autre, mais à celui des petites bonnes s'ajoutait une horreur supplémentaire : la victime était loin de son pays et de sa famille et, dans la plupart des cas, elle avait subi des sévices corporels, sexuels ou psychologiques - ou, à tout le moins, été asservie par des gens qui se croyaient supérieurs à elle.

Osama reporta son regard sur la morte. Son jean, tirebouchonné autour des chevilles, était raidi de boue et de sel.

« Ce n'est pas la mer qui lui a arraché son pantalon. Quelqu'un a essayé de le lui enlever.

— Oui, acquiesça le technicien.

— Crois-tu pouvoir y découvrir des cheveux ou des fibres ?

— Peut-être, répondit Majdi en se redressant et en s'essuyant les mains, le visage rouge. Bien sûr, l'eau a presque tout emporté, mais je procéderai à une nouvelle vérification en rentrant au labo. Elle porte aussi un T-shirt du groupe Metallica, ajouta-t-il avec un faible sourire.

— C'est vrai, constata Osama. Et les employées de maison ne se promènent généralement pas dans ce genre de tenue », murmura-t-il, sentant se rallumer en lui une infime lueur d'espoir.

5

NAYIR S'OFFRIT À PRÉPARER LE DÎNER, même s'il se savait incapable d'avaler la moindre bouchée. Son oncle était bien pâle, et il avait l'impression que le vieil homme avait besoin de compagnie. Il venait d'apprendre, quelques heures plus tôt, la mort soudaine de son ami Qadhi.

« La police ne veut rien me dire », déclara Samir après avoir passé une demi-heure au téléphone avec le commissariat.

Debout devant le plan de travail, Nayir était en train d'écraser des aubergines à l'aide d'une fourchette, pour confectionner l'une des deux seules recettes d'entrée froide qu'il connaissait. La température augmentait chaque semaine un peu plus, semblait-il, ce qui était difficile à imaginer dans un pays où elle était déjà scandaleusement élevée. L'appétit de Nayir, d'ordinaire constant, avait progressivement diminué, il ne mangeait plus désormais que lorsqu'il se sentait faible, ou que Samir commençait à faire des commentaires sur sa mauvaise mine.

« Peut-être pourras-tu en apprendre un peu plus demain matin, dit-il.

— Hmmph. Le repas est prêt ? demanda son oncle.

— Pas encore. Je dois d'abord prier.

— Oh, fit son oncle en se rembrunissant. Pourquoi ne pas attendre que nous ayons mangé ? Ce n'en sera que plus satisfaisant.

— C'est l'heure de la prière », insista Nayir en regardant la pendule.

Il quitta la pièce avant que son oncle ait pu lui délivrer un nouveau sermon sur le danger qu'il y avait à prendre la religion trop au sérieux.

« Manger devrait être aussi important pour toi que prier, lança Samir dans son dos. Tu as besoin de te nourrir. »

Dès que Nayir revint, ils se mirent à table. Quelques mois auparavant, il aurait pu feindre un robuste appétit pour rassurer son oncle. Mais il en avait assez de faire semblant, et avec la sueur qui dégoulinait dans son dos, il était mal à l'aise sur cette vieille chaise en vinyle. Il ne savait plus si la léthargie qui s'était emparée de lui était due à la chaleur ou à un mauvais état de santé général qui, ainsi que Samir l'avait justement fait remarquer, paraissait s'aggraver.

Samir prit un morceau de pain et se mit à manger dans le silence lourd qui s'était abattu sur la pièce.

« Tu sais, déclara-t-il enfin, tu aurais peut-être plus de chances que moi d'obtenir des réponses sur la mort de Qadhi. Tu pourrais te renseigner auprès des services du médecin légiste. »

Nayir fit de son mieux pour garder un visage impassible, mais à ces mots l'image de Katya surgit aussitôt à sa mémoire.

« Il est mort hier seulement, répondit-il à son oncle. La police a sans doute besoin d'un peu plus de temps pour y voir clair. »

Samir poussa un grognement de dédain.

« Quand tes parents sont morts, il a fallu six mois pour établir la cause de l'accident. »

Il jeta à Nayir un regard empreint de sympathie, comme pour s'excuser d'avoir évoqué un sujet douloureux. Nayir faillit lui dire de ne pas s'inquiéter : c'était un chagrin beaucoup plus récent que cette conversation avait ravivé en lui.

Il avait fait la connaissance de Katya l'hiver précédent, quand son ami Othman lui avait demandé d'enquêter sur la mort de sa sœur Nouf[1]. Au terme d'une investigation fertile en rebondissements et en révélations inattendues, il avait

1. Voir *La Disparue du désert*, du même auteur.

démasqué la meurtrière, mais n'y serait jamais parvenu sans le concours de Katya. Technicienne au laboratoire de médecine légale, elle était à cette époque fiancée à Othman et s'était fait un devoir de l'aider à arrêter l'assassin.

L'enquête sur la mort de Nouf Shrawi était à présent terminée ; Katya avait rompu ses fiançailles à la suite de ces événements. Et ils ne s'étaient pas parlé depuis près de huit mois. Au début, elle avait continué à l'appeler environ une fois par semaine, mais chaque fois il avait le sentiment de s'engager un peu plus dans une relation injustifiable avec une femme qui n'était ni un membre de sa famille ni son épouse. Il savait par expérience que le plaisir qu'il éprouverait à la voir serait inéluctablement gâché par l'angoisse qui l'envahissait dès qu'il se trouvait seul avec elle. Sans le consentement du père de la jeune fille, il ne pouvait pas continuer à la fréquenter, et ce consentement, jamais il ne l'obtiendrait. Nayir ne pouvait pas lui avouer qu'il avait rencontré sa fille en tête en tête, et il aurait commis le pire des mensonges en niant les faits. Dans un cas comme dans l'autre, le père de Katya le considérerait comme une canaille s'il apprenait la vérité. Or, il l'avait forcément apprise. Le chauffeur de la jeune fille, Ahmad, savait qu'ils s'étaient vus à plusieurs reprises. Il avait dû le dire au père de celle-ci, qui était un de ses vieux amis.

Dans ces conditions, n'importe quel père convenable et soucieux de la réputation de sa fille aurait immédiatement repoussé la demande de Nayir. Lui-même était persuadé que c'était la seule réaction possible et était tout aussi persuadé qu'il ne supporterait pas d'être rejeté. La séparation qu'il s'était volontairement imposée, en nourrissant un vague espoir qu'elle ne serait que temporaire, deviendrait ainsi définitive.

Katya avait cessé de téléphoner. Elle avait dû comprendre qu'elle le mettait dans une situation impossible. Après tout, elle le connaissait, et, plus important encore, elle connaissait son père.

À moins qu'elle n'ait tout simplement plus envie de le voir ?

« … alors, tu iras te renseigner ? »

La voix de Samir le ramena subitement à l'instant présent.

« Quoi ? s'enquit-il d'un ton alarmé. Me renseigner sur quoi ?

— J'espérais que tu pourrais passer au bureau du médecin légiste et poser quelques questions, expliqua Samir d'un ton exaspéré. Tu connais des gens là-bas.

— Mais non, tu te trompes.

— Tu vas me dire que tu ne peux pas aller leur demander quelques renseignements, alors que tu as résolu un meurtre à toi tout seul ? »

Nayir en resta sidéré. Il n'avait pas résolu tout seul le meurtre de Nouf, il l'avait fait avec l'aide de Katya. D'ailleurs, au début, il n'avait pas voulu s'en mêler. Il n'était pas détective, il était guide, et s'il avait accepté d'enquêter sur l'affaire, c'était uniquement pour rendre service à son ami Othman.

« Avec les Shrawi, c'était tout à fait différent, tenta-t-il d'expliquer à son oncle.

— Je sais que tu attaches de l'importance à la justice. Tu as démontré que tu étais prêt à travailler dur et même à te battre pour veiller à ce qu'elle soit rendue. C'est quelque chose d'assez rare. Et maintenant tu te conduis comme...

— Ce n'est pas si rare, le coupa sèchement Nayir, en s'efforçant de garder son calme. Il y a des gens qui le font quotidiennement. »

Samir mordit dans son pain d'un air digne. Il mastiqua lentement, en observant Nayir, avant de reprendre :

« Je suis très fier de ce que tu as fait. »

Nayir, qui était sur le point d'exploser pour une multitude de raisons qu'il n'osait pas analyser, fut pris de court. Son oncle ne lui disait jamais ce genre de chose, du moins, pas de façon aussi directe, et, bien qu'il fût en colère, il n'était pas insensible à la valeur d'un tel compliment.

Il se leva d'un mouvement brusque, alla remplir la carafe d'eau et prit tout son temps pour regagner la table. Il avait à peine touché à la nourriture, et le tas de purée grisâtre dans son assiette lui semblait à présent répugnant.

« Bien sûr, j'irai, dit-il d'un ton bourru. Je verrai bien ce que le médecin légiste aura à me dire. »

Samir hocha la tête, l'air satisfait. Nayir commença à débarrasser, ramassant les assiettes, y compris celle de son oncle, qui n'avait pas terminé. Il se dépêcha d'emballer tous les aliments pour les ranger dans le réfrigérateur. Par une température dépassant les 46 degrés, il ne leur fallait pas longtemps pour s'avarier.

« Tu maigris, observa Samir derrière lui, sans paraître remarquer sa mauvaise humeur. Tu es presque devenu méconnaissable, tu sais. »

Nayir ne répondit pas, et son oncle se tut. Mais un peu plus tard, quand il regagna sa voiture, ces paroles le suivirent et continuèrent à résonner dans l'habitacle étriqué.

La Corniche était inhabituellement déserte. Pas de familles en train de pique-niquer ou de se promener sur les planches. Bien que le soleil fût couché, la chaleur était encore insupportable et l'air si lourd et dense qu'il semblait ralentir la progression de la Jeep. Nayir s'attendait presque, en regardant par la vitre, à voir l'océan en ébullition.

Dans l'une de leurs dernières conversations téléphoniques, Katya lui avait dit qu'elle avait été promue à un poste comportant davantage de responsabilités, dans un autre département de la police scientifique. Au lieu de rester confinée en sous-sol dans les bureaux de la morgue, elle travaillait désormais dans un immeuble moderne du centre-ville. Tout y était neuf, les machines, les locaux, et ils disposaient pour leurs recherches des moyens technologiques les plus récents. Nayir avait eu envie de lui demander si les comportements étaient nouveaux, eux aussi, mais il avait préféré aller droit au but :

« Serez-vous en contact direct avec des hommes ? »

Après un silence, elle avait fini par répondre :

« Oui, sûrement. »

Ensuite, son ton était devenu plus froid, et une certaine gêne s'était installée entre eux. Même s'il se sentait un peu coupable d'avoir posé cette question, cela l'ennuyait réellement qu'elle soit entourée de collègues masculins. Mais après tout, de quel droit s'en serait-il plaint ? Il n'était pas son mari.

Elle ne l'avait pas rappelé depuis, et il comprenait pourquoi. Elle avait dû le trouver complètement rétrograde et penser qu'avec de telles convictions religieuses il ne la traiterait jamais comme elle voulait l'être. Elle l'avait rayé de sa vie. Au début, il s'était résigné. Il avait pris la mer et passé ses nuits allongé sur le pont de son bateau, à contempler les étoiles resplendissantes. Il aurait pu rester ainsi pendant des jours, en se laissant aller sans remords à la paresse, loin des gens et de leurs problèmes. Pas d'appel à la prière pour interrompre ses pensées, et pour une fois il s'en était réjoui. Il avait alors pris conscience que ce qu'il aimait le plus au monde, c'était la solitude, et qu'en fin de compte il n'était peut-être pas fait pour le mariage. Mais, en faisant voile vers la marina, il avait compris que la solitude ne le satisferait jamais. Et les paroles du Prophète avaient retenti dans sa tête : « Épousez celles qui parmi vous sont célibataires. »

Quelqu'un lui fit une queue de poisson ; il appuya rageusement sur l'avertisseur et accéléra pour se coller au pare-chocs du chauffard. Puis il se rendit compte de ce qu'il était en train de faire et ralentit. *Allah,* implora-t-il, *aide-moi à me délivrer de cette colère. Je ne sais pas d'où elle vient et j'ignore comment la guérir.*

Mais une autre voix s'éleva dans sa tête : *Tu sais parfaitement comment la guérir. Cette colère est la punition de ta froideur envers Katya. Tu t'es comporté avec elle exactement comme Fatimah s'était comportée envers toi !*

Ce n'était pas vrai, évidemment. La situation n'était pas aussi simple que ça. Fatimah lui avait été présentée par un ami commun, en vue d'un mariage. Il s'était révélé que d'autres hommes la courtisaient aussi, et elle avait choisi son futur époux parmi eux sans même en avertir Nayir. Mais avec Katya, c'était différent. Il ne lui avait pas fait la cour ; il avait élucidé avec elle une affaire de meurtre. Ils avaient été amenés à travailler ensemble par la force des choses, et avaient péché par manque de réflexion en s'autorisant une telle intimité.

Alors, pourquoi souffrait-il autant de leur séparation ?

Parce que j'ai besoin d'une épouse, s'avoua-t-il en lui-même.

Il avait beau examiner le problème sous tous les angles, cela ne changeait rien aux faits : en côtoyant Katya, il avait commis le crime de *zina*. Le prophète Mahomet avait dit : « Aucun de vous ne doit rencontrer une femme en privé si elle n'est pas accompagnée par un parent. » Existait-il de commandement plus clair ? Et si un doute subsistait, le Prophète avait dit aussi : « Chaque fois qu'un homme est seul avec une femme, Satan est également présent. » À cette pensée, Nayir ne put s'empêcher de se représenter Ahmad, le malheureux chaperon de Katya, qui avait dû monter dans la cabine située derrière la leur sur la grande roue du parc d'attractions, la seule fois où ils étaient sortis ensemble.

De retour sur son bateau, il mit de l'eau à chauffer sur le fourneau, avant de se rendre compte que la dernière chose dont il avait envie, c'était bien d'un thé bouillant. Il passa dans sa chambre pour se changer et se retrouva planté devant le hublot, à regarder bêtement dans le vide. Il regrettait d'avoir dit à Samir qu'il irait chez le médecin légiste. Il pouvait tout aussi bien téléphoner. Rien ne l'obligeait à s'y rendre en personne.

Ces dernières semaines, il n'avait connu que des nuits moites et agitées, tourmentées de désir. Ce tourment atteignait son comble quand Katya surgissait dans ses rêves. Les journées ne valaient guère mieux, s'étirant sans fin, longues et vides comme le désert. Et personne n'avait envie d'aller dans le désert en été. Les Saoudiens restaient terrés chez eux, réfugiés dans leurs salons climatisés, leurs piscines privées et leurs centres commerciaux à l'atmosphère délicieusement fraîche.

Avant de se coucher, il accomplit le rituel de l'*istiqara*, qui consiste à réciter des prières spéciales en vue d'obtenir une réponse sous la forme d'un rêve. Il n'avait encore jamais essayé, mais l'imam Hadi le lui avait un jour conseillé : « Parfois, il faut beaucoup chercher pour trouver la réponse. Allah ne te facilitera pas les choses. » L'*istiqara* était davantage qu'une prière à dire avant de se mettre au lit, c'était une sorte de rite purificateur ; il fallait parvenir à une sorte de transe, un état de conscience altéré, avant de sombrer dans l'inconscience du sommeil, si l'on souhaitait obtenir une réponse de la plus grande précision. Selon l'imam Hadi, c'était ce procédé qui avait permis à Niels Bohr de découvrir la structure de l'atome et à René Descartes de formuler sa méthode scientifique. Nayir se disait qu'un outil aussi puissant devrait pouvoir l'aider à résoudre un problème bien plus modeste : devait-il ou non se rendre chez le médecin légiste demain matin ?

Juste avant l'aube, il rêva qu'il était dans une pièce immense remplie de confiseries. Tout autour de lui, ce n'étaient que plateaux chargés de baklavas, d'amandes de Jordanie et de loukoums. Plus il regardait, plus il y en avait : dattes et noix enrobées de sucre cristallisé ou de miel, beignets au glaçage luisant attendant sagement en rangs, sorbets qui ne fondaient jamais. En proie à une faim douloureuse, Nayir s'asseyait sur le sol de pierre et dévorait les gâteaux qui se trouvaient à sa portée, tandis qu'une fine pluie de sucre en poudre descendait sur lui, pareille à de la neige. Il mangeait, mangeait, mangeait jusqu'à se rendre malade, puis allait vomir dans un coin de la pièce.

Il n'était pas besoin d'être aussi intelligent que Niels Bohr pour interpréter ce rêve étrange : il courrait un grave danger en cédant à ses envies. La réponse était non.

6

ASSISE SUR UN BANC, DOS AU MUR, Miriam replia ses jambes sous elle et serra ses bras autour de son torse. Elle frissonnait de froid et de peur dans l'air glacé et se détestait d'être aussi faible. Elle n'avait aucune notion du temps écoulé depuis qu'on l'avait amenée ici. Une heure, deux ? Elle n'avait pas même le courage de chercher à le savoir. Elle avait essayé une douzaine de fois de joindre Eric sur son portable, mais il n'avait pas répondu. Aussi attendait-elle. Il n'aurait servi à rien d'appeler voisins ou amis ; Eric était le seul à pouvoir lui donner l'autorisation d'entrer dans le pays.

La porte s'ouvrit, mais ce n'était qu'un employé de l'aéroport. Il lui remit une bouteille d'eau et lui demanda si elle avait besoin d'autre chose. *Des tampons hygiéniques*, eut-elle envie de répondre. *Une côte de porc et une bouteille de vin.* Mais elle se contenta de secouer la tête et se remit à contempler les murs, avant de se rendre compte qu'il n'avait rien proposé aux autres femmes.

Quelques instants plus tard, quelqu'un vint les chercher, et Miriam demeura seule. Elle se demandait à présent pour qui elle devait s'inquiéter le plus : Eric, ou elle-même ? Elle avait l'impression d'être redevenue enfant, et c'était un sentiment qu'elle exécrait par-dessus tout. Dans ce pays, tout était conçu pour infantiliser les femmes. Elle l'avait dit des centaines de fois, mais en vain.

Elle resta sur ce banc une autre heure, lui sembla-t-il. *Plutôt crever que regarder ma montre.* Elle ne voulait pas avoir l'air de s'impatienter. Aux yeux du monde – même si celui-ci se réduisait à quatre murs vides –, elle était ici par choix. Quelqu'un l'attendait dehors, pas le contraire.

Enfin, la porte se rouvrit ; le garde passa la tête par l'entrebâillement et lui fit signe de sortir. Elle prit son temps pour se lever, redresser sa valise, ajuster son *abaya* et s'assurer que sa burqa était bien en place. Elle jeta un coup d'œil en direction de la porte et y vit une pancarte qu'elle n'avait pas remarquée à son arrivée. FEMMES NON RÉCLAMÉES, était-il écrit en anglais.

Dans le couloir l'attendait Eric, à côté du policier. Il mesurait une bonne tête de plus que ce dernier, et se tenait dans l'attitude qu'il adoptait toujours face à des gens plus petits, les épaules voûtées, la tête baissée, peignant d'un geste machinal ses cheveux blonds et courts. Cette posture lui donnait un air désorienté et un peu perdu, ce qui était rarement le cas. En ce moment, néanmoins, il semblait bouleversé. Elle faillit lui demander ce qui n'allait pas, mais préféra ne pas l'embarrasser devant le garde. Il portait également une chemise neuve, d'un bleu indigo qui ne faisait pas partie de ses couleurs habituelles. Le tissu soyeux évoquait ceux qu'affectionnaient les Saoudiens.

Le garde changea son fusil-mitrailleur d'épaule et apposa une dernière signature sur un morceau de papier qu'il remit à Eric, en même temps que son passeport et son permis de travail. Puis il la confia aux mains de son mari, tel un coureur passant le relais à un équipier : *À toi, maintenant !* Eric s'empara de sa valise et lui prit la main. Ils gagnèrent en hâte la sortie, franchirent les portes vitrées et se retrouvèrent dans la rue, où était garé le long du trottoir le pick-up Ford. L'air du dehors fit à Miriam l'effet d'une gifle. C'était comme d'ouvrir un four pour en sortir une tarte, sauf que l'odeur était un mélange de gaz d'échappement et de poussière. Suffoquée, elle pressa sa burqa contre son nez.

Eric rangea la valise dans le coffre et Miriam grimpa sur le siège du passager en prenant garde à ne pas se cogner la tête. Dès qu'elle eut refermé la portière, l'atmosphère parut s'apaiser, comme si elle venait de tirer un rideau sur le monde extérieur. Eric démarra. Il faisait encore frais à l'intérieur de la voiture, mais dès que la climatisation se remit en marche, Miriam tourna les aérateurs de façon à diriger l'air vers son visage, avec un grand soupir de soulagement. D'une manœuvre nonchalante, Eric effectua un demi-tour pour regagner l'autoroute.

« Bon, je ferais peut-être mieux de vérifier, à présent, dit-il en lui lançant un regard oblique. Êtes-vous bien ma femme ?

— Oui, c'est bien moi, répondit-elle en ôtant sa burqa. Ta femme soumise. Tu sais, celle que tu as confiée aux bons soins de la police de l'aéroport ?

— Seigneur, Miriam », murmura-t-il en passant une main dans ses cheveux.

Il inspira avec force et reprit :

« Je suis vraiment désolé.

— Que s'est-il passé ? demanda-t-elle.

— Je suis sincèrement heureux de ton retour.

— Que-s'est-il-pas-sé ? » répéta-t-elle en martelant les mots.

Elle savait qu'elle n'allait pas tarder à perdre son sang-froid mais était déterminée à se contenir le plus longtemps possible.

Il prit un air penaud et hésita un instant avant de répondre :

« Je ne me rappelais plus à quelle heure ton avion arrivait. Miriam, je...

— Tu avais *oublié* l'heure ?

— J'étais tellement occupé..., bredouilla-t-il sans terminer sa phrase, comme s'il prenait conscience que c'était une bien piètre excuse. Je t'en prie, pardonne-moi. Je suis désolé, cela ne se reproduira pas. »

Ça, tu peux le dire, songea Miriam. Toutefois, elle était tellement soulagée de le voir qu'il lui était difficile de rester fâchée. Elle se détourna et fit de son mieux pour se calmer. La circulation était fluide, les rues défilaient derrière la vitre.

Elle prit une profonde inspiration avant de demander :

« Alors, comment ç'a été ?

— Comme d'habitude. Et ton séjour ? s'enquit-il, dans un effort visible pour l'amadouer.

— Très agréable. Mais trop court, ne put-elle s'empêcher d'ajouter perfidement.

— Tu m'as manqué, reprit-il, sans relever la pique. Un mois, c'est trop long.

— Mmmmh. »

À sa grande surprise, il lui prit la main.

« Mais je me suis trouvé une seconde épouse, alors, ce n'était pas si mal.

— Oh ? fit-elle avec un petit sourire, acceptant de jouer le jeu. C'est ce qui explique la nouvelle chemise ?

— En fait, c'est un de mes clients qui me l'a donnée. La famille de sa femme possède un magasin de tissus à Riyad. C'est un prince, un de ces gros bonnets qui engagent des gardes du corps pour se donner davantage de prestige. »

Cela la contrariait que le travail d'Eric soit peu valorisant, et qu'elle doive supporter tous les inconvénients de la vie ici uniquement pour qu'il puisse protéger l'un des cinq cents princes du pays - qui n'en avait pas besoin, par-dessus le marché.

« Quoi qu'il en soit, ce qu'il y a de bien, avec ma nouvelle épouse, poursuivit-il d'un ton taquin, c'est qu'elle est saoudienne, et qu'elle fait tout, le ménage et la cuisine, donc te voilà libérée de ces tâches. Je te réserve un autre rôle, ajouta-t-il en lui décochant un regard espiègle.

— Ma foi, j'ai toujours joué celui de femme entretenue, depuis que nous sommes ici. »

Eric appuya sur le frein, obliqua vers le bas-côté et, faisant crisser ses pneus de manière spectaculaire, roula un instant sur une étendue de sable semée de rocaille avant de s'arrêter près d'une haie de buissons. Ses poings étaient crispés sur le volant et, l'espace d'un instant, elle pensa qu'elle était allée trop loin.

Il se pencha vers elle, lui enserra le visage entre ses mains et l'embrassa.

« Ne m'en veux pas, chuchota-t-il. Plus que cinq mois, et nous rentrerons chez nous. Je te le promets. »

Elle ferma les yeux. Elle avait envie de lui dire que ce n'était pas l'appréhension des cinq mois à venir, mais ce qui s'était déjà produit au cours des six derniers - la peur, la frustration, l'inquiétude constante. Ce pays était en train de détruire lentement leur couple, et elle craignait que, lorsque le moment du départ arriverait enfin, ce ne soit déjà trop tard.

Elle lui en avait déjà parlé, mais il n'avait pas compris. Se renfonçant dans son siège, elle prononça les mots qui résonnaient dans sa tête depuis des mois :

« Je voudrais simplement rentrer à la maison. »

Ils reprirent leur route, dans l'obscurité ponctuée de loin en loin par une enseigne au néon rose signalant un restaurant de kebab ouvert toute la nuit. L'estomac de Miriam gargouillait de faim, mais elle ne voulait pas s'arrêter.

Quand la camionnette s'engagea sur la route menant à leur quartier, elle se sentit désorientée. Vu de l'extérieur, c'était une terre étrangère, une terre d'hommes. Ce qu'elle en connaissait se limitait aux murs de son immeuble et à de brefs trajets vers l'épicerie voisine.

Ce soir, elle découvrait un spectacle qu'elle avait rarement eu l'occasion de voir, un quartier tentaculaire grouillant d'immigrés en provenance du Soudan, de Somalie et d'autres pays musulmans, des hommes qui passaient leurs journées à ramasser les ordures dans les rues, mais pas dans cette partie-ci de la ville. Il y avait également des Saoudiens, dans leurs longues robes et leurs coiffes blanches. Un jeune homme portant une casquette de base-ball par-dessus sa *ghutra* passa près de leur véhicule et cracha en direction du pare-chocs. Miriam grimaça et se dit en elle-même que ces hommes crachaient trop pour descendre d'un peuple qui attachait tant d'importance à la conservation des fluides corporels. Mais ce n'étaient pas des Bédouins, et on n'était pas dans le désert. On était à Djeddah, un port barbotant dans l'humidité perpétuelle de la mer.

Quand ils avaient emménagé dans cet appartement, Eric l'avait persuadée qu'ils y seraient plus en sécurité que dans une des résidences réservées aux Occidentaux. Mais la vraie raison, qu'il s'était bien gardé d'exprimer, c'était qu'il détestait la ségrégation volontaire dans laquelle s'enfermaient les Américains. Il respectait la culture musulmane et voulait s'y intégrer, du moins pendant qu'ils seraient ici. Il avait appris l'arabe quand il était dans l'armée, et deux séjours en Irak lui avaient enseigné que le mode de vie islamique ne se résumait pas à une poignée de terroristes ou à la fumée du *hookah*. Se cloîtrer dans un complexe résidentiel peuplé d'anglophones allait à l'encontre de ses convictions, même si c'était le seul endroit où les femmes pouvaient circuler librement, promener leur caniche et se prélasser autour des piscines.

Au début, elle avait insisté pour aller vivre dans une de ces résidences, en arguant qu'il pourrait visiter la ville à loisir tandis qu'elle serait en lieu sûr, mais il n'avait rien voulu savoir. Selon lui, il existait deux sortes de complexes résidentiels. Les plus grands comprenaient jusqu'à plus de cinq cents logements, avec tous les équipements qu'un Américain pouvait souhaiter, y compris des centres commerciaux réservés au personnel militaire. Mais à quoi bon vivre en Arabie saoudite si c'était pour louer un petit morceau d'Amérique ? Les complexes de moindre taille accueillaient une population plus hétérogène, qui comprenait même des musulmans, mais leur sûreté laissait à désirer. Depuis les attentats de 2003, on avait renforcé les dispositifs de sécurité dans toutes les résidences abritant des étrangers – du moins, jusqu'à ce que les propriétaires des plus petites se mettent à expulser leurs locataires occidentaux. S'ils se débarrassaient des résidents américains et européens, ils n'avaient plus besoin de payer des frais de surveillance. Deux amis d'Eric avaient ainsi été chassés au cours des six derniers mois et obligés de déménager vers des endroits beaucoup plus onéreux, à l'autre bout de la ville. Le choix était donc simple : vivre dans un simulacre d'Amérique ou dans un lieu un peu moins ségrégationniste, d'où ils risquaient d'être expulsés à tout moment. Miriam aurait préféré résider dans le gigantesque complexe des Portes de l'Arabie, parce qu'elle souhaitait un peu de liberté, factice ou pas.

« C'est l'une des principales cibles d'al-Qaida à Djeddah, lui avait déclaré Eric. Il est hors de question d'y habiter. »

La camionnette tourna dans une rue étroite, une venelle poussiéreuse, et ralentit en approchant de leur immeuble. Le cube à la façade de stuc blanc ne se différenciait guère des bâtiments voisins, sinon par sa taille : un mur de plâtre surmontait le toit, lui ajoutant trois mètres de hauteur. Des panneaux de bois noir obturaient chaque fenêtre et la porte d'entrée ornementée de clous de tapissier semblait capable de résister à un tank.

Ils dépassèrent l'immeuble. Il était toujours difficile de trouver à se garer dans la petite rue, et encore plus le soir. Miriam ravala un commentaire agacé et regarda fixement par la vitre tandis qu'ils roulaient lentement à la recherche d'un emplacement ; ils firent d'abord le tour du pâté de maisons où ils habitaient, puis de chacun des suivants, méthodiquement. Au bout de quelques minutes, elle était complètement perdue et incapable de dire dans quelle direction se trouvait leur appartement. Aucune de ces rues, certaines pleines d'immeubles d'habitation, d'autres de boutiques, ne lui était familière, de nuit.

Finalement, ils se garèrent dans une voie où flottait un parfum de jasmin. Miriam descendit de voiture, une douleur sourde palpitant derrière ses yeux. Elle était épuisée.

Pendant qu'ils se dirigeaient vers l'appartement, elle essaya de se préparer au choc qu'elle n'allait pas manquer d'éprouver en retrouvant ce qui était devenu sa prison. Quand Eric était au travail, elle avait du mal à quitter la maison ; il y avait eu un temps où il l'encourageait à sortir plus souvent, « pour ton propre bien », disait-il, mais l'expérience lui avait appris que c'était une très mauvaise idée.

« Tu es américaine, avait-il déclaré un jour. Ils ne t'embêteront pas.

— Je suis une femme, c'est tout ce qui compte à leurs yeux. »

Au début, chaque fois qu'elle sortait, ses voisines, en entendant ses pas dans le couloir, passaient leur visage voilé par la porte et l'avertissaient que les femmes non accompagnées pouvaient être arrêtées par la police religieuse et incarcérées. Si *elle* avait des problèmes avec la police religieuse, affirmaient-elles, ce serait encore pire parce qu'elle était une Occidentale !

Du moins c'était ce qu'elle avait cru comprendre. Avec la plupart de ses voisines, la conversation se réduisait à un jeu de pantomime et de devinettes. Elle les avait remerciées et était quand même sortie. Dans la rue, elle se sentait tour à tour rassurée et terrorisée. Certains jours, elle pouvait flâner librement, aller où cela lui plaisait du moment qu'elle portait son *abaya* et son foulard, avec la burqa à portée de main au cas où elle se sentirait trop exposée aux regards. Parfois les gens la dévisageaient ouvertement, s'arrêtant même pour la contempler, bouche bée. Il arrivait que des femmes la saluent poliment. Mais d'autres jours elle se heurtait à une franche hostilité. En la voyant seule, des hommes la sifflaient ou lui barraient le passage. Ils la sommaient de rentrer chez elle, la prévenaient qu'elle prenait un risque en se promenant seule, et elle les croyait. Même si elle n'avait jamais été arrêtée, ainsi que ses voisines l'avaient prédit, elle se sentait de plus en plus menacée à mesure que passaient les semaines. Elle avait le pressentiment que quelque chose d'affreux allait lui arriver, et que ce n'était qu'une question de temps.

Ils parvinrent enfin à leur immeuble et gravirent le large escalier de marbre. Elle fit une halte sur le palier du premier étage pour écouter s'il y avait du bruit chez les Assad, mais ils devaient être sortis – pour se rendre à un mariage ou à un enterrement. Les femmes quittaient rarement la maison pour une autre raison, après la tombée du jour.

Elle reprit son ascension et rejoignit Eric. Avant d'ouvrir la porte, il avoua qu'il n'avait pas eu le temps de faire le ménage.

« Tu ne l'as pas fait de tout le mois ?

— Si, j'ai quand même nettoyé un peu. »

Elle entra et promena les yeux sur les murs nus et blancs, le sol de pierre froide. C'était vrai qu'il n'y avait pas grand-chose à nettoyer. Pendant qu'Eric portait sa valise dans la chambre, elle alla dans la cuisine. À l'exception d'une boîte de fèves et de quelques pitas rassises, le garde-manger était plus vide qu'elle ne l'avait laissé et, l'espace d'un instant, la pièce lui parut étrangère, comme si elle était entrée par erreur chez quelqu'un d'autre. La peinture des placards s'écaillait. Le fourneau était couvert d'une épaisse couche de graisse et de résidus carbonisés. Sur la porte du four, tout aussi sale, Eric avait tracé les mots « Danger biologique ». *Crétin*, se dit-elle, en se forçant à sourire. Autrefois blanc, le linoléum ressemblait à du chou-fleur moisi, avec ses dalles sillonnées de ruisselets de crasse.

« Je vais chercher de quoi manger, annonça Eric en apparaissant sur le seuil.

— Ce n'est pas la peine, je n'ai pas vraiment faim.

— Mais si, je le vois bien. Quand tu as faim, tu te mords les lèvres, dit-il, sortant ses clés de sa poche et les pointant vers elle. Ferme bien la porte. Je reviens tout de suite.

— Dépêche-toi », lui recommanda-t-elle.

Mais il était déjà parti.

Miriam retourna son sac au-dessus de la table et entreprit d'en trier le contenu. Des reçus, des tickets de bus. Mettant de côté les emballages de bonbons et les pièces de monnaie américaines, elle exhuma une feuille pliée en quatre qu'on lui avait remise au consulat, quand elle avait fait renouveler son visa. C'était un avertissement du ministère des Affaires étrangères. Elle l'avait déjà lu, mais elle le parcourut de nouveau pour se rafraîchir la mémoire.

Les femmes américaines doivent observer la plus grande prudence pour leur propre sécurité. Ne vous faites pas remarquer, évitez de vous déplacer à l'intérieur du royaume et signalez immédiatement toute activité suspecte à l'ambassade américaine.

La police religieuse, connue sous le nom de Mutaawaiin, détient les mêmes pouvoirs que la police normale. Pour veiller au respect des mœurs, les mutaawaiin harcèlent et arrêtent les femmes ayant commis les infractions suivantes :

— boire de l'alcool ;

— porter un pantalon ou autre tenue occidentale ;

— manger au restaurant ;

— conduire une voiture ou une bicyclette ;

— danser, écouter de la musique ou regarder des films dans un lieu public ;

— être en compagnie d'un homme qui n'est ni leur mari ni un membre de leur famille.

Les femmes se mêlant dans un lieu public à des hommes qui ne leur sont pas apparentés encourent le risque d'être accusées de prostitution, ce qui peut être puni de mort.

La peine encourue pour le trafic de drogue est la mort. Les Saoudiens ne font aucune exception. Les représentants du gouvernement des États-Unis n'ont aucun moyen d'obtenir la clémence des tribunaux saoudiens à l'égard des citoyens américains, quelles que soient les circonstances.

La première fois qu'elle avait lu cet avis, elle en avait eu froid dans le dos. Elle s'était souvenue avec un pincement au cœur que, lorsqu'ils avaient décidé de partir pour Djeddah, elle rêvait de nomades, de cavaliers basanés avec une épée à la ceinture et de faucons tournoyant au-dessus de leur tête enturbannée de blanc. L'Arabie était romantique, si l'on était un homme.

Elle froissa le papier et le jeta à la poubelle. Elle était rentrée à présent, officiellement rentrée, et, bien qu'elle ne fût là que depuis vingt minutes, elle attendait déjà Eric. Elle attendait qu'il revienne du magasin, qu'il revienne du travail, d'un monde où elle avait peur de s'aventurer sans lui. Attendre, toujours attendre. Sa valise était bourrée de fournitures destinées à des passe-temps auxquels elle ne s'était jamais adonnée aux États-Unis : point de croix, broderie, tricot. Elle allait tricoter dans le désert. Un jour, elle en rirait, mais dans l'immédiat ça n'avait rien de drôle. *Regardez-moi ça,* pensa-t-elle, *même pour rire, je suis obligée d'attendre.*

Elle fouilla tout au fond de son sac, et un petit morceau de plastique apparut sur sa paume. Jetant le reste, elle l'examina avec curiosité. Cela ressemblait à une carte mémoire d'appareil photo numérique, mais ce n'était pas à elle. Distraitement, elle la mit dans sa poche, en se disant qu'elle en parlerait à Eric quand il rentrerait.

Le cœur lourd d'appréhension, Miriam ouvrit la porte de derrière et gravit l'escalier menant au toit, les marches métalliques résonnant sous ses pas. Ici, au moins, elle pouvait faire semblant d'être encore aux États-Unis, dans un monde où elle pouvait jouir librement de l'air frais, du soleil, et disposer de son propre trousseau de clés. À l'est, deux étoiles jetaient un éclat bleuté sur l'horizon. Elle s'appuya au mur et huma une bouffée d'air nocturne embaumant le jasmin et la fumée d'encens qui émanait d'une fenêtre proche. C'était une odeur réconfortante. Elle pensa aussitôt à Sabria, sa voisine du dessous, et au plaisir qu'elle prenait à bavarder et à boire du café avec elle dans la pièce enfumée.

Mais, à mesure que les minutes s'écoulaient, la chaleur suffocante resserrait son étreinte sur elle. Elle songea de nouveau au complexe résidentiel américain, à ses piscines qui étaient l'idée même qu'elle se faisait du paradis en cet instant précis.

Encore cinq mois.

Elle remarqua qu'Eric avait étendu son linge – depuis des jours, à en juger par la raideur du tissu et la décoloration due au soleil sur le haut des chemises. Entendant un bruit sourd de l'autre côté du toit, elle se retourna. La trappe d'accès s'ouvrit et un visage de femme apparut.

« Sabria ! »

La jeune fille sourit et se précipita vers elle. Miriam se porta à sa rencontre, heurtant au passage une corde à linge, et elle jura à mi-voix tout en riant.

« Comme je suis contente de te revoir ! »

Sabria l'embrassa sur les deux joues, la prit par les épaules et fronça les sourcils.

« Tu es partie trop longtemps ! Que vais-je faire quand tu t'en iras pour de bon ?

— Tu n'auras qu'à venir avec moi.

— Et abandonner ma famille ? Tu plaisantes ? » dit la jeune fille avec un petit sourire.

Elle se plaignait sans cesse que sa famille la rendait folle, c'était même l'un de leurs sujets de conversation favoris. Sabria vivait à l'étage du dessous avec ses parents, six sœurs et un frère aîné profondément dévot. Elle était l'aînée des filles, et c'était à elle qu'incombaient la plupart des corvées ménagères et la garde des enfants. Toutefois, quelques mois auparavant, elle s'était libérée de ce fardeau en se faisant embaucher par sa tante, qui tenait un institut de beauté. Ses parents n'approuvaient pas cette décision.

« Nous étions sur le point de nous rendre au mariage de mon cousin, reprit Sabria. Tout le monde y va. Mes parents sont déjà partis, mais j'ai forcé mon cousin Abdullah à rester ici parce que je voulais te voir. Je pensais que tu arriverais plus tôt.

— Comme c'est gentil, dit Miriam, prise d'une envie irraisonnée de pleurer. Nous avons été retenus à l'aéroport. Ne te mets pas en retard pour moi. Je te verrai demain.

— Oui, mais je tenais à t'apprendre la nouvelle : je me marie le mois prochain.

— *Quoi* ? Avec qui ?

— Mon cousin Omar.

— Félicitations, murmura Miriam, la gorge serrée. C'est celui qui vit à Riyad ?

— Oui, celui dont je t'avais parlé, répondit Sabria en détournant son regard vers la corde à linge.

— Et tu es contente de l'épouser ?

— Oui, bien sûr, seulement... tout est allé si vite », ajouta-t-elle avec un haussement d'épaules.

Miriam hocha la tête. Elle savait combien les parents de Sabria étaient pressés de marier leurs filles et réprouvait cette hâte. Soudain, un bruit métallique lui parvint de l'appartement, et elle s'écria :

« Écoute, Eric est rentré. Pourrais-tu descendre une minute ou deux ? Il était sorti acheter le dîner, et je meurs de faim.

— Non, Abdullah va partir sans moi si je ne reviens pas.

— Bon, tant pis, soupira Miriam en la serrant de nouveau dans ses bras. Monte me voir dès ton retour.

— Entendu. »

En la regardant s'éloigner d'un pas vif, Miriam se rappela combien elle était jeune. Si, physiquement, elle paraissait bien ses dix-sept ans, la plupart du temps on lui aurait donné douze ans d'âge mental, malgré de rares mais magnifiques accès de maturité.

« Bon voyage ! » cria-t-elle, et une réponse étouffée lui arriva de la cage d'escalier. En souriant, elle ramassa la bassine qui traînait par terre. Ils n'avaient pas de lave-linge. Elle faisait la lessive à la main et, bien qu'elle se plaignît du travail ménager incessant, elle s'en réjouissait en secret. Au moins, cela lui donnait une occupation.

Elle décrocha rapidement les vêtements d'Eric, en pestant contre les pinces à linge qui avaient abîmé une de ses chemises blanches, puis redescendit dans l'appartement.

Depuis le seuil de la cuisine, une odeur d'houmous et de *chawarma* flotta jusqu'à ses narines. Elle déposa la bassine sur le comptoir et alla droit vers la table. Soulevant la feuille d'aluminium qui recouvrait une barquette, elle plongea un doigt à l'intérieur, puis arracha un morceau d'un énorme pain pita et le fourra dans sa bouche.

« Errk ? appela-t-elle, la bouche pleine. Chéri, viens manger ! »

Pas de réponse.

« Eric ?»

Elle avala avec difficulté. Le tue-mouches électronique se mit à crépiter avec un bruit pareil à celui d'une rafale de mitrailleuse, et elle sursauta, lâchant son pain. Elle se baissa pour le ramasser, puis inspira profondément. Sans doute un lézard ; ils mettaient plus longtemps à griller que les moustiques.

Elle déballa une portion de *chawarma* et s'assit pour déguster avec ravissement la viande encore chaude.

« Je commence sans toi ! » cria-t-elle, avant d'ouvrir une bouteille d'eau et de boire à longs traits.

Elle perçut un bruit dans le couloir ; les fenêtres de la cuisine tremblèrent quand la porte d'entrée de l'immeuble se referma en claquant. Posant son sandwich sur la table, elle se rendit dans le séjour.

La porte de l'appartement était entrebâillée.

Elle traversa la pièce et regarda dehors, mais le couloir était plongé dans l'obscurité.

« Tu as laissé la porte ouverte ! »

Elle la referma et, en regagnant la cuisine, s'arrêta un instant pour tendre l'oreille. Aucun son ne lui parvenait de la salle de bains. Elle alla voir. La porte était ouverte et la lumière éteinte. Elle alluma et tira d'un coup sec le rideau de douche, dévoilant une énorme tache de moisissure.

« Eric ? »

Le couloir étroit étouffait sa voix. Dans la chambre, sa valise était toujours sur le lit, intacte. La lampe de chevet diffusait une lumière chaleureuse, mais elle frissonna, envahie soudain par un profond désarroi. Elle alluma le plafonnier. En allant regarder derrière la porte, elle faillit rire tout haut, se moquant d'elle-même : à quand remontait la dernière fois où Eric s'était caché derrière une porte pour la surprendre – à leur lune de miel ?

« Eric, où es-tu ? »

Toujours pas de réponse. Comme elle revenait vers la porte d'entrée, elle entendit une voiture démarrer, mais décida que le moteur était trop bruyant pour que ce soit la leur. C'était sans doute Abdullah et Sabria partant pour la noce. Sortant de l'appartement, elle se rendit dans le salon réservé aux visiteurs hommes, qui surplombait la rue. À part la lumière des réverbères filtrant à travers les volets, l'obscurité régnait dans la pièce. Elle chercha à tâtons un interrupteur, trouva une lampe posée sur une table et l'alluma. L'ampoule était faible mais éclairait suffisamment pour lui permettre de contourner la table basse, d'enjamber les coussins brodés et les tasses à thé bordées de moisissure. Elle regarda par les fentes des persiennes. La rue était déserte.

Ne panique pas, s'adjura-t-elle, s'efforçant de croire que son angoisse n'était pas fondée, qu'elle n'était due qu'à sa claustrophobie. Cela lui était déjà arrivé d'être au bord de la crise de nerfs, de frôler la paranoïa – comme la fois où Eric était tombé en panne sur l'autoroute et qu'elle avait cru qu'il l'avait quittée pour une autre. Il était rentré en taxi et l'avait trouvée en pleurs sur le sofa. Miriam Walker, docteur en musicologie – écoutez-la braire.

Elle revint dans la cuisine et se contraignit à plier le linge. Le *chawarma* l'avait plongée dans cet état de torpeur qui accompagne la digestion, dissipant ses frayeurs. Eric avait dû retourner au restaurant pour une raison quelconque. Comme ce n'était pas très loin, il avait sans doute préféré s'y rendre à pied. Peut-être avait-il oublié son portefeuille là-bas. Ses clés n'étaient pas sur la table, là où il les déposait habituellement. Il les avait emportées pour pouvoir ouvrir la porte... mais avait oublié de la refermer. Il aurait droit à une mise en boîte en règle, quand il reviendrait.

Quatre heures plus tard, elle était de nouveau en proie à une terrible anxiété. Elle avait déjà essayé de l'appeler sur son portable une bonne dizaine de fois, mais elle tombait directement sur sa messagerie, et la frustration de ne pouvoir le joindre ne faisait qu'accroître sa panique. Il était trop tard pour appeler ses amis. De toute façon, s'il était parti voir l'un d'eux, il l'aurait prévenue, elle en était certaine. Elle repensait sans cesse à la conversation qu'ils avaient eue dans la voiture, cherchant à déceler quelque chose d'anormal dans son comportement, un indice lui prouvant qu'il s'était bel et bien enfui. Plus elle y réfléchissait, plus son imagination se mettait à déformer chacun de ses mots, chacune de ses expressions, et jusqu'à la signification de sa chemise bleue flambant neuve.

À une heure du matin, l'épuisement l'avait emporté sur l'inquiétude. Elle s'assit sur le sofa et finit par s'endormir, entrouvrant les yeux de temps à autre pour contempler la porte close.

7

TOUS LES APRÈS-MIDI, VERS CINQ HEURES MOINS LE QUART, la vie semblait s'arrêter dans les rues du centre-ville, sous la chaleur accablante qui montait par vagues de la chaussée huileuse, nuées grises et putrides en suspension dans le ciel obscurci par les vapeurs de diesel. Dans une paisible ruelle connue pour ses innombrables boutiques de tissu et de bonneterie entassées les unes contre les autres, seul le bruit lointain d'une chasse d'eau trahissait une présence humaine derrière les volets baissés et les portes fermées. Longue et étroite, cette voie allait en se rétrécissant pour se terminer misérablement par une épicerie délabrée peinte en jaune-vert, en face d'une fontaine publique. En cet instant même, l'entrée de la boutique était obstruée par une énorme grille. Ses barreaux de métal noir étaient brûlants au toucher et poisseux d'humidité. Derrière eux se tenait Nayir Sharqi, attendant d'être libéré.

Le *salat al-asr*, la prière de l'après-midi, s'était élevé des haut-parleurs vingt minutes plus tôt et, comme tous les bons commerçants, le propriétaire de l'épicerie s'était empressé de baisser le rideau de fer et de le verrouiller. Toutefois, contrairement à la plupart des autres, il s'était ensuite précipité vers la mosquée, laissant Nayir seul dans le noir avec deux boîtes de fèves en conserve et un pot de café moulu dans les mains.

Normalement, Nayir aurait pu s'épargner ce genre de situation, s'il avait été plus attentif à l'heure, mais ce jour-là il s'était laissé surprendre. L'épicier avait agi comme il le devait en fermant dès que l'appel avait retenti, afin d'éviter tout démêlé avec la police religieuse – et au cas où son client aurait été du genre à partir sans payer.

Nayir en avait profité pour se livrer à ses propres dévotions. Il avait ouvert une bouteille d'Évian et effectué ses ablutions derrière la caisse enregistreuse, là où la moquette absorberait l'eau répandue. Puis il s'était agenouillé sur le sol de pierre, juste à côté d'une étagère garnie de paquets de tabac, et s'était efforcé le plus possible de tourner son esprit vers la prière. Mais, aujourd'hui, seul son corps accomplissait mécaniquement les gestes, pendant que des pensées obscures voletaient dans sa tête.

S'il y avait une chose qu'il avait apprise, au cours des huit derniers mois, c'était qu'il était vain de tenter de surmonter sa culpabilité. Il avait recouru à toutes les stratégies imaginables, avait maintes fois demandé à Allah de l'éclairer, mais, malgré sa ferveur, le sentiment de faute continuait à le ronger.

Ferme la porte, baisse ton voile, garde la bouche close. Ses propres pensées au sujet des femmes lui revinrent en mémoire. N'était-ce pas ce qu'il avait fait, lui, durant tous ces mois ? S'enfermer, s'exclure lui-même ? L'espace d'une seconde, toute la culpabilité qu'il avait nourrie pendant ces longs mois parut se cristalliser dans cette révélation fulgurante. Les raisons qu'il avait invoquées pour justifier son attitude envers Katya n'étaient que de mauvaises excuses. Une démonstration de religiosité ostentatoire, dépourvue de sens. L'islam véritable ne prônait-il pas d'aimer son prochain ? De lui donner son amour généreusement et sans restriction, quitte à se sacrifier soi-même ? N'enseignait-il pas le respect d'autrui ? Et lui, avait-il respecté Katya en cessant de la voir sans explication ? En la laissant se perdre en conjectures ? C'était un comportement inacceptable.

Mais cet argument se désintégra dès qu'il l'examina de plus près, car, après tout, que se passerait-il si chaque homme prenait la liberté de « donner son amour » à toutes les femmes qu'il croisait ? Que se passerait-il si chacun oubliait le respect et la politesse dus aux femmes et à leur famille, sous prétexte que l'islam préconisait la charité, et qu'il avait besoin de dispenser son amour ? Non, tout bien réfléchi, c'était complètement stupide.

Il acheva sa prière et reprit subitement conscience de l'endroit où il se trouvait. Une cage fermée à clé. Un sol de pierre dure. Il se redressa et déposa un billet sur le comptoir, en règlement de l'Évian, des fèves et du café, puis alla se planter devant la grille. Pas le moindre mouvement dans la rue. Il tenta de secouer les barreaux, mais il n'y avait personne pour l'entendre. Dix minutes plus tard, l'épicier revint, l'air content de lui, et déverrouilla la grille qui se releva en grinçant. Nayir s'en alla sans un mot.

En dix minutes, il parvint à l'immeuble abritant le quartier général de la police. Il se dirigea vers l'entrée et vit des femmes qui sortaient par une porte latérale. Il s'arrêta, s'engouffra sous une porte cochère et risqua un coup d'œil discret. Elles se dispersèrent rapidement, montant dans les voitures qui les attendaient, ou cheminant deux par deux d'un pas pressé. Bientôt, la rue fut de nouveau déserte.

Il se dirigeait vers le bâtiment quand une dernière femme en émergea. Il se figea et sentit son estomac se serrer en reconnaissant la démarche de Katya. Elle était seule et avait abaissé sa burqa.

C'était maintenant ou jamais, il devait agir mais s'en sentait incapable. S'agissait-il bien d'elle ? Son cœur battait la chamade et il fut pris de vertige. Elle se retourna et, en l'apercevant, s'immobilisa à son tour, les yeux rivés sur lui. Il aurait donné n'importe quoi pour voir à travers la burqa en cet instant, rien qu'une seconde, observer les sentiments qui se jouaient sur son visage en le retrouvant après tout ce temps. Mais il discerna seulement dans ses yeux une brève lueur de surprise.

Sans réfléchir, il s'avança vers elle. Il remarqua qu'elle serrait son sac contre sa poitrine ; mis à part ce détail, elle affichait une attitude décontractée.

« Je n'arrive pas à le croire, dit-elle d'un ton amusé, où il décela néanmoins un peu de nervosité. Je pensais ne jamais vous revoir. »

Ces derniers mots étaient empreints de froideur, comme si elle l'avait rangé tout au fond d'un tiroir fermé à clé et banni de sa mémoire. Il bredouilla, cherchant désespérément quelque chose à répondre, n'importe quoi, en vain.

« Comment allez-vous, Nayir ?

— Bien, répondit-il d'une voix étranglée. Je vais bien, répéta-t-il après s'être éclairci la gorge.

— Vous semblez avoir maigri. »

Il acquiesça. Un silence passa, lourd d'expectative.

« C'est bon de vous revoir », reprit-elle d'une voix hésitante où perçait une sorte d'interrogation.

Ayant l'impression de se comporter comme un idiot, Nayir répondit :

« Je suis désolé, K... »

Il se reprit juste à temps. Il avait failli l'appeler par son prénom, et, même s'il l'avait fait dans le passé, cela ne lui semblait plus convenable à présent.

« Je suis désolé. Je suis venu pour vous soumettre une requête. »

Ses yeux, toujours fixés sur lui, exprimaient maintenant de la curiosité. Elle n'avait pas relevé sa burqa, et il éprouva brusquement l'envie aussi effrayante que déraisonnée de la lui ôter lui-même. Il enfouit ses mains dans ses poches afin de ne pas céder à cette pulsion.

« En fait, c'est au sujet d'un ami, poursuivit-il. Un ami qui est décédé. »

Toute amabilité disparut du regard de Katya. Il sentit son estomac chavirer.

« Je vois », dit-elle sèchement.

Sa colère était manifeste à présent. Nayir aurait voulu trouver les mots pour l'apaiser, mais c'était comme essayer de parler une langue qu'il ne comprenait pas, la tentative maladroite et humiliante d'un illettré. Jamais il ne s'était senti aussi stupide.

Il bafouilla la première réponse qui lui vint à l'esprit :

« Je ne le fais que pour rendre service à mon oncle. »

De toute évidence, ce n'était pas la chose à dire. Il crut deviner un tremblement sous le voile, un long frémissement de rage. Elle inspira avec force et serra son sac plus étroitement contre elle. Et c'est alors qu'il vit l'anneau à sa main gauche.

Il détourna les yeux, mais partout où il les posait il voyait la bague, un petit diamant monté sur un anneau d'or ouvragé. Il la voyait sur le trottoir, sur les immeubles, sur les voitures. Le silence se prolongea et devint bientôt si oppressant qu'il se décida enfin à le rompre.

« Vous êtes fiancée ? » s'enquit-il, d'un ton qui se voulait désinvolte mais manquait lamentablement son effet.

Comme elle ne répondait pas, il lui présenta ses félicitations.

À ce moment, le portable de Katya se mit à sonner. Elle fouilla dans son sac et, quand elle l'eut saisi, s'éloigna de quelques pas pour répondre, en murmurant une excuse.

Nayir était perdu dans le désert de sa mémoire. Cela lui arrivait souvent lorsque quelque chose en lui se désagrégeait sous l'effet d'une tension excessive. Un trop-plein d'émotions l'emportait alors vers un monde où son corps n'était pas cette forme massive plantée au milieu du trottoir sous un soleil aveuglant et qui semblait porter sur ses épaules le poids de la Terre entière, mais plutôt un récipient où se déversait l'univers. Singulièrement, il n'éprouvait cette impression que dans le désert, dont l'immensité lui donnait le sentiment d'être encore plus petit qu'il ne l'était en réalité.

Omran, son guide préféré quand il était enfant, s'était vanté un jour de pouvoir faire chanter le désert. Il avait emmené Nayir à quelques kilomètres du campement, là où les dunes étendaient à l'infini leurs vagues immaculées. Ils étaient montés jusqu'au sommet de la plus haute : la pente était si raide qu'Omran s'était encordé à Nayir pour éviter que celui-ci ne tombe et ne déclenche une avalanche.

Arrivés tout en haut, ils s'étaient perchés sur l'étroite bande de sable qui formait la crête de cette prodigieuse vague. C'était la plus grande dune qu'il eût jamais vue, un vaste amphithéâtre descendant abruptement vers un petit ravin aux pentes lisses. Nulle empreinte n'en troublait la surface caressée par le vent.

« Quoi qu'il arrive, avait ordonné Omran, ne bouge pas d'ici. Et si je ne reviens pas, va vite chercher de l'aide. Compris ? »

Nayir avait hoché la tête, et Omran avait poursuivi, en se penchant plus près :

« Ce que tu vas voir, c'est de la magie, alors n'en parle pas à n'importe qui. Tu connais la sourate de protection contre les djinns ?

— Oui.

— Bien. Ce sera notre secret, d'accord ?

— D'accord. »

Omran avait dénoué la corde qui les reliait et, avec une souplesse étonnante, avait bondi par-dessus le rebord de la dune. Il était resté suspendu en l'air pendant un instant incroyablement long avant d'atterrir six mètres plus bas. Ses jambes s'étaient enfoncées dans le sable avec un BOUM ! prodigieux.

Le bruit était si fort que Nayir était tombé à la renverse et s'était retrouvé assis en train de glisser le long de la pente. Il avait réussi à se retourner et était remonté à quatre pattes jusqu'à la crête.

C'était à ce moment qu'il avait entendu le son, pareil à celui d'un petit avion se dirigeant vers lui. Mais ce n'était pas le vrombissement d'un moteur, plutôt un ululement de femme, qui s'était bientôt transformé en un hurlement surnaturel. Il n'y a pas de Bédouin au monde qui n'éprouve une crainte respectueuse envers les djinns maléfiques, les *shaytan*. Nayir les vit tourbillonner autour de lui, faits de fumée et de métal en fusion, leurs immenses bouches noires crachant des balles de sable, des flammes ardentes et ce glapissement incessant. Âgé de six ans à l'époque, et ignorant tout des lois de la physique, Nayir s'était mis à pleurer.

À plat ventre, il avait rampé jusqu'au bord de la dune et vu Omran qui continuait à dévaler le flanc du ravin, tel un couteau tranchant un énorme gâteau moelleux. Le vent avait projeté un flot de sable dans le visage de Nayir. Il avait senti les grains dans sa bouche, fermé instinctivement les yeux et craché. Puis tout à coup, le bruit était devenu différent. Le hurlement avait fait place à un faible gémissement. Quand le nuage de sable s'était dissipé, Nayir avait pu distinguer Omran tout au fond de la ravine. Il était à genoux, face à lui, mais ses bras étaient enfouis jusqu'aux coudes dans le sable. Il se débattait, comme si, sous la surface, quelque créature était en train de lui dévorer les avant-bras.

« Omran ! » avait crié Nayir en se redressant.

Le sol avait cédé et il avait déboulé, dérapé, dégringolé, à la façon tantôt d'une avalanche, tantôt d'un faucon plongeant en piqué. Sa chute s'accompagnait d'un grincement strident émanant des profondeurs du sol, sous ses jambes qui fendaient le sable. Les vibrations avaient fait trembler tout son corps, remontant le long de ses membres et de son torse pour se répercuter jusque dans son cou et son visage. Il y avait tellement de djinns dans ce son qu'il s'était cru possédé. Mais ces djinns-là étaient des versions rabougries des premiers, et, à un certain moment, il avait fini par comprendre que c'était son corps qui produisait ce bruit en glissant sur le sable. C'était lui le djinn, et c'était de lui-même qu'il avait peur.

Pour une fois, ce n'était pas son oncle Samir qui lui avait fourni l'explication de ce phénomène, mais Omran lui-même. Il y avait été contraint lorsque Nayir s'était rué vers la tente de Samir en clamant qu'il avait entendu le chant des dunes. Omran s'était assis et, de sa voix posée d'adulte, avait exposé que la pression exercée par un corps en glissant sur le sable déclenchait dans le sol des vibrations synchrones, générant des sons à haute fréquence. La forme en croissant de la dune agissait comme un amplificateur. Il avait parlé des fréquences hertziennes et même tracé un croquis. Le tout d'une manière très scientifique. Samir avait hoché la tête, satisfait de constater que le guide possédait de solides notions de physique. Déçu, Nayir avait cessé d'écouter et était sorti de la tente.

Ce n'était qu'en arrivant au pied de la dune que son oreille s'était enfin souvenue du chant mystérieux qu'il avait créé, et il avait désespérément tenté de le retenir, le répétant sans fin dans sa tête tel un enfant apprenant le Coran. Ces sons faisaient partie de lui aussi sûrement que les cellules de son corps contenaient son essence vitale. Parvenu à l'âge adulte, ils lui revenaient parfois à l'esprit, fugitivement, comme un écho obsédant à ses propres tâtonnements dans le monde.

Il aurait aimé pouvoir expliquer tout cela à Katya. Lui dire qu'une chute ne se réduit pas toujours à un accident dénué de sens. Que même les moments les plus pénibles peuvent se transformer en des expériences transcendantes. Et que toutes les explications scientifiques du monde ne peuvent suffire à révéler l'effet produit par une simple glissade au flanc d'une dune. Elle chuchotait dans le téléphone tout en inspectant la rue et en lui jetant de temps à autre un regard voilé de nostalgie. Enfin, elle referma son portable.

« Je suis désolée, Nayir », dit-elle.

Elle s'apprêtait à prendre congé. Ou elle le congédiait, ce qui revenait au même. Il savait qu'il le méritait, mais il savait aussi qu'il ne pourrait jamais l'accepter. Il en avait assez de souffrir ainsi. Ce qui venait de se produire n'était pas une rêverie sur le passé, mais une sorte d'*istiqara,* une réponse d'Allah à ses prières ferventes des huit derniers mois. La voie qu'il avait choisie n'était pas la bonne, mais il allait réparer son erreur, quitte à aller voir le père de Katya et à se ridiculiser en lui avouant la vérité et à prouver du même coup son indignité. Quelle importance ? N'était-ce pas son ego qu'il fallait dompter, cet orgueil qui l'avait empêché de faire sa déclaration à Katya, huit mois plus tôt, quand elle était disposée à l'entendre ?

Intérieurement, il était au bord de l'hystérie. Il transpirait abondamment et ses mains étaient toutes moites.

« J'ai toutes sortes de choses à faire, ce soir », reprit-elle, tête basse.

Bizarrement, son obstination à le repousser lui rendit son assurance.

« Alors, qui est l'heureux élu ?

— Oh, je ne suis pas fiancée, dit-elle d'une voix troublée en relevant la tête. C'est la bague d'Othman... »

Le soulagement l'envahit si soudainement que cela lui fut douloureux. Ainsi, elle portait encore sa bague de fiançailles, même si celles-ci avaient été rompues depuis des mois.

« Ah, réussit-il à murmurer. Excusez-moi, je me suis trompé. Je me suis trompé », répéta-t-il en posant sur elle un regard éloquent.

Il vit ses yeux s'adoucir. Stupéfait, il prit conscience que le sentiment qui emplissait son cœur était plus impérieux encore qu'il ne l'avait cru – un désir irrépressible d'être près d'elle.

« L'affaire qui m'amenait ici n'en est peut-être pas une, en fait… », poursuivit-il.

La lueur qui passa dans les yeux de Katya lui montra qu'il avait capté son attention. Il lui expliqua la mort de Qadhi et ajouta :

« J'espérais que vous pourriez m'indiquer la cause du décès et que je serais ainsi à même de rassurer mon oncle. »

Elle réfléchit une minute.

« Je vais voir ce que je peux faire », déclara-t-elle d'un ton brusque qui trahissait un conflit intérieur.

Nayir ne s'en offusqua pas. Elle inspecta de nouveau la rue d'un air anxieux, et il comprit : elle ne voulait pas que son chauffeur les voie ensemble.

« Puis-je vous téléphoner ? demanda-t-il, riant en lui-même de l'ironie de cette question.

— Non. C'est moi qui vous appellerai. »

Il éprouva alors sa première crainte. Elle ne le ferait pas. Elle allait se venger en lui faisant subir le traitement qu'il lui avait infligé. Et il l'aurait bien mérité.

Elle lut l'inquiétude dans ses yeux et reprit gravement :

« Je vous le promets. Alors, vous feriez bien de laisser votre portable allumé. »

8

UNE FOIS QUE NAYIR EUT DISPARU, Katya respira profondément et scruta la rue, cherchant à repérer la voiture d'Ayman. Mais elle n'aperçut qu'une femme marchant d'un pas pressé sur le trottoir, traînant derrière elle un enfant en bas âge. *Parfait*, se dit-elle. Son cousin était toujours en retard, et elle avait justement besoin d'un peu de temps pour réfléchir.

Elle avait encore du mal à croire à la soudaine réapparition de Nayir, surgi devant elle tel un djinn entêté venu la supplier de formuler un vœu. Comme ses traits étaient tirés ! Et il avait beaucoup maigri. Elle ne l'avait jamais trouvé gros, mais en le revoyant aujourd'hui elle s'était rendu compte à quel point il était robuste, autrefois. Avec un sentiment de culpabilité, elle se rappela combien elle avait apprécié sa compagnie. Elle se sentait minuscule près de lui, comme s'il était un chêne l'abritant sous son ombre protectrice. À présent, le souffle d'un camion passant en trombe sur la chaussée aurait pu suffire à soulever son corps décharné et à le remporter vers ce désert mystérieux, cet univers exclusivement masculin où elle l'avait souvent imaginé ces derniers mois, dans ses rêveries moroses.

Pourtant, il avait paru content quand elle lui avait promis de l'appeler, et elle était convaincue que ce n'était pas parce qu'il avait réellement besoin de son aide, mais parce que cette promesse impliquait de la revoir, de passer un peu de temps avec elle comme par le passé…

Elle se força à mettre un frein à ses pensées.

Il l'avait bel et bien laissée tomber. D'abord, il l'avait ignorée. Quand il l'avait emmenée au parc d'attractions, en ce jour qu'elle avait considéré comme celui de leur premier rendez-vous, il avait constamment arboré la mine de quelqu'un qu'on essaierait de contraindre à manger du porc. Elle l'avait invité à dîner avec son père, pensant que cela conférerait à leur relation la légitimité qu'il semblait si désespérément souhaiter, mais il avait inventé mille prétextes pour se dérober. Elle lui avait de nouveau tendu la perche en lui laissant plusieurs messages sur son portable, mais il n'y avait jamais répondu. Qu'y avait-il donc de si répréhensible, s'était-elle souvent demandé, dans le fait de parler au téléphone avec une femme – et une femme qu'il connaissait ? La réponse était évidente : il était inconvenant pour un bon musulman de fréquenter une femme *na-mehram*. Et même s'il tenait à elle, il tenait encore plus à respecter les prescriptions religieuses. Il avait fait son choix.

C'était pourquoi elle était ridicule de se réjouir autant de son retour. Cependant, son amaigrissement et sa mauvaise mine témoignaient qu'il avait cruellement souffert lui aussi de leur séparation – ou bien était-ce le fruit de son imagination ?

Une Mazda bleue apparut au coin de la rue et émit un bref coup de klaxon. Elle reprit ses esprits. Deux fois par semaine, Ahmad cédait désormais ses fonctions au jeune cousin de Katya, Ayman, récemment débarqué de Beyrouth. Dès le soir de son arrivée chez eux, elle avait éprouvé pour lui une vive affection. Grand et massif pour ses quinze ans, il n'avait rien de particulièrement séduisant, mais sa bonne humeur avait apporté un regain de vie dans la maison.

Ayman s'approcha en roulant au pas, feignant de ne pas la reconnaître et contemplant son visage voilé d'un air de perplexité comique. Il se gara le long du trottoir d'en face, prit une paire de jumelles et les braqua en direction de Katya, qui se mit à rire.

Comme s'il était enfin convaincu d'avoir trouvé celle qu'il cherchait, il jeta les jumelles sur la banquette arrière et vint se ranger devant elle.

Il s'extirpa maladroitement de son siège et fit le tour de la Mazda, la démarche simiesque, ses longs bras se balançant contre ses flancs. Ouvrant la porte arrière, il lui fit signe de monter, avec des petits glapissements de singe. Il s'arrêta même pour se gratter l'aisselle, puis renifla ses doigts, et Katya se hâta de s'engouffrer dans la voiture, en cachant sa tête entre ses mains.

« Tu me fais honte ! s'écria-t-elle. Comment peux-tu te conduire ainsi en public ? »

Il pencha la tête comme pour dire : *Je ne parle pas le langage humain*, et regagna son siège en se dandinant.

« Bonjour, le singe, dit Katya.

— Au moins je t'ai trouvée, cette fois-ci ! » déclara-t-il en souriant.

La dernière fois, il avait accosté une inconnue qui avait paniqué quand il l'avait prise par le coude en lui disant : « Salut, cousine. » La femme l'avait frappé avec son sac à main et s'était mise à hurler. Il avait tenté de s'excuser, mais elle lui avait flanqué un grand coup en pleine figure.

« Comment va cet œil au beurre noir ? demanda-t-elle en l'observant dans le rétroviseur.

— Nettement mieux, répondit-il en levant une main pour repousser ses cheveux. Il est en train de virer au jaune, comme tu peux le voir. »

Dans son élan, il heurta le rétro et fit une embardée en voulant le redresser. Il faillit rentrer dans une voiture en stationnement, et Katya poussa un cri d'avertissement.

« Désolé, dit-il d'un ton penaud, avant de reporter son attention sur la route d'un air intensément concentré. J'ai une surprise pour toi.

— Tu vas me ramener chez moi vivante ?

— Ton père et moi, nous avons préparé des pigeons rôtis pour le dîner.

— Miam, fit-elle, même si le pigeon n'avait jamais été son plat préféré. Tu es très gentil.

— Je sais », rétorqua-t-il en inclinant la tête de côté.

Elle fut obligée de rire. Il était tellement drôle à voir, au volant de cette Mazda ! Existait-il de voiture plus petite que celle-ci ? Ou d'homme plus grand ? On aurait dit un chien gigantesque fourré dans une cage de transport trop petite.

Son père avait mis Ayman au travail dès son arrivée. Abu était d'avis que la valeur d'un homme résidait dans son aptitude au labeur, et au cours des deux derniers mois Ayman avait donc accompli plus que sa part de vaisselle, de ménage et même une fois de lessive, au vif embarras de Katya.

Avec lui, elle ne se sentait jamais gênée de voyager sur le siège arrière. Si ç'avait été Othman, ou même Nayir, elle aurait détesté cela. Mais l'humour irrésistible d'Ayman la mettait à l'aise. Elle se sentait comme une grande sœur à son égard, emplie d'un sentiment de supériorité qui l'incitait à la bienveillance.

« Ton père m'a dit que si nous rentrions à l'heure, il me laisserait de nouveau laver ton linge.

— Arrête ! s'esclaffa-t-elle. Arrête de me faire rire. Jamais plus tu ne toucheras à mon linge, c'est clair ?

— Oui, m'dame, répondit-il en se mettant au garde-à-vous.

— Et rappelle-toi, poursuivit-elle. Avant d'aborder une femme dans la rue, regarde son sac. »

Elle brandit le sien, en cuir rouge, avec une boucle en métal argenté sur chaque poche extérieure.

« Je n'arrive jamais à me rappeler à quoi ressemble le tien », répliqua-t-il.

Elle secoua la tête d'un air exaspéré et retomba dans le silence. Ses pensées revenaient sans cesse vers Nayir. Elle sentait encore son odeur, comme un arrière-goût au fond de sa gorge, un parfum de cèdre et de sable. Elle ne l'avait pas connu suffisamment longtemps pour en tomber réellement amoureuse – c'était du moins ce qu'elle s'était dit quand ils avaient cessé de se parler. Mais, en vérité, lors de leur dernière conversation téléphonique, il lui avait brisé le cœur à nouveau, si peu de temps après la rupture de ses fiançailles avec Othman. C'était comme de voir tout son entourage mourir de la peste. Elle avait perdu tous ses proches, excepté son père. D'une certaine façon, la perte de Nayir était la plus douloureuse ; l'amitié née entre eux au cours de l'enquête sur la mort de Nouf était la seule bonne chose qui fût issue de cette tragédie, la seule qu'elle espérait au moins sauver du naufrage.

Lorsqu'elle avait décroché son nouvel emploi, elle avait été transportée de joie, ravie de la distraction et de l'indépendance qu'il lui procurait. Grâce à une initiative gouvernementale en faveur du travail des femmes, la section scientifique du quartier général de la police avait ouvert un certain nombre de postes aux candidatures féminines, et la sienne avait été retenue. Elle s'émerveillait encore de travailler dans un aussi bel immeuble, de disposer d'un labo rien qu'à elle. Les premières semaines, elle craignait toujours de se réveiller un beau matin pour découvrir qu'elle avait rêvé. Puis, quand elle avait téléphoné à Nayir, ce jour fatal, elle avait pris conscience que son bonheur était menacé par un péril bien plus grand. Il ne l'avait même pas félicitée de son succès ; tout ce qui l'intéressait, c'était de savoir si elle côtoierait des hommes. La réprobation qu'elle avait perçue dans sa voix l'avait anéantie. Le gouvernement pouvait bien prendre des mesures pour promouvoir l'émancipation des femmes, mais si son père découvrait qu'elle travaillait en étroite collaboration avec des techniciens de sexe masculin, il réagirait exactement comme Nayir. S'il n'avait tenu qu'à eux, elle n'aurait sans doute pas travaillé du tout.

Revoir Nayir avait suscité en elle des émotions contradictoires. Elle s'en était d'abord réjouie dans le secret de son cœur, puis avait été amèrement déçue d'apprendre qu'il venait la consulter à titre professionnel, et ensuite avait failli exploser de rage en constatant qu'il ne faisait pas la moindre allusion à leur dernière conversation, ne semblant guère disposé à lui présenter des excuses. En fin de compte, au lieu de laisser libre cours à sa colère, elle avait consenti à l'aider, parce qu'elle ne pouvait pas concevoir de lui refuser un service, même pour se venger, et encore moins après la souffrance qu'elle avait endurée en croyant l'avoir perdu à tout jamais. Mais la déception et le chagrin étaient toujours vivaces et ils l'assaillaient avec plus de force à chaque minute, surtout quand elle se rappelait à quel point Nayir pouvait se montrer distant, de quelle rigidité morale il pouvait faire preuve. Elle jeta un coup d'œil à Ayman, qui lui renvoya un sourire béat dans le rétroviseur, et résolut de ne plus jamais permettre à quiconque de la faire souffrir ainsi.

9

ASSISE À LA TABLE JONCHÉE DE BARQUETTES en aluminium froissées, Miriam serrait entre ses doigts une tasse de thé tiède, les yeux fixés sur son portable. Elle était toujours sans nouvelles d'Eric, et il ne répondait pas à ses appels. Bien que le muezzin n'ait pas encore lancé l'appel à la prière de midi, elle avait déjà téléphoné à son bureau à deux reprises, et chaque fois le secrétaire lui avait servi la même rengaine : « Il n'est pas encore arrivé. Voulez-vous lui laisser un message ? »

Que pouvait-elle répondre ? « Dites-lui que je l'attends » ? Et alors ? Ce n'était pas nouveau. Ravalant son humiliation, elle finit par craquer et avouer au réceptionniste que son mari avait disparu. Ou plutôt, qu'« Abdullah » avait disparu, car c'était ainsi que ses collègues l'appelaient. Il s'était révélé qu'« *eric* », en arabe, était un mot d'argot pour désigner le pénis, aussi son patron lui avait-il demandé de trouver un prénom plus convenable. Il avait choisi Abdullah, « esclave d'Allah » –, ce qui troublait Miriam quand elle y songeait.

Le standardiste émit de petits bruits gutturaux – sa façon sans doute de la prier de ne pas le mêler à ses problèmes conjugaux. Elle dut l'implorer de chercher le carnet d'adresses d'Abdullah et de lui communiquer tous les numéros qui y figuraient. Elle avait déjà celui de son associé, Jacob, mais seulement parce qu'elle connaissait sa femme, Patty, qui avait promis de l'inviter à prendre le thé un de ces jours mais ne semblait jamais en trouver le temps.

« Je crains qu'il ne me soit pas possible d'entrer dans son bureau », déclara le standardiste.

Miriam chercha une réponse. *Dans ce cas, trouvez quelqu'un qui le puisse,* faillit-elle rétorquer. Elle n'était jamais allée voir Eric sur son lieu de travail et n'avait aucune idée de la manière dont il s'organisait. Utilisait-il un carnet d'adresses ou seulement son BlackBerry ? Il devait avoir un ordinateur, mais il aurait fallu connaître le mot de passe. Jamais Eric ne l'aurait donné au réceptionniste. Ou à qui que ce soit, d'ailleurs. C'était un homme très secret.

« Bon, merci, soupira-t-elle. Je vous demande seulement de me prévenir dès son retour. »

Un instant plus tard, elle appela Jacob et n'obtint de lui qu'une information sans grand intérêt : il avait vu Eric la veille, ils avaient pris un café ensemble, et tout avait paru normal. Eric n'avait mentionné à aucun moment qu'il irait chercher Miriam à l'aéroport dans la soirée.

Quand elle comprit que Jacob ne se montrerait pas plus loquace qu'à l'accoutumée, elle accepta de parler à Patty, à côté de son mari pendant leur conversation, et dont elle entendait les commentaires indiscrets : « Eric a disparu ? Mais où diable aurait-il pu aller ? » Et : « Peut-être que la police l'a arrêté ? »

Sans même lui dire bonjour, Patty lui demanda d'une voix haletante :

« Miriam, crois-tu qu'il t'ait plaquée ?

— Quoi ? Non, voyons. Jamais il ne ferait ça.

— Je connais une infirmière australienne à qui c'est arrivé. Son mari a disparu subitement, pfft ! Envolé. Elle a découvert par la suite qu'il avait une liaison avec leur bonne. Une Philippine.

— Nous n'avons pas de bonne, répondit Miriam, réprimant sa colère.

— Il ne s'agit pas forcément d'une domestique, mon chou.

— Je crois qu'il lui est arrivé quelque chose. Un accident, peut-être. Il se pourrait qu'il... »

Elle s'interrompit et respira à fond. Inutile d'alimenter sa propre paranoïa.

« As-tu contacté la police ? reprit Patty.

— Oui. On m'a dit qu'il fallait attendre deux jours pour signaler sa disparition. Du moins, c'est ce que j'ai compris. Le policier avait un accent assez prononcé.

— Et les hôpitaux, tu y as pensé ?

— Non, reconnut Miriam.

— Alors, appelle le consulat. Tu dois absolument les informer. »

Miriam n'avait pas envie de lui parler des fausses alertes précédentes.

« Préviens-moi si tu apprends quoi que ce soit, entendu ?

— Bien sûr, mais... »

Miriam raccrocha. Elle se sentait prête à supporter cent coups de fil décevants, mais pas à affronter l'angoisse qui la rongeait inlassablement. Des images traversèrent son esprit : Eric noyé, son cadavre boursouflé dans un égout. Un œil pendant de son orbite. Des flots de sang jaillissant d'une blessure béante dans sa poitrine.

Elle se leva et alla dans la réserve à provisions. Celle-ci était presque vide, mais ranger les quelques condiments qui s'y trouvaient lui procurerait un peu de détente. Elle s'efforça de ne pas penser à l'histoire que lui avait racontée la sœur de Sabria. Un Canadien résidant à Djeddah avec son épouse était tombé amoureux d'une jeune Bédouine. Ils avaient eu une aventure. Quelque temps après, la jeune fille s'était rendue au commissariat pour implorer les policiers de la protéger. Ses frères avaient sûrement découvert qu'elle avait eu des relations sexuelles avant le mariage et ils allaient la tuer. La police, jugeant la chose plausible, lui avait accordé sa protection et avait convoqué le Canadien. Comme on pouvait s'y attendre, l'après-midi même, trois des frères de la fille avaient fait irruption dans le commissariat, proférant des menaces de mort. La police avait dû aider les deux amants illégitimes à quitter discrètement le pays.

Miriam ne savait pas quelle part d'exagération comportait cette histoire. Toutefois, la sœur de Sabria avait été très affirmative sur un point : il n'était pas rare que les familles bédouines réagissent avec violence en pareil cas. Des jeunes filles avaient été tuées, et parfois leurs amants aussi...

Stop, s'adjura Miriam. Elle n'avait aucune raison d'échafauder un scénario catastrophe. Elle se rappela une autre anecdote, rapportée par Patty, au sujet d'un Américain vivant dans le complexe résidentiel. Sa femme, restée aux États-Unis, lui avait envoyé un colis contenant trois DVD pornos. Les fonctionnaires du service de censure, qui ouvraient tout le courrier arrivant dans le royaume, avaient découvert ce matériel et fait arrêter le pauvre type. Celui-ci avait dû expliquer que sa femme ignorait tout de la culture locale. Les policiers avaient accepté cette explication, mais l'avaient forcé à briser les DVD devant eux. Apparemment, ils ne voulaient pas s'exposer à un procès en détruisant eux-mêmes la propriété d'autrui. Bien entendu, rien de tel n'était arrivé à Eric, mais elle ne devait pas oublier qu'ici, on pouvait être mis en prison pour les motifs les plus bizarres.

En outre, ce n'était pas la première fois qu'Eric « disparaissait » ainsi. Un jour, un de ses collègues de bureau avait décidé au pied levé de faire une randonnée dans le désert. Eric l'avait accompagné en croyant partir pour une journée, et s'était ensuite aperçu que son ami comptait rester là-bas tout le week-end. Son portable ne fonctionnait pas dans cette région éloignée, et il n'avait pas pu la prévenir.

Et puis il y avait eu ce fameux soir où la police religieuse l'avait embarqué et conduit dans une prison improvisée – en l'occurrence, l'arrière-salle d'une mosquée – pour lui apprendre à se comporter correctement. Il portait une chemise à manches courtes, et ses réponses irritées face à leurs remontrances lui avaient valu quelques douloureux coups de canne. Mais sa détention n'avait duré que quelques heures. Il était rentré tard dans la nuit.

Elle prit une longue inspiration pour se calmer et referma la porte de la réserve. Il était possible que la « Brigade de Dieu » l'ait appréhendé pour une raison quelconque. Une allure trop désinvolte, ou quelque chose de ce genre. Il rentrerait demain matin, contusionné peut-être mais plus taciturne que jamais. Elle devrait lui arracher l'histoire bribe par bribe. Il se contenterait de lui affirmer que tout allait bien. Certes, la police religieuse se montrait parfois trop zélée, mais elle ne faisait que son travail. En Amérique, les policiers arrêtaient bien les étrangers à tout bout de champ, non ? C'était une chose dont ils devaient s'accommoder, il fallait respecter les autres cultures, blablabla. Ce scénario était parfaitement vraisemblable. Du moins, c'était le genre d'explication qu'Eric aurait imaginée, si c'était elle qui avait disparu.

Oui, mais si elle avait disparu, Eric aurait probablement *pu* faire quelque chose...

Elle regarda le portable posé sur la table. Elle mourait d'envie d'appeler le consulat, mais craignait de se couvrir de ridicule.

Elle se mit à déambuler dans l'appartement, à marcher de long en large en se demandant si elle était prête à affronter le monde extérieur pour se rendre au magasin du coin de la rue. Ses yeux se posèrent sur le lavabo crasseux, la distrayant de sa réflexion. Pendant qu'elle le nettoyait, des hypothèses plus inquiétantes lui vinrent à l'esprit. La police secrète procédait également à des arrestations, mais ses prisons étaient de véritables bunkers dont seuls les initiés et quelques dirigeants saoudiens connaissaient l'emplacement. Les étrangers qui y disparaissaient n'en ressortaient pas avant des mois, voire des années. Ils se morfondaient comme des femmes cloîtrées, sans avocats et dans l'attente de procès qui ne venaient jamais. Si elle allait au consulat, on la rapatrierait aux États-Unis en moins de temps qu'il n'en fallait pour prononcer le mot « indécent ». Et Eric demeurerait enfermé dans un cachot souterrain, attendant vainement que l'on fixe une date pour son procès...

Arrête, s'ordonna-t-elle. *Pense à autre chose, bon sang !*

Elle regagna la cuisine. Une odeur douceâtre, écœurante, émanait du broyeur d'ordures de l'évier, qui tombait régulièrement en panne. Elle se mit aussitôt à l'œuvre, vidant le placard en dessous de l'évier, dévissant le siphon, la torche électrique entre les dents, avec des gestes efficaces malgré son énervement. Quand le siphon céda enfin, les saletés accumulées depuis des semaines se répandirent au creux de ses paumes. Des feuilles de thé. À sa connaissance, Eric n'avait jamais avalé une seule goutte de thé avant de venir ici, et à présent il passait tout son temps libre à en boire dans le salon avec ses amis. Pas Jacob ou ses autres collègues américains, des Arabes plutôt aimables dans l'ensemble mais qui auraient jugé impoli d'adresser la parole à une femme. Ils étaient étonnés qu'elle ne sache pas faire le thé et que ce soit Eric qui s'en charge, parce qu'il tenait à maîtriser l'art de le préparer à la mode saoudienne. Un soir, elle avait même pris une photo de lui, une tasse à la main. Quand elle l'avait taquiné à ce propos, il avait haussé les épaules d'un air penaud en disant : « C'est ce que les mecs préfèrent boire, ici. »

Elle avait vu avec quelle facilité il avait adopté ce nouveau code de comportement viril. Embrasser les autres hommes sur la joue. Leur donner l'accolade. Rester assis des heures durant à papoter et à rire comme des adolescentes qui se taisent d'un coup à l'apparition d'un adulte. Au début, elle avait accueilli cette transformation avec tendresse et gratitude, même si tout cela lui paraissait un peu bizarre. Découvrir sa part de féminité semblait avoir apaisé l'homme brisé qu'il était à son retour d'Irak et qui se retranchait jusque-là derrière un machisme agressif. Il y avait peut-être aussi une autre explication à cette métamorphose : ce bon vieux sentiment de culpabilité inhérent à la religion protestante... *J'ai tué des musulmans, maintenant je dois me racheter.* Quelle que soit la raison, et même s'il concédait parfois que ce n'était pas l'endroit idéal pour une femme, Eric s'était bel et bien entiché de ce pays.

Elle se rappelait la conversation qu'ils avaient eue sur la véranda de leur maison de Fayetteville, quand il avait signé son contrat d'embauche. En ouvrant la bouteille de champagne d'un geste fébrile, il avait tout renversé sur la balancelle, et elle avait demandé en plaisantant :

« Tu es sûr que ce n'est pas pour un autre motif que tu te montres si enthousiaste à l'idée d'aller là-bas ? Un motif féminin ? »

Il lui avait adressé un sourire malicieux et l'avait embrassée dans le cou.

« Je t'aime, Miriam, lui avait-il chuchoté à l'oreille. Sache-le, quoi qu'il advienne, tu seras toujours mon épouse numéro un. »

Elle lui avait donné une tape sur le bras. Il avait éclaté de rire, et elle n'avait pu s'empêcher de rire à son tour. Puis il l'avait prise dans ses bras.

« Ça n'arrivera jamais », avait-il murmuré, retrouvant son sérieux.

Mouais. On dit ça... Elle se nettoya les mains et, avec un temps de retard, s'aperçut que ce n'était pas une plaisanterie. Elle avait redouté qu'une beauté exotique ne lui prenne son mari, mais sa vraie maîtresse, c'était cette ville, la campagne et le désert environnants, la camaraderie qu'il avait nouée avec les hommes d'ici. Trouver une autre femme à Djeddah aurait été le prolongement naturel de...

Elle repoussa aussitôt cette pensée. C'était bon de voir Eric se passionner pour cet endroit, lui qui ne s'intéressait plus à rien. Et ses relations avec les habitants ne différaient guère de celles qu'il avait toujours entretenues avec ses copains de régiment. Bien sûr, dans leur couple, la situation s'était dégradée, mais de là à prendre la fuite...

Peut-être n'aurait-elle pas dû s'absenter si longtemps. Elle avait atermoyé pendant des semaines, tantôt se disant que c'était une bonne idée de lui laisser un peu de répit, tantôt craignant qu'en son absence il ne l'oublie. Elle avait finalement décidé de lui faire confiance. Et puis, elle avait grand besoin de vacances.

Mais si, durant ce mois, Eric était tombé davantage encore sous l'emprise du pays ? Au point d'y envisager un avenir sans elle ? Tous deux savaient qu'elle ne s'adapterait jamais à ce mode de vie. Elle s'était efforcée, les premiers temps, de ne pas trop se plaindre. Et puis, brusquement, n'y tenant plus, elle avait déversé tout ce qu'elle avait sur le cœur.

Le broyeur émit un vrombissement pathétique ; puis un craquement, quelque chose jaillit du siphon, et elle sut, sans même regarder, que cette fois il était définitivement cassé. S'emparant de la clé anglaise, elle s'agenouilla de nouveau pour voir si elle pouvait y remédier.

10

KATYA S'EFFORÇA DE NE PAS REGARDER le visage et les mains de la femme, à la peau écarlate et boursouflée de cloques. Elle gardait les yeux fixés sur les murs d'un blanc immaculé de la nouvelle salle d'autopsie, les éviers de métal et les classeurs gris où le médecin légiste rangeait ses manuels sous clé.

Ils n'avaient toujours pas identifié la morte, mais les policiers qui l'avaient amenée l'avaient surnommée « Ève ». Katya se demandait tour à tour si elle tiendrait jusqu'au bout et – au cas où elle survivrait à cette épreuve – si elle pourrait un jour remanger de la viande.

C'était la seconde fois qu'Adara la convoquait ici. La première, Katya avait été immédiatement prise de nausée. Elle n'était pas habituée à voir de vrais cadavres, seulement des échantillons sur des lamelles, des cheveux et des fibres, parfois des photos des victimes. Aujourd'hui, on lui accordait une nouvelle chance. Elle n'aurait pas à assister à l'autopsie elle-même. Adara l'avait déjà effectuée. Mais elle tenait à montrer certaines choses à Katya, et les circonstances s'y prêtaient parfaitement : son patron et les autres hommes du service étaient sortis déjeuner. Zainab, responsable officieuse du laboratoire des femmes, était absente, un de ses enfants étant malade. Le corps était sur la table…

Les poissons avaient dévoré ses yeux ainsi que la plus grande partie des joues et des lèvres, dénudant les tissus et les os. Seuls le front et les tempes permettaient encore de voir où elle avait été brûlée. Là où il restait des lambeaux de peau, il y avait des traces de sang.

Katya sentait déjà le vertige la gagner.

« Pourquoi y a-t-il du sang sur son visage ? s'enquit-elle, dans un effort désespéré pour demeurer concentrée. L'eau n'aurait-elle pas dû l'effacer ?

— Peut-être, répondit Adara. Mais les cadavres flottent généralement sur le ventre, ce qui entraîne un afflux de sang vers le crâne. Il s'agit sûrement d'un suintement post mortem. »

Ce fut Adara qui, la première, rabattit le drap et toucha le corps nu, saisissant le bras pour le retourner doucement. Les mains d'Ève étaient si atrocement brûlées qu'il semblait n'y avoir aucune chance de relever des empreintes. Les plaies s'étendaient jusqu'en haut des bras.

« Prélevons quelques fibres ici », dit Adara en désignant un emplacement sur l'avant-bras gauche.

Katya s'exécuta et déposa les échantillons dans un flacon. Elle avait du mal à contrôler le tremblement de ses mains et tentait par tous les moyens de détourner son regard des brûlures, mais ses yeux se posaient alors sur les énormes coutures noires balafrant le torse d'Ève, et la nausée la reprenait.

« Il y a une ou deux choses sur lesquelles j'aimerais attirer ton attention. D'abord, cette petite meurtrissure de forme circulaire, sur le haut du bras droit. Elle est antérieure à la mort. »

Adara contourna ensuite la table d'autopsie pour lui montrer des marques du même type sur le bras gauche.

Katya fut obligée de regarder ailleurs pour conserver son calme.

« Pourquoi as-tu accepté de venir ici ? lui demanda Adara, en plantant son regard dans le sien.

— Ma foi, tu me l'as proposé et je... »

Katya s'interrompit, comprenant soudain que sa collègue voulait entendre la vérité – ou qu'elle en avait besoin.

« J'en avais envie, se força-t-elle à dire. J'ai envie de faire autre chose que passer mon temps au labo à essayer d'imaginer ce qui est arrivé à tous ces morts. Nous ne recevons que des informations fragmentaires, comme tu le sais.

— Oui. J'ai été technicienne de laboratoire, moi aussi. »

Cette déclaration surprit Katya ; elle croyait Adara sortie tout droit de l'école de médecine.

« Comment es-tu devenue légiste ?

— Ils avaient besoin d'une femme pour procéder à certains examens sur les victimes de sexe féminin, expliqua-t-elle, désignant le bas du corps d'un geste gracieux sans que son regard accompagne le mouvement. J'étais censée me charger des victimes dont la famille exigeait qu'elles soient autopsiées par une femme et refusait qu'un homme porte la main sur leur fille ou leur épouse bien-aimée. Mais la vérité, c'est que mes collègues hommes se déchargent sur moi de tous les cas qui leur semblent dépourvus d'intérêt. Les employées de maison, surtout. Je ne veux pas dire qu'elle fait partie du nombre, ajouta-t-elle en abaissant les yeux sur le cadavre. Toutefois, quand l'affaire est jugée importante, un médecin homme se tient toujours à côté de moi. Ils ne se fient pas à notre compétence, voilà le problème. Une seule petite erreur de ma part suffirait à justifier tous leurs préjugés à mon encontre. Mais l'aspect positif de la situation, c'est que cette pression constante a fait de moi la meilleure experte du service. »

Elle prononça ces mots fièrement, sans une trace de fausse modestie, ce qui suscita en Katya une fervente admiration.

« Je ne suis pas sûre que j'aimerais échanger ma place contre la tienne, avoua-t-elle en contemplant le bras meurtri de la morte.

— J'aime mon travail, rétorqua Adara. C'est Allah qui m'a placée ici, mais je dois livrer un combat permanent pour y rester. Tu sais ce qu'a dit le Prophète, la paix soit sur lui : "Les droits des femmes sont sacrés. Veillez à ce qu'elles gardent les droits qui leur ont été reconnus." »

Katya acquiesça respectueusement. Le visage d'Adara était ferme et déterminé, vierge de tout maquillage, et elle ne le dissimulait jamais derrière une burqa. Elle ne portait aucun bijou. Elle était enceinte la plupart du temps, mais ne se plaignait jamais de ses longues heures de travail, pas plus au troisième mois, quand elle ne pouvait rien avaler, qu'au septième, quand ses chevilles étaient enflées comme des melons. Même dans ses gestes, elle ne trahissait pas la moindre lassitude. Tout dans sa démarche, sa façon de se déplacer d'une partie de la pièce à l'autre, révélait une opiniâtreté farouche, comparable à celle de l'arbuste solitaire dans le désert. À côté d'elle, Katya se faisait l'effet d'être une écolière inexpérimentée.

« J'ai besoin d'agir, déclara-t-elle, s'emportant brusquement. Je ne peux pas continuer à ne connaître de ces gens que des échantillons de tissu cutané ou des biopsies. Je veux aller sur le terrain. Je veux savoir qui ils fréquentaient, où ils vivaient, où ils sont morts. Je veux participer aux enquêtes. »

Adara la dévisagea comme sa mère le faisait autrefois, lorsqu'elle était forcée d'admettre que le prétendant repoussé par Katya était un âne.

« Tu y parviendras. À condition de te montrer persévérante, ajouta-t-elle avant de reporter son attention sur le cadavre.

— Que penses-tu de ces meurtrissures ? s'enquit Katya. Est-ce que ce sont des signes de maltraitance ?

— J'ai vu des marques similaires sur certaines employées de maison. Les gens les empoignent par le haut des bras et les secouent. Toutefois, celles-ci n'ont pas l'air d'être des marques de doigts. Je dirais plutôt que ce sont des coups qu'elle a reçus en se défendant contre son agresseur. Leur couleur n'a pas eu le temps de virer au violet. Ils ont dû être infligés peu de temps avant la mort.

» Revenons-en à présent au visage et aux mains, poursuivit Adara. Les brûlures de ce genre résultent généralement d'une projection d'huile bouillante, ou éventuellement d'acide, mais en aucun cas elles n'ont pu être provoquées par le feu.

— De l'huile de friture peut-être ? suggéra Katya, d'une voix dont le calme la surprit elle-même. Puis-je prélever un échantillon de peau ? continua-t-elle, jetant un coup d'œil en direction de sa collègue qui avait pris un air morose.

— Je vais m'en occuper moi-même. »

Tandis qu'Adara découpait un petit carré de peau brûlée, Katya examina les jambes d'Ève. Les cuisses portaient de multiples entailles. Elles ne paraissaient pas avoir été causées par les poissons ; les bords étaient trop nets.

« Ces blessures ont-elles pu être faites par un couteau, à ton avis ? demanda-t-elle.

— Oui. J'ai déjà vérifié l'arrière des jambes ; il n'y a aucune marque à cet endroit, seulement sur la face antérieure et un peu sur le côté, ici. Et en inspectant les vêtements, j'ai pu constater que la lame avait déchiré la toile du jean. En tout cas, celui qui a fait ça se tenait face à elle. Elle ne lui tournait pas le dos. »

Adara s'avança jusqu'au mur et appuya sur un bouton. Des radios des jambes d'Ève s'affichèrent sur l'écran.

« Là, il s'agit d'une blessure plus ancienne. Une fracture du tibia remontant probablement à six mois environ.

— En consultant les fichiers des hôpitaux, nous arriverions peut-être à l'identifier ? avança Katya.

— Oui, alors bonne chance ! répliqua Adara avec un faible sourire. Tu peux tenter le coup, mais ça ne t'avancera pas à grand-chose. La fracture ne s'est pas ressoudée correctement, donc je présume qu'elle n'a même pas consulté un médecin.

— Et ce gros hématome sur sa hanche ? demanda Katya, indiquant une large tache jaunâtre s'étendant de la taille jusqu'en haut de la cuisse.

— Je dirais qu'elle est due à une chute précédant de peu la mort, répondit Adara en revenant vers la table. Une autre blessure résultant de l'agression. Je crois que tu devrais plutôt te concentrer sur le tibia. Ils voudront savoir comment la victime s'est fracturé la jambe. »

Ils. Les vrais enquêteurs.

« A-t-elle été violée ? reprit Katya, redoutant d'entendre la réponse.

— Non », répondit Adara d'une voix douce.

Dans la lueur blafarde du néon, la morte ressemblait à une poupée de cire aux mains revêtues de mitaines rouge vif.

« Comment est-elle morte ?

— Ma foi, c'est là que ça se complique. D'abord, on lui a brisé le cou, dit Adara en montrant les radios. Enfin, non, en premier lieu, elle a été brûlée, battue et poignardée. Ensuite, on l'a jetée à l'eau. Mais il va être difficile de déterminer à quel moment exact les vertèbres cervicales ont été brisées. La rupture est bien nette. Si cela s'est produit quand la victime était encore en vie, la mort a dû être quasi instantanée. Il peut également s'agir d'une blessure post mortem survenue après l'immersion. Le corps a pu heurter une épave quelconque. Lorsqu'on l'a retrouvée, elle avait un foulard enroulé autour du cou, mais il ne la serrait pas au point de l'étrangler, et les extrémités étaient nouées, donc elles n'ont pas pu s'accrocher à quelque chose et provoquer la rupture des cervicales.

— Peux-tu me dire si elle était vivante quand elle est entrée dans l'eau ? »

Adara lui lança un sourire ironique.

« Tu sais aussi bien que moi que les choses ne sont jamais aussi simples que les séries télé veulent le faire croire. Je t'expose le problème en deux mots : j'ai trouvé une trace d'écume dans ses poumons, ce qui est caractéristique d'une mort par noyade. Si elle avait été vivante quand on l'a jetée à la mer, elle aurait avalé une grande quantité d'eau, et ses voies respiratoires auraient été remplies d'une sorte de mousse blanchâtre. J'en ai trouvé, mais en très faible quantité. Si j'avais découvert de l'eau de mer dans son estomac, j'aurais été plus convaincue qu'elle s'était noyée, mais là encore il y en avait très peu. La vérité, c'est que l'écume dans les poumons, ce que nous appelons l'œdème pulmonaire, peut tout aussi bien indiquer une autre cause de décès : overdose, défaillance cardiaque, lésion cérébrale. J'ai déjà éliminé l'insuffisance cardiaque, mais nous attendons toujours le résultat des examens sanguins pour ce qui concerne la drogue. Cependant, compte tenu des contusions à la nuque et de la rupture des cervicales, je parierais plutôt sur la lésion cérébrale.

— En gros, tu penses que le meurtrier l'a jetée à la mer quand elle était déjà morte ?

— Je ne peux pas l'affirmer de façon aussi catégorique, mais oui, je vais écrire dans mon rapport qu'elle ne s'est pas noyée, en me fondant essentiellement sur les autres blessures. Je dirai qu'on lui a vraisemblablement brisé le cou après lui avoir infligé ces sévices mais avant de la jeter à l'eau. »

Katya fut obligée de faire appel à toute sa volonté pour ne pas penser au calvaire qu'avaient dû être les dernières heures d'Ève.

« Peux-tu déterminer la date de la mort ?

— Pas avec précision, toutefois, il faut un peu moins d'une semaine pour qu'un cadavre remonte à la surface, étant donné la température de l'eau. Peut-être cinq ou six jours... Désolée, je sais que ce n'est pas une réponse satisfaisante, mais dans un cas comme celui-ci, où la cause de la mort n'est pas tout à fait claire, c'est aux enquêteurs qu'il appartient d'en établir les circonstances exactes.

— Et on n'a rien trouvé sur le corps qui permette son indentification ?

— Non. Et de toute évidence, pas question de compter sur les empreintes digitales. Toutefois, j'ai contacté une spécialiste de la reconstruction faciale, une Syrienne. Elle passera cet après-midi. Nous saurons peut-être ainsi à quoi ressemblait la victime. »

Elles abaissèrent toutes deux leur regard sur le visage de la morte, un magma de chair dans lequel on reconnaissait à peine un être humain. Katya se détourna bien vite. Elle avait eu l'intention de féliciter Adara pour la naissance de son petit dernier, mais elle avait le sentiment qu'il serait malséant de mentionner l'enfant dans ce lieu sinistre, d'associer l'image du nouveau-né à celle du cadavre.

« On a cherché à effacer son identité, poursuivit Adara. Son visage a lui aussi été brûlé, semble-t-il. »

Restaient les tests ADN. Mais l'assassin devait savoir que les empreintes génétiques de la femme ne figuraient pas dans la base de données. Ou, plus probablement, il n'y avait pas réfléchi. À voir les blessures, le meurtre avait été commis au cours d'un violent accès de rage... Katya était malgré tout résolue à découvrir l'identité de sa malheureuse victime, même si elle éprouvait l'intuition démoralisante que, aux yeux des autorités, Ève ne présentait pas plus d'intérêt morte que vivante.

11

À TRAVERS LA PORTE VITRÉE du laboratoire du sous-sol, Katya croisa le regard de Majdi. Il lui sourit et lui fit signe d'entrer, mais il était au téléphone et, ne voulant pas interrompre sa conversation, elle préféra attendre dans le couloir. Un homme la dépassa. Elle avait relevé sa burqa, dévoilant son visage, et il évita ostensiblement de la regarder. *Tant mieux*, pensa-t-elle. Son ancienne patronne lui avait appris à ne porter la burqa que lorsque c'était absolument nécessaire, aussi Katya la gardait-elle en permanence ramenée au-dessus de sa tête, prête à l'abaisser si quelque pieux bureaucrate la réprimandait par des paroles cinglantes ou un regard méprisant.

« Vous croyez-vous si laide, lui avait demandé le dernier en date, qu'aucun homme ne puisse trouver votre visage attrayant ? Est-ce pour cette raison que vous l'exposez ainsi ? »

Non, avait-elle eu envie de lui répliquer, *je pensais seulement que vous étiez capable de réfréner vos pulsions sexuelles, mais visiblement je me trompais*. Toutefois, l'incident s'était passé sur son ancien lieu de travail. Depuis qu'elle était ici, personne ne l'avait ennuyée à ce sujet.

Il y avait trois autres dossiers sur son bureau en ce moment – deux vols à main armée et un suicide – et elle savait qu'elle aurait dû s'y atteler, mais l'image du corps martyrisé d'Ève hantait son esprit. Observant Majdi à travers la vitre, elle songea : *Je vous en prie, faites qu'on lui ait confié le dossier !* Il faisait toujours appel à elle pour l'assister dans les affaires importantes, et jusqu'à maintenant aucune ne lui avait paru aussi importante que celle-ci.

Majdi était vêtu comme à son habitude d'un jean et d'un T-shirt froissé. Sa sœur avait dû une nouvelle fois lui couper les cheveux, car ses boucles serrées avaient été tondues, et son crâne s'ornait à présent d'un fin duvet comparable à celui d'un bébé. Sa barbiche en broussaille avait été, elle aussi, soigneusement taillée. Tout en parlant dans le téléphone, il s'activait sur ses multiples ordinateurs, l'air parfaitement décontracté. Katya aurait aimé être sa collaboratrice ; ils se seraient complétés à merveille, lui avec son enthousiasme juvénile, cette énergie fébrile de ceux qui carburent à la caféine, et elle au tempérament plus méthodique et réfléchi. Mais elle était une femme, et devait donc travailler dans le labo qui lui était réservé. Que quelqu'un puisse voir en Majdi un danger pour sa chasteté, elle n'arrivait pas à le concevoir.

« Salut, Katya ! s'écria-t-il dès qu'il eut raccroché.

— Bonjour, Majdi », répondit-elle en pénétrant dans la pièce.

Le laboratoire était à peu près de la même taille que le sien, à l'étage, et, s'il était doté d'équipements plus neufs, il ne comportait pas de fenêtre et la lumière fluorescente lui conférait des airs de morgue. Heureusement, Majdi n'était pas homme à se soucier de ces détails. Des traces de la poudre dont on se servait pour relever les empreintes maculaient les verres de ses lunettes. Remarquant son regard amusé, il les ôta et alla les laver sous le robinet de l'évier.

« Vous travaillez sur l'affaire de la morte qu'on a amenée ce matin ? s'enquit-elle.

— Oui, et justement, je vous cherchais », répondit-il, tournant vers elle un visage radieux.

Il oscillait constamment entre deux humeurs, passant d'une agitation frénétique à une concentration intense, presque douloureuse, que Katya n'avait observée que chez les enfants.

« Je reviens de la salle d'autopsie », reprit-elle.

Il se retourna en hâte, chaussant ses lunettes d'un geste maladroit.

« Avez-vous vu le corps ?

— Oui.

— Oh », fit-il d'un ton mi-incrédule, mi-admiratif.

Elle eut envie de le taquiner, en répliquant : *Vous savez, Majdi, les femmes pratiquent elles aussi des autopsies.* Il aurait rougi jusqu'aux oreilles et aurait bafouillé quelque chose pour se justifier. Mais elle se retint. Il alla vers son bureau et ramassa une chemise qu'il lui tendit.

« Voici tout ce que nous avons sur l'affaire Ève. Autant dire, pas grand-chose. Osama ne pense pas que ce soit une employée de maison. Peut-être aimeriez-vous jeter un coup d'œil au hijab ? » demanda-t-il en lui tendant une de ces pochettes en plastique qu'on utilisait pour conserver les preuves.

Elle acquiesça, attentive à ne pas trahir trop d'empressement. La pochette contenait une *abaya* et un foulard, et probablement aussi une burqa.

« Avec plaisir », déclara-t-elle en souriant.

Majdi parut se détendre, mais elle voyait bien qu'il était encore étonné qu'elle ait assisté à l'autopsie.

« Donc, c'est l'inspecteur Ibrahim qui dirige l'enquête ? s'enquit-elle.

— Oui. Et vous pouvez l'appeler Osama. Il déteste qu'on l'appelle "inspecteur Ibrahim". Quoi qu'il en soit, nous pouvons nous féliciter qu'on lui ait confié ce dossier. Al-Khoury répugne à s'occuper des affaires impliquant des femmes depuis la mort de son épouse. »

Ce qu'il ne disait pas, mais que Katya savait déjà, c'était que les deux autres inspecteurs, dont elle avait oublié le nom, avaient la réputation d'être des brutes qui arrêtaient systématiquement toute personne ayant un lien avec la victime, y compris les parents et les amis, avec ou sans preuves. Elle se sentait profondément navrée pour les innocents qui se voyaient jeter en prison alors qu'ils pleuraient la perte d'un être cher, même si, la plupart du temps, le coupable était effectivement un membre de la famille. Osama était le seul qui respectât les témoins et les suspects. Du moins ne les arrêtait-il pas pour un oui pour un non, comme les autres policiers, et, quand il le faisait, il veillait toujours à ce qu'ils soient bien traités.

« Je vais me mettre immédiatement au travail », déclara-t-elle avant de sortir, emportant le sac.

Katya ouvrit l'armoire contenant les dossiers des affaires les plus récentes. Zainab n'avait toujours pas pris la peine de les classer par ordre alphabétique. Agenouillée sur le sol, Katya passa les noms en revue. Elle n'avait vu aucun des corps, mais les détails de chacun de ces cas étaient encore vivaces à son esprit, après des heures passées à les étudier avec une attention horrifiée. *Roderigo, Thelma*. Un échantillon de peau. Un iris crevé. Le sang d'un inconnu sous ses ongles. *Alvarez, Najwa*. Un pouce sectionné. Des empreintes sur un téléphone portable – un téléphone appartenant à un *homme*. Et plus de maladies sexuellement transmissibles qu'elle n'en avait jamais vu chez quiconque. Sur les vingt-deux cas déjà traités cet été, dix-neuf victimes étaient des femmes. Et douze d'entre elles des employées de maison. Peu importait la façon dont elles étaient mortes ; c'était un nombre disproportionné par rapport au pourcentage de population qu'elles représentaient.

Ève aurait fort bien pu être une maîtresse de maison saoudienne, alors pourquoi, dans son esprit, l'assimilait-elle à une domestique ?

Elle ne croyait pas à l'intuition. À l'instar de son père, elle pensait que les sens humains absorbaient des centaines de milliers de fragments d'informations, et que seul un tout petit nombre parvenaient jusqu'à l'esprit conscient. Si vous laissiez l'inconscient penser à votre place, les choses pouvaient parfois mal tourner.

Elle revint vers la table où elle avait étalé l'*abaya* d'Ève. Elle avait déjà établi que la déchirure dans la zone pelvienne correspondait exactement à la meurtrissure sur la hanche de la jeune femme. Apparemment, le manteau s'était accroché à un objet pointu : peut-être le meurtrier avait-il traîné le cadavre.

À présent, elle inspectait l'étiquette. *Fabriqué en Inde*. Pas de marque. Un vêtement comme on pouvait en acheter au souk pour vingt-cinq riyals. L'ourlet était décoloré et déchiré par endroits, mais cela pouvait simplement indiquer qu'il était trop long pour sa propriétaire et traînait par terre. Le tissu était usé autour des poignets, qui n'avaient ni agrafes ni boutons et semblaient avoir rétréci au lavage. Ils étaient si élimés par rapport aux coudes et au col qu'elle avait dû le porter chaque jour, pendant… quoi, six mois ? Et pourquoi pas une fois par semaine pendant six ans ? Non, se dit Katya, au bout de six ans, l'étoffe aurait été bien plus défraîchie. Elle-même avait possédé bon nombre d'*abaya* bon marché, et son expérience lui disait que celle-ci avait été portée pendant moins d'un an. Au-delà, la couleur se fanait et les coutures craquaient.

Qui revêtait une *abaya* quotidiennement ? Les femmes riches sortaient aussi souvent que cela leur chantait, mais changeaient de manteau dès qu'il était usé. Une femme salariée, quelqu'un comme elle, mais qui n'occupait pas un poste très élevé, pour se montrer dans une tenue aussi miteuse ? Une ouvrière ? Une employée de supérette, cachée dans l'arrière-boutique ou venant garnir les rayons quand le magasin était fermé ? Une mère veuve ou divorcée, sans personne pour conduire les enfants à l'école ou faire les courses à sa place ? Au demeurant, une femme mariée pouvait aussi y être contrainte, si son mari n'en avait pas le temps. Mais une petite bonne maltraitée ? Elle n'aurait probablement pas été autorisée à quitter la maison. Ses employeurs l'auraient tenue dans l'isolement, enfermée à double tour dans sa chambre pendant la nuit, ou même le jour, quand ils n'avaient pas besoin d'elle.

Katya se pencha de nouveau sur l'*abaya*, promenant lentement ses doigts gantés sur chaque centimètre carré de l'étoffe, comme si ses mains avaient été des sismographes et qu'elle s'attendait à enregistrer une secousse. Elle finit par ôter ses gants pour mieux sentir la trame sous le bout de ses doigts. Et ce fut le fait de ne rien sentir qui lui donna l'alerte. Là, au niveau du genou, le tissu était lisse.

Elle déplaça sa main vers la droite et ferma les yeux pour mieux repérer les irrégularités. Elle rencontra un endroit où l'étoffe semblait plus fine. Elle faillit ouvrir les yeux pour vérifier, mais se contraignit à les garder fermés et continua à palper le vêtement, jusqu'à obtenir une représentation mentale précise de la marque d'usure : un cercle imparfait englobant une zone de la taille d'un genou. Un genou fléchi pour la prière ? Mais qui priait sur un seul genou ?

Ouvrant les paupières, elle tourna le manteau vers la lumière. On ne la repérait pas immédiatement, mais la trace d'usure était bien là. Et d'un seul côté.

Elle passa aux autres vêtements. Le jean était raidi par l'eau de mer. Elle examina les genoux. Là encore, le gauche semblait légèrement plus usé que le droit.

Elle décrocha le téléphone et appela Adara.

« Peux-tu me dire si Ève a un cal au genou gauche ? »

Adara reposa bruyamment le combiné et Katya l'entendit traverser la pièce, perçut le chuintement de la porte du compartiment réfrigéré qui s'ouvrait, le grincement métallique de la table qu'on tirait. Adara reprit le téléphone.

« Difficile à dire. Aucun des genoux ne présente vraiment de callosité. »

Katya était déçue ; toutefois, cela ne voulait pas dire grand-chose. La toile épaisse du jean protégeant le genou avait pu empêcher la formation d'un cal.

Ève portait la trace d'une ancienne blessure à la jambe droite, mais ce n'était sûrement pas cela qui l'aurait obligée à prier sur un seul genou. Les infirmes priaient généralement assis. À moins qu'elle n'ait absolument tenu à s'agenouiller, en signe de soumission à Allah ? Mais si elle avait été fervente à ce point, elle aurait probablement enduré la douleur avec stoïcisme et mis les deux genoux à terre.

« Cette fracture à la jambe droite aurait-elle pu l'empêcher de s'agenouiller ? demanda-t-elle à Adara.

— Elle pouvait lui causer une légère douleur, répondit celle-ci après un temps de réflexion, mais pas au point de l'immobiliser.

— Bien, merci.

— Au fait, Katya, la spécialiste syrienne dont je te parlais est ici. Elle est en train de dessiner un portrait d'Ève tel qu'elle a pu le reconstituer. Je lui dirai de te l'apporter quand elle aura fini.

— Tu ne l'envoies pas à Majdi d'abord ? s'exclama Katya d'un ton surpris.

— Je pensais que tu préférerais le voir en premier. Quand tu auras terminé, tu n'auras qu'à le passer à Zainab ou à Majdi.

— Merci, Adara », répondit Katya en souriant.

Elle retourna vers la table, les pensées en effervescence. Ainsi, quand Ève sortait, ce n'était pas pour aller à la mosquée, sinon il y aurait eu des traces d'usure aux deux genoux. Katya elle-même ne s'était jamais sentie tout à fait à l'aise dans une mosquée, le lieu étant trop solennel à son goût. Elle accomplissait ses dévotions à l'arrière de sa maison, dans l'ombre fraîche de la véranda close par des volets. C'était là que sa mère et elle avaient toujours dit leurs prières du soir, avant le dîner.

Mais, après tout, Ève ne se livrait pas nécessairement à cette génuflexion hors de chez elle. Peut-être vivait-elle dans une maison où l'on recevait beaucoup, et où l'on exigeait qu'elle porte une *abaya* pour servir les visiteurs. Leur apporter à manger. S'agenouiller devant eux pour poser le service à café sur une table basse… Mais pourquoi ne pas plutôt se pencher, ou s'accroupir ? En mettant un seul genou à terre, elle courait le risque que l'*abaya* se soulève, dévoilant l'autre jambe…

Finalement, Katya en arriva à la burqa et au foulard. Celuici était des plus ordinaires, en polyester noir, comme en portaient la plupart des femmes. Il n'y avait pas d'étiquette, mais un côté du tissu était légèrement plus clair que l'autre, ce qui suggérait une fréquente exposition au soleil. On n'avait pas encore procédé à la recherche de fibres étrangères, aussi Katya l'examina-t-elle à la loupe. Quand le corps avait été découvert, le foulard était entortillé autour du cou, des fibres pouvaient donc être restées entre les plis du tissu, malgré son long séjour dans l'eau de mer. Sur la face interne, Katya découvrit un long cheveu noir qui appartenait vraisemblablement à Ève. Puis, au même endroit, deux cheveux plus courts et plus clairs. Elle les glissa prestement dans une pochette sur laquelle elle apposa une étiquette. Des cheveux blonds provenant d'une tête d'homme, supposa-t-elle. Voilà qui était intéressant. Où Ève avait-elle pu rencontrer un homme blond ? Où rencontrait-on des blonds, d'une manière générale ? Et pourquoi les cheveux se trouvaient-ils à l'intérieur du foulard ?

Elle faillit décrocher le téléphone pour appeler Zainab, mais elle savait que sa patronne ne serait pas transportée de joie en apprenant cette nouvelle, si bonne soit-elle. Zainab était méthodique en tout, et sa première question serait : *As-tu fini d'examiner tout le reste ?*

À contrecœur, elle passa au dernier article, la burqa. Elle était identique à toutes les autres, un rectangle de tissu noir muni d'une bande velcro permettant de l'attacher sur la nuque, et d'une fente pour les yeux. Elle l'inspecta minutieusement à la recherche de cheveux, mais n'en trouva aucun. Il y avait deux taches beige pâle sur la face interne du voile, visiblement des traces de maquillage, sans doute de la poudre. Katya décida d'en prélever un échantillon pour s'en assurer. Prenant des ciseaux, elle s'apprêta à découper un minuscule carré d'étoffe, mais quelque chose en elle se révolta à l'idée d'abîmer la burqa. Elle se contenta de racler la tache. Soudain, son portable se mit à sonner, et elle tourna la tête en direction de son sac à main.

Se contraignant à achever sa tâche, elle déposa les raclures de fard sur une lamelle pour les examiner au microscope. La sonnerie retentit de nouveau.

Elle déposa la burqa sur la table et se dirigea vers son sac. Elle avait reçu deux messages Bluetooth identiques. Quand elle les ouvrit, une photo apparut. Un visage de femme entièrement voilé, à l'exception des yeux noirs au regard souriant. *Souriez, vous êtes filmé !* indiquait la légende sous la photo.

Elle poussa un petit reniflement de dégoût. *Même ici,* s'indigna-t-elle en elle-même, *dans mon bureau !* Les fenêtres étaient trop hautes pour lui permettre de voir la rue, mais si elle grimpait sur une chaise elle découvrirait à coup sûr un groupe de jeunes filles sur le trottoir, marchant d'un pas ridiculement lent, leurs doigts pianotant sur le clavier de leurs téléphones par-dessous l'*abaya*. Le message devait émaner de l'une d'elles.

Ce n'était pas la première fois qu'elle recevait des photos de parfaits inconnus par Bluetooth. C'était le moyen de communication préféré des jeunes, pour flirter mine de rien dans la rue, et parfois la seule façon pour un homme d'attirer l'attention d'une femme. Rien de tel qu'un portable tintinnabulant pour inciter une femme à s'arrêter et à regarder autour d'elle, ou même à relever sa burqa si elle en portait une. Pour Katya, c'était une source d'embarras. Parfois les messages se faisaient si insistants dans les lieux publics qu'elle était obligée d'éteindre son téléphone. Mais personne encore ne lui avait envoyé de photo de son visage voilé. Quelle idée stupide ! Elle fourra le portable dans son sac et se remit au travail.

À peine avait-elle repris la burqa en main que la sonnerie s'éleva une fois de plus. Au même instant, ses doigts rencontrèrent une surface rigide. D'un œil incrédule, elle contempla la burqa.

Se pouvait-il que le message Bluetooth provienne de là ?

Hâtivement, elle étala la burqa bien à plat et, loupe en main, entreprit de palper les bords. C'est alors qu'elle repéra un petit fil argenté dans la couture latérale. Le fil était relié à une minuscule plaque de métal noir dans l'angle inférieur du bout de tissu. Katya l'effleura du doigt, et son portable se mit aussitôt à sonner.

Stupéfaite, elle lâcha la burqa, puis se rua sur son téléphone. Elle avait deux nouveaux messages, identiques aux premiers.

Cette fois, elle ne résista pas à l'envie d'appeler Zainab. Une burqa équipée d'une puce Bluetooth ! Elle avait lu des articles à ce sujet dans les magazines, mais pensait que c'était réservé aux défilés de mode. Qui serait assez ridicule pour porter une burqa par souci de décence, tout en envoyant sa photo par Bluetooth à tous les inconnus qu'elle croisait ? Ah, non : Ève n'envoyait que des photos de son visage voilé. Katya ne put s'empêcher de rire devant cette ironie.

Elle toucha de nouveau la burqa. L'étoffe n'avait rien de luxueux, mais peut-être était-ce voulu. Nul n'aurait jamais deviné que ce modeste accessoire était une petite merveille de technologie.

Comme Zainab ne répondait pas, Katya reposa le téléphone. Que lui aurait-elle dit, d'ailleurs ? J'ai trouvé une photo de la victime, malheureusement, elle porte un voile ? Elle s'affala dans son fauteuil et contempla les messages, en proie à un vif sentiment de frustration. À quoi cela rimait-il d'envoyer à un inconnu une image qu'il avait sous les yeux ? Fallait-il y voir une simple moquerie, ou quelque chose de plus ?

Souriez, vous êtes filmé !

Katya se leva. *Imagine-toi que tu es un homme se promenant dans la rue.* Elle se mit à arpenter son bureau. Regarda son portable. *Tu viens de recevoir un message sibyllin d'une inconnue. Que fais-tu ?* N'importe qui regarderait autour de lui, en cherchant à identifier l'expéditrice. Et que verrait-il alors ? Peut-être une femme tenant une caméra, ce qui lui permettrait de la repérer. Et ensuite ? La plupart des gens seraient furieux d'être filmés à leur insu. Ils tenteraient de se soustraire à l'objectif. Seuls les plus intrépides répondraient. De quelle manière ?

Montre-moi ton visage, tapa-t-elle sur son clavier.

Et, comme par magie, un autre message arriva. Katya promena autour d'elle un regard effaré. Elle n'avait pas touché à la burqa, cette fois. Elle ouvrit le message en laissant échapper une exclamation. C'était un visage de femme – et un beau visage, indéniablement. Un nez long et fin, de grands yeux bruns frangés de cils épais… Il y avait dans son expression quelque chose de bizarre et de séducteur à la fois. Au milieu du front, on voyait une petite tache brune, une marque de naissance probablement, mais cela ne rendait ses traits que plus attachants encore.

La porte s'ouvrit et une femme entra. Elle se présenta comme étant Um-Kareen, l'experte en reconstruction faciale dont Adara lui avait annoncé la venue. Katya rangea son portable à l'intérieur de son sac et la salua chaleureusement.

La nouvelle venue ne retira pas son épaisse burqa. Cela n'avait rien d'inhabituel ; ses visiteuses répugnaient souvent à se dévoiler pour toutes sortes de raisons – la principale étant la présence d'hommes dans le bâtiment. Mais ce jour-là, sans bien savoir pourquoi, Katya trouva ce comportement prétentieux. *Je peux reconstituer un visage à partir d'une masse informe, et toi pas,* semblait-elle lui signifier par là. Elle lui tendit un croquis réalisé à l'encre et au crayon sur une simple feuille de papier glacé.

Le visage était d'une touchante beauté. Katya y discerna une forte ressemblance avec la photo Bluetooth, et son cœur fit un bond.

« Ravissant, dit-elle en relevant les yeux vers Um-Kareen.

— Hmmmf, bougonna celle-ci. Ce n'est pas moi qui l'ai faite ainsi, si c'est ce que vous insinuez. Mon travail est basé sur l'analyse du squelette et de la profondeur des tissus mous effectuée par le logiciel. Ce service, comme vous le savez, a investi des sommes considérables dans le matériel mis à votre disposition et vous bénéficiez des logiciels les plus pointus qui existent dans ce domaine. Malheureusement, je suis l'une des rares personnes qui sachent s'en servir. »

Elle marqua une pause afin que Katya ait le temps de digérer le sous-entendu cinglant : *Comment les femmes peuvent-elles espérer accéder à un plus haut niveau dans ce département, alors que vous ne savez même pas utiliser vos propres ordinateurs ?* Ou peut-être reprochait-elle à Katya le manque de formation des femmes en général.

« La reconstruction d'un visage, reprit-elle, s'effectue à partir d'un certain nombre de variables relatives à la structure faciale d'une personne donnée, en fonction de son âge et de son type ethnique. »

Katya se sentait d'humeur espiègle, aussi décida-t-elle de la taquiner.

« Et quel était ce type ?

— Si je devais fournir une réponse précise, déclara la femme d'un ton docte, je dirais qu'elle était bédouine.

— Voilà qui est précis, en effet.

— Bien entendu, d'une manière plus générale, je dirais qu'elle était originaire de la péninsule Arabique.

— Comment pouvez-vous… ?

— Au niveau susorbitaire, l'excédent de tissus mous entre le nasion et la glabelle est caractéristique de certaines tribus bédouines, expliqua Um-Kareen en montrant le dessin. Ma théorie personnelle est que ce caractère s'est développé en réaction à l'éclat du soleil. À force de plisser les yeux, au bout de plusieurs générations, le pli entre les sourcils est devenu permanent. »

Katya présuma que le front de la spécialiste était absolument lisse ; elle n'aurait sûrement pas toléré une quelconque anomalie de sa glabelle.

« C'est à partir des tissus sous-jacents que j'ai reconstruit ce pli, comprenez-vous ? poursuivit Um-Kareen.

— Oui, parfaitement. »

Elle constata que l'experte avait dessiné une protubérance sur le front de la femme qui, de profil, devait la faire ressembler à un chimpanzé. Elle n'osa pas lui dire qu'elle avait forcé le trait et qu'Ève était en réalité extrêmement jolie.

« Et cette tache, là, qu'est-ce que c'est ? demanda-t-elle en indiquant un petit bouton au milieu du front, un peu audessus des sourcils.

Um-Kareen réagit par un sourire oblique, ainsi que le révéla à Katya un imperceptible mouvement sous sa burqa, juste à l'emplacement de la pommette.

« Ça, ma chère, c'est un *zabiba.* »

Un « raisin sec », ainsi qu'on appelait le petit cal qui se formait sur le front après toute une vie de prières. Katya connaissait des personnes qui arboraient fièrement ce signe de dévotion. Malgré elle, elle ne put s'empêcher d'être impressionnée par le fait qu'Um-Kareen ait été capable de reconstituer un détail aussi subtil, en dépit de ses préjugés à l'encontre des Bédouins.

« Ne pourrait-il pas s'agir d'une tache de naissance ? objecta-t-elle.

— Si, reconnut la spécialiste, dont le regard fut traversé par une lueur de contrariété. Mais, à mon avis, c'est un *zabiba*. Un cal ne disparaît pas facilement, même quand la peau est endommagée par des brûlures, contrairement à une tache, ajouta-t-elle, en contemplant son œuvre d'un air appréciateur.

— Hmm, oui. »

Rien n'aurait plu davantage à Katya que de sortir son portable pour lui montrer le vrai visage d'Ève, mais elle avait l'intuition qu'il suffirait de peu pour se faire de cette femme une ennemie, et elle préférait l'éviter.

« Vous avez de la chance de disposer de tous ces ordinateurs, poursuivit Um-Kareen. Sans eux, il m'aurait fallu des semaines pour reconstruire son visage, et je suis pourtant experte en la matière. »

Katya jeta un coup d'œil en direction de son sac, en proie à une tentation de plus en plus vive.

« Quel âge avait-elle ?

— Nous lui donnons dans les vingt-quatre ans, le médecin légiste et moi, répondit Um-Kareen après une hésitation.

— N'est-ce pas un peu jeune pour avoir un *zabiba* ?

— Apparemment non. »

Visiblement peu ébranlée par cette objection, la spécialiste rassembla ses affaires et s'en alla, non sans avoir impérativement rappelé à Katya de transmettre le dessin à sa supérieure dès que celle-ci serait rentrée.

Katya la regarda s'éloigner, envahie par un étrange sentiment de déception. Le croquis était juste, mais cela ne leur donnait toujours pas l'identité de la victime. Le papier était aussi fin qu'une pelure d'oignon. Et c'était au moyen de cet indice fragile qu'elle était censée découvrir qui était Ève ! Elle faillit rire tout haut en prenant conscience de l'impossibilité de sa tâche.

Toutefois, elle avait un autre indice en sa possession : la burqa Bluetooth. Il ne devait pas en exister un grand nombre d'exemplaires. La police pourrait sans doute identifier sa propriétaire en interrogeant le détaillant.

Katya se rassit devant son ordinateur. Elle consulta la base de données des personnes disparues, pour voir s'il figurait parmi elles une jeune femme portant une marque de naissance sur le front, et le résultat apparut instantanément sur l'écran, lui arrachant une exclamation de surprise. Une seule disparue correspondait à ce signalement dans la région : Leila Nawar. Katya sentit son estomac se contracter : le visage qu'elle avait sous les yeux était le même que celui du message

Bluetooth. D'après la fiche, on était sans nouvelles de Leila depuis une semaine. Son frère, propriétaire d'une boutique de mode à Djeddah, avait signalé sa disparition. Leila travaillait en free-lance comme réalisatrice pour une chaîne d'information locale. Ce n'était donc pas une femme au foyer.

Il ne faut jamais se fier à ses premières impressions, se dit Katya, avec une étrange pointe de fierté. Au demeurant, ce constat n'avait rien de réjouissant. Il lui suffisait de songer à ses relations avec Othman et Nayir pour en obtenir la confirmation... Décrochant le téléphone, elle composa de nouveau le numéro de Zainab.

12

LES AMIR APPELÈRENT CE MATIN-LÀ POUR ANNULER L'EXPÉDITION. Réveillé par la sonnerie de son portable, Nayir eut droit à une explication sommaire et une profusion d'excuses. Cinq minutes plus tard, campé devant le lavabo, il réfléchissait à la situation. « Nous sommes désolés, mais nous avons un empêchement. Des problèmes familiaux, vous savez ce que c'est... » Nayir n'avait pas voulu poser de questions. Il était bien trop déçu. Quand il pensait à tout l'argent que la famille avait dépensé dans les préparatifs... Ils avaient même acheté des véhicules neufs – douze Land Rover attendant dans un garage désert, chacun d'eux contenant suffisamment de vivres pour nourrir tout un campement de Bédouins jusqu'à la fin de l'été. Ce gâchis ne dérangeait pas les Amir, bien sûr, mais il le contrariait, lui. Il décida que, ce matin-là, il dirait une prière pour demander le pardon du péché de prodigalité.

Son bateau émit un grincement plaintif quand il descendit sur le quai. La peinture de la coque s'écaillait et la couleur du nom, *Fatima*, avait passé, virant au gris. Il se dit tout à coup que le moment était peut-être venu d'en changer.

En arrivant sur le parking de la marina, il s'aperçut que sa Jeep avait été forcée. La portière côté conducteur était entrouverte, et il y avait un message sur le tableau de bord. Nayir fut pris d'appréhension. *En témoignage de gratitude pour votre travail,* disait le billet. *De la part de Mohammed Amir.* Le bas du papier était replié ; en l'ouvrant, il découvrit un trousseau de clés. Levant les yeux, il vit un Land Rover garé à côté de sa Jeep.

C'était l'un de ceux qu'il avait chargés trois jours auparavant. Il y avait les comprimés de sel dans le coffre, ainsi que des couvertures, une tente à deux places, un sac de couchage et une glacière neuve, qu'une personne attentionnée avait remplie tout récemment. Les glaçons du fond commençaient à fondre, mais le caviar et la bière sans alcool étaient encore frais. Il trouva même une nouvelle cantine, un modèle de luxe, renfermant une collection de cartes topographiques. Quand il passa sur le siège avant, il constata que le tableau de bord était équipé d'un système de navigation GPS et d'un lecteur de CD. Le Coran posé dessus était si neuf que ses pages liserées d'or crissaient et collaient les unes aux autres.

Avant même d'avoir pris conscience de ce qu'il était en train de faire, il s'installa au volant et sortit du parking. Habitué au rythme cahotant de sa Jeep, il fut émerveillé par la souplesse de la conduite. Cela allait lui briser le cœur...

Vingt minutes plus tard, il entrait dans le garage des Amir et garait le Rover à côté des autres. Il se mit en quête d'un membre de la famille, mais seuls des domestiques traînaient dans le bureau climatisé, fumant et buvant du café. Il leur remit les clés, et leur demanda de transmettre ses remerciements à Mohammed Amir pour son immense gentillesse et de lui expliquer qu'il ne pouvait pas accepter un tel cadeau. *Pour me récompenser de quoi ?* se demanda-t-il. *D'avoir passé deux semaines à effectuer un travail pour lequel j'ai déjà été généreusement rémunéré ?* Les employés parurent le comprendre, et l'un d'eux lui proposa de le ramener à la marina.

Ce ne fut qu'après la prière du Zuhr qu'il commença à regretter sa décision. Il était de retour sur son bateau, en train d'enrouler des cordages, sous la chaleur cuisante de midi, et aurait tout donné pour partir se promener à bord de n'importe quel véhicule doté d'un système de climatisation. Une femme passa sur le quai, tenant un petit chien en laisse. Il ne l'avait encore jamais vue. Elle ne portait même pas de foulard, et ses cheveux noirs crépus semblaient flotter autour de sa tête malgré l'absence notable de la moindre brise. L'animal, minuscule et doté d'un poil tout aussi noir et frisé, se mit à japper en direction de Nayir. La femme rit, se pencha et prit le chien entre ses bras.

« Il a peur des hommes grands et séduisants », dit-elle.

Nayir concentra son attention sur les cordages, évitant de la regarder. Tandis qu'elle s'éloignait, il se promit d'aller se plaindre auprès des gérants de la marina. Depuis qu'il était interdit dans le royaume de promener des chats et des chiens dans les lieux publics – sous le prétexte, pas si erroné que cela, que les propriétaires en profitaient pour flirter (ou bien que ces animaux n'étaient que des accessoires voyants, au même titre qu'un sac Gucci ou une paire d'escarpins à talons hauts ? Il ne se rappelait plus) –, on aurait juré que les gens étaient de plus en plus nombreux à le faire. Et, la nuit, il y avait incontestablement davantage de chats rôdant sur la jetée. La ville lui devenait étrangère, c'était toujours signe qu'il avait besoin de retrouver au plus vite la simplicité du désert.

L'expédition était annulée, mais cela ne l'empêchait pas de partir seul. Il avait déjà tout le matériel sous la main, de l'argent en banque... Et sa Jeep fonctionnait encore, bien qu'imparfaitement.

Une demi-heure plus tard, il roulait sur l'autoroute, en direction de Wadi Khulais. Un endroit certes dépourvu d'intérêt, mais assez proche pour qu'il puisse recevoir des appels sur son portable ou, si sa Jeep le lâchait, trouver quelqu'un pour le reconduire à Djeddah. Il venait à peine d'entrevoir au loin les étendues désertes que son téléphone sonna. Son cœur fit un bond. *Katya !* Il se gara sur le bas-côté et regarda le numéro affiché sur l'écran. Il ne le reconnut pas, mais ça pouvait quand même être elle. Il répondit fébrilement, faisant de son mieux pour prendre une voix normale.

« Bonjour Nayir, c'est moi », dit-elle d'un ton désinvolte, presque las, comme s'ils se parlaient tous les jours.

Il se sentit aussitôt mal à l'aise. Durant le bref laps de temps qui s'était écoulé depuis leur rencontre, il s'était raccroché à l'espoir né en lui ce jour-là – elle lui accordait une autre chance, et il ferait n'importe quoi pour ne pas la laisser passer. Mais le manque d'enthousiasme qu'elle laissait transparaître entama sa confiance, et une angoisse soudaine, presque automatique, acheva de la saper. *Katya.* Devait-il prononcer son nom ? Ne serait-il pas plus convenable de l'appeler Mlle Hijazi, comme au début de leur relation ? Ne voulant pas prendre le risque de la vexer, il se contenta d'un simple bonjour.

« Que faites-vous demain soir ? »

Du camping dans le désert, aurait-il dû répondre, ou bien : *Je ne serai pas en ville.* Au lieu de cela, il se retrancha derrière une formule commode, à mi-chemin entre la vérité et le mensonge :

« Demain soir ? J'avais des projets, mais rien de vraiment sûr. Pourquoi ?

— Donc, vous pourriez vous libérer ?

— Oui, répondit-il, hésitant.

— Dans ce cas, j'aimerais vous inviter à dîner, disons, vers sept heures ? »

Tout allait trop vite. Il était trop tard pour faire marche arrière, à présent, et c'était exactement ce qu'elle avait escompté. Et il le méritait bien, après toutes ses dérobades précédentes. La sueur s'écoulait à grosses gouttes de son crâne, humectant le téléphone, ruisselant le long de son dos et de ses bras. Sa détermination s'était envolée pour faire place à une politesse machinale.

« Avec plaisir, déclara-t-il, sachant que, quelque part au fond de lui-même, il était vraiment ravi d'aller dîner chez elle, même s'il l'ignorait encore, même si le seul fait de penser à son père et aux aveux qu'il devrait lui faire lui donnaient la sensation que quelqu'un était en train de lui enfoncer des clous dans la gorge. Entendu pour sept heures.

— Je vais vous donner notre adresse. »

Il chercha en vain un stylo et s'efforça de mémoriser ses indications, tandis que ce petit mot continuait à résonner dans son esprit – « notre ». Notre adresse. Moi et mon père. Mon gardien.

Il était trop gêné pour lui demander si elle avait appris quelque chose sur le décès de Qadhi, l'ami de Samir, et elle n'y avait pas fait allusion. Mais la tractation entre eux était implicite : *Venez, et je vous le dirai. Si vous ne venez pas, vous ne le saurez jamais.*

La conversation terminée, il fit demi-tour et retourna directement à la marina. Il ne savait pas très bien pourquoi il agissait ainsi. Il avait toute une journée devant lui, et il lui suffirait d'un quart d'heure pour se préparer avant de se rendre chez elle. Il savait seulement qu'il devait absolument regagner son bateau.

En arrivant sur le parking, la première chose qu'il aperçut fut le Land Rover, garé au même emplacement que le matin. Deux pensées contradictoires lui vinrent simultanément à l'esprit : *Comment ont-ils pu avoir le culot de le rapporter ici ?* Et : *Allah soit loué, ils l'ont rapporté !*

Il rangea sa Jeep à côté du Rover et fit le tour de celui-ci pour jeter un coup d'œil par la vitre arrière. Il s'agissait bien du même véhicule. La clé se trouvait sur le contact ; il la retira et la mit dans sa poche. Il ferait au moins une nouvelle tentative pour le restituer, résolut-il, mais pas cet après-midi-là. Il savait que dès qu'il aurait rendu le Rover, ils le lui rapporteraient, et qu'ensuite cela se transformerait en une guerre d'usure. Il ne pourrait pas s'entêter dans son refus sans courir le risque de les offenser, et leur insistance était la preuve qu'ils souhaitaient réellement le voir accepter. S'il en ressentait de la culpabilité par la suite, il pourrait toujours se dire : *Ils m'ont pratiquement forcé à le prendre.* Mais il n'était pas sûr que ce serait le cas.

13

MIRIAM ÉTAIT ASSISE À LA TABLE DE LA CUISINE, le téléphone collé à l'oreille. Elle avait appelé le consulat, et on l'avait renvoyée de service en service avant de la mettre en attente. Sur le sol, à ses pieds, gisaient les débris du broyeur de l'évier. Pour ce problème-là, elle ne savait pas à qui s'adresser.

La disparition d'Eric ne remontait pas encore à plus de vingt-quatre heures, mais à chaque minute qui passait elle sentait croître sa panique. Elle espérait que le fait de téléphoner au consulat lui calmerait un peu les nerfs.

« Allô ? »

Elle fut soulagée d'entendre une voix de femme. Une Américaine, d'après son accent, contrairement à ses précédents interlocuteurs. Elle se présenta et expliqua sa situation. « Mon mari a disparu. »

La femme émit un petit piaillement de sympathie.

« Je suis désolée de l'apprendre, madame Walker. Vous trouvez-vous vous-même en danger en ce moment ?

— Euh… Non, je suis chez moi.

— Bien. »

La femme parut remuer des paperasses, puis reprit :

« Avant tout, je tiens à vous assurer que nous ferons le maximum pour vous aider à retrouver votre mari.

— Merci. »

Malgré son scepticisme, Miriam sentit jaillir en elle une bouffée d'espoir.

« Il est fréquent que des Américains soient arrêtés par la police religieuse, même à Djeddah. La plupart du temps, c'est parce qu'ils ne savent pas comment il convient de se comporter, ou ne comprennent pas à quel point il est important d'avoir une tenue vestimentaire correcte. Je suis en train de chercher votre fiche, mais permettez-moi de vous poser une question : depuis combien de temps êtes-vous ici, vous et votre mari ?

— Six mois.

— Ah. »

Pour une raison ou une autre, cette réponse parut décevoir son interlocutrice.

« Et vous dites que votre mari était allé acheter des provisions quand il a disparu ?

— En fait, il était sorti acheter le dîner. Et il l'a rapporté – c'étaient des plats tout préparés en provenance d'un petit restaurant du quartier. Il les a déposés sur la table et ensuite… Je ne sais pas. J'étais montée sur le toit. Quand je suis redescendue, quelques minutes plus tard, il n'était plus là. »

C'était l'instant que Miriam redoutait le plus ; elle pouvait presque entendre les pensées de la femme à l'autre bout du fil. *Peut-être vous a-t-il tout simplement quittée. Ça aussi, c'est assez fréquent.*

« Je vois, dit la femme, avant de s'enquérir avec un peu plus de compassion : Dites-moi, votre époux possède-t-il une voiture ?

— Oui, une camionnette.

— Ah. Et l'a-t-il prise pour aller faire ses achats ?

— Non, je ne crois pas. Je sais où il a acheté la nourriture, c'est tout près d'ici et il pouvait facilement s'y rendre à pied.

— OK. La voiture a-t-elle également disparu ?

— Euh, je ne sais pas très bien, répondit Miriam, embarrassée. Il s'était garé à plusieurs rues d'ici, et je ne me rappelle plus l'emplacement exact.

— Je vois, murmura la femme, qui prit un ton bienveillant pour demander : Madame Walker, cela pourrait nous être utile de savoir si ce genre de chose est déjà arrivé. »

Devant le silence de Miriam, elle ajouta :

« Je veux dire, lui est-il déjà arrivé de s'absenter sans vous donner d'explication…

— Oui, reconnut Miriam. Mais chaque fois, il s'est débrouillé pour me prévenir. Une fois, il s'était fait arrêter par la police religieuse. Une autre fois, il s'était retrouvé coincé dans le désert. »

Elle prononça ces mots d'une voix étranglée, sentant monter en elle une frayeur puérile.

« Bien, madame Walker, reprit la femme avec douceur. Nous allons nous renseigner immédiatement. Mais dites-vous bien qu'il est tout à fait possible que la police religieuse l'ait de nouveau embarqué, et qu'elle le garde plus longtemps que la dernière fois. Je sais à quel point cela doit être pénible pour vous, mais croyez-moi, le mieux, pour le localiser, c'est de passer par les procédures officielles. C'est ce que nous allons faire, je vous le garantis. De votre côté, le plus important c'est de ne surtout pas paniquer. »

La femme lui parlait comme à une gamine, mais Miriam ne lui en fut pas moins reconnaissante.

« Dans l'intervalle, poursuivit l'employée du consulat, avez-vous besoin de quoi que ce soit ? D'argent, de nourriture, d'un moyen de transport ?

— Non, merci, répondit Miriam après une courte hésitation. J'ai de l'argent et il y a une épicerie pas très loin. »

La femme lui posa d'autres questions sur le travail d'Eric, ses horaires et ses fréquentations. Miriam trouva un certain réconfort à lui fournir des réponses concrètes, comme si le seul exposé des faits pouvait lui ramener son époux – une illusion rassurante qui se renforça encore quand l'Américaine déclara :

« Ne vous inquiétez pas, madame Walker, nous prenons les disparitions tout à fait au sérieux. Dans la plupart des cas, il s'agit simplement d'un malentendu. Nous allons retrouver votre mari, j'en suis persuadée. »

Miriam passa le reste de l'après-midi à laver les chemises qu'Eric n'avait pas eu le temps de nettoyer lui-même et à les suspendre sur la corde à linge de la terrasse. Avec un petit pincement de culpabilité, elle se souvint de la chemise neuve qu'il portait à l'aéroport : à court de vêtements propres, il avait dû se rabattre sur cette tenue voyante offerte par un client.

Sa conversation avec la fonctionnaire du consulat lui avait remonté le moral durant quelques heures, mais à présent, dans le silence ambiant, le doute s'insinuait de nouveau dans son esprit. Elle s'efforça de se trouver des occupations pour ne pas laisser ses pensées vagabonder. Quand elle eut terminé la lessive, elle redescendit, fourra les ordures dans un sac et jeta celui-ci par la fenêtre de la cuisine, qui donnait sur une impasse où tous leurs voisins déposaient leurs détritus. Les femmes n'avaient pas le courage d'effectuer le court trajet jusqu'à la benne à ordures au bout de la rue. À en croire Sabria, sa sœur et elle étaient les seules de l'immeuble à le faire. Elle tendit l'oreille, guettant le fracas qui n'allait pas manquer de suivre, mais le sac heurta le tas d'immondices avec un bruit mou, comme s'il avait atterri sur un matelas.

Elle passa la tête par la fenêtre. La puanteur lui donna envie de vomir, mais elle retint sa respiration et se pencha davantage, tordant le cou pour voir le tas d'ordures par-delà la rambarde métallique de l'escalier. Pour autant qu'elle pouvait en juger, il avait le même aspect que d'habitude – un amoncellement de sacs en plastique jaunes débordant de restes de nourriture, de boîtes de conserve et de bouteilles, d'épluchures d'orange.

Le réfrigérateur était vide. Elle avait mangé la dernière boîte de fèves en guise de petit déjeuner, et savait qu'il valait mieux ne pas boire l'eau du robinet – de l'eau de mer dessalée qui avait parfois la couleur du jus de pomme. Se faufilant sans bruit dans la pièce de devant, elle appuya son oreille contre la porte. Elle attendit un long moment, sans rien entendre d'autre que de lointaines voix de mères grondant leurs enfants et, de temps à autre, le rugissement étouffé d'une voiture.

Elle avait de plus en plus de mal à réprimer sa colère. Sans Eric, l'appartement devenait pratiquement invivable. Ils auraient vraiment dû emménager dans le complexe américain et les prétextes qu'il avait invoqués pour rester ici lui semblaient ridiculement minces, en cet instant même : c'était trop cher, et ils étaient venus ici pour mettre de l'argent de côté. C'était une cible de choix pour les terroristes – mais, jusqu'à présent, il n'y avait pas eu d'attentat. Et, surtout, ce n'était pas la « vraie » Arabie saoudite. Eric aurait probablement apprécié le complexe, songea Miriam, mais pas Abdullah. Malheureusement, elle était aussi mariée à Abdullah.

Quant à la raison même de leur venue à Djeddah, elle ne tenait guère debout. Même si son salaire était sans doute plus élevé en Arabie saoudite, il aurait pu trouver un emploi de garde du corps n'importe où ailleurs, à moindres sacrifices. Ils étaient ici parce qu'il en avait envie. Peut-être lui-même ne savait-il pas vraiment pourquoi. Après toutes les concessions qu'elle avait faites, toutes les humiliations qu'elle avait endurées, il avait intérêt à ne pas avoir filé en douce !

Saisissant son portable, elle appela un taxi. Eric et elle étaient convenus de ne pas gaspiller d'argent pour ce genre de service ; néanmoins, un quart d'heure plus tard, cela lui parut réconfortant de s'installer à bord du véhicule climatisé. *Je devais à tout prix te retrouver !* se justifierait-elle probablement plus tard, les larmes aux yeux. Ou bien, si elle était d'humeur plus agressive : *Tu n'étais pas là*. Ou, avec un haussement d'épaules : *Il fallait bien que je fasse les courses*. Mais ce n'était pas à l'épicerie qu'elle se rendait. Le chauffeur connaissait l'adresse et, une demi-heure après, ils étaient en vue des Portes de l'Arabie. Le plaisir que lui procura cet acte de rébellion avait quelque peu apaisé sa colère.

Le taxi ralentit et elle jeta un coup d'œil au-dehors. Les vitres arrière étaient fortement teintées : la compagnie de taxis se vantait d'offrir des services conçus spécialement pour les femmes « honnêtes », avec ce slogan : *Nos vitres sont plus opaques*. En plissant les yeux pour voir à travers la pellicule sombre, elle constata qu'ils étaient arrivés devant les grilles du complexe. Comme tous ceux qu'elle connaissait, il ressemblait à une prison avec ses barrages, ses murs anti-déflagration, ses rouleaux de barbelés en accordéon, ses caméras de surveillance accrochées à chaque poteau et ses gardes armés marchant de long en large devant l'entrée. Il leur fallut quinze bonnes minutes pour franchir le poste de sécurité et quinze autres pour voir enfin apparaître Patty, la mine inquiète. Miriam régla la course et suivit la jeune femme jusqu'à sa villa.

Miriam avait toujours éprouvé un certain malaise en présence de Patty, et la faute en incombait à Eric, qui lui avait révélé les infidélités de Jacob. Dès leur arrivée dans le pays, Eric avait fait la connaissance du couple Marx. Jacob lui avait aussitôt avoué son goût pour les femmes arabes – vierges de préférence, sinon n'importe quelle prostituée faisait l'affaire. Bien que cette confidence eût inspiré à Eric une vive répugnance, cela ne l'avait pas empêché de continuer à fréquenter Jacob. Miriam, elle, se sentait incapable de regarder Patty en face.

Quelle ironie de devoir s'adresser à elle maintenant pour tenter d'obtenir des renseignements ! se dit-elle, tentant d'ignorer un tiraillement de culpabilité. En entrant dans la cuisine, elle aperçut sur la table un plat de beignets tout frais. Une odeur de friture et de sucre en poudre flottait dans l'air.

« Prends-en un ! » lui dit Patty d'un air nonchalant.

Miriam mourait d'envie d'avaler la platée entière. Tandis que son hôtesse s'affairait à préparer le café, elle s'assit à table et mordit délicatement dans une pâtisserie. C'était succulent. Elle ne s'était pas rendu compte à quel point elle était affamée. Tout en s'efforçant d'entretenir la conversation par de menus propos, elle engloutit trois autres beignets à la file.

« Mon pauvre chou, dit enfin Patty. À quand remonte ton dernier repas ? »

Sans attendre la réponse, elle entreprit de sortir toutes sortes d'aliments du réfrigérateur, composant un véritable buffet de restes, et Miriam, toute honte bue, se mit à dévorer.

« Je suis sûre que ce n'est rien du tout, tu sais », déclara-t-elle.

Ce n'était plus la femme affolée qui lui avait parlé au téléphone, mais, par un effet pervers, ses efforts pour apaiser les craintes de Miriam ne faisaient que les renforcer.

« Il s'est probablement fait arrêter par la police religieuse. Ils vont certainement le relâcher, poursuivit-elle en lui tendant une tasse de café. Tu sais, ça m'arrive tout le temps », ajouta-t-elle d'un ton enjoué.

Miriam s'arrêta de mastiquer.

« Bon d'accord, pas tout le temps, reconnut Patty, mais ça m'est arrivé.

— Quoi donc ? » s'enquit Miriam.

Patty s'assit en face d'elle, une tasse à la main. Elle avait pris un air qu'elle croyait sans doute rusé, mais qui la faisait paraître bizarre et plus âgée.

« Il y a deux ou trois ans de ça, nous avions décidé de fêter notre anniversaire de mariage dans un restaurant chic qui venait de s'ouvrir dans le centre. J'avais eu toutes les peines du monde à convaincre Jacob, tu sais, parce que sa conception d'un bon dîner, c'est faire cuire quelque chose sur un feu de camp, de préférence un animal qu'il a tué lui-même. »

Elle but une gorgée de café et étrécit les yeux, prenant un plaisir manifeste à faire durer le suspense.

« Donc, il était censé revenir directement à la maison en sortant du bureau, afin de me conduire là-bas. Nous avions réservé pour sept heures, mais il n'est pas venu, et à huit heures j'ai dû téléphoner au restaurant pour annuler. Entre-temps, j'avais essayé de le joindre à son bureau, sur son portable, chez une demi-douzaine d'amis et au service de sécurité de la résidence par-dessus le marché, mais personne ne savait où il était ! Il n'est pas rentré de la nuit, figure-toi. Alors, je sais exactement ce que tu ressens. C'est horrible de ne pas savoir, d'imaginer le pire…

— Que lui était-il arrivé ?

— Oh ! rien de grave. En fait, il s'était fait arrêter pour avoir grillé un feu rouge. Bon, tu connais Jacob. Il n'avait pas grillé le feu, mais quand il a dit ça au policier, celui-ci s'est mis en colère. Et Jacob a dû s'énerver. Quoi qu'il en soit, il s'est retrouvé au poste. Il a passé la nuit en prison pour une infraction routière, tu imagines ? »

Miriam acquiesça, tout en continuant à manger. Elle aurait voulu croire qu'une mésaventure de ce genre était arrivée à Eric, mais, pour une raison inconnue, elle n'y parvenait pas.

« Combien de jours a duré son absence ? s'enquit-elle.

— Un seul. Mais, quelques mois après, nous avons appris d'un type qui vit ici depuis une vingtaine d'années que le feu devant lequel Jacob s'était fait arrêter... tu ne devineras jamais ! En fait, il est commandé à distance par les policiers ! Alors, ils attendent au coin de la rue et appuient sur le bouton dès qu'une voiture conduite par un étranger arrive au croisement. Ils ciblent uniquement les Américains, tu te rends compte ? »

Miriam ne savait pas si elle devait se sentir rassurée par ces propos.

« Ma plus grande peur, reprit Patty, ce n'est pas qu'il lui arrive quelque chose, mais que... bon, c'est vraiment personnel, mais à toi je peux bien le dire parce que je crois que tu comprendras, dit-elle en posant sur Miriam un regard significatif, j'ai toujours eu peur qu'il ramène une seconde épouse à la maison. »

Miriam dissimula sa réaction sous un sourire niais.

« Mais ne devrait-il pas se convertir à l'islam pour en avoir le droit ?

— Oh, je n'en sais rien, répondit Patty, avec un geste dédaigneux de la main. Il y a des quantités de femmes non musulmanes dans la résidence, ajouta-t-elle en se levant, mais effectivement, je crois que seule une musulmane pourrait devenir une coépouse. Je ne pense pas que ça puisse réellement arriver un jour. Je délire, voilà tout. »

L'appétit brusquement coupé, Miriam continua à grignoter un morceau de pain pour ne pas éveiller les soupçons de Patty, mais les mots lui brûlaient la langue : *Patty, c'est un crétin ! Ça fait des années qu'il te trompe. Pourquoi ne le quittes-tu pas ?*

Patty jeta son café dans l'évier puis, prenant conscience de ce qu'elle venait de faire, elle laissa échapper un rire nerveux.

« Qu'est-ce que je fabrique ? » dit-elle, en se resservant aussitôt une tasse.

Miriam fut tentée de se lever et d'aller la serrer dans ses bras. Les appréhensions de Patty ne lui étaient pas étrangères. Pas tant parce que Eric risquait de ramener une seconde épouse à la maison, mais il passait tellement de temps à circuler librement dans un monde auquel elle n'avait pas accès et dont elle ne connaissait pratiquement rien... Elle s'était plus d'une fois demandé s'il la trompait. Cela lui aurait été tellement facile...

« Je sais ce que c'est », déclara-t-elle.

Patty cessa de remuer son café.

« D'un autre côté, poursuivit Miriam, je ne m'inquiète pas trop à ce sujet, pour la bonne raison qu'il est extrêmement difficile de rencontrer des femmes dans cette ville. »

Elle espérait que cette remarque déclencherait au moins un petit sourire chez Patty, mais celle-ci se borna à demander :

« As-tu déjà appelé le consulat ?

— Oui. Ils ont promis de m'aider.

— Oh, très bien. Ils le retrouveront, tu verras. »

À cet instant, la porte d'entrée s'ouvrit avec un léger grincement. Patty devint tout agitée. Elle reposa sa tasse si violemment que le contenu éclaboussa le comptoir et se rua vers le séjour pour accueillir son mari. En entendant sa voix stridente, Miriam tressaillit.

« Tu rentres de bonne heure ! Tout va bien au bureau ? »

Jacob grommela une réponse et entra dans la cuisine. En voyant Miriam, il s'exclama :

« Ahhh ! La femme sans mari. »

Immédiatement cette expression déplut à Miriam : elle lui parut insultante. Mais Jacob ne lui plaisait pas non plus, et tout ce qu'il disait aurait pu produire le même effet.

« Salut », répondit-elle, en s'emparant de sa tasse de café pour se donner une contenance, au cas où il dirait quelque chose de pire.

Jacob s'approcha et lui prit la tasse des mains.

« Dans ta situation, tu as besoin d'un truc un peu plus fort.

— Non, merci », protesta-t-elle, tandis que Jacob jetait le café dans l'évier. Il flanqua bruyamment la tasse sur le comptoir, sortit une bière du réfrigérateur, la décapsula sur le rebord du comptoir comme un adolescent, puis la fit glisser à travers la table en formica, de telle sorte que Miriam fut obligée de l'attraper pour éviter qu'elle n'atterrisse dans son giron.

Bois-la, s'encouragea-t-elle. *Dans quelques minutes, tu seras bien contente de l'avoir fait.* Elle avala une longue gorgée puis reposa la bouteille avec fracas. Patty prit un air contrarié.

« Tout s'est bien passé, au boulot ? s'enquit-elle d'un ton faussement enjoué en se dirigeant vers l'évier. Je ne t'attendais pas si tôt, ajouta-t-elle sans lui laisser le temps de répondre, sinon j'aurais préparé le dîner. Je pensais faire un rôti. »

Miriam les avait déjà vus ensemble à plusieurs reprises, deux fois dans des soirées données à l'intérieur de la résidence, et une autre fois sur une plage privée, lors d'un pique-nique qui avait tourné court quand la température avait dépassé les 43 degrés. Ils vivaient ici depuis sept ans et n'avaient pas l'intention de partir. L'atmosphère de la maison aurait peut-être été un peu moins tendue s'ils avaient eu des enfants ou des animaux de compagnie, mais leur fille unique, Amanda, avait été envoyée en pension dans le New Hampshire – sans doute à l'initiative de Jacob, soupçonnait Miriam.

Il l'avait toujours intimidée. Il paraissait prendre plaisir à lui faire peur. Elle se demandait comment Patty arrivait à le supporter. Mais celle-ci semblait avoir trouvé la parade pour lui imposer silence avec son bavardage incessant.

D'après Eric, Jacob n'était pour lui qu'une relation de commodité. Ils travaillaient pour la même société, tous deux étaient d'anciens militaires, qui aimaient les mêmes activités : la pêche, la plongée sous-marine, le camping dans le désert. Non qu'ils aient suffisamment de loisirs pour s'y adonner, mais du moins cela leur fournissait des sujets de conversation.

Elle observa Jacob ; son visage maigre était rougi par un léger coup de soleil et il avait l'air en permanence mal rasé. Ses yeux noisette lui évoquaient invariablement de la vaseline chaude. Comme Eric, il était spécialiste en sécurité, et cela se voyait à son corps épais et robuste aux muscles bien développés. Ses gestes avaient cette précision qu'on acquiert en étant constamment aux aguets, en protégeant des gens et en maniant des armes dangereuses pour gagner sa vie. C'était peut-être ce qui séduisait Patty, et Miriam pouvait le comprendre. Pourtant, dès qu'elle avait fait la connaissance de Jacob, elle s'était dit avec méfiance que c'était le genre d'homme à être attiré par l'Arabie saoudite pour les pires raisons – et principalement la façon dont on y traitait les femmes. Ou peut-être était-elle trop sévère à son égard, et appréciait-il seulement la ségrégation dont les femmes étaient l'objet. Comment tromper sa femme si elle est toujours pendue à vos basques ? Miriam n'avait pas tardé à comprendre que Jacob ne souhaitait pas qu'elles les accompagnent, Patty et elle, quand il sortait avec Eric. Au début, elle avait cru que c'était à cause de leur travail, qu'il voulait discuter de certains sujets confidentiels, mais Eric avait fini par lui expliquer que Jacob préférait les virées entre hommes et ne passait pratiquement jamais la soirée avec son épouse, comme ils en avaient tous deux l'habitude. Du moins, avant leur arrivée ici…

Soudain, Jacob prit la parole, interrompant le babil de Patty, qui se tut d'un coup.

« Alors, Miriam, s'enquit-il d'une voix forte, braquant sur elle un regard autoritaire qui lui donna l'impression d'être une suspecte dans une salle d'interrogatoire. As-tu retrouvé ton mari ? »

Elle secoua la tête, la nuque parcourue par un frisson d'appréhension.

« Il n'est pas venu au bureau aujourd'hui ? demanda-t-elle après avoir bu une nouvelle gorgée de bière.

— Je n'en sais rien. Je n'y étais pas, répondit Jacob, sans cesser de la dévisager. Mais je suis sûr qu'il finira bien par réapparaître.

— Tu l'avais vu un peu avant qu'il aille me chercher à l'aéroport, n'est-ce pas ? reprit Miriam.

— Ouais, juste le temps de boire un café. Il avait l'air dans son état normal, rétorqua Jacob en plissant les yeux d'un air soupçonneux. Pourquoi ? Tu penses que je suis pour quelque chose dans ce…?

— Ce quoi ? » répliqua-t-elle en tentant de prendre une mine espiègle.

Jacob lui lança un regard étrange qui la glaça jusqu'à la moelle.

« Et tu n'as rien remarqué de bizarre ? T'a-t-il dit quoi que ce soit qui…

— Il m'a dit : "Je vais chercher bobonne." »

Il lança ces mots d'un ton insultant, mais Patty intervint en laissant tomber une spatule métallique sur le sol, et ils sursautèrent en entendant le bruit. Elle s'excusa, ramassa l'ustensile et le mit dans l'évier.

Miriam se leva et prit son sac.

« Patty, merci pour toutes ces bonnes choses. Les beignets étaient délicieux.

— Il s'est sûrement fait embarquer par la police religieuse, reprit Jacob, sans détacher d'elle son regard scrutateur. Ça n'aurait rien d'étonnant, vu le quartier où vous vivez, tu sais. »

Oui, je le sais parfaitement ! faillit-elle riposter.

« Je connais le chemin, pas la peine de me raccompagner. Merci encore, Patty. »

Celle-ci paraissait gênée et peinée, comme si elle hésitait sur la conduite à adopter. Ce fut Jacob qui suivit Miriam dans le séjour. Dans l'entrée, en passant devant des photos posées sur une console, elle y jeta un coup d'œil machinal. Elle ne les avait pas remarquées à son arrivée, mais l'une d'elles attira son attention. Elle représentait Eric à côté de Jacob. Elle s'arrêta pour la regarder.

Jacob s'approcha, un peu trop près à son goût, et lui souffla :

« Est-ce qu'il t'a raconté notre partie de camping ? » demanda-t-il d'un ton qui signifiait : *Je parie qu'il ne t'en a jamais rien dit.*

Elle se sentit rougir de colère. Eric n'avait jamais fait allusion à cette expédition.

« Oui, mentit-elle. J'ai cru comprendre que vous vous étiez attiré des ennuis, comme d'habitude. »

Elle vit à son expression qu'il ne la croyait pas.

Ces photos avaient quelque chose d'étrange. Toutes représentaient Jacob et ses amis en train de se livrer à des activités viriles : pêche, surf, chasse dans le désert. Aucune de Patty ni de leur fille. Même les cadres étaient d'aspect résolument masculin, en bois grenu dans des tons verts ou marron foncé.

Un peu derrière les autres, elle en aperçut une qui lui donna un coup au cœur. Elle montrait trois hommes tenant chacun un fusil de chasse, sur un fond de montagnes nimbées d'une lumière jaunâtre. À gauche, Eric, l'air content de lui ; on distinguait une entaille sur son menton. Au milieu, Jacob, avec son air de brute, et à droite, un homme en qui elle reconnut Apollo Mabus.

« Comment as-tu connu ce type ? s'exclama-t-elle en tendant le doigt.

— Mabus ? J'ai fait sa connaissance par l'intermédiaire d'un collègue, il y a quelques années. C'est un Angliche. Un peu coincé au premier abord, mais une fois dans le désert, il change du tout au tout. Pourquoi me demandes-tu ça ?

— J'ai l'impression de l'avoir déjà vu. »

Elle répondit sans détacher les yeux de la photo, pour ne pas laisser paraître son trouble. Il n'aurait plus manqué que Jacob pense qu'elle trompait son mari !

Cela lui faisait un choc de découvrir que Mabus lui avait menti. Il n'était pas originaire de New York, il était britannique ; pourtant, il parlait exactement comme un Américain.

« Tu l'as connu ici ? reprit-elle.

— Oui.

— Et tu es sûr que c'est un Britannique ?

— Pratiquement sûr, oui.

— Dans ce cas, il ne peut pas s'agir du type auquel je pensais, mentit-elle. À quand remonte cette partie de chasse ?

— Pourquoi tiens-tu à le savoir ? »

Jacob s'était encore rapproché, et elle haussa les épaules, d'un mouvement qui ressemblait à un tic nerveux. Voyant qu'elle n'était pas disposée à lui répondre, il expliqua :

« Nous sommes allés dans une maison que Mabus possède là-bas, et nous avons campé dans les dunes.

— Hmm. »

Elle lui adressa un faible sourire et, serrant son sac contre elle, marcha droit vers la porte et l'ouvrit. Jacob la suivit sur la pelouse.

« À plus tard », lança-t-elle en s'éloignant d'un pas vif.

Il demeura planté dans le jardin, la suivant du regard, mais elle ne se retourna pas. Elle continua à marcher en s'efforçant de ne pas avoir l'air trop pressée, jusqu'à ce qu'elle soit hors de vue de la villa. Puis elle sortit son portable et appela le chauffeur de taxi. À son grand soulagement, il n'était pas très loin, et ils convinrent de se retrouver devant les grilles.

Elle savait à quel moment la photo avait été prise, car Eric s'était coupé le menton juste avant qu'elle ne s'envole vers les États-Unis. La partie de chasse avait donc dû avoir lieu dans les jours qui avaient suivi son départ. Cela ne la dérangeait pas. Il avait bien le droit de s'amuser avec ses amis, surtout quand elle n'était pas là. Mais pourquoi ne lui en avait-il rien dit alors qu'ils s'étaient parlé plusieurs fois au téléphone, cette semaine-là ? D'habitude, il lui disait toujours où il était allé…

Et qui a pris cette photo ? se demanda-t-elle soudain.

14

ASSISE À CÔTÉ D'OSAMA À L'AVANT DE LA VOITURE, Faiza riait des gesticulations comiques de deux gamins qui se disputaient un ballon de football au milieu de la rue. Osama les contourna avec précaution en souriant pour lui-même. Il aimait l'entendre rire et sa gaieté était communicative. Il n'avait jamais été gêné par ses manières directes, sa façon négligente de porter le hijab, ou de plaisanter avec lui dans les rares occasions où ils allaient ensemble interroger un témoin. Chez une autre femme, ce comportement aurait pu lui faire croire qu'elle essayait de le draguer, mais chez Faiza il paraissait tout naturel. Elle était plus vieille que lui et, à trente-sept ans, atteignait cet âge où l'on pardonne aux femmes leur manque de pudeur car on les considère comme asexuées. Pourtant, il la trouvait attirante, d'un charme simple et un peu suranné : ses larges gestes péremptoires de la main, la manière dont le rire lui secouait les épaules, et même ses traits quelconques, qu'elle dévoilait avec franchise, sans le moindre embarras. Elle était saine et rassurante, précisément parce qu'elle n'avait pas conscience de sa propre sexualité, et il soupçonnait que c'était déjà le cas lorsqu'elle avait seize ans.

Elle poussa un soupir, comme pour dire : *Bon, nous nous sommes bien amusés, à présent revenons-en aux choses sérieuses.* Ils allaient voir le frère de la victime, Abdulrahman Nawar, propriétaire d'une boutique de lingerie. Dans l'éventualité où il faudrait interroger une femme, Osama était obligé d'emmener une collègue. Un magasin de lingerie était pour lui un terrain étranger et difficile. Il avait demandé à Faiza de l'accompagner, au cas où il tomberait sur l'une des quelque deux cent cinquante boutiques de Djeddah qui avaient réussi à se conformer au nouveau décret du ministère du Travail les contraignant à engager des femmes. « Davantage de femmes sur les lieux de travail », tel était leur slogan, mais il s'agissait en réalité d'une tentative pour interdire aux hommes l'accès à ces magasins, l'un des rares endroits où ils pouvaient rencontrer des femmes, où celles-ci pouvaient leur confier en chuchotant leurs préférences en matière de petites culottes, la taille de leurs bonnets de soutien-gorge, et quelle panoplie érotique, parmi la vaste gamme qui s'offrait à leur choix, elles désiraient arborer dans la chambre conjugale.

Les autorités religieuses surveillaient cette industrie depuis des années, exerçant des pressions constantes. Jusqu'à ces derniers temps, les propriétaires des boutiques s'étaient défendus avec succès, arguant qu'ils ne pouvaient pas engager des femmes, leurs clients étant en majorité des hommes venant effectuer des emplettes pour leurs épouses. Quand le ministère du Travail avait publié cette nouvelle loi stipulant que les magasins de lingerie devraient désormais employer exclusivement des femmes, les religieux avaient poussé les hauts cris. Si la seule idée que des vendeurs de sexe masculin maniaient soutiens-gorge et strings mettait les imams en fureur, la perspective de voir les femmes délaisser l'éducation des enfants et la cuisine pour travailler à l'extérieur leur était plus scandaleuse encore.

Faiza plongea la main dans le sac en papier qu'elle tenait sur ses genoux. Ils s'étaient arrêtés pour acheter du café et des beignets, et elle en dévora un, garni de crème, sans rien de la délicatesse à laquelle il se serait attendu de la part d'une femme portant une burqa – l'insertion précautionneuse du beignet poisseux sous le voile, les petites bouchées prudentes pour éviter de faire tomber des miettes à l'intérieur de son col. Elle attaqua la pâtisserie à belles dents, et il l'observa subrepticement, guettant la faute d'inattention, mais elle ne se mit même pas de sucre sur le pouce.

« Impressionnant, commenta-t-il.

— Au bout de vingt-cinq ans de pratique, je n'ai guère de mérite, répondit-elle en riant. Qui m'emmenez-vous voir aujourd'hui ?

— Le propriétaire d'une boutique de lingerie. C'est un homme, mais nous aurons peut-être affaire à des femmes avant d'accéder à lui.

— Et vous ne voulez pas vous trouver seul face à une femme ?

— J'ai pensé que votre aide pourrait m'être utile.

— Je vous en suis reconnaissante. »

Il s'arrêta dans une station-service et descendit pour faire le plein. Il avait presque terminé quand une voiture de police approcha. Une légère inquiétude s'empara de lui lorsque les agents regardèrent dans sa direction. Il attendit de voir s'ils le reconnaissaient, et s'ils remarquaient la présence de Faiza. Il ne faisait rien de mal en circulant en sa compagnie, mais ils travaillaient de plus en plus souvent ensemble, depuis quelques semaines, et il appréhendait le jour où les gens commenceraient à en tirer des conclusions erronées. C'était surtout pour la réputation de Faiza qu'il s'inquiétait ; la rumeur publique, d'une efficacité toujours redoutable, répandrait alors ses mensonges, et la carrière de sa collaboratrice serait la première à en pâtir.

Il s'était souvent demandé pourquoi elle avait choisi ce métier. Quand il lui avait posé la question, elle avait donné une réponse vague (« Je ne sais pas. Ça m'intéressait », le tout accompagné d'un haussement d'épaules), sans trace de la rhétorique enflammée qu'employaient généralement les autres femmes du service. Chez elle, ce choix avait quelque chose de mystérieusement approprié, comme s'il n'était pas le résultat d'une décision logique, d'un projet mûrement réfléchi, mais d'une évidence profonde et indicible.

Il remonta à bord du véhicule et démarra. La voiture de patrouille était à présent hors de vue, constata-t-il avec soulagement. Normalement, il aurait dû être assis à la place de Faiza, et Rafiq, son coéquipier, aurait dû tenir le volant. Faiza, si elle les avait accompagnés, aurait pris place à l'arrière. Mais, trois mois auparavant, Rafiq et Osama avaient fait une descente dans une clinique où l'on pratiquait des avortements, et le petit ami d'une des clientes avait sorti un revolver, atteignant Rafiq d'une balle dans la poitrine. Ils recherchaient un homme suspecté du meurtre d'une jeune fille, et leur enquête les avait conduits jusqu'à cette officine qui se donnait le titre de « centre de traitement de la stérilité ». Rafiq avait survécu à ses blessures, mais avait été mis en congé de maladie pour six mois.

Tout bien considéré, cette séparation forcée était sans doute une bonne chose. Rafiq, le plus âgé et le plus expérimenté des deux, avait toujours été le mâle dominant, menant intrépidement Osama de scène de crime en salle d'interrogatoire, de tribunal en prison, lui enseignant les subtilités du métier de policier dans une ville aussi grande, anarchique et impie que celle-ci. Cette relation s'était poursuivie longtemps après qu'Osama fut devenu à son tour un policier compétent, un peu comme s'il ne pouvait se passer de la figure paternelle incarnée par Rafiq.

Puis il avait commencé à entendre des ragots. D'abord, Rafiq aurait reçu des pots-de-vin dans une affaire de maltraitances envers une domestique. Puis il aurait tabassé un jeune Somali mendiant dans une gare routière. Il y avait environ six mois, les accusations s'étaient mises à pleuvoir de toutes parts. Bien que provenant de sources différentes, elles étaient toutes plus ou moins semblables, et allaient toutes dans le même sens.

Osama avait farouchement défendu son équipier, convaincu que ce n'étaient que des calomnies. Il aurait fallu un argument massue pour briser sa foi ; en fait, il suffit d'un murmure, quelque chose que lui rapporta sa femme Nuha au sujet du mariage de Rafiq. Puis il y avait eu la descente dans la clinique, et tout avait changé.

Depuis deux mois et demi, Osama était livré à lui-même, et cette indépendance le mettait encore un peu mal à l'aise. Il aurait pu former équipe avec Abdullatif ou Abu-Haitham, mais il n'avait jamais apprécié l'exubérance du premier ni le mutisme glacial du second et, si on lui avait donné le choix, il aurait préféré Faiza à n'importe lequel de ses collègues masculins. Si Dieu le veut, pensait-il, ce pays serait un jour assez moderne pour accepter l'idée que tout enquêteur avait besoin d'une femme à son côté, et que ces équipes mixtes devraient en fait être rendues obligatoires, car, enfin, combien existait-il d'affaires criminelles dans lesquelles seuls des hommes étaient impliqués ?

La boutique de lingerie était un établissement tapageur, à la façade de stuc rose vif et or. Six énormes vitrines exposaient des mannequins en corset et jarretelles, l'une de ces figures féminines brandissait un fouet au-dessus d'une autre qui portait une burqa – rien d'autre. Des résidus noirs sur les bords de la vitre indiquaient probablement que la police religieuse l'avait barbouillée de peinture pour dissimuler cette atrocité, et que les propriétaires n'avaient pas réussi à la nettoyer complètement. Osama effleura les traces du bout des doigts et constata qu'elles étaient encore relativement fraîches.

Dans la vitrine suivante, trois mannequins étaient alignés de front. Derrière, une inscription au néon proclamait en caractères verts : *Dernières sensations syriennes !* Les mannequins présentaient des innovations technologiques : un soutien-gorge fait de câbles, avec un téléphone portable sur chaque sein, et un string BlackBerry. Ce n'était pas le caractère grotesque de ces gadgets qui le fit rire, mais Faiza, imperturbable à côté de lui, qui contemplait les deux souris d'ordinateur fixées aux fesses fermes d'un mannequin, sous une pancarte disant : *Vas-y, clique, mon chou !* Elle se détourna, visiblement peu impressionnée, et franchit à sa suite la porte du magasin.

Dès son entrée, Osama sentit ses bras se hérisser de chair de poule. La climatisation était beaucoup trop forte – une façon de dissuader en douceur les clientes de se dénuder – mais elle conférait au lieu un caractère hostile. L'intérieur de la boutique ressemblait à un gigantesque entrepôt divisé en différentes sections à thème : Romantique, Bariolé, Invisible et Hard Core. La caisse formait un îlot central, tenue par trois jeunes hommes qui semblaient frais émoulus de l'école de commerce, avec leur petite moustache bien taillée et leur chemise impeccable boutonnée jusqu'en haut. Osama s'avança dans leur direction, et Faiza le suivit tout en scrutant la pièce. À cette heure de la journée, il n'y avait pas foule, un homme seul qui errait dans une allée latérale, et un jeune couple qui se dirigeait vers le rayon Hard Core et qui s'arrêta net quand Osama brandit son insigne.

« Je désire parler à Abdulrahman Nawar, dit-il.

— Il est dans l'arrière-boutique », répondit l'un des caissiers, avec un regard à l'adresse de ses congénères visiblement pétrifiés de peur.

Osama les dévisagea tour à tour, cherchant à accroître leur nervosité. C'était l'un des trucs que lui avait enseignés Rafiq : toujours intimider les types des boutiques de lingerie. Il fallait leur rappeler que les flics ne portaient pas toujours l'uniforme, que n'importe quel client pouvait être un policier, et qu'ils feraient donc bien de se tenir sur leurs gardes. « Ils baignent à longueur de temps dans une atmosphère érotique. Il ne faut pas s'étonner si ça leur donne des idées », avait expliqué Rafiq. *C'est le contraire qui serait étonnant,* avait songé Osama.

« Euh… je vais le chercher, reprit le jeune homme.

— Pas la peine, déclara Osama en leur lançant à tous trois un regard menaçant. Nous pouvons le trouver nous-mêmes. »

Les caissiers jetèrent à Faiza des coups d'œil furtifs, avec des expressions allant de l'incompréhension à la stupéfaction.

« Puis-je vous demander de quoi il s'agit ? s'enquit l'un d'eux.

— Non », riposta Osama en entraînant Faiza vers le fond du magasin.

Ils arrivèrent devant une porte à double battant, maintenue grande ouverte par des mannequins harnachés de filets en cuir brun qui ressemblaient à ceux dont on se sert pour capturer les faucons. Derrière, on apercevait un vaste atelier où s'affairaient des ouvriers, tous de sexe masculin. Il n'y avait pas une seule femme.

Faiza ne se plaignit pas, ne fit pas mine de rebrousser chemin. C'était l'un des traits qui lui plaisaient en elle, cette détermination inébranlable. En pénétrant dans l'atelier,

Osama se représenta soudain l'image qu'ils devaient donner : un enquêteur flanqué de sa petite protégée – seulement, ladite protégée avait assez de cran pour s'immobiliser sur le seuil et soulever sa burqa sans même le consulter du regard pour solliciter son approbation. Elle était prête à leur faire face, littéralement, alors que lui avait envie de tourner les talons. Il ne détestait rien plus que d'apporter des mauvaises nouvelles aux familles.

L'un des hommes les vit et vint à leur rencontre, d'une démarche précautionneuse. Il leur adressa la parole du ton brusque de celui qui est habitué à avoir affaire à des idiots :

« Puis-je vous aider ?

— C'est vous, Abdulrahman Nawar ?

— Non, je suis son assistant. Qui êtes-vous ? » répliqua l'homme.

Osama lui montra son insigne, mais avant qu'il ait pu se présenter l'individu reprit :

« C'est à quel sujet ?

— Au sujet de sa sœur. »

Les yeux de son interlocuteur s'écarquillèrent sous l'effet de l'inquiétude.

« Oh. Entrez, je vous prie. »

La pièce était puissamment éclairée et l'air y était frais, chargé d'odeurs diverses, café ranci, transpiration, effluves aigres des textiles industriels que l'on déroulait. Sur de grandes tables blanches étaient disposés des patrons, des ciseaux et des pelotes à épingles ; entre les tables, des mannequins sans tête se dressaient dans des postures de défi, les mains sur les hanches, ou les bras repliés devant eux à la manière des boxeurs. Des hommes se penchaient sur des tables chargées d'étoffes – tous jeunes, une vingtaine d'années environ. L'un d'eux, assis sur un tabouret, enroulait en boule des sequins enfilés sur un cordon. Le plus vieux de tous, qu'Osama supposa être le frère de la victime, manipulait un mannequin dont un des bras était tendu de telle manière que, vu de côté, il semblait lui donner une gifle. Chacun des mannequins arborait un article de lingerie outrageusement sexy.

« Abdulrahman. »

À la façon pleine de sollicitude dont l'assistant prononça ce nom, Osama se dit qu'il savait déjà ce qu'il allait leur annoncer. Il jeta un rapide coup d'œil à Faiza, qui parut elle aussi l'avoir remarqué, car elle lui retourna un regard soucieux.

Abdulrahman réagit à cette interpellation familière en interrompant immédiatement sa tâche et en tournant vers eux un visage hostile.

« Qu'y a-t-il ?

— Monsieur Nawar, je suis l'inspecteur Osama Ibrahim, et voici ma collègue l'agent Shanbari. Y a-t-il un endroit où nous pourrions nous entretenir ? »

Abdulrahman se figea. Son « oui » ressembla au râle d'une poitrine oppressée. Il voulut les conduire vers le petit bureau vitré à l'autre bout de l'atelier, mais à peine avait-il fait deux pas qu'il chancela. Son assistant et Osama se précipitèrent à son secours.

« Ça va, grogna Abdulrahman en écartant brutalement la main du jeune homme. Que s'est-il passé ? »

Il l'avait deviné, ainsi que l'inspecteur pouvait le lire sur son visage.

« Je crois que vous feriez mieux de vous asseoir, lui dit l'assistant.

— Ça ira, répliqua son employeur en dardant sur lui un regard courroucé. Va seulement me chercher un verre d'eau. »

Puis il entra dans le bureau et, le teint blême, se laissa choir lourdement sur le canapé jaune à l'aspect rebondi.

Son assistant revint avec un verre d'eau, qu'il prit avec des mains tremblantes. Dans la salle, les ouvriers avaient cessé leur activité et se pressaient à quelques pas de la porte. Osama n'osa pas leur demander de se disperser, mais heureusement l'assistant s'en chargea.

« Vous pouvez faire une pause, leur annonça-t-il. Sortez tous. »

Ils obéirent, à l'exception d'un jeune homme qui les rejoignit dans le bureau. Personne ne protesta, et Osama en déduisit que c'était un membre de la famille. Il paraissait effrayé.

« Elle est morte, n'est-ce pas ? » demanda Abdulrahman, avec une expression où le chagrin le disputait à la colère.

L'assistant et le jeune homme se tenaient immobiles à côté du canapé, l'air indécis.

« Est-elle morte ? répéta le boutiquier d'un ton impatient.

— Monsieur Nawar, nous aimerions vous parler en privé, si vous n'y voyez pas d'inconvénient, répondit Osama.

— Ce garçon est mon neveu, Ra'id, et l'autre mon assistant, Fuad, et ils peuvent rester. À présent, racontez-moi ce qui est arrivé.

— J'ai le regret de vous informer qu'on a découvert un corps hier sur la plage. Nous pensons qu'il s'agit de celui de votre sœur Leila. »

Le visage d'Abdulrahman demeura rigide, mais Ra'id laissa échapper un cri étouffé, comme s'il avait reçu un coup de couteau. Il se mit à trembler et des larmes dévalèrent le long de ses joues.

« Où est-elle ? s'enquit Fuad d'un ton vif. Pouvons-nous la voir ? »

En pensant à l'état dans lequel se trouvait le cadavre, Osama frémit intérieurement.

« Elle se trouve actuellement entre les mains des médecins légistes, répondit-il d'une voix calme. Des femmes médecins, précisa-t-il aussitôt.

— Mais vous n'êtes pas sûrs qu'il s'agit bien d'elle, riposta sèchement Fuad. Vous le *pensez* seulement ?

— Tais-toi », lui intima Abdulrahman, les yeux rivés au sol.

Osama commençait à se sentir gêné de rester ainsi planté devant le canapé, aussi avança-t-il à Faiza le fauteuil à roulettes placé derrière le bureau, avant de s'installer lui-même sur une chaise pliante en métal. Le neveu, Ra'id, n'esquissa pas un geste pour essuyer ses larmes. Il regardait fixement Osama, comme hébété, mais Fuad le poussa du coude, et il s'affala sur le premier siège à sa portée, le bras du canapé. Fuad resta debout, nerveux.

Osama sortit son calepin et son stylo. Il remarqua que Faiza avait pris une attitude détendue, les mains croisées sur ses genoux, et qu'elle dévisageait le frère de Leila d'une manière déconcertante. Mais l'homme l'ignorait totalement.

« Nous avons identifié votre sœur grâce à la photo que vous aviez remise au Service des personnes disparues, expliqua-t-il, en s'abstenant de mentionner l'état du visage. Nous avons pu la comparer à une photo que nous avons trouvée dans… sa burqa. »

Apparemment, Ra'id savait exactement à quoi il faisait allusion, car il prit un air entendu.

« Mais comment a-t-elle pu… comment avez-vous… », bredouilla-t-il.

Comme Abdulrahman et Fuad lui jetaient des regards perplexes, il expliqua :

« Elle avait une puce Bluetooth dans sa burqa. Mais je croyais qu'elle ne montrait qu'une photo de son visage *voilé*. »

Il insista sur ce dernier mot en lançant à son oncle un coup d'œil craintif.

« C'était une blague, en quelque sorte… Je croyais que personne ne pouvait *voir* son visage.

— Nous l'avons vu », déclara Osama.

Une grimace de dégoût apparut sur le visage de Fuad.

Abdulrahman ferma les yeux, plaqua une main sur sa bouche et leva son visage vers le plafond, mais Osama n'aurait su dire si son expression trahissait la souffrance ou la fureur.

Il s'efforça d'étudier les trois hommes aussi objectivement que possible. Abdulrahman avait un visage large et rond caractérisé par une moustache noire et la paire de sourcils la plus broussailleuse qu'Osama eût jamais vue. Il paraissait assez vieux pour être le père de Leila plutôt que son frère ; ses cheveux avaient l'aspect rêche de la paille de fer et grisonnaient aux tempes. Sa voix tonnante de baryton commençait à s'érailler avec l'âge.

Son neveu Ra'id était petit, maigrichon avec un visage pointu et acrimonieux ; il devait avoir moins de vingt ans. Il se tenait penché en avant et tremblait légèrement, enserrant ses genoux entre ses mains. Une mèche de cheveux gras lui balayait les joues. L'assistant, Fuad, devait friser la trentaine. Grand et solidement bâti, avec des mâchoires, des pommettes et des épaules bien dessinées, il paraissait attentif au moindre détail. Son costume était impeccable, ses boutons de manchettes étincelants. Dès que quelqu'un faisait un mouvement, il regardait automatiquement dans sa direction comme pour se porter à son aide ou lui dire qu'il s'y prenait mal, bref, comme s'il estimait de son devoir de contribuer à améliorer le monde d'une manière ou d'une autre.

« Racontez-moi ce qui s'est passé », demanda Abdulrahman en regardant Osama bien en face.

Fuad s'apprêtant à élever une objection, il leva une main pour lui imposer silence et répéta :

« Racontez-moi.

— Il semblerait qu'elle ait été assassinée, j'en ai peur », commença l'inspecteur, en observant attentivement les réactions de chacun.

Fuad secoua la tête.

« Que lui ont-ils fait ? s'enquit Abdulrahman dans un souffle, en lançant à son assistant un regard d'avertissement. Dites-moi. *Que lui ont-ils fait ?*

— Elle a eu le cou brisé, répondit-il d'un ton circonspect, évitant de regarder Faiza. Elle est morte très vite. »

Et avant ça elle a été sauvagement poignardée et battue, et on lui a brûlé les mains et le visage avec de l'huile bouillante. Jamais il ne leur dévoilerait toute la vérité, mais rien au demeurant ne l'y obligeait. De toute évidence, Abdulrahman n'était pas dupe, mais du moins était-il suffisamment intelligent pour ne pas exiger de plus amples détails.

« À vous entendre, on pourrait croire que vous avez une idée de l'identité du coupable ? » dit tout à coup Faiza.

Fuad prit un air outragé, mais elle concentrait son attention sur le frère de la victime.

« Vous avez dit : "Que lui ont-ils fait ?" Si vous avez quelque chose à nous révéler, le moindre soupçon… »

Abdulrahman s'obstina à ignorer sa présence, et ce fut Ra'id qui rétorqua, avec un reniflement dédaigneux :

« Vous croyez que nous avons quelque chose à voir là-dedans ? »

Faiza ne répondit pas.

« Elle avait déjà été agressée, intervint Fuad.

— Quand cela ? demanda Osama.

— Il y a environ six mois.

— Pourriez-vous me décrire les circonstances de cette agression, monsieur Nawar ? s'enquit Osama, sans un regard pour l'assistant.

— Ce qu'il a dit est exact », se borna à déclarer Abdulrahman.

Au pli résolu de sa bouche, Osama comprit qu'il n'en dirait pas plus.

« Elle travaillait de temps en temps en free-lance pour une chaîne d'information locale, reprit Fuad. Elle tournait des séquences intercalaires pour leurs nouvelles émissions. Ils lui refilaient tous les trucs ennuyeux. Vous savez ce qu'est une séquence intercalaire ? »

Osama acquiesça.

« Elle filmait des oiseaux sur la Corniche, un après-midi ; une femme s'est aperçue que Leila dirigeait son objectif vers elle et a alerté son mari. Celui-ci s'est jeté sur Leila, l'a tabassée, et a détruit la caméra ainsi que le film.

— Il lui a cassé la jambe ! » renchérit Ra'id.

Il était livide à présent et enserrait ses genoux avec force.

« D'après Leila, la femme était à l'arrière-plan, et de toute façon, elle portait une burqa », ajouta Fuad.

Ra'id secoua la tête. Osama pouvait parfaitement concevoir qu'une personne puisse s'irriter d'être filmée dans un lieu public sans son autorisation. Les incidents de ce genre étaient de plus en plus fréquents, maintenant que tout le monde possédait des portables avec fonction vidéo. Mais ils aboutissaient rarement à des violences physiques – et encore moins à des meurtres.

« Connaissez-vous l'identité de son agresseur ? demanda-t-il.

— Non, répondit Fuad. Il s'est enfui avant l'arrivée de la police.

— Qu'est-il advenu de la caméra ?

— Cet abruti l'a jetée dans l'océan.

— Leila était-elle seule lorsque c'est arrivé ?

— Oui. »

Osama hocha la tête, en songeant que la jeune fille représentait une cible facile pour un individu malveillant. Non seulement elle se promenait sans escorte, mais elle tenait une caméra vidéo à la main.

« J'aimerais que vous me racontiez ce qui s'est passé le matin où elle a disparu », reprit-il, son regard toujours fixé sur le frère de Leila.

Abdulrahman lui adressa en retour un regard menaçant, mais ce fut Ra'id qui prit la parole :

« Vous pensez vraiment que nous y sommes pour quelque chose ? »

Sa voix se fêla, trahissant son anxiété.

« Ces questions sont nécessaires, répliqua Osama d'un ton catégorique. Et je suis sûr que vous tenez autant que nous à retrouver le meurtrier. »

Cette déclaration réduisit le jeune homme au silence, et Osama se tourna de nouveau vers Abdulrahman.

« Pour commencer, je voudrais connaître les circonstances exactes de sa disparition.

— Eh bien, soupira le commerçant, ce matin-là, je suis parti travailler à la même heure que d'habitude. Leila était à la maison, avec ma femme et mes enfants.

— Elle vivait avec vous ?

— Oui. Mon épouse est sortie vers neuf heures, pour faire des courses avec les gosses. Leila a quitté la maison peu de temps après, sans préciser où elle allait. En fait, avant de sortir, ma femme lui avait demandé si elle voulait l'accompagner, et Leila avait refusé. Il faisait très chaud ce jour-là, et elle a dit qu'elle ne se sentait pas le courage d'affronter la chaleur. Qu'elle préférait rester dans l'appartement et regarder la télé. Mais quand mon épouse est rentrée, Leila n'était plus là. C'était aux environs de midi. Personne n'avait aucune idée de l'endroit où elle avait pu se rendre.

— Elle n'avait pas de chauffeur ?

— Non. Ma femme fait toujours appel à la même compagnie de taxis. Quand nous avons essayé de nous renseigner auprès d'eux, ils ont dit qu'ils n'avaient envoyé qu'une seule voiture à notre adresse, celle qui était venue prendre ma femme.

— Était-il déjà arrivé à Leila de sortir à votre insu ?

— Elle sortait souvent, bien sûr, mais nous disait toujours où elle allait. Cette fois-là, elle n'a même pas laissé un petit mot d'explication. Normalement, elle se faisait escorter par Ra'id. Elle s'arrangeait avec lui, en fonction de son emploi du temps.

— Vous a-t-elle prévenu qu'elle sortait, ce jour-là ? » s'enquit Osama en se tournant vers le jeune homme.

Il secoua la tête d'un air incertain.

« Nous avons tenté de la joindre sur son portable, poursuivit Abdulrahman, mais il ne sonnait pas, et elle n'est pas rentrée de la nuit. C'est à ce moment-là que nous avons su qu'il lui était arrivé quelque chose.

— Avez-vous appelé ses amis ?

— Non, je ne connais pas leurs numéros. Leila les avait enregistrés sur son portable, et je présume qu'elle l'avait emporté. »

Osama en vint à la question la plus délicate, qu'il avait évitée jusque-là :

« Et qu'avez-vous fait ce jour-là ?

— J'étais à l'extérieur la plus grande partie de la matinée, répondit Abdulrahman, avec un regard d'avertissement à l'adresse de Ra'id. Une fois par semaine, je vais au souk acheter des tissus.

— Quelqu'un pourrait-il le confirmer ?

— Les marchands du bazar se souviendront peut-être de moi, dit le commerçant après un temps de réflexion. Fuad était resté ici ; le magasin était ouvert, bien entendu. »

Osama nota les noms des fournisseurs, puis lança un coup d'œil interrogateur à Ra'id, qui lui rendit un regard furibond.

« J'étais ici, moi aussi.

— Quand exactement ?

— Euh…, fit Ra'id, d'un air d'intense réflexion. De dix heures du matin à peu près jusqu'à cinq heures de l'après-midi. »

Osama se tourna vers Fuad, qui, assis à présent derrière le bureau, demeurait étonnamment silencieux.

« Je suppose que les employés du magasin pourront attester votre présence ici ?

— Oui, si ces crétins que nous venons d'engager ne sont pas tout à fait décérébrés, répliqua l'assistant, avec un soupir exaspéré. Mais ce matin-là, j'étais sorti. Le climatiseur était tombé en panne, et j'ai dû me rendre chez le réparateur. »

Osama le contempla, attendant la suite. Comme elle ne venait pas, il fut contraint de demander :

« Le technicien n'est pas venu le réparer sur place ?

— Non, j'avais simplement besoin d'une pièce détachée.

— Combien de temps vous êtes-vous absenté ?

— Probablement une heure, répondit Fuad, qui parut soudain se hérisser. Après avoir acheté la pièce, je suis allé boire un café avec un ami. Je ne suis pas revenu à la boutique avant midi. »

Cela faisait beaucoup de temps pour une simple course. Osama inscrivit dans son calepin les noms et adresses de l'ami et du réparateur. Assise près de lui, les bras croisés sur la poitrine dans une attitude de défi, Faiza semblait prête à arrêter les trois hommes sur-le-champ, et cela le mit mal à l'aise.

« Votre sœur était-elle mariée ? » reprit-il.

À sa vive contrariété, ce fut Fuad qui répondit :

« Oui, elle l'a été. Pendant deux mois et demi. »

Osama commençait à trouver bizarre qu'il connaisse la vie de Leila dans ses moindres détails. Mais toute la conversation avait été ponctuée de coups d'œil inquiets en direction de son employeur, comme s'il quêtait son approbation et craignait de se faire réprimander. Abdulrahman était aussi immobile et muet qu'une fontaine de pierre asséchée.

« Et quand ce mariage a-t-il pris fin ?

— Il y a huit mois. »

Ra'id pinça les lèvres, réprimant visiblement une remarque acerbe sur l'ex-mari de Leila. Osama enregistra mentalement le fait.

« Je vais avoir besoin des coordonnées de l'ex-époux de Leila. »

Tandis que Fuad cherchait ces renseignements sur son ordinateur, Abdulrahman demeurait prostré sur le canapé, les mains posées sur les genoux, tel un boxeur sonné assis dans l'angle du ring. Osama remarqua pour la première fois combien il était massivement bâti et combien sa carrure était impressionnante.

« Quelle sorte de relation avait-elle avec son ex-mari ? demanda Faiza.

— Aucune, répondit Fuad, devançant le commentaire courroucé que Ra'id s'apprêtait à lancer. Ils ne s'étaient plus parlé depuis des mois.

— Après son divorce, elle est venue s'installer chez moi, déclara Abdulrahman, en clignant des yeux d'un air furieux.

— Votre sœur avait… vingt-trois ans ? fit Osama en consultant ses notes.

— Oui. Ce mariage était une erreur dès le départ.

— Pourquoi ?

— C'était un mariage arrangé. L'homme était un de nos cousins. Elle ne le connaissait pas du tout. Quand elle a compris ce qu'il était vraiment, elle a demandé le divorce. Tout était la faute de ma mère, *Allah yarhamha.* »

Faiza croisa les bras et posa une main sous son menton.

Ra'id émit un imperceptible reniflement, qu'Osama faillit ne pas entendre. Comprenant qu'il n'en obtiendrait pas davantage, il passa à un autre sujet.

« Et qui sont les autres membres de la famille ? interrogea-t-il.

— Mes parents sont morts, répondit Abdulrahman. J'ai quatre frères, qui vivent à présent en Syrie. Ma mère était de là-bas, et mon père de Djeddah. Nous avons grandi ici. À la mort de mon père, mes frères sont retournés à Damas, mais Leila est restée.

— Travaillait-elle souvent pour cette chaîne d'information ?

— Une fois toutes les trois semaines, quelque chose comme ça.

— Quand elle sortait, portait-elle habituellement une tenue convenable ?

— Oui, elle portait toujours une *abaya*, un foulard et une burqa.

— Je suppose qu'elle gardait des copies de tous ses films ? demanda Osama avec espoir. Serait-il possible de les voir ? » ajouta-t-il quand Abdulrahman acquiesça.

Fuad se mit à farfouiller dans un tiroir, pendant que Ra'id l'observait avec des yeux inquiets.

« Combien lui rapportait ce travail en free-lance ? »

Le visage d'Abdulrahman s'assombrit.

« Je ne sais pas très bien. Pas grand-chose. Certainement pas assez pour subvenir à ses besoins.

— Votre commerce marche bien, reprit Osama.

— En effet. »

Ra'id se leva brusquement et quitta la pièce. Le téléphone sonna et, même si aucun d'eux ne répondit, Osama comprit que ses hôtes s'attendaient à les voir partir.

« Une dernière chose, dit-il. S'est-elle jamais plainte d'être harcelée, ou suivie dans la rue ?

— Si cela avait été le cas, répliqua Abdulrahman avec irritation, nous l'aurions su. Et nous aurions engagé un chauffeur pour l'accompagner, ajouta-t-il, d'un ton ouvertement hostile. Ou nous lui aurions demandé de trouver un autre travail. Nous ne l'aurions pas laissée s'attirer des ennuis. »

Fuad se leva et tendit à Osama deux disques et un petit bout de papier sur lequel il avait écrit l'adresse de la chaîne d'information.

Osama jeta un coup d'œil par la porte vitrée. Ra'id avait disparu.

« Votre neveu était-il proche de votre sœur ?

— Oui, répondit le commerçant avec un regard menaçant en direction de l'atelier.

— J'aimerais que vous lui demandiez de revenir. J'ai encore quelques questions à lui poser. »

D'un geste bref, Abdulrahman ordonna à Fuad d'aller chercher le jeune homme.

Osama s'attela alors à la tâche fastidieuse consistant à vérifier les alibis. Abdulrahman, assis sur le canapé, contemplait le sol d'un air furibond. Toutefois il n'émit aucune protestation, au grand soulagement de l'inspecteur, dont le travail se trouva ainsi simplifié. Quelques coups de fil suffirent à établir que le boutiquier se trouvait bien au souk le matin où Leila avait disparu. Ils examinèrent aussi ses documents comptables où figuraient les reçus de ses achats. L'alibi de Fuad se confirma également : il s'était effectivement rendu chez le réparateur, puis avait bu un café avec un ami. Mais ensuite, tout se compliqua. En interrogeant les vendeurs et les ouvriers, ils s'entendirent répondre tour à tour qu'Abdulrahman était arrivé tard, qu'il n'avait pas bougé du magasin, qu'il n'était pas venu du tout, ou qu'il avait effectué des allers-retours fréquents pendant toute la matinée. Enfin, Fuad reparut et annonça que Ra'id était introuvable. Sa voiture n'était plus sur le parking, et il ne répondait pas aux appels sur son portable.

« Je suis désolé, dit Fuad, visiblement mécontent. C'est un garçon très impulsif. »

Abdulrahman, quant à lui, arborait une expression de satisfaction mauvaise.

Quand Osama interrogea les employés sur l'emploi du temps de Ra'id, il obtint des réponses encore plus confuses et contradictoires que pour Abdulrahman. L'un des ouvriers de l'atelier de confection déclara :

« Ra'id passe son temps à entrer et sortir. Personne ne sait jamais où il se trouve, même quand il est là. »

Fuad était donc le seul dont l'alibi paraissait solide. Tous les employés se rappelaient qu'il était sorti ce matin-là, et à quelle heure il était revenu – juste avant la pause de midi. L'assistant, apparemment un véritable tyran, ne passait pas inaperçu quand il était dans l'atelier. Il avait refusé de laisser deux des ouvriers prendre leur pause du déjeuner car il n'était pas satisfait du travail qu'ils avaient accompli en son absence. Et les vendeurs se souvenaient également qu'il avait fait des histoires à n'en plus finir au sujet du verrou de la porte des toilettes, que quelqu'un avait cassé la veille. Il avait même obligé l'un d'eux à consacrer toute son heure de pause à dénicher un serrurier.

Finalement, Osama appela le commissariat pour demander qu'on lui envoie une équipe de la police scientifique, ainsi qu'un autre véhicule, pour reconduire Abdulrahman chez lui. Il aurait pu s'en charger lui-même, mais voulait s'entretenir seul à seule avec Faiza dans la voiture.

Il regagna le bureau, où il avait laissé le commerçant sous la surveillance de sa collaboratrice.

« Monsieur Nawar, nous allons vous accompagner jusqu'à votre domicile. Nous aimerions inspecter la chambre de Leila.

— Mais ma femme est là-bas, et mes enfants aussi, protesta Abdulrahman, l'air indigné.

— Nous veillerons à ne pas les déranger.

— Je ne vous autorise pas à leur parler, compris ? »

Osama hocha la tête, agacé par son ton agressif. On aurait dit que l'homme lui prêtait des intentions malhonnêtes vis-à-vis de son épouse.

« Nous aurons peut-être besoin de leur poser quelques questions, répondit-il calmement. Ma collègue s'en chargera. »

Le commerçant examina Faiza avec attention, comme s'il venait seulement de s'apercevoir de son existence.

« Bien, finit-il par dire. Elle pourra parler à ma femme, mais uniquement en ma présence. »

Lorsqu'une voiture de la brigade volante eut emmené Abdulrahman, Osama et Faiza regagnèrent leur véhicule. Fuad les raccompagna jusqu'à la sortie et s'excusa de ne pas leur avoir offert quelque chose à boire.

Ç'aurait été encore pire, si tu l'avais fait, songea Osama à part soi.

Une fois à bord, Faiza ne rabattit pas sa burqa. C'était le signe qu'elle avait quelque chose de désagréable à lui dire, comprit-il.

Elle se pencha pour prendre le sac posé à ses pieds, en sortit un beignet et se mit à manger en lui jetant un regard un tantinet coupable. Il ne put s'empêcher de sourire.

« Ils savaient qu'elle était morte avant que nous ne leur annoncions, déclara-t-elle.

— Oui, c'était assez bizarre. Mais peut-être était-ce une simple question de bon sens. Une visite de la police signifie généralement qu'un malheur est survenu.

— Peut-être ont-ils compris rien qu'en voyant notre mine, approuva Faiza.

— Je croyais que vous alliez me reprocher de ne pas les avoir suffisamment bousculés, dit-il, remarquant une petite tache de chocolat sur son nez.

— Vous auriez pu vous montrer un peu plus dur, répondit-elle en souriant.

— Une femme qui préconise la méthode forte ? C'est le monde à l'envers ! s'exclama Osama, rieur.

— N'en a-t-il pas toujours été ainsi ? Souvenez-vous de vos parents.

— Vous ne les connaissez pas.

— Ce n'est pas nécessaire, tous les parents sont les mêmes, répondit-elle, la bouche pleine - ce qu'Osama, loin de s'en offusquer, trouva attendrissant.

— Non, rétorqua-t-il fermement, ils ne sont pas tous les mêmes. Et ma femme ne me dit jamais de me montrer plus dur. Vous êtes la seule à le faire, Faiza. »

Avec un air profondément fautif, cette fois, elle replongea sa main dans le sac.

« Il y en a un troisième ? s'écria-t-il, incrédule. Quand avez-vous… Donnez-moi ça.

— Vous pouvez en avoir la moitié, dit-elle, rompant le beignet en deux.

— Non, non, je n'en veux pas. Je m'oppose seulement à ce que vous le mangiez. Vous en avez déjà avalé deux !

— Mon mari m'aime grasse », expliqua-t-elle en toute franchise.

Il regarda avec inquiétude le filet de crème qui pendillait au-dessus du siège. Elle lui posa la moitié de la pâtisserie dans le creux de la main, et il la prit.

« Ces types mentaient, reprit-elle. Pas en ce qui concerne leur alibi, mais au sujet de Ra'id.

— Selon vous, ils savaient qu'il avait pris le large ? »

Elle acquiesça en silence.

« Je suis de votre avis », dit-il d'un ton qu'il espérait désinvolte, tout en mastiquant la pâte huileuse.

En réalité, il n'avait eu aucun soupçon, et les paroles de Rafiq lui revinrent à l'esprit, tel un refrain obsédant : « Si tu tiens vraiment à être gentil, Osama, au moins, sois-le à l'égard des gens qui le méritent. Comme moi. » Il déglutit avec effort et but une gorgée de café. Il s'était tout de même considérablement endurci, depuis. *J'essaie de ne pas me montrer trop brutal devant vous,* eut-il envie de dire à Faiza. *Un jour, vous verrez que je peux me montrer dur, quand il le faut.*

Il la regarda, mais après avoir fourré le dernier morceau de beignet dans sa bouche, elle abaissa sa burqa.

La maison d'Abdulrahman était l'une des plus luxueuses qu'Osama eût jamais vues. Quoique de construction récente et originale, elle restait fidèle au style traditionnel si caractéristique de Djeddah. Sa haute façade faite de blocs de corail s'ornait d'élégantes persiennes en bois ouvragé et une large terrasse surplombait la rue. Abdulrahman fit entrer Osama, Faiza, et le premier détachement d'une impressionnante troupe de techniciens. Il paraissait toujours aussi tendu et troublé. Un serviteur accourut, et le maître des lieux l'envoya chercher des rafraîchissements.

« En fait, intervint l'un des hommes de la police scientifique, nous préférerions que vous attendiez dehors. »

Le domestique consulta son employeur du regard.

« Très bien, dit celui-ci. Fais ce qu'on te dit. Ma femme est sortie, poursuivit-il en se tournant vers Osama. Je viens de l'avoir au téléphone. Elle est chez sa sœur, à l'autre bout de la ville.

— Nous devrons quand même lui parler tôt ou tard », répondit Osama.

Ils suivirent Abdulrahman dans le patio, où le vert des innombrables plantes se fondait à celui de la mosaïque sophistiquée recouvrant les murs d'un camaïeu chatoyant. En contrebas se trouvait une piscine au fond garni de dalles simulant un tapis oriental. Les portes cintrées, deux fois plus hautes qu'un homme de taille moyenne, étaient décorées, jusqu'au moindre centimètre carré, de pierre polie et de motifs en relief formant les mots *Allah* et *Allah akbar.* La première pensée d'Osama fut qu'Abdulrahman avait largement les moyens d'entretenir sa sœur. Ils traversèrent une demi-douzaine de pièces somptueusement décorées, où l'on avait pris un soin particulier à mettre en valeur des objets traditionnels : un *hookah* ancien entre deux bancs de pierre ; des antiquités bédouines de toute sorte, dont un fusil et une cartouchière accrochés au mur ; une dalle de marbre appuyée contre une paroi, sur laquelle était gravé un passage du Coran. Le sol qu'ils foulaient était couvert tantôt de tapis épais, tantôt de dalles de pierre ou de bois fraîchement ciré.

Après avoir gravi une large volée de marches, ils pénétrèrent dans un vaste séjour à colonnade, dont les chapiteaux étaient enjolivés de dentelures de marbre. De grands canapés étaient disposés tout autour de la pièce. Il y avait aussi une espèce de grosse sculpture ronde qui ressemblait à une gigantestque théière. L'objet aurait pu être de mauvais goût, mais l'extérieur était en métal finement ouvragé et l'intérieur équipé de deux fauteuils qui faisaient face à une grande baie vitrée. Entre les sièges était installé un magnifique télescope.

Abdulrahman les guida vers un couloir qui menait aux chambres de l'étage supérieur. Les portes étaient ouvertes, et Osama aperçut au passage des lits king size dans chacune d'elles. On aurait pu loger une centaine de personnes dans cette demeure, se dit-il, songeur.

« Hébergez-vous d'autres membres de votre famille, en dehors de Leila ? s'enquit-il.

— Ra'id habite également avec nous, depuis un an, répondit Abdulrahman, sans se départir de son air coléreux.

— Où se trouve sa chambre ?

— C'est celle-là », fit le commerçant en montrant une porte.

Osama jeta un coup d'œil à l'intérieur de la pièce, espérant à demi y découvrir le jeune homme.

La chambre de Leila était située au bout du couloir, dans un angle, de sorte que ses fenêtres donnaient sur le jardin qui s'étendait à l'arrière et sur les côtés de la maison. Abdulrahman se dirigea vers une massive armoire de chêne et prit une clé dans une niche sur le flanc du meuble.

« Sa garde-robe, dit-il en l'ouvrant. Les autres meubles ne sont pas fermés à clé. De toute façon, il n'y a pas grand-chose à voir.

— Si vous voulez bien attendre dehors, dit un technicien, un des policiers ici présents va vous accompagner. »

Un agent de la brigade volante fit signe à Abdulrahman de le suivre, et celui-ci obéit sans protester.

Faiza à son côté, Osama regarda les techniciens se déployer à travers la pièce.

Ils commencèrent par la commode, tout aussi impressionnante que l'armoire, et examinèrent les photos – des clichés non encadrés – qui y gisaient pêle-mêle, comme si on les avait négligemment jetés là. L'un des hommes de la police scientifique tendit une paire de gants en plastique à Osama, qui se hâta de les enfiler. En inspectant les photos, il se rendit compte que Leila et Ra'id passaient beaucoup de temps ensemble. On les voyait se prélassant tous deux sur une plage privée, jouant au bowling, s'éclaboussant mutuellement dans la piscine du jardin. Il y avait aussi de nombreuses photos de chats, prises dans diverses parties de la maison. Quelques-unes d'Abdulrahman, sur lesquelles il arborait un air hiératique.

« Il disait vrai, murmura Faiza. Il n'y a pas grand-chose d'elle, dans cette pièce. »

Quelques vêtements, deux ou trois vieux manuels scolaires tout poussiéreux sur une étagère. Pas de bijoux ni de fards. La salle de bains contenait le strict nécessaire, pas la kyrielle de produits capillaires et de crèmes que, par expérience, Osama s'attendait à y voir. Mais, plus étonnant encore, rien n'indiquait qu'une cinéaste ait vécu dans cette chambre : pas d'étui à caméra, ni d'ailleurs de caméra ou d'objectif, pas de DVD.

« Elle n'avait pas sa caméra, au moment de sa disparition, dit Osama, réfléchissant à voix haute. L'appareil avait été détruit lors de cette agression sur la Corniche.

— Elle en avait peut-être acheté une autre, hasarda Faiza.

— Mais ne devrait-il pas au moins y avoir un étui ou une housse ?

— Vous avez raison. Il n'y a aucun accessoire.

— Pas d'ordinateur non plus. Je ne suis pas spécialiste, mais n'a-t-on pas besoin d'un ordinateur pour monter un film ?

— Si, sûrement. À moins de disposer d'une table de montage, mais c'est un équipement très onéreux.

— Son frère ne nous a pas dit si elle avait racheté une caméra. »

Ils inspectèrent le reste de la villa, avec une courte halte dans la chambre de Ra'id, qui se révéla tout aussi décevante. Des vêtements éparpillés sur le sol, une grande étagère garnie de CD. Sur le bureau trônait un ordinateur pas encore sorti de son carton d'emballage.

Ils firent le tour de la maison en prenant tout leur temps, s'arrêtant pour lire les inscriptions coraniques – il y en avait absolument partout – au-dessus d'une cheminée en céramique et d'une bibliothèque de chez Ikea bourrée de CD.

Tandis qu'il contemplait le patio en dessous de lui, Osama réfléchit aux impressions contradictoires qu'Abdulrahman produisait sur lui. Au début, il l'avait pris pour le type même du vieux célibataire syrien gagnant sa vie en confectionnant des pièces de lingerie microscopiques, et dont toute l'existence gravitait autour de ce commerce qui semblait être un droit de naissance chez ses compatriotes. À présent, il découvrait qu'Abdulrahman était un pur produit de cette ville. Il avait dû investir des millions de riyals dans cette maison, et l'on ne bâtissait pas une demeure pareille si l'on était pas profondément épris de Djeddah et de son architecture. Il paraissait plutôt conservateur. Bien sûr, il dessinait et vendait de la lingerie sexy, mais cela ne l'empêchait pas d'être attaché aux traditions. Après tout, la lingerie était destinée à exciter l'époux légitime, dans l'intimité de la chambre conjugale. Il y avait chez Abdulrahman quelque chose de franc, de carré, qui incitait Osama à penser qu'il était en réalité assez vieux jeu. Le fait de refuser qu'un policier de sexe masculin interroge sa femme semblait confirmer ce point.

Mais maintenant qu'il avait vu l'endroit où il vivait, Osama se rendait compte que le commerçant appréciait autant qu'un autre le confort du monde moderne. Il suffisait de voir les CD, la télévision par satellite, les enceintes iPod diffusant une suave musique de jazz dans le salon… Et c'était peut-être là que résidait la bizarrerie : en lui se côtoyaient les deux extrêmes, le conservatisme le plus intransigeant et la modernité ostentatoire.

Ils trouvèrent Abdulrahman rôdant comme une âme en peine sur le seuil de la cuisine et observant les techniciens d'un air empli d'appréhension.

« Monsieur Nawar, lui dit Osama en l'attirant à l'écart, Leila s'était-elle acheté une nouvelle caméra, après cet incident sur la Corniche ?

— Oui, répondit Abdulrahman après une brève hésitation. Oui, elle s'en était procuré une autre.

— Où cela ? demanda Osama en sortant son calepin.

— Je l'ignore.

— Quel type d'appareil ?

— Une caméra vidéo… Non, numérique, je crois. Je n'y connais rien.

— Les caméras numériques sont assez onéreuses. Où a-t-elle trouvé l'argent nécessaire ?

— Leila n'abordait jamais ce genre de problème avec moi, dit Abdulrahman en haussant les épaules.

— Et vous ne lui posiez jamais de questions à ce sujet ? »

Le commerçant repartit vers la cuisine sans répondre, ce que l'inspecteur jugea insultant.

« Monsieur Nawar, nous n'en avons pas terminé », lança-t-il.

Il attendit que l'autre se soit retourné pour ajouter :

« Pour pouvoir monter ses films, votre sœur devait avoir besoin d'un ordinateur, mais je n'en ai pas vu dans sa chambre. En possédait-elle un ?

— Oui, répondit Abdulrahman, dardant sur lui un regard noir. S'il n'est pas dans sa chambre, je ne sais pas ce qu'il est devenu.

— Se trouvait-il encore dans la pièce au moment de sa disparition ?

— Je n'y ai pas prêté attention », déclara son interlocuteur, le visage de pierre.

Osama n'eut pas besoin de regarder Faiza pour savoir qu'ils pensaient tous deux la même chose : il mentait. L'inspecteur commençait à en avoir assez.

« Votre sœur disparaît, et vous n'allez même pas jeter un coup d'œil dans sa chambre ?

— Bien sûr que si ! Mais ce n'était pas un ordinateur que je cherchais, c'était ma sœur ! vociféra le commerçant.

— Il paraît étrange, monsieur Nawar, que votre sœur s'achète une caméra numérique hors de prix et que vous ne lui demandiez pas comment elle s'est procuré la somme nécessaire. Pourtant, vous avez déclaré tout à l'heure que son travail ne lui rapportait pas assez pour pourvoir à sa subsistance. Où a-t-elle trouvé cet argent ?

— Je vous l'ai déjà dit : je n'en sais rien.

— Et vous n'avez jamais cherché à le savoir ?

— Non.

— Vous ne l'interrogiez jamais sur son travail ? Saviez-vous ce qu'elle faisait quand elle sortait ?

— Bien entendu ! répliqua-t-il d'une voix courroucée. Elle travaillait pour une chaîne d'info ! Et de temps à autre, elle prenait aussi des petits boulots ailleurs.

— Quel genre de boulots ?

— Des commandes privées. Pour des particuliers, des gens qu'elle connaissait.

— Sur quoi travaillait-elle au moment de sa disparition ?

— Elle photographiait une collection d'art religieux.

— Pour un musée ?

— Non, un simple particulier. Un certain Wahhab Nabih, qui vit ici, à Djeddah. Je ne connais pas son adresse exacte, alors, inutile de me la demander.

— C'est tout ce qu'elle vous a dit à propos de cette commande ?

— Oui. »

Abdulrahman fit de nouveau mine de s'éloigner, mais avant qu'il ait tourné les talons, Osama reprit :

« Si jamais la mémoire vous revient, au sujet de cet ordinateur, je vous saurais gré de m'en informer. »

15

LES YEUX RIVÉS SUR L'ÉCRAN DE SON ORDINATEUR, Katya étouffa un bâillement d'ennui. Elle était en train de visionner le deuxième des DVD réalisés par Leila, un film muet, à part des bruits de rue en fond sonore.

Majdi avait déjà examiné le premier, mais n'avait pas eu le temps de voir le reste et lui avait donc délégué la tâche. Katya s'était pourtant imaginé, après le coup d'éclat que représentait la découverte de la puce Bluetooth, qu'on commencerait peut-être à lui confier des travaux plus intéressants. Peut-être celui-ci l'était-il et ne s'en rendait-elle pas compte ? Le film était long et n'avait visiblement pas été monté. Les quarante premières minutes consistaient en une succession de scènes de la vie urbaine : femmes vêtues de noir déambulant dans des centres commerciaux, voitures circulant de nuit dans une rue animée et non identifiée, hommes priant dans une mosquée – de ces images soporifiques que l'on pouvait contempler chaque soir sur la chaîne d'information locale.

Par ailleurs, le film datait de cinq mois et ne faisait donc pas partie du travail que Leila avait effectué pour la télévision avant sa mort. Katya tenait cependant à le regarder, au cas où il lui en apprendrait un peu plus sur la jeune fille.

Ce matin, toutefois, elle avait remporté une petite victoire. Elle avait réussi à analyser certaines des fibres prélevées dans les blessures de Leila. C'étaient des poils de chèvre teints en noir, de ceux couramment utilisés pour fabriquer l'*igal* – cordon dont se servaient les Bédouins pour entraver leurs chameaux et également maintenir leur coiffe. Malheureusement, en Arabie saoudite, tous les hommes en possédaient un, et les chances de déterminer l'origine précise de ces fibres étaient extrêmement faibles. Mais, s'ils pouvaient mettre la main dessus, ils y découvriraient peut-être des traces de sang ou des fragments de peau.

Un quart d'heure plus tard, elle interrompit son travail et se leva pour se dégourdir les jambes. L'air humide et poisseux du dehors embuait les vitres, et les reflets du soleil dessinaient des ombres dansantes sur le mur en face de la fenêtre. Elle prit une bouteille de jus d'orange dans le petit réfrigérateur à côté de son bureau et se rassit.

Le film se termina enfin. Il restait un autre fichier sur le disque portant le titre : *Jeux*. Elle l'ouvrit.

Une femme apparut sur l'écran. Âgée d'une vingtaine d'années, elle avait un petit menton pointu et de grands yeux ronds qui lui conféraient un air comique et dont elle jouait avec art.

« En ce qui concerne les cartes de jeu, déclara-t-elle d'un ton emphatique, soulignant chaque voyelle brève d'un mouvement de tête, les chercheurs scientifiques ont finalement démontré que le fameux jeu de Pokémon est bel et bien une illustration des théories évolutionnistes. »

Au bas de l'écran, une légende s'afficha dans un cartouche : *Farooha Abdel Ali, spécialiste en Pokémon*. Katya laissa échapper un gloussement.

« Faisant moi-même partie de cette génération d'enfants saoudiens brièvement exposées au Pokémon, avant que les autorités religieuses ne le fassent interdire, je ne puis qu'appuyer les affirmations de ces dernières, à savoir que – ici, Farooha consulta la fiche qu'elle tenait à la main – "ce jeu est en fait une démonstration de la théorie judéo-darwinienne, en opposition totale avec la véritable histoire de l'humanité". Je peux également confirmer que c'est "une ruse d'Israël" pour "s'emparer des esprits des enfants saoudiens". Ce qui ne veut pas dire, toutefois, que les gamins ne prennent pas plaisir à échanger ces cartes et à apprendre, en fait, les principes élémentaires des jeux d'argent. »

Hors champ, on entendit le rire de Leila, un grand rire en rafales avec des notes aiguës, d'une joie communicative.

Katya se leva, arrêta le disque et revint en arrière pour le réécouter. C'était un rire magnifique, qui produisait un effet étrange. Mis à part quelques petites exclamations ici et là, Leila était singulièrement absente de ce DVD. Ce bref rire spontané avait suffi à emplir la pièce de sa présence.

Elle feuilleta le dossier et regarda une fois de plus la photo Bluetooth. Leila y arborait un air délibérément aguicheur, qui semblait dire : *Salut, mon mignon.* Le même sourire enjôleur que l'on voyait aux top models dans les magazines de mode.

Tout en repassant la séquence, elle nota *Farooha Abdel Ali* sur une feuille de papier et se tourna vers l'autre ordinateur. Elle entra le nom dans la base de données de la police, et obtint immédiatement un résultat. La jeune fille était détentrice d'une carte d'identité délivrée à Djeddah. *Louée soit l'administration,* pensa Katya. Puis elle sortit du bureau, emportant le disque.

Majdi était comme d'habitude assis devant son ordinateur, tenant dans une main un gobelet en carton de chez Starbucks et cliquant de l'autre sur la souris. Katya se posta derrière lui, fascinée par la rapidité avec laquelle il faisait défiler des documents digitalisés – des photos de manuscrits anciens.

« On les a trouvées dans la chambre de la victime, expliqua-t-il. Elles étaient fixées par du ruban adhésif sous un tiroir de la commode.

— De quoi s'agit-il ?

— Je viens juste de les scanner, et je suis en train d'essayer de déchiffrer les textes. À première vue, on dirait des versets coraniques, mais il faut que je vérifie. Je ne connais pas très bien le Coran, ajouta-t-il en lui jetant un bref coup d'œil pour observer sa réaction.

— Vous voulez dire que vous n'avez pas entièrement mémorisé le livre sacré ?

— Malheureusement, j'ai quelques lacunes dans ce domaine, répondit-il avec un sourire de gratitude. Mais je reconnais dans ces textes des références à des prières. »

Les manuscrits jaunis étaient visiblement des palimpsestes sur lesquels les derniers textes étaient à peine plus lisibles que ceux qu'ils recouvraient. L'écriture était précise et ornementée de volutes, l'encre avait bavé par endroits. Katya tenta de lire, mais Majdi déroulait les pages si vite qu'elle ne pouvait saisir qu'un mot par-ci par-là.

Il parcourut encore quelques documents, puis, comme à contrecœur, s'arrêta et se tourna vers elle.

« Alors, quoi de neuf là-haut ? »

Elle lui parla de sa dernière découverte. Majdi n'était pas du genre à manifester son enthousiasme alors que d'autres problèmes accaparaient son attention, mais il lui adressa un bref signe d'assentiment.

« Osama est sorti, mais je lui en parlerai à son retour. Ou vous pourrez l'en informer vous-même.

— Où est-il allé ?

— À la recherche du cousin de la victime, et de son ex-mari. Impossible de savoir quand il rentrera. »

Il avala les dernières gouttes de son café et jeta le gobelet dans la corbeille.

« Que sait-on à propos de cet ex-mari ? demanda Katya.

— Pas grand-chose. Leila ne l'avait pas vu depuis des mois. »

Dans ce cas, à quoi bon perdre du temps à le chercher ? songea Katya.

« Et le cousin ? reprit-elle.

— Une piste plus intéressante, a priori. Il a décampé pendant qu'ils interrogeaient le personnel du magasin de lingerie.

— Ah. Et a-t-on appris autre chose sur les dernières missions professionnelles de Leila ? Dans le dossier transmis par le Service des personnes disparues, il était question de photos.

— Oui, répondit Majdi en montrant l'écran, et il n'est pas impossible qu'il s'agisse de celles-ci. Le frère de Leila a déclaré qu'elle avait effectué un travail pour un certain Wahhab Nabih, mais il ignorait en quoi il consistait au juste. Elle lui avait seulement parlé d'une collection privée d'art religieux.

— Ces documents peuvent-ils être considérés comme des œuvres d'art, d'après vous ?

— Oui, mais le vrai problème, c'est qu'on ne trouve personne répondant au nom de Wahhab Nabih.

— Que voulez-vous dire ?

— Il n'existe aucun Wahhab Nabih en Arabie saoudite, ou, s'il existe, il ne détient ni passeport, ni carte d'identité, ni compte en banque et il n'est pas inscrit dans les fichiers de l'Immigration. Tout ce que j'ai pu dénicher, c'est une propriété appartenant à un certain W. Nabih, ici, à Djeddah. Donc, si c'est bien le même type, il est propriétaire d'une maison mais ne possède pas de papiers d'identité.

— C'est peut-être un Bédouin ?

— Croyez-le ou non, la plupart des Bédouins de sexe masculin sont au moins inscrits dans les registres de l'état civil. Et de toute façon, ajouta Majdi en se tournant de nouveau vers l'écran, Nabih n'est pas un nom bédouin. Vous ne connaîtriez pas par hasard un spécialiste des textes coraniques anciens, hein ? »

Katya secoua lentement la tête.

« Si c'est réellement le dernier travail dont elle se soit chargée, ne conviendrait-il pas de se mettre au plus vite en quête de ce M. Nabih ?

— En effet, reconnut Majdi en lui lançant un regard désabusé.

— Est-ce qu'Osama...

— Oui, je suis sûr qu'il se lancera à sa recherche dès qu'il aura retrouvé le cousin.

— La brigade volante ne pourrait-elle pas s'en charger ?

— Je ne suis pas certain qu'il reste des hommes disponibles.

— Pourquoi ces photos étaient-elles cachées sous un tiroir ? » demanda Katya.

Ce fut au tour de Majdi de secouer la tête.

« Selon son frère, Leila préférait la vidéo, mais travaillait de temps à autre comme photographe. Son frère possède lui aussi quelques spécimens d'art coranique, mais il n'en a reconnu aucun sur ces photos.

— Je me demande pourquoi elle les a cachées, reprit Katya. Surtout si ce sont des pages du Coran. Son frère n'est pas opposé à la religion, n'est-ce pas ?

— Non, répondit Majdi. J'ai au contraire l'impression qu'il est très pieux – même s'il tient une boutique de lingerie. En effet, c'est bizarre qu'elle les ait cachées. Peut-être s'agissait-il d'un travail que son frère lui avait interdit de faire pour une raison ou une autre. Ou bien le commanditaire tenait à garder ces photos secrètes, mais dans ce cas pourquoi les aurait-elle dissimulées chez elle ?

— Je ne sais pas. Peut-être n'était-elle pas censée en conserver des copies ?

— C'est possible. Bon, dit Majdi en reportant son attention sur l'écran, en ce qui concerne l'amie de Leila, celle qu'on voit dans le film, comptez-vous en parler vous-même à Osama, ou préférez-vous que je le fasse ?

— Il vaut mieux que vous vous en chargiez, répondit-elle. Je ne veux pas l'importuner alors qu'il est tellement occupé… »

Elle se sentit stupide d'avancer une excuse aussi faible. En vérité, elle n'avait pas le courage d'affronter Osama. Elle savait très peu de choses sur lui et craignait d'être mal reçue.

« À moins que je ne puisse me prévaloir de votre recommandation chaleureuse, ajouta-t-elle avec un petit sourire en coin.

— Mais bien sûr, répondit Majdi, l'air surpris. Je lui ai déjà dit que c'était vous qui aviez découvert la photo dans la burqa. »

Le sourire de Katya s'élargit, même si elle était un peu déconcertée de le voir prendre sa plaisanterie au pied de la lettre. Elle le remercia et repartit vers son laboratoire.

16

PLANTÉE DEVANT LA PORTE DE SON APPARTEMENT, Katya s'efforçait de venir à bout de la serrure récalcitrante avant qu'Ayman ne lâche les six sacs de provisions qu'il avait réussi à empiler entre ses bras.

« Que ferais-je sans toi ? dit-elle.

— Je n'en sais rien, grommela-t-il. Comment faisais-tu avant ?

— Nous ne mangions pas autant. »

Ayman entra dans l'appartement, titubant sous la charge, et fonça droit vers la cuisine.

« Bonsoir ! » lança Katya à l'adresse de son père.

L'odeur épicée d'un *biryani* parvint à ses narines avant que son père ne passe la tête par la porte de la cuisine. Il portait un tablier et il avait une trace de curry sur la joue. Voyant Ayman sur le point de s'effondrer, il posa sa louche et se porta à son secours.

« Qu'avez-vous donc acheté ? demanda-t-il, éberlué.

— Un gâteau. Du Perrier et du jus d'orange. Des mangues, au cas où il aurait envie de fruits. »

Abu secoua la tête et regagna la cuisine. Katya le suivit.

« Ayman, tu vas devoir ressortir, déclara Abu. Il me manque encore une chose pour le dîner.

— Laquelle ?

— Un autre réfrigérateur, rétorqua Abu en jetant à Katya un regard réprobateur. Est-il donc si gigantesque que cela, ton ami ?

— Merci d'avoir préparé le repas, répondit-elle en souriant, avant de se verser un verre d'eau. Je vais aller me changer.

Baba, s'il te plaît, sois gentil avec lui. Il est parfois un peu timide en société.

— Tu me l'as déjà dit une douzaine de fois », répliqua son père, qui, d'un grand geste de sa louche, lui fit signe de sortir.

Katya les vit échanger un regard, Ayman et lui. Elle savait ce qu'ils pensaient : elle s'était entichée de Nayir et il n'était manifestement pas digne d'elle.

Elle se sentait sale et poisseuse de sueur ; elle prit une douche fraîche, mais cela ne suffit pas à la détendre. Dans son esprit se déroulait la liste interminable de ses préoccupations : Nayir apprécierait-il son père ? Que penserait-il d'Ayman ? Resterait-il silencieux et sévère pendant tout le dîner, et serait-elle obligée de se charger de la conversation ? De quoi pourrait-elle parler sans se retrouver sur un terrain potentiellement miné ?

Elle se demandait comment se vêtir. Nayir ne l'avait encore jamais vue dans une tenue autre que son *abaya*. Mais elle se faisait une règle de ne jamais en porter le soir chez elle. Elle allait s'habiller comme elle en avait l'habitude : un foulard sur la tête, mais pas de burqa. Elle passa sa garde-robe en revue, mais tout lui paraissait soudain trop audacieux. Un jean ? Non, il moulait trop étroitement son corps. Elle possédait bien une robe d'intérieur, mais elle aurait eu l'impression d'être en chemise de nuit… Elle porta finalement son choix sur un pantalon ample, de couleur noire, et une tunique de soie bleue bordée de dentelle. Un peu trop habillée, mais cela devrait faire l'affaire.

Face au miroir de la salle de bains, elle essaya de décider si elle devait ou non se maquiller. Un peu de blush, peut-être ? Elle ne mettait jamais de maquillage, sauf dans les grandes occasions – et ce dîner en était une. Oui, mais Nayir allait voir son visage, et il n'approuverait sans doute pas cette coquetterie. Elle se rappelait encore sa réaction quand elle avait accidentellement sorti de son sac un flacon de vernis à ongles. « Vous vous peignez les ongles ! »

Elle mit une touche de gloss sur ses lèvres et s'arrêta là.

On frappa à la porte. À sa grande surprise, elle découvrit son amie Donia dans le couloir, ses trois petites filles alignées derrière elle par taille décroissante comme des poupées russes, pareillement vêtues de bleu et pareillement effarouchées.

« Donia, quelle merveilleuse surprise ! » s'exclama Katya, redoutant que sa voix ne trahisse sa déception.

Elle embrassa son amie et serra à tour de rôle chacune des fillettes dans ses bras, puis les fit entrer dans sa chambre, tout en se demandant frénétiquement : *Que font-elles ici ? Pourquoi Abu ne m'a-t-il pas dit qu'il les avait invitées ?*

« Nous sommes venues avec mon père, dit Donia en s'asseyant devant la coiffeuse. Les filles avaient hâte d'étrenner leurs nouvelles robes. »

Malgré l'appréhension qui lui nouait l'estomac, Katya s'extasia comme il convenait et complimenta les enfants sur leur tenue. Celles-ci en furent visiblement ravies, mais jetèrent des regards craintifs en direction de leur mère.

Katya connaissait Donia depuis un certain nombre d'années. Leurs pères s'étaient rencontrés à la mosquée et étaient devenus amis car tous deux travaillaient dans le secteur chimique – son père à l'usine et Abu-Walid à l'université. Toutefois, la défunte mère de Katya avait toujours estimé qu'Abu-Walid exerçait une influence néfaste sur son époux. Il était en effet extrêmement pieux, et les effets de son prosélytisme commençaient à se faire sentir dans leur foyer. Abu s'était mis à prier cinq fois par jour et à observer toutes les règles fastidieuses des wahhabites – qui, aux yeux de la mère de Katya, n'étaient rien de plus que des signes de religiosité ostentatoires. Comme il était interdit de modifier de quelque manière que ce soit l'apparence corporelle, Abu avait cessé de se raser. Il ne mangeait plus que de la viande halal et avait complètement arrêté de fumer. Il insistait pour que Katya et sa mère portent des burqas quand ses amis venaient le voir. La mère de Katya lui avait rappelé qu'elle était libanaise, mais cela n'avait servi qu'à le mettre en colère. « Je suis *musulman* », avait-il déclaré.

Donia regardait la trousse à maquillage ouverte sur la coiffeuse, et Katya pouvait lire la désapprobation dans ses yeux. Réunies par l'amitié qui liait leurs pères, elles avaient réussi à s'entendre à force de persévérance. Donia, la plus jeune de sa famille, avait servi de souffre-douleur à ses sept frères et était d'une timitidé maladive. Avec elle, les conversations étaient assez malaisées. Elle aimait cuisiner, et tenir sa maison propre était pour elle primordial. Elle exprimait rarement ses émotions. La plupart du temps, Katya était obligée de tendre l'oreille pour percevoir sa voix.

Katya la plaignait, autrefois. Avec son attitude humble et ses airs meurtris, Donia semblait être le pur produit d'une éducation ultra-religieuse. Mais, en grandissant, elle avait fini par comprendre que sous cette apparence modeste et douce Donia était en réalité extrêmement coriace.

Elle se mit à parler, avec un enjouement forcé, de son travail et du plaisir qu'il lui procurait. Elle omit les détails les plus macabres pour ne pas horrifier les enfants, et réussit à entretenir une conversation animée, tout en étant assaillie de pensées fébriles. Le père de Donia était en ce moment même dans le salon des hommes et devait se demander pourquoi c'était Abu qui cuisinait, blâmant intérieurement Katya de ne pas s'en être chargée elle-même. Pourquoi son père l'avait-il donc invité ce soir – et sans la prévenir ? Elle ne pouvait s'empêcher de se sentir trahie. *Il est simplement un peu anxieux à l'idée de rencontrer Nayir*, songea-t-elle. Après tout, elle avait suffisamment insisté sur la piété de son ami. Peut-être son père pensait-il que Nayir et Abu-Walid se trouveraient de nombreux points communs. Mais une possibilité bien plus inquiétante se présenta à son esprit : et s'il avait invité Abu-Walid parce que sa présence imposerait la ségrégation entre les femmes et les hommes ? Elle prendrait son repas dans la cuisine avec Donia et les petites, tandis que les hommes resteraient dans le salon, le *majlis*. Elle s'imaginait fort bien son père en train de se dire : *Oui, Katya peut inviter son « ami » à dîner, mais elle ne sera pas autorisée à le VOIR.*

Elles se rendirent dans la cuisine désertée. Abu avait tout laissé en plan et rien n'était prêt. Aussitôt, Donia se sentit plus à l'aise. Roulant les manches de son *abaya*, elle se mit à la tâche. Les fillettes s'assirent autour de la table. La plus âgée offrit son aide et sa mère lui demanda de découper les tomates destinées à la salade.

« Mais fais bien attention à ne pas tacher ta robe », lui recommanda-t-elle.

Un quart d'heure plus tard, Ayman vint voir où en étaient les préparatifs, et Donia se couvrit promptement le visage.

« Tout le monde a faim, leur dit-il.

— Nayir est-il arrivé ? demanda Katya.

— Oui, il est dans le salon, répondit Ayman en souriant. Tu ne nous avais pas dit qu'il était si costaud ! Je comprends à présent pourquoi tu as acheté autant de nourriture. »

Katya lui donna une tape sur le bras.

« Ne te moque pas de lui. Tu as intérêt à ne pas le taquiner. Et mon père, que fait-il ?

— Tout se passe bien », la rassura Ayman, retrouvant son sérieux.

Il insista pour apporter lui-même les plats dans le *majlis*. Posant la salade, la viande et le riz sur un immense plateau, il prit celui-ci dans une main, puis, de l'autre, s'empara d'un deuxième plateau avec les condiments.

« Laisse-moi t'aider, proposa Katya.

— Non, ça ira », répondit-il fermement.

Elle le dévisagea, se sentant brusquement vulnérable et angoissée. Donia observait la scène avec attention.

« Très bien, dit-elle. J'apporterai le dessert plus tard. »

Ayman se hâta de quitter la pièce, et elles se mirent à table. Percevant peut-être l'anxiété de Katya, Donia fit des efforts méritoires pour entamer la conversation. Elle parla d'une recette trouvée sur Internet et du dernier-né de sa cousine. Pour une fois, Katya se réjouit que la discussion n'exige pas trop de concentration. Elle pouvait ainsi panser la blessure qui venait de s'ouvrir dans son cœur. Son père aurait dû lui dire qu'il avait invité d'autres personnes ; il avait agi de façon malhonnête en gardant le silence. Si elle avait été seule, elle serait allée dans le salon des hommes, que cela leur plaise ou non. Nayir était *son* ami, après tout. Mais à présent, il aurait été malséant d'abandonner Donia et ses filles. Elle pensa à ce pauvre Nayir, s'efforçant probablement de faire bonne impression sur son père – et sur l'ami de celui-ci – et confronté à des inconnus pendant toute la soirée alors qu'il s'attendait à la voir, elle.

Au milieu du repas, prenant conscience de son impolitesse à ne pas aller au moins le saluer, elle se leva, ajusta son foulard et s'excusa auprès de Donia en prétextant qu'elle devait se rendre aux toilettes. Se faufilant sans bruit dans le couloir, elle entendit la voix grave et tonitruante d'Abu-Walid. Arrivée devant la porte du *majlis*, elle rassembla son courage pour entrer dans la pièce. Et interrompre leur repas. Voir Nayir prendre un air gêné. Affronter les regards désapprobateurs d'Abu-Walid. Son père l'enverrait sans doute chercher du sel, des serviettes de table ou n'importe quoi d'autre pour l'obliger à quitter les lieux. Cette pensée la rendit furieuse et renforça sa détermination ; pourtant, chaque fois qu'elle posait sa main sur la poignée, elle la retirait aussitôt. *Pourquoi est-ce que je me conduis comme une gamine ?* Elle devait dire bonjour à Nayir – c'était elle qui l'avait invité ! Ce dîner était *son* idée. Mais elle ne parvint pas à se décider. Elle retourna dans la cuisine, se rassit à table et, un sourire figé sur les lèvres, essaya de terminer son repas.

Après le dîner, son père fit une apparition dans la cuisine. De nouveau, Donia voila son visage en toute hâte. Abu la salua chaleureusement, ainsi que les fillettes.

Katya se rua vers le réfrigérateur pour sortir le gâteau, mais Abu le lui prit des mains et déclara d'un ton sans réplique qu'il l'apporterait lui-même.

« Reste ici avec Donia. Nous sommes très bien de notre côté. »

Sur ces mots, il s'éloigna, laissant Katya face à l'évier rempli de vaisselle sale.

Environ deux heures plus tard, il revint leur annoncer qu'Abu-Walid était prêt à partir.

« Et Nayir ? demanda Katya.

— Il est toujours là », répondit son père.

Donia paraissait soulagée de s'en aller. Les fillettes étaient fatiguées et elles avaient école le lendemain. Après les avoir embrassées chacune à leur tour et les avoir raccompagnées jusqu'à la porte, Katya baissa les yeux sur sa tenue et se sentit prise d'une envie de pleurer. Elle s'était faite belle, et tout ça pour quoi ?

Elle n'allait pas se laisser abattre. Mettant de l'eau à chauffer, elle prépara du thé – bien que les hommes aient déjà bu le leur – et l'apporta dans le salon. En chemin, elle passa devant la chambre d'Ayman et, en le voyant installé devant la télévision, elle fut prise d'appréhension. La conversation dans le *majlis* avait dû être bien ennuyeuse pour pousser l'homme le plus drôle de cette maison à se retrancher dans sa chambre.

Elle s'immobilisa sur le seuil du salon. De l'intérieur lui parvenaient des rires, les rugissements de joie de son père. Jetant un coup d'œil par l'entrebâillement, elle les aperçut assis sur le sofa, Nayir et lui, bavardant joyeusement tout en finissant leur thé. Ce spectacle l'emplit de colère – et d'un sentiment bien pire qui ressemblait à du chagrin. Elle refoula ses émotions et, le visage impassible, elle poussa la porte du pied et pénétra dans la pièce.

Ils s'interrompirent aussitôt. Nayir, dont le visage, un instant plus tôt, arborait une expression radieuse, se redressa sur son siège, l'air embarrassé. Ne pouvant supporter de le voir ainsi, elle se tourna vers son père et crut discerner dans ses yeux une lueur de triomphe.

« J'ai pensé que vous aimeriez peut-être un peu de thé, dit-elle, déposant le service sur la table basse.

— Nous en avons déjà pris, répondit Abu.

— Ah bon, je ne le savais pas, répliqua-t-elle d'un ton qui signifiait clairement : *Tu aurais pu te donner la peine de m'en informer.*

— Merci », dit son père fermement.

Elle décida de ne plus se laisser intimider. Il n'allait pas se débarrasser d'elle aussi facilement. Elle s'assit sur le sofa à côté de lui et se pencha pour remplir une tasse qu'elle lui tendit. Quand il la refusa, elle se tourna vers Nayir, qui déclina également son offre. *Très bien,* pensa-t-elle, portant la tasse à ses lèvres. Ses joues lui cuisaient sous l'effet de l'exaspération.

Nayir évitait son regard, mais elle sentait son attention tournée vers elle, comme la caresse délicate d'une centaine de mains invisibles. Elle se rappela que c'était la première fois qu'il la voyait sans son *abaya* – et en présence de son père, qui plus est ! – et soudain sa colère céda la place à l'anxiété. La conversation s'était tue et aucun des deux hommes ne semblait disposé à la reprendre. Elle pouvait presque les entendre penser : *Pourquoi ne porte-t-elle pas son* abaya ? *Que veut-elle ?*

C'est ridicule, se réprimanda-t-elle.

« Comment cela se passe-t-il, au laboratoire ? » s'enquit Nayir.

Elle mit un bref instant à comprendre que c'était à elle qu'il s'adressait, et son cœur explosa de soulagement.

« Très bien, répondit-elle. J'aime beaucoup mon nouveau travail. »

Il hocha la tête. Ce n'était pas tout à fait les excuses qu'elle avait espérées, mais elle se radoucit quand même.

« Et vous ? Repartez-vous bientôt dans le désert ?

— J'aurais dû m'y trouver en ce moment même, mais les clients ont annulé. Les affaires tournent toujours au ralenti, l'été.

— Je disais justement à Nayir qu'il devrait changer de métier », intervint Abu.

En l'entendant, Katya éprouva un vif embarras, qui s'accrut encore quand elle se souvint qu'elle avait dit la même chose à Nayir huit mois auparavant. Mais celui-ci prit un air amusé.

« Votre père me verrait mieux en spécialiste du Coran. »

Le cœur de Katya fit un bond dans sa poitrine. Cette idée ne lui souriait guère, car jamais elle ne pourrait être heureuse auprès d'un tel homme. Elle se força à sourire.

« Mais, au cas où cela ne lui conviendrait pas, nous avons décidé, reprit son père, qu'il devrait vraiment envisager de devenir enquêteur. Après tout, il a déjà élucidé une affaire de meurtre. »

Nayir contemplait fixement les souliers de Katya, comme s'il voulait lui dire quelque chose mais ne l'osait pas. Elle livra bataille en elle-même pour maîtriser les battements de son cœur. Son père ne lui avait jamais fait pareil compliment – elle qui s'était donné tant de mal pour retrouver l'assassin de Nouf et qui, en fait, gagnait sa vie en contribuant à résoudre des crimes.

« C'est vrai, acquiesça-t-elle en regardant Nayir, il ferait un très bon enquêteur. »

Les deux hommes reprirent le fil de la conversation qu'elle avait interrompue. Elle sirota son thé en les écoutant discuter politique, ne pouvant s'empêcher d'être émerveillée par la relation qui s'était établie entre eux. Le sourire de son père n'avait rien d'artificiel, et Nayir, bien que visiblement un peu intimidé, se sentait assez à l'aise avec lui pour exprimer ses opinions.

Quand la conversation se tarit, Abu se leva en disant :

« Quelqu'un veut-il de l'eau ?

— Non, merci, répondit Nayir en lançant un coup d'œil à Katya, qui se contenta de secouer la tête.

La seule perspective de rester seule avec lui lui donnait des palpitations. Son père sortit, et elle se redressa aussitôt.

« Désolée de ne pas être venue plus tôt. J'étais occupée à la cuisine.

— Bien sûr. Je comprends. »

Nayir paraissait gêné, et elle se demanda pourquoi. La pensait-il téméraire de présumer qu'il souhaitait la voir ? Ou était-ce simplement une manifestation de sa nervosité ?

Bon sang, se dit-elle. *Je deviens complètement névrosée.*

« J'ai fait quelques recherches, au sujet de l'ami de votre oncle, reprit-elle, posant sa tasse et se penchant vers lui. (À sa grande satisfaction, il ne recula pas.) Le médecin légiste n'a rien trouvé de suspect. Apparemment, Qadhi est mort d'un infarctus du myocarde. Il avait déjà eu deux accidents cardiaques avant cela.

— Vraiment ?

— Oui, et il était sous traitement.

— Merci d'avoir vérifié », dit Nayir, l'air résigné.

Son père ne revenait toujours pas, et elle le soupçonna de prolonger son absence à dessein, pour les laisser en tête en tête. Mais elle craignait de le voir resurgir à tout instant. *Et c'est certainement ce qu'il souhaite,* pensa-t-elle. Elle avait le sentiment que, maintenant qu'elle avait donné à Nayir la réponse qu'il était venu chercher, il n'allait pas tarder à prendre congé.

« Il y a une chose que je voulais vous demander, commença-t-elle sous le coup d'une subite inspiration, sans bien savoir si c'était une bonne idée. Nous travaillons en ce moment sur une nouvelle affaire. Une jeune Saoudienne retrouvée assassinée sur la plage. »

Constatant avec plaisir qu'il paraissait intéressé, elle lui parla brièvement de ce qu'elle savait sur Leila Nawar, et les maigres indices que détenaient les policiers.

« L'enquête a cependant livré une piste qui mériterait d'être suivie. Mais la brigade criminelle est débordée, et les enquêteurs n'ont pas encore trouvé le temps de s'y atteler. »

Elle s'abstint de lui révéler que ce qui la motivait, c'était l'espoir de devenir elle-même enquêtrice.

« Quand Leila a disparu, poursuivit-elle, son frère a prévenu la police. Il a déclaré qu'elle avait été chargée de photographier une collection d'art privée. Ça n'a peut-être aucun rapport, mais on n'arrive pas à mettre la main sur le commanditaire. On a bien une adresse, mais rien d'autre. Cette collection incluait des manuscrits coraniques, à ce qu'il semble. J'aimerais vraiment essayer de retrouver ce type.

— La police ne fait rien ?

— Comme je l'ai dit, les inspecteurs ne considèrent pas cela comme une priorité. Ils sont trop occupés à suivre d'autres pistes. Je pensais que, avec vos compétences et votre connaissance du Coran… »

Elle avait conscience que c'était là un bien mince prétexte, mais il mordit si vite à l'hameçon qu'elle en fut surprise.

« Oui, je serais ravi de vous aider. »

Elle lut dans ses yeux une détermination qu'elle n'avait pas détectée jusque-là, mais peut-être n'y avait-elle pas prêté attention.

« Accepteriez-vous de m'accompagner à l'appartement de l'homme en question ? demanda-t-elle. Il se peut que cela n'aboutisse à rien. L'immeuble lui appartient, mais ça ne signifie pas obligatoirement qu'il y habite. Je pense quand même utile d'essayer.

— Quand désirez-vous y aller ?

— Demain à midi ?

— Si je passais vous prendre à la sortie du bureau ? »

Elle ne put réprimer un sourire.

Quand Abu revint, un instant plus tard, Nayir se leva. Il les remercia pour le repas et la conversation, mais lorsque Abu voulut le raccompagner jusqu'à la porte, Katya prit son père par le bras et le poussa gentiment en direction de la cuisine. Elle reconduirait leur invité elle-même.

Elle fut une fois de plus étonnée de constater qu'il semblait heureux de se retrouver seul avec elle. Ils descendirent en silence.

Au bas de l'escalier, Nayir se tourna vers elle et déclara :

« J'ai toujours pensé que c'était vous qui aviez résolu l'affaire Nouf. »

Elle se mordit la lèvre et lui sourit.

« Nous l'avons résolue à deux, vous vous souvenez ?

— Oui, murmura-t-il. Je n'ai rien oublié. »

Elle crut le voir rougir mais n'eut pas le temps de s'en assurer, car il s'était détourné et s'éloignait déjà dans la nuit.

17

EN OUVRANT LA PORTE, Osama ne s'attendait pas à un tel vacarme – la télévision beuglait à plein volume, des femmes riaient aux éclats et son fils de trois ans, Muhannad, hurlait de plaisir. Il sourit et pénétra dans le vestibule.

La porte du salon des femmes était ouverte. Osama cogna légèrement sur le mur pour signaler son arrivée, retira ses souliers et déposa son portable sur la console.

Muhannad se rua vers lui et lui entoura les genoux de ses bras. Osama le souleva et lui couvrit le visage de baisers.

« Je t'ai manqué ? » demanda-t-il.

L'enfant hocha frénétiquement la tête, puis se mit à gigoter pour échapper à son étreinte. Sitôt libéré, il courut rejoindre les femmes.

Dans le couloir, une porte s'ouvrit et la grand-mère de sa femme apparut, s'avançant d'une démarche lente et saccadée tel un jouet mécanique et regardant autour d'elle avec de grands yeux effarés, comme si elle était perdue. Son foulard avait glissé et son crâne à demi chauve, hérissé de maigres mèches de cheveux noirs et blancs, brillait sous la lumière du plafonnier.

Il s'approcha et l'embrassa sur le front, la saluant d'un sourire. Elle était sourde. Elle lui rendit son sourire d'un air pudiquement ravi, lui tapota le bras, puis parut se demander ce qu'elle faisait là et pourquoi elle était venue.

« Osama. »

Il se retourna. Nuha se tenait sur le seuil du salon, habillée d'un jean et d'un petit haut scintillant de fils d'or. Il savait qu'elle avait revêtu cette tenue pour lui, et eut aussitôt envie de la prendre dans ses bras, de la soulever du sol, là, devant sa grand-mère, et de l'emporter tout droit dans leur chambre. Il aurait voulu pouvoir ignorer tout le reste – le dîner, Muhannad, tous ceux qui les entouraient et la maison elle-même, un spacieux duplex qu'ils partageaient avec ses beaux-parents. Il lut la même envie sur le visage de Nuha et comprit que, même si elle s'amusait avec ses amies ou ses cousines, elle l'avait attendu avec impatience.

Elle s'avança vers eux, le frôlant au passage, et en respirant son parfum, il fut saisi d'une nouvelle bouffée de désir. Prenant sa grand-mère par la main, elle l'entraîna vers le salon.

« Rafiq et Mona ne vont pas tarder à arriver », lança-t-elle par-dessus son épaule.

Mona était l'épouse de Rafiq. N'importe quel autre jour, il aurait été enchanté de se retrouver en leur compagnie, mais pas ce soir-là.

« Jidda, dit Nuha, bien que la vieille dame fût incapable de l'entendre, tu es encore en train de perdre ton foulard. »

Elle le remit en place et guida son aïeule vers le salon, en murmurant à l'intention d'Osama :

« Je reviens tout de suite. »

Il se rendit dans la cuisine et s'affala sur une chaise, face à la table. La journée avait été passablement déprimante. Le matin, Faiza avait interrogé la femme d'Abdulrahman à leur domicile. Le commerçant avait exigé d'assister à l'interrogatoire. Faiza était extrêmement observatrice et avait su déceler le non-dit dans les réponses respectueuses et prudentes de l'épouse. Elle en avait cependant retiré des impressions contradictoires : Abdulrahman se comportait en chef de famille traditionnel, attendant de sa femme qu'elle reste à la maison pour élever les enfants. Mais, avec Leila, il en allait tout autrement. Elle pouvait sortir à sa guise et faire ce qui lui chantait. Son épouse ne semblait pas chagrinée par cette différence de traitement ; elle considérait le comportement de son mari comme relativement normal, dans la mesure où Leila et elle étaient on ne peut plus dissemblables. Elle préférait être à la maison avec les gosses. Leila aurait détesté cela, donc il la laissait sortir. L'épouse prétendait également qu'il n'y avait jamais eu la moindre tension entre Leila et les autres membres de la famille.

Osama doutait de la véracité de cette affirmation. Personne, absolument personne, ne pouvait éviter d'entrer un jour ou l'autre en conflit avec un parent. Si Faiza, qui était la plus douée de leur équipe pour ce qui était des interrogatoires, n'avait rien pu apprendre de plus durant ces deux heures d'entrevue, c'est qu'ils étaient arrivés dans une impasse. Il devrait obtenir de quelqu'un d'autre la vérité sur la situation de Leila au sein de la maisonnée. Toutefois, qui pouvait avoir accès à cette famille si jalousement protégée par Abdulrahman ? Il n'en avait aucune idée.

Et nul ne savait où était passé Ra'id, le cousin de Leila. Il n'était pas revenu chez Abdulrahman la nuit précédente, et aucun de ses amis ne l'avait vu. Préférant pour le moment laisser un peu de répit à la famille Nawar, Osama s'était mis en quête de l'ex-mari de Leila, Bashir. Il s'était d'abord rendu à l'appartement de celui-ci, pour découvrir qu'il avait vidé les lieux la semaine précédente. Avec l'aide de Faiza, il avait réussi à localiser le frère de Bashir, Hakim, propriétaire de la boutique au rez-de-chaussée de l'immeuble. Bien sûr, il ne s'y trouvait pas, et ils avaient passé l'après-midi à se balader dans toute la ville pour interroger ses amis ou ses anciens voisins. Au bout de six heures, ils avaient fini par dénicher Hakim… à la boutique, où il était revenu entretemps.

Apparemment, il était plus malin que son frère. Informé par Abdulrahman de la disparition de Leila, il avait conseillé à Bashir de ne pas quitter son appartement tout de suite, car cette attitude paraîtrait suspecte si jamais la police menait une enquête. Mais Bashir n'en faisait qu'à sa tête. Il avait prévu ce déménagement depuis six mois, et il n'allait pas laisser une enquête hypothétique chambouler ses plans.

Où était-il allé ? s'était enquis Osama. Hakim avait écarté les mains, haussé les épaules et levé les yeux au ciel, en un geste d'ignorance parfaitement éloquent.

« Nous ne nous entendons pas. Mis à part la conversation que je viens de vous raconter, nous ne nous étions pas parlé depuis des mois. »

Il se révéla que Bashir vivait depuis près d'un an aux crochets de son frère, et celui-ci commençait à en avoir assez. Par une terrible ironie du sort, ainsi que le fit remarquer Hakim, après lui avoir suggéré pendant toute une année – pas demandé, notez-le bien, car ç'aurait été impensable de jeter son frère dehors –, après lui avoir simplement *suggéré* d'essayer de trouver un emploi convenable et un logement à lui, quand Bashir s'était enfin décidé à déménager, il l'avait pratiquement supplié de rester. Pour son propre bien, évidemment. Jusqu'à ce qu'on ait retrouvé Leila.

Hakim ne tarissait plus sur le sujet : son frère était devenu incroyablement paresseux, il avait tellement changé depuis leur enfance qu'il avait du mal à croire qu'ils étaient du même sang. Osama commença à se demander pourquoi, puisqu'il semblait nettement plus intelligent que son frère, il était resté là alors que Bashir avait eu le bon sens de fuir. Oh, mais Hakim était diablement rusé, Osama l'avait su dès le début. Chaque détail de son récit visait en fait à démontrer l'innocence de Bashir. À l'entendre, celui-ci savait que son ex-femme avait disparu, que la police risquait de venir lui poser des questions, mais cela ne l'inquiétait pas, parce qu'il était innocent et se comportait comme tel. Les gens innocents ne s'effondraient pas sous le poids de la culpabilité, ils poursuivaient tranquillement le cours de leur vie.

Il y avait cependant une chose que Hakim ignorait : Osama avait déjà entendu ça mille fois.

Ce fut donc en connaisseur qu'il assista à son numéro, tout en réprimant une irritation croissante. *Mais, monsieur l'inspecteur, je ne m'entendais pas avec…* mon frère. Ma sœur. Mon oncle. Mon cousin. Celui ou celle que la police venait arrêter. Parce que chacun savait que, si le suspect demeurait introuvable, la police se ferait un plaisir d'embarquer un de ses parents en guise de garantie, jusqu'à ce que la personne recherchée choisisse de se livrer. C'est pourquoi la plupart des membres de la parentèle essayaient de donner l'image d'une famille désunie – *Mais, monsieur, je n'ai pas parlé à mon père depuis seize mois* –, au cas peu probable où un policier serait disposé à le croire. Osama avait parfois l'impression qu'il ne restait plus une seule famille heureuse à Djeddah.

Ils avaient quand même arrêté Hakim. Après l'avoir emmené au poste, ils avaient découvert que Bashir était en réalité un travailleur immigré venu de Syrie, dont le visa avait expiré depuis six mois. Hakim avait pris un ton indigné :

« Vous croyez vraiment que mon salaud de frère va se livrer à la police alors que son visa n'est plus valable ? Vous croyez qu'il ferait ça pour moi ? »

Son ricanement résonnait encore aux oreilles d'Osama.

L'inspecteur lui avait tendu un portable en lui demandant d'appeler son frère.

« Dites-lui que s'il se rend, nous l'aiderons à faire renouveler son visa. À moins qu'il ait tué son ex-femme, bien sûr. »

Hakim avait repoussé le téléphone en déclarant :

« Il est trop égoïste. Tout ce que je pourrais lui dire ne servirait à rien, je vous l'assure. »

Il était bon comédien, Osama était obligé de le reconnaître. La majorité des gens sautaient sur l'occasion d'appeler leur parent, mais Hakim était têtu. Osama l'avait laissé seul dans la salle d'interrogatoire.

Bien entendu, puisqu'il n'avait pas parlé à son frère depuis si longtemps, Hakim ignorait où celui-ci était au moment de la disparition de Leila. Il ignorait si Bashir en voulait encore à son ex-femme et s'il avait une raison de le faire, ou pourquoi leur mariage avait été un échec. Deux hommes qui avaient vécu sous un même toit pendant un an – et ils ne savaient rien l'un de l'autre.

Quand Osama était revenu dans la pièce pour lui proposer une dernière fois de téléphoner, Hakim lui avait porté le coup de grâce. Il avait refusé l'offre d'un air arrogant. Puis, au moment où l'inspecteur s'apprêtait à sortir, il lui avait lancé :

« Mon père a toujours eu honte de Bashir, mais, s'il était encore en vie, Allah le bénisse, et s'il se trouvait ici en ce moment, je crois qu'il aurait honte de *vous*. »

Osama ne s'était même pas retourné, mais ces mots l'avaient touché au vif.

Nuha entra dans la cuisine et se mit à déballer les plats qu'elle avait disposés sur le comptoir à son intention. En voyant son expression, elle s'approcha de lui.

« Cette enquête te donne du fil à retordre, on dirait.

— C'est de pire en pire.

— Je suis désolée. »

Il la prit par la taille, la fit asseoir sur ses genoux et l'embrassa sur la bouche avec force.

« Je n'ai pas envie de voir Rafiq ce soir, dit-il. J'ai envie d'aller au lit.

— Tout seul ?

— Je n'ai pas dit ça. »

Il surprit son sourire en coin et se pencha pour déposer un baiser sur son front, sa tempe, sa joue. Leurs lèvres se rencontrèrent.

Une heure plus tard, la maison était silencieuse. Muhannad était avec ses grands-parents. Les cousines de Nuha étaient allées regarder leur série télévisée préférée dans l'autre partie du duplex. Nuha avait annulé le dîner avec Rafiq et Mona. Osama mangea rapidement et partit à la recherche de sa femme.

Elle était dans la chambre. La pièce était vaste, mais Nuha avait éteint les lampes et allumé des bougies au chevet du lit, si bien que celui-ci avait l'air de flotter dans une bulle dorée. La fièvre soudaine qui s'empara de lui ne s'accordait guère avec la douceur de cette scène, pourtant, cette fois, il ne s'en effraya pas. Il n'en fut au contraire que plus excité. Il était déjà en érection quand il la rejoignit sur le lit, et lorsqu'il lui arracha frénétiquement son jean, il vit la passion enflammer son regard.

La première fois, cela se termina trop vite. La seconde fut plus satisfaisante : il s'enfouit profondément en elle, comme un animal dans une grotte. C'était ce que l'on devait ressentir sous l'empire de la drogue, songea-t-il, cet état subliminal, cette sensation de flotter dans l'espace, à demi conscient. Et quelque part dans l'obscurité de la grotte, il eut l'impression de devenir un être différent, un amas de nerfs, de cellules, de plasma et de sang. Des images lui apparurent, vagues souvenirs de manuels scolaires - les couches de l'épiderme, les globules rouges se divisant furieusement, les ganglions gris se ramifiant comme des plantes grimpantes. Il lui fallut un certain temps pour se rendre compte qu'il entendait aussi une pulsation, le battement lointain d'un cœur, le passage du sang à travers les ventricules. C'était tellement extraordinaire qu'il en eut le souffle coupé.

Plus tard, il caressa la joue de Nuha et murmura :

« J'ai eu la vision que tu étais enceinte.

— Oh, mon amour, dit-elle en se tournant vers lui pour l'enlacer, je ne le suis pas, à ma connaissance.

— Je crois que tu l'es, à présent. »

Elle se serra plus fort contre lui, et il s'endormit, les lèvres dans ses cheveux.

Il se réveilla tout à coup dans le noir. Il avait fait un rêve, mais celui-ci s'était dissipé si vite que, le temps de se tourner vers le réveil sur la table de chevet, il avait tout oublié. Tout ce qui en subsistait, c'était une émotion aux couleurs délavées, gris ternes, brun et vert pâle, comme si la soirée de la veille n'avait jamais eu lieu.

Les jours précédents, cependant, demeuraient vivaces dans sa mémoire. Le cadavre de Leila, son bras flasque qui pendait de la civière. Abdulrahman se débattant avec le mannequin, l'enserrant par la taille, ses yeux se creusant soudain quand il avait compris que sa sœur était morte. Le rire courroucé de Hakim, son visage sarcastique, satisfait, pathétique.

Osama regarda sa femme, couchée sur le dos, un bras tendu vers lui comme pour le prendre par les épaules. Délicatement, sans la réveiller, il repoussa une mèche de cheveux collée sur sa bouche. Il y avait eu un temps, bien des années plus tôt, où il se réveillait la nuit rien que pour la regarder dormir et l'admirer à loisir. Mais, à présent, les rares nuits où il émergeait du sommeil avant elle, il se surprenait à écouter sa respiration, à regarder sa poitrine se soulever et s'abaisser, luttant contre l'envie de la déranger afin qu'elle ouvre les yeux, gémisse et lui adresse un sourire somnolent, ou lui décoche une tape d'une main lasse. Une preuve de vie.

Se levant sans bruit, il alla dans la salle de bains et fit ses ablutions. Il allait passer une nouvelle journée à essayer de retrouver Ra'id et Bashir. Ils devaient établir un portrait psychologique du meurtrier, mais leur meilleur profileur n'était pas là pour le moment. Et, par-dessus le marché, la chaleur s'annonçait accablante. Il n'était que cinq heures du matin, la climatisation fonctionnait à plein régime et, quoique nu dans la salle de bains carrelée de céramique, il transpirait déjà.

Dans la cuisine, il trouva l'ordinateur portable de Nuha et des documents de travail éparpillés sur la table. Il se fit une tasse de café et s'assit pour manger un morceau de pain. L'ordinateur était resté allumé, comme l'indiquait le voyant lumineux, mais l'écran était noir. Il jeta un rapide coup d'œil sur les papiers. Elle avait dû se lever au beau milieu de la nuit pour finir un article. Elle ne travaillait dans la cuisine que la nuit, car son bureau était attenant à leur chambre et elle craignait de le réveiller en tapant sur son clavier. Le métier de journaliste pouvait être exigeant, et s'il avait su qu'elle avait un article à rendre, il ne l'aurait pas retenue près de lui si longtemps.

Non, se dit-il avec une brusque bouffée de joie, *la seconde fois, nous avons fait un bébé.*

L'article parlait des efforts du royaume pour encourager le travail des femmes. Il prit une sortie imprimante et la parcourut. Nuha savait se montrer éloquente. Relevant une faute de frappe, il fouilla dans son sac à main en quête d'un stylo, corrigea l'erreur et dessina un petit cœur dans la marge.

Ce fut en rangeant le stylo qu'il remarqua la boîte en plastique. Elle avait une forme bizarre, un peu comme une soucoupe volante, et était d'une étrange couleur verte évoquant un cabinet médical. Avec un petit sentiment de culpabilité, il s'en empara. Quelque chose cliquetait à l'intérieur. Ôtant le couvercle, il vit des pilules disposées en spirale ; certains emplacements étaient vides. Certaines étaient blanches, les autres bleues. Il les contempla d'un air ahuri. Il lui fallut un moment, non pour comprendre de quoi il s'agissait, mais pour arriver à croire qu'il les avait bien trouvées là. *Nuha ?* Il avait déjà vu ce genre de pilules – une fois chez une prostituée qu'il interrogeait et une autre fois dans les mains d'un mari violent qui avait tué son épouse à cause d'un petit disque de plastique presque identique à celui-ci.

Des pilules contraceptives.

Il les posa sur la table, l'esprit en ébullition. Était-il arrivé quelque chose ? Voyait-elle quelqu'un d'autre, et était-ce la raison pour laquelle elle voulait éviter une grossesse ? Elle ne ferait jamais une chose pareille. Elle avait toujours dit qu'elle voulait d'autres enfants. Elle était même contrariée de ne pas réussir à tomber de nouveau enceinte et parlait de consulter un médecin pour en découvrir la cause. Tout cela n'était donc que mensonges. Mais pourquoi ? Y avait-il quelque chose qui n'allait pas à la maison ? Détestait-elle les enfants à ce point ? Détestait-elle Muhannad ? Pourquoi ne lui disait-elle rien ? Le croyait-elle tellement borné qu'il soit impossible d'aborder le sujet avec lui ?

Il examina de nouveau le sac, bêtement, pour s'assurer que c'était bien celui de Nuha. Aucun doute : il reconnaissait son portefeuille. Il régissait de manière excessive, et il en était conscient, mais, pendant un instant atroce, il se rappela le mari meurtrier qui, il y avait bien longtemps de cela, avait jeté sa femme par la fenêtre d'un cinquième étage après avoir découvert ses pilules contraceptives. À l'époque, il avait pensé que c'était l'acte d'un dément, mais en cet instant il éprouvait la même fureur aveugle. Il avait le droit d'être furieux. Elle lui avait menti. Pire encore, Osama se souvint d'avoir pensé que c'était vraiment stupide de tuer une femme pour une boîte de pilules. Des petites pilules de rien du tout. Cet homme était un crétin arriéré. Et à présent il était anéanti de découvrir que c'était lui l'ignorant, et que le raisonnement du meurtrier était plus nuancé que le sien. Pareille découverte, il le voyait clairement maintenant, ouvrait sous vos pieds un abîme terrifiant de colère et de méfiance.

Au bout de quelques minutes, ses mains s'arrêtèrent enfin de trembler. Il se leva de table, résistant à l'impulsion de se ruer dans la chambre pour exiger des explications. Ce ne serait pas juste. Elle serait vulnérable, encore ensommeillée, et lui plein de rage. Il se contenta d'abattre son poing sur la boîte, la cassant en mille morceaux et réduisant les pilules en poudre. Un minuscule éclat de plastique heurta le clavier et rebondit au sol.

Quelques minutes plus tard, le bruit de la chasse lui parvint de la salle de bains, puis il entendit de l'eau couler dans le lavabo. Nuha était réveillée, elle serait là d'une minute à l'autre.

Il laissa les pilules sur la table, le boîtier en plastique pareil à une huître brisée, et ses perles maléfiques détruites.

18

KATYA ATTENDAIT DEVANT L'ENTRÉE DU COMMISSARIAT. C'était l'heure du déjeuner et elle avait abaissé sa burqa de façon à ne pas être reconnue. Elle s'épargnerait ainsi les questions qu'on ne manquerait pas de lui poser, si on la voyait monter dans la Jeep de Nayir. *C'est votre mari ? Pourquoi ne vient-il jamais vous chercher, d'habitude ?* Le seul problème, c'était que Nayir risquait lui aussi de ne pas réussir à l'identifier sous son voile.

La rue était écrasée sous la lumière impitoyable du soleil qui se réfléchissait sur les fenêtres de l'immeuble d'en face, le marbre de la cour et les vitres des voitures, l'aveuglant à demi. Les lunettes noires qu'elle portait sous sa burqa ne suffisaient pas à la protéger, et de toute façon elle devait les soulever chaque fois qu'un conducteur se garait le long du trottoir. Ses yeux larmoyaient, elle était affamée, et la Jeep n'était toujours pas en vue.

Et s'il n'arrivait pas à la retrouver ? S'il était obligé de sortir de sa voiture pour venir jusqu'à elle, et que quelqu'un les aperçoive ? Prudemment, parce qu'elle avait du mal à voir où elle mettait les pieds, elle traversa la petite cour et descendit les trois marches permettant d'accéder au trottoir. Quelques personnes se tenaient là, mais elle n'en connaissait aucune.

Ce rendez-vous était probablement une mauvaise idée. Les inspecteurs n'enquêtaient pas sur le dernier travail effectué par Leila parce qu'ils étaient trop occupés à traquer son ex-mari. Katya avait obtenu de Majdi l'adresse du collectionneur d'art. La police n'avait pas l'air d'attacher d'importance à cette piste. Elle-même devait reconnaître que, si elle s'y intéressait, c'était uniquement parce qu'elle nourrissait le secret espoir d'élucider l'affaire. Cet exploit lui attirerait la reconnaissance de ses supérieurs. Ils s'en arrogeraient tout le mérite, et elle ne dirait rien. Mais ils sauraient qu'elle était une collaboratrice infiniment précieuse, bien plus qu'une simple laborantine, et, si jamais ils découvraient qu'elle n'était pas mariée, ils y réfléchiraient à deux fois avant de la renvoyer. Ce mensonge pathétique à propos de son état civil la tracassait depuis des mois. À sa connaissance, il n'y avait pas, dans son service, d'autres femmes dans le même cas, ou alors elles maîtrisaient parfaitement l'art de la dissimulation.

Elle n'aurait jamais décroché ce poste si elle avait avoué être célibataire. Les hommes semblaient considérer la chose comme allant de soi et ne lui posaient pas de questions sur son « mari », mais les femmes étaient plus dangereuses. Elle avait souvent l'impression que, si la journée de travail pouvait être divisée en dix tranches horaires, ces dernières en passaient neuf à parler de leur famille, principalement de leur époux, et que la dixième n'était qu'un temps de pause, un répit nécessaire pour reprendre des forces avant de poursuivre la discussion de plus belle. Katya avait été contrainte plus d'une fois de proférer des mensonges éhontés au sujet de son époux imaginaire : c'était un homme d'affaires qui passait beaucoup de temps à l'étranger et dont la famille vivait à Riyad ; ils avaient essayé d'avoir des enfants, mais sans succès jusque-là. La plupart du temps, pour éviter de recourir au mensonge pur et simple, elle se contentait de mentir par omission, de faire entendre de petits murmures d'acquiescement en écoutant les confidences de ses collègues comme si elle partageait leur expérience de la vie conjugale, alors qu'elle en ignorait presque tout et n'était pas sûre de vouloir en connaître davantage. La vérité, c'était que, même si elle avait été mariée, elle n'aurait pas vu l'intérêt de ce genre de conversation.

Cinq minutes plus tard, un Land Rover se rangea le long du trottoir. Nayir était au volant ; il ne se tourna pas vers elle, il évita même de la regarder, ce qu'elle jugea ridicule. Car, enfin, si les femmes se dissimulaient sous une *abaya*, un foulard et une burqa, n'était-ce pas précisément pour que les hommes puissent les contempler sans commettre un péché ? Mais quand il descendit du véhicule, elle comprit à la façon dont il inclinait la tête qu'il l'avait déjà reconnue. Et elle se réjouit intérieurement qu'il puisse y parvenir sans avoir besoin de distinguer ses traits.

Elle s'approcha, et il leva timidement les yeux vers son visage voilé.

« Bonjour, Nayir. Quelle belle voiture ! »

Il hocha la tête, d'un air empreint de nervosité, et fit le tour du Land Rover pour lui ouvrir la portière. Elle le suivit à pas lents et circonspects. C'était difficile de marcher avec un champ de vision si limité, et presque impossible quand on avait de plus le soleil dans les yeux.

Il referma la porte et retourna s'asseoir au volant. Elle prit alors conscience qu'il lui avait ouvert la portière avant, qu'elle était assise à côté de lui, et que Nayir, d'habitude si conformiste et respectueux des usages, l'avait installée d'emblée à cette place sans marquer la moindre hésitation. Elle se demanda s'il avait agi ainsi pour l'impressionner.

Quand ils se furent suffisamment éloignés du commissariat, elle ôta sa burqa. Nayir ne réagit pas. Elle lui lança un regard oblique. Il portait une longue tunique bleue par-dessus un pantalon de coton blanc, des sandales de cuir brun et une *ghutra*, le foulard blanc traditionnel, sans *iqal* pour la retenir. Les pans de l'étoffe étaient relevés, dévoilant son visage – un geste équivalant à celui de soulever sa burqa – et quelques boucles noires dépassaient de la coiffe. Bien qu'il fût rasé de près, sa peau avait un aspect granuleux et rugueux, dû sans doute à une trop longue exposition au soleil. Ce n'était pas un visage séduisant en lui-même, mais sa rudesse lui conférait une virilité indéniable. Il sentait le sable, l'huile de moteur, et quelque chose d'autre aussi, qui lui rappelait l'odeur du pain chaud. Elle n'éprouvait pas, face à lui, ce vertige adolescent qui la prenait en présence de Majdi. Avec Nayir, c'était une sensation plus profonde, une sorte de frisson spirituel.

« Comment allez-vous ? demanda-t-il.

— Très bien. »

Il lui lança un coup d'œil, sans vraiment la regarder en face. Elle avait résolu de ne plus rien lui cacher. De foncer tête la première : si cela devait marcher entre eux, il fallait que ce soit pour les bonnes raisons. Elle lui exposa l'affaire, lui narra sa découverte de la burqa Bluetooth et de la vidéo où Farooha se moquait des autorités religieuses, tout ce qu'elle ne lui avait pas dit la veille par crainte de lui révéler la conduite inconvenante de Leila – et surtout de lui expliquer que son travail la mettait elle-même en contact direct avec des hommes comme Majdi et Osama. Elle lui raconta tout ce qui lui passa par la tête, décrivant Majdi comme un jeune savant distrait avec des verres de lunettes épais et une tignasse ébouriffée, dans l'espoir de faire comprendre à Nayir qu'elle ne ressentait pour son collègue aucune attirance sexuelle. Mais au beau milieu de sa description, elle se rendit compte qu'elle parlait de Majdi en termes trop affectueux et se tut.

Nayir semblait plongé dans une intense réflexion. Elle attendit, pleine d'espoir, en songeant : *S'il te plaît, s'il te plaît, dis quelque chose, n'importe quoi.* Elle savait qu'il pensait : *Ainsi, vous travaillez seule avec un homme ?* Nerveusement, elle se tourna vers la vitre et regarda les boutiques défiler : un supermarché Hyper Panda, deux stations-service avec des taches de graisse luisant sous le soleil. Deux femmes marchaient dans la rue le visage découvert, bavardant et riant ; et le foulard de l'une d'elles avait glissé sur sa nuque. Nayir ne parut pas leur prêter attention ; ses yeux étaient fixés sur la voiture qui les précédait. Une image surgit à son esprit, celle de ces conducteurs fous qu'on appelait des « dériveurs ». C'était exactement l'impression qu'elle éprouvait en ce moment : elle roulait à tombeau ouvert sur une large route toute plate et venait juste d'actionner le frein à main. Maintenant elle dérapait, frôlant les autres véhicules, faisant des tête-à-queue et décrivant des figures acrobatiques. La dernière victime de ce jeu stupide qui était passée sur la table du médecin légiste – et par conséquent sous l'objectif du photographe de la police scientifique – avait été tellement contusionnée par la collision avec un semi-remorque que son visage n'était plus qu'une bouillie sanglante, un petit tas de viande crue.

« Donc, n'importe qui aurait pu la tuer, dit soudain Nayir, et elle se sentit envahie de soulagement. Si elle portait cette burqa Bluetooth, elle a pu croiser un homme dans la rue… »

Il agita la main en direction du trottoir, d'un air fataliste.

« Nous n'avons guère d'indices, reconnut Katya. Mais voilà ma théorie : le meurtre de Leila n'était pas prémédité, c'était un crime passionnel. Son auteur a agi dans le feu de l'action. C'était donc sûrement quelqu'un avec qui elle entretenait une relation. Nous n'avons relevé aucun signe de mauvais traitements antérieurs. Elle avait eu le tibia fracturé, mais d'après son frère c'était le résultat d'une agression en pleine rue. Toutefois, elle n'était pas en bons termes avec son ex-mari.

— A-t-il été arrêté ?

— Il est introuvable. Mais son frère a été placé en détention. L'autre possibilité, c'est que le meurtrier ait été pris de fureur à cause de quelque chose que Leila aurait fait juste avant sa mort. Elle travaillait sur deux projets différents : elle filmait des séquences intercalaires pour une chaîne d'info locale, et elle photographiait une collection privée d'art islamique. Le travail pour la chaîne de télévision ne nous mènera sans doute nulle part, ce ne sont que des images assez ennuyeuses destinées à servir d'arrière-plan dans certaines émissions. Le collectionneur d'art me paraît nettement plus intéressant.

— Il collectionne des textes coraniques anciens ?

— Ma foi, c'est une supposition. »

Ils restèrent un moment silencieux. Le Rover était arrêté à l'entrée d'un rond-point, coincé dans un embouteillage. Lentement, ils progressèrent dans la file extérieure. Au milieu du rond-point, Katya découvrit la cause de cet encombrement : une flagellation publique. Un jeune homme était agenouillé sur la chaussée, torse nu. Deux agents se tenaient au-dessus de lui, l'un brandissant une canne en bambou, un Coran sous le bras. Le livre sacré était censé l'empêcher de lever le bras trop haut pendant qu'il administrait le châtiment, mais cette précaution ne servait pas à grand-chose. Elle entrevit le dos du jeune homme, rouge de sang, comme écorché vif sous la brûlure du soleil de midi, et à ce spectacle un flot de bile lui monta à la gorge. L'image lui en évoquait une autre, celle de Leila, le visage brûlé au point d'être méconnaissable, luttant désespérément contre son agresseur, s'écroulant sous les coups, puis poignardée, encore et encore, jusqu'à ce que son corps ne soit plus qu'une masse de chair inerte.

Nayir ne pouvait apercevoir que partiellement la scène, par-delà un océan de têtes. Mais il entendait tout – les cris du jeune homme implorant la pitié, le claquement sec du fouet. Puis, voyant Katya manœuvrer fébrilement la commande d'aération, il comprit qu'elle était au bord du malaise. Concentrant son attention sur la conduite, il réussit à quitter le rond-point.

Depuis qu'elle était montée à bord, son parfum l'enveloppait, le troublant au plus profond de lui. Il devait se retenir pour ne pas arrêter le véhicule et la prendre dans ses bras. C'était la pire forme de faiblesse car il n'existait aucun remède contre elle, aucun moyen de mettre fin rapidement à cette torture, à part jeter la jeune femme hors de la voiture. Comme il devrait tenir bon pendant au moins une autre heure, il s'immunisa en ouvrant la vitre, en poussant la climatisation à fond et en récitant silencieusement une prière de contrition, sans parvenir à aller plus loin que le premier verset. Depuis qu'ils étaient convenus de ce rendez-vous, la veille au soir, il bouillait d'impatience. Il s'était attendu à éprouver une certaine nervosité. Mais à présent, incapable d'occulter les images dangereuses qui traversaient son esprit – où il se voyait l'embrassant, lui touchant le cou, le visage, les mains, lui caressant le creux des reins, la courbe des hanches –, il se sentait trahi par son corps, irrité contre celui-ci parce qu'il lui gâchait cet après-midi avec Katya, et irrité contre elle parce qu'elle sentait trop bon.

« Avez-vous d'autres suspects ? » se força-t-il à lui demander.

Elle secoua la tête.

« Celui qui a fait ça devait être en proie à une fureur extrême. Il a profané son corps de presque toutes les façons possibles. Il lui a donné des coups de couteau, l'a battue avec un *iqal*, puis lui a brûlé les mains et le visage...

— Comment savez-vous qu'il s'est servi d'un *iqal* ?

— J'ai analysé les fibres retrouvées dans ses plaies. C'étaient des poils de chèvre. »

Nayir se rappela qu'étant enfant il confondait *iqal* avec *aql*, qui signifie intelligence. Il se disait que c'était pour cela que les hommes nouaient ce cordon noir autour de leur tête - pour se parer d'une auréole de sagesse, en quelque sorte. Il n'avait confessé que tout récemment à son oncle Samir sa méprise enfantine. Comme souvent avec Samir, l'anecdote était tombée à plat. Son oncle avait expliqué d'un ton docte que les deux mots avaient la même racine, et qu'ils étaient donc proches, de manière plus subtile encore qu'il ne le croyait : entretenir l'intelligence, c'était un peu comme entraver un chameau, il fallait lui enseigner la retenue et la concentration.

« Les *iqal* ne sont pas des objets rares, mais ce qui est moins courant, c'est de s'en servir pour frapper quelqu'un, fit-il observer.

— Détrompez-vous. Nous voyons arriver beaucoup de cadavres portant des traces de coups semblables. C'est une arme que pratiquement tous les hommes ont à portée de la main.

— Une preuve supplémentaire que le meurtre était un acte impulsif.

— Oui. Quant à l'huile bouillante, c'est aussi une denrée très répandue. À mon avis, Leila se trouvait dans une cuisine, en train de faire cuire quelque chose. Le type entre, ils se disputent, la querelle tourne au pugilat, et il commence à la battre avec son *iqal*. Peut-être lui rend-elle les coups. Cela le met dans une rage telle qu'il lui jette de l'huile bouillante au visage. À ce stade, elle est déjà très mal en point, mais elle continue à résister farouchement, alors il s'empare d'un couteau et lui porte des coups aux jambes. Ou peut-être l'a-t-il fait avant de l'asperger d'huile. Mais tous ces actes ont été perpétrés pendant qu'elle était encore en vie, et se sont enchaînés rapidement. Le meurtrier devait être quelqu'un d'assez fort pour la maîtriser et d'assez violent pour continuer à la frapper alors qu'il l'avait déjà terrassée. Un véritable enragé. La question est : pourquoi s'est-il mis dans une pareille colère ?

— Est-il possible qu'elle ait été droguée ? s'enquit Nayir.

— Nous attendons les résultats des analyses toxicologiques, mais c'est possible, en effet. Admettons qu'elle l'ait été, et que le meurtrier ait agi ainsi par pure cruauté. Sous l'effet de la drogue, elle aurait moins ressenti la douleur. Peut-être même était-elle inconsciente. Mais dans ce cas, nous avons affaire à un psychopathe, car il s'est acharné sur elle alors qu'elle ne le provoquait même pas et qu'elle était incapable de se défendre. L'assassin prenait simplement...

— Il prenait simplement plaisir à lui infliger ces sévices. »

Katya hocha la tête.

« Mais il ne s'est pas contenté de lui jeter de l'huile bouillante à la figure, il lui a plongé tout le visage dedans, et ensuite il a fait de même avec ses mains. Le plus troublant, c'est qu'il semble l'avoir fait pour effacer son identité, pour qu'on ne puisse plus reconnaître son visage ni ses empreintes digitales. Et il l'a fait pendant qu'elle était encore en vie. Cela ressemble à un acte prémédité, comme s'il savait qu'il allait la tuer.

— Peut-être s'est-il rendu compte qu'il était allé trop loin, qu'il l'avait blessée si grièvement qu'il n'avait plus d'autre solution ? suggéra Nayir, frémissant à cette seule pensée.

— Mais il l'a attaquée au cours d'un accès de rage, or, tôt ou tard, les gens finissent plus ou moins par se calmer. Leur cerveau recommence à fonctionner normalement, ils se mettent à réfléchir. C'est là que la préméditation entre en jeu, que l'assassin commence à s'inquiéter. Il se dit : *Oh non, qu'est-ce que j'ai fait ! Il vaut mieux que je rende son identification impossible, comme ça la police croira qu'il s'agit d'une autre petite bonne tuée par ses employeurs.*

— Soit, concéda Nayir. Alors, il l'aurait tuée par peur des conséquences ? Il craignait qu'elle le dénonce à la police si elle survivait ?

— Exactement, acquiesça Katya, retrouvant soudain toute sa vivacité. Il se peut qu'il l'ait achevée en lui brisant le cou.

— Donc, nous avons affaire à un tueur fou de rage, probablement un psychopathe, une personne mentalement instable, ayant vraisemblablement déjà été internée ?

— Nous avons vérifié. Aucun membre de sa famille n'a jamais été soigné pour troubles mentaux. Pas plus que son ex-mari, qui est pour le moment notre principal suspect. Tout ce qu'on peut retenir contre lui, c'est qu'il a un caractère irascible.

— Il n'y avait donc aucun psychotique dans son entourage, reprit Nayir.

— Il semblerait que non. Ce qui nous met devant l'hypothèse d'un meurtre commis par un inconnu.

— Mais comment cela aurait-il pu se produire ? objecta-t-il. Selon le scénario que vous venez de me décrire, elle a été attaquée dans une cuisine. Si elle se trouvait dans sa cuisine...

— La cuisine de son frère, rectifia Katya. Elle vivait chez lui.

— Cela ne change rien. Comment un étranger aurait-il pu l'attaquer aussi sauvagement dans la demeure de son frère ? Il fallait qu'elle le connaisse, pour le laisser entrer. Mais, bien sûr, il pouvait s'agir d'un cambrioleur, de quelqu'un qui se serait introduit par effraction...

— Ou d'un ami de la famille, ajouta Katya. Le jour où Leila a disparu, la police s'est rendue chez son frère pour l'interroger. Ils ont également interrogé les voisins, et personne n'avait rien entendu d'insolite, ni cris ni bruits de bagarre. Et quand mon patron est allé voir le frère, après avoir identifié Leila, il a perquisitionné dans toute la maison, sans y découvrir le moindre signe suspect. Elle n'est pas morte là-bas. »

Nayir hocha la tête.

« Dans ce cas, la question qu'il faut se poser, c'est : à quelle autre cuisine avait-elle accès ?

— Les femmes sont toujours à la cuisine, répliqua Katya avec un petit rire sarcastique. Je ne sais pas. D'après son frère, elle n'avait pas beaucoup d'amis. »

Il ne s'en était pas rendu compte jusqu'à cet instant, mais cette discussion avait dissipé en lui toute nervosité. Toutefois, l'amertume avec laquelle elle prononça ces mots, « Les femmes sont toujours à la cuisine », ne lui échappa guère.

« Et si c'était une relation professionnelle ? hasarda-t-il, estimant plus prudent de ne pas s'écarter du sujet.

— Les enquêteurs ont interrogé le personnel de la chaîne d'information. La femme qui avait engagé Leila a déclaré ne pas l'avoir vue depuis des mois. Elle travaillait en free-lance. Elle les contactait par téléphone ou par courrier électronique. Les séquences qu'elle filmait n'étaient pas destinées à une diffusion immédiate, c'étaient des images de complément, qu'elle téléchargeait vers leur site Web. Et de même, quand ils voulaient lui confier un travail, ils l'en informaient par un coup de fil ou un e-mail. Elle n'a jamais mis les pieds dans les locaux de la chaîne.

— Mais alors, comment l'ont-ils recrutée ?

— Elle a répondu à une petite annonce dans le journal. Son employeuse s'est rendue à son domicile, enfin, au domicile de son frère, pour l'entretien d'embauche. Elle voulait sans doute aussi s'assurer que Leila disposait bien de tout l'équipement nécessaire pour effectuer son travail.

— Oui, cela me paraît logique, dit Nayir, se demandant fugitivement si Katya pourrait elle aussi trouver un travail à domicile.

— Toutefois, poursuivit-elle, je ne pense pas que Leila agissait ainsi par souci de bienséance. J'ai plutôt l'impression que cela ne la gênait absolument pas de se balader dans les rues avec sa caméra vidéo. À en croire son frère, elle avait un jour été agressée par un passant, comme je vous l'ai déjà raconté.

— Oui, je m'en souviens. »

Ils restèrent silencieux pendant les dernières minutes du trajet, stupéfaits par l'aspect sordide du quartier où ils venaient de pénétrer. Des sacs d'ordures jonchaient les trottoirs. Deux hommes appuyés contre une Toyota rouillée lorgnèrent le Rover d'un regard appréciateur mais, quand le véhicule ralentit, ils tournèrent le dos et s'éloignèrent.

Les bâtiments qui les entouraient étaient de vieux immeubles d'habitation délabrés, certains dangereusement inclinés vers la chaussée, d'autres couverts de graffitis et de crasse. Nayir se gara devant celui que lui indiqua Katya.

« Ce n'est pas le genre d'endroit où l'on s'attendrait à trouver un collectionneur d'art », murmura-t-elle.

Il acquiesça d'un mouvement de tête. La porte d'entrée n'était pas fermée à clé, mais ses charnières étaient tellement rouillées qu'elle était difficile à ouvrir, et quand ils y parvinrent, elle émit un grincement suffisamment sonore pour alerter tout le voisinage. Des bruissements d'étoffe derrière les portes des appartements leur indiquèrent que les femmes les épiaient à travers les œilletons. L'entrée empestait d'odeurs de cuisine rancies, d'effluves de curry et de haricots qui auraient stagné dans une pièce dépourvue d'aération. En gravissant l'escalier, ils eurent l'impression que le linoléum qui recouvrait les marches collait à leurs semelles.

L'appartement numéro 6 se trouvait au troisième étage. Avant de frapper, Nayir se tourna vers Katya.

« Au cas où cet homme... Quel est son nom, déjà ?

— Wahhab Nabih.

— Au cas où M. Nabih ne voudrait pas parler à une femme, que dois-je...

— Demandez-lui simplement ce qu'il sait de Leila, ce qu'elle faisait pour lui, des détails comme ça. Mais il ne verra sans doute pas d'inconvénient à me parler, puisqu'il travaillait avec la victime.

— C'est juste. »

Il frappa à la porte. Ils entendirent un mouvement à l'intérieur de l'appartement, puis un bruit sourd, comme si on avait laissé tomber un livre sur le plancher. Une voix de femme lança un juron étouffé. Des pas s'approchèrent.

« Qui est là ? » demanda la femme.

À leur surprise, elle posa cette question en anglais.

« Excusez-nous de vous déranger, mademoiselle Nabih, répondit Nayir dans la même langue. Nous avons quelques questions à vous poser dans le cadre d'une enquête policière. »

Cette déclaration fut accueillie par un profond silence.

« Mademoiselle Nabih ?

— Vous vous trompez d'adresse, répondit la femme. Je ne suis pas Mlle Nabih.

— Que dit-elle ? » demanda Katya.

Il lui traduisit la phrase, et elle reprit :

« Eh bien, dites-lui que nous enquêtons sur le meurtre d'une jeune femme et que je suis inspectrice. Si elle est seule dans l'appartement, j'entrerai sans vous. Je dois simplement lui poser quelques questions, et savoir pourquoi ce n'est pas la bonne adresse.

— Mais vous ne parlez pas anglais », fit-il observer.

Les épaules de Katya s'affaissèrent.

« Expliquez-lui simplement l'objet de notre visite. »

Nayir s'exécuta, puis traduisit la réponse de leur interlocutrice :

« Elle ne connaît personne de ce nom.

— C'est la seule adresse que nous ayons, dit Katya, l'air abattu. Si cette femme ne peut pas nous aider, nous sommes dans l'impasse.

— Je ne crois pas qu'elle soit en mesure de nous renseigner », répondit Nayir, qui traduisit quand même ces paroles à l'intention de la femme.

Nouveau silence. Ils attendirent. Un grincement leur parvint d'en bas, probablement la porte d'entrée. Katya fixait sur l'œilleton un regard implorant.

Peu après, ils entendirent cliqueter un verrou. La porte s'entrebâilla de quelques centimètres et une femme passa la tête dans l'interstice. Même sans avoir entendu sa voix, Nayir aurait deviné qu'elle était étrangère. Sa burqa était si étroitement plaquée contre son nez qu'elle aurait aussi bien pu ne pas en porter. Le haut du visage était complètement découvert, ce qui était sans doute plus commode pour la vue, mais donnait à ses yeux un aspect globuleux. Ils étaient immenses et d'un bleu très clair tout à fait saisissant.

« Je crois que Nabih pourrait être le nom de mon propriétaire, dit-elle.

— Savez-vous où il habite ? » demanda Nayir, évitant soigneusement de la regarder.

La femme acquiesça et ouvrit la porte toute grande, en leur faisant signe d'entrer.

Nayir pénétra dans le vestibule en s'efforçant de ne pas la dévisager avec trop de curiosité. Après l'avoir entendue jurer, il s'attendait à voir... il ne savait pas très bien au juste, mais en tout cas quelqu'un de plus grand, de plus rond et de moins couvert. Cette femme qui leur avait ouvert la porte était petite et mince et, même si son *abaya* était de dix centimètres trop courte et collait un peu trop étroitement à ses bras mouillés de sueur, quelque chose dans sa façon de se déplacer, de se tenir près de la porte, de regarder nerveusement autour d'elle comme si elle ne savait pas où poser les yeux suggérait la réserve, voire la timidité.

Nayir se dirigea droit vers le salon des hommes, qu'il n'eut aucun mal à trouver, juste à côté de l'entrée. Mais la femme lui dit :

« Non, non, venez par ici. »

C'était bien une Américaine. Elle n'avait pas le même concept de l'espace privé. Pour elle, « entrez » voulait dire : allez-y, faites comme chez vous, allez dans toutes les pièces, suivez-moi dans la cuisine, asseyez-vous à table, tous les deux, homme et femme. Installons-nous tous ensemble dans le même lieu.

Elle était manifestement angoissée, et Nayir soupçonnait que cela n'avait rien à voir avec leur visite. Lorsqu'il arrivait brièvement à capter son regard, il y discernait une profonde inquiétude. Ces yeux, d'un bleu comme il n'en avait jamais contemplé avant, du moins pas chez un être humain, le troublèrent brièvement. Ils étaient non seulement immenses mais, découvrit-il avec une certaine stupeur, capables de le regarder avec une étonnante franchise.

Du coin de l'œil, il s'aperçut que Katya fronçait les sourcils.

Avec réticence, il suivit les deux femmes dans une pièce qui aurait pu être le salon des femmes, à ce détail près qu'elle n'était meublée que d'un petit sofa miteux et d'une table basse. Il n'y avait aucun ornement sur les murs, et pas de fenêtre ; la seule lumière provenait d'une lampe de faible voltage posée sur la table. Un livre gisait au sol. En l'enjambant, l'Américaine trébucha contre la table et jura de nouveau. D'un geste irrité, elle ôta sa burqa et se tourna vers Nayir et Katya en disant :

« Faites attention de ne pas vous cogner contre la table. »

Nayir détourna promptement les yeux, mais il avait eu le temps de voir son visage aux traits fins et précis. Son profil à l'arrondi délicat évoquait une ligne d'écriture gravée dans le marbre. Ses lèvres rouge vif contrastaient avec sa peau pâle, et il se demanda, l'espace d'un instant aussi bref qu'un spasme, quel effet cela ferait d'embrasser une bouche aussi petite. *Allah, purifie mon esprit et pardonne-moi mes péchés.*

Katya l'observait intensément, et il fit de son mieux pour ne pas croiser son regard.

Ils entrèrent dans une minuscule cuisine. La femme les invita à s'asseoir à une table coincée dans un angle, et ils obéirent, pour lui laisser le champ libre, car à eux trois ils occupaient tout l'espace. Leur hôtesse ouvrit le garde-manger et s'agenouilla pour farfouiller à l'intérieur.

Katya releva sa burqa, et Nayir eut le sentiment qu'il ne lui restait plus un endroit où poser les yeux sans risque. Il braqua son regard sur la chaise inoccupée, puis prit conscience que Katya pouvait croire qu'il lorgnait la croupe de l'Américaine, tournée vers eux. Il reporta donc son attention sur les mains de la jeune femme. Sa bague de fiançailles lui sauta alors aux yeux. Le souvenir d'Othman surgit tel un spectre à son esprit, et il se rappela toutes les fois où il les avait imaginés ensemble, Katya et lui. Apparemment, la réapparition de Nayir dans la vie de la jeune femme ne suffisait pas à lui faire oublier ses fiançailles rompues. Ce diamant scintillant faisait à Nayir l'effet d'une aiguille plantée dans son œil.

« Demandez-lui si elle est seule dans l'appartement », dit Katya.

À contrecœur, Nayir s'exécuta.

« Oui, répondit l'Américaine en se retournant vers eux. Je suis toute seule. »

Le ton de sa voix indiquait que la question l'avait offensée. Elle se releva, tenant une boîte en carton qu'elle posa sur le plan de travail, et en sortit un classeur portant l'étiquette *Appartement.*

« C'est notre contrat de location, je crois, dit-elle en le tendant à Nayir. Il est rédigé en arabe, je ne peux pas le lire.

— Vous vivez seule ? s'enquit-il.

— Non, avec mon mari… Il parle l'arabe. »

Nayir parcourut les documents et constata qu'elle avait raison : le propriétaire s'appelait effectivement Nabih. Il y avait une adresse, dans le quartier d'Al-Aziziya.

« Merci, dit-il. Je pense que nous avons trouvé le renseignement dont nous avions besoin.

— Vous avez bien dit que vous faisiez partie de la police ? reprit l'Américaine.

— Oui, répondit Nayir en montrant Katya. Mlle Hijazi travaille au commissariat.

— Ah. »

La femme croisa les bras et s'appuya contre le comptoir, dans une piètre tentative pour paraître désinvolte.

« Puis-je vous demander de quelle affaire il s'agit au juste ? Vous avez parlé d'une jeune fille assassinée…

— Que dit-elle ? demanda Katya.

— Elle voudrait en savoir plus sur l'enquête que vous menez. »

Se tournant vers l'Américaine, il lui exposa brièvement les faits, puis s'enquit :

« Leila Nawar – ce nom vous dit-il quelque chose ? »

Elle secoua la tête.

« Elle faisait des photos pour votre propriétaire, expliqua Nayir. C'est la raison pour laquelle nous souhaitons lui parler.

— Je ne savais pas qu'il existait des inspectrices de police dans ce pays, dit la femme.

— En fait, Mlle Hijazi est une… je ne sais pas comment on dit ça en anglais. C'est une scientifique, elle analyse les preuves.

— Une experte en médecine légale ?

— Oui, je suppose que c'est ça.

— Waouh ! »

Katya s'était refermée sur elle-même, l'expression indéchiffrable.

« Et vous, qui êtes-vous ? demanda l'Américaine. Son chauffeur ?

— Un ami, répondit Nayir, après une hésitation. Elle voulait que je l'accompagne parce que votre propriétaire possède une collection de manuscrits coraniques, et que j'ai quelques connaissances sur le sujet. Êtes-vous certaine de n'avoir jamais rencontré ce M. Nabih ? »

Elle s'était mise à inspecter le contenu du réfrigérateur, dans le but, suspecta-t-il, de dissimuler son visage, car l'appareil était pratiquement vide.

« Oh, répondit-elle d'un ton faussement enjoué, c'est mon mari qui a trouvé l'appartement avant mon arrivée ici, et qui s'est occupé de toutes les paperasses.

— Et où est-il, votre mari ? »

Elle referma le réfrigérateur et se tourna vers lui. Il ne voulait pas avoir l'air de la critiquer en posant cette question, mais c'est pourtant ainsi qu'elle parut le prendre.

« Il n'est pas là. En quoi cela vous intéresse-t-il ? »

Il jeta un coup d'œil en direction de Katya, qui avait également remarqué la réaction de la jeune femme.

« Je pensais simplement qu'il pourrait nous renseigner sur M. Nabih, au cas où nous ne trouverions pas celui-ci à cette adresse. Quand rentrera-t-il ? »

La question était simple, mais la femme mit un certain temps à y répondre.

« Ce soir, peut-être. »

Nayir sut alors qu'elle leur cachait quelque chose.

« Madame...

— Walker, dit-elle. Miriam Walker.

— Madame Walker...

— Appelez-moi Miriam.

— Je sais que cela ne nous regarde pas, poursuivit Nayir d'un ton hésitant, en espérant utiliser les mots justes et se montrer suffisamment délicat, mais où se trouve actuellement votre mari ? »

Elle sembla se pétrifier devant le comptoir, les bras raidis le long de ses flancs, le visage figé dans une expression qui pouvait être de la douleur, de la peur ou une colère muette.

« Je ne sais pas », répondit-elle enfin.

Katya lança à Nayir un regard interrogateur, mais il l'ignora.

« Il vous a quittée ? » demanda-t-il.

Miriam secoua la tête et répéta d'une voix lente :

« Je ne sais pas. »

Il n'avait jamais vu d'aussi près une femme au bord des larmes. La seule fois où Katya avait pleuré devant lui, elle était dissimulée sous sa burqa. Le visage de Miriam se crispait, dans son effort pour réprimer un tremblement qui semblait la secouer tout entière. L'air parut se charger de tension. Baissant les yeux, elle s'aperçut qu'elle tenait un torchon à la main et le posa sur la cuisinière.

« Depuis combien de temps est-il parti ? reprit Nayir d'une voix douce.

— Oh, euh..., bégaya-t-elle, la voix frémissante. Cela fait maintenant trois jours. Il était venu me chercher à l'aéroport. J'étais en vacances aux États-Unis. Ensuite, il est sorti pour nous acheter de quoi manger. Je n'avais pas vraiment faim, mais il a insisté. Ça n'avait rien de bizarre, mais après... »

Elle agita la main.

« Après ? » l'encouragea Nayir.

Il vit une larme rouler sur sa joue. Elle l'essuya d'un geste irrité.

« Il n'est jamais rentré ? » murmura Nayir.

Elle acquiesça, serrant étroitement les lèvres, comme pour les empêcher de trembler.

« Et vous n'avez aucune nouvelle de lui depuis ? »

Elle secoua la tête et laissa échapper un rire rauque, pareil à un aboiement. Puis elle prit une profonde inspiration.

« J'étais sur le point de sortir. J'ai rendez-vous avec une amie et je ne veux pas arriver en retard. »

Ses joues avaient pris une teinte écarlate, et elle se tenait assez près de Nayir pour qu'il distingue les capillaires rouges sous sa peau étrangement fine et translucide. Il aurait voulu pouvoir faire quelque chose, n'importe quoi, pour la consoler, mais il craignait de l'effaroucher.

Soudain, Katya se leva et prit la main de Miriam. Celle-ci fut aussi surprise que lui par ce geste, mais elle se força à sourire.

« Merci. Ça va aller. »

Sans regarder Katya, Nayir lui expliqua ce que lui avait raconté Miriam.

« A-t-elle appelé la police ? demanda Katya. Ou le consulat ?

— Oui, oui, je vais me débrouiller, se hâta de répondre l'Américaine, quand Nayir lui traduisit la question. Ne vous inquiétez pas pour moi, je vous en prie », poursuivit-elle, en retirant sa main.

Elle dirigea un regard significatif vers la porte de la cuisine, et Nayir se leva à regret. Katya l'imita, l'expression assombrie.

Miriam les raccompagna jusqu'à la sortie, évitant leurs regards.

« Merci encore, dit-elle d'une voix fêlée, avant d'ajouter d'un ton plus grave : J'espère que vous trouverez l'assassin. »

Elle s'apprêtait à refermer la porte, mais Nayir l'arrêta :

« Un instant, madame Walker », dit-il, plongeant la main dans sa poche.

Il en sortit une carte de visite passablement froissée. Il en gardait toujours une sur lui, dans l'éventualité d'une rencontre avec un client potentiel, ce qui se produisait rarement. La carte était également toute tachée d'humidité, mais il n'en avait pas d'autre.

« Au cas où vous vous souviendriez d'un détail susceptible de nous aider », dit-il en la tendant à Miriam.

Elle regarda la carte et acquiesça solennellement.

« Entendu. Merci. »

Katya se sentait étrangement détachée. Elle avait l'impression de flotter à la surface d'un lac immense, mais, sous cette apparence calme, son esprit s'activait fébrilement. D'un instant à l'autre, la solution allait lui apparaître, telle une baleine monstrueuse jaillissant des flots.

Elle scruta l'étendue lisse, cherchant les choses qui auraient dû la préoccuper – le mari disparu, la réticence inexplicable de Miriam à leur avouer sa situation – mais, au lieu de cela, elle ne vit que le dos large et ondulant de cette créature familière appelée jalousie. Elle se représenta Miriam, si menue et d'une beauté si exotique, avec ses grands yeux bleus, ses cils noirs, ses joues aussi blanches et délicates que des ailes de papillon. Et Nayir, qui était devenu tout à coup si distant vis-à-vis d'elle, et, par un effet pervers mais logique, si attentif envers Miriam, si aimable et bienveillant, lui témoignant une indulgence dont il n'était pas coutumier. Bien sûr, on ne peut pas juger les infidèles. Ils ne vivent pas selon les mêmes règles, on ne peut donc pas les leur appliquer. Elle n'aurait pas cru Nayir capable de se laisser attendrir au point d'en oublier son rigorisme, mais, visiblement, il suffisait d'une femme en larmes pour le priver de ses facultés.

À côté d'elle, Nayir semblait perdu dans ses pensées. Elle se demanda s'il se reprochait d'avoir parlé à une Américaine qui ne portait pas de burqa, de lui avoir donné son numéro de téléphone, d'avoir contemplé son visage.

Il sentit son regard peser sur lui et se raidit.

« Ne trouvez-vous pas cette coïncidence un peu bizarre ? lui demanda-t-elle. Nous débarquons ici pour interroger le propriétaire, et nous apprenons que son locataire a disparu.

— Oui, j'avoue que c'est étrange. Voulez-vous que nous nous rendions tout de suite là-bas ? » dit-il en brandissant le bout de papier sur lequel il avait noté l'adresse de Nabih.

Son ton indiquait clairement qu'il n'y tenait guère. Il avait l'air pressé de se débarrasser d'elle.

« Je dois retourner au travail, répondit-elle. En fait, il faudrait plutôt donner cette adresse à Osama.

— Osama ?

— L'inspecteur en charge de l'enquête. »

Nayir parut sur le point de dire quelque chose, mais se ravisa et lui tendit le papier.

« J'espérais que vous viendriez avec moi au commissariat, reprit-elle. Peut-être pourriez-vous examiner les textes coraniques que nous avons trouvés dans la chambre de Leila.

— Oui, volontiers », répondit-il d'un ton distrait, sans la regarder.

Un long silence suivit.

« Vous savez, déclara-t-elle enfin, j'ai trouvé deux cheveux sur la burqa de Leila. Des cheveux blonds, très courts.

— Vous voulez dire que la victime connaissait un homme blond, c'est ça ?

— Ma foi, de toute évidence, elle s'est trouvée en contact étroit avec lui.

— Et vous pensez que le mari volatilisé pourrait être blond ?

— Les Arabes le sont rarement, répliqua-t-elle. Il y a donc de bonnes chances qu'il s'agisse d'un Américain.

— Mais ces cheveux peuvent provenir de n'importe qui d'autre, objecta-t-il, ignorant le sarcasme. Savez-vous combien d'Américains vivent ici ?

— Bien sûr, riposta-t-elle d'une voix un peu trop acerbe. Je vais néanmoins être obligée de parler à Osama du mari de Mme Walker. Cela pourrait se révéler important. »

Nayir prit la mine de celui qui regrette déjà les paroles qu'il va prononcer, mais ne peut s'empêcher de les dire quand même.

« Vous ne devriez pas faire ça. Pas tout de suite.

— Pourquoi ?

— Vous savez bien qu'ils vont la mettre en prison jusqu'à ce qu'on ait retrouvé son mari.

— Osama n'a pas l'habitude de jeter en prison les proches des victimes.

— Vous m'avez dit qu'il avait arrêté le frère de l'ex-époux de Leila. »

Elle dut reconnaître que c'était vrai.

« Ce serait une erreur, poursuivit-il d'un ton circonspect, d'établir un lien entre la disparition du mari de Miriam et Leila Nawar en se fondant uniquement sur… quoi, au demeurant ? Le fait qu'ils aient un ami commun ? Le propriétaire n'était même pas un ami. Leila et M. Walker ne l'avaient peut-être vu qu'une seule fois dans leur vie. Si vous envoyez vos inspecteurs fureter chez Mme Walker, ils se contenteront de la placer en détention. »

Katya sentit la colère monter en elle mais se contint. Cela lui demanda toutefois un tel effort qu'elle eut du mal à parler.

« Vous avez raison. Je ne veux pas inquiéter Miriam. Elle a essayé de nous aider, et je lui en suis reconnaissante. À vrai dire, j'ignore ce que ferait Osama ; peut-être n'y attacherait-il aucune importance. Mais cette disparition est quand même troublante.

— Il peut y avoir toutes sortes d'explications à son absence, rétorqua Nayir. Peut-être s'est-il enfui avec une autre femme. Ou alors il a été arrêté par la police religieuse. Mais ne croyez-vous pas que vous feriez mieux d'examiner ces possibilités avant d'en parler aux inspecteurs ? »

Répondre lui parut trop difficile. Elle se borna à hocher la tête et se mura dans le silence.

19

IL S'ÉTAIT À PRÉSENT ÉCOULÉ PRÈS DE TROIS JOURS, et Miriam n'avait pas rappelé la police pour signaler la disparition d'Eric. Le consulat s'en était chargé à sa place. Un policier était censé passer chez elle ce jour-là pour lui demander des informations complémentaires, mais personne n'était encore venu – du moins, pas le genre de policier qu'elle attendait.

La veille, elle avait consacré une partie de la matinée à acheter des provisions, et l'autre à sillonner le quartier à la recherche de la camionnette d'Eric. Elle n'avait jamais eu un sens de l'orientation très développé, et avait donc fait attention à ne pas se perdre, ce qui l'avait obligée à inspecter les rues de manière méthodique, allant aussi loin qu'elle le jugeait raisonnable avant de repartir en direction de son appartement. Puis elle parcourait la voie suivante. Dans le quartier, les rues ne se recoupaient pas toutes à angle droit, certaines étaient tortueuses, ce qui ne facilitait pas sa tâche. C'était fastidieux et, au bout de deux heures, elle était rentrée chez elle, au bord de l'insolation, frustrée et épuisée.

Mais elle s'était forcée à reprendre ses explorations cet après-midi-là, après que la chaleur fut un peu retombée. Un parfum de jasmin flottant dans l'air avait fait resurgir un souvenir à son esprit : en descendant de voiture, au retour de l'aéroport, elle avait vu un grand buisson de jasmin derrière une grille, dans la cour d'une maison.

Elle s'était alors arrêtée et son odorat l'avait guidée jusqu'à l'arbuste en fleur. C'était le même. En l'apercevant, une autre image lui était revenue en mémoire, celle d'un rebord de fenêtre peint en bleu, un peu plus bas dans la rue. Elle l'avait découvert au bout de quelques pas. Aucun doute, c'était bien là qu'ils s'étaient garés. Elle avait arpentée cette rue d'un bout à l'autre en examinant chaque véhicule. Celui d'Eric ne s'y trouvait pas.

Elle avait réussi à regagner son domicile et s'était effondrée sur le canapé, accablée de désespoir. Le pick-up avait disparu. Les clés aussi. Si sa mémoire avait été moins défaillante, et si elle avait retrouvé l'endroit plus tôt, elle aurait su qu'il était parti avec sa voiture. La colère commença à monter en elle. Il l'avait bel et bien quittée.

Toutefois, la visite de ces deux policiers soulevait une autre possibilité : il avait pu s'en aller pour une raison qui n'avait rien à voir avec leur couple. Il était peut-être impliqué, d'une façon ou d'une autre, dans la mort de cette fille.

Miriam s'efforça de ne pas céder à la panique. Dès que ses visiteurs furent partis, elle ressortit les papiers de la boîte pour noter l'adresse du propriétaire. Mais, ne lisant pas l'arabe, elle fut incapable de déchiffrer celle-ci sur le contrat de location, et la frustration lui donna envie de hurler.

Elle retourna tout l'appartement, vidant les tiroirs, sortant de vieux cartons du placard de la chambre d'amis. *Une chambre d'amis !* se dit-elle amèrement. *Lequel d'entre eux aurait l'idée de venir passer ses vacances ici ?* Il devait forcément exister quelque part une copie du bail en anglais. Mais où ? Elle connaissait l'appartement par cœur. Au cours des six derniers mois, elle avait passé plus de temps entre ces murs qu'entre ceux de leur dernière maison aux États-Unis durant deux années entières. Elle savait que les papiers ne pouvaient se trouver que dans trois endroits : le garde-manger, le placard de la chambre d'amis, et sur le « bureau » d'Eric.

Ce n'était pas un vrai bureau, rien qu'une planche encastrée dans le mur de la chambre réservée à leurs invités hypothétiques, où, inéluctablement, tous les documents administratifs finissaient par arriver. Un après-midi, prise d'une soudaine frénésie de rangement, elle les avait tous disposés en piles bien nettes et avait fourré dans une boîte tout ce qui lui avait paru inutile. Toucher les affaires d'Eric lui avait procuré un étrange sentiment de culpabilité. Elle ne l'avait jamais fait auparavant. Il arrivait parfois à son mari de se montrer négligent, mais, grâce à sa formation militaire, il était dans l'ensemble plutôt soigneux – du moins jusqu'à leur installation ici. À présent, il était devenu indolent et désordonné.

Quand il s'était aperçu qu'elle avait nettoyé son bureau, il avait manifesté une certaine contrariété, s'inquiétant de savoir si elle avait rangé ses fiches de salaire et ses relevés de banque tels qu'ils l'étaient à l'origine. Étaient-ils bien classés par ordre chronologique ? Pourquoi celui-ci n'était-il pas à sa place ? Qu'avait-elle fait des documents en arabe ? Sur le moment, cette réaction ne lui avait pas semblé bizarre, mais aujourd'hui elle lui paraissait inquiétante.

Elle n'avait plus touché au bureau depuis lors, et il était de nouveau en désordre. Il y avait des piles de notes relatives à son travail ; elle y jeta un rapide coup d'œil et conclut qu'elles ne pouvaient lui servir à rien : elles étaient rédigées dans un ridicule jargon technique qui aurait aussi bien pu être de l'arabe. Il restait un dernier endroit à inspecter : un attaché-case posé sur le sol. Elle le hissa sur le bureau et découvrit qu'il était fermé à clé. Elle força la serrure au moyen d'un coupe-papier. À l'intérieur, elle découvrit d'autres notes, un relevé de banque récent et un document en langue arabe.

Elle le parcourut, consciente de l'inutilité de son geste. Mais, au milieu de la page, un mot accrocha son regard. Elle le reconnut uniquement parce que Eric avait rapporté un jour un CD d'Oum Kalsoum portant le titre *Alf Leila Wa Leila* – les Mille et Une Nuits – en arabe et en anglais. Apparemment, c'était l'une des chansons les plus populaires dans tout le Moyen-Orient : un tintement de clochettes, une voix de femme étrangement déformée par le gramophone, un morceau de cinquante minutes qui évoquait irrésistiblement l'image d'une chanteuse d'opéra traversant le désert à dos de chameau. Miriam alla chercher le CD dans le séjour. En comparant les deux mots, elle vit qu'ils n'étaient pas tout à fait semblables – la terminaison était différente – mais ils étaient assez proches et, à son avis, le nom figurant sur le document était bien l'un des trois mots arabes qu'elle connaissait : Leila.

Sabria lui ouvrit la porte, arborant comme toujours un air hésitant et craintif qui semblait dire : *Je suis trop paresseuse pour regarder par l'œilleton ou enfiler ma burqa, alors j'espère que vous êtes une femme...* Et en voyant Miriam, habituellement, cette expression faisait place à un large sourire.

Aujourd'hui, elle ne lui sourit pas.

« Entre ! » siffla-t-elle en empoignant Miriam par le bras pour l'entraîner dans la cuisine. Dès le seuil franchi, elle referma la porte et tira le verrou.

« Laisse-moi deviner, dit Miriam. Ton frère est là ?

— S'il vient, tu devras te couvrir le visage, répondit Sabria, rouge d'embarras.

— Je ne resterai pas longtemps, la rassura Miriam en regardant la table.

— Reste aussi longtemps que tu veux ! répliqua Sabria d'un ton de défi. C'est lui qui ne devrait pas être ici. Et assieds-toi. Assieds-toi, s'il te plaît, ordonna-t-elle en la poussant sur une chaise, avant de se mettre en devoir de préparer du thé. Si seulement il pouvait s'enfuir vers le Pakistan ! »

Marwan, le frère de Sabria, était un moudjahid repenti. Il avait été arrêté deux ans plus tôt au cours d'une vaste opération de ratissage, avec d'autres partisans saoudiens d'al-Qaida. Il avait été incarcéré pendant un an, puis avait été jugé apte à bénéficier du nouveau programme de réinsertion des combattants islamistes, incluant un soutien moral dispensé par des religieux et une aide financière généreuse. Marwan avait utilisé l'argent pour obtenir un prêt immobilier, mais le soutien psychologique ne semblait pas porter ses fruits. Ces trois derniers mois, il s'était montré plus strict que jamais, rentrant à la maison une fois par semaine pour s'assurer que sa famille mangeait de la viande halal, priait à l'heure dite, et que les femmes observaient les règles de conduite appropriées. D'après Sabria, il fréquentait toujours la même mosquée et continuait donc à subir l'influence des extrémistes qui l'avaient entraîné dans cette voie dangereuse.

Miriam avait d'abord été horrifiée d'apprendre que Marwan avait été arrêté pour avoir simplement participé à un forum de discussion sur Internet, mais, quand Sabria lui eut décrit la jubilation avec laquelle il parlait de tuer des Américains, elle avait regretté qu'on ne l'ait pas gardé en prison plus longtemps - du moins, jusqu'à ce qu'ils aient quitté le pays, Eric et elle. C'était une énorme erreur d'avoir loué un appartement juste au-dessus de celui d'un homme qui aurait aimé les voir morts, même si, comme l'avait fait remarquer Eric, Marwan n'habitait plus dans l'immeuble.

Néanmoins, chaque fois qu'elle sortait de chez elle, Miriam appréhendait de le rencontrer dans le couloir. La seule fois où elle l'avait croisé dans l'escalier, il l'avait dévisagée avec une effronterie juvénile, au mépris de tous ses principes religieux. Elle avait réintégré son appartement en toute hâte et fermé sa porte à double tour.

« Comment va-t-il ? s'enquit-elle.

— Oh, tu sais..., répondit Sabria en jetant une poignée de feuilles de menthe dans la théière, je crois qu'il est loin d'être guéri. On traite ça comme s'il s'agissait d'une dépendance à la drogue ou un truc de ce genre. On l'inscrit à un programme de réinsertion, on lui donne de l'argent pour s'acheter une maison, et on espère qu'il va revenir à son état normal. Il faut toujours qu'il se plaigne d'une chose ou d'une autre. En ce moment, c'est de son boulot stupide à la station-service.

— Tu as l'impression que les choses ne font qu'empirer ?

— Ma foi, ça fait longtemps qu'il est en colère. Et, si tu veux mon avis, le gouvernement a eu raison de ne pas le garder en prison. Cela l'aurait transformé en véritable criminel. Il a toujours été un peu fou. Il ne pourrait pas devenir un vrai moudjahid, parce qu'il est incapable de simuler. Tu l'imagines en Amérique ? » s'esclaffa la jeune fille.

Non, vraiment pas, répondit Miriam en elle-même.

Sabria apporta le thé sur la table et s'assit en face d'elle.

« J'avais envie de te voir », déclara-t-elle en souriant.

Miriam la félicita de nouveau pour ses fiançailles. Sabria lui montra sa bague, et elle s'extasia comme il convenait. Brusquement, elle hésita à lui confier ses ennuis. Combien de fois, au cours des derniers mois, n'avait-elle pas frappé à la porte de sa voisine, désespérément seule et paniquée, ou déprimée, mais refusant de l'avouer ? Sabria l'avait toujours accueillie avec gentillesse, et Miriam était tentée de pleurer sur son épaule, mais la politesse élémentaire et le sentiment maternel qu'elle nourrissait à l'égard de la jeune fille l'empêchaient de lui en révéler trop.

« Et toi ? demanda Sabria. Quel effet ça te fait d'être de retour ici ? »

Cette question produisit l'effet d'une aiguille plongée dans un ballon rempli d'eau. Miriam exhala un soupir, se rappela brièvement qu'elle était l'aînée des deux, mais un flot de paroles s'échappait déjà de sa bouche, hésitant d'abord, au goutte-à-goutte, puis à jet continu. Elle lui raconta tout, en commençant par décrire les circonstances de la disparition d'Eric et en terminant par la visite de la police et ses vains efforts pour trouver l'adresse du propriétaire. Sabria l'écouta avec une expression ébahie et affolée.

« Écoute, dit-elle en lui prenant la main, il peut y avoir toutes sortes d'explications.

— Je sais, répondit Miriam. Je sais. Il a pu être arrêté par la police religieuse, ou quelque chose d'aussi bête.

— Mais tu dois absolument appeler le consulat.

— Je l'ai fait, et même plusieurs fois. Je réessaierai cet après-midi. »

Sabria hocha la tête et prit le contrat de location que Miriam avait posé sur la table.

« Cette adresse n'est plus valable. M. Nabih vit à Dubai, c'est un gérant qui s'occupe de l'immeuble à présent. Je vais te chercher l'adresse. Je reviens tout de suite, dit-elle en se levant.

— Sabria… »

La jeune fille s'arrêta sur le seuil et lui lança un regard rempli de compréhension.

« Ne t'inquiète pas. Je n'en parlerai à personne. »

Dès qu'elle fut partie, Miriam sentit déferler en elle une vague d'apaisement à laquelle succéda aussitôt un sentiment de gêne et de culpabilité. Elle avala une gorgée de thé froid.

Sabria revint quelques instants plus tard.

« Mon père dit qu'il peut trouver l'adresse du gérant, mais il va devoir passer quelques coups de fil, parce qu'il ne s'en souvient plus. Je lui ai demandé de faire vite. Ça ne devrait pas lui prendre trop de temps. Le type en question s'appelle M. Mabus. »

Miriam se figea, sa tasse de thé suspendue à mi-chemin de ses lèvres. Cela n'aurait pas dû la surprendre à ce point ; elle aurait dû comprendre plus tôt, car tous les indices pointaient dans cette direction. Avec la naïveté qui la caractérisait, songea-t-elle sombrement, elle s'était refusée à admettre que Mabus ait pu lui mentir de façon aussi éhontée, avec son accent américain, en prétendant être en voyage d'affaires et en l'interrogeant nonchalamment à propos d'Eric, comme s'il ne le connaissait pas.

Elle remercia Sabria et remonta chez elle, luttant contre la panique. Ce fut seulement après avoir regagné son appartement qu'elle se rappela l'étrange document portant le nom « Leila ». Elle l'avait gardé dans son sac pendant tout le temps qu'elle avait passé chez Sabria ; il n'était pas trop tard pour retourner la voir et lui demander de le traduire, mais Miriam avait bien trop peur à présent pour le montrer à qui que ce soit.

20

FAISANT DE SON MIEUX pour se mettre dans la peau d'un érudit, Nayir s'assit devant la table du laboratoire, une pile de *masahif* en face de lui. Il y avait là deux liasses de textes du saint Coran. Il était sûr qu'il ne s'agissait pas de la version intégrale – la pile n'était pas assez volumineuse – mais un Coran, même partiel, n'en était pas moins sacré. Il avait effectué ses ablutions avant d'y toucher, parce qu'il ne s'était pas purifié depuis ce matin. Avec une absence totale de délicatesse, le technicien qui répondait au nom de Majdi l'avait regardé se laver dans l'évier.

Majdi lui expliqua que la première liasse, qui comportait environ cinquante feuillets, se composait de photos qu'ils avaient trouvées dans la chambre de Leila, fixées par du ruban adhésif sous un tiroir de la commode. Ces clichés montraient vraisemblablement la collection privée de textes coraniques de M. Nabih. Les autres textes avaient été glanés sur Internet. Il n'y avait qu'une dizaine de pages dans cette pile-là, mais elles étaient similaires aux premières – à tel point que Majdi, après s'être livré à une comparaison superficielle, croyait qu'elles provenaient du même recueil. Il avait découvert cette deuxième série de documents sur un site koweïtien d'enchères en ligne. Apparemment, ils avaient été mis en vente.

Après avoir présenté Nayir à son collègue, Katya était partie à une réunion avec sa supérieure, Zainab. Nayir ne savait que penser de Majdi. Il était tel que Katya l'avait décrit, jeune et un peu excentrique, mais, alors qu'elle le trouvait attachant,

Nayir se sentait mal à l'aise face à ce jeune homme silencieux qui ne détachait pas les yeux de son ordinateur. Il se mit rapidement au travail, essayant de déterminer si les photos de Leila correspondaient aux textes vendus sur le site Web.

« Comment ça se passe ? s'enquit Majdi, sans même prendre la peine de se retourner.

— Très bien », répondit Nayir.

Un examen préliminaire des deux liasses lui avait confirmé que Majdi se trompait : les manuscrits proposés sur Internet étaient différents de ceux photographiés par Leila. Il existait bien quelques similitudes, mais l'écriture n'était pas la même.

Il se concentra sur les documents découverts dans la chambre de la morte. Ils étaient faciles à lire, ce n'étaient que des photos grand format de ce qui semblait être une très ancienne copie du Coran. Il les déchiffra lentement, identifiant les versets au fur et à mesure et s'efforçant de chasser Miriam de ses pensées.

Katya avait raison : la disparition du mari de l'Américaine était suspecte, et le fait que leur propriétaire n'ait pas d'existence officielle l'était plus encore. Pris séparément, chacun de ces faits aurait très bien pu n'avoir aucun rapport avec la mort de Leila mais, additionnés, ils devenaient alarmants. Cependant, Nayir continuait à penser que ce n'était pas une bonne idée d'en informer la police et d'impliquer une étrangère apeurée dans une enquête criminelle. Elle ne parlait même pas l'arabe, et ce fait à lui seul l'emplissait d'une infinie compassion à l'égard de la jeune femme.

Il s'obligea à reporter son attention sur sa lecture, mais ses réflexions ne tardèrent pas à dévier dans une autre direction : pourquoi avait-on demandé à Leila de photographier ces documents ? Ils étaient manifestement très anciens et méritaient d'être préservés, mais les photos elles-mêmes semblaient avoir été faites à la va-vite, les bords en étaient flous, le cadrage imprécis. Et pourquoi les avait-elle cachées dans sa chambre ?

« Remarquez-vous des différences entre ces textes et le Coran moderne ? » demanda Majdi.

Nayir s'arracha à son examen et s'accorda un temps de réflexion.

« Non, répondit-il. Toutefois, les documents présentés sur Internet ne semblent pas provenir du même recueil que ceux trouvés chez Leila. Je suis en train d'étudier ces derniers. »

Majdi se tourna de nouveau vers son écran. Et ce fut seulement à l'instant où Nayir se penchait sur ses textes que le sens implicite de la question lui apparut : le Coran était le même aujourd'hui que quatorze siècles plus tôt. Exactement le même. Pas un seul signe diacritique n'avait été changé. Le Coran disait : « Les paroles du Seigneur sont d'une vérité et d'une justice parfaites ; nul ne peut en changer un mot. » Cela signifiait que les mots transcrits sur cette page étaient les paroles mêmes d'Allah, telles qu'elles avaient été révélées au prophète Mahomet, la paix soit sur lui.

Il poursuivit sa lecture. Dès qu'il avait aperçu ces documents, il avait immédiatement reconnu le Coran. Il ne s'attendait pas à y découvrir des erreurs. Dans les premiers temps de l'islam, tous les textes imparfaits avaient été détruits.

En revanche, l'absence de signes diacritiques pour indiquer les voyelles le surprenait. Dans la version moderne du Coran, sous sa forme imprimée, chaque voyelle était représentée, afin de faciliter la compréhension. Pour un lecteur comme lui, qui connaissait parfaitement le livre saint, il n'était pas très compliqué de lire un texte ne comportant aucune notation des voyelles. Mais l'avait-il lu avec suffisamment d'attention ?

Arrivé à la moitié de la page, il buta sur un mot. Au début, il crut avoir mal lu, tant l'erreur paraissait énorme. Il secoua la tête, se reprochant d'avoir l'esprit confus, et reprit le verset depuis le début. Pas de doute, il y avait là une erreur flagrante.

« Et nous les marierons à des compagnes aux beaux yeux lustrés. »

Il connaissait par cœur ce verset promettant aux élus qu'ils iraient au paradis et seraient récompensés par la vérité et la beauté. « Compagnes » y était représenté par le mot *hur*, forme plurielle de *houri* qui voulait dire « raisin », et aussi « jeune vierge ». Dans ce contexte, le sens ne faisait aucun doute, il n'était évidemment pas question de grappes de raisin. Mais ici, à la place de *hur,* on avait écrit le mot *ahwar,* qui désignait un compagnon de sexe mâle. Cela n'avait aucun sens.

« Et nous les marierons à des compagnons aux beaux yeux lustrés. »

Nayir n'arrivait pas à en croire ses yeux et se sentit pris de vertige.

« Avez-vous un exemplaire du Coran ? » demanda-t-il à Majdi.

Le jeune homme sortit de la pièce et revint un instant après avec un Coran passablement usagé, qu'il tendit à Nayir.

Celui-ci l'ouvrit à la sourate appropriée. Il se sentait ridicule, mais était néanmoins déterminé à confronter les deux textes. Il posa le livre saint et le document côte à côte et les compara avec une méticulosité digne de Sherlock Holmes.

« Il y a une erreur », dit-il d'une voix étranglée.

Majdi le rejoignit, et il lui montra la phrase.

« C'est bien ce que je pensais, déclara le jeune homme sans montrer de surprise.

— Que voulez-vous dire ?

— Ma foi, Leila devait avoir une bonne raison pour dissimuler ces documents.

— Certes, acquiesça Nayir. Mais où se les était-elle procurés ? Et pourquoi ont-ils été modifiés ?

— Ils n'ont pas forcément été modifiés, répondit Majdi. Il s'agit probablement d'une faute. Les copistes n'avaient pas d'effaceur pour corriger leur manuscrit.

— Dans ce cas, le texte aurait dû être brûlé.

— Brûlé ? »

Nayir se rappela que tout le monde n'était pas aussi bien informé que lui sur les fatwas – mais chacun aurait dû savoir cela.

« Les hadith disent que quand Othman fit établir la première version complète du Coran, il brûla toutes les copies incomplètes ou erronées, pour éviter qu'elles ne soient profanées ou piétinées. »

Majdi ne parut pas autrement impressionné.

« Il en enterra également, poursuivit Nayir. Mais je crois que, quand un document comporte une telle erreur, qui risque d'être mal interprétée, les cheiks préconisent généralement de le brûler. »

Majdi faisait partie de ces personnes qui réfléchissent avec tout leur corps. Il plissait les yeux, se tapotait le menton du bout des doigts.

La porte qui se trouvait derrière eux s'ouvrit soudain, livrant passage à Katya. Elle semblait quelque peu énervée - sans doute à cause de son entrevue avec sa patronne. Majdi la salua et entreprit de lui expliquer leur découverte.

« Ainsi, quelqu'un s'est trompé en recopiant le texte, dit-elle. Et qu'est-ce que cela signifie ?

— Eh bien, Nayir était justement en train de me dire que les copies erronées étaient normalement brûlées.

— Pourriez-vous dater ces textes de façon précise ?

— Non, mais un archéologue de l'université doit venir les examiner cet après-midi. Il devrait être en mesure de nous renseigner.

— En tout cas, on peut présumer qu'ils sont très anciens.

— Oui, c'est aussi notre avis.

— Bon, admettons qu'ils soient authentiques. S'ils n'ont pas été brûlés, c'est soit parce qu'ils ont échappé à la vigilance des religieux, soit parce que quelqu'un les a dissimulés.

— À moins que..., murmura Majdi, en lançant à Nayir un regard chargé d'appréhension. À moins qu'il ne s'agisse pas d'une erreur.

— Que voulez-vous dire ? s'enquit Nayir, saisi d'une horrible prémonition. Cela ne peut être qu'une erreur de transcription. »

Majdi prit une profonde inspiration, comme quelqu'un qui s'apprête à se jeter à l'eau.

« Avez-vous entendu parler des textes du Yémen ? »

Katya et Nayir secouèrent la tête en signe d'ignorance.

« Il y a une trentaine d'années, un archéologue découvrit au Yémen une cache dans laquelle étaient ensevelies de vieilles copies du Coran. Elle se trouvait en fait sur le toit de la Grande Mosquée de Sanaa. L'archéologue, dont j'ai oublié le nom, s'aperçut que les textes étaient extrêmement anciens, et les gens chargés de la conservation du patrimoine firent venir des érudits allemands pour les restaurer[1]. Il y avait une énorme quantité de documents, plusieurs milliers de pages, et il leur fallut environ vingt ans pour les trier, les nettoyer, les traiter et les assembler.

» Bref, les spécialistes allemands ont affirmé que ces textes étaient d'authentiques copies du Coran datant du début de l'ère musulmane. En fait, ce sont les copies les plus anciennes qui aient jamais été trouvées. Mais il y a un hic : ces vieux textes comportent un certain nombre de différences mineures par rapport à la version moderne. Dans l'ancien manuscrit, les versets n'étaient pas dans le même ordre, et le texte lui-même était différent par endroits. Certains de ces documents étaient des palimpsestes, et avaient manifestement été modifiés.

— Quelqu'un avait modifié le Coran ? s'étonna Katya.

— Voyez-vous, ces spécialistes sont à peu près certains que, vu leur ancienneté, ces textes constituaient une version primitive du Coran, plus authentique que celle que nous connaissons. »

Katya lança un regard en direction de Nayir, au moment même où celui-ci s'exclamait :

« Il n'y a pas de "versions" du Coran ! »

Majdi regarda Katya d'un air gêné avant de reprendre :

« Comme on pouvait s'y attendre, cette idée n'a pas été bien reçue. J'ignore où en sont leurs recherches aujourd'hui. Si je vous raconte ça, c'est uniquement parce que je crois que les documents photographiés par Leila pourraient faire partie des textes trouvés à Sanaa, ou du moins, qu'il s'agit de quelque chose du même genre. »

Katya secoua la tête, comme si cette hypothèse la dépassait.

« Leila ne tenait manifestement pas à ce que quelqu'un voie ces papiers, reprit Majdi. Quelle que soit leur provenance, ils

1. Ces faits sont authentiques. Des manuscrits du Coran, parmi les plus anciens connus, ont effectivement été découverts à Sanaa en 1972, et étudiés par un universitaire allemand du nom de Puin. Les autorités yéménites l'auraient empêché de poursuivre ses recherches. *(N.d.T.)*

auraient fait scandale ici s'ils contenaient des erreurs, volontaires ou pas. »

Ces paroles furent accueillies par un silence tendu.

« Personnellement, poursuivit Majdi, je ne vois pas en quoi ça devrait poser un problème. De toute évidence, il y a eu des variantes du texte sacré au fil des siècles, sinon Othman n'aurait pas eu besoin de brûler certaines copies, pour commencer. Et si le Coran a été transcrit de façon erronée, il s'agit d'une erreur humaine.

— Le Coran dit qu'Allah corrige ses erreurs, répliqua Nayir, qui poursuivit par la citation : "Et pour chaque verset que nous abrogeons et vouons à l'oubli, Nous en créons un autre, meilleur ou semblable ; ne sais-tu pas qu'Allah est tout-puissant ?"

— Exactement, répondit Majdi, qui parut faire un effort pour ne pas rouler des yeux. Mais, puisque vous vous intéressez tant au Coran, n'êtes-vous pas curieux de savoir quelle version est la bonne ? Quelles sont les paroles véridiques d'Allah ?

— Les paroles d'Allah sont ici, dit Nayir en effleurant le livre.

— Mais, Majdi, s'empressa d'intervenir Katya, l'ancienneté de ces documents ne signifie pas pour autant qu'ils ne contiennent pas d'erreurs. Vous émettez l'hypothèse que tout le texte soit rempli d'erreurs humaines. Dans ce cas, comment savoir quelles parties sont authentiques ?

— C'est justement là que je voulais en venir, rétorqua son collègue. Et n'oubliez pas que le Coran était à l'origine écrit en araméen, il a été traduit. »

Katya se mordit la lèvre d'un air soucieux.

« À vrai dire, je ne pense pas qu'on devrait y attacher tant d'importance, continua Majdi, inconscient de la tension qui avait envahi l'atmosphère. Les principaux enseignements du Coran nous ont bien été transmis, non ? Aime Allah, aime ton prochain. Et l'idée selon laquelle il n'existe qu'une seule façon de l'interpréter l'affadit, lui ôte toute vitalité. Il n'évolue pas au même rythme que l'humanité, il est réduit au rôle d'ornement. »

Nayir le dévisagea d'un air effaré. Il n'arrivait pas à croire que le jeune homme ait prononcé ces mots. Soutenir que le Coran était une œuvre humaine était déjà assez insultant en soi, mais prétendre que ce qui faisait la beauté du Coran – son caractère *mubeen*, sa pureté, son intangibilité – était préjudiciable, c'était dépasser les bornes.

« En résumé, intervint Katya, nous ne savons absolument rien sur ces documents. Ils ont peut-être été falsifiés. Jusqu'à ce que nous découvrions l'identité de leur propriétaire, et que nous sachions ce qu'ils faisaient dans la chambre de Leila, nous devrions nous abstenir de toute supposition. »

21

C'ÉTAIT UNE HEURE BIEN TROP MATINALE pour écouter un sermon, et Osama s'efforçait de ne pas se tortiller sur son siège ni manifester d'autres signes d'impatience. Se retrouvei face à l'inspecteur en chef Hassan Riyadh équivalait, en termes de carrière, à se faire corriger à coups d'*iqal :* cela laissait des marques, sans vous défigurer nécessairement. Riyadh avait l'art d'alterner les silences lourds et les démonstrations de paternalisme qui sonnaient faux. Bien qu'il eût sept enfants et deux épouses, il ne possédait apparemment aucun sens des relations humaines. Osama s'était rendu chez lui à plusieurs reprises en période de ramadan, et l'homme avait l'air aussi emprunté et mal à l'aise dans sa propre maison. En un tout autre jour, Osama aurait pu demeurer impassible face aux reproches qui lui étaient adressés, mais ce jour-là, il se sentait affaibli.

Sans doute était-ce dû au manque de sommeil : il n'avait dormi que quatre heures, dans son salon, sur un mince tapis qui n'atténuait pas la dureté du sol. Quand il était rentré chez lui le soir précédent, sa femme Nuha l'avait accueilli avec une expression apeurée et contrite. Elle avait manifestement trouvé les pilules contraceptives répandues sur la table de la cuisine. La scène s'était gravée dans son esprit – les larmes dans les yeux de Nuha, la façon dont il lui avait tourné le dos. En voyant Abu-Haitham franchir le seuil à sa suite, elle s'était enfuie vers le salon des femmes, ce qui était précisément la réaction qu'il avait escomptée en invitant à dîner l'homme le plus pieux de son service. Il s'assurait ainsi que

Nuha n'ait pas une seule occasion de lui parler durant toute la soirée. Bien sûr, sa belle-mère lui avait lancé des regards mauvais en apportant le repas, mais il avait réussi à éviter tout le reste de la famille.

Ils avaient veillé jusqu'à deux heures du matin, Abu-Haitham et lui, dans un effort vain et souvent confus pour établir le profil du meurtrier de Leila Nawar. C'est ainsi qu'il s'était réveillé ce matin-là sur le sol du salon des hommes. L'appel à la prière résonnait dans les haut-parleurs, et son collègue dormait sur le canapé au-dessus de lui.

Son chef l'avait convoqué pendant le week-end, ce qui était inhabituel. Mais, si Osama redoutait cette entrevue, il redoutait plus encore de rester chez lui.

Derrière son bureau, Riyadh suçota sa lèvre inférieure en posant sur lui un regard glacial. Ils avaient discuté de l'affaire Nawar, et l'inspecteur en chef avait exigé de savoir pourquoi ils n'avaient pas encore retrouvé le cousin de la victime ni son ex-mari. Osama avait essayé de l'apaiser en faisant valoir que l'enquête n'en était qu'à ses débuts, qu'ils tenaient plusieurs pistes prometteuses, et que cela allait prendre un certain temps, mais en vain : son supérieur avait l'air furieux.

« Je réduis vos effectifs de moitié, déclara-t-il, coupant court à ses protestations : Vous n'avez pas besoin d'autant d'hommes pour suivre les quelques pistes que vous venez de mentionner. Il faudra vous débrouiller. »

Osama perçut dans ces propos une critique implicite, qu'il avait maintes fois entendue : il avait été assez stupide pour faire confiance à son équipier Rafiq, peut-être même était-il lui aussi impliqué dans ces combines. Qu'on ait pris Rafiq comme bouc émissaire alors que tant d'autres policiers étaient pareillement corrompus l'énervait passablement. Il était d'autant plus indigné que Riyadh se servait du fait qu'il avait été l'équipier d'un inspecteur véreux pour le tenir sous sa coupe.

« Très bien, dit-il. Dans ce cas, j'aimerais garder au moins une femme dans mon équipe.

— D'accord, mais je tiens à préciser qu'il s'agira d'une disposition temporaire. Les femmes sont trop peu nombreuses, et elles sont affectées aux enquêteurs par ordre de priorité. Avec qui travailliez-vous ?

— Faiza Shanbari.

— Ce ne sera pas possible.

— Pourquoi ?

— Elle a été licenciée ce matin », répondit Riyadh, d'un ton indifférent.

Osama réussit à ne trahir aucune réaction, mais il était atterré. Faiza avait été virée ? Elle n'avait rien fait pour mériter ça.

« Il s'est révélé qu'elle n'était pas mariée, reprit son chef. L'un de nos inspecteurs a rencontré un cousin de Faiza chez un ami commun, et il lui a révélé le pot aux roses. »

Osama cligna des yeux, abasourdi.

« Son cousin ? répéta-t-il. Et qu'a dit Faiza ?

— Elle a reconnu avoir menti. »

Attristé, Osama s'esquiva dès qu'il le put. L'immeuble était climatisé, heureusement, mais son sang bouillait dans ses veines tandis qu'il se dirigeait vers le laboratoire. Il ne pouvait pas très bien déterminer pourquoi, mais savait qu'il n'avait aucune envie de retrouver l'affreuse solitude de son bureau, ni la promiscuité de la salle de garde, emplie de rires gras et de sonneries de téléphone. En marchant, il sentit le chagrin faire place en lui à la colère - contre Riyadh, pour avoir renvoyé Faiza à cause d'un stupide petit mensonge, contre Faiza, d'abord pour avoir menti aussi stupidement, et ensuite pour l'avoir avoué. Et, par-dessus tout, contre Nuha.

Majdi se trouvait dans son laboratoire, en compagnie d'une femme. Quand elle se retourna, Osama vit qu'il s'agissait de la nouvelle recrue, Katya, qui avait récemment attiré son attention en découvrant le Bluetooth dans la burqa de Leila Nawar. Il fut favorablement impressionné de constater qu'elle travaillait le week-end. Il hésita un instant devant la porte vitrée, ne se sentant guère d'humeur à bavarder avec quelqu'un qu'il ne connaissait pas. Mais elle n'abaissa pas sa burqa en l'apercevant, et il se dit que c'était idiot de rester planté là.

« Bonjour », dit Majdi en se levant de son tabouret.

Devant sa mine abattue, Osama comprit immédiatement qu'il n'avait pas grand-chose de neuf à lui apprendre. Il salua les deux techniciens, puis poursuivit :

« Je suis content de vous trouver tous les deux ici. Félicitations pour votre trouvaille, ajouta-t-il à l'adresse de Katya.

— Merci, répondit celle-ci, visiblement ravie mais aussi un peu surprise.

— Je venais simplement vérifier où tu en étais », reprit-il en se tournant vers Majdi.

En surprenant leur expression, il prit conscience que sa voix trahissait son énervement, et ce fut d'un ton radouci qu'il demanda :

« De nouveaux éléments dans l'affaire Nawar ?

— Eh bien, répondit Majdi, le médecin légiste, Adara, nous a informés que les analyses sanguines n'avaient permis de déceler aucune trace de drogue. Toutefois, cela ne modifie en rien son rapport. Elle affirme toujours que la victime a été tuée avant d'être jetée dans l'océan, et qu'elle est morte d'une rupture des cervicales. Entre-temps, j'ai étudié les relevés transmis par les gardes-côtes, et il s'avère impossible de déterminer à quel endroit le cadavre a été mis à l'eau. Le problème, c'est que nous ignorons l'heure exacte de la mort, et les courants varient tellement sur cette partie de la côte que nous aurions besoin de la connaître avec précision. Je laisse donc ce problème de côté, provisoirement.

— Et les documents trouvés dans la commode de la victime ? »

Majdi montra l'ordinateur sur le bureau d'angle.

« Un spécialiste est venu les examiner hier après-midi – M. Nayir Sharqi, un ami de Katya. Il a relevé dans le texte certaines erreurs qui lui font penser qu'il pourrait s'agir de copies très anciennes et mal transcrites. D'après lui, elles auraient normalement dû être brûlées, mais parfois elles étaient enterrées. Je pense donc que si ce manuscrit est authentique, il devait faire partie du nombre. Nous avons également soumis ces documents à un archéologue. D'après lui, c'est difficile de les dater au vu de simples photographies, sans pouvoir étudier les manuscrits eux-mêmes. Cependant, il estime a priori qu'il y a de bonnes chances que ce soient des textes authentiques remontant au début de l'islam. Mais tout cela ne nous explique pas ce que ces photos faisaient dans le tiroir de la commode de Leila. »

Osama hocha la tête.

« Alors, j'ai changé de tactique, poursuivit Majdi, et décidé de les scanner pour tenter d'y relever des empreintes digitales.

— En avez-vous trouvé ? demanda Katya, devançant Osama qui s'apprêtait à poser la même question.

— Seulement celles de la victime, répondit Majdi d'un air morose. Mais j'ai peut-être une empreinte partielle qui ne lui appartient pas. Je suis en train de l'analyser. »

Osama suivit cet échange en silence, sachant qu'il aurait dû ajouter un mot d'encouragement mais n'en trouvant pas la force.

Majdi s'assit devant l'ordinateur, puis, se ravisant, se tourna vers lui.

« Katya tient une nouvelle piste. Enfin, peut-être. »

Elle prit un air embarrassé.

« Majdi m'avait demandé de regarder les DVD réalisés par Leila. L'une des séquences qu'elle avait enregistrées montrait une de ses amies - du moins, je présume qu'il s'agit d'une amie. Voici l'adresse de cette jeune fille. » Elle sortit de sa poche un bout de papier qu'elle tendit à Osama.

Il le prit, un peu gêné.

« Oui, Majdi m'en avait parlé. Malheureusement, je n'ai pas encore eu le temps de m'en occuper.

— En tout cas, on voyait clairement le visage de cette fille dans le film, reprit tranquillement Katya, et j'ai comparé avec la photo d'identité dans le fichier central. C'est elle, j'en suis certaine.

— Bon travail. J'irai l'interroger dès que possible », répondit Osama en rangeant le papier dans la poche de sa chemise.

Katya hocha la tête. Majdi lança par-dessus son épaule :

« Tu es au courant, pour Faiza ?

— Oui », se borna à répondre Osama.

Majdi fronça les sourcils, sans chercher à cacher son mécontentement.

« La nouvelle qu'ils ont embauchée le mois dernier ne travaille que le mercredi et le jeudi. Je crois que Maddawi pourra venir lundi. »

Osama connaissait l'emploi du temps des auxiliaires féminines, et il eut l'impression que Majdi essayait de glisser une allusion – pas à son intention, mais à celle de Katya. Il la regarda à la dérobée et vit qu'elle se tordait nerveusement les mains.

« Je vais me mettre en quête d'une remplaçante », soupira-t-il.

Il s'apprêtait à sortir quand Katya proposa timidement :

« Si vous ne trouvez personne, je pourrais vous accompagner. »

Il s'immobilisa. Même s'il en voulait au monde entier à ce moment-là, ce n'était pas une raison pour la froisser. Aussi s'efforça-t-il de ne pas prendre un ton trop cassant pour lui répondre :

« Je crains que vous ne possédiez pas l'expérience requise pour procéder à des interrogatoires. »

Katya garda les yeux rivés sur la table face à elle. Il vit ses joues s'empourprer et eut honte de lui-même.

« J'ai de l'expérience, rétorqua-t-elle calmement. J'ai contribué à résoudre une affaire de meurtre, il y a quelques mois de cela. »

C'était une bonne chose qu'elle garde les yeux baissés. Il ne voulait pas voir son visage quand il réitérerait son refus. Mais, comme si elle avait deviné ses pensées, elle releva la tête et le regarda bien en face.

« Je connais l'affaire Nawar dans le moindre détail. J'ai vu le corps, j'ai visionné les films tournés par la victime, j'ai examiné tous les indices recueillis. Je pourrais peut-être vous aider. »

Ce qui signifiait en clair : *J'en sais peut-être plus long que vous sur cette affaire.* Tant d'insolence aurait dû l'irriter, mais, pour une raison inconnue, cela eut au contraire le don de dissiper complètement sa colère.

« De plus, je suis sûre que Maddawi ne pourra pas venir avant mardi », ajouta-t-elle.

Il sentit se ranimer en lui l'esprit de rébellion, et très vite, son indécision fit place à une solide résolution. Puisqu'on l'avait privé de sa collaboratrice, il travaillerait avec qui bon lui semblerait.

« Entendu, dit-il à Katya. Suivez-moi.

— Tout de suite ?

— Pourquoi, vous trouvez que c'est trop tôt ? »

Un large sourire éclaira le visage de la jeune fille, et elle lui emboîta le pas.

Non sans mal, Katya parvint à respirer normalement. Après avoir, pendant des mois, fait des efforts désespérés pour prouver ses compétences, l'occasion lui en était enfin donnée. Certes, ce n'était pas grâce à son travail et à sa détermination qu'elle l'avait obtenue, seulement par un coup de chance, mais elle la saisirait quand même.

Elle avait voulu s'asseoir à l'arrière, mais Osama lui avait fait signe de s'installer à côté de lui, en déclarant que, même si ce n'était pas une voiture de patrouille, dans son esprit, la banquette arrière était réservée aux criminels. Elle savait pourtant que les autres femmes, quand elles accompagnaient les inspecteurs, ne s'asseyaient jamais à l'avant - elle avait pu les voir descendre des véhicules dans le parking - mais, en y réfléchissant, elle n'en avait jamais aperçu en compagnie d'Osama.

Elle garda sa burqa relevée parce qu'elle avait le sentiment que cela ne le dérangeait pas et qu'elle n'avait pas envie de la rabattre. Elle aimait pouvoir contempler ce qui l'entourait. Ce qui la gênait le plus, c'était l'alliance à son annulaire. Elle lui donnait l'impression d'occuper tout son champ de vision et risquait de susciter une conversation déplaisante.

Elle observa Osama à la dérobée. Il semblait perdu dans ses pensées. Ses collègues du laboratoire parlaient de lui en gloussant comme des collégiennes, lui vouant une si vive admiration que, par un effet pervers, Katya avait fini par le prendre en grippe. À présent, elle se sentait mieux disposée envers lui et devait reconnaître qu'il était bien bâti, soigné de sa personne sans paraître pour autant prétentieux - un peu réservé sans doute, mais pas arrogant. Il avait des yeux bruns langoureux à faire se pâmer les adolescentes ; elle imaginait toutefois qu'il aurait trouvé ce genre de démonstration embarrassante. Sa tempe était marquée d'une petite cicatrice qu'il n'essayait pas de dissimuler. Ses cheveux étaient coupés court, ses joues ombrées par une barbe naissante, et il avait la tête nue. Il avait un air très professionnel, plutôt occidentalisé – elle l'imaginait mal portant la longue robe blanche traditionnelle – et elle devina qu'il n'était pas très porté sur la religion. Probablement faisait-il partie de ces hommes qui ne priaient que pendant le ramadan et pensaient que la piété et la dévotion étaient des concepts légèrement rétrogrades, démodés, voire dangereux dans certains cas, mais surtout inutiles.

Le silence qui emplissait l'habitacle, interrompu de temps à autre par le grésillement de la radio, commençait à faire naître en elle une certaine anxiété. Elle savait qu'il était préférable de ne pas se montrer trop bavarde, sinon il risquerait de croire qu'elle agissait ainsi par nervosité, et de changer d'avis. Et qui sait comment il interpréterait cette tentative de sa part pour engager la conversation ? Il ne semblait pas être homme à considérer la moindre parole émanant d'une femme comme une invitation au flirt, mais on ne savait jamais. Il n'était pas nécessaire d'être dévot pour avoir des opinions bien arrêtées sur la façon dont les femmes devaient se conduire. Elle opta pour la prudence et se tint coite, le regard fixé sur la vitre et les mains repliées sur le côté, hors de la vue d'Osama.

À son grand soulagement, ce fut lui qui brisa le silence.

« Avez-vous trouvé autre chose sur ces DVD ? demanda-t-il soudain.

— Non. C'étaient surtout des séquences intercalaires, sans doute destinées à la chaîne d'information pour laquelle elle travaillait. »

Il hocha la tête et se tut. Elle lui lança un regard oblique et découvrit une certaine tristesse dans ses yeux, derrière cette froideur apparente. Elle eut envie de lui révéler ce qu'elle avait découvert avec Nayir la veille, en se rendant chez l'Américaine, mais refusa de se laisser emporter par sa fougue. Le moment était mal choisi. Non seulement Nayir serait furieux s'il l'apprenait, mais, dans l'humeur où il se trouvait actuellement, Osama jugerait peut-être cette démarche présomptueuse, et même contraire au bon déroulement de l'enquête. Après tout, elle avait effectué son travail à sa place, sans lui en demander la permission.

Le quartier était situé au nord de la ville. De construction récente, il donnait une impression d'austérité et d'isolement - un damier gigantesque bordé d'habitations identiques les unes aux autres. Des maisons de stuc blanc à deux étages, avec un garage devant et des fenêtres protégées par des moucharabiehs. Certains habitants avaient installé des citronniers en pots à côté de leur porte, ou une tonnelle de jasmin résistant tant bien que mal au soleil, mais à part cela, rien n'avait été fait pour agrémenter le décor.

Ils se garèrent dans l'allée. Ils remarquèrent aussitôt que la demeure comportait deux entrées ; une petite pancarte indiquait que la porte réservée aux femmes se trouvait sur le côté.

« Restez avec moi », dit Osama d'une voix brusque, comme si cette constatation le contrariait au plus haut point.

Une femme ouvrit la porte, sans détacher la chaîne de sécurité. Elle portait une burqa et ils ne voyaient d'elle qu'un œil.

« Police, dit Osama en montrant son badge. Nous désirons parler à Farooha Abdel Ali.

— À quel sujet ? s'enquit la femme.

— Une de ses amies a disparu, répondit prudemment l'inspecteur. Nous aimerions lui poser quelques questions. »

Il fit un pas de côté pour lui permettre de voir Katya. En l'apercevant, elle écarquilla son œil unique.

« L'enquêtrice qui m'accompagne se chargera de l'interrogatoire. »

La femme jaugea Katya de bas en haut, inspectant tour à tour l'*abaya* et le hijab neufs, les chaussures noires toutes simples et enfin son visage, qui parut la rassurer, car elle ouvrit grande la porte en leur disant *Ahlan Wa'sahlan*. Puis, pudiquement, elle se réfugia à l'intérieur de la maison, leur désignant du geste le salon des hommes.

« Je vous en prie, installez-vous confortablement. Voici le *majlis,* et le salon des femmes est par là. »

Elle indiqua une pièce de l'autre côté de l'entrée avant de disparaître derrière une porte.

« Restez avec moi », répéta Osama.

Katya le suivit dans le *majlis* et promena les yeux autour d'elle. La pièce était propre, élégamment meublée de deux canapés ivoire ; le sol était tapissé d'une luxueuse moquette blanche couverte de tapis aux coloris éclatants, orange et rouge. Il y avait un énorme téléviseur, un équipement stéréo tout aussi prétentieux et une étagère remplie de CD. Osama s'en approcha pour déchiffrer les titres.

Un instant plus tard, on frappa doucement à la porte et Katya alla répondre. La femme se tenait devant elle, le visage toujours couvert.

« Vous pouvez aller parler à ma fille », dit-elle, en lui faisant signe de la suivre.

Avant de quitter la pièce, Katya lança un bref regard à Osama, et eut le temps d'entrevoir son expression inquiète.

Farooha l'attendait dans sa chambre, assise sur une chaise surélevée par une pile de livres, devant un bureau appuyé contre un mur. Elle était en train de regarder son ordinateur, mais à l'entrée de Katya elle l'éteignit en hâte et se tourna vers sa visiteuse. Elle avait de l'encre sur son pouce et tira un mouchoir en papier d'un distributeur incrusté de nacre pour l'essuyer. Elle était visiblement occupée à noter quelque chose dans un classeur juste avant son arrivée, constata Katya.

La jeune fille descendit maladroitement de son siège, manquant faire tomber les livres. Elle était très petite, presque naine. Debout, elle arrivait à peine à la poitrine de Katya, et son corps avait cet aspect trapu, comme tassé, qu'on associe généralement à l'achondroplasie. Le visage de Katya dut trahir sa surprise, car Farooha lui adressa un sourire sarcastique.

« Oui, dit-elle, je suis petite. Asseyez-vous sur le lit, et la différence de taille sera un peu moins flagrante. »

Elle poussa de côté l'amas de CD et de livres étalés sur les draps froissés pour lui faire une place.

« Merci, dit Katya. Excusez-moi si je vous ai paru impolie.

— Tout le monde a la même réaction que vous, j'ai fini par m'y habituer. »

Elle s'adossa au bureau, croisa les bras et l'observa d'un air revêche.

« Je suppose qu'il s'agit de Leila. »

Aussitôt, Katya regretta d'être venue. Dans son enthousiasme, elle avait oublié que Farooha ne savait probablement pas que son amie était morte, et elle allait devoir lui annoncer cette triste nouvelle. Elle s'expliquait à présent le regard soucieux que lui avait lancé Osama.

« Je suis navrée de vous l'apprendre... », commença-t-elle.

La réaction de Farooha ne se fit pas attendre. Elle se pétrifia soudain – les bras d'abord, puis tout le reste du corps.

« ... mais malheureusement, Leila est décédée. »

Farooha sortit de sa stupeur, au prix d'un effort manifeste. Gauchement, elle remonta sur sa chaise, s'installa avec précaution sur l'échafaudage de livres – parmi lesquels, remarqua Katya, se trouvait le saint Coran – et regarda fixement le sol. Katya avait cependant l'impression qu'elle avait déjà soupçonné le pire et envisagé les hypothèses les plus macabres pour se préparer à cet instant douloureux. Quand Farooha releva la tête, son regard était clair et perçant.

« Comment est-ce arrivé ?

— On lui a brisé le cou. La mort a été instantanée.

— Je ne vous crois pas.

— Elle a aussi été battue », reconnut Katya, de plus en plus mal à l'aise.

Elle était bien décidée à ne pas en dire plus. Il était hors de question de parler de l'*iqal,* des coups de couteau et de l'huile bouillante.

« Je suppose que vous ne savez pas qui pouvait en vouloir à ce point à votre amie ? » reprit-elle.

L'espace d'un instant, Farooha parut désarçonnée par cette question directe.

« Il doit y avoir une bonne dizaine de gens dans ce cas, répondit-elle enfin, mais j'ignore leur nom.

— Que voulez-vous dire ?

— Vous savez que Leila était cinéaste ? » demanda Farooha.

Katya lui expliqua qu'elle avait visionné les films réalisés par la jeune femme, et que c'était ainsi qu'elle l'avait trouvée.

« Ah, alors vous ne connaissez que la version aseptisée », rétorqua Farooha, la bouche pincée.

Katya ouvrit son sac à main ; une panique muette la saisit en constatant qu'elle n'avait emporté ni calepin ni stylo. Elle pêcha un crayon cassé tout au fond du sac, ainsi qu'un vieux ticket de caisse. *Bravo, très professionnel,* se morigéna-t-elle intérieurement. Farooha contempla son attirail d'un air goguenard.

« Nouvelle dans le métier ?

— J'ai laissé mon calepin au bureau », répliqua Katya aussi dignement qu'elle put, en essayant de ne pas rougir.

Sans plus de commentaires, Farooha prit un stylo et un petit carnet sur sa table et les lui tendit.

Katya les prit avec gratitude et la remercia.

« Leila était téméraire, reprit Farooha. C'était une fille brillante et créative, rien ne lui faisait peur. Néanmoins, elle s'était attiré pas mal d'inimitiés. Elle tournait ces séquences intercalaires uniquement pour pouvoir financer ce qui l'intéressait vraiment, le projet sur lequel elle travaillait. Un documentaire qu'elle avait intitulé *La Cité des voiles.*

— Quel en était le sujet ? » s'enquit Katya.

Farooha émit un rire sarcastique.

« Djeddah, essentiellement. Elle voulait montrer à quel point il était bizarre que chaque pèlerin effectuant le hadj doive à un moment ou un autre passer par Djeddah, alors que c'est la ville la moins religieuse du pays. Ce paradoxe la mettait en joie, l'idée de faire transiter les gens se rendant à La Mecque par l'équivalent saoudien de Monaco ou Las Vegas… »

Elle grimaça un petit sourire avant de poursuivre :

« Elle voulait dévoiler les aspects les moins ragoûtants de cette ville, c'était devenu son obsession. Et il faut reconnaître que cela demandait du courage.

» Au début, c'était relativement anodin. Elle a filmé deux ou trois choses en caméra cachée et a essayé d'en faire un montage : des femmes en burqa mangeant des spaghettis, ou ces conducteurs cinglés jouant à "dériver" sur les voies express. Mais il lui fallait du sensationnel. Il y a environ un an, peut-être plus, elle a rencontré une femme qui affirmait être une prostituée. Leila a voulu filmer l'entretien, mais ça ne s'est pas bien passé. Elle ne s'est pas découragée pour autant et s'est rendue dans les bordels et les refuges pour femmes. Elle a interviewé un grand nombre de filles.

— Son frère le savait-il ?

— Vous plaisantez ? Leila n'avait mis que deux personnes dans le secret : son cousin Ra'id et moi.

— Donc, elle s'intéressait aux droits des femmes.

— Oui, si on veut, mais elle s'est mise à rechercher systématiquement les sujets scandaleux. Les domestiques maltraitées, les esclaves sexuelles. Les hommes qui prennent vingt épouses. Et, croyez-moi, elle avait le chic pour dénicher ce genre de chose. Elle a même filmé un spectacle de dragqueens dans une villa en dehors de la ville. Je ne sais pas comment elle est tombée là-dessus, mais c'est vrai.

— Apparemment, elle voulait briser les tabous sexuels, dit Katya. A-t-elle enquêté aussi sur la corruption dans les milieux politiques ou religieux ?

— Non, pas vraiment, mais elle l'aurait sans doute fait si elle n'était pas morte… Je n'en sais rien. »

La voix de Farooha s'éteignit, et elle but une gorgée au goulot de la bouteille d'Évian posée sur son bureau.

« En tout cas, elle s'obstinait dans son projet, malgré la façon dont elle était traitée.

— Que voulez-vous dire ? demanda Katya.

— Eh bien, elle ne filmait pas forcément dans des lieux privés. Parfois, elle se contentait d'errer à travers la ville. Imaginez une jeune femme qui se promène seule et pointe une caméra vidéo sur tout ce qui éveille son intérêt, en surprenant parfois les gens dans des situations embarrassantes. Elle a été agressée à deux reprises. Une fois, un type a jeté sa caméra dans l'océan et lui a cassé une jambe. Je ne crois pas qu'il ait été arrêté, mais je sais qu'elle a déposé une plainte au commissariat.

— Oui, nous sommes au courant.

— Une autre fois, un type l'a empoignée. S'il avait été plus costaud, il lui aurait sûrement fait du mal, mais elle a réussi à se dégager. Le mec l'a poursuivie jusqu'à ce qu'elle parvienne à sauter dans un taxi. La police religieuse la harcelait sans cesse, mais elle arrivait généralement à lui échapper. Je ne sais pas comment. Si vous voulez mon avis, elle avait tout simplement une chance incroyable. Et elle adoptait une attitude de plus en plus provocante. Elle portait des jeans et des T-shirts à l'effigie de groupes heavy metal. Elle laissait son *abaya* ouverte pour bien montrer qu'elle se fichait des interdits. Elle se disait peut-être qu'on la prendrait pour un membre de la famille royale et qu'on la laisserait tranquille. »

Katya se rappela tout à coup la trace d'usure sur l'*abaya*, à l'emplacement du genou.

« Ma question va peut-être vous paraître idiote, mais Leila s'agenouillait-elle souvent ?

— C'est probable, répondit Farooha avec un petit rire. Elle devait tout le temps se cacher derrière un objet quelconque pour filmer les passants à leur insu. Pourquoi me demandez-vous ça ?

— Son *abaya* était usée à l'endroit du genou, mais d'un côté seulement, et cela m'intriguait.

— Oui, c'est sûrement l'explication. Pour répondre à votre première question, Leila prenait des risques et irritait pas mal de monde. Un grand nombre de gens lui voulaient sûrement du mal, sans compter les hommes toujours prêts à s'en prendre à une femme, qu'elle tienne ou non une caméra. Ce n'est pas ce qui manque dans cette ville. »

Katya contempla les pages blanches du carnet ouvert sur ses genoux. Le récit de Farooha l'avait tellement captivée qu'elle n'avait pas pris le temps de noter quoi que ce soit. Elle gribouilla quelques lignes. *Cité des voiles, tabous sexuels, violences physiques – voir le fichier des plaintes.*

« Laissons les inconnus de côté pour le moment, dit-elle. C'est-à-dire, tous les gens qu'elle a pu offusquer en les filmant. Si nous parlions plutôt de ceux qu'elle connaissait ? Ses amis – un petit ami peut-être ? »

Une lueur de colère s'alluma dans les yeux de Farooha.

« Son ex-mari était un crétin. Une fois, il a refusé de l'emmener à l'hôpital alors qu'elle avait de la fièvre depuis cinq jours. Il l'a laissée allongée sur le carrelage de la salle de bains et lui a pris son portable parce que le sien était cassé. Il était fâché contre elle parce qu'elle n'avait pas préparé son dîner ni lavé le linge. Et finalement, il est parti parce qu'il en avait assez de l'entendre gémir. En fait, elle avait le typhus. »

Katya fut horrifiée, et inscrivit *typhus* sur le carnet pour dissimuler son émoi.

« A-t-elle réussi quand même à appeler un médecin ?

— Son frère s'est inquiété de ne pas avoir de nouvelles et s'est rendu chez elle. Il a dû demander à son assistant d'enfoncer la porte. Ils l'ont trouvée gisant dans une flaque d'excréments ensanglantés. »

Les narines de la jeune fille se dilatèrent sous l'effet de la rage, et elle se tut un moment pour retrouver son calme.

« D'une certaine façon, ç'a été une bonne chose, car cela a décidé Leila à demander le divorce.

— Et c'est à ce moment-là qu'elle est allée vivre chez son frère ?

— Oui, répondit Farooha. Même si ce n'était guère mieux là-bas.

— Comment cela ?

— Ils se disputaient constamment, avant sa disparition. Abdulrahman ne vous l'a pas dit ?

— Ce n'est pas moi qui l'ai interrogé.

— Ah oui, bien sûr, murmura Farooha en faisant tourner un stylo entre ses doigts.

— À propos de quoi se disputaient-ils ?

— Il n'aimait pas ce qu'elle faisait, et il voulait qu'elle arrête.

— Vous parlez de son travail pour la chaîne d'information ?

— C'est ça. Il ignorait tout du reste, et ça se comprend aisément. Si le fait qu'elle travaillait pour une chaîne de télé suffisait à le mettre en colère, elle ne risquait pas de lui parler de ses autres projets. Il n'aimait pas qu'elle soit tout le temps dehors, et il trouvait inconvenant de filmer des gens. Je crois qu'il considérait cela comme une espèce d'intrusion. Il voulait que Leila se remarie, et cette fois à un vrai Djeddawi, quelqu'un de correct. S'il avait réussi à lui imposer sa volonté, Leila serait sans doute mariée et enceinte à l'heure qu'il est. Et profondément malheureuse.

— Et à vous, elle vous racontait ses disputes avec son frère ?

— Je sais qu'il menaçait régulièrement de lui couper les vivres. C'est lui qui l'entretenait. À mon avis, il aurait été parfaitement capable de la jeter dehors.

— Vraiment ?

— Oui, il pouvait se montrer assez brutal. Mais sans jamais aller trop loin. Il ne lui a plus versé un sou pour ses achats de matériel et ses courses en taxi, juste après cet incident sur la Corniche, quand ce taré a lancé la caméra à la mer. Évidemment, ce n'était pas cela qui allait arrêter Leila. Elle continuait à lui réclamer de l'argent, il se fâchait, et cela finissait toujours par une violente dispute.

— Jusqu'où allait cette violence ?

— Je ne crois pas qu'il l'ait jamais frappée, mais quand elle débarquait ici après une de ces empoignades, elle avait l'air bouleversée. Et lorsque je lui demandais s'il l'avait battue, elle ne répondait pas. Elle venait toujours me trouver quand elle avait besoin de réconfort, ajouta Farooha en prenant un air maternel. Mais je lui répétais à chaque fois la même chose : "Tu ne devrais pas dépendre de ton frère." Elle savait bien qu'elle ne pourrait pas être heureuse tant qu'elle n'aurait pas acquis son indépendance financière, étant donné son caractère. »

Son indépendance financière.

« Et elle a finalement réussi à se procurer une nouvelle caméra ?

— Effectivement.

— Où a-t-elle trouvé l'argent nécessaire ? »

Farooha soupira.

« Ma foi, elle possédait quelques économies...

— Et... ?

— Et son cousin Ra'id a versé le complément.

— Combien ?

— Sans doute la plus grande partie. Deux ou trois cents riyals. Elle n'avait pas tellement d'argent de côté.

— Cela fait beaucoup, dit Katya. Ra'id est donc bien rémunéré par son oncle ?

— Je sais seulement ce que m'a raconté Leila, répondit Farooha en haussant les épaules, c'est-à-dire pas grand-chose. Pour revenir à votre question précédente, Leila avait aussi un petit ami. Elle l'avait rencontré récemment. Il était américain, et je ne l'ai jamais vu. »

Katya se figea.

« Connaissez-vous son nom ?

— Walker. Eric Walker. »

S'efforçant de garder son calme, Katya inscrivit : *Eric Walker : petit ami ?*

« Leila raffolait des Américains », ajouta Farooha, qui descendit de son perchoir pour gagner le fond de la pièce. Elle s'agenouilla à côté du lit, disparaissant momentanément à la vue de Katya. Celle-ci entendit un grognement et, quelques secondes après, vit la jeune fille reparaître, tenant un coffret métallique qu'elle hissa sur le lit. Elle alla prendre une clé suspendue à un crochet sur une planche en liège, au-dessus de son bureau, et ouvrit la boîte.

« Eric avait une voiture et beaucoup de temps libre, reprit-elle. Il l'emmenait partout. C'était très pratique pour elle, parce qu'il pouvait la conduire dans des endroits où elle n'aurait jamais pu aller, comme le complexe résidentiel américain.

— Comment Leila avait-elle fait sa connaissance ? demanda Katya en continuant à gribouiller fébrilement sur son carnet.

— De la même manière que tous les autres, en le filmant.

— C'est comme ça que vous l'avez connue, vous aussi ? »

Farooha parut sur le point de prendre la mouche, et Katya prit conscience de ce que sous-entendait sa question : *Filmer une naine, elle n'aurait pas raté ça !* Mais la jeune fille secoua la tête.

« Nous étions à l'école ensemble, avant que mes parents décident de m'en retirer.

— Ils vous ont retirée de l'école ?

— Ils se faisaient trop de souci pour moi, à ce qu'ils disaient, et c'est exact que j'étais un objet de moquerie. Mais la vraie raison, c'est qu'ils avaient, et qu'ils ont toujours, honte de moi. »

Elle se tenait au chevet du lit et regardait Katya droit dans les yeux, comme si elle attendait que celle-ci proteste contre cette décision cruelle, ou émette un commentaire empreint de fausse compassion. Comme Katya ne réagissait pas, elle se remit à fouiller sous le lit.

« Savez-vous où Leila et Eric se sont rencontrés ?

— Dans un centre commercial. J'ai oublié lequel. Leila était en train de filmer, et Eric lui a demandé si elle travaillait pour la chaîne d'info locale. Ils ont entamé la conversation… »

Ayant enfin trouvé ce qu'elle cherchait, Farooha le montra à Katya. C'était une boîte en carton de forme carrée. À l'intérieur, trois douzaines de DVD étaient alignés en ordre dans leurs étuis en plastique dur.

« Ce que vous voyez ici, ce sont les œuvres complètes de Leila Nawar », déclara Farooha.

Katya prit la boîte, que la jeune fille lui avait d'autorité posée sur les genoux, et contempla les disques avec un mélange de stupéfaction et de perplexité, se retenant à grand-peine de bondir de joie.

« Ce que son frère vous a donné, poursuivit Farooha, ce n'étaient que des broutilles inoffensives. Ça, c'est nettement plus intéressant, ajouta-t-elle avec un geste du menton en direction de la boîte, d'une voix où l'on distinguait à la fois de la fierté et une note d'avertissement. Si Leila a été tuée par une personne que ses activités dérangeaient, je parie que vous découvrirez les preuves là-dedans.

— Et elle vous a confié ces films parce que… ?

— Elle avait peur de les perdre, elle était complètement parano à ce sujet, alors j'ai accepté de garder ses copies de sauvegarde.

— Savez-vous où se trouvent les originaux ?

— Pas précisément, non. Dans sa maison, j'imagine. Elle les avait sans doute dissimulés avec soin pour éviter que son frère ou sa belle-sœur ne les trouvent.

— Elle devait être heureuse de vous avoir pour amie.

— Comme je le disais tout à l'heure, rétorqua Farooha en grimpant de nouveau sur sa chaise, elle avait beaucoup de chance. Vous ne me demandez pas où je me trouvais le jour de sa disparition ? »

Katya eut envie de sourire, mais sous le ton humoristique de la question elle perçut de la hargne et du chagrin.

« Où étiez-vous ?

— Ici, comme toujours. »

Osama attendait, assis sur le canapé blanc. Le frère de Farooha avait pris place sur le canapé d'en face, comme pour le surveiller - ce qui était assez drôle, car le garçonnet n'avait que six ans. C'était le seul homme présent dans la maison pour le moment, et donc de facto le chef de famille. Sa mère - du moins, Osama supposait que c'était la femme qui les avait introduits - l'avait amené dans la pièce en lui disant de tenir compagnie à leur invité. Elle lui avait expliqué qui était Osama, mais cela n'avait pas paru intéresser le gamin. Ses jambes étaient si courtes qu'elles dépassaient à peine du bord du canapé. Il tenait entre ses mains une console de jeux vidéo et semblait incapable d'en détacher les yeux plus d'une seconde. Il les levait alors vers Osama, se léchait nerveusement les lèvres et reprenait son jeu de plus belle.

Les bips et les cliquetis horripilants qui accompagnaient la partie s'accordaient parfaitement à l'humeur massacrante d'Osama, qui se sentait de plus en plus triste à mesure que le temps s'écoulait. Il était à la fois soulagé de ne pas avoir été là quand Farooha avait appris la mort de son amie, et furieux de n'avoir pu l'interroger lui-même et d'avoir délégué cette tâche à une jeune femme inexpérimentée.

Enfin, une femme qu'il présuma être une sœur aînée du petit garçon vint lui apporter un verre de jus d'orange. Elle le déposa sur la table basse, puis tendit la main au garçonnet. Celui-ci se leva, les yeux toujours rivés sur la console, et la suivit hors de la pièce.

Dans le silence revenu, Osama reporta son attention sur les CD garnissant les étagères. Il avait commis une erreur en en parcourant les titres. La plupart d'entre eux étaient des chansons des artistes préférés de Nuha. Il avait essayé toute la matinée de ne pas penser à elle, mais à présent elle revenait le hanter, silencieuse comme un spectre, nimbée d'un nouveau mystère.

Il avait toujours été tellement fier d'elle et de leur couple ! Il l'admirait de travailler dans un journal, de savoir écrire et de s'entendre si bien avec les gens. Mais chaque fois qu'ils avaient fait l'amour, au cours des deux dernières années, elle lui avait laissé croire qu'elle voulait un autre enfant, et que leur étreinte tendait à ce but. Pire encore, quand il s'était étonné que l'enfant ne vienne pas, elle l'avait persuadé que le corps féminin était un mystère, même si elle avait déjà donné le jour à un garçon en pleine santé, la conception n'était pas un processus automatique, et parfois le stress et le surmenage diminuaient la fertilité. Ils en avaient discuté, pour conclure qu'elle devrait peut-être réduire ses heures de travail, et, pendant la première année qui avait suivi la naissance de Muhannad, elle avait travaillé à mi-temps. Il n'avait pas voulu la harceler davantage, de toute évidence, il n'y avait pas grand-chose à faire. Pas un seul instant il n'avait soupçonné qu'elle pût recourir à la contraception.

Il se demanda si Rafiq était au courant. Mona le lui avait-elle raconté ? Avant que Rafiq ne soit blessé, ils se voyaient très souvent, tous les quatre. Les hommes parlaient travail, les femmes de leur mariage.

Quand il avait eu vent des rumeurs accusant Rafiq, Osama en avait fait part à Nuha. Il avait pensé qu'elle était l'une des rares personnes capables de le comprendre, mais au lieu de manifester de la sympathie envers Rafiq, elle avait fait montre d'une étrange froideur. Comme il la pressait de questions, elle avait déclaré que Rafiq était un homme cruel. Mona lui avait raconté qu'il avait établi toutes sortes de règles à son intention. Elle devait porter une *abaya* et un hijab en présence de certains de ses amis, un pantalon et pas de foulard en présence d'autres. Il l'obligeait même à étiqueter certaines de ses tenues afin qu'elle se rappelle laquelle elle devait revêtir en fonction de la circonstance. Il avait aussi édicté des règles concernant le maquillage (seulement avec des amis intimes, jamais devant sa famille), la façon dont elle devait s'habiller lors de leurs voyages en Égypte (toujours un jean ou un pantalon, jamais de jupe longue). Il l'autorisait à suivre des cours – elle avait choisi le yoga, la couture et l'informatique –, mais ceux-ci devaient d'abord recevoir son approbation, et elle n'avait pas le droit d'y assister s'il se trouvait à la maison, car il pouvait avoir besoin d'elle.

Nuha lui avait révélé tout cela en s'efforçant, par égard pour lui, de dissimuler le dégoût que lui inspirait la conduite de son ami. Elle avait conclu la conversation en disant qu'elle était bien contente de pouvoir mener une vie indépendante et d'avoir un mari qui la respectait pour ce qu'elle était. Il ne serait jamais venu à l'idée d'Osama de la traiter de la sorte.

Osama avait été vaguement irrité qu'elle critique Rafiq pour son attitude envers son épouse alors qu'il vivait une véritable tragédie. D'un autre côté, ce comportement ne l'étonnait pas. Rafiq était quelqu'un d'autoritaire. Et Mona lui avait toujours fait l'impression d'être un cas à part, une de ces filles sans défense qui ne deviennent jamais vraiment des femmes. Rafiq, qui l'avait autrefois trouvée attirante, s'était lassé d'elle au fil des ans et n'avait sans doute pas demandé mieux que de suppléer à son absence totale de volonté en lui imposant la sienne. Rafiq était loin d'être le seul à tyranniser ainsi sa femme, mais cela ne signifiait pas pour autant qu'il soit également un menteur, un voleur, un racketteur et un voyou.

Tel était le raisonnement qu'il s'était tenu pendant quelque temps, jusqu'à ce qu'il prenne conscience qu'il n'arrivait pas à oublier les révélations de Nuha. Finalement, durant une conversation sur les femmes, il avait trouvé l'occasion de demander à Rafiq :

« Pourquoi dis-tu tout le temps à Mona ce qu'elle doit faire ? »

Rafiq lui avait lancé un regard étrange, qu'il n'avait pas compris sur le moment, mais dont la signification lui apparaissait aujourd'hui avec une clarté terrifiante : *Mon épouse vous confie nos secrets, et la tienne nous confie les vôtres.*

« Si tu ne gardes pas un œil sur ta femme, avait-il répliqué d'un ton lourd de sous-entendus, elle te trahira d'une façon ou d'une autre. »

Dans le salon blanc, Osama scruta son jus d'orange d'un air sombre, en s'avouant piteusement que Rafiq avait raison.

Comme elle s'apprêtait à sortir de la chambre de Farooha, Katya entendit des pas dans le couloir. Au moment où ils passèrent devant la porte, des coups résonnèrent sur le mur et une voix d'homme cria :

« Reste dans ta chambre, petit monstre. Tu as intérêt à ne pas mettre le museau dehors jusqu'à mon départ. »

Katya lança à la jeune fille un regard effaré.

« Mon frère Jamal, murmura Farooha. Il vient sans doute de rentrer. »

L'expression qui était apparue sur son visage déchira le cœur de Katya. Elle s'était attendue à y lire de la colère, mais elle n'y vit qu'une souffrance à vif, comme si, loin d'être devenus une habitude, les sarcasmes de son frère la touchaient autant chaque fois.

Elle ouvrit la porte d'un geste vif et s'avança dans le couloir. L'homme se retourna d'un coup et s'écria d'un ton empli de fureur :

« Je t'ai dit de rester dans ta… »

En découvrant Katya, il se tut brusquement. À sa mine horrifiée, on voyait qu'il se demandait si, comme dans les contes de fées, un djinn malicieux ne s'était pas introduit dans la maison pour substituer une jolie princesse à son laideron de sœur. Et la princesse était peut-être une beauté, cela ne l'empêchait pas de vous jeter un sort, intervertissant vos doigts et vos orteils ou vous obligeant à bêler comme un mouton pendant le reste de votre vie.

Il se reprit promptement.

« Couvre-toi le visage, femme », aboya-t-il.

Katya eut un mouvement de recul. Que n'aurait-elle donné pour posséder un badge et le brandir sous le nez de ce triste individu ! Au lieu de cela, ce fut Osama qui passa la tête par la porte du *majlis*, montra son propre insigne et lança à Katya :

« Agent Hijazi, quand vous aurez fini, j'aimerais que vous m'aidiez à interroger cet homme. »

Elle acquiesça avec raideur, observant avec satisfaction le frère de Farooha, qui tournait la tête de droite à gauche d'un air affolé. Le regard menaçant, Osama lui intima d'un geste sec de le rejoindre dans le *majlis*, et l'homme obéit à contrecœur.

Farooha avait repris place devant son ordinateur et cliquait nonchalamment sur sa souris.

« C'est terminé ? jeta-t-elle par-dessus son épaule. Parce que, si vous n'avez rien de plus à me demander, j'ai du travail qui m'attend. »

Katya faillit lui dire : *Vous passez tout votre temps dans votre chambre. Vos parents préfèrent que vous restiez enfermée, votre frère vous menace dès que vous ouvrez votre porte. N'aimeriez-vous pas vous échapper d'ici ?* Mais elle se contenta d'écrire son numéro de portable sur une feuille du carnet et de la déposer sur le bureau.

« S'il vous plaît, appelez-moi si vous vous souvenez d'un détail qui pourrait nous être utile. »

Farooha prit le bout de papier entre deux doigts et tourna la tête pour répondre :

« Et vous, appelez-moi dès que vous aurez retrouvé l'assassin. »

Une fois dans la voiture, les DVD de Leila posés sur ses genoux, Katya dut réprimer son envie de remercier Osama pour s'être porté à son secours et l'avoir, dans la foulée, traitée en égale. C'était ridicule de lui en être reconnaissante à ce point, d'en avoir la gorge serrée et le tournis. Mais plus elle essayait de chasser cette estime démesurée, plus un autre sentiment grandissait en elle, chaleureux et réconfortant, une sorte de dévouement, de loyauté farouche.

Le frère était parti quand elle avait regagné le *majlis*. Après l'avoir brièvement mais sévèrement admonesté, Osama avait appris qu'il était mécanicien et vivait un peu plus loin dans la même rue, avec sa femme qui attendait leur deuxième enfant. Il pensait que ses parents avaient commis une énorme erreur en ne donnant pas sa sœur à adopter pendant que c'était possible.

« Je lui ai dit qu'il correspondait tout à fait au profil de notre tueur », ajouta malicieusement Osama.

Il est marié, se rappela Katya pour s'empêcher de lui manifester sa gratitude, *et à ce qu'il semble, je le suis aussi.* Elle lui rapporta son entretien avec Farooha et lui fit part de sa principale inquiétude : il allait lui falloir un temps fou pour visionner toutes ces bandes vidéo. Et le fait que ce soient des copies de sauvegarde la tracassait aussi.

« Vous n'avez pas trouvé les originaux chez elle ? s'enquit-elle.

— Non. Et nous n'avons toujours pas retrouvé son ordinateur.

— Farooha pense que Leila a dissimulé ses films avec soin.

— Nous avons passé sa chambre au peigne fin, mais ils se trouvent peut-être dans une autre partie de la maison. J'enverrai quelqu'un là-bas pour élargir les recherches. »

Quand il voulut connaître son opinion sur Farooha, elle décrivit une jeune fille intelligente et charmante, mais également introvertie, casanière et complexée. Elle nourrissait un sentiment possessif à l'égard de son amie, qui était tout son contraire : sociable, enthousiaste, courageuse. La partie la plus intéressante de leur conversation concernait les relations de Leila avec son frère : ils ne s'entendaient pas, et le travail de Leila était entre eux un sujet de querelle constant.

Osama eut l'air troublé par cette révélation, mais se garda de l'interrompre.

« Elle m'a également dit que l'ex-mari de Leila la maltraitait », poursuivit Katya. Elle prit son carnet pour se remémorer les détails. Au feu rouge suivant, Osama demanda à le voir, et elle le lui tendit. Elle n'avait pas encore surmonté le choc qu'elle avait éprouvé en apprenant qu'Eric Walker connaissait la victime. Quand elle en arriva à ce point de son récit, et qu'elle dut lui expliquer qui était Walker et comment Leila l'avait connu, sa voix s'altéra. Osama parut s'en apercevoir, car il tourna tout à coup le regard vers elle.

Elle rougit et soupira.

« Il y a une chose que vous devez savoir. »

Il la dévisagea froidement, comme s'il s'attendait au pire. Elle fit appel à tout son courage pour continuer :

« Je sais que ce n'était sans doute pas une bonne idée, mais j'ai entendu dire que l'inspecteur en chef Riyadh allait réduire vos effectifs de moitié. »

Il prit un air ébahi et légèrement vexé. Elle crut qu'elle avait été informée de cette décision avant lui, et qu'elle venait de commettre une gaffe.

« Alors, j'ai voulu vous aider, reprit-elle. Je savais par Majdi que Leila avait photographié une collection d'art avant sa mort. »

Osama attendit la suite, impassible.

« Comme Majdi n'arrivait pas à contacter le collectionneur, je me suis rendue à son domicile, en compagnie d'un ami, pour voir si nous pouvions mettre la main sur lui. Une femme se trouvait dans l'appartement », s'empressa-t-elle d'ajouter, espérant qu'il saisirait l'allusion : *C'est une bonne chose que j'y sois allée, car finalement il a fallu interroger une femme.*

Mais Osama ne broncha pas.

« C'était une Américaine. Il s'est révélé que le collectionneur était son propriétaire, et elle nous a indiqué une autre adresse où nous pourrions le joindre.

— Il s'agit de l'homme qui pourrait être lié aux documents coraniques trouvés dans la chambre de Leila ?

— Exactement, acquiesça Katya. M. Nabih. Bref, cette Américaine s'est montrée très serviable, mais elle paraissait également inquiète. Et c'est là que ça devient bizarre : elle nous a dit que son mari avait disparu depuis trois jours, et qu'elle ignorait où il avait pu aller. Elle semblait… effrayée. »

Katya, qui tout en parlant faisait machinalement tourner son alliance autour de son doigt, s'aperçut qu'il regardait sa main et cessa aussitôt.

« Le nom de son mari est Eric Walker. »

Toute froideur disparut du visage d'Osama pour faire place à une profonde surprise.

« En êtes-vous sûre ?

— Oui. Je ne vous en ai pas parlé plus tôt, parce que je ne savais pas si cela avait un rapport avec l'enquête. Le collectionneur d'art n'était jamais que leur propriétaire..

— Donc, fit Osama en hochant la tête, Leila mentait sans doute à son frère. Peut-être le propriétaire était-il effectivement amateur d'art, mais elle a pu inventer ce prétexte pour aller retrouver cet Eric Walker.

— Oui, c'est possible, répondit Katya. D'après Farooha, Leila a fait la connaissance d'Eric dans un centre commercial où elle tournait un documentaire, et il se peut qu'il l'ait présentée à son propriétaire pour lui faire obtenir ce travail. Dans tous les cas, elle n'aurait sûrement pas raconté à son frère qu'elle voyait un Américain.

— Je vérifierai », dit Osama, avant de s'enfermer dans un silence ombrageux.

« Je suis désolée, je sais que j'ai pris beaucoup de libertés… », commença Katya.

Il voulut l'interrompre d'un geste de la main, mais elle poursuivit d'un trait :

« Je tiens à vous assurer que c'est la seule initiative que je me sois autorisée. »

Quand il se retourna vers elle, elle lut le soulagement sur ses traits.

« Ce n'est pas grave. Vous avez eu raison de me le dire. Mais à l'avenir, n'oubliez pas que le moindre détail a de l'importance, même s'il vous paraît insignifiant sur le moment. Ne gardez rien pour vous. »

Elle acquiesça. Ils étaient arrivés dans le parking du commissariat, mais, au lieu de se garer, il s'arrêta devant l'entrée.

« Portez ces disques à Majdi. Ou plutôt, commencez à les visionner vous-même. Il est suffisamment occupé pour l'instant. Pourriez-vous me donner l'adresse de cette Américaine ? »

Elle chercha dans son sac et finit par retrouver le bout de papier, qu'elle lui tendit.

« Et celle du propriétaire ?

— Il vit à Abu Dhabi.

— Très bien. Et si vous vérifiiez ces renseignements ?

— Je le ferai.

— Vous vous êtes bien débrouillée, ajouta-t-il, en refermant le carnet qu'il avait gardé sur ses genoux. Ça ne vous dérange pas si je vous l'emprunte ?

— Pas du tout. J'en ai un autre sur mon bureau. »

Elle frémit en prenant trop tard conscience que sa réponse pouvait sembler présomptueuse, comme si elle tenait pour acquis qu'il ferait de nouveau appel à elle.

Osama hocha distraitement la tête et redémarra.

La prière de Zuhr venait de se terminer et le ciel d'un blanc aveuglant étouffait la ville sous une chape de chaleur d'une intensité quasi nucléaire. Osama était assis dans sa voiture, sur le parking de son restaurant indien préféré, quand son portable sonna. C'était Fuad, l'assistant de la boutique de lingerie. Il semblait nerveux, et Osama avait du mal à l'entendre par-dessus les bruits de circulation qui couvraient sa voix. Il se représenta le jeune homme marchant d'un pas furtif dans une rue animée.

« Désolé, monsieur Jamia, mais je ne comprends pas ce que vous me dites.

— Ra'id est revenu, reprit Fuad d'une voix plus forte.

— Le cousin de Leila ?

— Oui. »

Fuad se lança ensuite dans un plaidoyer dont Osama ne distingua qu'un mot sur trois, mais qui signifiait en gros : *Ne dites pas à mon patron que je vous ai prévenu.*

« Bien sûr que non », répondit-il, mais la communication avait déjà été coupée.

22

L'ADRESSE FOURNIE PAR MIRIAM WALKER ne leur fut d'aucune utilité. Katya passa la moitié de l'après-midi à effectuer des recherches sur son ordinateur pour découvrir finalement que c'était celle d'une agence postale à Abu Dhabi. Quand elle parvint à joindre celle-ci par téléphone, on l'informa qu'il ne s'y trouvait aucune boîte au nom de Nabih. Une fois de plus, elle avait abouti dans une impasse.

Elle poursuivit néanmoins ses efforts. D'autres affaires requéraient son attention, mais elle ne put résister à l'envie de regarder les DVD de Leila.

Elle introduisit le premier dans le lecteur avec le vague espoir que le meurtrier allait apparaître sur l'écran pour faire sa confession macabre. Mais l'image qui s'offrit à ses yeux était l'intérieur d'un magasin de prêt-à-porter pour femmes.

L'objectif était braqué sur un portant circulaire où étaient accrochées des chemises et des robes. Le portant avait l'air de bouger, mais c'était difficile d'en être sûr, car Leila avait filmé la scène depuis l'intérieur d'un autre portant, du côté opposé de l'allée. Du moins était-ce l'impression que cela donnait ; quelque chose qui ressemblait à la manche d'un corsage obscurcissait la partie gauche du cadre. Une femme était en train d'examiner les articles suspendus au portant d'en face. Elle avait relevé sa burqa et on distinguait son profil. Elle avait l'air très jeune. Brusquement, elle poussa un cri et fit un bond en arrière. Un agent de sécurité accourut, et au même instant un homme jaillit de derrière la rangée de vêtements. Il s'enfuit vers la gauche, avec une bonne distance d'avance sur le garde. En un éclair, Leila émergea de sa cachette et s'élança à sa poursuite. L'image tressauta et devint floue pendant un instant avant de se stabiliser pour montrer l'homme étendu de tout son long sur la moquette. On entendit la voix de Leila murmurer : « Oh, zut ! » Deux femmes se tenaient au-dessus du fuyard, qui avait apparemment trébuché contre leurs poussettes. Leila n'avait pas réussi à filmer la collision, mais la scène était néanmoins amusante. Un instant plus tard, le garde vint arrêter le voyeur.

Les autres séquences étaient à peu près du même acabit. Dans l'une d'elles, un membre de la police religieuse poursuivait une femme dans la rue en lui criant que c'était un péché de promener un chien en public. « C'est un prétexte pour flirter ! hurlait-il. C'est comme les bijoux ou le maquillage. Les atours voyants d'une époque impie ! » Katya roula des yeux. Le policier rattrapa la femme. Il l'empoigna d'abord par le bras, mais elle lui donna un coup de sac à main. Il saisit alors le minuscule chien par son collier et tira d'un coup sec, le détachant de la laisse. Puis il s'enfuit avec l'animal glapissant, tandis que sa maîtresse poussait des cris de détresse.

Katya se dit qu'elle ferait mieux de prendre des notes, mais elle n'arrivait pas à détacher ses yeux de l'écran. Elle visionna intégralement le DVD, déjeunant dans son bureau et ignorant les appels qu'elle recevait sur son portable. Il y avait quelques séquences d'un genre plus professionnel, que Leila avait sans doute réalisées pour la chaîne d'information – des bâtiments anciens et de nouveaux projets immobiliers, ou des actions visant à embellir la ville, comme des enfants du primaire en train de planter des arbres. Katya les visionna en accéléré. Leila avait également fait un reportage pour un grand réseau de médias de Dubai, sur les boy-scouts qui servaient de guides aux pèlerins durant le hadj. Mais, de toute évidence, les obscénités et les conflits que recélait sa ville préférée étaient son sujet de prédilection et constituaient les thèmes essentiels des deux DVD suivants.

Chaque séquence comportait une heure et une date imprimées dans l'angle inférieur gauche de l'écran, et jusqu'à présent elles s'étaient déroulées dans l'ordre chronologique, les plus anciennes remontant à un an et demi environ. Farooha avait dit que Leila sortait presque tous les jours, et, à en juger par les dates, elle réussissait à capter des images intéressantes et qui valaient la peine d'être conservées sur le disque tous les trois ou quatre jours.

Le quatrième DVD était différent. Chronologiquement, il ne s'enchaînait pas avec les autres – il y avait un intervalle de deux mois entre celui-ci et le précédent – et il ne comprenait que deux séquences.

La première s'intitulait *L'Été de l'amour*. Elle s'ouvrait sur une femme assise sur un canapé rose tendre dans un salon baigné de soleil. Des posters d'Audrey Hepburn ornaient le mur derrière elle. Elle portait une jupe noire à la dernière mode, des bas, des escarpins à talons hauts et un courte veste rose qui lui donnait une allure très parisienne. Ses cheveux noirs et ondulés étaient coupés court et son visage, d'une beauté banale, était excessivement maquillé. Elle faisait visiblement tout pour avoir l'air d'une Européenne, y compris altérer la couleur de sa peau.

Un nom apparut au bas de l'écran : *Johara*, le pseudonyme de la fille, et les mots *Almesyaf Zawaaj*, « mariage d'été ». Katya ne put s'empêcher de gémir en elle-même. Ces « mariages des vacances d'été » étaient des arrangements répugnants. Un homme, en général un homme d'affaires, épousait une femme pour la durée d'un été, afin de pouvoir partir avec elle à l'étranger, en Égypte, en Europe ou en Amérique. Ils se faisaient passer pour mari et femme. Les vacances terminées, le couple rentrait en Arabie saoudite et le mariage prenait fin lui aussi.

Katya avait reçu sur son portable des petites annonces transmises par Bluetooth provenant d'hommes cherchant des « épouses » pour l'été. C'était surtout cela qui lui avait fait mesurer le côté sordide de ces arrangements. Les petites annonces étaient pratiquement toutes semblables. Les hommes voulaient des femmes minces et sexy, issues de bonnes familles, parlant couramment l'anglais et ayant la peau claire. La rétribution pouvait atteindre cent mille riyals et plus, parfois même consister en une nouvelle villa ou une BMW flambant neuve, ce qui suscitait toujours chez Katya un rire amer. Donner une voiture à une femme ! C'était de la prostitution pure et simple.

Quand les autorités religieuses avaient eu vent de cette nouvelle mode (qui ne datait d'ailleurs sûrement pas d'hier, mais n'était jusque-là pas aussi répandue), un éminent théologien avait fait savoir qu'il approuvait pleinement cette pratique. Selon lui, les « mariages d'été » étaient acceptables du point de vue de l'islam, car ils empêchaient les hommes de tomber dans le péché en recourant à des prostituées quand ils passaient plusieurs mois à l'étranger. Il était nettement préférable qu'ils emmènent avec eux une Saoudienne – au moins, elle était musulmane et leur épouse au plan légal. Le cheik avait ajouté que ce phénomène était révélateur d'un problème sous-jacent : de nombreuses épouses saoudiennes ne consacraient plus assez de temps à leur mari parce qu'elles travaillaient à l'extérieur, ce qui poussait ceux-ci à aller satisfaire leurs besoins ailleurs. Et si le mari se trouvait être un homme d'affaires se rendant fréquemment à l'étranger, il n'y avait rien de mal à ce qu'il emmène une jeune femme, puisque son épouse était retenue en Arabie saoudite par son travail.

Katya sentit monter en elle un sentiment plus violent que le dégoût. Personne de sa connaissance n'aurait abondé dans ce sens. En fait, dès qu'on évoquait le sujet, la plupart de ses amis fulminaient, dans leur esprit c'était une pratique révoltante, qui dévalorisait à la fois le lien sacré du mariage et l'islam. C'était un nouvel exemple de la façon dont les autorités religieuses utilisaient le Coran pour appuyer leur vision pervertie du monde.

Johara faisait face à la caméra ; sous l'épaisse couche de maquillage, son visage ressemblait à un masque, et l'on avait du mal à savoir si son expression trahissait le défi ou la fierté. Leila lui demanda de décrire son dernier mariage d'été, et Johara expliqua qu'elle faisait cela tous les ans et appréciait le fait de n'avoir à travailler que deux semaines et passer le reste du temps à dépenser à sa guise l'argent ainsi gagné.

Katya se força à regarder la suite – l'air satisfait de la jeune femme en faisant visiter à Leila sa luxueuse villa, en lui montrant le bar en bois de teck, les immenses fenêtres en verre cathédrale et une cuisine digne d'un grand restaurant, sans parler des trois somptueuses chambres garnies d'un lit king size et d'une penderie bourrée de vêtements. Deux minuscules chihuahuas les escortaient pendant ce tour du propriétaire, mordillant les talons de leur maîtresse. Katya dut reconnaître ce mérite à Leila : elle n'émettait aucune critique et ne disait rien qui aurait pu mettre la jeune femme mal à l'aise. Elle se contentait de tout enregistrer. Ce ne fut qu'une fois de retour dans le salon, lorsqu'elles furent assises devant une tasse de thé, qu'elle commença à poser des questions dérangeantes.

« Vous considérez-vous comme une prostituée ? »

Johara semblait s'être préparée à cette question et son visage demeura impassible.

« Non, répondit-elle d'une façon un peu trop mécanique, ce n'est pas de la prostitution. Les prostituées couchent avec un homme sans contrat de mariage et pour moi, c'est inacceptable. Je suis attachée aux traditions.

— Vous arrive-t-il de vous considérer comme une esclave ? » reprit Leila, et Katya elle-même fut déconcertée par la brutalité des termes.

Johara prit un air choqué et répliqua d'une voix glaciale :

« Bien sûr que non, du moment que je suis mariée à ces hommes, je suis leur épouse légitime.

— Mais il ne s'agit que d'une union temporaire, objecta Leila d'un ton neutre. Et vous l'avez dit vous-même, vous n'aurez jamais d'enfants avec ces hommes. Donc, vous n'êtes pas réellement une épouse traditionnelle. »

Johara paraissait sur le point de se lever et de partir. Puis elle détourna les yeux et s'écria, en abaissant un regard courroucé vers la caméra :

« Éteignez ça. »

Leila ne bougea pas, et sa caméra resta braquée sur le visage de Johara.

« Je vous ai dit d'éteindre ça », répéta sèchement la jeune femme en avançant la main vers l'appareil.

Il y eut un bruit de lutte, un mouvement confus, et l'écran devint noir.

Katya continua à le contempler, médusée. Elle ne savait pas ce qui l'irritait le plus – la suffisance de Johara, ou l'attitude hypocrite de Leila s'introduisant chez la jeune femme, s'extasiant sur son ravissant intérieur et ses adorables petits chiens, puis lui assenant des questions agressives qui ne pouvaient qu'offenser son hôtesse.

Les séquences qui suivaient étaient de la même veine. Dans chacune d'elles, Leila interviewait une prostituée. Johara était la seule à pratiquer le « mariage d'été » ; les autres appartenaient à une espèce plus banale. Le lieu était différent à chaque fois, mais l'interview se déroulait toujours à l'intérieur d'une maison. Invariablement, Leila réussissait à s'aliéner son interlocutrice ou à la vexer, et le climat devenait tendu.

À mesure que défilaient les séquences, la réalité de la situation apparaissait de plus en plus clairement. Leila passait son temps à s'immiscer dans la vie d'autrui. Que le lieu soit public ou pas, la présence de la caméra vidéo était rarement bien perçue. Trop de gens vivaient cela non seulement comme une nuisance, mais comme une agression caractérisée. Et Leila accomplissait ce travail jour après jour. Johara avait failli donner un coup de poing dans la caméra, et il y avait d'autres exemples de réactions plus ou moins violentes. Vraisemblablement, un de ses sujets d'étude avait estimé que Leila méritait davantage qu'une simple correction, et avait décidé de la punir de façon radicale. Il existait une réserve infinie de coupables potentiels. C'était le pire cauchemar qui soit, pour un enquêteur : il y avait une forte probabilité que le meurtre ait été commis par un parfait inconnu, l'une quelconque des nombreuses personnes que Leila avait rencontrées au cours des dix-huit derniers mois.

Il se faisait tard, les bureaux commençaient à se vider – Katya entendait les gens passer dans le couloir en conversant à voix haute, d'une manière détendue. Elle regarda sa montre. Ayman serait là dans un quart d'heure, il était déjà en route, mais elle sentait un picotement dans sa nuque, signe prémonitoire lui indiquant qu'elle était au bord d'une révélation, et elle n'avait pas envie de rentrer chez elle. Dans la boîte, à côté de son ordinateur, les DVD restants étaient alignés, attendant leur tour. Elle n'en avait visionné que trois et demi, et cela lui avait pris la plus grande partie de l'après-midi. À moins de les emporter chez elle, elle n'aurait jamais le temps de les visionner tous. Et elle ne s'était même pas occupée des autres affaires qu'on lui avait assignées. D'un geste désinvolte, elle glissa les trois derniers disques dans son sac à main, puis enferma les autres dans un tiroir du classeur et sortit de la pièce.

Elle croisa Majdi dans l'escalier.

« Vous rentrez chez vous ? lui demanda-t-il.

— Oui, mon chauffeur m'attend.

— Vous avez de la chance, dit-il, l'air épuisé. On vient juste d'arrêter le cousin de Leila. On est en train de l'interroger en ce moment même, et il semble qu'on ait découvert d'autres preuves que je vais devoir analyser. La nuit risque d'être longue.

— Je peux rester, si vous avez besoin de moi.

— Mais… que dira votre chauffeur ? s'enquit Majdi d'un ton soucieux.

— Je peux rester, répéta-t-elle.

— Non, ça ira. Je crois que nous pourrons…

— Je reste, déclara-t-elle fermement, en sortant son portable pour appeler Ayman. Laissez-moi juste le temps d'aller déposer mon sac dans mon bureau. »

Tandis qu'elle remontait les marches en toute hâte, elle tourna brièvement la tête vers Majdi et lut sur son visage tant de gratitude et de soulagement qu'elle ajouta :

« Cela ne me dérange pas du tout, au contraire.

— Merci », répondit-il en souriant.

Elle reprit son ascension, excitée et agacée à la fois. Il ne s'attendait pas à ce qu'elle fasse des heures supplémentaires parce qu'elle était une femme : dans son esprit, elle avait un mari qui l'attendait à la maison, et à qui elle devait préparer le dîner, servir le thé et donner du plaisir au lit. C'était sa faute à elle, elle n'aurait pas dû mentir. Malgré tout, elle ne put s'empêcher d'en éprouver une certaine tristesse. À force de travailler en étroite collaboration avec Majdi sur cette affaire, elle en avait presque oublié – *presque* – qu'elle était censée être mariée.

23

EN ARRIVANT DEVANT LA SALLE D'INTERROGATOIRE, Osama trouva Abdulrahman et Fuad postés face à la porte, l'air bouleversés.

« Je suis sûr qu'ils vont le relâcher, était en train de dire Fuad à mi-voix. À condition qu'il leur fournisse des explications...

— Quel gamin stupide ! » s'exclama son employeur, qui semblait sur le point d'exploser.

À l'approche d'Osama, il se retourna en sursaut.

« *Salaam aleikum* », les salua l'inspecteur d'un ton circonspect.

Après avoir reçu l'appel de Fuad, il avait attendu une heure, avant de se rendre chez Abdulrahman, accompagné de deux de ses hommes les plus fiables, sous prétexte d'effectuer un prélèvement quelconque, en des termes compliqués incompréhensibles au profane. Ra'id avait dû voir leur véhicule se garer devant la maison, car il avait tenté de s'enfuir par l'arrière-cour. Ils l'avaient promptement capturé et mis en état d'arrestation.

Ils avaient fouillé sa chambre, sans résultat. La perquisition de sa voiture avait été plus fructueuse : ils y avaient découvert une petite boîte remplie de cassettes, du type de celles qu'on utilisait dans les caméras vidéo. Chacune portait une étiquette où était inscrit le nom « Leila Nawar ». Ils avaient également trouvé un ordinateur dans le coffre. Vraisemblablement celui de Leila, mais, d'après Majdi, le contenu du disque dur avait été effacé.

« J'ai cru comprendre que le jeune homme était revenu chez vous de lui-même ? s'enquit Osama, sachant que Fuad aurait de sérieux ennuis si Abdulrahman apprenait qu'il l'avait averti.

— Il est prêt à tout vous raconter, déclara le commerçant d'un ton agressif qui déplut fort à l'inspecteur.

— Avez-vous pu lui parler ?

— Oui. Il est rentré à la maison ce matin et m'a donné des explications. Je lui ai dit qu'il devait aller voir la police, mais cela lui faisait un peu peur. J'étais presque arrivé à le convaincre quand vous avez débarqué. »

Durant cette conversation, Fuad garda prudemment une expression neutre.

À l'intérieur de la salle d'interrogatoire, Ra'id était assis dans une attitude qui trahissait son accablement, la tête entre les mains, ses cheveux gras pendant sur ses doigts. Sa chemise était froissée et son avant-bras portait une entaille qui paraissait récente. Une vieille boîte de couleur brune était posée sur la table, à côté de son coude.

À l'entrée d'Osama, il dissimula hâtivement son membre blessé sous la table et se redressa.

« Qu'est-il arrivé à votre bras ? demanda l'inspecteur.

— Je me suis éraflé sur la grille de l'arrière-cour », répondit le jeune homme.

Osama déposa un dossier sur la table et ouvrit la boîte.

« D'où proviennent ces cassettes ?

— Elles appartenaient à Leila. »

Il avait le teint gris, les yeux affreusement cernés de noir.

« Ce sont les bandes originales de ses films ?

— Oui.

— Où les avez-vous trouvées ?

— Elle les cachait dans le placard d'une des chambres d'amis, derrière un panneau mobile.

— Et l'ordinateur qui était dans le coffre de votre voiture, à qui appartenait-il ?

— À Leila.

— Où l'avez-vous trouvé ?

— Je l'ai pris dans sa chambre.

— Est-ce pour cette raison que vous vous êtes enfui l'autre jour, quand nous sommes venus vous interroger à la boutique de lingerie ? »

Ra'id hocha la tête et pencha le corps en avant, appuyant sa poitrine contre la table, comme s'il s'attendait à recevoir le fouet. Osama l'observa pensivement. Les photos qu'il avait contemplées dans la chambre de Leila en témoignaient : la jeune fille et lui étaient très proches.

L'inspecteur poussa le dossier de côté et s'assit.

« Désirez-vous quelque chose ? »

Ra'id le regarda, surpris.

« Du café ? reprit Osama. Quelque chose à manger ?

— Non. »

Ra'id cligna des yeux et reprit un air renfrogné, mais Osama put voir qu'il avait réussi à le désarçonner.

« Très bien, dit-il en avançant la main vers le magnétophone. Interrogatoire de Ra'id Nawar par Osama Ibrahim. Avant toute chose, monsieur Nawar, expliquez-moi pourquoi vous vous êtes enfui.

— Je savais où étaient les affaires de Leila, répondit le jeune homme en lançant un regard en direction de la porte. Ses films, je veux dire, et tous les trucs qu'elle avait enregistrés sur son ordinateur. Je ne voulais pas que vous mettiez la main dessus.

— Pourquoi cela ? »

Cette fois, son regard rencontra celui d'Osama. Il émit un petit reniflement dédaigneux et parut se détendre un peu.

« Ils nous écoutent, n'est-ce pas ?

— Personne ne nous écoute.

— Et cette vitre ? dit Ra'id en montrant la glace sans tain.

— Il n'y a personne derrière, et surtout pas votre oncle ni son assistant, je vous le garantis. »

Au bout d'un long moment, Ra'id sembla se décider à lui faire confiance et finit par lâcher :

« Les films de Leila n'étaient pas... pas vraiment convenables, vous voyez ce que je veux dire ?

— Expliquez-moi.

— Elle interviewait des gens répugnants. Des prostituées. Des kleptomanes. J'ai essayé de l'en empêcher, mais elle ne voulait pas m'écouter. C'était une sacrée tête de mule. »

Il prononça ces derniers mots d'une voix étouffée puis baissa les yeux.

« Alors vous avez pensé qu'en cachant ces bandes vous protégeriez sa réputation ?

— Je ne voulais pas que vous les regardiez. Cela aurait pu vous donner une idée fausse de Leila, vous auriez pu vous dire que... je ne sais pas, qu'elle avait bien mérité de se faire... »

Il s'interrompit, réprimant un sanglot.

« Nous avons retrouvé des copies de ces vidéos, l'informa Osama.

— Quoi ? Comment... ?

— Savez-vous pourquoi elle s'intéressait à ces femmes ? »

Ra'id parut réfléchir.

« Elle voulait savoir comment elles se débrouillaient, dit-il enfin. Le plupart des femmes qu'elle interviewait subvenaient toutes seules à leurs besoins. Peut-être avaient-elles été reniées par leur famille. Certaines étaient orphelines. Elles ne faisaient pas ça par goût, mais parce qu'elles n'avaient pas d'autre choix. Je crois que c'était cet aspect-là qu'elle trouvait intéressant.

— Je vois. Comment les rencontrait-elle ?

— Je ne sais pas très bien. Elle avait connu l'une d'elles par Internet...

— Et les autres ?

— Je l'ignore. »

Ra'id s'était mis à transpirer.

« J'ai l'impression que vous étiez très proches, Leila et vous, reprit Osama. Elle devait vous faire des confidences. »

Le jeune homme acquiesça.

« Vous devez donc bien avoir une idée de la façon dont elle s'y prenait pour obtenir ces interviews ? Sachez que je comprends très bien ce que son travail représentait pour elle, l'importance qu'elle lui accordait. »

Pour la première fois, Ra'id le regarda en face.

« Est-ce qu'elle trouvait ces femmes en se promenant dans la rue ? »

Le jeune homme secoua la tête, l'air incertain.

« Peut-être connaissait-elle un homme qui lui en a présenté certaines ? »

Ra'id secoua de nouveau la tête et prit une mine accablée.

« Écoutez, je n'en sais rien. Elle ne me racontait pas tout. Quand elle s'était mis une idée en tête, elle ne renonçait jamais. Elle ne connaissait aucune de ces femmes mais, puisqu'elle avait décidé d'interviewer des prostituées, elle a remué ciel et terre jusqu'à ce qu'elle en ait déniché une dizaine qui acceptent de témoigner face à la caméra. Elle était comme ça, voilà tout.

— À votre avis, voulait-elle présenter ses films comme une réflexion sur notre société ?

— Peut-être, oui, répondit Ri'ad, mal à l'aise.

— Elle y exposait des faits condamnables, qui touchaient surtout à la condition féminine. On a l'impression qu'elle cherchait à transmettre un message.

— Oui, si on veut, concéda le jeune homme, toujours tendu. Elle n'aimait pas la façon dont ces femmes étaient traitées, mais elle les respectait parce qu'elles arrivaient à subsister par leurs propres moyens. Elle essayait simplement de montrer qu'il se passe parfois des choses terribles dans notre pays. »

C'était une manière ô combien délicate de présenter les choses, songea Osama. L'idée que Leila éprouvait de la sollicitude envers ces femmes s'accordait mal avec la façon dont elle se comportait envers elles lors des interviews. Le rapport transmis par Katya indiquait que Leila s'attachait surtout à dévoiler les défauts et l'hypocrisie des prostituées, voire à les humilier.

« Leila n'avait pas l'intention de dénoncer ces femmes, n'est-ce pas ?

— Non ! Elle s'était engagée à préserver leur anonymat.

— Mais le film n'aurait pas manqué de provoquer un scandale, et ç'aurait été pour elle l'occasion de se faire un nom en tant que réalisatrice ?

— Ce n'était pas son but ! Elle aurait flouté leur visage pour qu'on ne puisse pas les reconnaître. Et elle ne parlait pratiquement à personne de son projet. »

L'innocence du jeune homme commençait à agacer Osama. Il était tenté de lui dire que Leila n'était peut-être pas l'idéaliste qu'il croyait, et qu'elle l'avait bel et bien embobiné en le persuadant qu'elle œuvrait au service d'une noble cause. L'inspecteur avait plutôt l'impression que Leila n'avait pas d'autre but que la célébrité ou la richesse.

« Votre cousine vous a-t-elle expliqué ce qu'elle comptait faire de ce film une fois qu'elle l'aurait terminé ?

— Oui, elle voulait le présenter dans des festivals, en Syrie et à New York. Elle avait repéré tous ceux qui seraient susceptibles de l'accueillir. Et elle avait enregistré toutes les interviews. Il ne lui restait plus... »

Il s'interrompit, comme s'il venait brusquement de se rendre compte que le projet demeurerait à jamais inachevé.

« Il ne lui restait plus qu'à le monter. Mais elle ne... on ne lui en a pas laissé le temps. »

Le jeune homme poussa un lourd soupir, s'efforçant visiblement de réprimer ses larmes. Il faisait peine à voir.

« Et la caméra vidéo ? poursuivit Osama. Elle a été obligée d'en racheter une, quand la première a été détruite. Comment s'est-elle procuré l'argent nécessaire ?

— Je le lui ai donné, répondit Ra'id, d'un ton où perçait l'appréhension.

— C'était très généreux de votre part.

— Elle en avait besoin, et elle m'aurait remboursé un jour ou l'autre.

— Que savait au juste votre oncle de ses activités ?

— Rien, rétorqua le jeune homme avec un reniflement de dédain. S'il avait appris... »

Il jugea manifestement préférable de se taire, et laissa sa phrase en suspens.

« Pourtant, il l'autorisait à sortir aussi souvent qu'elle le souhaitait ? reprit Osama.

— Non. Il essayait de la retenir à la maison, mais elle sortait quand même. Il voulait bien qu'elle tourne ses petits films pour la télévision à condition que je l'accompagne, que je lui serve de chaperon, en quelque sorte. Elle détestait ce travail, elle le trouvait ennuyeux. Abdulrahman était toute la journée à la boutique, il ne pouvait pas contrôler son emploi du temps. Parfois, il s'apercevait qu'elle n'était pas dans l'appartement et l'appelait sur son portable. Elle disait toujours qu'elle se trouvait chez son amie Farooha, et celle-ci la couvrait.

— Donc, il n'a jamais soupçonné la nature réelle de ses activités ? Il n'a jamais découvert, ne serait-ce qu'une seule fois, qu'elle se promenait dans la ville pour filmer autre chose que des séquences intercalaires ?

— Non.

— Comment pouvez-vous en être sûr ?

— S'il l'avait découvert, nous en aurions entendu parler, croyez-moi.

— Il s'emporte facilement ?

— Oui, acquiesça Ra'id. Mais il ne lui aurait jamais fait de mal, même si cela l'aurait rendu furieux. Il lui aurait hurlé dessus, et rien de plus.

— D'après certains témoins, Leila et votre oncle se querellaient souvent.

— C'est vrai. Il voulait toujours l'obliger à rester à la maison, et elle refusait de céder. Elle lui demandait sans cesse de l'argent, et il ne voulait jamais lui en donner. Il croyait qu'elle allait le dépenser en vêtements ou autres futilités. Évidemment, elle ne lui a jamais dit qu'elle en avait besoin pour réaliser son film. »

Le visage de Ra'id prit une expression glaciale.

« Ce n'était pas son père. Il se comportait parfois comme tel, mais il ne pouvait pas la forcer à lui obéir. »

Osama décida de changer de stratégie.

« Où étiez-vous, le matin de sa disparition ?

— J'ai passé toute la matinée au magasin, répondit le jeune homme en se redressant. Pourquoi ?

— Personne ne semble en mesure de le confirmer.

— J'étais là ! insista-t-il, haussant le ton. Je n'ai pas bougé de toute la matinée !

— N'étiez-vous pas censé vous trouver près d'elle, en tant que chaperon ?

— Je ne l'accompagnais pas à chaque fois.

— Votre oncle le savait-il ?

— Non.

— Dans ce cas, n'aurait-il pas eu des soupçons s'il vous avait vu au magasin ? »

Ra'id se tortilla sur sa chaise.

« Sans doute, mais je savais qu'il n'y serait pas ce matin-là.

— Un des employés aurait pu s'apercevoir de votre présence et en parler à Abdulrahman. Fuad, par exemple.

— Il n'était pas là non plus », rétorqua le jeune homme en mordillant sa lèvre inférieure.

Surprenant une lueur de triomphe dans son regard, Osama subodora que cette réponse venait juste de lui surgir à l'esprit.

« Vous saviez sûrement où Leila devait se rendre ce jour-là, poursuivit-il. Avait-elle rendez-vous avec quelqu'un ?

— Je ne sais pas. Elle ne m'en a rien dit. »

Osama eut le sentiment qu'il n'en tirerait pas un mot de plus. Il attendit, le scrutant du regard. Ra'id gardait les yeux fixés sur le coffret renfermant les cassettes.

Osama se laissa aller contre le dossier de son siège et fit semblant de réfléchir.

« Vous deviez tenir énormément à elle. Vous lui avez donné beaucoup d'argent. Vous l'encouragiez dans ses projets et gardiez ses secrets. Et vous avez même pris le risque d'être soupçonné du meurtre en volant ces bandes et son ordinateur pour protéger sa réputation. Vous avez indéniablement commis un délit en effaçant le contenu du disque dur. »

Ra'id paraissait avoir le plus grand mal à contenir sa panique.

« Pourtant, ces enregistrements sont peut-être la seule preuve que nous détenions contre son assassin. »

Le garçon eut la décence de prendre un air bourrelé de remords.

« Ce qui me conduit à me demander, poursuivit Osama, en se penchant vers lui, à quel mobile vous obéissiez réellement en dérobant ces enregistrements. »

Ra'id demeura un instant bouche bée de stupeur, avant de bégayer :

« Je ne comprends pas ce que vous voulez dire. Je vous ai expliqué pourquoi j'ai fait ça.

— Cela ne vous dérangeait pas, par exemple, que Leila sorte avec un Américain ? »

L'espace d'un instant, un éclair d'hostilité embrasa les yeux du jeune homme.

« Qui ? Cet Eric ? Elle ne *sortait* pas avec lui. Ils étaient simplement amis.

— Ah.

— Vous ne me croyez pas ? s'exclama Ra'id, de plus en plus tendu. Ce n'était qu'un ami, rien de plus.

— J'ai l'impression qu'elle le connaissait bien. Ils se voyaient souvent.

— Ils se rencontraient de temps en temps dans des lieux publics, ça n'allait pas plus loin.

— C'est ce qu'elle vous racontait ?

— Ça ne vous regarde pas ! s'écria Ra'id en jaillissant de son siège, à la surprise d'Osama.

— Monsieur Nawar, asseyez-vous. »

Le jeune homme resta debout quelques secondes de plus, puis obéit avec réticence. L'expression de son visage indiquait clairement qu'Osama ne devait plus espérer aucune coopération de sa part.

« Devait-elle retrouver Eric ce jour-là ? reprit-il.

— Je l'ignore.

— Étiez-vous contrarié parce qu'elle n'avait pas voulu que vous l'accompagniez ? »

Ra'id avança la lippe, la mine butée. Malgré les poils noirs et raides qui lui hérissaient le menton, il avait l'air d'un petit garçon et paraissait plus jeune de minute en minute.

« Je vous le répète, j'ignore où elle est allée ce matin-là. »

Quelques minutes passèrent dans un silence glacial. Osama repensa aux pilules contraceptives de Nuha éparpillées en mille morceaux sur la table de la cuisine et à la honte qu'il avait ressentie après les avoir pulvérisées. Il n'avait pas pu se contrôler, le côté le plus conservateur de sa personnalité avait repris le dessus. Au lieu d'y voir la preuve d'une faiblesse de caractère, il commençait à penser qu'il y avait toutefois une limite à la tolérance de chacun. Leila avait-elle, à l'instar de Nuha, fait quelque chose qui avait suscité chez son cousin un courroux inattendu ?

« Monsieur Nawar, dit-il en se levant et en se penchant par-dessus la table, nous allons examiner ces bandes, assembler tous les éléments dont nous disposons, et démasquer le meurtrier. Il n'a aucune chance de nous échapper, sachez-le bien. C'est clair ? »

Ra'id ne répondit pas, et Osama se prépara à sortir.

« Attendez, dit le jeune homme. Vous n'allez pas me relâcher ?

— Non.

— Mais pourquoi ? Je n'ai rien fait !

— Désolé, monsieur Nawar, mais vous nous avez déjà faussé compagnie une fois, et je ne suis pas convaincu de votre innocence. »

Il s'attendait à de nouvelles protestations, mais le jeune homme demeura muet, et Osama le laissa planté là, frémissant de rage.

24

LE MEILLEUR MOMENT POUR VOIR L'IMAN HADI SEUL À SEUL, c'était le dimanche, avant les prières de Zuhr. En principe, c'était l'heure où ses étudiants devaient pratiquer leurs récitations, mais ils arrivaient toujours après *asr*, la prière du milieu de l'après-midi, lui laissant une courte période de répit pendant laquelle il pouvait savourer une tasse de thé dans son bureau en compagnie de ceux qui, parmi ses fidèles, étaient informés de ce trou dans son emploi du temps. Ils le trouvaient généralement en train d'étudier ou d'écrire, assis derrière son énorme bureau de chêne, ses lunettes perchées sur son nez, son *shumagh* drapé sur le dossier de sa chaise.

Ce fut ainsi que Nayir le découvrit, et il se sentit coupable de le déranger en plein travail. Mais l'imam l'accueillit avec sa bonhomie coutumière et le pria de prendre un siège pendant qu'il allait chercher du thé. Nayir nota avec plaisir que rien n'avait changé depuis sa dernière visite, deux mois auparavant, ni les textes sur parchemin accrochés aux murs, ni les livres saints rangés sur l'étagère au-dessus de leurs têtes. L'odeur de la pièce était elle aussi restée la même, un mélange de bois et de cuir auquel s'ajoutait la senteur fraîche des murs en stuc.

L'imam revint, portant deux tasses de thé. C'était ce que Nayir aimait en lui : il ne recourait pas à un serviteur, il avait un sens réel de la modestie. Hadi déposa une tasse devant lui et se rassit derrière son bureau.

« Il y a quelque temps que je ne t'avais pas vu, Nayir. Je pensais justement à toi. Ma femme et moi sommes allés dans le désert la semaine dernière pour rendre visite à un ami, un vieux Bédouin. Je sais que je t'ai déjà parlé de lui. Tu lui ressembles tellement qu'il pourrait être ton père.

— À quelle tribu appartient-il ?

— Al-Murrah.

— Ah, je connais quelques Murrah. »

Le portable de l'imam sonna et il l'éteignit. Quelques minutes s'écoulèrent dans un silence serein, seulement troublé par le grincement du ventilateur.

« Alors, comment vas-tu ? » reprit l'imam.

Il n'y avait aucune trace d'inquiétude dans sa voix, et son regard n'était pas chargé de cet apitoiement qu'il voyait dans celui de l'oncle Samir. Si Hadi avait remarqué qu'il avait perdu du poids, il s'abstint de le mentionner.

Nayir lui assura qu'il allait bien, puis lui exposa le motif de sa visite. Il lui parla des documents qu'il avait examinés au laboratoire, et de l'hypothèse de Majdi selon laquelle il s'agirait de versions primitives, et en quelque sorte plus authentiques, du Coran, malgré les erreurs flagrantes qu'elles contenaient.

« Quel genre d'erreurs ? » s'enquit l'imam.

Après avoir écouté les explications de Nayir, il se renfonça dans son siège et croisa les mains sur son ventre.

« Ne te tourmente pas, dit-il d'une voix douce. Nous savons qu'il existe des différences mineures dans les diverses transcriptions du Coran au fil des âges. Et la raison en est simple : quand les paroles d'Allah ont été transmises au Prophète, la paix soit sur lui, elles l'ont été oralement. Bien sûr, les premiers musulmans ont tout noté par écrit, mais au début ceux qui apprenaient le Coran devaient le mémoriser et parfois ils le retranscrivaient à leur manière. Les disciples du Prophète en avaient chacun une version personnelle qu'ils réservaient à leur propre usage. Comme ils avaient déjà assimilé le Coran, ils se servaient de ces documents comme aide-mémoire et rien de plus. Nous disposons de livres qui expliquent toutes ces choses en détail.

» Vois-tu, poursuivit l'imam, dans n'importe quel système humain, on trouve des imperfections. Ce qui est miraculeux

– et qui prouve à mes yeux la grandeur d'Allah –, c'est que le vrai Coran est resté inchangé. Et que des générations entières de musulmans ont choisi de ne pas altérer un seul signe diacritique du livre sacré.

— C'est vrai », acquiesça Nayir.

Il avait entendu parler de ces versions « personnelles » du Coran, mais il avait cru jusqu'à maintenant qu'elles avaient été brûlées. Il ne comprenait pas pourquoi il n'avait pas expliqué tout cela à Majdi, pourquoi il n'avait pas réagi avec le même calme que l'imam.

« L'islam a souvent été accusé d'être incohérent, ajouta Hadi, ou d'être une simple contrefaçon d'une autre religion, ou encore d'être une variante quelconque de la vérité, et pas la vérité entière. Mais rappelle-toi les paroles d'Allah : "Lorsque Nous substituons un verset à un autre – et qui mieux que Dieu connaît ce qu'Il révèle ? –, ils s'écrient : 'Tu n'es qu'un faussaire !', alors que la plupart d'entre eux n'ont aucune connaissance en la matière." Cela signifie qu'Allah nous a guidés à travers les âges, sous diverses formes, mais le message fondamental ne change pas. La Vérité est toujours la même. »

Nayir hocha la tête, submergé par un flot de soulagement et de gratitude envers l'imam. Bien sûr, il avait déjà entendu tout cela, mais il voulait avoir la confirmation que Majdi avait été trop hâtif dans son jugement.

« Nous pouvons continuer à discuter de l'histoire du Coran, reprit Hadi, mais j'aimerais que tu me parles un peu de toi. Raconte-moi ce que tu deviens. »

Avec un sentiment de culpabilité, Nayir se souvint alors de l'autre raison de sa visite.

« Pour vous dire la vérité, dit-il, gêné de ne pas y avoir fait allusion plus tôt, j'ai rencontré une femme. Il y a déjà quelque temps de cela, en fait.

— Oui ? » fit l'imam en arquant le sourcil, l'air agréablement surpris.

Nayir lui expliqua tout, en commençant par la façon dont il avait fait la connaissance de Katya. Il aurait souhaité en parler à l'imam quelques mois plus tôt, quand la jeune femme et lui avaient cessé de se voir, mais il n'en avait pas eu le courage. Il craignait, en confessant ses relations avec Katya, de ternir la bonne opinion que le religieux avait de lui, mais se soucier de cela à présent était de l'orgueil mal placé.

Hadi écouta patiemment, sirotant son thé et hochant doucement la tête, laissant parfois transparaître sur son visage l'intérêt ou le chagrin. Lorsque Nayir eut terminé son récit, l'imam demeura plongé dans un silence pensif.

« Dis-moi, demanda-t-il finalement, pourquoi ne lui as-tu pas parlé pendant tous ces mois ?

— Nous nous sommes parlé au téléphone une seule fois, répondit Nayir en se passant une main sur la nuque, quand elle m'a annoncé qu'elle avait trouvé un nouveau travail. Je lui ai demandé si ce travail l'amènerait à côtoyer des hommes, et je crois que cette question l'a contrariée. Ce n'est pas le genre de femme qui s'attend à ce que je comprenne tout ce qu'elle fait. C'est une bonne musulmane, et elle est assez traditionnelle par certains côtés...

— Voilà qui est bien.

— Oui, mais elle a dit qu'elle travaillait en collaboration avec des hommes. »

Hadi lui lança un regard qui semblait dire : *Nous aborderons ce point plus tard.*

« Ainsi, elle a cessé de t'appeler parce qu'elle n'a pas apprécié ta réaction ?

— Je crois, oui.

— Et tu n'as pas essayé de la contacter ?

— Ça n'aurait pas été correct. »

Il eut envie d'ajouter qu'elle portait toujours la bague de fiançailles offerte par Othman, que cela lui transperçait le cœur chaque fois qu'il la voyait et qu'il n'avait aucune idée de ce que cela signifiait. Éprouvait-elle encore des sentiments pour son ex-fiancé ? Admettre cette hypothèse aurait été terrible, car cela aurait voulu dire, à tout le moins, que le cœur de Katya n'était pas libre, et qu'il était idiot de nourrir le moindre espoir.

L'imam se renfonça dans son fauteuil et prit une profonde inspiration, en levant vers le plafond un regard méditatif.

« Et tu penses que c'est une bonne musulmane ?

— Oui.

— Même si elle te téléphonait sans cesse ?

— Oui.

— Et même si elle insistait pour te voir seul à seul ? »

Elle était toujours accompagnée de son chauffeur, faillit dire Nayir, puis il songea à la fois où elle était apparue sur son bateau sans escorte et à celle où ils avaient déjeuné en tête à tête et se mordit la langue.

Hadi se pencha en avant pour poser sa tasse sur le bureau.

« Il me semble que tu tiens beaucoup à cette femme.

— Oui.

— Et tu as éprouvé ces sentiments depuis le début ? » demanda l'imam avec délicatesse.

Nayir frémit intérieurement de honte. *Oui !* eut-il envie de crier.

« J'étais prêt à agir comme il convenait et à la demander en mariage, mais elle venait tout juste de rompre ses fiançailles avec un autre. J'ai eu l'impression qu'elle n'était pas prête, que ç'aurait été précipité. Pour elle, en tout cas.

— Et pour toi ? »

Nayir haussa les épaules, indécis. Il aurait voulu pouvoir expliquer combien cela lui était difficile de demander la main de Katya alors qu'il n'était pas sûr d'être fait pour le mariage. Il aurait voulu dire tout ce qu'il éprouvait pour elle, combien il la trouvait belle. Elle lui avait semblé très jolie, quand il l'avait vue pour la première fois, mais maintenant qu'il la connaissait mieux, il découvrait en elle une autre sorte de beauté, quelque chose de familier et de mystérieux à la fois. Après avoir attendu si longtemps pour prendre femme, il serait stupide de se décider à la hâte, et il voulait être absolument certain de ne pas se tromper. L'imam lui répondrait sans doute qu'il aurait dû lui faire sa demande depuis des mois.

« Nayir, dit Hadi dans un brusque mouvement de compassion, tu ne devrais pas avoir peur de commettre une erreur en allant trop vite. Je sais qu'on peut se fier à toi pour agir avec prudence. L'erreur, ce serait de ne pas agir quand il faudrait le faire.

— Vous voulez dire… lui proposer le mariage ?

— Oui. C'est ce que tu aurais dû faire dès le début. Si cette femme compte pour toi, c'est la seule façon correcte de te comporter. Et non de laisser s'écouler tous ces mois sans lui parler, ajouta-t-il d'un ton de doux reproche. Je ne pense pas que tu souhaites passer seul le reste de ta vie. »

Nayir fut étonné par cette réponse. Il était persuadé que l'imam allait lui dire de se méfier d'une femme qui travaillait au milieu d'hommes et se montrait si directe avec lui.

« Mais elle n'est pas…

— Non, elle n'observe pas la tradition aussi scrupuleusement que toi, mais tu penses que c'est une bonne musulmane. Et tu dis que son père est un homme pieux, donc tu sais qu'elle est issue d'une bonne famille. Je fais confiance à ton jugement sur ce chapitre. Et si elle est également pieuse, elle finira par comprendre l'inconvenance qu'il y a à côtoyer des étrangers. Vois-tu, beaucoup de femmes s'exposent aux regards des inconnus pour trouver un mari. Si elle est aussi dévote que tu le dis, elle n'en aura plus besoin, une fois qu'elle t'aura épousé. Vous aurez des enfants, et elle voudra rester à la maison pour les éduquer. Tout changera dès que tu te décideras à agir comme il convient », conclut l'imam en écartant les mains.

Nayir battit des paupières pour repousser un soudain sentiment de tristesse.

« Et si ce n'est pas le cas ?

— Alors, c'est qu'elle n'est pas faite pour toi. »

C'est bien ce qui m'inquiète, songea-t-il.

« Va t'en rendre compte par toi-même, reprit l'imam. Va, et commets une erreur s'il le faut. C'est *haram* de passer du temps en compagnie de cette femme, de te languir d'elle, d'éprouver des sentiments déplacés à son égard alors qu'elle est *na-mehram* et que vous n'êtes pas mariés. »

Nayir conversa encore un moment avec l'imam, dans une vaine tentative pour dissiper la tristesse qui s'était emparée de lui. Mais elle l'accompagna jusqu'à son Land Rover, tapie au fond de sa poitrine et enflant de temps à autre comme le cri de détresse d'un animal perdu. Il n'arrivait pas à comprendre ce qui avait provoqué en lui un tel désarroi. Peut-être l'image de Katya entourée d'enfants ? Cette pensée avait toujours été pour lui une source d'espoir, mais après cette conversation elle ne lui inspirait plus que de la mélancolie. Il se sentit soudain très seul et eut l'impression qu'il ne serait plus jamais heureux près d'elle.

25

AVEC UN SOUPIR D'EXASPÉRATION, Katya introduisit le DVD suivant dans le lecteur de l'ordinateur. Elle avait fait une brève pause pour aider Majdi à analyser les preuves trouvées dans la voiture de Ra'id. À présent, elle commençait à avoir l'impression d'être restée enfermée dans ce bureau depuis un temps infini, à visionner les films de cette femme obsédée par les prostituées, les drag-queens et les scènes humiliantes.

Non qu'ils soient tous ennuyeux. Les passages intéressants devenaient même de plus en plus fréquents, et elle pouvait constater les progrès effectués par Leila, tant dans l'art de l'interview que dans le maniement de la caméra. Dans l'ultime entretien qu'elle avait suivi, Leila avait réussi à ne pas vexer son sujet, et la séquence s'achevait sur une note triomphale, la prostituée déclarant qu'elle n'avait nul besoin du pardon d'Allah, parce que ce n'était jamais un péché de faire sourire un amant. Mais ces images avaient donné à Katya le sentiment de ne pas suivre la bonne piste. Les derniers temps, Leila ne recherchait plus systématiquement l'affrontement, et il semblait moins probable qu'elle ait pu pousser quelqu'un à la tuer dans un accès de fureur. Elle faisait même preuve d'une relative diplomatie.

Katya s'obstina néanmoins à regarder la suite, dans l'espoir d'y trouver un indice.

Sur le bureau à côté d'elle était posée une boîte contenant les bandes découvertes dans le véhicule de Ra'id. Un technicien en avait déjà numérisé la moitié et était en train de les graver sur des DVD. Katya était censée s'occuper de l'autre moitié, mais elle pressentait que les originaux seraient rigoureusement identiques aux copies données par Farooha, et elle n'avait pas envie de perdre davantage de temps. Elle avait déjà suffisamment à faire.

Le suivant lui causa une certaine surprise. C'étaient des images de La Mecque et des pèlerins tournant autour de la Kaba. Au début, elle crut être tombée sur un des documentaires réalisés pour la télévision, mais un titre apparut sur l'écran : *Pèlerinage : la quête d'un homme qui veut découvrir la vérité sur le Coran.*

D'autres mots défilèrent à la suite : *Beaucoup de musulmans croient que le Coran est la parole pure et sacrée d'Allah telle qu'elle a été transmise directement au prophète Mahomet…*

Un visage en gros plan emplit l'écran. *Le cheik Al-Arifi*, indiquait la légende. Sa robe était si blanche et empesée qu'elle ressemblait à un nappage en sucre glace réalisé par un confiseur. Sa peau était d'une netteté et d'une clarté étonnantes (était-il maquillé ?) et sa barbe soigneusement taillée, un peu irrégulière toutefois à la pointe – un détail qui lui donnait un aspect faussement négligé et le faisait paraître moins intimidant. Il était beau, trop beau. Il avait l'air d'une de ces figurines qu'on plante au sommet d'une pièce montée. Il commença à parler, avec l'accent mélodieux propre aux habitants de Djeddah, d'un ton doctement professionnel. On n'avait pas affaire à un dément en proie au délire, mais à un érudit sûr de lui et sachant s'exprimer.

« Le Coran est inaltéré, disait-il. Le texte imprimé aujourd'hui est exactement le même que celui qui fut révélé au prophète Mahomet, la paix soit avec lui. Et ce, pour cette raison que le Coran renferme les paroles véridiques d'Allah et que celles-ci ne peuvent être altérées. »

Il parlait comme il l'aurait fait à la table familiale pour expliquer à sa femme quelque chose d'évident : « Oui, bien sûr, quand on tourne la clé, le moteur se met en marche. C'est comme ça que fonctionnent les voitures, *habibti.* » Katya eut envie de lever les yeux au ciel, tant cette condescendance l'horripilait.

Au logo inscrit dans un angle de l'image, elle constata que Leila avait pris cet extrait sur Memri TV. Bien sûr. Cette station ne perdait pas une occasion de ridiculiser l'islam en ne donnant la parole qu'à des extrémistes, des cheiks au conservatisme rigide. Le dernier reportage qu'elle avait vu sur Memri montrait un imam expliquant que les Danoises étaient tellement perverties qu'elles avaient régulièrement des relations sexuelles avec des ânes.

L'homme qui apparut ensuite à l'image était on ne peut plus différent, grand, blond et extrêmement bronzé. La légende en bas de l'écran l'identifiait comme *Apollo Mabus, spécialiste du Coran.* Il était vêtu d'un pantalon kaki et d'une veste de safari aux poches volumineuses. Il se tenait au beau milieu du désert, l'air parfaitement à l'aise comme s'il était dans son élément, le visage et le cou couverts de poussière, plissant ses grands yeux bruns sous le soleil ardent. Un vent fort soulevait des nuages de sable, conférant à la scène un caractère légèrement angoissant.

Dans un arabe moins soutenu que le précédent orateur, et sans aucune trace d'accent, il déclara : « La plupart des spécialistes modernes admettent que le Coran n'est pas resté inaltéré depuis l'origine. Ce n'est pas la retranscription parfaite des paroles d'Allah, car, si vous voulez mon opinion, ajouta-t-il avec un gloussement de rire, dans ce cas, Allah serait un bien piètre écrivain. La vérité, c'est que le Coran contient des erreurs factuelles et des fautes de grammaire. Un bon quart du livre est totalement dénué de sens. Il a été réécrit, modifié, abrégé. Il est tellement rempli de contradictions et d'erreurs que les musulmans les plus intelligents ne peuvent qu'en être gênés. »

Sa voix était empreinte de cette forme particulière de pitié que les intellectuels semblent souvent éprouver à l'égard des êtres irrationnels qui les entourent. *Pauvres malheureux que vous êtes, vous ne comprendrez jamais rien à la logique.* La supériorité de celui qui se croit omniscient, cette arrogance paradoxalement liée à la méconnaissance du pouvoir de la tradition et de la foi. Et qui suscitait chez Katya un mépris encore plus grand.

Des psalmodies retentirent dans les haut-parleurs tandis que des images de textes coraniques emplissaient l'écran. Katya les reconnut : ils étaient identiques à ceux que Majdi avait examinés dans son labo. Ils s'effacèrent progressivement, pendant que des images de minarets et de gratte-ciel surgissaient à leur place, dans un savant effet de fondu-enchaîné.

On entendit alors une voix off, que Katya reconnut comme celle de Leila :

Le Coran est-il inaltéré ? Ou bien a-t-il fait l'objet de coupures et de remaniements ? Cette question tourmente les exégètes musulmans depuis des siècles mais, aujourd'hui, les hommes et les femmes courageux qui osent la poser doivent craindre pour leur vie. Émettre l'hypothèse que le Coran ait probablement été altéré peut leur valoir d'être accusés du crime d'apostasie, qui est passible de mort.

Katya poussa un petit gémissement en découvrant la séquence suivante, un extrait d'un reportage montrant un professeur de faculté devenu célèbre malgré lui, Nasser Abu Zaid, sortant de son hôtel sous escorte policière au milieu des paparazzi et des flashes. La voix off expliqua qu'il avait été reconnu coupable d'apostasie au Caire pour avoir écrit que le Coran n'était pas la parole absolue d'Allah, mais plutôt une œuvre historique et littéraire qui, comme toutes les autres, pouvait donner lieu à diverses interprétations. À la suite de cette inculpation, on avait voulu l'obliger à divorcer de sa femme, sous prétexte qu'il n'était plus musulman et ne pouvait donc plus être marié à une croyante. Lui et son épouse avaient dû se réfugier aux Pays-Bas.

Les commentaires se poursuivirent, mais Katya n'écoutait plus ; elle essayait d'analyser les réactions contradictoires que cette séquence avait provoquées en elle. Si, d'une manière générale, les débats autour de l'islam ou du Coran ne l'offusquaient pas, elle était écœurée par les propos de ce M. Mabus, autant que par l'outrecuidance du cheik. Et ce rappel de l'affaire Abu Zaid ne faisait qu'enflammer sa colère : elle y voyait une nouvelle preuve que les intégristes étaient décidés à mener leur guerre jusque dans les tribunaux, et pas seulement en faisant sauter des ambassades ou en enlevant des gens. Elle devait reconnaître à Leila ce mérite : elle excellait dans l'art de la provocation. Et c'était peut-être justement à cause de ça qu'on l'avait assassinée.

« Bon, on a les prostituées, les scènes d'humiliation publique... Est-il vraiment nécessaire de chercher un autre mobile ? dit Majdi en se grattant la tête.

— Non, tu as raison », acquiesça Osama.

Il était assis sur le rebord du bureau de Majdi, à l'intérieur du labo, une main sur la poitrine, l'autre sur la bouche. Il venait de visionner les vingt minutes du documentaire inachevé intitulé *Pèlerinage*, et ses yeux étaient toujours fixés sur l'écran de l'ordinateur, à présent éteint. Mais il semblait enfermé en lui-même, et Katya avait l'impression que ses pensées étaient ailleurs.

« Nous n'avons pas besoin d'un autre mobile, reprit l'inspecteur. Ce qu'il nous faut, c'est un mobile *valable.* »

Majdi le regarda par-dessus son épaule.

« Je pencherais plutôt pour la prostitution. N'importe lequel des clients de ces filles a pu apprendre l'existence de ces films et décider d'éliminer Leila. Ou n'importe laquelle des prostituées elles-mêmes, si on va par là.

— Oui, répondit Osama, sauf que ces séquences ont été tournées il y a déjà un certain temps, et que ce meurtre ne ressemble pas à un acte prémédité. Je suis persuadé que l'assassin a agi sous l'empire de la colère, à cause de quelque chose que Leila venait juste de faire ou de dire. »

Le documentaire leur avait au moins livré une information : les textes qu'on voyait sur les DVD étaient les mêmes que ceux qui apparaissaient sur les photos cachées dans la chambre de Leila.

La jeune fille avait donc photographié ces manuscrits pour les utiliser dans son documentaire. On n'avait toujours pas retrouvé la trace de Wahhab Nabih, mais Katya supposait que c'était un riche sponsor qui finançait le travail de Mabus. Les textes ne jouaient qu'un rôle complémentaire dans le film. La suite était composée d'extraits de reportages provenant de différentes chaînes d'information, dont Leila entrecoupait l'interview de

Mabus pour souligner l'antagonisme entre ses recherches et les convictions des intégristes.

« Leila aurait donc dissimulé ces photos pour éviter que son frère ne mette la main dessus ? reprit-elle.

— Oui, répondit Osama. Il aurait sans doute remarqué que les textes comportaient des erreurs, et cela ne lui aurait pas plu. D'un autre côté, il ne semblait guère avoir d'autorité sur elle. S'il lui avait interdit de continuer à travailler sur ce sujet, je doute qu'elle lui aurait obéi.

— Et ce Mabus, quel rôle joue-t-il dans l'histoire ? demanda Majdi.

— À ce qu'on dirait, ils travaillaient en collaboration, Leila et lui. Et à en juger par la qualité des images que nous venons de voir, elle prenait ce travail au sérieux et avait sûrement l'intention de le diffuser.

— Oui, c'est bien plus professionnel que ses précédentes réalisations, acquiesça Katya.

— Nous devons présumer qu'elle avait l'assentiment de Mabus.

— Dans ce cas, il a vraiment le goût du risque, observa Majdi. Personnellement, si j'effectuais ce genre de recherches, je n'irais pas le crier sur les toits. Et je n'irais sûrement pas m'en vanter dans une interview, pas plus que je n'accepterais d'être filmé.

— Il devait avoir une grande confiance en Leila, dit Katya. Vous savez que j'ai trouvé des cheveux blonds sur son foulard ? ajouta-t-elle à l'adresse d'Osama.

— Oui, j'en ai entendu parler. Vous pensez qu'ils pourraient appartenir à Mabus ?

— C'est possible. Deux hommes blonds sont impliqués dans cette affaire : Apollo Mabus et Eric Walker – j'espère que vous n'y verrez pas d'inconvénient, dit-elle en se tournant vers Majdi, mais je me suis procuré une copie de son permis de résidence, afin de vous épargner cette peine. Je l'ai laissée dans mon bureau, mais je peux vous confirmer qu'il est blond lui aussi.

— À propos, intervint Osama, j'ai envoyé deux de mes hommes à son appartement, mais ils n'ont pas réussi à voir sa femme. Vous m'aviez pourtant dit qu'elle habitait là ?

— Peut-être était-elle allée faire des courses, répondit Katya, inquiète à l'idée que Miriam puisse se faire arrêter.

— Nous finirons bien par la trouver. Mais revenons à Mabus et Walker. D'après vous, les deux hommes se connaissent-ils ?

— Ils étaient tous deux en rapport avec Leila et avec Nabih, dit-elle. Eric Walker louait un appartement à M. Nabih, et Mabus était en possession de documents que nous présumons appartenir à celui-ci. À mon avis, il y a de fortes chances qu'ils se connaissent.

— Bon, nous devons mettre la main sur ce Mabus, reprit Osama. Majdi ?

— Je m'y mets sur-le-champ, répliqua le technicien en se retournant vers son ordinateur.

— Que pensez-vous de tout ça ? » demanda abruptement l'inspecteur à Katya.

Elle dissimula sa surprise sous une expression méditative.

« Je pense que Leila se plaisait à semer la controverse. Elle enquêtait sur les prostituées, et puis elle a rencontré Mabus, et ses recherches lui ont paru encore plus passionnantes. Alors, elle a laissé tomber son documentaire sur les femmes et s'est lancée dans ce nouveau projet, dit-elle en montrant le DVD. Cette interview de Mabus a été tournée au cours du mois précédant sa mort. Elle est partie dans le désert avec lui et, d'après la vidéo, elle s'est aussi rendue dans son appartement de Djeddah. Elle passait probablement beaucoup de temps en sa compagnie. »

Elle se tut un instant, pour laisser à Osama le loisir de réagir, mais il resta silencieux.

« Ma théorie, poursuivit-elle, c'est que quelqu'un a appris ce qu'elle faisait et que cela l'a profondément contrarié.

— Qui, par exemple ?

— Son frère ? Il a l'air passablement dévot. Mais, à dire vrai, il peut s'agir de n'importe quelle personne ne supportant pas que l'on mette en doute le caractère sacré du Coran. »

Osama descendit de son perchoir et se mit à marcher de long en large.

« Le tout est de savoir qui connaissait ce projet. Mabus a pu en parler à quelqu'un, mais concentrons-nous plutôt sur Leila. »

Il s'immobilisa et se tourna face à Katya.

« Elle n'en aura sûrement pas parlé à son ex-mari. Elle ne lui avait pas adressé la parole depuis des mois, même si je n'ai pas encore vérifié ce point. Il y a aussi son frère, Abdulrahman. Mais elle savait qu'il le prendrait mal, et ne tenait sans doute pas à s'attirer des ennuis. Sinon, elle n'aurait pas pris soin de cacher les photos. Reste son cousin, Ra'id. Elle lui en a probablement parlé, puisqu'elle avait confiance en lui. C'était l'une des rares personnes avec qui elle pouvait discuter de son projet, mais je le vois mal divulguant ce secret à un tiers.

— Il est toujours en garde à vue ? s'enquit Majdi.

— Oui. Il se montrait très possessif envers Leila. Le jour de sa disparition, il était censé se trouver avec elle. Il affirme qu'il ignorait où elle devait aller, qu'elle ne lui avait rien dit, mais quand j'ai suggéré qu'elle allait retrouver Eric Walker, il a perdu son sang-froid. Et son alibi n'est pas très solide. Il a volé les films de Leila et effacé le contenu du disque dur de son ordinateur afin de dissimuler des preuves.

— Vous croyez qu'il était jaloux de la relation que Leila entretenait avec Walker - jaloux au point de la tuer ? demanda Katya.

— J'ai vu des dizaines de cas semblables, rétorqua Osama avec un haussement d'épaules. Je n'en serais pas vraiment étonné.

— Ce serait donc bel et bien un crime passionnel, murmura-t-elle.

— Mais la passion religieuse peut être tout aussi violente, objecta Majdi.

— Et ses relations féminines ? reprit Katya. Farooha ne m'a rien dit de ce documentaire, mais elle cherchait sans doute à protéger Leila. Si nous l'interrogions à ce sujet, elle se déciderait peut-être à révéler ce qu'elle sait. Je pense que nous devrions retourner la…

— Oui, c'est une bonne idée, l'interrompit Osama. Mais il n'est pas nécessaire d'y aller. Vous n'avez qu'à lui téléphoner.

— Entendu, répondit Katya, dissimulant de son mieux la joie qu'elle ressentait à se voir traiter comme un membre de l'équipe à part entière.

— Cependant, je ne pense pas que nous devrions abandonner complètement la piste familiale, poursuivit l'inspecteur. L'alibi d'Abdulrahman a été confirmé. Il faisait des achats dans le souk et a déjeuné avec un ami. En ce qui concerne Ra'id, ses seuls témoins sont les employés de la boutique.

— Et ils confirment sa présence sur les lieux ?

— Ils ne se souviennent plus ; certains affirment l'avoir vu, d'autres pas.

— Et les caméras de surveillance ? s'enquit Katya.

— Apparemment, elles étaient hors d'usage depuis un certain temps », intervint Majdi.

Lui et Osama échangèrent un regard qui semblait signifier : *Voilà qui est extrêmement suspect.*

Dans le couloir, un agent appela Osama.

« Majdi, lança l'inspecteur en se dirigeant vers la porte, appelle-moi dès que tu sauras quelque chose au sujet de Mabus. »

Puis il quitta la pièce, sans même un signe de tête à Katya.

26

NAYIR FUT RÉVEILLÉ PAR LA SONNERIE DE SON PORTABLE. Il regarda la pendule : 6 : 45. Il avait manqué l'appel à la prière. Tout en pestant contre le téléphone, il prit la communication.

« Monsieur Sharki ? »

C'était une voix de femme. Une Américaine.

« Oui, se borna-t-il à répondre, maîtrisant mal les formules de politesse en langue anglaise.

— Excusez-moi de vous déranger. Je voulais simplement... Je me demandais... Je suis la femme avec qui vous avez parlé il y a deux jours.

— Oui, madame Walker, je me souviens de vous.

— Oh, parfait. En fait, je vous appelle parce que j'ai une information à vous communiquer. Vous savez, l'adresse que je vous ai donnée, celle de M. Nabih ? Eh bien, ce n'est pas la bonne. Je me suis renseignée auprès des voisins, et ils m'ont dit qu'il vivait à Dubai à présent. Depuis un certain temps déjà.

— Oh, dit Nayir, songeant que Katya serait déçue. Merci de m'en avoir informé.

— Il y a autre chose, se hâta-t-elle d'ajouter. C'est un gérant qui s'occupe désormais de l'immeuble. J'ai son adresse, si cela vous intéresse. Ma voisine me l'a donnée ce matin. Ce type en saura peut-être un peu plus sur M. Nabih. »

Nayir nota le nom et l'adresse. La voix de Miriam trahissait sa nervosité, et il eut envie de la prévenir que la police allait sans doute venir l'interroger. Mais les mots se bousculaient dans sa tête sans qu'il parvienne à trouver la formulation adéquate, et il ne voulait pas l'effrayer.

« Merci encore, dit-il finalement.
— De rien.
— Madame Walker, reprit-il, avez-vous retrouvé votre mari ?
— Non, répondit-elle après un silence. Non. J'ai rappelé le consulat, mais ils n'ont toujours pas retrouvé sa trace.
— Vous m'en voyez navré. Avez-vous besoin de quoi que ce soit ? De nourriture ou...
— À vrai dire... pourriez-vous me rendre un service ?
— Bien sûr, répondit-il sans réfléchir.
— Auriez-vous l'amabilité de me conduire quelque part ? Je sais que c'est beaucoup demander, mais je dois absolument me rendre dans un quartier un peu éloigné, et il n'y a aucun taxi disponible. »

Son premier instinct fut d'accepter. Pourtant, à cette seule idée, il sentit son estomac se nouer. Se trouver seul dans sa voiture avec Katya était une chose. Katya était... Au fond, quelle différence y avait-il ? Il tenait davantage à elle ? Il la connaissait depuis plus longtemps ? Elle était musulmane ? Quand il l'avait connue, elle était fiancée à un autre. Il prit soudain conscience du piège où il était tombé en s'autorisant à penser qu'il n'y avait pas de mal à voir Katya, même s'ils n'étaient pas mariés. S'il prenait cette liberté avec elle, qu'est-ce qui l'empêchait d'en faire autant avec une autre ?

« Mais si c'est trop loin, je comprendrais très bien...
— Je serais heureux de vous conduire où vous le désirez, répondit-il presque malgré lui. Vous êtes chez vous ?
— Oui.
— Je serai là dans une vingtaine de minutes. »

Le trajet dura moins longtemps en réalité, néanmoins Nayir eut tout le temps de se torturer l'esprit, décidant tour à tour de ne pas appeler Katya, de l'appeler, puis essayant de se convaincre que Miriam avait manifestement besoin de son aide, et qu'il n'avait accepté de l'aider à retrouver son mari que dans l'espoir de lui soutirer d'autres renseignements. Que Katya n'aurait pu lui être d'aucun secours, puisqu'elle ne parlait pas anglais, et, pour finir, qu'il n'avait aucune raison de se mêler de tout ça, n'étant pas enquêteur.

Miriam l'attendait au bas de son immeuble et, en le voyant, elle agita la main. Dès qu'il se rangea le long du trottoir, elle courut vers la voiture, monta sur le siège avant et le remercia d'une voix essoufflée. Il démarra aussitôt pour ne pas lui laisser voir à quel point il était embarrassé.

Après lui avoir indiqué l'adresse, Miriam se renfonça dans son siège et essaya de se détendre. Elle n'était pas très à l'aise, assise à côté de ce grand type taciturne qui lui rendait un énorme service. Jusqu'à présent, il ne lui avait rien dit d'autre que « pas de problème », quand elle l'avait remercié d'être venu. Elle était habituée à se heurter à une certaine réserve de la part des hommes d'ici, mais le silence glacial de Nayir l'intimidait et lui donnait une conscience accrue du fossé culturel qui les séparait – un véritable gouffre.

Quand il l'avait aperçue, il avait promptement détourné les yeux pour les poser au-dessus de sa tête, sur ce point mystérieux que les hommes pieux contemplaient fixement pour éviter de regarder un visage féminin, et auquel elle ne pouvait s'empêcher de penser comme à une sorte d'auréole. L'un des caissiers de l'épicerie du coin adoptait cette attitude chaque fois qu'elle allait acheter du lait. Miriam s'en était plainte un jour auprès de Sabria, ce geste l'offensait et lui donnait l'impression d'être laide.

« Au contraire, mon chou, avait répondu son amie en souriant. Tu es tellement belle que regarder ton visage serait une trop forte tentation pour un homme. »

Comment peut-on croire une chose pareille ? se demanda Miriam. Sans bien savoir pourquoi, elle n'imaginait pas Nayir nourrir des pensées lubriques à son égard. S'il gardait les yeux fixés au-dessus de sa tête, ce devait être par réflexe, par habitude. Il ne s'était pas conduit de la même façon l'autre jour. Il avait paru un peu gêné, certes, mais son visage avait exprimé une sincère sympathie. C'était d'ailleurs la raison pour laquelle elle avait osé lui téléphoner.

Maintenant, elle ne lisait plus que le malaise dans son expression.

« Je n'avais pas d'argent pour prendre un taxi, avoua-t-elle. Je dois en retirer dans une banque, ou à un distributeur de billets, si cela ne vous ennuie pas.

— Bien sûr.

— Et je vous paierai cette course avec plaisir, ajouta-t-elle.

— Vous ne devriez même pas me le proposer », répliqua-t-il sèchement.

Il avait l'air vexé, aussi préféra-t-elle ne pas insister.

« Travaillez-vous toujours pour la police ? demanda-t-elle.

— Non, répondit-il, après une hésitation. N'ayez pas d'inquiétude à ce sujet. »

Elle hocha la tête avec reconnaissance. Quelques minutes plus tard, il s'arrêta devant une banque et descendit de voiture pour l'escorter jusqu'au distributeur. Pendant qu'elle effectuait son retrait, il resta adossé au mur, les yeux rivés au sol.

« Où allons-nous exactement ? s'enquit-il.

— Chez SynTech. C'est là que mon mari travaille. »

Il continua à regarder la rue, mais à un mouvement imperceptible de ses épaules, une brusque tension des muscles de son cou, elle sentit qu'il portait son attention sur elle.

« C'est une société américaine ? reprit-il.

— Non, mais l'un des dirigeants est américain. L'autre est saoudien.

— Ils savent que vous venez ?

— Je n'ai pas pris de rendez-vous. Pourquoi ? »

Il détourna discrètement la tête quand elle tapa son code. Un instant après, il demanda :

« Leur avez-vous appris la disparition de votre mari ?

— Oui, mais ils ne m'ont pas été d'une grande utilité. Ils n'ont rien pu me dire.

— Dans ce cas, pourquoi aller les voir ? »

Elle rangea les billets dans son sac et récupéra sa carte.

« J'ai l'impression qu'ils savent quelque chose », affirma-t-elle d'un air têtu en se dirigeant vers la voiture.

Nayir attendit patiemment que la circulation ralentisse pour s'engager sur la voie express. Elle regarda le monde défiler derrière la vitre, des kilomètres et des kilomètres d'immeubles génériques, de tours de bureaux hideuses et mornes, d'usines tentaculaires. Du pont routier, on avait une vue d'ensemble de la ville, vaste étendue de bâtiments modernes aux lignes aérodynamiques et d'enseignes publicitaires se découpant sur un ciel obscurci par les gaz d'échappement et les rejets industriels. L'air qui filtrait par les vitres était chargé d'une puanteur âcre qui lui faisait penser à du riz pourri, à une susbtance toxique. Quelques instants après, ils passèrent devant un cimetière de bateaux, et l'odeur s'intensifia, aussi putride que celle d'un marécage. Les vieilles embarcations étaient entassées les unes sur les autres, fracassées, à demi décomposées, avec, comme unique rappel du monde marin, les voiles délavées au premier plan.

« Vous avez dit que votre mari était venu vous chercher à l'aéroport, dit Nayir tout à coup, et qu'il a disparu juste après vous avoir ramenée à votre domicile.

— C'est exact, acquiesça-t-elle, le regard toujours tourné vers la vitre.

— Ne trouvez-vous pas cela étrange ? S'il voulait vous quitter, il lui suffisait de ne pas venir vous prendre à l'aéroport.

— Je ne sais pas. »

Elle fit mine de ne pas s'intéresser à cette question, et il abandonna aussitôt le sujet. Mais elle sentait toujours son attention sur elle, lui brûlant la joue comme une lampe à incandescence.

À mesure qu'ils roulaient, elle était de plus en plus désorientée. Ils descendirent de longs boulevards bordés de palmiers et d'érables où la circulation s'écoulait en un flot continu, tel le sang dans un organisme, s'interrompant en de rares occasions devant des panneaux de signalisation ou des passages pour piétons, puis repartant de plus belle, comme mue par les contractions d'un cœur gigantesque. Ils prirent des voies latérales, coupant par le réseau capillaire pour gagner les grandes artères. Enfin, dans une petite rue calme et déserte, Nayir gara la voiture sur le parking d'un immeuble brun d'apparence modeste. Une pancarte en métal luisant portait l'inscription SynTech Industries en anglais et en arabe. Miriam examina le bâtiment avec curiosité ; c'était la première fois qu'elle venait sur le lieu de travail d'Eric.

« Vous y allez seule ? » demanda Nayir.

Elle regarda autour d'elle, comme pour dire : *Vous voyez quelqu'un d'autre ici ?*

« Oui, répondit-elle simplement afin de ne pas sembler impolie.

— Il serait peut-être préférable que vous soyez accompagnée par un homme.

— Vous porteriez-vous volontaire ? »

Comme il paraissait perplexe, elle reprit :

« Voulez-vous dire que vous me pro...

— Oui. Il vaut mieux que je vienne avec vous. »

En descendant de voiture, elle ne put s'empêcher d'éprouver une légère irritation à son égard. À quelques pas de l'immeuble, il s'immobilisa.

« Je sais, dit-elle avant même qu'il ait ouvert la bouche. Je dois mettre ma burqa. »

Elle soupira et, après avoir ajusté le voile sur son visage, ce qui lui demanda un certain temps, elle ajouta :

« Je vous demanderai seulement de veiller à ce que je ne trébuche pas. »

L'air soucieux, il la guida jusqu'à l'entrée, fermée par une porte à tambour. Presque aussitôt, le bas de son *abaya* se coinça dans le tourniquet, et elle fut obligée de l'ôter et de ressortir pour aller la récupérer. Une fois à l'intérieur, elle l'examina pour voir si elle n'était pas déchirée, puis la remit, pendant que Nayir, à quelques pas de distance, regardait ailleurs d'un air désespéré, rouge d'embarras.

« Je suis désolée, dit-elle. Toutes les femmes ne s'habituent pas facilement à cet accoutrement. »

Le sol était encaustiqué et dégageait une forte odeur d'eau de Javel. Au fond du hall, un agent de sécurité se tenait assis derrière un bureau si haut qu'il fut obligé de descendre trois marches pour leur tendre un registre. Nayir le signa et le lui rendit. Puis le garde s'empara d'un détecteur de métal qu'il passa sur le corps de Nayir. Pendant toutes ces formalités, il ignora complètement Miriam.

« C'est au sixième », marmonna-t-il quand il eut terminé, avec un vague geste vers la gauche.

Nayr s'engagea dans un couloir, suivi par Miriam qui s'efforçait de voir à travers sa burqa. Elle avait l'impression d'être une gamine revêtue d'un déguisement de Halloween, avançant à l'aveuglette, un panier à la main. Il marchait à deux mètres devant elle et, malgré tous ses efforts pour le rattraper, il gardait toujours de l'avance. Cette manie qu'avaient les hommes d'obliger leur femme à rester derrière eux comme un caneton derrière sa mère, pour lui rappeler son rang inférieur, lui était toujours apparue comme de l'arrogance. À présent, elle devait admettre que c'était utile d'avoir quelqu'un pour vous montrer le chemin.

Ils arrivèrent devant un ascenseur. Deux hommes attendaient la cabine, mais, en voyant Miriam, ils les laissèrent monter seuls, elle et Nayir. Celui-ci les remercia et appuya sur le bouton.

Quand la porte se fut refermée, elle commenta d'un ton sarcastique :

« C'était très aimable à eux. »

Devant son absence de réaction, elle reprit :

« Les femmes leur répugnent-elles donc à ce point, pour qu'ils refusent de prendre l'ascenseur avec moi ?

— Ils ont agi ainsi par respect, rétorqua-t-il, d'un air approbateur et un peu surpris, comme si un tel comportement était devenu trop rare de nos jours.

— Eh bien moi, ça me donne l'impression d'être sale.

— C'est parce que vous êtes habituée à être traitée différemment, répondit-il, les yeux fixés sur les chiffres lumineux au-dessus de la porte.

— Que voulez-vous dire ? Que les hommes ne traitent pas les femmes avec respect, en Amérique, c'est ça ? »

Il prit un air blessé, et elle s'en voulut de s'être emportée.

« Vous avez raison, concéda-t-elle. Je n'ai pas l'habitude d'être traitée ainsi. »

La porte s'ouvrit, mais ils n'étaient pas encore au sixième. Il n'y avait personne sur le palier.

« Pouvez-vous me rappeler le nom de votre mari ? demanda Nayir en rappuyant sur le bouton.

— Eric, mais il se fait appeler Abdullah, répondit-elle, se sentant un peu ridicule, avec le bas de sa burqa qui se soulevait chaque fois qu'elle parlait. Vous savez, je crois qu'il vaut mieux que je m'en charge moi-même.

— Je vous le déconseille », riposta-t-il d'un ton catégorique, en tournant brièvement son regard vers elle.

Cette fois, elle retira sa burqa et faillit lui répliquer vertement. Elle avait conscience qu'il ne fallait pas dépasser les bornes, mais elle aurait aimé le prendre par le menton pour l'obliger à la regarder en face.

« Il s'agit quand même de mon mari ! »

La porte de l'ascenseur se referma enfin et Nayir parut soulagé.

« S'ils cachent quelque chose, expliqua-t-il, ils m'en diront peut-être plus si je suis seul et si je leur laisse croire que je ne vous connais pas. »

Il avait raison, elle le savait, mais elle le soupçonnait aussi de penser qu'elle n'était pas à sa place ici parce qu'elle n'était qu'une femme.

« Là où je veux en venir, poursuivit-il, c'est qu'ils savent peut-être certaines choses qu'ils ne tiennent pas à vous révéler. »

Son expression indiquait clairement qu'il s'agissait de choses dont les hommes ne parlent qu'entre eux. Elle sentit son cœur se serrer, mais fit entendre un petit rire de dérision.

« Vous pensez qu'Eric me trompait ? Et quand bien même ce serait le cas, pourquoi iraient-ils vous le raconter ? L'adultère ne constitue-t-il pas un crime capital ? »

Nayir ne répondit pas, apparemment absorbé dans ses réflexions. La porte de l'ascenseur s'ouvrit avec bruit, et elle rajusta sa burqa de manière à dissimuler entièrement son visage.

« Où que vous alliez, chuchota-t-elle, je vous suivrai. »

Les locaux de SynTech occupaient tout le sixième étage. L'immense bureau central était éclairé par des rangées de fenêtres panoramiques donnant sur des immeubles d'habitation misérables. Un secrétaire était assis, désœuvré, derrière un bureau en verre.

La première pensée de Miriam fut que l'endroit ne ressemblait pas à une agence spécialisée dans la fourniture de gardes du corps. Elle s'était attendue à trouver des hommes en uniforme, à apercevoir des vieux treillis militaires, du café froid et des boîtes de munitions en désordre sur une étagère. Mais le bureau sentait l'encaustique et le désinfectant, et le personnel était suffisamment ordonné pour que rien ne vienne gâcher les lignes nettes du mobilier moderne.

D'un petit signe de tête, Nayir lui indiqua de s'asseoir sur le canapé à l'aspect peu confortable situé dans la salle d'attente, à droite. Mais elle demeura à ses côtés, persuadée qu'elle se prendrait les pieds dans la table basse.

S'avançant vers le secrétaire, Nayir demanda à voir Abdullah Walker. L'homme lui lança un regard effrayé. Il leva un doigt pour lui demander d'attendre et se rendit dans un petit bureau à gauche de la salle principale. Il frappa à la porte. Une voix étouffée lui répondit et il entra. Un instant plus tard, il ressortit et fit signe à Nayir d'avancer. Miriam lui emboîta le pas, ignorant l'expression réprobatrice du secrétaire.

Ils pénétrèrent dans une pièce lumineuse garnie d'un épais tapis berbère et de chaises en acajou. La température était plus agréable ici, l'odeur fraîche et accueillante. L'homme assis derrière le bureau ne paraissait pas tout à fait à sa place dans ce décor cossu. Miriam reconnut Taylor Shaw, le patron américain d'Eric. C'était un colosse avec un visage taillé à la serpe, une tignasse blonde et broussailleuse, de grosses mains toujours en mouvement. Elle l'avait rencontré lors d'une soirée dans le complexe résidentiel américain, mais l'échange s'était borné à de brèves présentations. Shaw était l'un de ces individus sociables et papillonnants qui ont l'air capables de mener trois conversations à la fois. Sur son lieu de travail, il était naturellement plus réservé, cependant, l'énergie qu'il dégageait semblait faire crépiter l'air autour de lui.

Il ne parut pas la reconnaître, mais cela ne suffit pas à la rassurer. Craignant que ses mains pâles ne la trahissent, elle les dissimula dans ses manches. Elle baissa la tête et garda les yeux rivés au sol pour se donner une allure pieuse. La pièce était si ensoleillée et sa burqa si fine que, sous un certain angle, Shaw risquait de discerner ses traits.

« Je vous en prie, asseyez-vous », leur dit Shaw.

Ils s'installèrent face à lui. Tout Américain qu'il fût, Shaw connaissait les coutumes et il évita de poser les yeux sur Miriam ou même de paraître s'apercevoir de sa présence.

« J'ai cru comprendre que vous cherchiez Eric Walker, reprit-il.

— Oui, répondit Nayir. J'essaie de le retrouver.

— Nous aussi, rétorqua Shaw. Cela fait un mois que nous ne l'avons pas vu. »

Miriam eut le plus grand mal à ne pas laisser échapper un cri de stupeur.

« Était-il en vacances ? demanda Nayir, passablement étonné lui aussi par cette information.

— Il a demandé un congé spécial. Il aurait dû reprendre son travail depuis quatre jours déjà, mais il ne s'est pas présenté. Sa femme nous a appelés plusieurs fois. Apparemment, elle non plus ne sait pas où il se trouve.

— Avez-vous une idée de l'endroit où il aurait pu se rendre ? s'enquit Nayir.

— Puis-je savoir pourquoi vous le cherchez ? repartit l'Américain en se renfonçant dans son fauteuil et en plissant les yeux.

— J'aimerais l'interroger dans le cadre d'une enquête de police concernant son propriétaire, expliqua calmement Nayir. La seule adresse en notre possession était celle de Walker. Quand nous avons appris qu'il avait disparu, nous avons décidé d'enquêter de ce côté-là également. Je doute que les deux affaires soient liées, mais nous préférons de ne négliger aucune piste. »

Shaw lança un bref regard en direction de Miriam, se demandant probablement si elle faisait également partie de la police. Elle s'émerveilla du naturel avec lequel Nayir avait fourni cette explication, donnant à leur visite un caractère parfaitement anodin.

Ses propres pensées l'entraînaient dans des directions beaucoup plus effrayantes.

« Ma foi, je ne suis pas en mesure de vous renseigner, déclara Shaw en se penchant de nouveau vers Nayir. Normalement, mes salariés étrangers vivent dans un complexe résidentiel. Eric faisait exception, mais je ne puis vous fournir aucun détail à ce sujet. Pourquoi vous intéressez-vous à son propriétaire ?

— C'est confidentiel », répondit Nayir d'un ton ferme – image vivante de l'autorité.

Shaw, pris de court par cette rebuffade, considéra Nayir d'un air amusé teinté de condescendance.

« Avant son départ, M. Walker vous a-t-il indiqué où il comptait passer ses vacances ?

— Non.

— Y a-t-il ici quelqu'un qui serait susceptible de le savoir ? » insista Nayir.

Son attitude s'était raidie, et l'atmosphère parut brusquement se charger de menace.

« Pas pour le moment, répondit Shaw d'une voix glaciale, mais je vais me renseigner. »

En elle-même, Miriam se surprit à douter de cette affirmation.

« Le comportement de Walker vous a-t-il semblé inhabituel, dans les derniers temps ? reprit Nayir.

— Sur le moment, pas particulièrement, dit Shaw qui se leva pour se diriger vers un classeur. Mais du matériel de surveillance a disparu – ou plutôt, nous nous sommes aperçus de sa disparition juste après son départ. Au début, je me refusais à croire qu'il puisse y être pour quelque chose, mais à présent je n'en suis plus si sûr. »

Il sortit un dossier et le tendit à Nayir.

« S'agit-il d'équipement de grande valeur ? s'enquit Nayir.

— Il y en a pour cinq mille dollars environ, c'est-à-dire à peu près vingt mille riyals.

— Et qu'est-ce qui vous fait penser que Walker a pu l'emporter ? »

Shaw haussa les épaules d'un mouvement brusque qui fit remonter sa veste d'une dizaine de centimètres.

« C'était l'un des seuls à avoir accès au local, et le matériel a disparu en même temps que lui. Je ne l'aurais jamais pris pour quelqu'un de malhonnête, mais la cupidité ne se devine pas toujours au premier regard. »

Il se rassit lourdement, et Miriam se sentit brusquement accablée. Ce mot, « cupidité », éveillait en elle un écho douloureux. C'était une accusation qu'elle avait souvent lancée à Eric, lors de leurs disputes : il n'était venu ici que pour l'argent, il plaçait l'argent au-dessus de leur mariage. Mais c'était simplement pour le toucher au point sensible.

Elle prit conscience qu'elle s'était figée sur son siège et que ses doigts enserraient ses poignets avec tant de force qu'ils en étaient endoloris. Elle aurait voulu quitter cette pièce sur-le-champ, mais comment le faire comprendre à Nayir ? C'était comme s'ils se trouvaient chacun sur un îlot distinct. Elle pouvait essayer de lui donner un petit coup de pied discret, de façon que Shaw ne le remarque pas. Centimètre par centimètre, elle déplaça latéralement son pied, mais, au moment où elle se rapprochait, Nayir retira le sien et reposa le dossier sur le bureau.

« Désirez-vous signaler ce vol à la police ? » demanda-t-il avec le plus grand calme.

Shaw réfléchit un instant et secoua la tête.

« Quand Walker réapparaîtra, j'en parlerai avec lui. Pour le moment, je n'ai aucune preuve réelle contre lui. Et de toute façon, je croyais que vous cherchiez simplement son propriétaire ?

— Une dernière question, monsieur Shaw. Connaissez-vous une jeune femme du nom de Leila Nawar ? s'enquit Nayir en l'observant avec attention.

— Non, je n'ai jamais entendu ce nom, rétorqua l'Américain, sincèrement étonné. Pourquoi ? »

Nayir se leva, et Miriam l'imita. Shaw se mit debout à son tour.

« J'ai déjà parlé de Walker avec les autres employés, dit-il, mais je vais les interroger de nouveau, pour voir si l'un d'eux a une idée de l'endroit où il aurait pu aller. Laissez-moi votre numéro, et je vous appellerai si j'apprends quoi que ce soit. »

En sortant du bureau, Miriam avait du mal à garder les yeux fixés sur Nayir, tant elle était troublée. Pourquoi Eric ne lui avait-il pas dit qu'il avait pris un congé aussi long ? Qu'avait-il fait durant tout ce mois ? Avait-il volé ce matériel ? Une image lui traversa l'esprit, celle du document découvert dans son attaché-case. Il se trouvait en ce moment même dans son sac à main. Rien que d'y penser, elle se sentait mal. Tout à coup, les paroles de Mabus lui revinrent en mémoire, telle une sinistre prophétie : « Au moment où vous vous apprêterez à retourner définitivement aux États-Unis, vous allez vous apercevoir que votre mari est tombé amoureux de ce pays… » Elle savait désormais que Mabus connaissait Eric, et ces mots la glaçaient d'effroi.

27

FACE À LA VITRE SANS TAIN DE LA SALLE D'INTERROGATOIRE, Osama songeait à la mystérieuse Leila Nawar. Une femme qui portait une burqa et envoyait sa photo par Bluetooth au premier venu – assez courageuse pour filmer des inconnus dans la rue. Katya n'avait pas tort : Leila recherchait la controverse.

Dans chaque enquête, il se posait la même question, à un moment ou un autre : « Où serait la victime en ce moment, si elle était encore en vie ? » Il ferma les yeux et vit Leila en mouvement, et non pas assise à l'arrière d'une voiture ou sur un balcon surplombant une rue. Elle marchait sur un trottoir, d'un pas vif, parlant dans son portable, remontant un petit sac à dos sur son épaule, riant tout haut. Une de ces passantes pour qui l'*abaya* et la burqa étaient des accoutrements inutiles, car on ne voyait qu'elles dans la rue, tant elles rayonnaient d'énergie.

On ne pouvait en dire autant de son ex-mari. Bashir Tabbakh était assis de l'autre côté de la vitre et regardait fixement le mur en buvant une tasse de thé. Cela faisait une heure qu'il était ainsi, impassible et résigné, l'air de s'ennuyer un peu.

Bashir s'était livré à la police après que son frère Hakim l'eut contacté par téléphone pour l'informer qu'il était emprisonné. Dans une touchante manifestation d'affection fraternelle, Bashir s'était présenté au commissariat avant la prière de midi, et s'était excusé auprès de son frère de lui avoir causé de tels problèmes. Osama le soupçonnait d'avoir été surtout motivé par son offre de l'aider à faire renouveler son permis de travail.

Quand Osama entra dans la pièce, Bashir se tourna vers lui et lui adressa un signe de tête.

« Merci d'être venu, monsieur Tabbakh, dit l'inspecteur en s'asseyant en face de lui.

— C'est normal, répondit Bashir. J'ai été désolé d'apprendre la nouvelle. Sa famille doit être bouleversée. »

Osama ouvrit un dossier, notant en lui-même que le jeune homme faisait preuve d'un calme étonnant.

« Suis-je considéré comme suspect ? s'enquit Bashir.

— Je voudrais simplement vous poser quelques questions. Nous aimerions en savoir un peu plus sur Leila. »

En entendant ce nom, Bashir se raidit imperceptiblement.

« Je ne suis pas sûr de pouvoir vous apprendre grand-chose. »

Osama prit tout son temps pour installer le magnétophone et accomplir les formalités d'usage. Bashir l'observait avec un malaise croissant.

« Quand l'avez-vous vue pour la dernière fois ? lui demanda l'inspecteur.

— Je ne me souviens pas de la date exacte. Elle est passée à la boutique, il y a quelques semaines de ça. Nous avons bavardé et elle est repartie. »

Pour la première fois, Osama décela dans son ton une trace de mécontentement.

« Vous parlez de la boutique qui se trouve en dessous de l'appartement de votre frère ?

— Oui.

— Venait-elle vous voir souvent ?

— Non. Uniquement quand elle avait besoin d'argent.

— Et cela lui arrivait fréquemment ?

— Ça m'en donnait l'impression mais, en fait, pas vraiment. »

Osama hocha la tête d'un air pensif.

« Vous étiez déjà divorcés, pourtant ?

— Bien sûr, répondit Bashir avec un petit rire. Quand nous étions mariés, elle n'avait pas besoin de venir quémander du fric. J'étais obligé de lui en donner. »

Osama crut percevoir les premières notes d'une rengaine familière : les femmes avaient constamment besoin d'argent. Elles étaient paresseuses. Cupides. Et harcelaient leurs maris pour leur soutirer des sous qu'elles dépensaient en futilités... Il l'avait souvent entendue, de la part d'hommes qui exigeaient de leurs épouses qu'elles restent à la maison et se plaignaient ensuite d'avoir à les entretenir. Existait-il cliché plus frappant ?

« Lui en avez-vous donné ?

— Non. »

Bashir prit un air dégoûté, et Osama s'attendit à l'entendre entonner le refrain habituel.

« Sa famille était riche, reprit le jeune homme. Son frère aurait pu m'acheter comme esclave, et elle venait me demander de l'argent de poche ! Quel genre de femme faut-il être pour se comporter ainsi ? »

Son visage commençait à s'empourprer, mais il maîtrisait encore sa voix.

« Aviez-vous conclu un arrangement à l'amiable au moment de votre divorce ?

— Oui, répondit Bashir, après avoir pris une profonde inspiration. Enfin, normalement, en vertu de notre contrat de mariage, j'aurais dû lui verser quelque chose comme un million de riyals, expliqua-t-il avec un rire rauque. Mais comme nous tenions vraiment tous les deux à divorcer, elle a accepté de renoncer à cette somme. Quelques semaines après le divorce, elle s'est mise à venir me voir au magasin pour me réclamer du fric. Elle essayait de me culpabiliser, elle a même menacé de retourner devant le tribunal.

— Et cela vous inquiétait ? demanda Osama.

— Non, rétorqua Bashir d'un air narquois. Elle aurait bien pu me traîner en justice, je n'aurais pas été en mesure de lui donner un sou. »

Il prit un air dur, les bras croisés sur la poitrine, son visage maigre déformé par une grimace hargneuse, mais derrière cette façade on devinait toute l'insécurité de l'immigré sans ressources.

« Vous n'avez pas été mariés longtemps... En tout, ça a duré quoi, deux mois et demi ? reprit Osama.

— À peu près, acquiesça Bashir en haussant les épaules.

— Pourquoi vous étiez-vous mariés ?

— C'était sa mère qui avait tout arrangé. Ma mère et elle étaient amies d'enfance. Elles vivaient toutes les deux à Damas. Sa mère est décédée à présent mais avant sa mort, elle souhaitait voir Leila mariée, la savoir heureuse et en sécurité. C'était sa seule fille. »

Bashir avait décroisé les bras ; l'un d'eux était posé confortablement sur la table, l'autre sur son genou. Cette attitude décontractée était inhabituelle chez une personne interrogée. Osama ne put s'empêcher de se dire que le jeune homme était aussi à l'aise ici qu'il l'aurait été dans son propre salon, en train de bavarder avec des amis. Soit c'était un excellent comédien, soit il n'avait rien à cacher.

« C'est un peu bizarre à dire, poursuivit Bashir, mais je crois que nous nous sommes mariés pour faire plaisir à sa mère. Elle était en train de mourir d'un cancer et nous voulions juste lui procurer un peu de bonheur. Nous avons divorcé une semaine après sa mort.

— Donc, c'était un mariage pour la forme, en quelque sorte.

— Oui.

— Vous entendiez-vous bien avec Leila ?

— Pas vraiment, répondit le jeune homme en secouant la tête, l'air mélancolique.

— Des caractères trop différents ?

— Vous pouvez le dire, rétorqua Bashir en émettant un reniflement sarcastique. Elle se croyait toujours investie d'une mission. Elle allait sauver quelqu'un. Elle allait devenir une réalisatrice célèbre. Elle allait impressionner son monde. Quoi qu'elle entreprenne, il fallait toujours qu'elle se comporte comme si elle était la dernière héroïne sur terre. »

Il pinça les lèvres et parut réfléchir un instant, semblant choisir ses mots.

« Elle avait des qualités admirables, mais elle était difficile à vivre. Disons simplement qu'il n'était jamais question de "nous", mais toujours d'elle. Tout ce qu'elle faisait, c'était dans un noble but. Quel argument peut-on opposer à ça ?

— Laissez-moi deviner un peu... Elle ne faisait jamais le ménage ? dit Osama, d'un ton complice.

— Jamais !

— Je crois que je connais ça, reprit l'inspecteur. La femme libérée, qui parle de créer sa propre entreprise sans que ce projet se concrétise jamais. En attendant, elle a constamment besoin d'argent et n'a plus le temps de s'occuper des travaux ménagers, de la cuisine ou des gosses. Si vous manifestez votre désaccord, elle trouve toujours le moyen de vous culpabiliser. Et vous vous réveillez un beau matin en prenant conscience que vous avez épousé une enfant. »

Bashir laissa échapper un rire sec et dénué de joie.

« C'est exactement ça. Non mais, était-ce vraiment trop lui demander, de faire la lessive de temps à autre ?

— Elle ne l'a jamais faite ?

— Pas une seule fois. »

À ce stade, Osama sut qu'il avait gagné la sympathie de Bashir. Cela ne lui avait pas demandé un gros effort. Il prit un air consterné.

« Au moins, la mienne lave le linge de temps en temps.

— Leila ne fichait absolument rien, à part dépenser mon argent. Et après les deux ou trois premières nuits, elle a tout arrêté, si vous voyez ce que je veux dire. Elle disait qu'elle n'en avait pas envie.

— Elle voyait d'autres hommes, selon vous ?

— Non, déclara Bashir en se penchant en avant, la bouche plissée dans une moue de colère. Vous voulez que je vous dise ? Elle était tellement égocentrique que les hommes n'avaient pour elle qu'une seule utilité...

— ... L'argent, termina Osama.

— Exactement. »

Osama savait qu'il aurait dû être satisfait de voir son stratagème réussir. Ç'avait toujours été la manœuvre préférée de Rafiq – sympathiser avec l'époux éploré en vitupérant l'égoïsme des femmes. Mais, au lieu de cela, il n'en éprouvait qu'un vague malaise. Bashir et Leila étaient terriblement mal assortis. Elle voulait une indépendance que le jeune homme n'était manifestement pas en mesure de lui donner. Certes, il n'était pas du genre à l'empêcher de travailler à l'extérieur. En fait, il aurait même sûrement apprécié un deuxième revenu. Mais tout ce qu'il venait de lui révéler sur Leila ne faisait que mettre en évidence leur incompatibilité. Leila avait dû être déçue de découvrir que son mari était si pauvre, alors qu'elle venait d'une famille aisée. Elle s'attendait sûrement à plus de générosité. Elle ne lui disait sans doute pas toute la vérité, ni sur elle-même et ses sentiments, ni peut-être sur ses projets réels.

Osama se pencha sur le dossier qu'il avait apporté – un accessoire, rien de plus – et fit semblant de chercher quelque chose, pour chasser l'image qui venait de surgir à son esprit : Nuha soulevant sa burqa, lors de leur première nuit, et le frisson d'excitation qui l'avait alors parcouru. Elle était restée impassible, se contentant de lui adresser un sourire taquin. Elle ne portait pas habituellement la burqa, et ne l'avait pas portée la majeure partie du temps, depuis qu'ils étaient mariés, et même avant cela. C'était une de ces femmes déterminées qui soutenaient qu'il n'était pas nécessaire de se voiler le visage à Djeddah ; c'était une ville ouverte, contrairement à Riyad. Un foulard, soit, mais une burqa ? Ridicule. Toutefois, elle en arborait une ce soir-là, leur premier soir, et quand elle l'avait soulevée, il avait failli exploser. Il avait eu le sentiment qu'elle venait de se révéler entièrement à lui, ce qui était absurde parce qu'il la connaissait déjà. Il ne lui avait pas fait la cour à la manière traditionnelle, leurs parents n'y étaient pour rien. Ils s'étaient rencontrés grâce à des amis communs et s'étaient mutuellement choisis. Ils étaient sortis ensemble, avaient appris à se connaître et décidé eux-mêmes de se marier. Et ce soir-là, elle avait mis une burqa. La retirer était un geste aussi simple que d'ôter une chaussure, et cependant, si elle avait commencé par enlever sa robe et ses bas, il n'en aurait pas été aussi profondément troublé. *À présent, je vais te montrer mon vrai moi,* semblait signifier ce geste. *Et je veux m'offrir tout entière à toi.*

Refermant le dossier, il leva les yeux vers Bashir.

« Les choses ne sont jamais telles qu'on les espérait, n'est-ce pas ? »

L'autre secoua la tête d'un air lugubre.

C'était là qu'Osama était censé porter le coup fatal. *N'avez-vous jamais eu envie de la remettre à sa place ? De lui montrer qui était le patron ?* Mais, en contemplant l'homme qui lui faisait face, il ne voyait qu'un être opprimé. Puis il se rappela le témoignage de Farooha ; elle avait tracé de Bashir un portrait tout à fait différent.

« Leila a contracté le typhus durant votre mariage », dit-il tout à trac.

Bashir hocha la tête, l'air brusquement anxieux.

« Comment avez-vous réagi ?

— Pas très bien, avoua le jeune homme, de plus en plus gêné. Je ne m'étais pas rendu compte de la gravité de son état, jusqu'à ce que son frère débarque et menace de me tuer. »

Il soupira et ferma les yeux un instant, avant de poursuivre :

« Écoutez, je faisais trois boulots à la fois et j'arrivais à peine à régler les factures. Leila dépensait tout pour s'offrir des tas de trucs inutiles. Je croyais qu'elle avait simplement la grippe… »

Il se tut, et Osama put voir que ce souvenir le tourmentait encore.

« Je n'ai peut-être pas été le meilleur des maris, mais il s'est révélé que son frère ne valait pas mieux.

— Que voulez-vous dire ?

— C'est ironique qu'elle lui ait demandé protection et que ce soit lui, en fin de compte, qui lui ait flanqué une sacrée correction.

— Quand cela ? s'enquit Osama en s'efforçant de cacher sa surprise.

— Personne ne vous en a parlé, hein ? C'est parce que Leila ne l'a jamais dit à personne. Ça ne s'est produit qu'une seule fois. J'ai oublié ce qu'elle avait fait, elle avait dû sortir alors qu'il le lui avait interdit. Ils se chamaillaient tout le temps.

— Il la frappait souvent ?

— Non, seulement cette fois-là, à ma connaissance, mais il n'y est pas allé de main morte. Elle s'est retrouvée à l'hôpital avec une jambe cassée. Voyez-vous, Abdulrahman se donne un mal de chien pour avoir l'air d'un vrai Saoudien Il garde sa femme enfermée à la maison, et il aurait aimé obliger Leila à se cloîtrer aussi, mais elle n'avait pas peur de lui. Je suis à peu près sûr qu'elle est sortie un jour où il lui avait défendu de le faire, et qu'il est devenu fou de rage en l'apprenant. Je sais ! Elle avait perdu sa caméra ce jour-là, c'est comme ça qu'il l'a découvert. Quelqu'un avait agressé Leila sur la plage.

— Son frère prétend que c'est au cours de cette agression que Leila a eu la jambe cassée.

— Ce n'est pas ce qu'elle m'a raconté.

— Mais si elle n'avait pas peur de son frère, pourquoi n'a-t-elle pas porté plainte contre lui ?

— Elle savait qu'il pouvait lui rendre la vie impossible. Il pouvait faire annuler son visa et la renvoyer en Syrie. Elle ne voulait pas retourner là-bas.

— Croyez-vous qu'elle vous ait épousé pour se libérer de lui ? À cause du visa ?

— Pas vraiment, répondit Bashir, parce qu'il pouvait également faire abroger mon visa à n'importe quel moment. C'était mon répondant. »

Osama resta un moment silencieux, essayant d'analyser cette information. Leila avait épousé un homme qui dépendait de son frère. Qu'Abdulrahman se soit porté garant de Bashir n'avait rien d'étrange en soi – leurs parents se connaissaient depuis si longtemps qu'ils étaient comme des membres d'une même famille – mais cela démontrait à quel point Leila était dépendante de son frère.

« Est-ce la raison pour laquelle vous avez actuellement des problèmes de visa ? s'enquit-il.

— Oui. Après le divorce, Abdulrahman n'a plus voulu me servir de garant. Je ne sais pas ce que Leila lui a raconté à mon sujet, mais j'ai l'impression qu'elle rejetait toute la faute sur moi. Et puis, il m'en voulait encore à cause du typhus. Il a rompu toute relation avec moi. J'ai été obligé d'emménager chez mon frère, et je n'ai pas trouvé d'autre répondant depuis. »

Osama hocha la tête. Il allait vérifier la véracité de ces allégations, mais il avait le pressentiment que, malgré la rancœur manifeste que Bashir vouait à son ex-beau-frère, le jeune homme disait la vérité

« Très bien, dit-il en ouvrant son bloc-notes. À titre de renseignement, j'aimerais savoir où vous vous trouviez le jour où Leila a disparu. »

28

OSAMA SE RAPPELAIT ENCORE LE JOUR où il avait acheté le trousseau de Nuha. Sa mère l'avait emmené dans une boutique de lingerie, et ils y avaient passé trois heures. Ils en étaient ressortis avec six sacs de soutiens-gorge et de sous-vêtements divers. S'il était rentré tout de suite chez lui et avait ouvert le tiroir de la commode de Nuha, il aurait été bien incapable de reconnaître les dessous qu'il avait choisis. En revanche, il se souvenait parfaitement de la conversation qu'il avait eue ce jour-là avec sa mère. Elle lui avait expliqué combien la lingerie était importante pour les femmes : puisqu'elles étaient obligées de dissimuler leur beauté la plupart du temps, le mariage était pour elles l'occasion de montrer enfin ces trésors cachés. Bien sûr, elles arrivaient chez leur époux avec de pleines malles de vêtements, mais c'était à celui-ci qu'il incombait en quelque sorte de donner le ton, de faire savoir à sa fiancée ce qu'il aimerait la voir porter dans l'intimité. Et ils avaient passé trois heures à tergiverser, étourdis par le choix qui s'offrait à eux. Qu'est-ce qui plairait le plus à Nuha ? Le bleu ou le rouge ? Le cuir ou le satin ? Quel était son genre ? Il n'en était pas très sûr encore, mais avait quand même fini par se décider. En découvrant son trousseau, Nuha avait pleuré de joie. Et ensuite, elle avait invité toutes ses amies à venir admirer ses cadeaux. Pendant longtemps, Osama s'était secrètement félicité d'avoir si bien deviné ses goûts. À présent, il se rendait compte qu'elle ne portait généralement pas grand-chose au lit et que la lingerie restait reléguée dans son meuble, dans un coin de la chambre.

Il se rendait à la boutique d'Abdulrahman pour procéder à un nouvel interrogatoire. Katya était assise sur le siège du passager, se demandant sans doute pourquoi il l'avait priée de l'accompagner alors qu'il était de si mauvaise humeur. Elle gardait le silence et ne regardait pas par la fenêtre comme une malheureuse enfant punie, il devait lui reconnaître au moins ce mérite. Il n'aurait pas supporté de se sentir coupable vis-à-vis d'elle.

Ils se garèrent sur le parking en face du magasin. Katya fit mine de descendre, mais Osama lui demanda d'attendre – les premières paroles qu'il lui adressait depuis qu'ils avaient démarré. Elle hocha la tête et se cala dans son siège.

« Au fait, reprit-il, auriez-vous une copie du rapport médical sur cette jambe cassée ?

— Non, répondit-elle, légèrement embarrassée. Je n'ai pas jugé utile de le chercher. Adara m'a dit que la fracture n'avait pas été correctement réparée et que, selon toute vraisemblance, Leila n'avait pas consulté de médecin. »

Osama hocha la tête.

« Pourquoi me posez-vous cette question ? s'enquit Katya.

— Je crois que c'est son frère qui l'a battue, le jour où elle s'est fait voler sa caméra. En tout cas, c'est ce qu'affirme Bashir, son ex-mari. »

Ils attendirent que l'appel à la prière de l'après-midi ait retenti avant d'entrer dans la boutique. Dès qu'Osama apparut sur le seuil, un des employés surgit de derrière la caisse et se rua vers les portes, comme s'il s'apprêtait justement à les fermer. Il abaissa une grille métallique et retourna une pancarte apposée sur la vitrine, sur laquelle on pouvait lire : *Fermé pour la prière, Allah Akbar.* Puis l'homme regarda autour de lui d'un air indécis. Quelques acheteurs flânaient encore entre les rayons. L'employé aurait visiblement préféré rester là pour les surveiller et empêcher les vols, mais il se dirigea vers le fond du magasin, pour se livrer sans doute à ses ablutions. Sans rien dire, l'inspecteur s'avança dans la même direction, suivi de Katya.

Quand ils arrivèrent à l'arrière-boutique, il s'aperçut que la jeune femme n'avait pas abaissé sa burqa et qu'elle promenait son regard autour de la pièce avec une assurance égale à celle de Faiza. À la pensée de son ancienne collaboratrice, il s'assombrit de nouveau et s'engouffra résolument par la porte à double battant.

L'atelier était désert. Abdulrahman devait accorder une pause à ses salariés au moment des prières. Une des portes latérales était ouverte, laissant entrer un mince filet de fumée de cigarette. Dans le bureau, Fuad était assis devant l'ordinateur, ses doigts s'agitant sur le clavier. En voyant Osama, il le salua d'un signe nerveux de la tête, mais quand son regard se posa sur Katya, il fronça les sourcils.

« Inspecteur, dit-il, en jetant un coup d'œil en direction de l'atelier. Entrez, je vous prie. Puis-je vous offrir un thé ? ajouta-t-il, ignorant complètement la jeune femme.

— Non, merci.

— Que puis-je faire pour vous ?

— Nous espérions trouver M. Nawar, expliqua Osama. Aurais-je interrompu... »

Au même instant, une porte s'ouvrit et Abdulrahman émergea de ce qui devait être une salle de bains, s'essuyant les mains sur une serviette. Son visage et ses avant-bras encore humides indiquaient qu'il venait d'effectuer ses ablutions.

Avec une rapidité surprenante, Fuad se plaça devant Katya, la dissimulant à la vue de son patron.

« L'inspecteur et son assistante sont revenus vous voir », annonça-t-il d'une voix forte.

Deux pensées surgirent simultanément à l'esprit d'Osama. D'abord, Fuad ne s'était pas rendu compte qu'il ne s'agissait pas de la même « assistante ». Ensuite, s'il lui témoignait de l'hostilité, c'était parce qu'il savait qu'Abdulrahman se préparait pour la prière et que la vue d'une femme risquait de l'offenser ou de le rendre impur ; il serait donc obligé de recommencer le rituel. L'inspecteur observa le commerçant avec curiosité. Jusqu'où allait son observance des règles religieuses ? Le seul fait d'avoir entrevu l'*abaya* de Katya suffirait-il à le renvoyer dans la salle de bains ?

Abdulrahman hésita. Ses yeux voletèrent de l'*abaya* au visage de Fuad, comme pour lui reprocher d'avoir laissé une femme entrer dans l'atelier. Puis il se tourna vers Osama.

« Oui, inspecteur ? dit-il d'un ton sec. Y a-t-il un problème ?

— Nous aimerions vous poser quelques autres questions, répondit l'inspecteur, de manière aussi peu amène.

— Je présume que cela peut attendre la fin de la prière ? »

Osama n'aimait pas l'individu et n'aurait eu aucun scrupule à bousculer son emploi du temps. Mais Abdulrahman n'en faisait jamais qu'à sa guise, que cela convienne aux autres ou pas.

Ce fut Katya qui, en fin de compte, dénoua la situation. Elle fit un pas en avant et regarda le négociant droit dans les yeux. Il lui rendit son regard et, l'espace d'une seconde, parut sur le point de la rabrouer vertement. Mais il se contenta de déposer sa serviette sur une table et, d'un geste raide, leur fit signe d'entrer dans son bureau.

Katya s'assit à gauche d'Osama, juste derrière lui, de façon à pouvoir surveiller à la fois le commerçant et son acolyte. Elle était allée elle-même se chercher une chaise car, apparemment, Fuad s'attendait à ce qu'elle reste debout. Il avait invité Osama à prendre place, et avait ensuite lancé un regard mauvais dans sa direction à elle, l'air de dire : *Pourquoi ne fiches-tu pas le camp, puisque tu ne sers à rien ?* Elle l'avait ignoré. L'inspecteur était trop concentré sur Abdulrahman pour avoir remarqué l'incident, et elle demeura donc silencieuse, l'esprit en ébullition. Ainsi, ce serait Abdulrahman qui aurait agressé Leila ? À en juger par l'hostilité qui émanait de toute sa personne en ce moment même, il semblait tout à fait capable de se montrer violent.

Elle ne comprenait toujours pas pourquoi Osama l'avait emmenée. Il savait sûrement qu'une présence féminine mettrait les hommes mal à l'aise. Elle chassa son irritation. C'était l'occasion qu'elle avait toujours espérée.

Abdulrahman était assis sur le canapé face à eux. Elle le dévisagea ouvertement. S'il la prenait pour une enquêtrice, elle ne demandait pas mieux que de jouer ce rôle. Mais en réalité, elle cherchait à discerner en lui une ressemblance avec Leila. Tout ce qu'elle put trouver, ce fut une vague similitude dans la forme du menton. Le visage d'Abdulrahman était plus empâté, plus vieux, et on ne voyait pas dans son expression cette vivacité que, s'imaginait-elle, Leila devait posséder. Katya avait toujours trouvé ridicule l'affirmation selon laquelle, dans les mariages arrangés, les hommes pouvaient juger de la personnalité et du comportement de leur future épouse en observant ses frères. Et voilà qu'elle examinait Abdulrahman pour se faire une idée de ce à quoi Leila pouvait ressembler.

Lui aussi était passionné, à sa manière. Son air profondément contrarié mettait tout le monde mal à l'aise, à commencer par Fuad. L'assistant ne tenait pas en place, il restait près de la porte comme s'il attendait des instructions, trompant sa nervosité en vérifiant les appels sur son portable, en donnant des ordres aux ouvriers dans l'atelier, sans cesser d'épier anxieusement son patron.

« Leila vous avait-elle dit qu'elle travaillait à un documen taire sur le Coran ? » était en train de demander Osama.

Aussitôt, Fuad se raidit. Abdulrahman foudroya l'inspecteur du regard et secoua la tête.

« Je présume que ma sœur faisait toutes sortes de choses à mon insu.

— Peut-être avait-elle peur de votre réaction ?

— Tout dépend de quoi il s'agissait.

— La collection d'art religieux photographiée par votre sœur faisait partie d'un projet plus vaste. Elle filmait ses entretiens avec un chercheur occidental en vue d'un documentaire prétendant démontrer que le Coran n'est pas la parole authentique et complète d'Allah, mais qu'elle a été modifiée par les premiers musulmans. »

Les narines d'Abdulrahman se dilatèrent

« Le documentaire est inachevé, mais il nous donne quand même une idée assez précise du but recherché. De toute évidence, c'était un sujet propre à enflammer les esprits, et si certaines personnes en avaient été informées...

— M'accuseriez-vous de quoi que ce soit ?

— Avez-vous fait quelque chose pour qu'on vous accuse, monsieur Nawar ? »

Le commerçant ne répondit pas et le silence se prolongea, menaçant. Fuad observait son employeur, mais celui-ci évitait son regard.

Finalement, l'assistant prit la parole. Osama et Katya se tournèrent vers lui.

« Leila cherchait toujours la polémique. Ça ne veut pas dire qu'elle croyait à cette théorie.

— Je pense que son cousin Ra'id ne serait pas du même avis, rétorqua Osama en regardant Abdulrahman.

— Ra'id ne sait rien, grommela ce dernier.

— Donc, vous connaissiez l'existence de ce documentaire ? » s'enquit Katya.

Osama tressaillit imperceptiblement, surpris peut-être par son intervention. Abdulrahman garda les yeux fixés sur l'inspecteur, ignorant ostensiblement la jeune femme.

« J'ai dit que je n'étais au courant de rien.

— Mais Ra'id en sait peut-être davantage que vous ne le pensez ? » suggéra Katya.

Le commerçant lança un regard assassin dans sa direction, sans poser les yeux sur elle.

« D'après nos sources, reprit Osama, vous vous disputiez fréquemment avec Leila, avant sa disparition.

— Nous ne nous disputions pas.

— Des témoins rapportent qu'elle allait se réfugier auprès de ses amies après ces querelles et qu'elle était… – Osama consulta ses notes – … visiblement bouleversée.

— Cela n'a rien à voir avec sa disparition, murmura Abdulrahman entre ses dents.

— Certains témoins affirment que c'est vous qui lui avez cassé la jambe. »

Furieux, le négociant se redressa d'un bond, manquant renverser le canapé. Fuad accourut mais demeura planté à côté de lui, ne sachant que faire.

« C'est grotesque ! tonna Abdulrahman. Qui vous a raconté ça ?

— L'avez-vous frappée, le jour où elle est revenue de la Corniche sans sa caméra ?

— C'est ridicule. »

Le visage du frère de Leila reflétait une telle fureur que Katya sentit son cœur s'affoler.

« L'avez-vous frappée ? répéta Osama, sans se départir de son flegme glacial.

— Je n'ai jamais levé la main sur ma sœur ! *Jamais.* Allez-vous comprendre, à la fin ?

— C'est son ex-mari qui vous a dit ça ? » intervint calmement Fuad.

Tous les regards convergèrent sur lui.

« Ce salopard ! cracha Abdulrahman, le visage cramoisi.

— Ce n'est pas Bashir qui a inventé ça, dit Fuad. Leila sera sûrement allée le voir pour lui soutirer de l'argent, et elle lui aura raconté ce mensonge pour s'attirer sa compassion, sachant à quel point il vous détestait. »

L'expression d'Abdulrahman s'apaisa peu à peu, et il sembla accepter cette explication avec gratitude. Katya comprenait à présent pourquoi Fuad ne le quittait pas d'une semelle. Elle devait admettre qu'il avait fait preuve d'une grande habileté. Osama, cependant, ne parut pas convaincu par cet argument.

« Leila a-t-elle reçu des soins médicaux pour cette fracture ?

— Oui, bien sûr.

— Pourriez-vous me montrer le rapport du médecin ? »

Abdulrahman regarda Fuad.

« Non, répondit l'assistant, mais je peux vous donner son nom. »

Pendant qu'il cherchait le renseignement sur l'ordinateur, Osama se tourna de nouveau vers le commerçant.

« Vous aviez des disputes avec votre sœur, insista-t-il.

— Des discussions, plutôt.

— Et cela vous arrivait souvent ? »

Abdulrahman acquiesça d'un grognement.

« Et vous vous disputiez à propos de quoi, monsieur Nawar ? »

Le commerçant paraissait avoir du mal à respirer.

« Je n'aimais pas qu'elle sorte seule. Un jour, j'ai découvert qu'elle avait passé toute la journée dehors sans escorte. Ra'id était censé l'accompagner, mais elle est rentrée à la maison sans lui. Et elle s'était déjà fait agresser. Ça ne me plaisait pas. Elle se mettait en danger.

— Et Leila ne partageait pas ce point de vue ?

— Je lui ai dit que tant qu'elle vivrait sous mon toit, elle devrait obéir à mes règles. Que si elle ne les acceptait pas, elle devrait se débrouiller toute seule.

— Vous l'auriez jetée dehors ?

— Bien sûr que non, se récria Abdulrahman d'un ton offensé. J'essayais simplement de lui enseigner les convenances.

— Elle ne semble pas vous avoir obéi, répliqua Osama. En fait, non seulement elle a interviewé ce chercheur occidental, mais elle s'est rendue dans le désert avec lui sans personne pour l'accompagner, vraisemblablement. Nous savons aussi qu'elle fréquentait un homme marié, un Américain. Son cousin nous a déjà confirmé qu'il n'était pas présent lors de ces rencontres. »

Le visage du commerçant avait pris une teinte violacée.

« Leila vous avait-elle fait part de tout ça ? reprit l'inspecteur.

— Si vous continuez à m'accuser d'avoir fait du mal à ma sœur… »

Fuad intervint alors, lui coupant la parole :

« Évidemment qu'elle ne lui disait rien ! Elle se conduisait comme une enfant, et elle aurait voulu qu'il lui serve de père. »

Sans quitter Abdulrahman des yeux, Osama répéta :

« Donc, elle ne vous a rien dit de tout cela ? »

L'homme secoua la tête.

« Que se passait-il, lors de ces disputes, monsieur Nawar ?

— C'étaient des discussions, pas des disputes. Et il ne se passait rien. Je lui expliquais les règles, elle acceptait de les suivre.

— Et ensuite, elle les enfreignait. Vous vous en êtes sûrement aperçu, sinon pourquoi auriez-vous continué à vous quereller ? Comme vous l'avez reconnu vous-même, ces scènes se sont reproduites plus d'une fois.

— Je vous l'ai déjà dit, je l'ai surprise un après-midi rentrant à la maison sans Ra'id.

— Cette fois-là seulement ? Quel était le motif des autres querelles, alors ? »

Abdulrahman enserra ses genoux avec force. Il était visiblement à bout de patience, se dit Katya, et elle se raidit, s'attendant à le voir exploser d'une minute à l'autre.

« Je ne vois pas quel rapport cela peut avoir avec sa mort, murmura-t-il.

— Répondez à ma question, monsieur Nawar. Avez-vous appris quelque chose qui a provoqué une nouvelle dispute ? Avez-vous découvert qu'elle voyait cet Américain ? Qu'elle était partie dans le désert avec le chercheur ? »

Les jointures d'Abdulrahman étaient blêmes.

« Connaissiez-vous l'existence de ce documentaire ? »

La pièce s'emplit d'un silence tendu. Le commerçant faisait un effort manifeste pour se maîtriser. Au bout d'un moment interminable, il finit par répondre :

« Non, j'ignorais ce qu'elle faisait. Je n'ai jamais entendu parler de cet Américain ni du chercheur. Je ne me doutais de rien. Ma sœur me mentait, ajouta-t-il, tandis qu'une expression de colère terrifiante se peignait sur ses traits. Avez-vous autre chose à me demander ? »

Osama se trouva momentanément pris de court. Fuad s'approcha et lui tendit une carte où il avait inscrit le nom du médecin de Leila.

« Monsieur Nawar, demanda brusquement Katya, vous avez installé des caméras de surveillance dans le magasin, n'est-ce pas ?

— Et quel est le rapport avec Katya ? » rétorqua Fuad, en haussant exagérément les sourcils.

Katya était déjà excédée par son comportement brusque et arrogant. Ce fut la goutte d'eau qui fit déborder le vase.

« Contentez-vous de répondre à ma question, lui intima-t-elle sèchement.

— Nos caméras sont en panne.

— Ça tombe à pic, ironisa-t-elle, étant donné que c'est le seul moyen de confirmer l'alibi de Ra'id. Vous n'aviez qu'une seule caméra ?

— Nous en avons plusieurs, toutes reliées à un réseau, et c'est le réseau qui ne fonctionne plus. Une histoire de virus informatique.

— Ce n'est toujours pas réparé ?

— Non. L'entreprise à laquelle nous avons fait appel n'était pas sérieuse, et nous allons devoir en trouver une autre Il va sûrement falloir remplacer tout le système. »

Katya se tourna vers Abdulrahman.

« N'est-ce pas bizarre que le système de surveillance soit tombé en panne le jour où votre sœur a disparu ?

— J'en ai assez », dit le commerçant en se levant.

La rage accumulée en lui déborda tout à coup. Il se campa devant Osama, le dominant de toute sa taille, et pointa sur lui un doigt menaçant. Katya comprit que c'était à elle qu'il s'adressait en fait.

« Vous pensez qu'elle a été enlevée ici ? Que c'est nous qui avons fait ça ? cracha-t-il. Je vous ai dit et redit que je n'ai aucune idée de ce qui lui est arrivé. Vous ne m'avez pas écouté ? C'est moi qui ai signalé sa disparition. J'appelais la police tous les jours pour savoir s'il y avait du nouveau, et vos crétins de collègues n'avaient même pas l'air de savoir de quoi je parlais. »

Osama s'était adossé à son siège et Fuad, mortifié, avait la main crispée sur son portable.

« Le seul fait de venir fureter ici et de me poser toutes ces questions stupides montre bien que vous n'avez pas progressé d'un pas. Vous êtes dans une impasse ? Vous voulez des réponses ? Foutez le camp de mon magasin et allez les chercher ailleurs, parce que ce n'est pas ici que vous les trouverez ! »

Il pivota sur lui-même et sortit en trombe de la pièce. Fuad hésita, parut sur le point de leur présenter des excuses, puis s'élança à ses trousses. Osama se leva et fit signe à Katya qu'il était temps de partir. Alors seulement, elle s'aperçut que ses mains tremblaient.

Osama ne lui adressa pas un mot avant qu'ils aient regagné leur voiture.

« Il a raison. L'enquête piétine. Mais vous avez fait du bon boulot. »

Katya hocha la tête, ne sachant que répondre. Elle était encore sous le choc de la violente sortie d'Abdulrahman.

« Croyez-vous qu'il disait la vérité en affirmant qu'il ne l'avait jamais frappée ? » demanda-t-elle.

Il haussa les épaules.

Le trajet jusqu'au commissariat n'en finissait pas ; la circulation était ralentie, et ils passèrent à deux reprises devant des véhicules accidentés.

Dès qu'ils furent rentrés, Osama regagna son bureau. Katya était affamée. C'était l'heure du déjeuner et elle n'avait rien mangé ce matin-là. Elle n'avait pas non plus emporté d'en-cas et était trop fatiguée pour ressortir. Elle resta donc dans le hall d'entrée, contemplant la rue d'un air indécis.

Ce fut là qu'Osama la trouva.

« Toujours pas de nouvelles de Mme Walker, dit-il. Deux de mes hommes surveillent son appartement. Elle ne s'y trouve pas. Elle a dû partir très tôt ce matin et n'est pas encore rentrée.

— Avez-vous…

— Nous avons interrogé ses voisins, se hâta-t-il de répondre. Sans aucun résultat. »

Elle comprit, avec un temps de retard, qu'il avait autre chose à lui annoncer.

« Majdi vient de recevoir le relevé des appels qu'elle a passés depuis son portable, poursuivit-il. Elle a téléphoné à quelqu'un juste avant de partir. Un particulier, pas une compagnie de taxis. Le numéro est celui d'un certain Nayir Sharqi. »

Katya regretta de ne pas avoir abaissé sa burqa, car elle fut impuissante à dissimuler sa réaction. Osama la regarda en étrécissant les yeux.

« Je me demandais s'il s'agissait du type qui est venu ici…

— Oui, l'interrompit-elle. Je le connais. »

Elle s'attendait à subir ses foudres, mais il garda le silence.

« Je vais le contacter immédiatement, reprit-elle, et voir s'il sait quelque chose.

— Voilà mon numéro, dit Osama en lui tendant une carte. Appelez-moi dès que vous aurez réussi à le joindre. »

Rouge de confusion, elle prit le bristol et remonta en hâte dans son laboratoire.

29

LE BOX RÉSERVÉ AUX FAMILLES dans le restaurant al-Baik était entouré d'une cloison de plastique opaque, de manière à dissimuler les convives aux regards curieux des autres clients. Assis face à Miriam, Nayir faisait de son mieux pour ne pas la regarder manger. Elle paraissait si pâle en sortant des bureaux de SynTech qu'il avait décidé de s'arrêter devant l'établissement pour acheter un plat à emporter. Avec l'entêtement qui la caractérisait, elle avait insisté pour entrer dans le restaurant avec lui, et, une fois à l'intérieur, elle avait demandé à toute force à s'asseoir dans un box, sous prétexte qu'elle ne voulait pas salir l'intérieur de sa belle voiture toute neuve en y renversant de la sauce moutarde. Il aurait aimé lui répondre que cela lui était égal, cela le dérangeait beaucoup plus d'être assis en face d'elle avec sa burqa relevée. Mais c'était vrai, il n'avait effectivement pas envie qu'elle tache ses sièges. Puisqu'elle devrait de toute façon enlever son voile pour manger, mieux valait qu'elle le fasse dans l'intimité de cette stalle.

Quand ils se furent installés, il constata avec surprise que cette situation ne l'embarrassait pas au point de lui couper l'appétit. Six mois plus tôt, il n'aurait pas réagi ainsi. Il se serait arrêté à un stand quelconque au bord de la route, lui aurait acheté un *chawarma* et l'aurait obligée à le manger dans la voiture. Face à ce visage nu, il prit conscience qu'un changement s'était opéré en lui. Peut-être parce que c'était une femme mariée, une Occidentale peu habituée à leurs coutumes. Quelque chose, dans son attitude, lui permettait plus facilement de la traiter comme un homme.

« Ce n'était pas comme ça, autrefois, déclara soudain Miriam, en s'efforçant de prendre un ton désinvolte. Je veux dire, entre Eric et moi... »

Elle piocha un morceau de poulet dans son plateau-repas avant de poursuivre :

« Il me racontait tout. Il me considérait vraiment comme sa partenaire. Mais depuis que nous vivons ici... (Elle décrivit une spirale dans l'air avec une aile de poulet, comme si le reste de la phrase allait de soi.) C'est vraiment délicieux, reprit-elle en montrant son plat.

— Que s'est-il passé, depuis que vous êtes ici ? ne put s'empêcher de demander Nayir.

— Ma foi..., répondit-elle d'un ton hésitant, en le jaugeant du regard, comme pour déterminer jusqu'où elle pouvait se confier à lui. Il est tombé amoureux de ce pays. Et pourquoi pas... sauf qu'il a vraiment commencé à se comporter comme les hommes d'ici. Il passe tout son temps à se balader avec ses amis. Ils vont dans le désert, ils font de la voile, de la plongée, ou ils restent dans le salon des hommes à fumer le *hookah*. Même dans ma propre maison, je suis tenue à l'écart. Il n'a pas complètement cessé de se considérer comme un Américain, simplement, quand je l'accompagne dans ses sorties, il y a toujours comme une sorte de malaise. Il fréquente surtout des Arabes, mais ses amis américains réagissent de la même manière. Dès qu'ils sont ici, ils se conduisent différemment. »

Elle prit une autre bouchée de poulet avant de poursuivre :

« Comprenez-moi bien, en Amérique, il lui arrivait de passer une soirée avec ses copains, mais nous pratiquions aussi toutes sortes d'activités ensemble. De la randonnée, par exemple. Nous allions au cinéma, ou bien dîner chez des amis. Ici, nous ne faisons plus rien de tout ça.

— Pourquoi ? »

Elle n'aurait pas eu l'air plus interloquée si le poulet dans son assiette était revenu à la vie.

« Euh, peut-être parce que, quand nous rendons visite à nos voisins, je vais dans une pièce et lui dans une autre ? Ignorez-vous que, dans le reste du monde, obliger votre épouse à rester dans une pièce à part aurait l'air un peu bizarre ?

— Rien ne vous empêche de faire des randonnées ensemble, objecta-t-il sans conviction.

— Et vous ? contre-attaqua-t-elle. Êtes-vous marié ?

— Non, répondit-il, l'appétit brusquement coupé.

— Oh, fit-elle, visiblement surprise. Mais vous avez une petite amie ? »

Comment pouvait-elle faire preuve d'une pareille audace ? Mais il l'avait mérité ; il commençait à la connaître et il aurait dû s'y attendre.

« Non, dit-il une fois de plus.

— Oh, allons donc, et cette femme qui était avec vous l'autre jour ? J'ai bien vu qu'elle vous plaisait. »

Nayir sentit ses joues s'empourprer.

« Comment s'appelle-t-elle ? reprit Miriam.

— Katya.

— Eh bien, Katya est très belle, dit l'Américaine, un léger sourire étirant les coins de ses lèvres. Et gentille, aussi. La façon dont elle m'a pris la main... »

D'un geste nerveux, Nayir essuya ses doigts maculés de graisse sur sa serviette en papier, déjà à moitié réduite en lambeaux.

« Je croyais que dans ce pays un homme et une femme ne pouvaient pas sortir ensemble avant le mariage, poursuivit-elle.

— Ce n'est pas convenable, en effet, dit-il, se décidant enfin à la regarder. Néanmoins, certains le font.

— Mais pas vous.

— Ce n'est pas convenable », répéta-t-il.

Il commençait à se sentir un peu bête. Comment lui expliquer ?

« Alors, quand pouvez-vous la voir ? demanda-t-elle.

— Nous travaillons ensemble, parfois.

— Mais vous avez dit que vous n'étiez pas policier...

— Elle me demande quelquefois de l'aider.

— Et c'est tout ? Vous la voyez seulement dans ce genre d'occasion ? s'exclama Miriam en ouvrant la bouche. Si je comprends bien, continua-t-elle après avoir dégluti, cette visite à mon appartement, c'était pour vous deux une sortie en amoureux, en quelque sorte ? »

Dans un éclair de lucidité, il perçut alors que leur mode de vie devait paraître monstrueusement restrictif, rétrograde et même pathétique à ses yeux.

« Et elle, elle est mariée ? reprit Miriam.

— Non, bien sûr que non. »

Elle hocha la tête, comme si cette réponse ne faisait que confirmer ses soupçons.

« Qu'y a-t-il ? lui demanda-t-il.

— Oh, rien. »

Comme il fronçait les sourcils, elle soupira :

« Bon, si vous tenez à le savoir, je trouve simplement dommage que vous ne puissiez pas l'emmener au restaurant de temps en temps. Comme nous le faisons en ce moment même ! ajouta-t-elle en désignant la table d'un large geste du bras. Que vous ne puissiez pas au moins déjeuner ensemble...

— Cela nous est arrivé, répliqua-t-il d'un ton défensif.

— Combien de fois ? Une ? »

Il demeura coi.

« Rendez-vous compte, vous êtes en train de déjeuner avec moi, alors que je suis pratiquement une inconnue pour vous. Après tout, ça ne devrait pas m'étonner, ajouta-t-elle, comme si elle repensait soudain à sa propre situation. Vous ne voyez jamais Katya, et je ne vois jamais Eric. Il y a quelque chose qui ne tourne pas rond, dans ce pays. »

Nayir attaqua son poulet pour éviter de lui répondre.

« Vous croyez qu'il s'est lassé de moi, ou quelque chose comme ça ? »

Elle cessa de mâcher et avala avec difficulté.

« Non, répondit-il.

— Écoutez, depuis notre arrivée ici, il s'est de plus en plus éloigné de moi. Je ne sais pas pourquoi. J'ai pensé moi aussi que c'était ma faute, mais finalement je ne crois pas, expliqua-t-elle, d'une voix de défi teinté de désespoir. En fait, je suis à peu près sûre qu'il est mêlé à une histoire louche.

— Que voulez-vous dire ? »

Elle prit une inspiration, s'essuya les mains sur une serviette.

« Hier soir, je ne me sentais pas très rassurée, toute seule dans l'appartement, alors je suis allée dormir chez ma voisine. Ce matin, quand je suis rentrée chez moi, il y avait une odeur bizarre dans l'appartement. Une odeur masculine, un mélange de lotion après-rasage, de savon, de... Ça m'a vraiment fichu la trouille.

— C'était votre mari ?

— Non, ce n'était pas son odeur. Mais quelqu'un était venu dans l'appartement. C'est pour cela que je suis partie si tôt. Et, à vrai dire, ajouta-t-elle en pinçant les lèvres, c'est un peu pour ça que je vous ai appelé. Bon, les taxis étaient tous pris, et je voulais aussi vous dire que l'adresse du propriétaire n'était pas la bonne. Mais en vous parlant je n'arrêtais pas de penser : et si celui qui s'est introduit ici était encore caché dans les parages ? Il fallait que je quitte le quartier à tout prix. »

Les sourcils de Nayir lui faisaient mal, et il s'aperçut qu'il les fronçait avec force depuis un bon moment.

« A-t-on dérobé quelque chose dans votre appartement ?

— Je n'ai pas pris le temps de vérifier, mais j'avais emporté mon sac et, à part son contenu, il n'y a rien qui puisse intéresser un voleur... Vous ne pensez quand même pas à des policiers ? reprit-elle en avançant une main hésitante vers son plateau.

— Non, dit-il en secouant la tête. S'ils vous cherchaient, ils auraient sans doute interrogé vos voisins.

— Il y a autre chose », ajouta-t-elle en reposant son morceau de poulet pour fouiller dans son sac.

Brusquement, elle suspendit son geste et le regarda.

« Oui ? l'encouragea-t-il.

— Je veux être sûre que je peux vous faire confiance », dit-elle en sortant une feuille de papier pliée.

Il hocha la tête, incertain.

« Promettez-moi seulement que, quoi qu'il y ait là-dessus, vous n'en parlerez à personne sans mon accord ?

— Qu'est-ce que c'est ?

— Je l'ignore. Rien, peut-être. Mais je vous en prie, promettez-le-moi. »

Il se rendit compte qu'elle était effrayée.

« Soit, acquiesça-t-il. Je vous le promets. »

D'un geste réticent, elle poussa la feuille vers lui.

« Je ne lis pas l'arabe. Pouvez-vous simplement me traduire le texte ? »

Nayir s'essuya les mains, déplia le document et le parcourut rapidement. C'était un certificat de mariage de mauvaise qualité, une attestation temporaire, fort semblable au *misyar* qu'il avait possédé autrefois. Cette pratique était autorisée par l'islam, et les gens y recouraient parfois quand ils ne souhaitaient pas s'engager de manière définitive. Le nom de l'époux était Eric Walker.

« Où avez-vous trouvé ça ? demanda-t-il, conscient de la tension que trahissait sa voix.

— Dans l'attaché-case d'Eric, à la maison. Pourquoi ? Qu'est-ce que c'est ? »

Nayir contempla le document. Il répugnait à lui dire la vérité, après tout ce qu'elle avait enduré ces derniers jours. Néanmoins, il se contraignit à avouer :

« C'est un faux certificat de mariage. Tout à fait légal, sur le plan technique. Il porte la signature d'un imam. Il est écrit ici que votre mari a épousé une femme du nom de Leila Nawar. »

Le visage de Miriam avait viré au gris. Elle le dévisageait d'un air ahuri.

« Je suis désolé. Cette femme…

— C'est celle qu'on a retrouvée morte, l'interrompit Miriam.

— Oui. »

Il replia la feuille, esquissa le geste de la lui rendre, puis se ravisa. Il aurait voulu lui conseiller de déchirer ce document en mille morceaux, mais il n'était que trop conscient de l'intérêt qu'il présentait pour les enquêteurs.

« Vous ne devriez pas…

— Ce n'est pas lui », murmura-t-elle d'une voix sans timbre, le visage figé et le regard fixe.

Nayir songea qu'elle était en plein déni, et que peut-être tout ce qu'elle lui avait dit d'Eric jusqu'à maintenant lui avait été dicté par cette même réaction de défense. De toute évidence, Eric était coupable d'adultère – ou, du moins, coupable d'avoir pris une seconde épouse sans le consentement de la première. Et sa disparition le désignait aussi comme le principal suspect du meurtre.

« Il faut que je sorte d'ici », souffla Miriam, se levant brusquement et poussant la porte du box.

Nayir empocha le certificat et s'élança derrière elle. À son grand soulagement, il constata qu'elle se dirigeait vers le Rover.

« Madame Walker..., demanda-t-il quand il l'eut rejointe. Où voulez-vous que je vous emmène ?

— Je ne sais pas », répondit-elle en promenant sur le parking un regard hébété.

Sa voix tremblait, mais elle s'efforçait de la maîtriser.

« Je ne peux pas rentrer chez moi, je ne m'y sens pas en sécurité. Et je ne fais pas confiance à Jacob et Patty. Je suppose que je pourrais aller chez mes voisins, mais si la police vient me chercher...

— Peut-être devriez-vous vous présenter au commissariat de votre propre chef.

— Non ! s'écria-t-elle, se redressant en sursaut. Vous êtes cinglé ? Vous savez ce qu'ils me feront ?

— Peut-être souhaitent-ils simplement vous interro...

— Non ! Écoutez, je ne parle pas votre langue, mais j'en connais un rayon sur votre police. Ce sont des fous furieux. Ils peuvent faire tout ce qui leur plaît. Un ami d'Eric a été expulsé pour être sorti avec une fille. On les a surpris, et vlan ! On ne lui a même pas laissé vingt-quatre heures pour faire ses valises. Et... et un autre a été arrêté parce qu'il portait une croix à son cou. Ne me regardez pas comme ça ! Il était catholique. Et c'était une toute petite croix. Ils l'ont gardé six mois en prison, bon sang ! Et mon mari qui est mêlé à une affaire de meurtre ! À votre avis, qu'est-ce qui m'attend ?

— Mais vous n'avez rien fait de mal, se hâta-t-il de rétorquer.

— Si Eric et cette fille couchaient ensemble, combien de temps leur faudra-t-il pour conclure que je les ai peut-être tués tous les deux par jalousie ?

— Vous n'étiez même pas dans le pays quand elle a été tuée, non ?

— Je n'en sais rien.

— Apparemment, on a retrouvé son corps dimanche dernier.

— Bon, j'étais à l'aéroport. Mais quelle importance pour eux ? Savez-vous qu'ils ont arrêté une domestique parce que le maître de maison avait volé un peu d'argent à sa femme ? La bonne a été arrêtée et torturée. Et il s'est révélé par la suite qu'elle était en vacances au moment du vol ! »

Sa voix exprimait une stupéfaction indignée, et Nayir dut reconnaître que ces histoires le surprenaient aussi. Il faillit lui dire que si l'on faisait autant de bruit autour de ces incidents, c'était parce qu'ils ne se produisaient pas fréquemment, et que la police n'allait pas la torturer, ni l'accuser de meurtre alors qu'elle ne se trouvait pas sur place au moment des faits. Mais en vérité, il n'en était pas non plus certain.

« Cette information pourrait être très utile aux enquêteurs, dit-il. Autorisez-moi au moins à la leur donner.

— Je connais leurs méthodes, répliqua-t-elle, toujours retranchée dans sa colère. Ils trouvent un suspect plausible et le torturent jusqu'à ce qu'il avoue. Ne me dites pas que c'est faux, je l'ai entendu raconter trop de fois. Il y a même des livres sur ce sujet, bon sang !

— OK, concéda-t-il, réprimant son irritation grandissante. Mais laissez-moi au moins les informer que la disparition d'Eric pourrait avoir un lien avec la mort de Leila, et qu'il est peut-être en danger. »

Aussi soudainement qu'elle était apparue, sa fureur se dissipa et la jeune femme parut s'affaisser.

« Oh, dit-elle plus calmement. Oui. Oui, c'est d'accord, vous pouvez leur en parler. Mais je reste ici. J'ai besoin… »

Elle s'interrompit, s'agrippant à la portière comme si elle était sur le point de défaillir.

« Je pourrais peut-être aller dans un hôtel. Un endroit tranquille. J'ai besoin de réfléchir.

— Très bien, répondit-il. Je vais vous conduire dans un lieu sûr. Madame Walker ? s'exclama-t-il d'un ton alarmé en tendant la main vers elle, car elle semblait au bord de l'évanouissement.

— Vous n'allez pas me livrer à la police, n'est-ce pas ?

— Non. Mais il fait très chaud. Vous devriez monter dans la voiture. »

Il lui ouvrit la portière et elle s'installa, l'air toujours méfiant. Nayir démarra aussitôt, craignant, s'il tardait trop, qu'elle ne descende du véhicule et s'enfuie dans la rue. Il n'avait pas la moindre idée de l'endroit où l'emmener. De toute évidence, elle ne pouvait pas rentrer chez elle. La police devait certainement l'y attendre. Il ne pouvait pas non plus l'héberger. Son bateau était trop petit et inconfortable et, si les voisins s'apercevaient de sa présence et prévenaient la police, Miriam risquait d'être arrêtée pour conduite indécente. La seule femme qu'il connaissait, c'était Katya, et il ne pouvait pas amener Miriam chez elle, car cela la mettrait dans une situation gênante. Et, bien sûr, il n'était pas question de la conduire au commissariat…

Miriam priait en elle-même. *Je vous en prie mon Dieu, je vous en prie Jésus, protégez Eric.* Imaginer qu'il ait pu la tromper était déjà assez pénible sans que viennent s'y ajouter des ignominies supplémentaires – qu'il ait volé du matériel sur son lieu de travail, qu'il ait menti sur ses agissements, qu'il ait sauvagement assassiné une…

Tel un disque dur surchargé, son esprit se bloqua d'un coup, et elle regarda les maisons défiler au-dehors. Une station-service, un supermarché… Tout était fermé car c'était l'heure de la prière, et elle se remit elle aussi à prier en silence. *Je vous en prie mon Dieu je vous en prie…*

Ils arrivèrent dans le centre-ville et s'engagèrent dans une rue à sens unique. Les immeubles, hauts et carrés, ressemblaient à de gigantesques cubes gris qu'un enfant aurait abandonnés sur le sol. Sur la droite, une galerie marchande, quelques palmiers rabougris, deux hommes en robe blanche et calotte assortie qui essayaient de traverser. Eric s'était mis dans une situation périlleuse, elle en était persuadée ; il n'était pas en train de se pavaner en ville, il n'était pas non plus terré dans une cachette. Elle entendait des signaux d'alarme résonner en elle de toutes parts. Ils passèrent devant un Kentucky Fried Chicken, et elle fut saisie par un accès aigu de nostalgie, même si elle ne fréquentait guère les fast-foods quand elle était aux États-Unis. Elle lança un coup d'œil à Nayir. Il était perdu dans ses pensées, et elle se demanda s'il envisageait de la livrer à la police, malgré ses promesses. Mais il ne lui en donnait pas l'impression ; quelque chose de rassurant, de solide, de protecteur émanait de sa personne.

« Voulez-vous vous arrêter pour prier ? lui demanda-t-elle.

— Je le ferai plus tard, répondit-il en secouant la tête.

— Excusez-moi pour ce que j'ai dit tout à l'heure, au sujet de la police. Je sais que votre amie en fait partie.

— C'est compréhensible. Quand elle commet de tels abus, on n'a aucune raison de lui faire confiance. C'est la faute des policiers, pas la vôtre.

— Je regrette quand même d'avoir tenu ces propos. Je suis sûre qu'ils ne sont pas tous aussi mauvais.

— Non. Pas tous. »

Quinze minutes plus tard, la prière de midi était terminée, et ils roulaient toujours ; le trajet semblait ne devoir jamais finir. Une foule d'hommes se déversait d'une mosquée. La rue retentissait du bruit métallique des grilles des boutiques qu'on rouvrait. Un peu plus loin, sur un petit marché de denrées alimentaires, c'était l'affluence. Les acheteurs, tous de sexe masculin, la plupart en robe blanche ou beige, sortaient tout juste des mosquées ; on apercevait çà et là de rares hommes en pantalon.

Ils atteignirent un large boulevard et contournèrent un rond-point couvert de petits palmiers trapus ; au centre, ceinte d'une clôture rouillée, se dressait une antenne relais camouflée en arbre. Des immeubles d'habitation défilaient ; ici, ils avaient un aspect neuf. L'un d'eux, en brique, évoquait un château européen, avec ses tours et ses tourelles, ses fenêtres à la forme insolite. Cela lui fit penser à Disneyland, et elle fut de nouveau assaillie par le mal du pays.

Elle ne sut combien de temps s'écoula ainsi, jusqu'à ce qu'ils s'engagent dans une petite rue tranquille. De chaque côté s'élevaient de hauts murs de pierre, percés de grilles à intervalles réguliers. Elle se surprit à espérer que Nayir l'emmenait dans une des vastes demeures qu'elle apercevait derrière ces portails. Elle s'y sentirait en sécurité, protégée du monde. Mais ils continuèrent leur route pour atteindre un autre quartier paisible et s'arrêter finalement au fond d'un cul-de-sac.

Devant eux se dressait une immense villa construite dans le style d'un palazzo italien. Une galerie courait sur toute la longueur du bâtiment, surmontée d'une arcade soutenue par d'épaisses colonnes grecques et parcourue de bougainvillées. Des portes-fenêtres ponctuaient la façade, et le soleil teintait l'ensemble d'une chaleureuse couleur de sable blond. Quand ils s'approchèrent de l'entrée, il devint évident que, malgré son aspect imposant, la demeure n'était pas aussi grande qu'elle en avait l'air.

« C'est votre maison ? demanda Miriam.

— Celle de mon oncle.

— C'est ici que vous habitez ?

— Non, je vis sur un bateau.

— Oh. Et vos parents ?

— Je ne les ai jamais connus. »

Il ouvrit la porte et s'effaça devant elle. À l'intérieur, l'air était frais et parfumé. La plante en pot ornant l'entrée paraissait en meilleure santé que toutes celles que Miriam avait jamais eues en sa possession. Nayir appela son oncle et referma la porte.

« Votre oncle vit seul ici ? s'enquit Miriam d'un ton où perçait l'appréhension.

— Oui. Mais ne vous inquiétez pas, il parle anglais. Et il a déjà reçu des invitées. Il travaille avec des archéologues. Des gens de tous les pays viennent le voir, y compris des femmes », dit Nayir d'un air malheureux, comme s'il déplorait le fait.

Elle contempla le superbe salon qui s'étendait derrière une porte à double battant.

« Cela ne le dérangera pas de m'héberger ?

— Bien sûr que non. Il ne refuserait jamais l'hospitalité à qui que ce soit. Il sera enchanté de faire votre connaissance. »

Elle fut soulagée d'apprendre que l'oncle de Nayir n'était pas aussi strict que lui sur l'observance des règles religieuses. C'était sans doute pour cela qu'il l'avait amenée ici et non sur son bateau. Néanmoins, elle se sentait encore un peu anxieuse.

« Nayir ? »

Une voix leur parvint du haut de l'escalier, puis apparurent une paire de petits pieds chaussés de mocassins de cuir reluisant ornés de pompons dorés, une élégante chemise de soie tendue sur une ample bedaine, et enfin une tête qui se tourna vers eux avec une expression amène.

Nayir dit quelques mots en arabe, puis présenta Miriam à son oncle Samir. C'était un homme corpulent, aux gestes lents, avec de minuscules yeux bruns et un nez charnu ; il observa Miriam d'un regard empli de bienveillance. Ses cheveux noirs et bouclés commençaient à se raréfier et ceux qu'il lui restait étaient plaqués derrière ses oreilles. Il ouvrit les bras dans un geste accueillant.

« Bienvenue, dit-il à Miriam. Soyez la bienvenue dans ma maison.

— Merci.

— Laissez-moi d'abord vous montrer votre chambre, reprit-il. Ensuite, nous prendrons le thé. »

Nayir avait disparu dans la cuisine. Miriam suivit Samir dans l'escalier. Elle avait failli protester, mais savait que ç'aurait été stupide de sa part. Où d'autre aurait-elle pu aller ? Samir la conduisit dans une chambre au premier étage, petite, propre, et meublée avec soin.

« C'est charmant, dit-elle en se tournant vers lui.

— Merci, répondit-il en souriant. Vous trouverez une salle de bains derrière cette porte. Prenez tout votre temps pour vous rafraîchir si vous en avez envie. Le thé sera prêt quand vous le serez. »

Elle le remercia de nouveau et le regarda s'éloigner avant de s'effondrer sur le lit, comme privée de forces.

30

DEPUIS LE DÉBUT DE LA JOURNÉE, la sourate Fussilat ne quittait pas les pensées de Nayir. Il avait appris par cœur des parties entières du Coran quand il était enfant, et elles lui revenaient souvent à l'esprit, remontant de sa mémoire comme ces colonnes de poussière dans le désert dont on ne perçoit qu'à demi le chatoiement suggestif, presque invisible et quasi impalpable. Mais il lui avait fallu toute la matinée pour discerner les paroles familières du verset 39 des autres bruits résonnant dans sa tête : « C'est encore un des Signes de Dieu quand tu vois la terre nue et désolée renaître à la vie et s'épanouir dès que Nous lui envoyons quelques ondées du ciel. En vérité, Celui qui rend la vie à la terre peut aussi ressusciter les morts car Il est tout-puissant. »

Si l'imam Hadi avait été là, Nayir aurait pu lui demander ce que signifiaient exactement ces mots, « ressusciter les morts ». Qu'entendait-on par « morts » ? Morts physiquement ? Ou fallait-il y voir une allusion à ceux dont l'âme était morte, anéantie par leurs mauvaises actions ? Il pensait au mari de Miriam. Il avait le sentiment qu'Eric était mort, sur le plan physique ou sur l'autre.

Il attendait dans la galerie couverte quand un appel lui parvint. Le numéro de Katya s'afficha sur l'écran et il répondit aussitôt. D'une voix tendue, elle lui dit :

« Il faut que je vous parle. »

Nayir n'avait aucun mal à croire en l'invisible. Mais il était plus facile de connaître Allah par les signes qu'Il vous envoyait que de connaître une femme par ceux qu'elle laissait deviner. Katya était assise à côté de lui dans le Land Rover et regardait droit devant elle. Il l'examina à la dérobée pour tenter de lire dans ses yeux, se demandant quelle expression se dissimulait sous son voile. Le ton de sa voix, son regard, le langage secret de ses mains ne semblaient pas de bon augure, mais pour en avoir le cœur net, il aurait fallu lui poser des questions embarrassantes. Il se contenta donc de conduire en silence.

Un autre regard subreptice lui apprit qu'elle portait toujours sa bague de fiançailles, et il regretta immédiatement son geste. *Vous aviez quelque chose à me dire*, avait-il envie de lui faire remarquer, mais il redoutait d'avance cette conversation, quel que soit son objet. En même temps, il savait qu'il devait lui parler de Miriam et de ce qui s'était passé dans la matinée.

« Quel livre cherchez-vous ? » demanda-t-il, dans un pitoyable effort pour entamer la conversation.

Elle lui avait dit que son cousin Ayman avait besoin d'un manuel pour l'école.

« Un bouquin sur les ordinateurs, répondit-elle. J'ai noté le titre sur un bout de papier. »

Elle se mit à fourrager dans son sac, au grand soulagement de Nayir. Quand elle trouva enfin le papier, il était déjà en train de se garer devant un immense bâtiment carré en béton aux vitrines encadrées par deux grands panneaux portant l'inscription LIBRAIRIE JARIR, en arabe et en anglais. Il descendit de voiture, se préparant à l'épreuve qui l'attendait.

Entrer dans cette librairie vous donnait l'impression de pénétrer dans un autre monde, avec ces larges allées, ces étagères débordantes d'ouvrages, tous ces titres étrangers. Il suivit Katya vers le fond du magasin, tout en observant les autres clients, curieux de savoir à quoi ressemblaient les personnes qui achetaient les livres en anglais. Il aperçut un couple manifestement américain – l'homme, blond et maigre, le visage de la femme éclatant de blancheur sous son foulard noir. Ils riaient en regardant quelque chose dans le rayon des magazines. Mais les autres, qui étaient-ils ? Il vit un grand garçon à l'air bizarre, vêtu d'une robe blanche et d'une coiffe qui auraient été de la plus grande élégance sur un autre mais ne faisaient qu'accentuer son allure dégingandée. Il étudiait un manuel d'informatique. Trois enfants passèrent au galop en poussant des cris aigus ; il dut s'écarter prestement, tandis qu'ils continuaient à se pourchasser dans le rayon de la littérature enfantine. Nayir chercha leurs parents des yeux, mais les gamins avaient disparu.

À la suite de Katya, il traversa un vaste rayon aux couleurs voyantes consacré au développement personnel. Les titres lui firent monter le rouge aux joues : *Améliorez vos relations dès à présent !* Ou : *Pourquoi les femmes sont malheureuses, et comment vous pouvez y remédier.* Admettre publiquement que les relations entre hommes et femmes étaient difficiles, voire désastreuses, était déjà suffisamment critiquable, mais soutenir qu'un livre pouvait fournir le remède à cette situation, c'était dépasser les bornes. Que faisait-on, avant l'apparition des livres ? On souffrait en silence ? Qu'aurait fait le Prophète, avec ses dix-sept épouses ? Sur l'étagère du bas, un titre accrocha son regard : *Comment se faire des amis et influencer les gens.* Tout d'abord, il crut avoir mal lu, puis demeura stupéfait devant une telle outrecuidance. En passant devant des rayonnages remplis de DVD, il entrevit *Cendrillon* et sa blondeur de dessin animé, ainsi qu'un autre film intitulé *Les Quatre Fantastiques,* dont la pochette montrait une femme aux seins énormes et à la longue chevelure flottante, que les censeurs avaient apparemment oublié d'oblitérer. Pendant un bref mais terrible instant, il fut incapable d'en détacher les yeux, partagé entre la révulsion et la fascination – c'était censé être un film pour *enfants* ? –, jusqu'à ce que la pudeur l'oblige à se détourner.

« Votre cousin n'a pas de voiture ? » s'enquit-il, tentant désespérément de concentrer son attention sur Katya.

La question qu'il aurait voulu poser, en réalité, c'était : Pourquoi vous a-t-il demandé à vous, une femme, d'aller dans une librairie à sa place ?

« Si, répondit-elle d'un ton plutôt froid, il en a une. Il ne fait pas partie de ceux qui estiment que les femmes doivent tout faire pour les hommes de leur entourage, mais simplement, il n'a pas le sens de l'orientation. C'est un miracle qu'il réussisse à venir me chercher au bureau tous les soirs. »

Il ne retint que la phrase : *les femmes doivent tout faire pour les hommes de leur entourage.* Devait-il en déduire qu'elle avait déjà deux hommes dans sa vie, son père et son cousin, et qu'il n'y avait pas sa place ?

Ayant trouvé l'ouvrage qu'elle cherchait, elle se dirigea tout droit vers les caisses, à l'entrée du magasin. Elle garda sa burqa relevée pendant qu'elle réglait son achat, et il fit semblant de ne pas le remarquer. Il avait l'impression, chaque fois qu'il mettait le nez dehors, de voir une femme qui ne portait pas de foulard sur les cheveux, ou qui était même assez téméraire pour se promener tranquillement en jean et en T-shirt. Il se demanda si, un jour, Katya ferait de même. Dans une allée proche, deux hommes la dévisageaient ouvertement. Il nota cependant qu'elle gardait les yeux fixés devant elle et remerciait le caissier sans le regarder. Quand ils sortirent du magasin, elle paraissait absorbée en elle-même, promenant son regard alentour sans rien sembler voir du monde extérieur.

« Allons prendre un café », dit-elle tout à coup.

De plus en plus mal à l'aise, Nayir la suivit jusqu'au Starbucks voisin. Il n'était entré qu'une seule fois dans un de ces établissements, et cette expérience l'avait déprimé. C'était Samir qui l'avait traîné là-bas – Samir, qui déblatérait sans cesse sur la prolifération des restaurants étrangers, l'omniprésence des chaînes américaines comme Applebee's et Fuddruckers et la difficulté de trouver de la cuisine locale correcte. (« Où manger un bon *biriyani*, de nos jours ? ») Nayir détestait la foule, même à faible dose, et dans l'autre Starbucks, il avait vu trop de femmes assises à de petites tables de bistrot, dégustant des cafés sophistiqués et tapant à toute allure sur les touches de leur ordinateur portable, à côté de la borne WiFi. Ce spectacle l'avait affligé. Qu'était-il arrivé à Djeddah, la porte des villes saintes ? Il était bien dans cette ville, mais le nom sur la devanture semblait tout changer, avec sa consonance tellement américaine. *Star* et *buck*, l'étoile et le dollar.

L'établissement voisin de la librairie, toutefois, était plus paisible. Il n'y avait pas de femmes dans la salle, seulement deux jeunes hommes qui buvaient leur café en devisant à voix basse, près de la fenêtre. Nayir passa commande pour Katya et lui, puis ils se dirigèrent vers la section réservée aux familles, qui était déserte. Ils s'assirent sur des poufs, tout au fond de la salle. Katya tenait sa tasse de café de telle sorte que la bague de fiançailles était pointée droit vers Nayir.

« J'ai vu Mme Walker aujourd'hui », commença-t-il.

Un soulagement tel se peignit sur les traits de la jeune femme qu'il en fut momentanément déconcerté. Elle ne lui donna aucune explication.

« Elle m'a appelé ce matin, reprit-il, parce que ses voisins lui avaient donné le nom et l'adresse du gérant, et qu'elle croyait que cela pourrait nous être utile », expliqua-t-il en sortant le papier de sa poche.

Katya le prit sans cesser de dévisager Nayir, puis le lut rapidement.

« Nous connaissons cet Apollo Mabus, dit-elle. Nous pensons que Wahhab Nabih est soit son sponsor, soit un nom d'emprunt. Nous n'avons pas encore éclairci ce point.

— Oh. Vous pensez donc que Leila travaillait pour M. Mabus ?

— Ce qui est sûr, c'est qu'elle collaborait avec lui. »

Elle rangea le papier dans son sac, referma celui-ci puis s'empara de nouveau de sa tasse.

« Vous disiez que vous aviez vu Mme Walker ?

— Je suis passé la prendre au bas de son immeuble.

— Afin de récupérer cette adresse, ajouta Katya.

— Elle m'appelait pour une autre raison, poursuivit Nayir, les joues en feu : Elle croyait que quelqu'un s'était introduit chez elle. Elle était terrifiée et voulait quitter les lieux.

— C'étaient sans doute des policiers, déclara Katya. L'inspecteur a envoyé des hommes à sa recherche.

— En tout cas, elle désirait se rendre chez les employeurs de son mari ; elle avait l'impression qu'ils savaient quelque chose. »

Il lui exposa ce qu'ils avaient appris là-bas – le congé de longue durée, la disparition de matériel de surveillance – puis reprit :

« Manifestement, Eric n'avait rien dit de tout cela à son épouse. Et, après notre visite de l'autre jour, Miriam a fouillé dans ses papiers et trouvé ceci. »

Il prit le *misyar* dans sa poche, parut hésiter pendant une fraction de seconde, puis le tendit à Katya. Elle ouvrit le document et le lut. Elle respira avec force mais ne parut pas autrement surprise.

« Vous auriez dû me téléphoner tout de suite, dit-elle.

— Désolé. Je savais que vous étiez au travail. »

Elle poussa un soupir et sembla se radoucir.

« Hier matin, reprit-elle, je suis allée interroger une amie de Leila, qui m'a appris que celle-ci voyait un Américain du nom d'Eric Walker. »

Elle expliqua ensuite qu'Osama avait réussi à se procurer les relevés téléphoniques des Walker, et découvert que Miriam avait appelé Nayir ce matin même.

En entendant cela, il fut assailli par un sentiment de culpabilité et, en même temps, de trahison.

« Vous lui avez parlé d'elle ?

— Je n'avais pas le choix, répondit-elle en le regardant droit dans les yeux. Après ce que Farooha m'avait appris, j'ai compris que les deux affaires étaient liées, et j'étais obligée d'en parler à Osama. »

La façon dont elle prononça ce nom broya le cœur de Nayir. Il but une gorgée de café, le trouva trop léger, et reposa sa tasse avec une grimace.

« Que vont faire les enquêteurs, à présent ? demanda-t-il.

— Ils veulent lui parler, répondit-elle posément. Ils savent qu'elle n'a pas pu commettre le meurtre. Ils ont vérifié les registres de l'immigration, elle se trouvait hors du pays au moment où il s'est produit. Mais son mari, lui, est impliqué. »

Nayir essaya de rester rationnel. Tout au fond de lui, il devait bien admettre qu'Eric avait sûrement quelque chose à voir dans la mort de Leila.

« Je devine la question que vous vous posez. À dire vrai, je ne sais pas ce qui va lui arriver, dit Katya, les yeux rivés au sol. Ils voudront probablement la garder en détention jusqu'à ce qu'ils aient mis la main sur son mari.

— Ce papier ne signifie pas forcément qu'Eric et Leila étaient... ensemble, rétorqua Nayir en montrant le *misyar*.

— Non, répondit-elle lentement, mais il prouve indéniablement qu'il existait une relation entre eux.

— Il y a des choses qui ne collent pas, affirma-t-il.

— Lesquelles ?

— Pour commencer, admettons qu'Eric ait tué Leila. Pourquoi laisser sa femme revenir ici ? Elle était en Amérique quand ça s'est passé. Il aurait très bien pu lui dire de rester là-bas.

— Peut-être voulait-il sauvegarder les apparences, faire comme si tout était normal ? suggéra Katya.

— Et dès qu'elle est rentrée, il prend la fuite ? Ça ne tient pas debout.

— Sauf s'il a appris quelque chose au dernier moment, quelque chose qui l'a incité à s'enfuir, et qu'il était trop tard pour renvoyer sa femme aux États-Unis ? En supposant, bien sûr, qu'il ait pensé à elle. Peut-être ne se souciait-il pas de ce qui pouvait arriver à Miriam.

— Oui, concéda Nayir avec réticence, c'est possible. Mais qu'aurait-il pu apprendre à la dernière minute ? Quand elle était déjà dans l'avion ?

— Que la police avait établi un lien entre Leila et lui, répondit Katya.

— Mais je croyais que vous n'aviez découvert ce lien que depuis hier... »

Elle acquiesça à contrecœur.

« Soit. Alors, disons que quelqu'un d'autre a flairé le pot aux roses. Un de ses amis ? Un collègue ? Il a appris la mort de Leila et aussitôt soupçonné Eric. Il l'a menacé de le dénoncer, et Eric n'a pas eu d'autre solution que la fuite.

— Mais s'il est capable de tuer de sang-froid, pourquoi ne pas tout bonnement éliminer cet ami ou ce collègue ? objecta Nayir.

— Peut-être l'a-t-il fait, et nous ne le savons pas encore. Ou peut-être était-il plus facile de fuir.

— Et laisser sa femme affronter seule la police, dans un pays dont elle ne parle pas la langue ?

— Si c'est un tueur, il n'en est pas à une cruauté près.

— S'il a voulu échapper à la justice, reprit Nayir, pourquoi laisser ce certificat de mariage dans son attaché-case, où sa femme ne pouvait pas manquer de le trouver ? »

Katya n'avait pas encore goûté à son café. Elle le posa sur la table, comme si elle venait seulement de se rappeler son existence. Puis elle parut se plonger dans ses pensées, et Nayir eut le désagréable sentiment qu'elle n'était pas disposée à les partager avec lui.

« Il se peut aussi que Leila ait été tuée par quelqu'un d'autre, et qu'Eric ait découvert l'identité du meurtrier. Peut-être celui-ci l'a-t-il supprimé également.

— Dans un cas comme dans l'autre, nous devons interroger Miriam », répliqua-t-elle.

Peut-être fut-ce le « nous » qui agaça souverainement Nayir, parce qu'il signifiait : Osama et elle. Il dut faire un effort sur lui-même pour répondre calmement :

« Bien sûr, vous avez raison.

— Elle n'est pas rentrée chez elle de toute la journée, reprit Katya d'un ton qui manquait étrangement de naturel. Savez-vous où elle pourrait se trouver en ce moment ? »

Il hésita beaucoup trop longtemps ; mais il n'allait pas lui mentir.

« Oui.

— Dans ce cas, vous pourriez peut-être la conduire au commissariat demain matin ?

— Oui », répondit-il encore une fois.

Était-ce de la colère qu'il voyait sur son visage, ou de la déception ?

« Bien. Excusez-moi, j'en ai pour une minute », ajouta-t-elle en prenant son portable dans son sac.

En entendant la conversation, il comprit qu'elle appelait son cousin.

« Je peux vous ramener chez vous, glissa-t-il à mi-voix, mais elle secoua la tête.

— Ayman passera me prendre ici en sortant de l'école, c'est sur son trajet. Ce sera beaucoup plus simple comme ça », expliqua-t-elle après avoir refermé l'appareil.

Je croyais qu'il n'avait aucun sens de l'orientation, faillit-il riposter. Au lieu de cela, il se leva, et elle l'imita, abandonnant sur la table son café intact. Ils se dirigèrent vers la sortie, et ce fut comme si une énorme faille s'était ouverte entre eux. Accablé de douleur, Nayir prit conscience qu'il ne voulait pas la perdre. Mais il sentait qu'elle s'éloignait de lui et il était impuissant à l'en empêcher.

L'une des conséquences de son entrevue avec Katya – et il ne pouvait pas simplement en rejeter la faute sur le Starbucks – fut de le laisser en proie à une indécision totale. Devait-il se rendre à la mosquée, ou prier à la maison ? Pouvait-il s'autoriser à regarder la télé par satellite pendant une heure ? Il n'arrivait même pas à décider de ce qu'il voulait manger pour le dîner. Avec Katya, il se heurtait toujours à une contradiction flagrante : il était inconvenant de se trouver en compagnie d'une femme non mariée. Mais si cela pouvait aboutir à un mariage légitime, où était le mal ?

Comment lui, d'ordinaire si résolu, pouvait-il se retrouver dans un tel état de confusion ? Et il ne s'agissait plus seulement de Katya. Était-il correct de déjeuner avec Miriam, et même d'accepter de passer la prendre à son domicile ? L'imam Hadi lui aurait conseillé d'emmener immédiatement l'Américaine dans un refuge pour femmes, au lieu de se retrouver seul avec elle alors qu'il ne lui était pas apparenté, commettant ainsi le péché de *khulwa*. Au lieu de cela, il l'avait conduite chez Samir – double péché. Pourquoi s'était-il comporté de la sorte ? Il avait eu le sentiment de n'avoir pas d'autre choix. Peut-être cela venait-il de sa promiscuité coupable avec Katya. S'il enfreignait les règles dans le but de se marier, pourquoi ne le ferait-il pas pour des choses moins importantes ? Et, de toute façon, quelle importance ses petites décisions pouvaient-elles avoir ?

Jusqu'à maintenant, il ne s'était pas rendu compte à quel point son existence reposait sur la foi. Une foi aussi solide et immuable que la Kaba, qu'Allah avait construite pour Adam et Ève lorsqu'ils avaient quitté le Paradis, et qui était restée inchangée au fil des siècles. La Kaba, le centre fixe de l'univers terrestre vers lequel tous les musulmans se tournent cinq fois par jour pour prier, symbolisait la force inébranlable et la perennité d'Allah. Elle demeurerait sur cette terre même après la fin des temps.

Et il faudrait sans doute aussi longtemps à Nayir pour décider de la composition de son dîner.

Il retourna chez Samir, mais Miriam dormait déjà, et son oncle bavardait joyeusement au téléphone avec un ami. Nayir hésitait à passer la nuit sur son bateau ou à dormir sur le canapé. (Le bateau ou le canapé ? Le canapé ou... ?) Il voulait voir Miriam à la première heure le lendemain matin, avant qu'il ne lui vienne l'idée de décamper. Et Samir apprécierait sûrement qu'il lui tienne compagnie. Mais, pour le moment, Nayir avait surtout besoin d'être seul.

Il alla dans le bureau de Samir et s'installa devant l'ordinateur. Cela ne lui arrivait pas souvent. L'Internet était trop envahissant à ses yeux – Achetez ci ! Lisez ça ! – mais, comme il avait un besoin désespéré de distraction, il se connecta à fatwa-online.com. On y trouvait des mises à jour sur les derniers avis rendus par les cheiks et des forums de discussion sur les fatwas existantes. Selon toute apparence, le gouvernement saoudien avait créé ce site pour légitimer les différents jugements religieux qui étaient délivrés par centaines toutes les semaines. Si les dirigeants espéraient ainsi mettre fin à la cacophonie, c'était qu'ils n'avaient pas conscience de leur impuissance.

C'était la distraction idéale. Pendant une heure, il se perdit dans les subtilités de l'islam – des débats portant sur des points de détail, tels que : le Viagra est-il halal ? Un homme doit-il épiler les *al-anfuqah,* les poils qui poussent sous sa lèvre mais ne sont pas officiellement considérés comme de la barbe ? Dans quels cas est-il acceptable pour un homme d'uriner debout ? La plupart des réponses relevaient du simple bon sens, mais une ou deux suscitèrent chez Nayir une certaine compassion envers le malheureux qui avait posé la question : Changer de sexe était-il autorisé ? (Non.) Que devait faire une mère si son enfant était hermaphrodite ? (Choisir un sexe et faire ôter l'autre par un acte chirurgical.) Et d'autres le plongèrent dans un abîme de réflexion : Était-il permis de lire des ouvrages de fiction ? (Non, car la fiction était remplie de mensonges qui occupaient inutilement l'auteur et le lecteur, et les vrais musulmans devaient employer leur temps à bon escient.) Nayir imaginait sans peine les remarques cinglantes que ces propos auraient suscitées chez Samir. Cependant, le dispensateur de fatwas admettait qu'on lise parfois des livres, à condition que ce soit pour une raison valable.

Comme il se demandait ce que le cheik entendait par là, la porte s'ouvrit, et Miriam passa la tête à l'intérieur de la pièce.

« Salut », murmura-t-elle.

Elle semblait tout juste réveillée. Elle n'avait pas mis de foulard et ses cheveux étaient tout emmêlés. Il baissa les yeux vers le sol.

« Je ne veux pas vous déranger », dit-elle d'une voix pâteuse, mais elle entra quand même dans le bureau et referma la porte.

La première pensée de Nayir fut qu'elle avait oublié où elle se trouvait : elle n'était pas en Amérique, où une femme pouvait s'introduire dans une pièce tête nue, le visage découvert, et converser tranquillement avec un homme qui n'était pas de sa famille. Mais il ne put se résoudre à le lui rappeler. Il en avait été ainsi toute la journée. S'il avait eu la possibilité de consulter fatwa-online, il savait d'avance ce que lui aurait répondu le cheik : il devait rester pieux face à une infidèle qui ne comprenait pas les règles. C'était à lui de demeurer vertueux, et, si la vertu lui manquait, ce serait également sa faute.

Mais dans le cas présent, il ne pouvait pas la repousser comme l'exigeait la loi religieuse. D'une part, au fond de lui, il n'avait jamais aimé l'idée d'exclure ceux qui ne partageaient pas sa foi et, d'autre part, Miriam avait besoin de lui. Elle était plus dépendante qu'aucune femme ne devrait l'être, à son avis. Les femmes musulmanes pouvaient au moins se reposer sur leur famille, leurs amis, tout un réseau social. Mais sur qui Miriam pouvait-elle compter ? Il était étrange qu'elle paraisse si vulnérable ; dans son esprit, les Américaines étaient pratiquement semblables à des hommes, compétentes et musclées, avec leurs cheveux courts, leurs vêtements masculins et leur peu de goût pour la parure. Mais il avait devant lui une Américaine en chair et en os, et elle avait besoin de lui précisément parce que c'était une infidèle et qu'elle n'avait personne d'autre vers qui se tourner. Et ce ne furent pas tant les paroles des cheiks que leur ton raisonnable qui l'incita à conclure que, parfois, on était obligé de contrevenir aux préceptes pour une raison valable. Et si le meurtre en était une, la compassion ne l'était-elle pas aussi ?

« Arrêtez de me regarder comme ça, dit-elle.

— Comment est-ce que je..., bredouilla-t-il, effaré – il n'avait même pas posé les yeux sur elle.

— Comme si j'étais la créature la plus pitoyable de tout l'univers.

— Vous devriez vous couvrir les cheveux », déclara-t-il en montrant sa tête, le regard toujours fixé au sol.

Elle promena les yeux autour d'elle et aperçut une serviette sur le plateau à thé posé sur le bureau. Elle la déplia et la mit sur sa tête. Le tissu lui couvrait à peine les oreilles.

Il porta une main à sa bouche pour dissimuler un rire nerveux.

« Qu'est-ce que c'est que ça ? grommela-t-il, en essayant de prendre un air sévère.

— Une serviette de table », répliqua-t-elle sèchement.

Campée juste en face de lui, elle semblait petite et frêle dans sa tunique et son pantalon froissés. Son visage était bouffi de sommeil et le mascara avait coulé sous l'un de ses yeux.

« La serviette ne convient pas ? Aurait-elle dû être bénie d'abord par un ayatollah ?

— Nous n'avons pas d'ayatollahs en Arabie saoudite.

— Enfin un point en faveur de ce pays ! » s'exclama-t-elle avec un reniflement de dédain.

Cette serviette ridicule qui la coiffait et la manière enfantine dont elle croisait les bras empêchèrent Nayir de se sentir offensé. L'espace d'un instant, il se dit que cela devait se passer ainsi, quand on avait une sœur.

Le regard tourné vers la bibliothèque, il répondit :

« Je crois que vous finiriez par apprécier cette contrée si vous lui laissiez une chance. »

Elle renifla de nouveau et croisa plus étroitement les bras. Il se demanda ce qu'aurait fait Eric en pareille situation. Puis il eut envie de tordre le cou à son stupide mari.

« J'avais quelque chose à vous dire », annonça-t-elle sur un ton grave.

Elle s'assit dans l'autre fauteuil pivotant. Nayir se tourna de côté de manière à ne pas avoir la serviette à thé sous les yeux.

« J'ai réfléchi, poursuivit-elle d'une voix tremblante. Écoutez, Eric effectuait parfois des boulots pour des particuliers, quand nous vivions aux États-Unis. Il les escortait, leur servait plus ou moins de garde du corps. Un jour, il m'a dit quelque chose qui m'a fait penser... il m'a dit à quel point c'était difficile de protéger les femmes ici parce qu'il n'avait pas le droit de les accompagner. Pour cela, il fallait être marié. Il aurait pu épouser cette femme juste sur le papier, peut-être pour assurer sa protection ?

— L'a-t-il fait pour d'autres, à votre connaissance ? demanda-t-il avec douceur.

— Non. Je n'en sais rien. C'était juste une hypothèse.

— Bon, mais comment aurait-il fait la connaissance de Leila ?

— Sans doute pas dans le cadre de son travail. Je suis à peu près sûre que Shaw disait la vérité en affirmant qu'il ne la connaissait pas. Peut-être par l'intermédiaire d'un de ses amis, Jacob par exemple. Et Jacob connaît toutes sortes de gens. Ça ne m'étonnerait pas si...

— Quoi ?

— S'il couchait avec elle. Ou s'il l'avait connue dans un bordel, ou quelque chose comme ça. Jacob, je veux dire. Eric ne ferait jamais une chose pareille. »

L'embarras de Nayir devait être évident, car elle se hâta d'ajouter :

« Pardon. Je ne sais rien de cette femme, ce ne sont que des suppositions. Ça expliquerait aussi pourquoi il aurait pu voler le matériel de surveillance. Peut-être s'en servait-il pour une mission à caractère privé, et qu'il attendait simplement que son client le paie, ou bien qu'il avait l'intention de le restituer ? Je sais qu'Eric n'était pas un voleur. Il aimait son travail. Il n'aurait pas pris le risque de le perdre sans une bonne raison. »

Comme Nayir restait silencieux, elle poursuivit :

« Et je suis certaine qu'il est incapable de tuer qui que ce soit. »

Nayir se retint de lui faire observer qu'elle ignorait manifestement beaucoup de choses sur son mari. Il fut néanmoins frappé par la loyauté qu'elle lui témoignait.

« Et ça n'a aucun sens, reprit-elle. Si Eric a tué cette femme et s'est enfui, pourquoi laisser ce certificat de mariage dans son attaché-case ? Et pourquoi serait-il…

— … venu vous chercher à l'aéroport, termina Nayir à sa place. Oui, je sais.

— Oh…, murmura-t-elle, étonnée. C'est pourquoi je ne crois pas qu'il ait pris la fuite. Il connaissait cette femme, mais peut-être a-t-il…

— … découvert qui l'a tuée, compléta Nayir. Oui, j'y ai également pensé. Mais il y a une autre question que vous devriez vous poser : pourquoi vous a-t-il menti sur ses activités, pendant le mois où vous étiez absente ?

— Ma foi, de toute évidence, je n'étais pas…, murmura-t-elle en se renfonçant dans son siège. Peut-être qu'il ne pouvait pas… »

Face à son air sceptique, elle continua, élevant le ton :

« D'accord, peut-être bien qu'il me trompait. Et bien sûr, si c'est vrai, il ne me l'aurait pas dit. Mais ce n'est pas parce qu'ils étaient ensemble, si toutefois ils l'étaient vraiment, que…

— … que cela implique qu'il l'ait tuée », acheva Nayir.

Ils échangèrent un regard d'entente. Elle retira la serviette de sa tête et s'en servit pour essuyer les larmes qui commençaient à ruisseler sur ses joues. Il reporta prudemment les yeux vers les rayonnages de livres.

« Je dois absolument faire quelque chose. J'ai le pressentiment qu'il est retenu je ne sais où, qu'il est blessé..., sanglota-t-elle sans pouvoir terminer sa phrase.

— Demain matin, à la première heure, je vous emmènerai au commissariat, déclara Nayir.

— Quoi ? Non !

— Il le faut, dit-il en levant une main pour couper court à ses protestations. Les enquêteurs ont besoin de votre témoignage.

— Ils vont m'arrêter !

— Je vais être franc avec vous : ce n'est pas impossible. Mais ils ont quand même besoin de votre concours. Qu'il soit coupable ou pas, ils doivent à tout prix retrouver Eric. Et vous le voulez aussi. »

Les narines de Miriam se dilatèrent, mais elle ne répondit pas.

« Et quand vous aurez fait votre déposition, j'essaierai de mettre la main sur ce gérant. Autant que nous le sachions, cet homme...

— C'est Katya, n'est-ce pas ? (Cette fois, ce fut elle qui l'interrompit.) C'est elle qui vous a demandé de me conduire au commissariat.

— Oui, reconnut-il. Elle risque de gros ennuis si vous n'y allez pas. »

Miriam se tassa sur son fauteuil et lui lança un regard malheureux.

« Et si je vous donnais autre chose ? Quelque chose qui pourrait aider les enquêteurs ? En échange, aurai-je votre promesse de ne pas m'obliger à aller voir les policiers ?

— Non.

— Écoutez, c'est peut-être important, et si je suis arrêtée...

— D'accord, d'accord », la coupa-t-il d'une voix lasse.

Elle plongea la main dans la poche de son jean et en sortit un petit morceau de plastique.

« J'ai trouvé ceci dans mon sac à main, à mon retour des États-Unis, dit-elle.

— Qu'est-ce que c'est ?

— Je crois qu'il s'agit de la carte mémoire d'un portable ou d'un appareil photo. J'ai d'abord pensé qu'elle appartenait à Eric, mais je ne vois pas pourquoi il l'aurait mise dans mon sac, ni pourquoi quelqu'un d'autre l'aurait fait. Ce qui est sûr, c'est qu'elle n'est pas à moi.

— À qui pourrait-elle appartenir, d'après vous ? »

Elle lui raconta alors sa rencontre avec Mabus à bord de l'avion, et comment elle avait découvert que celui-ci connaissait Eric et Jacob.

« C'est ce même Mabus qui est votre gérant ? s'enquit Nayir.

— Vraisemblablement, rétorqua-t-elle. Il ne doit pas exister beaucoup de personnes portant ce nom. Tout ce que je sais, poursuivit-elle d'un ton plus léger, l'air un peu gêné, c'est qu'ils trafiquaient je ne sais quoi ensemble – Eric, Jacob et Mabus. Mabus aurait pu cacher cette carte dans mon sac, parce que je suis allée aux toilettes durant le vol en laissant mon sac sur mon siège. »

Nayir hocha pensivement la tête.

« Quand je l'ai trouvée, expliqua-t-elle, je n'y ai pas vraiment attaché d'importance. Et puis, ce matin, en découvrant que quelqu'un s'était introduit chez moi, je me suis dit qu'on devait chercher quelque chose. Et ça ne pouvait être que ça, ajouta-t-elle en brandissant la carte. Mais l'intrus, quel qu'il soit, n'a pas réussi à la trouver, puisque je l'avais gardée sur moi.

— Montrez-moi ça », dit-il.

Elle lui tendit la carte. Fouillant dans le tiroir du bureau, il en sortit le convertisseur dont Samir se servait pour télécharger les photos numériques. Il inséra la carte dans la fente adéquate. Puis il brancha l'appareil sur l'ordinateur et attendit.

31

Il y avait eu un temps où le lundi soir était synonyme de séances d'entraînement, dans le bruit des sifflets, du klaxon de l'arbitre, du crissement des chaussures de basket sur le plancher ciré. Mais c'était avant que le royaume n'interdise les sports collectifs aux filles, avant que l'école où Katya enseignait la chimie ne se conforme à cette nouvelle loi. Elle avait entraîné l'équipe de basket-ball pendant six ans, et, même si les jeunes filles trouvaient injuste de ne pouvoir accéder aux compétitions internationales parce que les Saoudiens refusaient d'envoyer des femmes aux jeux Olympiques, elles prenaient plaisir à pratiquer ce sport avec une sorte de férocité hargneuse, comme pour prouver qu'elles valaient les garçons. Dans leurs récriminations, Katya n'entendait que l'écho complaisant des opinions de leurs parents, des immigrés libanais ou syriens qui estimaient que la culture saoudienne était rétrograde, affirmaient qu'elle était une honte pour l'Islam et auraient donné n'importe quoi pour pouvoir enlever leur chère Mecque, la plus sainte des villes, à ces rustres prétentieux dont les croyances dataient encore de l'époque des Bédouins.

L'équipe avait discrètement déménagé vers un centre sportif féminin à l'autre bout de la ville, même si, techniquement, il était toujours illégal de jouer. Le problème, c'était le transport. Peu de filles arrivaient à convaincre leurs frères ou leur père de les conduire à l'entraînement, si bien que l'équipe avait perdu les trois quarts de ses membres, et les rares joueuses qui restaient ne venaient qu'irrégulièrement. L'équipe avait fini par se dissoudre.

Ce soir-là, Katya se retrouva seule dans l'appartement : Ayman était allé potasser ses cours chez un ami, et son père rendait visite à Abu-Walid. Elle posa son sac sur la table de la cuisine, prit des restes dans le réfrigérateur et contempla le four d'un regard absent. Tout à l'heure, après avoir quitté Nayir, elle avait eu une brusque révélation : *Il est exactement comme mon père.* Pourquoi ne s'en était-elle pas aperçue plus tôt ? Tous les deux étaient traditionalistes. Pieux. Et ils lui dissimulaient des choses – Abu en ne la prévenant pas qu'il avait invité Abu-Walid l'autre soir, et Nayir en rencontrant Miriam dans son dos. Certes, il avait fini par le lui dire, mais sans doute uniquement parce qu'elle l'y avait forcé. Elle devait admettre que c'était elle qui l'avait entraîné dans cette affaire, et que c'était Miriam qui l'avait appelé à sa rescousse, mais néanmoins cela l'agaçait d'avoir été tenue dans l'ignorance.

Quand elle eut terminé son repas, elle se rendit dans sa chambre. Il y régnait un désordre abominable ; elle n'avait pas eu le temps de nettoyer. Des tasses vides traînaient sur la commode, des vêtements gisaient en tas sur le sol de la penderie. Le lit n'avait pas été fait depuis des jours, les draps pas lavés depuis des semaines. Elle alla jusqu'à son bureau, écartant des boîtes empilées contre le mur en un échafaudage précaire. En attendant que l'ordinateur démarre, elle dégagea un peu de place pour les DVD de Leila. Elle ne voulait pas prendre le risque d'en égarer un dans ce bric-à-brac.

Au cours de l'après-midi, elle avait téléphoné à Farooha. *Pèlerinage* ne lui évoquait rien. Oui, Leila lui avait apporté le disque, mais elle n'avait jamais fait allusion à ce nouveau documentaire, ni même à Mabus. Elle lui parlait seulement d'Eric Walker.

« Donc, elle l'aimait bien, avait dit Katya.

— Ma foi, elle le trouvait intéressant », avait répondu Farooha, après un silence.

Katya avait tendance à la croire, du moins en ce qui concernait le documentaire. Pour ce qui était des sentiments de Leila à l'égard d'Eric, elle n'était pas sûre que la jeune fille lui ait dit toute la vérité. Farooha lui avait en outre confirmé n'avoir jamais entendu Leila évoquer l'éventuelle brutalité d'Abdulrahman à son égard. Toutefois, elle avait paru troublée par cette suggestion.

« Si c'est lui qui lui a cassé la jambe, je ne crois pas qu'elle me l'aurait dit, avait déclaré la jeune fille après une longue pause. Elle aurait eu trop honte d'avouer que son frère la battait. »

Katya avait également appelé la doctoresse qui avait soigné Leila. Celle-ci se souvenait parfaitement de « la fille qui s'était fait agresser parce qu'elle filmait des inconnus dans des lieux publics ». Leila était furieuse d'avoir perdu sa caméra, avait ajouté le médecin. Elle lui avait raconté qu'elle s'était battue avec son agresseur, dont le sang avait taché sa chemise.

Katya n'avait toujours pas réussi à établir si Abdulrahman avait tabassé sa sœur ou pas, mais elle avait au moins éclairci un point : l'os ne s'était pas bien ressoudé parce que Leila avait refusé les soins de rééducation et avait poursuivi ses activités comme si de rien n'était. Quand la doctoresse l'avait réprimandée, Leila s'était contentée de hausser les épaules.

Ne se rappelant plus où elle s'était arrêtée, Katya prit un DVD au hasard et le glissa dans le lecteur. La première séquence montrait une femme tentant de manger un beignet en l'introduisant par la fente de sa burqa. Mais Katya n'était pas d'humeur à rire. Elle regarda une demi-douzaine d'autres petits clips ne présentant pas plus d'intérêt.

Eric Walker apparaissait dans le neuvième film ; il fallut à Katya un certain temps pour comprendre de qui il s'agissait. C'était le soir, trois hommes étaient assis à une table sur une terrasse. Deux étaient arabes, l'autre américain. Ils buvaient dans des verres à whisky, et les Arabes avaient l'air mécontents. Quand l'un d'eux prit la parole, Katya se rendit compte qu'il était ivre. Ses yeux ressemblaient à des rondelles d'oignon rouge plongées dans la friture. Eric souriait en secouant la tête. D'une voix pâteuse, il marmonna quelque chose dans un étrange charabia, mi-anglais mi-arabe, où elle crut comprendre : « Ils savent fabriquer la bibine, mais ils ne savent pas la boire, hein ? » Derrière la caméra, Leila émit un petit rire rauque. Elle répondit par une phrase en anglais, où Katya ne reconnut que les mots : « M. Johnnie Walker ! »

Walker s'esclaffa.

La scène suivante montrait Eric dans son appartement. Le cœur de Katya se serra en reconnaissant la lampe miteuse sur la table basse. Il avait emmené Leila dans sa propre maison ? Elle vérifia la date en bas de l'image et constata que le film avait effectivement été tourné trois bonnes semaines avant le retour de Miriam. Walker parlait en arabe à présent, décrivant son logement d'un ton comiquement pompeux. Désignant un livre sur le sol, il dit : « Et ceci appartient à Miriam. Elle sera de retour dans vingt et un jours. »

Une remarque qui manquait de tact, de la part d'un homme courtisant une belle jeune femme dans le domicile conjugal. La caméra zooma adroitement sur le livre, avant de revenir vers Eric.

C'est alors qu'un autre homme entra dans la pièce, grand, les cheveux bruns. La caméra se déplaça vers lui, cadrant son visage en gros plan. Il était beau, mais on lisait de la méchanceté dans ses yeux. Les deux hommes échangèrent quelques paroles en anglais, et, comme elle n'en comprenait pas un mot, Katya se contenta d'observer l'expression de l'homme brun, attentive d'abord, puis embarrassée. Finalement, il regarda droit vers la caméra, d'un air inquiétant – un air de prédateur.

Le film s'acheva et Katya retira le disque du lecteur. Elle y apposa une étiquette sur laquelle elle écrivit : *Eric Walker*. Pendant les deux ou trois heures qui suivirent, elle visionna les autres DVD, plus rapidement cette fois car elle savait désormais ce qu'elle cherchait – d'autres images des Américains. Mais elle n'en découvrit aucune. Autant qu'elle pouvait en juger, elles se réduisaient à ces deux brèves séquences.

Elle se réveilla quelques heures plus tard, dans la lumière clignotante de son ordinateur. Avant de s'endormir, elle avait délaissé les DVD pour une émission de télévision en ligne. Une publicité pour les maillots de bain islamiques passait en ce moment même sur l'écran. « L'aquaburqa ! proclamait le présentateur. La solution raisonnable pour les femmes musulmanes. » Katya se redressa, massa son cou ankylosé et regarda deux femmes se promenant sur une plage, vêtues de maillots trois-pièces qui dissimulaient entièrement leur corps. Les tuniques drapées s'ornaient de motifs tropicaux aux coloris éclatants, les pantalons noirs étaient taillés dans une matière luisante, et la coiffe était constituée d'un simple capuchon en plastique qui couvrait la tête et le cou et qu'on resserrait autour du visage au moyen d'un cordon élastique, pour éviter qu'il ne se détache pendant la baignade. Elle se demanda ce qu'on devait ressentir, affublée de cet attirail que le présentateur décrivait comme « un bikini-burqa, ou mieux, un *burkini* » !

Fugitivement, elle s'imagina sur le voilier de Nayir ; il lui montrait comment nager sous l'eau avec un masque et un tuba, comment harponner un requin. Un rêve d'autant plus séduisant qu'il aurait pu devenir réalité : Nayir ne demanderait pas mieux, c'était un passionné de voile et de plongée, et elle pourrait nager en toute tranquillité puisqu'il n'y aurait personne pour la voir, au beau milieu de l'océan. Elle était toutefois persuadée qu'il n'approuverait pas le burkini. Il verrait cela comme une version allégée de l'islam, cette espèce de fausse dévotion que l'on rencontrait de plus en plus aujourd'hui. Il renverrait toute femme portant cette tenue au hadith proscrivant les vêtements « dessinant les formes », point final.

Elle ne se sentait plus du tout fatiguée, mais au contraire débordante d'énergie. Elle l'avait contenue de son mieux depuis des jours, et à présent, à deux heures du matin, elle était prête à disputer un match de basket à elle seule. Ou à nettoyer toute la maison. Ou à s'occuper enfin des boîtes empilées contre le mur, qui avaient contenu le trousseau offert par Othman avant qu'elle ne rompe les fiançailles. Elle ne savait pas ce qui l'avait empêchée de les lui renvoyer plus tôt, mais, s'attaquant immédiatement à la tâche, elle tria tous les vêtements, repliant soigneusement les parures de lingerie, classant les chemises en fonction de leur couleur, et rangeant chaque robe, chaque veste, chaque négligé chatoyant dans sa boîte. Puis elle ferma solidement les cartons au moyen de ruban adhésif et les porta dans l'entrée, où Ayman et son père ne manqueraient pas de s'agacer de leur présence, la contraignant ainsi à s'en débarrasser une fois pour toutes.

32

POUR LA MILLIÈME FOIS PEUT-ÊTRE, Nayir songeait au mariage, couché dans son lit, juste avant l'aube. Il se demandait en particulier si la vie conjugale était vraiment aussi misérable qu'elle le paraissait souvent. À la longue liste de ses amis harcelés par des épouses acariâtres qui dépensaient tout leur argent, étaient incapables de cuisiner, de tenir leur maison ou d'élever leurs enfants convenablement, cessaient de prendre soin d'elles-mêmes et devenaient laides, édentées, déprimées, neurasthéniques ou même suicidaires – à cette interminable liste d'hommes malheureux venait à présent s'ajouter une femme : Miriam, dont le mari en avait épousé une autre, qu'il avait peut-être tuée avant de disparaître, tandis que Miriam demeurait fermement convaincue de son innocence. Comment pouvait-il désirer une chose sujette à tant de déceptions, ainsi que le prouvaient les exemples qu'il voyait autour de lui ?

Que les Américains ne soient pas plus heureux en mariage ne le consolait pas. Eric n'avait pas compris que, lorsqu'une femme était obligée de rester cloîtrée, les devoirs envers elle étaient multipliés par douze. Et il n'avait pas compris non plus que ce n'était pas parce que votre épouse était enfermée en lieu sûr que cela vous donnait le droit de sauter sur la première femme venue. Mariage *misyar* ou pas, il était interdit à un infidèle d'épouser une musulmane.

La veille au soir, Miriam et lui n'avaient pas réussi à trouver l'identifiant et le mot de passe qui leur auraient permis de lire la carte mémoire. Samir leur avait même apporté son concours, mais tous leurs efforts avaient été vains. Comme Miriam occupait l'unique chambre d'ami, Nayir était rentré dormir sur son bateau, après lui avoir promis de passer la prendre en début de matinée – et avoir discrètement demandé à son oncle de garder un œil sur elle.

L'alarme du réveil se déclencha – l'appel à la prière d'un imam dont la voix électronique devenait de plus en plus grêle d'une semaine à l'autre. Il l'éteignit et passait dans la salle de bains pour effectuer ses ablutions, au moment précis où l'appel officiel retentissait dans les haut-parleurs de la marina. Il s'agenouilla sur le sol avec un profond sentiment de gratitude pour cette prière du matin qui lui donnait l'occasion d'oublier ses soucis afin de tourner son esprit vers des pensées plus élevées. Il pria Dieu d'accorder le bonheur aux étrangers, la sécurité aux voyageurs, la santé aux personnes âgées, et d'exaucer une douzaine d'autres vœux désintéressés qui lui vinrent en tête. Il se releva quarante minutes plus tard, revigoré.

Il prit son petit déjeuner sans se presser et réussit à nettoyer la cabine avant de se mettre en route, d'excellente humeur. Cela ne dura pas longtemps. À peine avait-il mis le pied sur le pont qu'il aperçut un homme sur le quai, juste à côté de son bateau.

« Monsieur Sharqi ? »

L'homme s'adressait à lui d'une voix aimable, mais Nayir sut d'instinct qu'il ne lui voulait aucun bien.

« Oui, répondit-il.

— Je suis l'inspecteur Osama Ibrahim, et j'aimerais vous dire deux mots.

— Montez à bord, je vous prie, dit Nayir en lui indiquant la passerelle.

— Merci, mais je préférerais que vous veniez avec moi. »

On en était donc là, songea Nayir. Il l'avait bien cherché, en se mêlant de ce qui ne le regardait pas. Une brève bouffée de colère l'envahit en pensant à Katya. Mais comment lui en vouloir ? Une fois qu'il lui eut rapporté les propos de Miriam, que pouvait-elle faire d'autre que d'en informer la police ? Les paumes moites, le cœur empli d'appréhension, Nayir gravit lentement la passerelle et rejoignit l'inspecteur sur le quai.

« Puis-je savoir de quoi il s'agit ?

— Je suis sûr que vous le savez déjà », répliqua Osama, d'un ton effroyablement poli.

Avec un temps de retard, Nayir comprit que c'était le fameux Osama dont Katya parlait sans cesse, et si, d'un côté, cela lui laissait un espoir de ne pas être arrêté, interrogé trop brutalement ou humilié, de l'autre, cela lui évoquait des pensées déplaisantes. De toute évidence, Katya avait dit à l'inspecteur où son bateau était ancré et lui avait parlé du *misyar* et de sa promesse d'amener Miriam au commissariat. Évidemment, Osama ne pouvait pas faire confiance à un individu qu'il ne connaissait pas et avait jugé préférable de prendre les choses en main.

Comme ils se dirigeaient vers une voiture banalisée de couleur noire, garée sur le parking de la marina, Osama reprit :

« Au fait, félicitations pour la façon dont vous avez résolu le meurtre de Nouf Shrawi. »

Déconcerté par ce compliment, Nayir bafouilla une réponse polie. Il monta à bord du véhicule, en se félicitant que ce ne soit pas une voiture de patrouille ; au moins, ses voisins ne sauraient pas que la police l'avait embarqué. Néanmoins, il avait du mal à porter sur Osama un jugement bienveillant. C'était un homme d'une beauté classique, avec une moustache soigneusement taillée et de grands yeux de poupée. Il portait un costume à la coupe impeccable, qui lui donnait un air très professionnel. De petits détails trahissaient en lui une certaine arrogance : ses ongles manucurés, sa montre en or. C'était l'homme avec lequel travaillait Katya, qu'elle voyait chaque jour. L'odeur de lotion après-rasage et d'eau de toilette qui lui emplit les narines dès qu'ils eurent refermé les portières lui donna la nausée, mais c'était vraiment cette feinte courtoisie qu'il supportait le moins.

« J'ai cru comprendre que vous sauriez peut-être où nous pourrions trouver Miriam Walker », dit Osama en démarrant.

Il roulait lentement, comme s'il attendait que Nayir lui indique la direction à suivre. Celui-ci avait envie de protester, chaque partie de son être se rebellait, mais il avait déjà promis à Katya de leur amener Miriam. Il aurait voulu demander au policier ce qu'il comptait faire d'elle, mais il pressentait que manifester de la sollicitude à son égard ne ferait qu'aggraver la situation.

Osama tourna à gauche et s'engagea dans le flot de la circulation. Il ne semblait pas se formaliser du silence hargneux de Nayir, mais lui non plus n'était pas du genre à laisser paraître ses sentiments.

Le trafic était d'une densité inhabituelle à une heure aussi matinale. Osama abaissa sa vitre et s'enquit auprès d'un piéton de la cause de cette agitation. L'homme les informa qu'une course de motos se déroulait en ville, et que ce qu'ils avaient pris pour des vrombissements d'avion provenait en fait des tuyaux d'échappement de centaines de Harley Davidson, des « gros cubes », comme disaient les Américains. Osama le remercia et remonta sa vitre.

Quand la circulation redevint plus fluide, ils constatèrent que la cause réelle de cet embouteillage était un accident ; un piéton avait été renversé, il gisait sur la chaussée, étendu sur le flanc. Des secouristes s'affairaient autour de lui. Le malheureux bougeait encore, au moins, il n'était pas mort.

Un peu plus loin, le trafic fut de nouveau bloqué et le rugissement des motos s'amplifia. Quand les Harley Davidson apparurent enfin à leur vue, tout sembla se ralentir. Les voitures s'arrêtèrent, les piétons s'immoblisèrent. Sur le trottoir, une femme prit son fils dans ses bras et releva sa burqa en lui montrant les motards. L'enfant se mit à hurler, un grand cri d'effroi aussitôt couvert par les pétarades. Deux grosses machines noires passèrent dans la rue transversale ; leurs conducteurs étaient attifés de pantalons de cuir moulants et de chemises sans manches. Leurs bras et leur cou étaient rougis par le soleil ardent. Nayir se mit à transpirer rien qu'à les regarder. Puis d'autres motards déboulèrent, par groupes, tels des vautours fondant sur une charogne. Quelques Africains, de rares Arabes, une majorité d'Européens et d'Américains, dans une odeur de sueur et de gaz d'échappement, une brume de chaleur ondoyante, et un bruit assez puissant pour noyer l'appel à la prière. Conduire une moto en étant vêtu de la *thobe* traditionnelle aurait été difficile ; il n'y en avait d'ailleurs aucune, seulement du cuir et de la peau nue, des bras aux muscles ondulants. Les machines défilèrent lentement. Ce spectacle avait quelque chose de brutal et de flamboyant à la fois. Mais Nayir, excédé par les reflets aveuglants du soleil sur le chrome et le vacarme infernal des moteurs, souhaita en lui-même qu'ils disparaissent au plus vite et que se termine cet étalage de la culture américaine.

Quand ils reprirent leur route, Osama avait l'air plus détendu.

« Nous avons fait une petite enquête sur Eric Walker, annonça-t-il d'un ton désinvolte. Elle nous a permis de savoir que Leila et lui ont eu de fréquentes conversations téléphoniques jusqu'à l'avant-veille de sa disparition. »

Ils contournèrent un rond-point, puis l'inspecteur poursuivit :

« Et nous savons également que Miriam ne se trouvait pas dans le pays quand Leila est morte. Donc, nous voulons seulement lui demander quelques renseignements complémentaires. Votre épouse m'a dit... »

Nayir n'entendit pas la fin de la phrase tant il était sidéré. *Votre épouse ?*

Osama s'était tu et le regardait, attendant visiblement sa réponse.

« C'est Katya qui vous a raconté ça ? murmura Nayir.

— Oui, répondit l'inspecteur, un léger pli retroussant le coin de sa bouche. Elle a été très franche. Cette affaire lui tient vraiment à cœur. »

Et, subitement, tout devint clair dans l'esprit de Nayir : c'était la raison pour laquelle elle portait sa bague de fiançailles. Elle devait faire croire à ses supérieurs qu'elle était mariée. Et elle était obligée de leur parler de lui, mais comment pouvait-elle expliquer leur relation s'il ne lui était pas apparenté ? De là à leur raconter qu'il était son mari... Il était horrifié par un mensonge aussi patent, même si, tout au fond de lui, il ne pouvait s'empêcher de jubiler.

« Quelque chose ne va pas, monsieur Sharqi ? »

Nayir comprit aussitôt qu'il ne pouvait pas dévoiler l'imposture de Katya. Comment avait-il pu être stupide à ce point ? Jamais on n'aurait recruté une célibataire pour un tel poste. Il devait exister un règlement à ce sujet, et la police devait être encore moins disposée à l'enfreindre que les autres institutions.

« Non, s'empressa-t-il de répondre. Je réfléchissais, c'est tout.

— À quoi ? »

Nayir se creusa la tête, en quête d'un mensonge plausible, mais la radio de bord se mit soudain à grésiller, lui épargnant cette peine. Une voix d'homme résonna dans le haut-parleur. Nayir ne comprit rien à ce jargon codé, mais l'expression embarrassée d'Osama ne lui échappa guère. Un instant plus tard, le portable de l'inspecteur sonna.

Osama répondit et écouta pendant un moment en bougonnant des « oui » et des « entendu ». L'anxiété transparaissait sur son visage. La conversation terminée, il redémarra à toute allure.

« Une urgence, expliqua-t-il. Tout près d'ici.

— Une urgence de quelle sorte ? demanda Nayir.

— Une querelle domestique, grommela le policier en opérant un brusque virage à gauche qui laissa des traces de pneu sur la chaussée. Les épouses d'un type sont en train de s'entretuer.

— Oh.

— Techniquement, poursuivit Osama, il est *haraam* d'envoyer un homme mettre fin à une dispute entre femmes. Des policières sont formées tout spécialement à traiter ce genre de problème.

— Dans ce cas, pourquoi y allons-nous ?

— Aucune de mes collaboratrices n'est de service en ce moment. Espérons que lorsque nous arriverons sur place il n'y aura pas un nouveau tas de cadavres pour mes collègues de la morgue.

— Si c'est *haraam*, pourquoi vous a-t-on appelé ? s'étonna Nayir.

— J'ai donné pour instructions au service des urgences de m'avertir quand une situation comme celle-ci se produit. Il n'y a pas tellement de policiers qui soient disposés à intervenir dans des cas semblables, seulement moi et quelques autres.

— Mais, manifestement, vous avez l'autorisation du mari, reprit Nayir, puisque c'est lui qui a appelé vos services ?

— Oui, acquiesça Osama, mais ça n'en demeure pas moins *haraam* et illégal, et je pourrais perdre mon boulot. »

Ils s'arrêtèrent sur un parking situé face à un grand immeuble d'habitation. Avant de bondir de la voiture, Osama se tourna vers Nayir :

« Je vais peut-être avoir besoin de votre aide, si toutefois vous acceptez de m'accompagner. »

Nayir descendit aussitôt, partagé entre l'anxiété, le remords et la rébellion. Ils pénétrèrent dans le bâtiment.

« Restez derrière moi et faites ce que je vous dis », lui lança Osama par-dessus son épaule.

Nayir faillit lui demander s'il avait une arme et, dans ce cas, pourquoi il ne la dégainait pas. Il avait beau se dire que toute cette histoire n'était sans doute qu'une banale chamaillerie, son cœur battait à coups précipités. Mais il se détrompa bien vite. Osama cogna contre la porte, et un homme lui ouvrit immédiatement, l'air affolé. En toute hâte, il poussa six enfants en pleurs sur le palier. Leurs visages terrorisés chavirèrent le cœur de Nayir. L'homme, probablement le mari, paraissait tout aussi effrayé.

« Elles sont là-dedans », dit-il, bien inutilement, en montrant l'intérieur de l'appartement, d'où leur parvenaient par intervalles des éclats de voix.

Ils entendirent un bris de vaisselle, les pleurs déchirants d'un bébé, des voix suraiguës de femmes, l'une sanglotant et criant d'une voix entrecoupée à travers ses larmes, puis l'autre glapissant de façon si abominable que Nayir eut envie de se boucher les oreilles.

Tout se passa très vite. Osama se rua dans le couloir et pénétra dans la cuisine. Nayir le suivit, toute peur à présent oubliée, craignant seulement que l'une des femmes n'attaque d'abord Osama, qui était plus petit que lui. En franchissant le seuil de la cuisine, il aperçut des taches de sang sur les murs, le réfrigérateur. Une femme était étendue à plat ventre sur le sol, immobile, le dos ensanglanté. Deux autres se faisaient face, séparées par la table. Toutes deux tenaient des couteaux, ignorant le bébé qui braillait à pleins poumons dans une bassine, sur le plan de travail.

Nayir songea fugitivement que le mari avait lamentablement manqué à son devoir en laissant la situation s'envenimer à ce point. Mais même la présence de la police semblait impuissante à arrêter ces furies. Celle qui se trouvait près de l'évier lança son couteau en direction de l'autre, qui en retour lui jeta une planche à pain. Les deux projectiles s'écrasèrent avec fracas, chacun contre le mur opposé, tandis que les deux femmes se baissaient pour les éviter. La première haletait de rage, et son regard fou avait quelque chose de terrifiant. D'une main ensanglantée, elle s'empara d'un autre couteau à découper.

« Posez ça ! » s'écrièrent simultanément Osama et Nayir.

La femme le projeta vers sa rivale. Osama en profita pour se précipiter sur elle, la saisir par les poignets et lui passer les menottes qu'il avait détachées de sa ceinture. Nayir n'eut pas d'autre choix que de barrer la route à l'autre femme, qui se ruait déjà sur la prisonnière, brandissant son arme. Elle le heurta en pleine poitrine, et il parvint à l'empoigner juste avant qu'elle ne lui enfonce sa lame dans le bras. Il lui tordit le poignet ; elle lâcha le couteau et se mit à pousser des cris d'orfraie en lui martelant la poitrine de sa main libre, jusqu'à ce qu'il s'en empare également et la plaque contre le mur, le visage écrasé contre le hideux papier à fleurs.

Osama l'écarta et menotta la femme.

« L'ambulance arrive, déclara-t-il avant d'aller s'agenouiller près de la blessée qui gémissait en s'agitant faiblement. Ne bougez pas, lui dit-il en posant une main sur son dos. Les secours seront bientôt là.

— *Bism'allah ar-rahman, ar-rahim* », se surprit à murmurer Nayir tout bas.

Le temps paraissait s'être fractionné, et il ne percevait de ce qui l'entourait que des images saccadées, comme rythmées par le déclic d'un vieil appareil photo. Osama prenant le bébé dans la bassine et le berçant pour l'apaiser. Une des femmes tombant à genoux, en pleurs ; un autre policier entrant dans la pièce... Recouvrant brusquement ses esprits, il s'aperçut qu'il serrait toujours avec force le bras de la deuxième femme. On avait relevé l'autre, qui se tenait à présent à côté du réfrigérateur, les mains entravées dans le dos, et fixait sur lui un regard hébété. Elle avait du sang dans les cheveux et un de ses yeux était fermé.

Un quart d'heure plus tard, ils embarquèrent les femmes à bord de deux ambulances. Osama regagna son véhicule, tenant sa main gauche dont le dos portait une entaille qui saignait abondamment. Nayir lui emboîta le pas.

Osama prit une serviette dans le coffre et l'appliqua sur sa blessure. Nayir vit que les mains de l'inspecteur tremblaient, mais sans doute était-ce un effet de l'adrénaline. Osama le scruta avec attention.

« C'est peut-être *haraam* d'intervenir dans une querelle entre femmes, mais je crois que c'est encore plus *haraam* de laisser les gens s'entre-tuer, ne pensez-vous pas ?

— Oui, c'est aussi mon avis », répondit Nayir, après une hésitation.

Le policier acquiesça sèchement ; la colère qui émanait de lui semblait emplir l'air de ses vibrations. Il souleva la serviette et constata que l'entaille saignait toujours.

« Bon, et si nous nous occupions de Mme Walker, à présent ?

— Je vais vous indiquer le chemin », répondit Nayir.

33

ASSISE DEVANT L'ORDINATEUR, Miriam poussa un soupir excédé. Samir était sous la douche, elle entendait l'eau couler au premier étage. Elle avait passé la plus grande partie de la matinée à tenter de trouver l'identifiant et le mot de passe de la carte mémoire, sans succès. Nayir lui avait dit qu'il viendrait la chercher à huit heures, mais il était près de midi et il ne s'était toujours pas montré. Elle avait essayé une bonne douzaine de fois de le joindre sur son portable, mais il ne répondait pas, et toutes ces frustrations accumulées lui donnaient envie de hurler.

Quand son portable se mit à sonner, elle répondit en toute hâte.

« Où étiez-vous passé ? » s'exclama-t-elle.

Mais ce n'était pas Nayir, c'était Jacob.

« Miriam, dit-il d'une voix tendue, où es-tu ?

— Jacob ?

— Tu es chez toi ?

— Non. Jacob, que se passe-t-il ?

— Bon Dieu, Miriam, dis-moi simplement où tu es !

— Chez un ami, répondit-elle avec un peu d'irritation.

— Un ami américain ?

— Non, arabe.

— Bon, pars de là immédiatement.

— Quoi ? Mais pourquoi ?

— As-tu lu le journal du matin ?

— Je... »

Elle se leva et regarda dans la cuisine, puis dans le séjour ; apparemment, Samir n'était abonné à aucun quotidien. La gorge si serrée qu'elle avait du mal à articuler les mots, elle demanda à Jacob :

« Que dit le journal ?

— Il parle du meurtre d'une certaine Leila. L'article laisse entendre qu'Eric pourrait y être pour quelque chose.

— Quoi ? s'écria-t-elle d'une voix stridente. Ils ont écrit *ça* dans le journal ?

— Oui. Bon, écoute, tu dois te rendre immédiatement au consulat. Si la police est convaincue de la culpabilité d'Eric au point de divulguer l'information à la presse, tu n'arriveras pas à la faire changer d'avis. D'ici la fin de la journée, tout le pays exigera la peau de ce fils de pute américain qui a assassiné une jeune fille arabe. Et si les flics n'arrivent pas à retrouver Eric, ils se contenteront de toi. Tu dois absolument te réfugier au consulat.

— Oh, Jacob, tu ne crois quand même pas qu'il ait pu faire ça, n'est-ce pas ? »

Jacob demeura silencieux une seconde de trop.

« Bon sang, que se passe-t-il, à la fin ? reprit-elle d'une voix brusque. Tu connaissais cette fille. Vous la connaissiez tous les deux. »

Elle sentit des larmes lui piquer les yeux, mais ne voulait pas pleurer.

« Ils prétendent qu'Eric et elle étaient mariés », ajouta-t-elle.

Sa voix se fêla et elle tapa du pied.

« Miriam, dit Jacob d'un ton empreint d'une tendresse tellement inhabituelle qu'elle cessa de pleurer. Nous savons tous deux qu'Eric n'est pour rien là-dedans. Je dois vérifier quelque chose. De ton côté, contente-toi d'aller au…

— Que dois-tu donc vérifier ? l'interrompit-elle.

— Je t'expliquerai plus tard. L'important, pour le moment, c'est…

— Eric est mon mari ! hurla-t-elle. Qu'est-ce que tu me caches ? Bordel, Jacob ! Je suis au courant pour Mabus, vu ? Je sais que vous êtes tous dans le coup !

— Mabus ? De quoi parles-tu, Miriam ? demanda-t-il, d'une voix qui semblait authentiquement perplexe.

— Je sais que vous trempez dans une combine illégale. Ce n'est pas à Eric que la police devrait s'en prendre, mais plutôt à toi et à Mabus.

— Que veux-tu dire ? fit Jacob, d'un ton abasourdi.

— Je sais que Mabus a glissé une carte mémoire dans mon sac à main, pendant que nous nous trouvions à bord de l'avion.

— Quoi ? Il était avec toi dans l'avion ? s'écria Jacob, alarmé. Qu'y a-t-il, sur cette carte mémoire ?

— Je l'ignore. Je n'arrive pas à trouver le mot de passe. »

Après un long silence, Jacob reprit :

« Miriam, détruis cette carte.

— Pourquoi ?

— Détruis-la, c'est tout. Je ne sais pas non plus ce qu'elle contient, mais j'ai le pressentiment qu'elle risque de t'attirer encore plus d'ennuis que tu n'en as déjà. Tu peux te fier à moi sur ce point.

— Comment pourrais-je te faire confiance alors que tu ne veux rien m'expliquer ?

— Je dois aller dans le désert, rétorqua-t-il sèchement. Il y a quelque chose que je dois vérifier. Je serai sans doute absent pendant quelques jours, mais dès que je saurai de quoi il retourne, je t'appellerai.

— Jacob, dis-moi de quoi il s'agit !

— Va tout de suite au consulat. »

Il raccrocha. Elle essaya de le rappeler, mais tomba tout de suite sur sa messagerie. Elle était tellement furieuse qu'elle n'arrivait plus à respirer et fut obligée de s'asseoir, la tête inclinée entre les genoux.

34

QUAND NAYIR ET OSAMA ARRIVÈRENT CHEZ SAMIR, Miriam n'était plus là. Il était près d'une heure de l'après-midi, et Samir se prélassait sur la galerie, profitant de l'air inhabituellement vif. En voyant Nayir et son compagnon débarquer en trombe, il se leva, la mine inquiète, et les informa que la jeune femme était partie depuis une demi-heure. Comme Samir ne conduisait pas, elle avait dû appeler un taxi. Lorsque Nayir voulut savoir où elle était allée, son oncle put seulement lui répondre qu'elle avait reçu un appel d'un ami juste avant son départ, il pensait donc qu'elle s'était rendue chez celui-ci. Il n'avait pas imaginé que cela puisse poser un problème. Il avait tenté à deux reprises de contacter Nayir, mais n'avait pas obtenu de réponse. Miriam aussi avait essayé de le joindre. Puisque son neveu avait fait faux bond à leur invitée, il ne pouvait tout de même pas s'attendre à ce que Samir la retienne prisonnière dans la maison !

Nayir s'aperçut alors que son portable était resté éteint toute la matinée. Pestant en silence contre lui-même, et contre les portables en général, il suivit Osama jusqu'à la voiture.

« Pensez-vous qu'elle reviendra ici ? s'enquit l'inspecteur.

— Je n'en suis pas sûr. Elle est très impulsive. »

Osama lui fit signe de monter. Tout en conduisant, il appela le commissariat et demanda que l'on retrace tous les appels passés par Miriam au cours de la matinée. Nayir s'imagina aussitôt des rangées d'ordinateurs en réseau et des hommes en combinaison immaculée.

« Cela risque de leur prendre quelques heures, alors, en attendant, nous allons chercher de notre côté. Vous a-t-elle parlé de ses amis ? » s'enquit Osama dès qu'il eut raccroché.

Nayir lui expliqua qu'elle n'avait pas beaucoup d'amis, en tout cas, personne en qui elle eût suffisamment confiance pour lui demander de l'héberger. C'était pour cela qu'il l'avait emmenée chez son oncle. Les seules personnes qu'elle avait mentionnées étaient sa voisine du dessous et une Américaine vivant dans un complexe réservé aux expatriés. Il ne se rappelait plus le nom de la femme, mais son mari, Jacob, était un ami d'Eric. Miriam paraissait faire davantage confiance à sa voisine, mais elle ne voulait pas se réfugier chez elle, de crainte que la police ne l'apprenne et vienne l'arrêter.

Osama ne démentit pas ce dernier point, ne protesta pas. Il fonça droit vers l'appartement de Miriam.

« J'y suis déjà allé hier, dans l'espoir de la trouver, expliqua-t-il. L'équipe de la police scientifique était là aussi.

— A-t-elle découvert quelque chose ?

— Des tas de choses, mais rien de très utile, je le crains. »

En arrivant sur le palier, Nayir fut surpris de voir la porte de l'appartement scellée par le ruban adhésif jaune qu'on apposait sur les scènes de crime. Osama ouvrit et inspecta rapidement les lieux.

« Elle n'est pas là, dit-il en ressortant, l'air contrarié. Allons voir les voisins. »

Par bonheur, M. Assad était chez lui. Il les pria d'entrer et alla fort obligeamment chercher sa fille Sabria. L'interrogatoire fut des plus brefs. La jeune fille avait vu Miriam le matin précédent, mais n'avait aucune nouvelle d'elle depuis. Elle leur raconta qu'elle avait donné à Miriam l'adresse de leur propriétaire à Dubai, ainsi que celle du gérant. M. Assad confirma les faits. Aucun d'eux ne pouvait dire si Miriam avait des amis dans le complexe résidentiel américain. Elle s'était rendue là-bas une ou deux fois, mais n'avait jamais mentionné aucun nom devant eux. Sabria déclara qu'elle s'inquiétait pour Miriam et avait tenté de la joindre sur son téléphone fixe, mais qu'elle était trop occupée par les préparatifs de son mariage pour essayer de la retrouver.

Osama demanda à visiter l'appartement, sous le prétexte fallacieux de comprendre comment on pouvait accéder à l'escalier menant au toit ou au couloir conduisant à la porte de la cuisine de Miriam. Mais la raison réelle de cette discrète perquisition, c'était bien sûr de s'assurer que l'Américaine ne se cachait pas dans un coin.

Comme ils regagnaient la voiture, le portable de l'inspecteur fit entendre sa sonnerie. Il écouta, la mine sombre, et raccrocha en jurant.

« Mauvaise nouvelle, dit-il avec l'air de celui qui vient d'avaler une arête. Il y a un article sur l'affaire Nawar dans le journal de ce matin. Eric Walker y est désigné comme un suspect possible. »

Cette nouvelle produisit sur Nayir l'effet d'un coup de poing dans l'estomac.

« Comment ont-ils… avez-vous… ? bredouilla-t-il.

— J'ignore d'où vient la fuite, le coupa l'inspecteur. Mais croyez-moi, personne au commissariat ne tenait à faire du bruit autour de cette enquête, parce que jusqu'ici, nous n'avons fait que patauger lamentablement. Merde ! s'exclama-t-il en abattant son poing sur le volant, dans un geste qui, bizarrement, parut à Nayir vaguement rassurant. Très bien, nous devons absolument la retrouver.

— J'ai une idée, dit Nayir, prenant aussitôt conscience qu'il allait avoir beaucoup d'explications à fournir au policier. Elle est peut-être partie à la recherche d'Apollo Mabus. »

Devant l'expression étonnée d'Osama, il poursuivit :

« J'ai donné l'adresse à Katya hier soir. Ne vous a-t-elle pas… ?

— Non. Comment l'avez-vous obtenue ?

— Par Miriam, qui la tenait elle-même de ses voisins. Apollo Mabus n'est autre que le gérant de l'immeuble.

— Nous savons que Leila et Eric se sont rencontrés au centre commercial, dit lentement l'inspecteur. C'est sans doute Eric qui lui a présenté Mabus. Et ensuite, celui-ci lui a proposé de collaborer à son projet…

— Quel projet ? »

Osama lui exposa le sujet du documentaire de Leila, *Pèlerinage*. Nayir en fut profondément troublé.

« Il y a autre chose que je dois vous révéler, déclara-t-il. Mabus a quitté le pays à un moment donné, car il se trouvait dans le même avion que Miriam, quand elle est revenue à Djeddah. Elle ignorait qui il était à ce moment-là, et il ne lui a pas dit qu'il connaissait son mari. Mais il était assis à côté d'elle, et elle croit qu'il a glissé quelque chose dans son sac à main.

— Quoi ? s'enquit Osama d'un air alarmé.

— Une carte mémoire.

— Où est-elle ? »

Nayir eut envie de rentrer sous terre. Il avait oublié de poser la question à son oncle. Après une brève conversation téléphonique, il apprit que la carte était toujours dans le convertisseur, et transmit l'information à l'inspecteur.

« Et il n'y avait rien dessus ? demanda celui-ci.

— Il y a sûrement quelque chose, mais nous n'avons pas réussi à découvrir le mot de passe. »

Osama hocha la tête d'un air grave.

« Dites à votre oncle que nous venons la chercher immédiatement. »

Nayir s'exécuta, tandis qu'Osama opérait un demi-tour rapide. Puis l'inspecteur appela de nouveau le commissariat et passa un long moment à expliquer ce qu'il venait d'apprendre. Nayir écoutait, espérant tour à tour qu'il n'avait pas commis une erreur en lui livrant ces informations et qu'il ne s'était pas conduit comme un idiot en ne le faisant pas plus tôt.

35

LE TAXI TOURNA À GAUCHE pour s'engager dans une ruelle étroite, avant de s'arrêter devant une immense porte en bois de cèdre. Il n'était que treize heures, mais le ciel s'assombrissait de façon menaçante et une odeur dans l'air annonçait, chose incroyable, l'arrivée de la pluie.

Avant de descendre, Miriam demanda au chauffeur .

« Vous êtes sûr que c'est bien le numéro 56 ?

— Oui, vous aller. Bon numéro, acquiesça l'homme.

— Vous m'attendez ?

— Oui. »

Il refusait de croiser son regard, ou même de se tourner vers elle, ce qui la rendait nerveuse. Elle descendit et s'approcha de la porte. L'édifice était somptueux - sans doute un vestige de l'occupation turque. Stuc blanc et poutres en bois brun sur la façade, boiseries ornementales accrochées à la corniche telles des stalactites. Aucune fenêtre ne donnait sur la rue.

Elle appuya sur la sonnette. Un faible tintement résonna dans les profondeurs du bâtiment. Le taxi avança vers le fond de la ruelle pour laisser passer un autre véhicule. Elle attendit que celui-ci se fût éloigné pour s'assurer que les feux arrière de la voiture n'avaient pas disparu.

Pour la dixième fois, elle vérifia ce qui était écrit sur le bout de papier. Numéro 56. L'adresse de Mabus, que Sabria lui avait donnée il y avait de cela un bon million d'années, lui semblait-il.

Elle sonna de nouveau. Cette fois, elle entendit quelque chose. On aurait dit une balle roulant à bas d'une chaise et rebondissant sur le sol avant de heurter un mur. Elle tendit l'oreille, mais une voiture passant près d'elle juste à ce moment l'empêcha de percevoir quoi que soit. Elle appuya encore sur la sonnette, puis cogna sur la porte au moyen d'un vieux heurtoir en métal. Les coups résonnèrent bruyamment dans l'entrée.

Elle poussa vigoureusement le battant et celui-ci s'ouvrit sans résistance.

« Il y a quelqu'un ? » appela-t-elle.

Elle inspecta la rue du regard. Les feux du taxi étaient à peine visibles, tout au fond, mais à part cela, il n'y avait pas âme qui vive. Elle scruta les fenêtres des immeubles alentour, au cas où s'y seraient embusqués des voisins curieux, mais toutes étaient hermétiquement fermées par des volets. Convaincue que personne ne l'observait, elle ouvrit la porte toute grande.

« Bonjour ! C'est moi ! » s'écria-t-elle d'une voix enjouée en pénétrant dans la maison.

Elle referma derrière elle, et regretta aussitôt sa décision. La pièce était plongée dans le noir absolu. Elle tâtonna autour d'elle ; ses doigts rencontrèrent le dossier d'une chaise et, à côté, une table. Elle palpa le mur, cherchant en vain un interrupteur. Finalement, sa main se posa sur le chambranle d'une porte et, en descendant, se referma sur la poignée. Elle la tourna lentement…

Devant elle s'étendait un vaste patio jonché de gigantesques blocs de pierre et de bois évoquant des vestiges archéologiques. Elle traversa une galerie à arcades et, s'arrêtant près d'une des colonnes, leva la tête pour vérifier que nul ne l'épiait depuis les fenêtres de l'étage.

En prenant garde de ne pas trébucher contre les blocs de pierre, elle se fraya un passage à travers la cour. L'air était vif et frais. Une petite fontaine, dans un coin, crachait une eau boueuse en gargouillant. Soudain, Miriam perçut un bruit derrière elle. Elle s'arrêta pour écouter. Plus rien.

Il y avait quatre portes au fond de la cour, et elle les ouvrit tour à tour. La première donnait sur une salle à manger, la deuxième sur un salon. Derrière la troisième, elle découvrit une autre pièce plongée dans le noir, et passa cinq bonnes minutes à chercher vainement un interrupteur. Elle essaya d'ouvrir la fenêtre. Celle-ci était verrouillée, mais, juste à côté, elle distingua le contour d'une lampe et, à force de tâtonnements, réussit à l'allumer.

Il y avait un bureau au milieu de la pièce, un équipement informatique sophistiqué et un mur entier tapissé de livres. À l'autre bout, il n'y avait pas de cloison, et la salle semblait communiquer directement avec le reste de la maison obscure.

Miriam s'avança jusqu'au bureau et ouvrit les tiroirs, dans l'espoir de découvrir une piste quelconque, un indice qui lui révélerait où s'étaient rendus Mabus, Jacob et Eric lors de leur expédition dans le désert. Elle était persuadée que c'était là-bas que Jacob voulait aller. Il avait parlé d'une maison appartenant à Mabus et, à sa connaissance, c'était le seul endroit où les trois hommes avaient séjourné ensemble.

Les tiroirs étaient vides, mais, à droite du bureau, elle aperçut une planche de liège sur laquelle étaient épinglées des photos. Son cœur fit un bond en reconnaissant, dans le coin inférieur, celle qu'elle avait vue chez Jacob. Contempler le visage d'Eric lui était presque insupportable ; il paraissait si heureux sur ce cliché qu'elle en eut les larmes aux yeux.

Sur le mur à côté du bureau était accrochée une photo du désert prise par satellite et agrandie aux dimensions d'un poster. On y voyait une succession de dunes et, au centre, un assemblage de pierres blanches formant les mots QARYAT AL-FAW en capitales. Plusieurs signatures, certaines en arabe, étaient griffonnées sur les bords de la photo, ce qui lui fit penser que celle-ci représentait un chantier de fouilles archéologiques, et que les personnes travaillant sur ce chantier avaient offert ce poster à Mabus à titre de souvenir. Elle ne put identifier aucun nom.

Sortant de son sac un stylo et un morceau de papier, elle recopia le nom « Qaryat al-Faw ». C'était au moins une indication.

Elle essaya ensuite d'allumer l'ordinateur, mais il refusa de démarrer. Pendant qu'elle s'escrimait, un bruit lui parvint des profondeurs de la demeure. On aurait dit des pas, lents et mesurés.

Elle se retourna vivement, scrutant les ténèbres. Tout son corps fut parcouru par un flot d'adrénaline quand elle prit conscience que les pas provenaient de la cour. Elle recula. Ils se rapprochaient.

Saisissant son sac, elle s'enfonça dans l'obscurité d'un couloir. Son pied se prit dans un fil électrique et elle trébucha, se heurtant violemment le genou contre une table. Une vive douleur lui traversa la jambe. Les pas continuaient à se rapprocher, plus rapides à présent. Se mordant les lèvres pour ne pas crier, elle se redressa. Le couloir devenait de plus en plus sombre. Elle promena ses mains le long du mur, cherchant une porte. Elle finit par repérer un loquet, le tira et se retrouva dans un autre couloir. Fermant la porte derrière elle, elle tenta de faire taire le tumulte dans sa tête et écouta.

Elle avait l'impression horrible qu'elle resterait à jamais prisonnière de cette maison sinistre, cherchant un refuge à tâtons dans le noir pour échapper à un poursuivant inconnu. Elle fit un léger mouvement, et la porte derrière elle s'ouvrit avec lenteur, laissant passer un mince rai de lumière. D'un bond, elle s'élança vers le mur opposé, ses doigts cherchant désespérément une issue. Ils rencontrèrent un bouton métallique et le manœuvrèrent fébrilement.

Elle déboula dans la rue comme une folle. Ce n'était pas celle par laquelle elle était arrivée mais une autre, plus large et moins éclairée. Une goutte de pluie s'écrasa sur son visage et elle sursauta.

Désorientée, elle se dirigea vers les lumières de la rue principale en priant pour que le taxi soit encore là, mais aucune voiture n'était en vue. Avec des mains tremblantes, elle fit glisser la burqa sur son visage.

Était-ce l'heure de la prière ? Elle n'avait pas entendu l'appel, mais les alentours étaient déserts. Les boutiques avaient l'air délabrées et il n'y avait aucun panneau en anglais. Elle décida de faire le tour du pâté de maisons. À l'angle de la rue suivante, deux hommes se tenaient à côté d'un camion. En la voyant, ils cessèrent de parler. C'étaient de jeunes Africains, vêtus de chemises en polyester aux couleurs tapageuses. L'un d'eux ouvrit sa chemise en disant : « Voulez-vous coucher avec moi ? » et l'autre s'esclaffa.

Miriam se hâta de tourner le coin, pour constater, à son grand désarroi, que la rue descendait vers la droite. Or, elle devait se diriger vers la gauche, si elle voulait regagner le devant de la maison, mais il n'y avait pas de voie transversale. Tant pis. Elle avait un autre sujet d'inquiétude. Les deux hommes n'avaient pas cessé de l'observer et, quand elle se retourna, ils commencèrent à avancer dans sa direction. Pressant le pas, elle poursuivit sa route.

Elle plongea la main dans son sac pour attraper son portable, mais ne le trouva pas. Au bord de la crise de nerfs, elle se prit les pieds dans son *abaya*. Elle avait envie de fuir à toutes jambes, mais pour aller où ?

« Hé ! appela une voix d'homme derrière elle. Hé, *marra* ! Femme ! »

Elle se mit à courir. Ayant enfin saisi son portable, elle composa le numéro d'une compagnie de taxis. C'est alors qu'une voiture s'arrêta à côté d'elle. Machinalement, elle ralentit sa course et tourna la tête. Une portière claqua. Des pas résonnèrent sur la chaussée, fonçant résolument vers elle. Elle entrevit un visage d'homme, un regard reptilien cherchant le sien. Elle redoubla de vitesse.

Elle n'était pas de taille à distancer son poursuivant. À peine avait-elle parcouru trois mètres qu'elle s'empêtra derechef dans son *abaya* et serait tombée si l'homme, juste à cet instant, ne l'avait empoignée par l'épaule, la tirant brutalement en arrière. Elle poussa un cri, mais il lui plaqua une main sur la bouche, la ceintura de son bras libre et, bien qu'elle se débattît frénétiquement, l'entraîna vers le véhicule pour la pousser sans ménagement à l'intérieur.

36

APRÈS AVOIR RÉCUPÉRÉ LA CARTE MÉMOIRE et l'avoir déposée au commissariat, Nayir et Osama se rendirent chez Mabus. Quand ils y arrivèrent, le ciel commençait à s'obscurcir. Personne ne répondit à leur coup de sonnette, et la porte n'était pas fermée à clé. Osama dégaina son arme avant d'entrer.

« Police ! lança-t-il. Il y a quelqu'un ? »

Ils fouillèrent rapidement la maison. Il n'y avait personne, et la porte de derrière était grande ouverte. La demeure elle-même ne renfermait rien qui présentât un intérêt. L'ordinateur semblait être cassé, et le bureau donnait l'impression d'avoir été vidé depuis longtemps ; la fine couche de poussière qui en recouvrait la surface ne portait aucune trace. Osama appela le commissariat et demanda qu'on lui envoie l'équipe scientifique. Puis il fit signe à Nayir de sortir.

Pendant qu'ils attendaient les techniciens, le portable de l'inspecteur se mit à sonner. Il répondit et écouta avec attention pendant quelques minutes avant de refermer le téléphone.

« Ils ont retracé tous les appels passés ou reçus par Miriam dans la matinée, annonça-t-il. L'un d'eux émanait d'un certain Jacob Marx.

— C'est probablement celui dont elle m'a parlé », répondit Nayir.

Renonçant à attendre plus longtemps les techniciens, ils décidèrent d'aller immédiatement à la résidence des Portes de l'Arabie, qui ne se trouvait pas très loin de là. Nayir s'aperçut avec surprise qu'il faisait de plus en plus sombre. La pluie s'était arrêtée et le ciel avait pris une couleur gris fer.

« Et que vous a dit Miriam au sujet de cet homme, Jacob Marx ? s'enquit Osama.

— Que c'était un coureur impénitent, et que si quelqu'un couchait avec Leila, ça ne pouvait être que lui, et non Eric. Apparemment, il a eu d'innombrables maîtresses arabes.

— Mais, à en croire le *misyar*, Eric et Leila étaient mariés », objecta l'inspecteur, sans paraître offusqué par cette information.

Nayir acquiesça.

« Et Jacob a accompagné Eric et Mabus dans le désert ? reprit Osama.

— Oui. Miriam a vu une photo prise au cours de cette expédition. Une photo récente, chez Jacob. »

Osama s'absorba dans ses réflexions. En arrivant devant les grilles de la résidence, il déclara :

« La façon la plus rapide d'obtenir des renseignements est souvent la moins agréable. »

À ces mots, Nayir se représenta aussitôt un malheureux ligoté sur une chaise, une lumière aveuglante braquée sur son visage, et un petit homme pervers pointant un scalpel vers l'oreille de sa victime. Il avait entendu toutes sortes d'histoires sur les brutalités policières, colportées de bouche à oreille et enjolivées au fur et à mesure, si bien que le moindre détail finissait par prendre des proportions exagérées. Il n'aurait su dire si une seule d'entre elles était vraie, mais leur nombre même et celui, étonnant, d'amis et de relations dont l'un des proches avait vécu une telle expérience suffisaient à le convaincre que la police n'agissait pas toujours dans l'intérêt du public. Toute l'admiration que lui inspirait Osama après les événements de cette matinée était déjà près de s'évanouir.

« Qu'entendez-vous par là ? lui demanda-t-il calmement.

— Ce n'était qu'une remarque en l'air, répondit l'inspecteur en lui lançant un rapide coup d'œil. Mais avec ce Jacob, je vais devoir improviser. Ce que j'essaie de vous dire, en fait, c'est : quoi que je fasse, vous ne bronchez pas, entendu ? »

Nayir ne répondit pas. Il n'allait certainement pas demeurer impassible s'il prenait à l'inspecteur la fantaisie de sectionner les orteils d'un suspect.

Voyant son expression, Osama éclata de rire.

Ils franchirent les grilles de la résidence sans grande difficulté. Le garde leur indiqua l'adresse des Marx et dut certainement les prévenir car, lorsqu'ils frappèrent à la porte, l'épouse de Jacob leur ouvrit immédiatement, comme si elle les attendait.

« Excusez-nous pour cette intrusion, dit Osama en anglais. Je suis l'inspecteur...

— Je sais, l'interrompit-elle. Entrez. »

Son visage n'était pas voilé, mais elle portait une longue *abaya* et un foulard noirs ; Nayir présuma qu'elle les avait revêtus à leur intention. Le foulard n'arrêtait pas de glisser en arrière et elle dut le rajuster deux fois avant même d'avoir atteint la cuisine.

Ce devait être la coutume, en Amérique, d'emmener les invités directement dans la cuisine, songea Nayir, car c'était exactement ce qu'avait fait Miriam. Quand ils se furent assis à la table, il comprit qu'elle se sentait probablement plus à l'aise dans cette pièce. Elle se mit en devoir de préparer du café et de disposer des dattes sur un plateau. Osama parut sur le point de protester et de passer sans plus attendre aux faits, mais s'en abstint par politesse.

« Vous êtes Mme Marx ? demanda-t-il.

— Comment ? Oh, oui, je suis la femme de Jacob. Patty Marx. »

Elle avait interrompu ses préparatifs et fixait maintenant sur eux un regard anxieux. Derrière elle, la cafetière électrique fit entendre un bip ; elle se retourna en hâte et versa le café dans des mugs.

« Madame Marx, reprit Osama, nous venons vous voir au sujet de Miriam Walker. »

L'Américaine se figea, et la tasse qu'elle tenait demeura suspendue au-dessus de la table.

« Vous ne sauriez pas, par hasard, où nous pourrions la trouver, n'est-ce pas ? »

Elle secoua la tête, l'air plus effrayé que jamais.

« Elle est venue ici mardi dernier, mais je ne l'ai pas revue depuis. »

Osama hocha la tête et écrivit quelque chose dans son carnet.

« A-t-elle fait quelque chose de mal ? demanda Mme Marx.

— Non, répondit l'inspecteur en lui lançant un regard pénétrant. Nous souhaiterions simplement l'interroger sur la disparition de son mari.

— Eh bien, comme je vous le disais, je ne l'ai pas vue, rétorqua Patty Marx d'un ton tranchant qui signifiait clairement : *Vous pouvez déguerpir tout de suite.*

La conversation avançait bien trop lentement au goût de Nayir, qui intervint :

« Nous pensons qu'elle a pu aller retrouver votre mari quelque part. Elle lui a parlé au téléphone ce matin. Elle était chez mon oncle à ce moment-là et elle lui a dit qu'elle allait rejoindre un ami. Nous croyons que l'ami en question était votre mari. »

Le regard de la femme trahissait à présent une véritable panique.

« Mon mari n'est pas ici » fut tout ce qu'elle parvint à répondre.

Elle se dirigea vers la cafetière et prit une coupe de verre sur l'étagère, d'un air absent. Au bout d'un moment, elle posa sur l'objet un regard intrigué, et le rangea pour s'emparer d'une chope en faïence. Elle se servit du café, puis se tourna face à eux, abandonnant son mug sur le plan de travail.

Osama, à qui son comportement étrange n'avait pas échappé, s'enquit alors :

« Madame Marx, où est votre mari ?

— Je... je ne sais pas, répondit-elle d'une voix qui se fêla soudain. Il était ici ce matin, et puis il m'a dit qu'il devait sortir. Je ne lui ai pas demandé où il allait.

— À quelle heure est-il parti ?

— Vers... je ne sais pas, midi ? hasarda-t-elle timidement, comme si elle espérait avoir donné la bonne réponse.

— Où est-il allé, d'après vous ? » interrogea Nayir, obéissant à une impulsion subite.

Elle le regarda d'un air craintif, puis se tourna vers le plan de travail et ouvrit un sucrier.

« Ma foi, dit-elle, s'il a demandé à Miriam de le retrouver quelque part, c'est là-bas qu'il a dû se rendre. »

Le policier paraissait découragé. On lisait même une trace de colère dans ses yeux.

« Madame Marx, si nous recherchons Miriam Walker, c'est parce que nous croyons qu'elle est peut-être en danger. »

L'Américaine opéra une brusque volte-face, la bouche arrondie de stupéfaction.

« Vous l'avez vue mardi, poursuivit Osama, donc vous savez sans doute que son mari a disparu. Ce que vous ignorez peut-être, c'est qu'il y avait ce matin dans la presse un article le mettant en cause dans le meurtre d'une jeune Saoudienne. »

Elle étouffa une exclamation de surprise. Un changement subtil dans son expression indiqua à Nayir qu'elle venait brusquement de comprendre quelque chose d'important. Elle apporta sa tasse à l'extrémité de la table, le plus loin possible d'eux, et s'assit tout au bord d'une chaise, comme si elle se préparait à se relever d'une seconde à l'autre.

« Donc, si vous avez la moindre idée de l'endroit où votre mari aurait pu se rendre…

— Je crois qu'il est parti dans le désert. Vous ne pensez quand même pas qu'il représente un danger pour Miriam, non ? s'exclama-t-elle ironiquement. Même s'il est allé la retrouver, ce dont je doute fort, jamais il ne lui ferait du mal !

— Et pourquoi serait-il parti dans le désert ? reprit Osama.

— Eh bien, parce qu'il aime le camping !

— Et l'envie lui a pris comme ça, au beau milieu de la semaine ? » persifla l'inspecteur.

À ce moment précis, la sonnerie de son portable retentit. Il sursauta et le sortit de sa poche en fronçant les sourcils. Il jeta à Nayir un regard appuyé avant de répondre.

Mme Marx scrutait sa tasse de café, visiblement contrariée par cette interruption. Nayir regarda ses doigts pianoter nerveusement sur le bord de la tasse. Il prit alors conscience qu'il n'éprouvait aucune gêne à la dévisager, et s'imagina même qu'il parvenait sans mal à déchiffrer ses expressions. Cela lui procura une grisante sensation de pouvoir.

Le téléphone à l'oreille, Osama se leva de table et marcha jusqu'à la porte de la cuisine, où il s'arrêta, à demi tourné vers eux.

Patty ne semblait pas comprendre ce qu'il disait, mais en entendant le nom « Miriam Walker », elle releva les yeux.

« Il parle de Miriam ? demanda-t-elle, paniquée.

— Oui.

— Que dit-il ? »

Nayir fut incapable de lui répondre. Il n'avait pas entendu distinctement.

Posant sa main sur le microphone, Osama expliqua en anglais :

« Nous avons des raisons de penser que Mme Walker est partie dans le désert. »

Le visage de Mme Marx était l'image même de la peur.

« Mais comment se serait-elle rendue là-bas ? Vous ne pensez pas que c'est Jacob qui l'a emmenée, n'est-ce pas ? Il ne ferait jamais une chose pareille !

— Nous n'en savons rien, rétorqua l'inspecteur en haussant les épaules, mais c'est un voyage extrêmement dangereux, même si elle était accompagnée.

— Vous ne soupçonnez quand même pas Jacob ou Miriam d'être pour quelque chose dans la mort de cette fille ! reprit Patty Marx d'une voix affolée. Ce n'est pas possible ! »

Osama posa sur elle un regard soucieux mais ne répondit pas.

« Pour commencer, Miriam ne se trouvait pas sur le territoire, déclara Patty. Et Jacob était au travail. Vous n'avez qu'à appeler son bureau si vous voulez en avoir la confirmation !

— Madame Marx, nous n'en avons pas après votre mari, répondit l'inspecteur en se tournant de nouveau vers eux. Le nom de Mabus vous dit-il quelque chose ?

— Mabus ! siffla Patty. Cet horrible individu ! ajouta-t-elle, en serrant sa tasse à la briser. C'est un ami de Jacob, un type abominable ! Toujours en train de traficoter on ne sait quoi. Il se livre sûrement à des activités illégales ! Est-il mêlé à tout ça ? »

Osama grommela des mots indistincts dans le téléphone, remercia son interlocuteur et referma l'appareil.

« Mabus est l'un de nos principaux suspects. Nous le recherchons depuis quelques jours et pensons qu'il se cache dans le désert. »

Nayir s'émerveilla de l'aisance avec laquelle le policier avait proféré ce mensonge. Mme Marx sembla n'avoir rien remarqué.

« Nous avons de fortes raisons de croire que Mabus est armé et vraisemblablement dangereux, poursuivit Osama.

— *Mabus !* »

Patty contemplait le sol, visiblement absorbée dans une intense réflexion.

« Madame Marx, reprit l'inspecteur, si vous savez quoi que ce soit qui puisse nous aider à retrouver votre mari et Miriam avant qu'il ne leur arrive malheur...

— C'est un homme dangereux, je l'ai toujours dit. Jacob n'aurait jamais dû s'acoquiner avec lui, déclara-t-elle en levant vers eux un visage résolu. Il est parti dans le désert ce matin. Il avait appris que la police recherchait Eric, et il savait que celui-ci ne pouvait pas avoir tué cette femme. Il pensait qu'Eric se cachait dans le désert, mais ça ne tient pas debout ! s'exclama-t-elle d'une voix stridente. Je lui ai dit : "pourquoi Eric s'enfuirait-il en abandonnant sa femme ?" Jacob a été incapable de me répondre. Je ne crois vraiment pas qu'Eric ait pu faire une chose pareille, mais on ne sait jamais. Et maintenant, Jacob est parti à sa recherche... »

Elle déglutit avec difficulté avant de reprendre :

« Et si c'est Mabus qui se cache là-bas ? Vous devez absolument mettre la main sur lui ! Jacob pourrait être en danger ! s'écria-t-elle en s'avançant vers eux.

— Où votre époux s'est-il rendu exactement ? demanda Osama.

— Je n'en sais rien. Je... »

Sa voix se brisa et elle se rua hors de la pièce, les bousculant au passage. Ils la suivirent dans le séjour. Il y avait un bureau appuyé contre un mur ; elle ouvrit avec violence le tiroir du haut, fourragea rageusement dans les papiers et les objets qui s'y trouvaient, puis se tourna brusquement vers des rayonnages muraux où étaient rangées une série de corbeilles. Elle en prit une, inspecta son contenu, la jeta de côté, tout en disant :

« Jacob a un GPS, mais il a dû l'emporter. C'est en plein désert, voilà tout ce que je sais. Il avait un plan quelque part... »

Elle souleva une troisième corbeille et trouva la carte juste sur le dessus. Elle la déplia fiévreusement et l'étala sur le bureau. Les deux hommes se penchèrent avec impatience au-dessus du papier, comme gagnés par sa frénésie.

« Ici ! » dit-elle en montrant un endroit marqué d'une croix.

Il n'y avait aucune ville à proximité, aucun point de repère, ni même de route, seulement quelques coordonnées. Nayir prit un papier et un stylo sur le bureau et les recopia soigneusement.

« Êtes-vous sûre que c'est là-bas qu'il est allé ? s'enquit-il.

— Non, mais c'est là qu'il s'est rendu avec Mabus la dernière fois qu'ils sont partis dans le désert ensemble. Mabus a une espèce de... cabane là-bas, ou quelque chose comme ça. Ils avaient emporté leur matériel de camping. C'était il y a seulement quelques semaines. Oh, mon Dieu, *Jacob* ! »

Nayir regarda Osama, qui hocha la tête.

« Merci, madame Marx. Faites-moi confiance, nous ferons tout ce qui est en notre pouvoir pour retrouver votre mari. »

Ravalant ses larmes, elle acquiesça muettement et les regarda partir, sans esquisser un geste pour les raccompagner.

À peine Nayir était-il installé dans la voiture que l'inspecteur démarra.

« Vous avez deviné que l'appel ne venait pas vraiment de mon bureau, dit-il.

— Oui, répondit Nayir. Mais comment vous y êtes-vous pris pour vous appeler vous-même ?

— En fait, c'était ma femme.

— Votre femme ? Elle est restée au téléphone tout ce temps ? s'exclama Nayir, incrédule.

— Oui », acquiesça l'inspecteur d'un air chagrin.

Nayir se demanda fugitivement ce que son épouse avait pu lui dire. Mais sans doute était-elle habituée aux bizarreries de l'inspecteur.

« Alors, qu'allez-vous faire à présent ? demanda-t-il, en s'efforçant de ne pas trahir sa curiosité.

— Je crois que je ferais mieux de rentrer au commissariat et de prendre contact avec le poste de police le plus proche de cet endroit, afin qu'ils envoient quelqu'un inspecter les lieux. Il est possible qu'Eric Walker se soit réfugié là-bas, et que Jacob soit parti à sa recherche. Il se peut aussi que Mabus y soit planqué. Dans un cas comme dans l'autre, ça vaut le coup de se rendre sur place. »

Nayir acquiesça, luttant contre une anxiété grandissante.

« Qu'est-il arrivé à Mme Walker, à votre avis ?

— En toute franchise, je n'en ai pas la moindre idée. Mais je tiens avant tout à retrouver Jacob Marx, pour voir s'il a réussi à dénicher son ami Eric. Pour nous, c'est une priorité. »

37

OSAMA MOURAIT D'ENVIE D'ACTIONNER SA SIRÈNE pour pouvoir fendre le flot de la circulation et regagner le commissariat au plus vite. Riyadh, son chef, avait déjà tenté de le joindre à deux reprises. Il voulait sans aucun doute lui passer un savon à propos de la fuite sur l'affaire Nawar. Osama devait aussi coordonner les recherches dans le désert avec la police locale, et pour cela il lui fallait d'abord établir où était située cette foutue cabane et quelle division il convenait de contacter. Il avait le pressentiment angoissant que l'endroit était situé dans le Quart Vide. Et à toutes ces préoccupations venait s'ajouter la « conversation » qu'il avait eue avec Nuha.

Cet entretien avait été pour lui une forme de torture. Il ne pouvait pas vraiment lui parler, bien sûr, puisqu'il faisait comme si l'appel émanait du commissariat. Il avait donc été obligé de l'écouter. Elle n'avait pas accordé d'attention à sa petite comédie ; ou peut-être avait-elle pensé qu'il l'ignorait délibérément. Mais peu lui importait, du moment qu'elle pouvait déverser ce qu'elle avait sur le cœur. Et ses propos l'avaient profondément mortifié. Elle était désolée, vraiment désolée de lui avoir menti si longtemps, mais elle n'avait pas trouvé jusqu'à ce jour le courage de lui avouer qu'elle se sentait dépassée. Elle n'avait pas la force d'être à la fois une mère, une journaliste, une épouse et une amante – et aussi une fille, une amie, une cousine, une tante, une sœur, tous ces rôles qu'elle devait assumer quotidiennement. C'était trop pour elle. Elle en avait assez de jouer les superwomen. Elle était épuisée. Et le plus drôle, c'était qu'elle avait cru se conformer à ce qu'il attendait d'elle. Elle savait depuis le début qu'il voulait qu'elle travaille, qu'ils aient un second revenu, afin de pouvoir raconter à ses amis que sa femme occupait un poste important, et donner l'image d'un couple moderne à qui tout réussit. Elle comprenait à présent combien elle l'avait déçu en lui mentant. La vérité, c'était qu'elle ne voulait pas être écrasée sous de nouvelles charges familiales, de nouvelles responsabilités.

Osama avait eu le plus grand mal à ne pas lui répondre, à ne pas mettre fin à son monologue pour la consoler, prononcer les mots qui apaiseraient ses larmes. Il se rappelait à peine pourquoi il était fâché contre elle. Tout ce qu'il savait, c'est qu'il voulait rentrer chez lui, la serrer dans ses bras et implorer son pardon.

Mais il ne pouvait pas lui parler pour le moment. Nayir était à côté de lui dans la voiture, et son portable sonnait de nouveau. Il répondit et écouta ce que Majdi avait à lui dire. Puis il se tourna vers Nayir.

« Ils ont percé le code de la carte mémoire. D'après Majdi, ce n'était pas très compliqué. Le fichier principal contenait des clichés de textes coraniques provenant d'un chantier de fouilles au Yémen. Ces documents sont censés être la plus ancienne version du Coran qui ait jamais été trouvée. Pour une raison ou une autre, les autorités yéménites refusent de les porter à la connaissance du public, il s'agit donc de copies volées.

— Majdi a-t-il eu le temps de les examiner ?

— Pas d'une manière approfondie, mais il y avait un deuxième fichier expliquant les documents. Désirez-vous les voir tout de suite ? »

Nayir secoua la tête. Il avait l'air affamé et exténué.

Osama le déposa à la marina et rentra au commissariat. Le jour commençait à décliner. Il se rendit immédiatement dans le bureau de Riyadh, mais son supérieur était parti de bonne heure, pour assister au mariage d'un cousin.

Soulagé, Osama s'arrêta dans un couloir du premier étage, sous un éclairage au néon vacillant, et appela Nuha sur son portable. Comme elle ne répondait pas, il composa le numéro de leur domicile. Le téléphone sonna sept fois de suite, et il sentit la panique l'envahir. Elle décrocha à la huitième sonnerie.

« Allô ?

— Nuha... »

Elle avait pleuré, il le comprit à sa voix.

« Je suis désolé de ne pas être près de toi. Vraiment désolé. J'ai encore deux ou trois choses à faire ici.

— Mais tu vas rentrer ? » demanda-t-elle.

Il perçut une note de colère dans son ton, mais préféra ne pas la relever.

« Oui, je serai là dans un moment. Nuha, je te demande pardon. »

Quand il raccrocha, son corps entier fut traversé par un violent frisson et, l'espace d'un instant, il crut qu'il allait s'effondrer. Il s'appuya au mur d'une main, étonné d'avoir pu passer quatre jours sans parler à sa femme, et de ne pas avoir rompu plus tôt son vœu de silence.

Le labo de Katya était un peu plus bas dans le couloir. Il frappa doucement à la porte avant d'ouvrir. Il la découvrit perchée sur une chaise, en train de contempler la rue à travers l'étroite et haute fenêtre. La moitié de la pièce était plongée dans l'obscurité. L'autre était éclairée par la lumière bleuâtre d'une grosse machine.

Elle ne se rendit pas compte de sa présence tout de suite.

« Mademoiselle Hijazi », appela-t-il à mi-voix.

Elle se retourna en sursaut et faillit dégringoler de la chaise. Il s'élança vers elle – inutilement, car il se trouvait trop loin pour pouvoir la rattraper.

Elle descendit de son perchoir, l'air un peu confus, et rajusta son foulard.

« Excusez-moi, dit-elle, en replaçant la chaise derrière le bureau. Je regardais s'il pleuvait.

— Vous n'êtes pas mariée », déclara-t-il sans préambule.

Elle se figea.

« Quand j'ai parlé de vous à Nayir comme si vous étiez son épouse, il ne m'a pas contredit, reprit Osama.

— C'est un homme plutôt taciturne, répondit-elle d'une voix tremblante. Mais non, je ne suis pas mariée. Je suis désolée d'avoir menti », ajouta-t-elle en dissimulant sa main à l'intérieur de sa manche.

Osama était trop perturbé par les événements de l'après-midi pour se mettre en colère contre elle, même s'il lui en voulait.

« Je suppose que vous n'aviez pas vraiment le choix », dit-il.

Elle le regarda, surprise.

« Voulez-vous que je démissionne ? »

Comme à contrecœur, il secoua la tête, et une expression de soulagement apparut sur le visage de la jeune femme.

« Pour le moment, cela restera entre vous et moi. Je n'en parlerai à personne. Si quelqu'un vous pose la question, vous êtes mariée. C'est clair ? »

Elle acquiesça en silence. Avant de partir, il lui lança d'une voix agacée :

« Et dites à Nayir qu'il n'est pas votre mari. »

À son air, il comprit que cette perspective la remplissait d'appréhension.

Nayir longeait le quai, taraudé par une inquiétude qui croissait de minute en minute, si bien que, lorsqu'il parvint à son bateau, il trébucha contre un rouleau de cordages par manque d'attention.

Il était seulement neuf heures du soir, mais il se sentait aussi vidé que s'il avait passé quarante-huit heures d'affilée sans dormir. Cette journée en compagnie de l'inspecteur le laissait encore abasourdi. Les détails les plus infimes restaient gravés dans sa mémoire. La façon dont il avait saisi le bras de la femme, quand elle avait tenté de le frapper avec son couteau. Ou celle dont il avait scruté ouvertement le visage de Patty. Mais l'image qui prédominait sur toutes les autres, c'était celle d'Osama, solide comme une forteresse face aux flots déchaînés.

Nayir avait envisagé jadis d'entrer dans la police religieuse. Toutefois, l'idée de passer son temps à rappeler aux gens de prier, de se couvrir, de se comporter décemment lui paraissait profondément déprimante. Il aurait eu constamment sous les yeux des preuves de l'immoralité et des vices innombrables de l'humanité. Les événements d'aujourd'hui lui avaient fait prendre conscience que la décence était bien la dernière chose dont la société avait à se préoccuper, quand les gens s'entretuaient quotidiennement.

Il était épuisé mais, bizarrement, débordait d'une sorte d'énergie fébrile. Il composa le numéro de Miriam. Cette fois, son portable ne sonna même pas. La ligne était coupée, ce qui n'annonçait rien de bon. Il appela Samir, mais lui non plus n'avait aucune nouvelle d'elle. Sachant qu'il serait incapable de dormir, il passa dans la kitchenette et avala un rapide dîner à base d'houmous et de pitas, les yeux fixés sur les parois de la cabine et s'efforçant de ne pas penser.

Il devait se rappeler que Miriam avait quitté la maison de Samir de son propre gré. Sans doute avait-elle cédé à la panique et décidé finalement de ne pas se rendre au commissariat. Cette pensée le blessait. Jamais il ne l'aurait forcée à y aller. Mais le pire était également envisageable. Au fond de lui, une petite voix lui répétait qu'elle avait très bien pu partir dans le désert...

Et, comme si tout cela ne suffisait pas, il ne pouvait s'empêcher de penser à Katya. Avait-elle raconté à Osama qu'il était son mari, ou l'inspecteur l'avait-il seulement supposé ? S'était-elle fait passer pour une femme mariée auprès de l'administration, ou l'avait-on présumée telle parce qu'elle portait une bague au doigt ? Il essaya de lui accorder le bénéfice du doute en se disant qu'elle n'avait pas cherché à tromper qui que ce soit et qu'elle ne portait cette bague que par nostalgie, mais cette idée l'affligeait plus encore.

Après avoir mangé, il alla dans la salle de bains et effectua ses ablutions, qui lui procurèrent un répit bienvenu. À peine avait-il terminé qu'il entendit son portable sonner. Il fut à deux doigts de l'éteindre, puis s'aperçut que l'appel émanait d'Osama.

« Des nouvelles de Mme Walker ? s'enquit l'inspecteur en guise de salutation.

— Non. Et elle n'a pas non plus contacté mon oncle.

— Pas mieux de notre côté. J'ai rappelé ses voisins, ils ne l'ont toujours pas revue. J'ai un mauvais pressentiment.

— Moi aussi.

— Nous avons pris contact avec la police régionale. L'endroit se trouve à proximité de Qaryat al-Faw, poursuivit Osama. J'ai transmis les coordonnées à mes collègues. Ils vont envoyer quelqu'un là-bas.

— Combien de temps cela demandera-t-il, à votre avis ?

— Je n'en sais rien, mais je ne vais certainement pas rester ici à attendre », rétorqua l'inspecteur, avec un reniflement sarcastique.

La conversation finie, Nayir retourna dans la salle de bains, cherchant à retrouver l'éphémère sensation de purification et d'apaisement qu'il avait connue tout à l'heure. Mais cette fois, ce ne lui fut d'aucun secours. En s'agenouillant sur son tapis de prière, il s'efforçait désespérément de contenir son angoisse. Après le deuxième *rakat*, il renonça à lutter et pria simplement pour qu'elle soit en sécurité :... *et où qu'elle soit, Allah, je t'en prie, fais qu'elle pense à m'appeler.*

Il se réveilla en sursaut au cœur de la nuit. Il n'avait pas fait de mauvais rêve ni entendu de bruit. Simplement, c'était comme si toutes les tensions accumulées au long de la journée avaient formé en lui une espèce de boule compacte qui venait finalement d'exploser.

De tous les fardeaux que la semaine écoulée avait déposés sur ses épaules, celui qui lui paraissait le plus pesant, dans la clarté lunaire, était l'opinion exprimée l'autre jour par Majdi avec une brutalité juvénile :... « l'idée selon laquelle il n'existe qu'une seule façon de l'interpréter l'affadit, lui ôte toute vitalité. Il n'évolue pas au même rythme que l'humanité, il est réduit au rôle d'ornement ». Le jeune homme parlait du Coran, mais il avait à présent le sentiment que c'était à lui, Nayir, qu'il faisait allusion, aux individus pareils à lui, qui constituaient une bonne partie de la société – et que Majdi avait regroupé tout ce que Nayir chérissait pour l'écraser sous les énormes pierres de la logique et du progrès.

Sans avoir pris le temps de réfléchir, il se retrouva en train de s'habiller et d'enfiler ses chaussures de marche. Il fourra dans un sac tout ce qui lui était indispensable – foulard, jumelles, gourde, plus une vieille boîte à bonbons qui renfermait un équipement de survie basique, comme des allumettes, une aiguille et du fil, et chargea le tout dans sa voiture. Il transféra ses plus gros bidons d'essence et d'eau du coffre de sa Jeep à celui du Rover. Dix minutes plus tard, il était sur la route.

38

ASSIS À LA TABLE DE LA CUISINE, Osama regardait Nuha préparer le café. Tout à l'heure, au téléphone, il avait eu le sentiment que tout allait s'arranger. Mais, pour la première fois de sa vie, il se sentait comme un étranger dans cette pièce, dans cet appartement.

Nuha déposa le café devant lui. Il y avait des larmes dans ses yeux, et c'était surtout cela qui mettait Osama mal à l'aise. Elle avait commencé à pleurer tout bas dès qu'il avait franchi la porte. Il l'avait prise dans ses bras, l'avait embrassée sur le front et entraînée dans la cuisine. Il était épuisé, mais sa fatigue s'était brusquement dissipée sous l'effet d'une montée d'adrénaline, et maintenant il avait les nerfs à fleur de peau.

Il tendit le bras par-dessus la table pour lui saisir la main.

« Nuha, *hayati*, tout va s'arranger. »

Elle avait gardé jusque-là les yeux fixés sur sa poitrine ; elle les ferma et retira lentement sa main.

« Il y a certaines choses que je dois te dire », annonça-t-elle, et à ces mots, il sentit son cœur chavirer.

« Parle. Je t'écoute », murmura-t-il.

Pourtant, il n'avait pas la moindre envie d'entendre ses aveux. Ils n'étaient pas dans une salle d'interrogatoire, il ne voulait pas se comporter en flic dans son propre foyer. Elle se mit à parler d'une voix étouffée, la tête baissée. Elle lui raconta tout ce qu'elle n'avait pas osé lui confier jusque-là. Elle dépensait leur argent en vêtements et en repas avec des amies, puis en empruntait à ses parents pour qu'il ne s'en aperçoive pas. Elle n'aimait pas vraiment le restaurant indien qu'ils fréquentaient et qu'il appréciait tant. La nourriture la rendait malade. Parfois, elle vomissait en rentrant à la maison. Et tous ces mercredis soir où il croyait qu'elle rendait visite à ses cousines, elle allait dans le désert avec son frère, pour apprendre à conduire. « Évidemment, je ne pouvais pas te le dire. Tu es un flic. Je ne voulais pas te mettre en porte-à-faux en te révélant que j'enfreignais la loi. » Il n'entendit pas tout. Les paroles se fondirent en un brouhaha confus. Il attendait de l'entendre confesser la seule chose qu'il ne pourrait lui pardonner : qu'elle avait rencontré quelqu'un, qu'elle était tombée amoureuse d'un autre. Mais elle ne prononça pas ces mots fatidiques. Elle se tut brusquement et leva les yeux vers lui, effrayée, de toute évidence, par son absence de réaction.

« Merci de m'avoir dit tout cela » fut tout ce qu'il réussit à articuler.

Elle reprit sa confession. Le cœur d'Osama était en plein naufrage, il se noyait dans ces aveux. Elle disait à présent qu'elle n'aimait pas réellement être mère. Muhannad était ce qui lui était arrivé de meilleur, bien sûr, mais tout ce travail, ces soucis, cette tension… C'était trop. Elle n'arrivait plus à se concentrer, elle pensait tout le temps à sa carrière, et ce n'était pas juste vis-à-vis de leur enfant.

« Mon travail est la seule chose qui m'intéresse vraiment, déclara-t-elle.

— C'est important », acquiesça-t-il faiblement.

Elle hocha la tête et prit une profonde inspiration avant de poursuivre :

« Ces derniers jours ont été horribles, Osama. Je déteste avoir des secrets pour toi, et j'étais catastrophée que tu aies découvert mes pilules. Mais finalement, c'est peut-être une bonne chose, parce que j'ai pris une décision. Il faut que je te dise ce que j'ai vraiment sur le cœur. »

Elle évitait obstinément de croiser son regard, mais, quand elle reprit la parole, il put lire la détermination sur son visage.

« J'ai décidé que je ne voulais pas d'autre enfant. »

Osama mit un certain temps pour mesurer la portée de cette déclaration. C'était comme si quelque chose se brisait en lui en se rappelant toutes les conversations qu'ils avaient eues à ce sujet au cours des trois années de leur mariage, toutes les fois où, couchés dans leur lit, ils avaient choisi des prénoms pour leurs futurs bébés, discuté de la meilleure façon d'éviter la jalousie entre frères et sœurs, de l'achat d'une voiture plus grande… Autant des mensonges.

« Mais tu… Nuha…, bredouilla-t-il, avec un sourire contraint qui ressemblait à une grimace. Tu n'as que vingt-trois ans. Tu as toute la vie devant toi. Rien ne t'oblige à prendre une décision aussi définitive. Tu peux encore changer d'avis. »

Elle ne le contredit pas, mais son expression était éloquente. Jamais elle ne reviendrait sur son choix. Et les larmes qui baignaient de nouveau ses yeux révélèrent à Osama combien il lui en coûtait.

Il se laissa aller contre le dossier de son siège. Son fils n'aurait jamais de frère ou de sœur. Il tenta de s'imaginer, lui, sans sa fratrie, et l'image était désolante. Il entrevit en un éclair la solitude qui aurait été la sienne et se représenta celle de son fils. Puis il songea que Muhannad n'aurait pas de parents non plus. Tous deux travailleraient, la plus grande partie de leur vie. Peut-être même divorceraient-ils. *Divorcer.* Ce mot résonna dans sa tête. Il devrait se remarier, s'il voulait d'autres enfants. Il n'était pas du genre à prendre une seconde épouse, et de toute façon Nuha ne l'accepterait jamais. Au demeurant, il ne voyait pas comment il aurait pu en trouver une…

« Osama ? fit Nuha d'un air soucieux.

— J'ai besoin d'un peu de temps pour réfléchir », répondit-il, luttant contre l'envie de la planter là, de se lever calmement et de quitter la maison.

Il n'obéirait plus à ce genre d'impulsion, cela avait déjà causé suffisamment de dégâts. Il resta donc assis, incapable de parler.

« Je suis désolée », murmura-t-elle.

Il hocha la tête et laissa s'écouler quelques minutes de plus avant de lui prendre la main et de la presser doucement. Puis il se leva et se pencha pour déposer un baiser sur son front. En respirant l'odeur familière de ses cheveux, il faillit tomber à genoux. Mais il réfréna cette impulsion et, en la regardant intensément, lui répéta ce qu'il venait de dire :

« J'ai besoin d'un peu de temps. »

39

« MIRIAM ? »

Un gémissement.

« Miriam ? Tu m'entends ? »

Nouveau gémissement.

« Réveille-toi. »

Elle essaya d'ouvrir les yeux, mais ses paupières étaient lourdes comme des briques. Sa tête l'élançait violemment, là où elle avait été frappée. Le reste de son corps était engourdi et la suppliait de retomber dans l'inconscience, mais la voix rude continuait à la harceler ;

« Miriam. »

Elle crut un instant qu'il s'agissait d'Eric, mais ce n'était pas sa voix. Trop gutturale, trop grave. Elle voulut répondre, mais elle avait l'impression d'avoir la bouche pleine de coton.

Un bruit métallique résonna tout près d'elle. Elle battit des cils et inspira profondément. Une odeur de moisi lui emplit la gorge et elle eut un haut-le-cœur. Toussa.

« Eric ?

— Eric n'est pas ici, chuchota la voix à son oreille, si près qu'elle sentit sur elle un souffle brûlant. Mais tu le verras bientôt. »

Une main se glissa sous sa nuque et lui souleva la tête. Elle s'efforça une nouvelle fois d'ouvrir les yeux, mais la lampe à ses pieds brillait d'un éclat trop fort. L'homme la soulevait, l'asseyait en l'adossant à quelque chose de dur et de chaud.

Sa tête lui semblait remplie de sable qui s'écoulait à chacun de ses mouvements, tels des grains dans un sablier. Elle reprit peu à peu conscience des différentes parties de son corps, une par une. Ses bras étaient tordus dans son dos, ses poignets étroitement ligotés. Ses mains étaient endormies, et cette sensation n'avait rien d'agréable.

« Il faut que tu boives », dit l'homme en plaçant quelque chose contre sa bouche.

Une goutte d'eau toucha ses lèvres. Elle les ouvrit avec effort et se mit à boire. Le liquide lui brûla la gorge comme du whisky.

« Qui êtes-vous ?

— Continue à boire. »

Elle fut obligée de fermer les yeux pour se concentrer sur cette tâche. Mais cela lui faisait du bien, à présent. Elle était assoiffée.

« Qui êtes-vous ? »

Il ne répondit pas. Elle rouvrit les yeux. Quelque part en chemin, elle avait perdu une de ses lentilles de contact ; elle ne discernait qu'une image à demi brouillée, et rien que l'obscurité au-delà de l'unique lampe posée sur une petite table au pied du lit. Elle battit des bras, mais ne réussit qu'à tomber sur le flanc. Sa tête heurta le matelas, suscitant une réaction instantanée chez son ravisseur qui se pencha pour la redresser. Elle tenta de se rappeler où elle était, mais tout ce dont elle se souvenait, c'était de la rue, des deux Africains, de l'appartement de Mabus…

« Mabus ? » dit-elle d'une voix qui ressemblait à un croassement.

Une silhouette passa dans le faisceau de la lampe, un homme vêtu d'une chemise blanche qui chatoya fugitivement dans la lumière. Puis il s'enfonça de nouveau dans l'ombre.

Des pensées sinistres affluèrent à l'esprit de Miriam – un sentiment qui n'était pas de la panique, mais une lointaine prémonition des intentions de cet individu, mêlée de désespoir. Elle était trop faible pour lui résister. Elle était épuisée, affamée, endolorie de partout. Derrière la lampe s'étendait un territoire ténébreux, comme si toute la pièce était plongée dans la nuit. Elle était impuissante.

« Miriam, il t'a tout raconté, n'est-ce pas ? » reprit l'homme d'une voix bienveillante – pareille à celle d'un père qui soupçonne sa fille de lui avoir menti et veut savoir la vérité.

« Eric ? » bredouilla-t-elle, dans une tentative pour gagner du temps, faire croire à Mabus qu'elle divaguait.

Car c'était Mabus, elle en était convaincue maintenant. Où était la carte mémoire ? Dans son sac à main... Non, elle l'avait laissée chez Samir.

Un long silence s'ensuivit, rompu par le bruit du verre que Mabus reposait sur la table. Elle entendit sa respiration.

« Eric ?

— Eric n'est pas ici. »

Elle ouvrit les yeux, luttant contre la douleur qui lui broyait le crâne. Mabus marchait de long en large dans l'obscurité, tel un animal en cage. Sa frustration était perceptible.

Elle aurait voulu lui faire du mal, le mordre, crier de toutes ses forces, mais ne parvint qu'à se redresser un peu et à forcer ses yeux à accommoder.

« Miriam, où est la carte mémoire ? »

Elle promena son regard autour de la pièce. Des ombres jouaient sur un mur. Il y avait une chaise longue, du papier peint hideux comme dans un hôtel minable. Où était la porte ?

« Je ne sais pas, répondit-elle faiblement.

— Réfléchis, insista-t-il d'une voix où perçait la colère. *La carte mémoire.* »

Son soupir exaspéré la terrifia plus que tout le reste. Le matelas rebondit. Il était agenouillé près d'elle, l'empoignait par les épaules.

« Essaie de te rappeler, siffla-t-il. L'as-tu donnée à quelqu'un ? »

Elle fit de son mieux pour ne pas inhaler son odeur qui lui donnait envie de vomir. Mais il fallait bien qu'elle respire. Elle battit des paupières comme si elle défaillait et s'effondra sur le côté. Il resserra son étreinte, la redressa d'un geste brusque et la plaqua avec violence contre le mur. La douleur dans ses poignets était presque intolérable.

La montée d'adrénaline finit de la réveiller, et il lui devint plus difficile de simuler l'inconscience. Il referma une main sur son cou et approcha son visage du sien.

« Où est la carte ?

— Je ne sais pas, gémit-elle. Je ne sais pas de quoi vous parlez. »

Clac. Une main dure comme une barre de fer s'abattit sur sa joue. L'autre lui enserra le cou avec plus de force. Elle sentit l'air se raréfier, sa poitrine se soulever d'un mouvement convulsif, la respiration bloquée.

« *Tu l'as donnée à la police, hein ?*

— Non, haleta-t-elle.

— Parle ! » cria-t-il, en la giflant de nouveau.

Elle n'arrivait plus à respirer.

« D'accord », murmura-t-elle dans un souffle.

Il relâcha imperceptiblement son étreinte, et elle s'aperçut alors qu'elle pleurait.

« Des policiers sont venus chez moi, dit-elle d'une voix rauque. Ils vous cherchaient.

— Que leur as-tu dit ?

— Rien... »

Elle le vit lever la main et s'empressa d'ajouter :

« Je ne leur ai rien dit. Je leur ai seulement indiqué votre adresse.

— Et la carte ?

— Je l'ai remise à la police. »

Il parut la croire car il la libéra, la repoussa brutalement contre le mur et se releva en poussant un juron.

« *Merde !* »

40

LE TRAJET JUSQU'À QARYAT AL-FAW FUT TRÈS LONG. Il dut prendre la 15 en direction du sud jusqu'à Abha, puis remonter par la 10, ce qui lui demanda une bonne partie de la journée. Il passa devant des oueds dont les berges étaient tapissées d'une végétation d'un vert cru saisissant, après le blanc et l'or du désert corallien. Des vaches paissaient au bord de l'eau, assez peu profonde pour qu'elles puissent la traverser ; au loin se dressait la chaîne montagneuse, dans des dégradés de kaki et de vert. Puis ce fut la montagne elle-même, routes en lacet, panorama de pierre grise et beige. « Le pays des babouins », comme disait Samir, parce que les singes peuplaient chacune des vallées touffues et se suspendaient aux escarpements. On prétendait même que certains plaçaient des pièges sur la route pour arrêter les automobilistes. Nayir n'apprécia le paysage que pendant un temps assez bref. Il y avait trop de verdure, trop de recoins et de rochers à pic. Les montagnes semblaient occulter la moitié du ciel. C'était à cause d'elles que l'Arabie saoudite était en majeure partie désertique. Elles empêchaient les pluies de mousson qui les arrosaient de répandre leurs bienfaits sur le reste du pays. Elles lui étaient toujours apparues comme une barrière qu'il fallait franchir pour atteindre le véritable but : les vastes, arides, impitoyables étendues du Quart Vide.

Il avait passé la nuit dans sa voiture à la lisière d'Abha, goûté quelques heures de sommeil avant d'être réveillé par un vent effrayant et l'averse menaçante. Il s'était arrêté dans une petite échoppe au bord de la route pour s'approvisionner en eau et en nourriture. Le marchand extrayait de l'huile de sésame au moyen d'un pressoir actionné par un chameau, et Nayir était allé saluer l'animal, mais celui-ci avait poussé un affreux bruit de gorge, une espèce de gargouillis, et il avait battu en retraite. Après avoir effectué ses ablutions sur le parking à l'aide d'une bouteille d'eau et s'être agenouillé à côté de sa voiture pour prier, il avait avalé des fèves en boîte en guise de petit déjeuner, puis avait poursuivi son trajet.

Ce fut seulement quand il aperçut des panneaux signalant la présence éventuelle de chameaux sur la route que son cœur se dilata de joie, que ses soucis s'envolèrent et qu'il se sentit renaître. Des signes religieux apparurent au bord de la chaussée, et quand il passa devant un *Allah Akbar*, il dit à voix haute : « Dieu est grand, en vérité ! »

Il s'arrêta un instant pour se familiariser avec le système de navigation de sa nouvelle voiture. La famille Amir manquait peut-être de constance, mais pas de générosité. Le coffre était bourré de matériel et de provisions, même s'il avait remplacé par de l'eau la bière non alcoolisée que contenait la glacière. Il tapa les coordonnées fournies par Patty, tout en songeant qu'il n'était pas vraiment préparé à cette incursion dans le Quart Vide. Les coordonnées n'étaient en fait pas exactement celles de Qaryat al-Faw, une petite ville sur la 177, mais correspondaient à un endroit plus à l'est, dans les dunes. C'était donc vers le Rub al-Khali qu'il se dirigeait, un lieu où même les Bédouins lui auraient déconseillé de s'aventurer seul.

À mesure que la végétation se clairsemait, ses pensées devenaient plus foisonnantes. Il se rappela sa première nuit dans les dunes. Il devait avoir cinq ans. Samir et lui avaient dormi dans une tente hermétiquement fermée, coupés du monde. Son oncle lui avait donné une gourde et un oreiller ; il faisait trop chaud pour avoir besoin d'une couverture. La gourde était pleine d'eau, et Nayir s'était endormi en la serrant dans sa main, comme s'il était chargé de la protéger. Tout au long de la nuit, il avait été réveillé toutes les deux ou trois heures par une sensation de sécheresse dans la gorge et avait bu à la gourde en se sentant fautif. Le lendemain matin, ce n'était pas l'appel à la prière qui l'avait réveillé, mais son oncle se redressant sur son séant et ronchonnant contre la chaleur. Le soleil avait franchi la ligne d'horizon quand Samir l'avait emmené dehors pour lui montrer les centaines de minuscules empreintes dans le sable, là où les scorpions et les araignées du désert à dix pattes[1] avaient exploré toutes les voies possibles pour pénétrer dans la tente. Nayir avait contemplé ces traces avec une stupeur mêlée de crainte ; pour la première fois de sa vie, il avait compris que le monde recélait des dangers.

Ses pensées se tournèrent ensuite vers Katya. Il avait encore du mal à croire qu'elle ait pu mentir ainsi à ses supérieurs, mais le plaisir qu'il avait éprouvé à l'idée d'être pris pour son mari avait cédé la place à une tristesse familière. Katya avait été obligée de mentir pour obtenir ce travail. Ce n'était pas si différent de cette ancienne habitude à laquelle il n'avait renoncé que depuis un an – celle de porter toujours un *misyar* sur lui, un certificat de mariage où le nom de l'épouse avait été laissé en blanc. De la sorte, au cas où il lui arriverait de se trouver seul avec une femme, il inscrirait le nom de celle-ci sur le document, pour éviter les foudres de la police religieuse. L'occasion ne s'était jamais présentée, mais il avait longtemps gardé ce papier dans sa poche à des fins mensongères. La bague de Katya n'était-elle pas un artifice comparable ? Tous les deux essayaient de tromper les autorités, toutefois, en mentant, ils avaient commis un péché bien plus grand, celui d'ignorer qu'Allah voit tout. « Il sait ce qui se cache derrière les apparences et dans le cœur des hommes. »

Nayir avait brûlé son *misyar*. Il se demandait à présent ce que Katya allait faire de sa bague.

1. Il s'agit des solifuges, parfois appelés ainsi en raison de leurs longs pédipalpes qui ressemblent à une cinquième paire de pattes. *(N.d.T.)*

41

QUAND MIRIAM REPRIT CONSCIENCE, on l'extrayait du siège arrière d'un SUV. Dès qu'elle posa les pieds à terre, elle vit Mabus à côté d'elle, lui serrant le bras d'une poigne de fer. Aussitôt, elle fut prise de panique. Elle se sentait hébétée et avait l'impression d'avoir été droguée.

Elle regarda autour d'elle et aperçut à une dizaine de mètres une petite maison couleur sable, légèrement plus claire que les dunes à l'arrière-plan. Le soleil était levé et la chaleur intense.

« Où sommes-nous ? » demanda-t-elle, mais déjà il l'entraînait vers la bicoque.

Elle le suivit en trébuchant, les pieds encore entravés par une corde lâche. Elle avait toujours son *abaya*, mais son foulard et sa burqa avaient disparu. Elle entrevit un garage à la porte grande ouverte, à gauche du bâtiment, et une construction de moindres dimensions au pied de la colline, avant que Mabus ne la propulse d'une bourrade à l'intérieur de la maison.

Il y faisait relativement frais. La pièce de devant était minuscule, avec un énorme bureau et une bibliothèque recouvrant tout un mur qui la faisaient paraître encore plus encombrée. Au-dessus du bureau se trouvait un climatiseur vétuste branché à un générateur posé sur le sol.

Il l'emmena dans une autre pièce sur la gauche, à côté du garage. Elle était meublée d'un lit étroit, et rien d'autre. Il la poussa à plat ventre sur le lit, lui délia les poignets, puis la retourna comme il l'aurait fait d'un porcelet couinant et lui entrava de nouveau les bras par-devant.

« N'essaie pas de t'enfuir, dit-il. Tu mourrais avant d'atteindre la ville la plus proche. »

Puis il ressortit, fermant la porte à clé.

Elle se redressa et se démena pour se libérer de ses liens, mais c'était trop difficile. Elle pouvait toutefois atteindre ses pieds et, au bout de quelques secondes, elle avait réussi à détacher la corde enroulée autour de ses chevilles.

De l'arrière de la maison lui parvint un bruit ; on eût dit que quelqu'un s'approchait en traînant les pieds. Elle s'avança jusqu'à l'unique fenêtre de la pièce, mais celle-ci était fermée par un claustra de bois, et il était impossible de distinguer quoi que ce soit. Elle entendit les pas lourds de Mabus traverser la cuisine et descendre les marches. Puis il étouffa un cri de surprise, et la voix d'un autre homme résonna alors :

« Espèce de connard ! Je devrais te coller une balle dans la tête. »

Miriam plissa les yeux pour tenter de voir à travers la paroi ajourée. Elle ne put discerner que des mouvements confus, mais crut reconnaître la voix de Jacob.

« Jacob, ce n'est pas moi qui ai fait ça.

— Foutaises. Tu l'as tué ! vociféra Jacob. Putain, tu l'as *tué* ! »

Miriam sentit le sol se dérober sous ses pieds et dut se retenir au montant de la fenêtre pour ne pas tomber.

« Je ne l'ai pas tué, protesta Mabus. Jacob, crois-moi, je...

— Que faisait-il ici ? reprit Jacob d'un ton glacial.

— Il était venu me donner un coup de main.

— Ne me raconte pas de conneries. Il est parti au beau milieu de la nuit en abandonnant sa femme. Et il m'aurait prévenu, s'il avait eu l'intention de venir ici !

— Je lui avais demandé de ne pas t'en parler. »

Un grognement, un bruit de mêlée s'ensuivirent. Elle devina qu'ils se battaient. Le choc sourd d'un corps contre un mur, des chaussures piétinant la terre et les cailloux, le son mat d'un poing s'abattant sur la chair.

Soudain, une détonation retentit. Elle sursauta. En proie à une immense terreur, elle se mit à marteler le panneau de bois.

« Jacob ! Au secours ! »

Elle se rua vers la porte et recommença à tambouriner.

« Au secours ! »

La porte demeura close.

« Bon Dieu ! »

La voix de Mabus la cloua sur place. Il avait terrassé Jacob, un garde du corps expérimenté, peut-être même l'avait-il abattu. Eric disait toujours que son collègue passait plus de temps dans les chambres à coucher qu'au gymnase, mais Jacob possédait un revolver !

Elle l'entendit rentrer dans la maison. Le sang battait à ses tempes avec un bruit assourdissant. Elle saisit la poignée et tira dessus de toutes ses forces, mais ce fut tout juste si la porte vibra sur ses gonds. Mabus traversa le bâtiment et regagna l'arrière-cour. Cette fois, elle l'entendit traîner quelque chose vers le devant de la maison. Elle courut à la fenêtre. Mabus peinait visiblement, il s'arrêtait tous les deux mètres, haletant. Par une fente sur le bord du panneau, elle réussit à voir que c'était le corps d'un homme qu'il tirait ainsi. Avec un tressaillement d'horreur, elle reconnut la chemise bleue d'Eric et plaqua ses mains contre sa bouche. Le souffle coupé, elle resta pétrifiée sous l'effet du choc. Mabus venait de tuer Jacob. Eric était mort.

Terrifiée, elle s'écarta de la porte en titubant. Ses jambes ne la soutenaient plus, et elle dut s'asseoir sur le lit. D'horribles minutes s'écoulèrent avant que Mabus ne revienne dans la maison. Puis il retourna dans la cour, et elle l'entendit ahaner et se démener. Elle sut qu'il transportait à présent le cadavre de Jacob vers l'avant du bâtiment.

Elle se releva en vacillant. Après, ce serait à son tour. Elle promena le regard alentour, en quête d'un objet dont elle pourrait se servir pour se défendre mais, à part le lit, la pièce était dénuée de tout mobilier.

Elle entendit claquer une portière de voiture, puis une autre. Quand Mabus revint dans la maison, ses pas s'arrêtèrent dans le séjour. Il y demeura un long moment. Elle n'arrivait plus à respirer ; elle regardait fixement la porte, comme si elle pouvait, par la seule force de sa volonté, l'empêcher de s'ouvrir, comme si sa survie en dépendait.

Finalement, Mabus plus tard. La porte d'entrée se referma avec bruit, et une minute plus tard Miriam perçut le claquement d'une portière. Le moteur se mit en marche et la voiture démarra en faisant voler le gravier sous ses pneus. Lorsqu'elle se fut éloignée, Miriam reprit peu à peu ses esprits.

Elle se rua vers la porte, se jetant de tout son poids contre le battant. Mais celui-ci ne céda pas. Elle recula un peu et donna des coups de pied dans la poignée, encore et encore, avec une violence dont elle ne se serait pas crue capable. La poignée se brisa dans un craquement sonore et la porte s'ouvrit enfin.

Miriam se précipita vers la cuisine et ouvrit les tiroirs à la volée, jusqu'à ce qu'elle ait trouvé un couteau. Elle trancha la corde qui lui entravait les poignets, puis glissa le couteau dans la poche arrrière de son pantalon et s'élança au-dehors.

La voiture de Mabus n'était plus là. Elle courut vers l'arrière de la maison et vit des taches de sang sur le sol, à l'endroit où Jacob avait été abattu. Au fond de la cour, elle découvrit une remise à outils dont la porte était grande ouverte. Elle était vide ; des traces dans la poussière lui indiquèrent que c'était là que Mabus avait dissimulé le corps d'Eric avant de le traîner vers son véhicule.

Le corps d'Eric.

Elle crut qu'elle allait vomir et regagna la maison en titubant. Dans le réfrigérateur, elle découvrit un gigantesque bidon d'eau. Elle le sortit, manqua le lâcher tant il était lourd, et se servit un verre, puis deux autres, jusqu'à ce qu'elle se sente incapable d'avaler une goutte de plus. Quand elle eut fini, elle quitta la maison.

Le garage était vide. Paniquée, elle courut vers l'autre bâtiment. Il se trouvait à une cinquantaine de mètres et, quand elle l'atteignit, elle pantelait d'épuisement et ruisselait de sueur. L'air empestait le fumier. Elle se dit que ce devait être une étable et, quand elle franchit la porte, quelque chose bruissa à l'intérieur de la bâtisse.

Jacob était forcément venu en voiture, mais où était passé le véhicule ? Contre le mur de gauche, elle aperçut une camionnette à demi cachée sous une vieille bâche. C'était celle de Jacob, constata-t-elle en arrachant la toile.

Ouvrant la portière, elle chercha frénétiquement les clés, sans succès. Elle regagna la maison et inspecta soigneusement le sol de l'arrière-cour. Jacob avait pu perdre ses clés au cours de la bagarre. Mais elle ne trouva rien, et chaque fibre de son corps lui criait de filer avant le retour de Mabus. Cinq minutes passèrent, puis dix. Elle ne pouvait pas perdre davantage de temps.

Elle retourna vers l'étable au pas de course. Il y avait une grande porte sur le côté, elle l'ouvrit d'un geste brusque et entra. Il faisait frais à l'intérieur. Un chameau se dressa devant elle ; elle eut l'impression qu'il lui souriait. Elle s'approcha de lui avec circonspection, détacha les rênes du piquet, et mena la bête hors de l'écurie. Le chameau poussa une sorte de grommellement, mais il paraissait plutôt content.

« Tu es prêt à partir en promenade ? » lui dit-elle d'une voix rauque et mal assurée.

L'animal était beaucoup trop grand pour qu'elle puisse se hisser dessus, alors elle tira sur les rênes pour l'obliger à s'agenouiller. Il émit un grognement de protestation, et elle dut insister pour le faire obéir. Il finit par s'accroupir, en repliant d'abord ses pattes antérieures. Elle s'assit sur la mince étoffe qui tenait lieu de selle, puis donna un coup de pied dans le flanc du chameau. Il se redressa lentement, en commençant cette fois par les pattes de derrière. Le mouvement faillit la projeter par-dessus la tête de sa monture, mais elle réussit à s'agripper au pommeau de la selle et à garder l'équilibre quand l'animal déplia ses pattes de devant. Une fois debout, il fit entendre un reniflement d'excitation.

« Tu es ma seule chance de salut, murmura-t-elle. Vas-y, bébé. »

Elle le pressa doucement du talon et, dans un brusque soubresaut, il s'élança au trot vers les dunes.

« Attends ! cria Miriam. Ce n'est pas la bonne direction ! »

Elle tenta avec acharnement de lui faire faire demi-tour, de le ramener vers la route en tirant sur les rênes de toutes ses forces, mais rien n'y fit. Le chameau continuait à foncer résolument droit devant lui. Miriam était terrorisée. Il allait beaucoup trop vite pour qu'elle puisse envisager de sauter, et il était en outre deux fois plus haut qu'un cheval. Il lui était impossible d'en descendre sans se blesser. En fait, elle devait déployer toute son énergie pour demeurer en selle. Lançant un regard désespéré par-dessus son épaule, elle vit la maison rapetisser dans le lointain.

42

SUIVANT LES COORDONNÉES, NAYIR ARRIVA jusqu'à un bout de route désert. La route elle-même était asphaltée et, hormis ce bitume décoloré par le soleil, aucune trace humaine ne souillait ce paysage aride. Quand le système de navigation de son véhicule l'avait informé qu'il était parvenu à destination, il était descendu vérifier sur son propre GPS. C'était exact, même s'il n'y avait rien autour de lui que de plates étendues de sable. Plus loin à l'ouest, on apercevait des dunes, mais à l'est elles se transformaient en pics montagneux, fendant le ciel comme des épées.

Il prit ses jumelles et scruta les alentours. D'étranges dépressions dans le sol, de petits tourbillons de sable emporté par le vent, des nappes de chaleur d'où naissaient des mirages, autant d'éléments susceptibles de cacher à la vue un petit campement, un camping-car ou une maison, surtout s'ils étaient dans des tons blancs ou or. Debout à côté de la voiture, il se délectait de sentir la chaleur imbiber son corps. Ce n'était pas l'humidité tropicale de Djeddah, cette moiteur poisseuse qui vous donnait envie de vous doucher sans cesse ; c'était une chaleur sèche et douce, et le vent fort soulevait le sable pour lui cingler la peau, lui procurant un intense sentiment de purification.

C'est alors qu'il la repéra, au sud-est. Ce qu'il avait d'abord pris pour un faux oued – un étroit ruisseau serpentant à travers la plaine – était en fait une piste. Avant de remonter dans son véhicule, il inspecta les pneus. On les avait surgonflés à cause de la chaleur, et une conduite trop brusque sur le sable brûlant risquait de les faire éclater. Il dégonfla légèrement chacun d'eux, au jugé, se fiant uniquement à son œil exercé. Puis il s'installa au volant et sortit de la route pour s'engager sur le terrain cahoteux où le sable formait de petites ondulations pareilles à des vagues pétrifiées. Manœuvrant le Rover avec aisance, il roula à travers la vallée jusqu'à la piste. Là, il descendit pour l'examiner. Elle avait été tracée par un véhicule arrivant du sud sur la route principale et se dirigeant vers l'est, en décrivant une grande boucle vers le nord pour éviter une large dépression où le sable était sans doute trop mou pour traverser sans risque. À partir de là, la piste s'incurvait de nouveau vers le sud-est, avant de disparaître derrière une colline.

Il la suivit pendant un kilomètre environ. Au détour d'une butte, il eut la surprise de découvrir une petite crevasse au milieu des dunes, sorte de vallon protégé du vent par un amas d'énormes rochers. Une maison rectangulaire était nichée au centre, et les traces de pneu menaient droit vers le garage.

L'endroit paraissait désert. Il s'approcha lentement, en contemplant tour à tour le ciel et la crevasse où un étroit canyon ouvrait un passage entre les dunes. Il chercha à repérer des nuages de poussière ou tout autre signe indiquant le passage d'une voiture. Des colonnes de sable s'élevaient par intervalles des dunes au-dessus de lui, sous l'action du vent obstiné. Il se gara devant la maison et attendit quelques minutes, mais personne n'apparut.

Il passa les jumelles autour de son cou et s'avança vers la porte. Il ne jugea pas utile d'appeler ; le bruit de ses pas sur les gravillons suffisait à l'annoncer. Il frappa quand même. Nul ne répondit.

La porte n'était pas fermée. La maison était composée d'une petite pièce, puis d'une chambre encore plus exiguë et d'une cuisine. Cette vue l'emplit d'un sentiment de claustrophobie, après l'immensité du paysage environnant. Mais c'était ainsi que l'on construisait les habitations dans le désert : les petites pièces et les murs de terre épais étaient conçus pour protéger de la chaleur du jour autant que du froid nocturne.

Il visita la demeure de fond en comble. Les placards étaient bourrés d'aliments secs ou en conserve. Le réfrigérateur était vide. Un bidon d'eau d'une vingtaine de litres était posé sur le comptoir ; il était resté ouvert et l'eau qu'il contenait commençait à s'évaporer. Nayir le referma, puis aperçut un verre à côté. Il était sec, toutefois il pouvait encore distinguer une vague empreinte de lèvres sur le bord.

L'image de Miriam surgit aussitôt à son esprit, et un profond malaise s'empara de lui. Celui qui vivait ici – il s'agissait probablement de Mabus – aurait dû avoir le bon sens de reboucher le bidon. Seule une personne extrêmement pressée aurait pu l'oublier.

Il ressortit de la maison et inspecta la route au moyen des jumelles, mais une nuée de sable vint obscurcir sa vue. Le vent soufflait de plus en plus fort et le ciel, à l'est, prenait une rougeur inhabituelle. Si quelqu'un venait, il ne le verrait pas arriver, et l'entendrait encore moins, par-dessus la bourrasque.

Il retourna à l'intérieur, taraudé par une obscure angoisse. Le plancher gémit sous son poids, ce qui lui fit penser qu'il y avait une cavité au-dessous. À pas lents, il fit le tour de la pièce et découvrit une trappe dans le sol. Il parvint à l'ouvrir en se servant de son couteau de poche et vit une petite échelle métallique menant à une cave.

Il la descendit avec précaution, savourant la fraîcheur de l'air souterrain, malgré l'odeur de renfermé. Il se retrouva dans une pièce minuscule, dont la superficie devait être la moitié de celle du dessus, déjà très petite. Elle était meublée d'un bureau, de deux classeurs et d'une étagère basse remplie de livres. Sur le bureau se trouvait une pile de papiers bien rangés. Nayir se mit à les feuilleter et s'arrêta immédiatement au deuxième feuillet.

Cela ressemblait à un article découpé dans un journal. En haut, le document était imprimé d'un titre : *Revue de la critique*, et Nayir songea fugitivement qu'il était ridicule de consacrer une revue uniquement à cela. L'intitulé de l'article l'inquiéta davantage : « Le Coran dévoilé : comment le livre le plus influent au monde a été bâti sur un mensonge. » Il parcourut le texte, butant à maintes reprises sur des mots longs et peu familiers, mais saisissant des phrases ici et là : « abandonner la convention… L'islam est un mouvement social sans réel fondement religieux… le Coran tel qu'il est aujourd'hui n'est pas celui qui fut révélé au prophète Mahomet… un bon cinquième du Coran est incompréhensible… »

L'article était signé Wahhab Nabih.

Les textes suivants étaient du même auteur. « Le Coran et la notion erronée de "salut" », « Repenser le Coran : comment Mahomet fut trahi par ses rédacteurs ».

Voilà donc où se trouvait l'atelier clandestin de Mabus, ou peut-être simplement le lieu où il entreposait ses écrits blasphématoires et ceux de son sponsor, même s'il paraissait de plus en plus évident que Nabih était un pseudonyme. C'était une bonne idée de les cacher dans le désert, là où personne ne pourrait les trouver. Mais, à en juger par ce qu'il avait sous les yeux, ces documents n'étaient pas restés relégués dans leur cachette. Ils avaient été publiés dans des revues, lus dans le monde entier.

Écœuré, Nayir saisit la liasse et gravit l'échelle. Au passage, il entrevit quelque chose de brillant entre les barreaux. Il redescendit, déposa les papiers sur le bureau. Sous l'échelle, il découvrit un coffret en bois avec un couvercle de verre, une sorte de petite vitrine renfermant de vieux manuscrits. Il crut reconnaître ceux qu'il avait vus dans le laboratoire de Majdi, mais il n'avait pas le temps de vérifier. De toute façon, la vitrine était fermée à clé, et il ne voulait pas courir le risque d'endommager les textes.

Il posa les articles sur la vitrine et remonta le tout. Si c'étaient des preuves, il ne voulait pas les laisser ici. Une petite voix intérieure lui murmurait qu'un homme avait le droit de blasphémer autant qu'il le voulait, il en paierait le prix dans l'au-delà, et que ce n'était pas à lui, Nayir, de déterminer son châtiment. Mais cela le mettait en rage de savoir que Mabus, un Occidental, était venu ici pour étudier le pays, sa langue et son écriture, son histoire et sa religion, dans le seul dessein de les démolir ou, à tout le moins, de les tourner en dérision. Nayir se souciait peu des absurdes querelles académiques qui passionnaient tellement son oncle, mais il en savait assez sur le sujet pour reconnaître dans ces textes les arguments habituels, cette manière froide et calculée de détruire des idées en utilisant le langage rationnel de la « science ». Toutefois, ici, il ne s'agissait pas de la science telle qu'elle avait été créée par Allah, ni d'un événement naturel, mais d'une cruauté délibérée.

Il regagna sa voiture et déposa la vitrine et les documents à l'arrière. Son dos dégoulinait de sueur, et il prit une bouteille d'eau dans le coffre, la vida d'un trait. Puis il retourna dans la maison, referma la trappe et se rendit dans la cuisine. Bien qu'il fût tenté de rouvrir le bidon d'eau et de priver ainsi Mabus de ce qui était peut-être son unique moyen de survie, il s'en abstint. Il passa dans l'arrière-cour.

Et demeura figé de saisissement devant le spectacle qui s'offrait à lui. Devant la remise à outils, on distinguait clairement des signes de lutte. Le sol était piétiné et parsemé de petites taches brunes qui ressemblaient fort à des éclaboussures de sang. Il s'accroupit et passa son doigt sur l'une d'elles. Elle n'était pas complètement sèche et son index se teinta de rouge. C'était bien du sang. Il se releva, essayant de comprendre ce qui s'était passé. Il aperçut de profondes traces en contournant la maison, comme si on avait traîné sur le sable quelque chose de lourd. Il les suivit.

Elles passaient devant la fenêtre de la chambre et s'arrêtaient juste devant l'entrée. Là, le sol présentait d'autres indices d'une activité intense. Quelqu'un était sorti de la maison et avait descendu la petite pente sur le côté est. Il y avait une construction au bas de la pente, et, en l'atteignant, il reconnut une écurie. Près de la porte était fixée une planchette à pince, avec un message à l'intention de Mabus : *Suis passé cet après-midi. Ta beauté est en parfaite santé, mais il faut continuer les applications de pommade sur cette entaille à l'épaule.* La signature était un gribouillis qu'il ne put déchiffrer. Un chamelier, sans nul doute, probablement un habitant de la ville voisine.

En ressortant de l'écurie, il découvrit une camionnette de l'autre côté du bâtiment. Difficile de dire depuis combien de temps elle était là. Sur le plancher, à l'avant, il trouva un livre en anglais et un bloc-notes couvert de griffonnages également en anglais, qui n'avaient aucun sens pour lui. Ouvrant la boîte à gants, il constata que le véhicule était enregistré au nom de la société SynTech. Était-ce celui d'Eric ? Et, si oui, où était Eric ?

Dehors, il examina le sol. Des empreintes de chameau partaient de l'écurie pour se diriger vers l'est et les dunes. Des empreintes humaines se mêlaient à celles de la bête. Une petite pointure. Il était possible que le chameau se soit enfui tout seul, ou que son propriétaire l'ait remis en liberté. Les traces montraient que quelqu'un s'était approché de l'animal et qu'il n'était pas ensuite revenu vers la maison. Cette personne avait donc sûrement enfourché le chameau et s'en était allée avec lui.

Il regretta de ne pas être un Murrah ; les hommes de cette tribu auraient su dire avec certitude si le chameau portait une charge. Il se pencha sur les empreintes, appuya sa paume sur le sable ainsi qu'il l'avait vu faire aux Murrah. Le sable était durci et ne s'imprimait pas facilement. Il ignorait quel poids il avait fallu pour laisser ces marques ; en tout cas, elles avaient l'air profondes. Et aussi relativement récentes, car le vent commençait à peine à balayer la couche superficielle.

Il regagna sa voiture et inspecta le sol alentour. Malheureusement, le Rover avait roulé sur les traces du véhicule qui l'avait précédé, et, avec ce vent qui emportait le sable en surface, il allait être impossible de déterminer si cette voiture était partie depuis longtemps. Mais le plus important, c'était l'absence de traces dans l'autre direction : aucune ne s'enfonçait dans le désert. Celui qui était venu ici, quel qu'il soit, avait suivi la piste empruntée par Nayir et était reparti par le même chemin. Dans ce cas, qui avait pris le chameau ? se demanda Nayir, en se tournant vers l'écurie.

En hâte, avant que le vent n'ait effacé toutes les empreintes, il monta dans le Rover et fonça vers l'est, dans la direction suivie par le chameau. Le ciel était plus sombre à présent, mais toujours teinté d'un rouge profond, menaçant. Nayir s'engagea dans une trouée entre deux hautes dunes. Le sable ruisselait le long de leurs versants, arraché à leur cime par les rafales. L'air lui-même était chargé de particules.

Nayir s'arrêta au pied de la dune suivante et descendit. Les empreintes se poursuivaient aussi loin que portait son regard. Le vent les recouvrait peu à peu de poussière. Il devait gagner un point plus élevé pour avoir une meilleure vue. Il prit son *shumagh* sur le siège arrière et l'enroula autour de son visage, ne laissant exposés que ses yeux. Il attacha la gourde à sa ceinture et fourra sa trousse de secours dans la poche de sa *thobe*, puis entreprit son ascension.

Le vent devenait de plus en plus violent, et sa robe lui fouettait les jambes avec tant de force qu'il avait du mal à grimper. La pente était trop raide. Il avait l'impression de ne pas avancer ; à chaque pas qu'il faisait, il glissait pour redescendre plus bas. Son cœur battait à grands coups sous l'effet de la fatigue, et le simoun le brûlait comme du feu. À mi-chemin il trébucha quand une nappe de sable lui cingla le visage et, avant de s'être rendu compte de ce qui lui arrivait, il dégringola jusqu'au bas de la dune.

Il remonta promptement à bord de son véhicule et redémarra, dans l'espoir de trouver une butte plus accessible. Il avait seulement besoin de prendre un peu d'altitude pour repérer le chameau. Mais plus il roulait, plus les dunes paraissaient hautes et leurs versants abrupts ; certaines ressemblaient à des falaises, avec leurs à-pics vertigineux.

À présent, le vent avait complètement brouillé les traces, et il en était réduit à suivre une piste invisible. Au détour d'une courbe, il s'aperçut qu'il avait atteint l'extrémité de la vallée. Ou plutôt, que celle-ci se rétrécissait au point d'interdire le passage à une voiture – mais pas à un chameau. Il n'avait pas d'autre choix que de faire marche arrière – il n'avait pas la place d'effectuer un demi-tour – ou bien d'essayer de gravir la colline de sable. C'était une manœuvre dangereuse. La dune était très élevée, avec une crête pointue. Il ne pourrait pas s'arrêter en haut, de crainte que le Rover ne reste ensablé. Combien de fois n'avait-il pas contemplé ce spectacle – un énorme SUV coincé au sommet d'une dune, ses roues inutiles pendant dans le vide ?

Il recula un peu pour avoir plus de place, puis accéléra. Il attaqua la pente à l'oblique. Il appuya doucement sur l'accélérateur, et la voiture s'élança en cahotant, franchissant le sommet de la dune puis dévalant l'autre versant. Le souffle coupé, Nayir découvrit alors un spectacle terrifiant : au premier plan, des dunes ondulantes, pareilles à des vagues sur une mer déchaînée, et, derrière elles, une gigantesque muraille de sable rouge, haute de plusieurs centaines de mètres, qui déferlait vers lui à la façon d'un tsunami.

Il agrippa le volant, luttant contre la panique. Il n'avait jamais commis d'acte aussi stupide que celui-ci, il en était convaincu ; mais il était également convaincu d'être la seule chance de salut de celui qui montait ce chameau, quel qu'il fût. Scrutant le paysage du regard, il repéra quelque chose – un point noir mouvant dans la lumière orange et rouge du soleil déclinant. Ce pouvait être un tourbillon de poussière ou un quelconque détritus, mais son pressentiment lui disait que non.

Une fois au pied de la dune, le Rover dérapa. Nayir redressa et constata avec soulagement qu'il y avait assez d'espace entre les dunes pour lui permettre de passer, du moins, le temps d'atteindre une vitesse suffisante pour pouvoir escalader la prochaine. Il accéléra autant qu'il put jusqu'à un certain point – au-delà duquel les roues ne feraient que creuser des ornières dans le sable et il se retrouverait bloqué. La position de l'ombre qu'il avait entrevue était imprimée dans sa mémoire, aussi immuable que le centre de l'univers, quand il gravit une autre dune.

Arrivé au sommet, il l'aperçut de nouveau, plus près cette fois. C'était bien un chameau descendant le flanc d'une dune et venant dans sa direction. Il y avait quelqu'un sur son dos, mais la silhouette était tellement recroquevillée, tellement emmitouflée pour se protéger des morsures du vent et du sable, qu'il ne parvenait pas à distinguer si c'était un homme ou une femme. Peut-être avait-il pris tous ces risques pour secourir Mabus, comment le savoir ? Puis il lui vint à l'idée que seule Miriam pouvait être assez stupide pour partir à dos de chameau en pleine tempête de sable, et, paradoxalement, il espéra que c'était la vérité. Il tenta d'arrêter la voiture pour mieux observer la scène, mais le Rover continuait à glisser irrésistiblement Au moins, il se rapprochait du but. Une centaine de mètres seulement le séparait de l'animal.

La troisième dune se révéla impossible à franchir. Elle était longue, deux cents mètres au moins, et plus abrupte encore que les précédentes. Chaque fois qu'il essayait de la gravir, quel que soit l'angle d'attaque, le véhicule retombait, l'obligeant à redescendre. Il zigzagua ainsi de bas en haut cinq fois de suite avant de renoncer.

S'armant de courage, il sortit de la voiture et se tint un instant immobile au pied de la dune. Vue d'en bas, elle lui paraissait encore plus escarpée que de derrière le volant. Il ouvrit le coffre, prit les cordes et les enroula autour de son épaule, puis chercha son piolet. Il croyait l'avoir rangé avec son matériel, mais il était introuvable. Refermant la porte, il se dirigea d'un pas vif vers la butte.

Il progressa plus vite que la première fois. Malgré l'inclinaison de la pente, malgré les battements précipités de son cœur et les coups que lui assenait le vent, tellement chargé de sable à présent qu'il était presque impossible de garder les yeux ouverts, il grimpa avec l'agilité d'une chèvre, propulsé par l'adrénaline. Parvenu sur la crête, il inspecta l'autre versant.

Le chameau était en train de le gravir, dérapant sans cesse mais s'acharnant vaillamment. Son cavalier, affalé sur la selle, s'agrippait des deux mains à son cou. Nayir entrevit une mèche de cheveux châtains, un éclair de peau blanche. Miriam.

Il hurla son nom, mais le simoun étouffait le son de sa voix. Il déroula la corde et appela une deuxième fois. Elle leva la tête, plissa les yeux. Un rideau de sable s'interposa entre eux, charrié par un souffle si puissant que Nayir chancela. Il cria encore, à pleins poumons.

Il noua l'une des extrémités de la corde en une large boucle et descendit de quelques mètres. Luttant contre le vent, il obliqua vers la droite, puis lança son lasso. Mais il manqua sa cible et dut le ramener et le relancer à deux reprises. Le chameau glissait en arrière maintenant, et Miriam se cramponnait à lui, paniquée. Nayir descendit encore un peu et fit une nouvelle tentative. La corde frôla la tête de Miriam, mais elle ne parvint pas à la saisir. Il la jeta de nouveau et, cette fois, elle s'en empara. Avec des gestes maladroits, elle s'efforça de passer la boucle autour du cou de sa monture.

Nayir ne vit pas le reste. Il leva brièvement les yeux vers la tempête qui planait au-dessus d'eux. Le centre de cette masse était d'un noir jaunâtre, et, au-dessus, la formidable muraille rouge était désormais terriblement proche. On aurait dit une ceinture de flammes d'un profond rouge écarlate, large de plusieurs centaines de mètres et dardant ses langues de feu dans toutes les directions.

En toute hâte, il remonta jusqu'à la crête, aussi effilée qu'une lame de rasoir et projetant vers le ciel des colonnes de poussière. Il dévala le versant en halant la corde qui résistait. Enfonçant ses jambes dans le sable, il s'arc-bouta et tira, tira de toutes ses forces, jusqu'à ce que le chameau apparaisse au sommet de la dune. La bête sursauta sous l'effet de la surprise, mais retrouva bien vite son équilibre et descendit la pente d'une démarche oblique.

Nayir courut à sa rencontre, sans lâcher la corde. Miriam tremblait de tout son corps, cramponnée au cou du chameau. Nayir les guida jusqu'au pied de la dune. Là, il connut un bref instant de panique, car il ne voyait plus sa voiture. Le brouillard de sable se dissipa momentanément, le temps qu'il distingue confusément les contours du Rover. Remorquant le chameau et sa cavalière, il se rua vers lui.

43

LES BRAS ET LE VISAGE ÉCORCHÉS PAR LE VENT BRÛLANT, Nayir dénoua son *shumagh* et se tourna vers Miriam, assise sur le siège du passager. Elle était secouée par des quintes de toux et des haut-le-cœur, et son visage ruisselait de larmes.

« Respirez à fond, lui dit-il. Tenez, servez-vous de ça », ajouta-t-il, prenant son foulard de rechange sur le siège arrière pour le lui donner.

Elle le porta à sa bouche et toussa avec force, la respiration rauque et saccadée. Elle se redressa enfin, le torse encore frémissant de l'effort fourni. Elle mit une main sur sa poitrine et voulut parler, mais grimaça de douleur.

Il tendit le bras derrière lui pour saisir une bouteille d'eau sur la banquette.

« Buvez autant que vous le pouvez. »

Elle prit la bouteille, essuya ses larmes d'un revers de manche et tenta de boire. Mais en avalant, elle tressaillit et battit frénétiquement des paupières.

« Ça va aller, la rassura-t-il. Continuez à tousser pour recracher le sable. »

Elle obéit docilement et ses yeux s'emplirent à nouveau de larmes.

« Je vous ai pris pour Mabus, croassa-t-elle.

— Ne parlez pas, lui conseilla-t-il. Contentez-vous de boire. »

Il mit le contact, priant silencieusement : *Bism'allah, ar-rahman, ar-rahim*... Quand il appuya sur l'accélérateur, les roues tressautèrent, mais la voiture ne bougea pas. Il appuya plus fort. Toujours rien. Il insista et entendit les pneus patiner sur le sable, tournant vainement sans que le véhicule avance d'un centimètre.

« Bon sang ! » s'exclama-t-il, et Miriam poussa un petit gémissement angoissé.

Ses mains tremblaient quand il lâcha le volant. Deux solutions s'offraient à eux : soit essayer de sortir la voiture de cette ornière, soit rester là et attendre la fin de la tempête. Il regarda à travers la vitre, par-dessus l'épaule de Miriam. La tempête battait son plein à présent, des colonnes de sable tourbillonnaient autour d'eux, pareilles à des geysers menaçants. Entre deux rafales d'un vent aussi dense qu'une purée de lentilles, il vit le chameau s'abriter tant bien que mal derrière la voiture.

À travers les larmes qui lui brouillaient encore la vue, Miriam regarda Nayir saisir d'un mouvement fluide une corde posée sur le siège arrière, ainsi qu'un couteau à l'aspect effrayant dans son étui de cuir noir, qu'il accrocha à sa ceinture. Puis il passa lui-même sur la banquette arrière et se pencha pour extraire tout son équipement du coffre. Elle le vit enfiler une paire de lourdes bottes de marche.

« Nous allons devoir attendre ici que la tempête soit passée, dit-il. Cela risque d'être long, mais il ne faut pas avoir peur, d'accord ? »

Elle hocha la tête.

« Détendez-vous, reprit-il. Respirez lentement, et vous ne perdrez pas conscience.

— Entendu.

— Et surtout, poursuivit-il en plantant son regard dans le sien, ne sortez de la voiture sous aucun prétexte. »

Elle acquiesça. Il lui tendit un autre *shumagh.*

« Pour quoi faire ? haleta-t-elle dans une nouvelle quinte de toux.

— Vous allez m'aider à faire entrer le chameau dans le coffre.

— Quoi ? Pourquoi ?

— Quand la tempête sera passée, le Rover sera complètement ensablé. À nous deux, nous ne parviendrons jamais à le dégager. Ce chameau est notre seul moyen de regagner la route qui passe près de la maison de Mabus. Peut-être même nous faudra-t-il aller jusqu'à la ville voisine. Et qui sait à quoi vont ressembler les dunes après ça ? ajouta-t-il en montrant le ciel. Nous ne pourrons peut-être même pas sortir d'ici sans l'aide de cet animal.

— Compris. Mais va-t-il rentrer là-dedans ?

— Il sera un peu à l'étroit, c'est sûr. Mettez ça autour de votre tête. Nouez-le bien, puis couvrez-vous le visage avec l'autre foulard, y compris les yeux. Ne laissez qu'une toute petite fente. Respirez par petits coups et ne vous évanouissez pas. Surtout, continuez à respirer quoi qu'il arrive. »

Il se pencha de nouveau vers l'arrière et en ramena une boîte de mouchoirs en papier. Il en déchira un en lanières et les lui tendit.

« Bouchez-vous les oreilles avec ça. Mettez-en le plus possible. Vite. »

Il plaqua un morceau d'étoffe sur son nez et sa bouche et fit un nœud bien serré sur sa nuque.

« Je vais sortir. Vous, grimpez ici, sur la banquette arrière. Je vais pousser le chameau dans le coffre, et vous tirerez. Compris ?

— OK. »

Il se couvrit entièrement le visage et sortit dans la tempête.

Elle roula le papier en boule et l'introduisit dans ses oreilles. Elle resserra un foulard sur sa tête puis ajusta l'autre sur son visage comme elle l'avait vu faire à Nayir. Elle se faufila ensuite à l'arrière, escaladant le matériel empilé sur la banquette.

Le coffre semblait bien trop petit pour y loger un chameau. Dans un rugissement de vent, la portière s'ouvrit, livrant passage à un maelström de sable. Elle entrouvrit juste assez les yeux pour voir Nayir extraire du coffre deux gros bidons, d'essence probablement, et les poser à terre en guise de marchepied. Le chameau se tenait près de lui, pauvre créature toute maigre ballottée par le vent. Nayir lui tendit les rênes, et elle commença à tirer, mais la bête se cabra. Miriam tira plus fort.

Le chameau résista. Nayir se pencha, tentant de l'obliger à monter sur les bidons d'essence, mais l'animal secoua la tête pour manifester clairement sa réticence. Des trombes de sable se déversaient dans la voiture.

Constatant l'inutilité de ses efforts, Miriam se hissa par-dessus le dossier de son siège et rejoignit Nayir. Ils saisirent chacun une des pattes arrière du chameau, dans un vain effort pour le soulever, mais cela ne servit qu'à effrayer la bête davantage. Elle sautillait sur place en secouant la tête et en émettant un horrible bruit guttural. Miriam voulut empoigner les rênes, mais reçut un violent coup de sabot dans la jambe et s'écroula dans un tourbillon de sable.

Elle cria et eut immédiatement des grains plein la bouche. Luttant désespérément pour se relever avant d'être engloutie, elle battit des bras et se retourna, ne réussissant qu'à faire entrer davantage de sable sous son foulard. Elle avait l'impression de se noyer. Elle parvint à se redresser sur les genoux en crachant et en clignant des yeux. Elle ne voyait plus rien. Elle se remit debout, mais le vent la flagellait si brutalement, la secouant de toutes parts, qu'elle perdit tout sens de l'orientation. Avançant à l'aveuglette, mains tendues devant elle, elle essaya d'ouvrir un instant les paupières, et le regretta aussitôt. Le sable finit d'aveugler l'œil privé de lentille, qui n'y voyait déjà pas grand-chose. Elle se remit en marche, vacillante, du sable jusqu'aux genoux. C'était comme si elle nageait dans des rapides, sans attache avec la terre ferme. Des nuées de sable la harcelaient de part et d'autre, telle une meute de chiens tiraillant sur leur laisse. Des particules s'étaient introduites dans son nez. Elle ne pouvait plus respirer que par halètements spasmodiques, quand son corps privé d'oxygène l'y contraignait. Elle inhala par la bouche, et ses poumons rejetèrent les grains irritants qui lui obstruèrent la gorge, l'étouffant. Elle souffla. *Respirez par petits coups, ne vous évanouissez pas.*

Une main se posa sur son dos. Nayir l'empoigna par l'épaule et lui passa un bras autour du torse avant qu'une rafale ne l'emporte à nouveau loin de lui. Courbé contre le vent, il l'entraîna, fendant l'air compact à grandes enjambées brutales. Toute pensée quitta l'esprit de Miriam. Elle n'était plus qu'un corps – tantôt son nez expulsant le sable, tantôt sa main agrippant le bras de Nayir dans l'obscurité.

Quelque chose coula sur sa lèvre et pénétra dans sa bouche déformée par la pression du vent. Elle goûta. Du sang. Les grains la cinglaient comme des millions de minuscules éclats de verre, transperçant sa peau sous le foulard soulevé par le vent. Ses sourcils et son nez étaient mouillés de sang. Elle pressa le bras de Nayir pour s'assurer qu'il était là, qu'elle ne l'avait pas lâché et n'avait pas perdu conscience. Elle sentait sa main sur elle, la force de son étreinte.

Une éternité plus tard, juste au moment où elle se croyait sur le point de défaillir, elle se sentit violemment tirer par le bras et pousser à l'intérieur de la voiture. La portière se referma avec un bruit sec tandis qu'un déluge de sable s'abattait sur ses genoux, lui fouettait le visage, s'insinuait sous le col de sa robe. Elle arracha son foulard et cligna des paupières, entrevoyant des éclairs de lumière à travers le noir, le rouge du sang, les grains de sable lui emplissant les yeux. Du bout de la langue, elle explora l'intérieur de sa joue. Elle délogea de ses gencives les particules qui s'y étaient accumulées – une boule de la taille d'un dollar d'argent – et les recracha. Elle se servit de ses doigts pour racler le reste. Elle toussa une nouvelle fois, puis éternua dans sa manche, éjectant des mucosités sanglantes.

Elle ouvrit un œil, douloureux et larmoyant, puis le second. Elle était seule à l'intérieur du véhicule, sur la banquette arrière.

Elle passa à l'avant. Du sable s'écoulait du pare-brise comme d'un sablier. Nayir était-il parti à la poursuite du chameau ? Était-il là-dehors, en train de s'asphyxier peu à peu dans le sable ? Elle se traîna jusqu'au siège du conducteur, regarda par la vitre latérale. Elle ne voyait rien. La lumière était d'un rouge foncé virant au brun. Elle regagna l'arrière et se glissa dans le coffre. Mais, de quelque côté qu'elle se tourne, il n'y avait que du sable.

Elle s'affala sur le plancher. Ses yeux la piquaient cruellement. Elle les essuya avec précaution et ses doigts rencontrèrent de l'humidité. Sa manche était trempée de sang, et la douleur était si vive qu'elle eut envie de pleurer. Elle ne résista pas. Les larmes, se dit-elle, lui laveraient les yeux, emportant le sable.

Elle entendit un choc sourd au-dessus d'elle, comme si on marchait sur le toit du véhicule. Puis une autre série de chocs, comme si plusieurs personnes s'y bousculaient. Elle leva les yeux. Le toit s'incurvait légèrement sous le poids de sa charge, alors elle se faufila vers l'avant, se hissa par-dessus le siège et retomba sur le plancher, incapable de bouger.

Un martèlement sonore l'incita à ouvrir les yeux. Elle vit la lame d'un couteau fendre le toit, se coincer, se retirer. Un nouveau roulement de tonnerre. D'autres pas ? La lame reparut et cette fois demeura en place. Elle déglutit et sentit un flot de sable labourer sa gorge meurtrie.

Nayir attendit que le sable soit monté assez haut pour leur permettre, à lui et au chameau, de grimper sur le toit de la voiture. Ce ne fut pas très long. Pendant ce temps, il noua sur son visage un autre morceau de chiffon, puis un deuxième, pour couvrir ses yeux. Il devrait travailler en aveugle, en ne se fiant qu'à son toucher. Il enroula les rênes du chameau autour de son torse, les attacha par un nœud coulant, au cas où la pauvre bête serait ensevelie sous le sable.

Quand l'avalanche eut presque entièrement recouvert le véhicule, il se hissa sur le capot, et de là sur le toit, puis sortit son couteau de sa gaine. Au prix d'un certain effort, il réussit à nouer la corde à l'extrémité du manche. Durant toute l'opération, le vent faisait pleuvoir sur lui des torrents de sable. Il s'agenouilla. À coups répétés, il frappa le toit de la pointe de la lame, jusqu'à y percer un trou dans lequel elle se ficha. Il l'enfonça aussi loin qu'il put, en espérant que Miriam aurait le bon sens de ne pas y toucher. Le sable continuait de monter. À chaque instant, il était obligé d'extraire ses pieds d'un nouvel amoncellement. Il tassait ensuite le sable sous ses semelles, et vérifiait que la corde était toujours fixée à sa taille et que les rênes du chameau ne s'étaient pas détachées. À mesure que les minutes s'écoulaient, il sentait ses vêtements se réduire en lambeaux, et le vent arracher une couche supplémentaire à son épiderme. Son corps oscillait constamment entre une sensation d'engourdissement et une douleur cuisante.

Mais il s'inquiétait davantage pour le chameau, priant pour qu'il survive au moins jusqu'à ce que le plus gros de la tempête soit passé. Non seulement la bête était sa principale protection contre le vent, mais si elle tombait, il lui serait impossible de la remonter. Il se rapprocha du chameau et chercha sa gueule à tâtons. L'animal n'avait pas l'air trop mal, même s'il s'étranglait à cause du sable qu'il avait avalé. Nayir lui ouvrit les mâchoires de force pour le lui ôter, mais ne parvint qu'à en faire entrer davantage. Le chameau toussa et fit claquer sa langue. Paralysé de frayeur, il reniflait de façon mécanique par ses larges narines encroûtées de morve et de sable.

En dessous d'eux, Miriam contemplait la pointe de la lame d'un air perplexe. Elle s'imagina que ce devait être une sorte d'ancre, un moyen de la retrouver plus facilement, la tempête finie. Mais elle n'avait aucun espoir que Nayir soit encore en vie, qu'il n'ait pas péri étouffé.

Quelques minutes plus tard, elle aperçut un mince filet de sable qui s'écoulait tout autour de la lame. Un petit monticule s'était déjà formé sur le siège arrière. Elle effleura la lame, faisant choir le sable accumulé autour de l'orifice et provoquant un écoulement plus important encore.

Elle se redressa, galvanisée par la panique. Levant le bras, elle essaya de refermer le trou avec ses doigts. Elle dut employer ses deux mains pour stopper le déluge. Au bout de cinq minutes, exténuée, elle baissa les bras.

Arrachant le papier de ses oreilles, elle s'en servit pour boucher les interstices. Mais il n'était pas assez solide et ne tint que trente secondes avant de tomber. Une grêle de particules s'abattit sur sa tête. Elle fourragea dans le matériel entreposé sur le plancher, en quête de quelque chose de plus robuste, et découvrit un rouleau de chatterton. Promenant ses ongles sur le ruban, elle en trouva l'extrémité et déchira un long morceau. Puis elle remit le papier en place et le fixa solidement, au moyen d'un bon mètre et demi d'adhésif. Cela tenait apparemment.

Elle regagna le siège avant. Elle ne savait pas très bien pourquoi elle s'y sentait mieux – peut-être parce que c'était l'endroit le plus spacieux de l'habitacle. Elle remua, se frotta les yeux, s'efforçant de ne pas penser au temps qu'il lui restait avant que l'oxygène ne s'épuise. Par moments, elle levait la tête vers le couteau, à présent tout entortillé dans l'adhésif, en souhaitant qu'il se mette à vibrer, lui indiquant que Nayir était encore en vie.

Nayir grimpa plus haut. La corde était restée longtemps emballée et portait de petites encoches aux emplacements des pliures ; il les compta du bout des doigts, mesurant les intervalles avec la paume de sa main. Ils avaient dû s'élever d'une soixantaine de centimètres, calcula-t-il. Et le pire était à venir. Le vent, quoique puissant, était encore variable, changeant constamment d'orientation. La suite serait bien plus redoutable, soufflant dans une seule direction avec une force capable de soulever une voiture. La corde le reliant au chameau lui entaillait la peau et était maintenant tout imbibée de sang. Il espéra que, lorsque la tempête atteindrait son paroxysme, il aurait assez de vigueur pour s'y accrocher.

Miriam se demandait si Nayir était toujours aussi courageux, ou s'il ne se comportait ainsi que dans les situations critiques. Elle ferma les yeux. Elle avait tout à coup trop chaud, aussi retira-t-elle son *abaya*. Une minute plus tard, elle arracha presque tout le reste et s'étendit sur le siège avant, suffoquant dans l'atmosphère raréfiée de l'habitacle et s'étonnant, dans ses brefs moments de lucidité, que tout soit devenu si sombre.

Nayir luttait contre l'inconscience quand le tourbillon frappa. Bien qu'il ait sombré dans une espèce de torpeur, et que tous ses orifices soient obstrués par le sable, il se rendit compte que le moment fatidique était arrivé. Le vent s'empara de lui, telle une énorme main maladroite, et le souleva dans les airs, bien plus haut que les minarets des mosquées, plus haut que le noble cube de la Kaba. Il sentit son corps flotter à l'oblique du sol, retenu seulement par la corde enroulée autour de sa poitrine. Il était un tapis volant de conte de fées. Un cerf-volant battant au vent. Entre deux moments de vertige, il prit conscience d'un poids mort à son côté : le chameau s'était détaché et tourbillonnait autour de lui comme le sable lui-même. Il garda les yeux fermés et pria pour apaiser le ciel.

44

LA MAIN QUI AGRIPPAIT LA CORDE se réveilla et se contracta. Il sentit le mouvement se propager dans son épaule. Il était encore amarré à son ancre.

Il releva la tête, s'ébroua. Le sable tomba. Ses yeux s'ouvrirent. L'obscurité se teinta de bleu, il cilla et sentit les larmes chasser la poussière qui lui encroûtait les paupières.

Quand il tenta de remuer les jambes, il s'aperçut qu'elles étaient enterrées dans le sol. Il agita alors les bras, libéra le droit qui était lié à la corde, puis, à force de se démener, il parvint à s'extraire de sa gangue.

Il faisait nuit, mais le paysage était baigné de clair de lune. Il ôta les écharpes qui lui couvraient le visage et vit qu'elles étaient humides et portaient des taches sombres : du sang. Il continua à cligner des paupières, laissant les larmes lui nettoyer les yeux, et trouva l'endroit où la corde s'enfonçait dans le sol. Chancelant, il s'agenouilla et commença à creuser, mais le sable était trop fluide. À peine formés, les trous se remplissaient de nouveau.

Le chameau gisait à quelque distance de là, sa tête émergeant du sable telle une pierre tombale. La vue encore brouillée, Nayir se dirigea vers l'animal. Il était mort. Enfonçant ses bras dans le sol, il constata que le chameau était couché sur le flanc ; en les enfouissant davantage, il réussit à repérer le sac de selle et à récupérer le couteau suisse qu'il y avait rangé, après avoir vainement essayé de faire grimper la bête dans le coffre. À l'aide du couteau, il fit une mince entaille dans le cou du chameau. Le filet de sang qui s'en écoula suffit à humidifier le sable, et Nayir put ainsi dégager le corps de l'animal de manière à découvrir une partie de l'abdomen.

La vue du sang lui avait inspiré une idée folle, le souvenir d'une histoire que lui avait jadis racontée un Bédouin. Il remonta le sac, le posa sur le sol, en sortit la gourde et but à longs traits. Puis il reprit son couteau.

Maintenant que sa vision était redevenue à peu près normale, la clarté lunaire lui fournissait un éclairage suffisant. Taillant profondément dans la chair, écartant la peau et les muscles, il mit à nu les intestins et put en extraire un long segment qu'il déposa sur la toile. Il lui fallut un certain temps pour le dérouler et trouver les extrémités, puis il les sectionna proprement et ensuite s'attaqua au cœur. Une minute plus tard, il pompait le sang pour le transférer vers les boyaux, en aspirant par l'un des bouts comme il l'aurait fait avec une paille. Lorsqu'il sentit le goût du sang dans sa bouche, il cracha, noua les deux extrémités de l'intestin et le traîna jusqu'à l'endroit où était enseveli le véhicule.

Tirant doucement sur la corde, il balaya le sable, perça un trou à l'extrémité du boyau et appuya dessus pour asperger la cavité de sang, tel un jardinier maniant un tuyau d'arrosage. Quand le sable fut suffisamment imprégné, il le tassa et le repoussa pour agrandir la dépression le plus possible.

Il creusa avec acharnement, ramassant le sable ensanglanté à pleines poignées jusqu'à ce qu'il sente sous ses pieds la carosserie métallique. Il regarda autour de lui. Le haut de la tranchée qu'il venait de creuser lui arrivait à peine à la hanche. Il ôta du toit du Rover suffisamment de sable pour pouvoir s'y agenouiller, et le martela de ses poings en hurlant le nom de Miriam. Il remua le couteau et sentit le toit vibrer légèrement.

Arrachant la lame, il la replongea aussitôt et commença à scier le métal, ahanant sous l'effort, et appelant Miriam à intervalles réguliers sans obtenir de réponse. Mais il n'était pas assez robuste pour découper le toit, et la lame non plus. Elle se rompit, et le manche lui resta dans la main. Il se releva en jurant et alla chercher le boyau, qui contenait encore un peu de sang. Il arrosa les parois de la tranchée, élargissant celle-ci en direction de ce qu'il espérait être l'arrière de la voiture. Il finit par atteindre une des vitres latérales. Sortant son couteau suisse, il en frappa violemment le verre. Il dut s'y prendre à trois reprises avant de réussir à le briser. Il poussa les morceaux à l'intérieur de la voiture, en veillant à ne pas faire entrer trop de sable.

Il passa la tête par l'ouverture et scruta l'habitacle. Sur la banquette avant, il aperçut une forme recroquevillée, le faible éclat d'une peau blanche dans l'obscurité. Il plongea à l'intérieur, déblaya le sable accumulé sur le plancher et s'approcha du siège. Miriam était étendue, uniquement couverte de ses sous-vêtements. Il posa une main à la base de son cou et perçut le battement rythmique du sang.

Il fouilla dans le sable pour retrouver sa bâche. Ôtant le matériel qui encombrait la banquette arrière, il y étendit la toile. Puis, glissant ses mains sous les épaules de la jeune femme, il la hissa par-dessus le dossier et la déposa doucement sur la bâche. Il en enroula les extrémités autour d'elle et les noua solidement ; elle ne fit pas un mouvement. Tout autour de lui, l'air était imprégné de l'odeur de Miriam, une agréable senteur verte qui évoquait celle des arbres sous la rosée matinale.

Quelques instants après, il l'avait extraite de la voiture et la remontait vers la surface. Le clair de lune éclaira son corps quand il roula sur le sol avec un bruit mat. Puis, avant que le tunnel ne s'effondre, Nayir redescendit dans le Rover pour y récupérer de l'eau et des rations de vivres, les vêtements de Miriam, son téléphone portable et sa tente. Il fit couler de l'eau dans la gorge de la jeune femme, juste un petit filet, mais elle ne réagit pas.

Le visage rouge de sang séché, les cheveux saupoudrés de blanc, il s'éloigna un peu pour se livrer à un semblant d'ablutions, récurer son corps et ses vêtements avec du sable et de la salive – si toutefois il lui en restait

45

LE SILENCE PEUT REVÊTIR DEUX ASPECTS : l'un, transcendant, abolissant l'ego et vous donnant la sensation d'être en communication avec la conscience universelle ; l'autre, une négation de tout, une perte terrifiante de la notion du temps et de votre propre identité, une cruelle privation sensorielle. C'était ce qu'il était en train de vivre en ce moment.

À côté de lui, Miriam gisait, à demi inconsciente, une bande de toile humide enroulée autour de la tête, gémissant ou réclamant de l'eau par intermittence, mais sans réaction la plupart du temps. Les périodes de silence étaient emplies par le murmure inquiétant des djinns.

Quand elle s'était réveillée, le soleil était levé. Elle avait bu et s'était rendormie. À présent elle était étendue sous la tente qu'il avait dressée pour les abriter du soleil. Il n'avait pas la force de la transporter jusqu'à la maison de Mabus et ne voulait pas la laisser seule. Elle était trop faible. D'ailleurs, il n'était même pas sûr de savoir exactement où se situait la maison, ni si Mabus y serait, et dans quel état. Mais ils ne pouvaient pas rester ici. D'après le thermomètre accroché à son porte-clés, la température atteignait déjà 39 degrés, et il n'était que huit heures. Le problème, c'était l'eau ; il n'avait qu'un bidon de vingt litres, beaucoup trop lourd pour qu'il puisse le coltiner, d'autant qu'il porterait Miriam. Sinon, ils ne disposaient que de la gourde et de quelques bouteilles en plastique, ce qui ne leur suffirait pas pour accomplir le trajet. En plein jour, avec cette quantité d'eau, ils réussiraient à marcher pendant sept kilomètres tout au plus avant de s'effondrer ; de nuit, ils pourraient en parcourir quarante. Ils partiraient en direction de l'ouest dès la tombée du soir, un peu plus tôt peut-être si le vent se levait. Avec un peu de chance, ils parviendraient à regagner la route principale.

La tente était un bout de toile tendu sur quatre piquets ; elle formait un petit enclos à trois côtés, comme les abris de Bédouins qu'il aimait tant, et il était reconnaissant aux Amir d'avoir pensé à l'adjoindre à l'équipement. L'ouverture était protégée par une moustiquaire bleu foncé qui laissait passer l'air. La chaleur était accablante, mais sans la moustiquaire, ç'aurait été pire.

« Personne ne va venir, dit Miriam d'une voix rauque, en soulevant la tête.

— La police sait que je suis ici, répondit-il. Ils ont les coordonnées. »

Il eut aussitôt honte de son mensonge. Nul ne savait où il était, pas même Samir. Il aurait dû au moins appeler son oncle avant de partir, mais il était alors beaucoup trop tôt, et quand il avait voulu le faire, en arrivant à la maison de Mabus, il se trouvait hors de la zone de couverture du réseau. Les chances que quelqu'un passe par ici étaient proches de zéro.

Il regarda le sable devant la tente. Les premiers souffles de vent brouillaient déjà les traces de leurs pas. Les contes entendus dans son enfance commençaient toujours par les mots *kan ya ma kan* – il était une fois. Cela a été, mais n'est plus. Pour lui, cette expression était associée au désert. Un pied marque le sable de son empreinte et la seconde d'après celle-ci aura disparu, effacée par un vent inconscient. Comme son Rover enseveli sous un mètre de sable. Comme le chameau noircissant au soleil. Et comme une partie de lui-même qui, deux jours auparavant, croyait que la prière et la rectitude morale suffisaient à prémunir contre tous les maux du monde.

« Où sommes-nous ? demanda-t-elle.

— Dans le désert. »

Elle se tut et referma les yeux. Nayir fit de même. Il crut entendre un bruit venant de l'ouest, mais, après un instant de silence, conclut que c'était seulement son imagination.

Un nouveau bruit, plus près.

Nayir se traîna hors de la tente. Si c'était un avion, il était probablement déjà trop loin. Il n'avait qu'une fusée de détresse en sa possession et ne voulait pas la gaspiller. Il se mit à scruter méthodiquement le ciel.

Et soudain, un Land Cruiser Toyota apparut au sommet de la dune en face de lui. Nayir s'empara en hâte de la fusée – sa seule arme contre Mabus, si c'était lui – mais quand le véhicule s'approcha, il distingua deux policiers en uniforme à l'avant. À sa vue, ils prirent un air soulagé et l'un d'eux se pencha par la vitre.

« *Salaam aleikum !* cria-t-il. Nayir Sharqi ? »

Quelques minutes après, Nayir hissait Miriam à bord du SUV.

46

OSAMA DÉVISAGEA MABUS, assis en face de lui à la table de la salle d'interrogatoire. Le suspect avait porté ses mains à ses tempes en un simulacre de prière. Il n'était certainement pas musulman, mais ce geste aurait pu le faire croire. Il avait les yeux clos et remuait les lèvres comme s'il murmurait à l'oreille des anges perchés sur ses épaules, et de temps à autre il courbait la tête en une attitude de soumission.

Il n'avait plus l'air si arrogant, à présent. Par chance, la police de Qaryat al-Faw l'avait capturé juste avant le début de la tempête de sable – et juste après qu'il eut déchargé deux cadavres du coffre de sa voiture pour les abandonner en plein désert. Les policiers l'avaient repéré au moment où il quittait les lieux. Les traces dans le sable indiquaient qu'il était le seul à avoir pu déposer les corps à cet endroit. Quand ils l'avaient arrêté, il avait prétendu n'avoir aucune idée de ce qui s'était passé ; un appel anonyme l'avait prévenu que ses amis se trouvaient là, et il était venu vérifier. L'analyse des prélèvements effectués dans son coffre eut vite fait de prouver qu'il mentait.

Après la tempête, ils avaient fouillé sa maison de fond en comble. L'intérieur n'avait subi aucun dommage ; seul le garage était envahi par le sable. Osama ne s'était pas rendu sur place, mais avait vu des photos de la misérable petite remise à l'arrière de la demeure, où l'on apercevait un technicien penché sur le sol. Mabus niait y avoir emprisonné Eric, toutefois, les cheveux et les fibres retrouvés dans le local démontraient le contraire.

« C'était un accident, dit Mabus à voix basse.

— Un accident ? Vous avez enfermé Eric Walker dans cette bicoque en plein milieu du Quart Vide. On ne peut pas appeler...

— Je parle du coup sur la tête. C'était un accident. »

Osama garda le silence. L'autopsie n'avait pu établir avec précision la date du décès, mais Mabus l'ignorait.

« Eh bien, voyez-vous, reprit l'inspecteur, dans des circonstances normales, vous pouvez frapper quelqu'un sur la tête, et il s'en remettra après quelques jours de repos. Mais si vous l'emmenez dans le désert, le volume sanguin augmente, la chaleur fait enfler son corps et ses vaisseaux éclatent.

— Il était déjà mort quand je l'ai emmené là-bas. »

Osama nota cette déclaration.

« Je n'avais pas l'intention de le tuer.

— Et Jacob ? Vous ne vouliez pas le tuer, lui non plus ?

— C'était de la légitime défense. Il me menaçait avec son revolver. »

Sur ce point, Mabus disait vrai ; l'arme appartenait à Jacob. Osama le scruta intensément. Dans la maison du désert, on avait découvert des relevés de deux comptes bancaires en Suisse et le titre de propriété d'un immeuble à Djeddah, au nom de Wahhab Nabih. Mabus avait déjà avoué s'être servi d'un nom d'emprunt. Il leur avait également révélé qu'il était né d'une mère britannique et d'un père égyptien. Son vrai nom était Apollo Mabus Mansour, mais il avait abandonné ce patronyme à l'âge de seize ans, quand son père les avait quittés, sa mère et lui. Son géniteur avait pris une seconde épouse, laissant à la première une somme importante en guise de dédommagement. Elle n'avait pas pu la dépenser, car elle était morte d'un cancer deux ans plus tard, et l'argent était revenu à Mabus. Il leur avait déballé tout cela au cours de l'interrogatoire préliminaire. Il avait aussi expliqué qu'il avait grandi entre Londres, New York et Djeddah, sans se sentir chez lui dans aucune de ces villes. Il préférait le désert.

De nouveau, Mabus ferma les yeux et pressa ses doigts contre ses tempes. Nayir avait rapporté la quasi-totalité des écrits de Mabus. Heureusement, il avait pensé à les extraire du

Land Rover avant d'abandonner l'épave. Osama avait appris, d'un des collègues de Mabus à Londres, que les travaux de celui-ci n'étaient pas bien vus dans les cercles universitaires et que, ces derniers temps, la majorité des revues spécialisées hésitaient à publier ses articles, craignant les réactions des islamistes. Il avait également précisé que Mabus n'était pas croyant. Il le décrivait comme une sorte de « croisé » intellectuel que ses recherches avaient mis en marge du monde académique. Il avait perdu son poste d'enseignant en Grande-Bretagne l'année précédente, et ses écrits dénotaient une intolérance confinant au fanatisme. Il s'était consacré pendant des années à un seul but : démontrer que les textes sacrés musulmans n'étaient pas aussi purs et inaltérés qu'on le croyait.

« Parlons un peu de Leila », dit l'inspecteur.

Pour la première fois, Mabus affronta son regard.

« Je n'ai rien à voir avec cette histoire. Ce sont des gens de chez vous qui ont fait le coup. Bon sang, c'est même à cause de ça que je me suis disputé avec Eric. »

Osama étrécit les yeux, plus attentif que jamais.

« Vous n'avez toujours pas compris pourquoi ils ont tué Leila ?

— Expliquez-le-moi.

— Parce qu'elle travaillait avec moi. Parce qu'une musulmane n'aurait pas dû collaborer à un projet de ce genre. C'est pour ça qu'on l'a tuée. Ils ont fini par l'avoir, dit Mabus, une lueur de folie dans le regard.

— Qui cela ?

— Qui, bordel ? Mais les tarés d'intégristes qui dirigent ce pays.

— Faites-vous allusion à quelqu'un en particulier, monsieur Mabus ? »

L'autre le toisa comme s'il avait affaire à un parfait crétin.

« Ne me dites pas que vous ne savez pas comment raisonnent ces types-là. Dès que quelqu'un fait un pas de côté, dès que quelqu'un enfreint leurs petites règles, ils lui font la peau. C'est comme ça qu'ils réagissent.

— Quelqu'un vous a-t-il menacé à cause de vos travaux ?

— Ils n'avaient pas besoin de...

— Leila avait-elle reçu des menaces ?

— Je ne sais pas. Si, bien sûr, elle était constamment menacée !

— À cause de vos recherches ?

— Probablement !

— Avez-vous une preuve quelconque que d'autres personnes aient eu vent de votre projet ?

— Je n'en ai pas besoin ! rugit Mabus. La mort de Leila suffit ! »

Cet homme était totalement paranoïaque. En effet, ses travaux étaient blasphématoires, et si un quelconque exalté en avait été informé, il aurait pu considérer comme de son devoir de réduire Mabus au silence. Mais pourquoi s'en prendre à Leila ? Uniquement parce qu'elle était musulmane ?

L'inspecteur ne pouvait se résoudre à le croire. Tout cela lui semblait grotesque. Certes, à l'occasion, des actes de violence étaient perpétrés au nom de la religion, ici comme ailleurs, mais, d'après son expérience, la plupart d'entre eux étaient commis pour des raisons insignifiantes : une promesse de mariage rompue, un vol furtif. Qu'avaient-ils donc, à la fin, tous ces étrangers ? Ils pouvaient vivre dans ce pays pendant des années et n'en penser toujours que du mal.

Mabus s'était attiré l'hostilité de ses pairs parce que ses travaux ne plaisaient pas aux intellectuels britanniques à la mode et parce qu'ils risquaient de mécontenter plus encore les théologiens musulmans. En même temps, c'était un Arabe qui semblait plus à l'aise dans le désert saoudien que dans la bibliothèque bien fraîche d'une université occidentale et qui se comportait pourtant comme si les autorités saoudiennes avaient juré sa perte. Il se terrait dans le désert et menait ses recherches dans le plus grand secret. Un solitaire, sans le moindre allié pour le soutenir. Osama avait pitié de lui.

Mais, pour un reclus, Mabus avait fait preuve d'une témérité surprenante en autorisant Leila à le filmer dans l'espoir qu'un jour son œuvre serait rendue publique.

« J'avais averti Eric et Jacob, poursuivit Mabus. Je les avais avertis tous les deux que, s'ils parlaient de mes recherches à quiconque, ils se mettraient en danger. Je suppose que j'aurais mieux fait d'adresser cet avertissement à Leila, puisque c'est à elle que ces tarés s'en sont pris…

— Revenons un peu en arrière, interrompit l'inspecteur. Comment avez-vous fait la connaissance de Leila ? »

Ce brusque changement de sujet déconcerta Mabus. Il esquissa un geste désinvolte, mais ses mains tremblaient encore.

« Je l'ai connue par l'intermédiaire d'Eric.

— Et comment l'avez-vous connu, lui ?

— C'est Jacob qui me l'a présenté ; lui, je le connaissais depuis des années. J'ai rencontré Eric à son arrivée ici ; il cherchait un appartement et, comme un logement était disponible dans l'immeuble dont je suis propriétaire, je le lui ai proposé.

— Et vous êtes devenus amis ?

— Non. Je ne le fréquentais pas. Je ne l'ai revu que longtemps après, il y a environ cinq semaines de ça. Jacob l'avait amené chez moi. La femme d'Eric était partie en vacances, et ils avaient envie de passer une semaine dans ma maison de Qaryat.

— Je vois, dit Osama en consultant ses notes. Vous avez donc organisé un voyage à trois dans le désert ?

— Oui.

— Et comment Leila s'est-elle retrouvée embarquée là-dedans ?

— C'est Eric qui a voulu l'emmener. Il venait tout juste de la rencontrer. Il la décrivait comme une jeune femme passionnée en quête d'aventure. J'ai dit que j'étais d'accord, et elle l'a accompagné dans le désert. C'est comme ça que je l'ai connue.

— Et comment vous est venue l'idée de tourner un documentaire ? »

Mabus soupira.

« Eric n'avait pas menti. Elle était effectivement passionnée. On ne se connaissait que depuis quelques heures quand elle a commencé à me poser des questions sur mon travail. La plupart des gens s'en contrefichent éperdument, mis à part les crétins paranos qui pensent que je veux insulter leur religion. Elle n'était pas du tout comme ça. Elle était sacrément intelligente et curieuse de tout. Elle était fascinée par mes recherches, manifestement. Après notre première conversation, elle avait déjà conçu un projet de documentaire.

— Et vous avez accepté ?

— Oui, j'ai accepté. J'en avais marre d'être mis sur la touche par les conformistes et tous ces froussards d'universitaires qui ont peur de regarder la vérité en face. J'ai décidé qu'il était temps de me tourner dans une autre direction - celle du public. Et réaliser un documentaire était la meilleure façon d'y parvenir. Tous ces putains d'intellos pouvaient bien aller au diable. De toute façon, ils ont bien trop la trouille de se mettre le monde musulman à dos. Ils vivent dans la peur, et on ne peut pas trouver la vérité quand on a peur.

— Est-ce pour cela que vous vivez ici ?

— Je ne vis pas ici. Je vis en différents endroits.

— Très bien, dit Osama. Alors, pourquoi venez-vous ici, dans ce qui est probablement le seul lieu où vos théories pourraient vous attirer des ennuis ? »

Il fallut une bonne minute à Mabus pour rassembler ses esprits.

« Je viens ici pour me livrer à des recherches, et surveiller mes propriétés. Mais aussi parce que je dois savoir… je dois me prouver à moi-même que je n'ai pas peur de ces conneries… »

Sa voix s'éteignit. Osama eut le sentiment que Mabus ne comprendrait jamais ce qui le poussait à venir dans ce pays et que, même s'il y arrivait un jour, il était bien trop fier pour l'exprimer. Ce n'était pas rationnel, mais quelque chose de doux et d'impalpable, comme la nostalgie de la caresse d'une mère.

« Donc, Leila a commencé à vous filmer dans le désert ? reprit-il.

— Oui, répondit Mabus en hochant vigoureusement la tête. Je tenais à ce que la plupart des séquences soient tournées là-bas.

— Pourquoi ?

— C'était plus sûr. Personne ne risquait de venir fureter dans le coin. »

Il regarda Osama comme s'il espérait que celui-ci allait enfin voir la lumière, allait enfin se rendre compte, grâce à cette simple discussion sur des détails pratiques, que sa vision du monde était parfaitement justifiée. Osama eut envie de lui dire qu'il pourrait peut-être plaider la démence.

« Jacob était-il avec vous, ce fameux week-end ? demanda-t-il.

— Oui. Eric avait vraiment envie d'aller dans le Quart Vide. Je crois que Jacob est venu uniquement parce qu'il était attiré par Leila, et qu'il ne refusait jamais une balade dans le désert.

— Bon. Leila vous a filmé, et ensuite ?

— Elle est rentrée à Djeddah. Nous avons tourné quelques prises le week-end suivant, dans mon appartement. Elle a photographié le manuscrit. »

Il s'interrompit, déglutit avec force.

« Elle était censée effectuer un premier montage, mais elle n'est jamais revenue. Au bout de huit jours, je l'ai appelée. Elle m'a dit que cela prendrait plus de temps que prévu et qu'elle me l'apporterait bientôt. La semaine d'après, elle avait disparu.

— Coment avez-vous appris sa disparition ?

— Par Eric. Il l'appelait sans arrêt sur son portable, mais celui-ci était déconnecté, alors il a téléphoné au cousin de Leila. Vous pouvez imaginer la panique que j'ai ressentie quand il m'a annoncé la nouvelle. Eric était plus proche d'elle que moi, et il n'avait aucune idée de l'endroit où elle avait pu aller. Il avait l'air de penser que c'était ma faute et il m'a passé un sacré savon au téléphone.

— Pourquoi pensait-il que c'était votre faute ?

— Parce qu'il était au courant de mes activités, et je l'avais prévenu que c'était dangereux. Mais vous voulez savoir ce que je pense ? Il n'a pas écouté mon avertissement. Il en a parlé à quelqu'un, et ensuite il s'est senti coupable, alors il a tout rejeté sur moi. Ce soir-là, chez lui, il est entré dans une colère folle, il m'a accusé de mettre sa femme en danger. Mais c'était uniquement pour dissimuler sa propre faute, dissimuler le fait qu'il avait trop parlé.

— Alors, vous vous êtes mis en colère à votre tour ? »

Mabus se renfonça dans son siège et croisa les bras.

« J'en ai marre de ces conneries ! Vous ne me ferez pas avouer que j'ai commis un meurtre. »

Osama décida d'essayer une nouvelle tactique.

« Eric, Jacob et Leila étaient-ils les seuls à connaître la nature exacte de vos travaux ?

— Ouais, plus tous ceux à qui Eric en a parlé.

— Soupçonniez-vous Jacob d'avoir lui aussi trahi votre secret ?

— Non, il n'était pas assez intelligent pour comprendre mes recherches, et il se foutait complètement des conséquences qu'elles pouvaient entraîner.

— Et vous aviez confiance en Leila ?

— Oui. Elle respectait mon travail. Elle croyait en ce que je faisais. Je savais qu'elle n'en parlerait à personne avant d'être prête... je veux dire, avant que le documentaire soit prêt.

— Vous devez cependant admettre qu'elle a pu...

— Non, rétorqua Mabus en secouant la tête avec force. Elle ne l'aurait jamais dit à qui que ce soit.

— Pourquoi vous étiez-vous confié à Eric ? reprit Osama. Sa femme affirme qu'il n'aurait jamais soutenu quelqu'un qui cherchait à dénigrer l'islam. »

Mabus émit un « Ha ! » sarcastique.

« Qu'est-ce qu'elle en sait ? aboya-t-il. Je vais vous dire une chose : je n'ai connu Eric que pendant un mois, mais j'en savais plus long qu'elle au sujet de son mari.

— Apparemment, Eric avait beaucoup de sympathie pour la culture saoudienne et l'islam, poursuivit l'inspecteur. Il n'aimait pas qu'on en dise du mal. Alors, expliquez-moi, monsieur Mabus, ce qui s'est passé quand cet homme si compréhensif est venu avec vous dans le désert, et qu'il a passé tout un week-end à regarder Leila vous filmer pendant que vous exposiez l'objet précis de vos recherches ?

— Il a été écœuré, voilà ce qui s'est passé ! répliqua Mabus d'une voix rageuse. Je vois où vous voulez en venir, mais vous vous trompez. Il n'a pas menacé de me dénoncer, il l'a *fait,* purement et simplement Et, comme je l'ai déjà dit, c'est probablement ce qui a déclenché tout ce foutu bazar.

— Pourquoi avez-vous quitté le pays ? »

Mabus hésita, le visage encore rouge de colère.

« J'avais prévu ce voyage depuis longtemps, répondit-il d'un ton circonspect. Je me suis dit qu'il valait mieux disparaître quelque temps. Au cas où quelque chose se tramerait... vous comprenez, ils auraient très bien pu s'attaquer à moi ensuite. »

Osama l'observa d'un regard aigu.

« Pourtant vous êtes revenu de New York six jours plus tard, et vous étiez assis à côté de Miriam Walker dans l'avion. »

La fureur se peignit de nouveau sur les traits de Mabus ; son teint s'empourpra et ses épaules se raidirent. Il baissa la tête d'un air buté.

« Où voulez-vous en venir ?

— Vous avez glissé quelque chose dans son sac à main », dit Osama en sortant la carte mémoire du dossier pour la brandir sous le nez de Mabus.

Comme celui-ci restait silencieux, il poursuivit :

« Nous savons ce que contient cette carte. Vous avez introduit clandestinement sur le territoire de fausses copies du Coran.

— J'avais acquis des documents que je convoitais depuis longtemps, rétorqua Mabus en dardant sur lui des yeux courroucés. Et ce ne sont pas de fausses copies du Coran. Elles sont authentiques, ce sont en fait les plus anciennes qui aient jamais été découvertes, et ce n'est pas parce qu'elles contredisent vos opinions qu'elles sont nécessairement fausses. »

Il avait pris le ton défensif, presque puéril, de celui qui se sait coupable mais refuse de le reconnaître.

« Et vous les avez achetées à New York ? s'enquit Osama, avec juste ce qu'il fallait d'incrédulité dans la voix.

— C'est le lieu que le vendeur avait choisi pour la transaction, riposta sèchement Mabus. Et ça n'avait rien à voir avec Leila, compris ? Absolument rien. J'essayais de mettre la main sur ces documents depuis très longtemps.

— Vous aviez déjà des documents similaires, dans votre maison du désert.

— Ceux-là sont très différents, répondit Mabus en montrant la carte mémoire. Ils ne proviennent pas de la même cache. Je voulais comparer les deux séries. Comme je n'arrête pas de vous le répéter, c'était du matériel destiné à mes recherches. Cela n'a aucun rapport avec Leila.

— Et pourquoi avez-vous introduit cette carte dans le sac de Miriam à son insu ?

— Je ne pouvais pas prendre le risque de me faire pincer avec ce truc-là à l'aéroport. Je savais que Miriam devait rentrer par le même vol, et j'ai pensé que je pourrais me servir d'elle.

— Comment connaissiez-vous la date de son retour ?

— Eric me l'avait indiquée, soupira Mabus d'un ton exaspéré, comme si la réponse était évidente. Comme ça coïncidait avec mon départ de New York, j'ai décidé d'en profiter. Je comptais récupérer la carte dès qu'elle aurait passé la douane.

— Alors, vous vous êtes arrangé pour être assis à côté d'elle ?

— Oui, oui, acquiesça son interlocuteur avec un geste agacé de la main. J'ai tout arrangé. Ce n'était pas bien difficile, et je n'allais pas rater une occasion pareille.

— Je me demande simplement, monsieur Mabus, pourquoi il vous a paru judicieux de choisir la femme d'Eric pour transporter ces documents. Et si celui-ci l'avait appris ?

— L'ironie de la situation ne m'a pas échappé, soyez-en certain.

— L'ironie ? Je parlerais plutôt de malveillance délibérée, puisque vous connaissiez les sentiments d'Eric à l'égard de vos travaux. Vous avez pris un énorme risque car, s'il vous avait déjà dénoncé, comme vous semblez le croire, qui sait ce qu'il aurait fait en apprenant que vous aviez utilisé sa femme comme "mule" ? »

Mabus souffla lentement.

« Je l'ai déjà dit, c'était une occasion que je ne pouvais pas laisser passer.

— Et comment comptiez-vous récupérer le matériel ?

— Peu importe. Je lui aurais volé son sac, je me serais débrouillé. Tout ce qui comptait, c'était que la carte soit en sécurité, et que je sache où elle se trouvait. »

Osama s'adossa à son siège et le considéra avec dégoût.

« Vous n'aviez pas l'intention de la laisser rapporter cette carte jusque chez elle ?

— Non ! Mais après le passage en douane, les agents de la sécurité l'ont enfermée dans cette salle réservée aux femmes non accompagnées, alors je n'ai plus eu le choix. Seul Eric pouvait la sortir de cette situation, et il n'était pas là. J'ai attendu à l'extérieur de l'aéroport qu'il arrive. Puis je les ai suivis jusqu'à leur domicile. Eric est ressorti aussitôt après, et je suis monté à l'appartement. Je devais à tout prix récupérer cette carte. Elle avait plus de valeur à mes yeux que n'importe quoi au monde. J'ai frappé à la porte à deux reprises, mais personne ne répondait.

— Alors vous avez kidnappé Eric pour obtenir la carte ? demanda Osama.

— Non, dit Mabus en se passant une main dans les cheveux. Non, il est revenu juste au moment où je partais. En me voyant dans l'escalier, il a pété les plombs. Il a cru que je voulais agresser sa femme ou je ne sais quoi. Il ne se contrôlait plus, je vous le jure ! Il a menacé d'appeler la *police*, ajouta-t-il d'un ton incrédule, comme pour se justifier. Il était toujours persuadé que j'étais pour quelque chose dans la disparition de Leila.

— Et c'est à ce moment-là que vous l'avez frappé ?

— C'était un accident. Nous étions sur le palier, devant son appartement. C'était un type costaud, et il m'avait empoigné par le devant de ma chemise. Il m'a projeté contre le mur et s'est mis à proférer des menaces à voix basse, comme s'il allait me tuer sur place. J'ai eu très peur. J'ai vraiment cru que j'allais mourir. J'ai essayé de le raisonner, mais il ne voulait pas m'écouter. »

Brusquement, Mabus se tut, croisa les bras et se laissa aller contre le dossier de sa chaise. Osama devina qu'il en était arrivé à cette partie de son récit où il serait obligé d'admettre qu'il avait commis un meurtre.

« Alors, vous vous êtes défendu, l'encouragea-t-il.

— Oui.
— Comment ?
— J'ai attendu qu'il me lâche, puis je lui ai sauté dessus. Je l'ai poussé en arrière. Je ne me rendais pas compte de ce que je faisais, je voulais juste l'écarter de mon chemin pour m'enfuir. J'espérais l'assommer, mais il est tombé dans l'escalier par accident. Il a dégringolé tout le long des marches en béton, et il a dû se cogner la tête sur l'une d'elles. J'ai entendu un craquement, et j'ai su tout de suite que c'était mauvais signe. Je suis descendu, j'ai vu qu'il ne respirait plus. Il regardait fixement le plafond. Il était mort. »
Mabus promena son regard autour de lui, l'air désorienté, comme s'il était surpris qu'on puisse mourir si vite.
— Vous avez tenté de le ranimer ?
— Il n'y avait rien à faire. Il était mort, je vous le répète. J'ai d'abord pensé le laisser là, puis je me suis dit que si quelqu'un m'avait vu, la police n'aurait aucun mal à m'identifier, expliqua-t-il en montrant ses cheveux blonds d'un geste pathétique. Je devais l'emmener. J'ai passé mes bras autour de sa poitrine pour le soulever. Je l'ai traîné jusqu'au rez-de-chaussée. Les voisins ne se sont aperçus de rien. Je doute même qu'ils aient entendu quoi que ce soit, ils étaient trop occupés à regarder la télé. Je l'ai transporté jusqu'à la voiture et je l'ai installé sur le siège du passager, comme si je ramenais chez lui un ami qui avait trop bu. Et j'ai démarré.
— Pour le conduire dans le désert.
— Il n'a jamais repris conscience, affirma Mabus d'un ton véhément. Je me répétais qu'il allait revenir à lui, que j'avais eu tort de paniquer, mais j'ai roulé pendant trois heures sans qu'il manifeste le moindre signe de vie.
« Je l'ai emmené dans le désert, reprit Mabus plus calmement. J'ai commencé à rouler droit devant moi. Je n'avais pas de plan précis. Je devais simplement transporter le corps dans un coin où personne ne pourrait le retrouver. Je me suis arrêté plusieurs fois en chemin, avec l'intention de l'abandonner au bord de la route, mais aucun endroit ne me paraissait très sûr, et avant même de m'en rendre compte, je me suis retrouvé devant ma maison de Qaryat. Qui aurait eu l'idée de

le chercher là-bas… J'ai eu un mauvais pressentiment dès le départ, conclut-il en se renfonçant dans son siège. Je n'aurais jamais dû me lier avec ce type.

— Donc, vous avez dissimulé le corps dans la remise ? s'enquit Osama.

— Je n'avais pas le temps de l'enterrer. La seule personne qui vient régulièrement dans les parages, c'est le chamelier, et il était déjà passé au cours de la semaine. De toute façon, il n'entre jamais dans la maison. Il va à l'écurie et il repart. Pour plus de sécurité, j'ai fermé la remise à clé. Je devais retourner à Djeddah pour récupérer la carte mémoire, mais quand je suis arrivé là-bas, Miriam était introuvable. »

Il avait haussé le ton et tout son corps frémissait de colère.

« Vous vous êtes rendu chez elle ? demanda Osama.

— Oui. Elle n'était pas là, mais j'avais une clé de l'appartement, naturellement, alors je suis entré. Elle semblait avoir décampé. Je n'ai pas réussi à trouver la carte, et je me suis dit qu'elle avait dû l'emporter. Je ne me suis pas attardé dans l'appartement, mais j'ai traîné dans le quartier pendant deux jours, dans l'espoir qu'elle se montrerait.

— Comment est-elle tombée entre vos mains ?

— En arrivant chez moi, j'ai vu une femme entrer dans ma maison. Je n'étais pas sûr qu'il s'agissait d'elle, mais je l'ai suivie.

— Et vous l'avez enlevée ?

— Je désirais simplement l'emmener dans un endroit tranquille pour l'interroger au sujet de la carte.

— Où l'avez-vous conduite ?

— Dans un hôtel près d'Abha. Elle m'a dit qu'elle avait remis la carte à la police. »

Mabus s'interrompit. Visiblement, avoir perdu son précieux document le mettait encore hors de lui.

« Je n'avais plus d'autre choix que de l'emmener dans le désert. Si je l'avais relâchée, elle serait allée tout droit au commissariat.

— Je vois, dit Osama. Et la voiture d'Eric ?

— Oui, je devais m'en débarrasser aussi. Je voulais laisser croire qu'il s'était enfui.

— Comment avez-vous fait ? D'après Miriam Walker, la camionnette était garée à plusieurs rues de leur domicile.

— Oui. Mais je savais qu'elle ne pouvait pas être très loin, et je la connaissais puisqu'il l'avait prise pour partir avec Jacob et moi dans le désert.

— Et comment vous êtes-vous procuré les clés ?

— Elles étaient dans la poche d'Eric. Elles sont tombées au cours de sa chute dans l'escalier, et je les ai ramassées. »

Osama hocha la tête.

« Monsieur Mabus, vous êtes responsable de la mort d'Eric Walker et de Jacob Marx, déclara-t-il. C'est au tribunal qu'il appartiendra de vous juger, pas à moi. »

Ces paroles ne produisirent aucun effet sur Mabus, qui n'eut même pas la décence de prendre un air honteux.

« Je vous ai dit que c'était un accident. Et je ne suis pour rien dans le meurtre de Leila. C'est un des *vôtres* qui l'a tuée. »

Les portes en verre de l'hôpital s'ouvrirent devant Nayir. Il se sentait stupide, là, sur le trottoir, avec son bras en écharpe. Au cours de son escapade dans le désert, il s'était fracturé l'épaule, sans même s'en être aperçu. À l'extérieur régnait une chaleur suffocante, mais les six heures passées dans cette salle de soins l'avaient glacé jusqu'à la moelle. Il frissonna malgré lui et chercha Samir des yeux. Mais il tomba sur Osama, adossé à une voiture de patrouille garée le long du trottoir.

« *Salaam aleikum* », dit Nayir.

L'inspecteur le salua chaleureusement et ouvrit la portière.

« Ne vous en faites pas, dit-il, les motards ont quitté la ville.

— Mon oncle était censé venir me chercher.

— Je lui ai dit que je m'en chargeais, répondit Osama. Il était content de ne pas à avoir à prendre un taxi. »

Hochant la tête, Nayir s'installa dans la voiture. Il refoula la première question qui lui vint à l'esprit : *Comment va Katya ?* Il préférait ignorer si Osama connaissait la réponse. Malgré toute l'admiration – et aussi la gratitude, désormais – qu'il lui vouait, il ne parvenait toujours pas à accepter le fait que l'inspecteur voie Katya plus souvent que lui.

« Comment va Miriam ? » demanda-t-il à la place.

Leurs sauveteurs l'avaient conduite directement dans un hôpital de Qaryat al-Faw. Après avoir reçu l'assurance qu'elle s'en sortirait, Nayir avait regagné Djeddah à bord d'une voiture de la police locale.

« Je vous emmène la voir, répondit Osama.

— Où est-elle ?

— Elle est arrivée ici hier soir. »

Nayir se demanda ce que Katya savait au juste des derniers événements. Elle en avait forcément entendu parler. Le policier qui l'avait raccompagné à Djeddah avait dû décrire la tempête de sable – l'une des pires du siècle, d'après les météorologues – et la découverte surprenante des deux rescapés dans une tente, au-dessus d'une voiture ensevelie. Que pourrait-elle déduire de ce récit ? Estimerait-elle qu'il s'était comporté de manière héroïque ? Stupide ? Malhonnête ?

« Nous avons arrêté Mabus, reprit Osama. Eric Walker et Jacob Marx sont morts. »

Il relata à Nayir ce qu'ils avaient appris, et les circonstances de la disparition d'Eric.

« Pensez-vous que c'est également Mabus qui a tué Leila ? » demanda Nayir.

L'inspecteur réfléchit un bon moment.

« Non », répondit-il finalement, d'un ton incertain.

C'est alors que le portable de Nayir se mit à sonner, et il s'en empara avec des gestes fébriles.

« Monsieur Sharqi ?

— Oui. »

Il ne reconnut pas la voix de son interlocuteur, mais c'était un Américain, et il s'inquiéta aussitôt.

« Monsieur Sharqi, ici Taylor Shaw, de la société SynTech. Nous avons eu une conversation, il y a quelques jours de ça, au sujet d'Eric Walker. »

Quelques jours seulement ? Nayir avait l'impression que cela remontait à des semaines.

« Oui, parfaitement, monsieur Shaw », répondit-il, les pensées en effervescence.

Il se tourna vers Osama, qui lui lança un regard intrigué. S'il n'avait pas eu le bras droit en écharpe, Nayir aurait utilisé le bloc-notes et le stylo astucieusement accrochés au tableau de bord pour lui demander par écrit : *Le patron d'Eric a-t-il été informé de sa mort ?*

« Je vous appelle parce que nous avons retrouvé l'équipement qui avait disparu, reprit M. Shaw. Apparemment, la caisse n'avait pas été rangée au bon endroit.

— Ah bon. Donc, ce matériel n'avait pas été volé.

— À vrai dire, nous n'en sommes pas encore très sûrs. La boîte contenait des objets qui n'avaient rien à y faire. Nous soupçonnons toujours Walker d'avoir pris l'équipement et de l'avoir restitué en oubliant des affaires personnelles à l'intérieur de la caisse. J'ai téléphoné à la police, mais on a refusé de me dire où je pourrais le joindre. J'espérais que vous seriez en mesure de m'aider. »

Nayir prit une profonde inspiration, tout en jetant un regard noir à Osama.

« Monsieur Shaw, je suis au regret de vous apprendre qu'Eric Walker est décédé. »

Un long silence accueillit cette déclaration. Finalement, l'Américain s'éclaircit la gorge.

« Mon Dieu. Je suis désolé.

— Je suis tout disposé à vous débarrasser de ces objets, ajouta promptement Nayir. Son épouse aimerait certainement les récupérer.

— Oui. Oui, bien sûr, murmura Shaw, manifestement ébranlé. Je suis désolé. Est-il mort dans un accident ?

— Oui, répondit Nayir, qui n'avait nulle envie de se lancer dans des explications. Serez-vous à votre bureau en fin d'après-midi ? »

Shaw devant se rendre le jour même à une réunion dans la capitale, ils prirent rendez-vous pour le lendemain. Nayir le remercia et referma le téléphone.

« C'était le patron d'Eric, expliqua-t-il d'un ton sec. Il a vainement essayé d'obtenir des informations auprès de vos services. »

Osama secoua la tête, visiblement contrarié, puis poussa un soupir résigné.

« C'était très aimable à vous de le renseigner. »

Nayir constata alors qu'ils étaient arrivés devant un hôpital. Le policier gara la voiture dans un parking souterrain de l'autre côté de la rue, et ils descendirent.

« Miriam est toujours hospitalisée ? demanda Nayir, en s'efforçant de ne pas prendre un ton trop inquiet.

— Elle se repose, répondit Osama. Elle n'est pas très pressée de rentrer chez elle. »

Sitôt dehors, Nayir éprouva l'envie de se précipiter vers l'édifice, mais une bruyante dispute qui se déroulait à quelques mètres de là, devant une échoppe de vêtements, détourna son attention.

Une femme flanquée d'un adolescent hurlait des imprécations à l'adresse d'un homme qui semblait appartenir à la police religieuse. Elle ne portait pas de foulard et son visage arborait une expression profondément outragée. Le *muttawa* était vêtu de l'habituelle robe blanche arrivant à mi-mollets. Il gardait les yeux rivés au sol, les relevant de temps à autre pour implorer silencieusement le fils de son interlocutrice.

« On n'est pas à Nadjaf ! vociférait la femme. On n'est pas à Riyad ! Vous croyez que je suis obligée de vous écouter ? Vous croyez ça ? »

Elle brandissait un sac de papier brun qu'elle lui agitait sous le nez pour souligner chacune de ses phrases. Le contenu du sac produisait un bruit métallique.

Le *muttawa* paraissait avoir le plus grand mal à conserver son sang-froid.

« C'est un péché pour une femme d'être vue sans son hijab. »

Sous le regard effaré de Nayir, Osama se dirigea d'un pas résolu vers le petit groupe.

« Excusez-moi, dit-il en montrant son insigne. Que se passe-t-il ? »

Le *muttawa* se tourna vers lui d'un air empli de gratitude. Mais la femme, pensant qu'il venait prêter main-forte à son collègue, s'emporta de plus belle. Déchirant son sac, elle en déversa le contenu à leurs pieds. Des jouets aux couleurs criardes s'écrasèrent sur le trottoir. Puis elle enfila le sac sur sa tête en criant :

« Voilà ! Vous êtes contents ? Hein ? »

Elle se mit à tournoyer sur elle-même, les bras tendus en avant à la façon d'un aveugle.

« Ahmad ? C'est toi ? Peux-tu prendre ta pauvre mère par la main et la guider jusqu'à la maison, puisqu'elle n'y voit rien ? »

Les passants qui s'étaient attroupés pour observer la scène se mirent à ricaner. Le *muttawa* avait l'air plus furibond à chaque seconde.

« Mais es-tu bien Ahmad ? poursuivit la femme. Et si tu étais un imposteur se faisant passer pour mon fils ? Comment pourrais-je le savoir ? Tu pourrais être n'importe qui ! »

À bout de patience, le *muttawa* l'empoigna par le bras.

« Je vous arrête », dit-il, mais la femme lui assena des coups de poing et tout le monde recula.

L'adolescent paraissait au supplice. Osama le poussa du coude, et le garçon saisit sa mère par la main, lui murmura quelque chose à l'oreille et l'entraîna, non sans difficulté. Au bout de quelques mètres, elle l'obligea à s'arrêter et prononça quelques mots. Le gamin revint en courant pour ramasser les jouets. Au bout de la rue, la femme ôta le sac qui lui couvrait la tête en braillant :

« Saleté de *muttawa* ! »

Son fils la rejoignit juste à temps pour l'empêcher de poursuivre sa diatribe et l'emmena en hâte.

Osama eut l'impression que le religieux aurait réagi de façon bien plus violente si la mine sévère de l'inspecteur ne lui avait inspiré une crainte salutaire. Enfin, celui-ci rempocha son badge, foudroya une dernière fois le *muttawa* des yeux et lui fit signe de déguerpir. Dépité, l'homme s'éloigna d'un pas furtif. Osama le suivit d'un regard menaçant.

Le visage de l'inspecteur trahissait un profond dégoût, un sentiment de colère et de frustration que Nayir ne se serait pas attendu à rencontrer chez un policier, dans une situation semblable. En fait, il avait souvent vu des agents de police escorter les *muttawaiin* dans leurs rondes.

« On n'est pas à Riyad », marmonna Osama quand l'homme fut hors de vue.

Toutes sortes de pensées s'agitaient dans l'esprit de Nayir quand ils pénétrèrent dans l'hôpital. De toute évidence, Osama n'appliquait pas le règlement de manière très stricte. Non que cela le surprenne vraiment, mais il était tout de même étonnant que, les rares fois où il s'était trouvé en présence de l'inspecteur, celui-ci soit intervenu à deux reprises dans une querelle et qu'il ait, en chacune de ces occasions, pris une décision qui allait à l'encontre de la loi. Nayir en ressentait à la fois de l'admiration et un certain malaise. Il approuvait les décisions d'Osama, mais il avait du mal à accepter qu'on enfreigne les lois religieuses. On n'était peut-être pas à Riyad, mais on n'était pas non plus en Amérique.

En entendant Osama s'enquérir du numéro de la chambre de Miriam auprès d'une infirmière, il se rappela brusquement l'objet de leur visite, et son malaise ne fit que s'accroître. Comment pouvait-il désapprouver la relation de Katya avec son supérieur alors qu'il rendait visite à Miriam ? Qu'il s'était promené à travers la ville seul avec elle ? Qu'il l'avait emmenée chez son oncle et avait passé une soirée en sa compagnie – ce qui, il devait le reconnaître, lui avait paru fort agréable ? C'était Katya qui avait tous les motifs de lui en vouloir.

Osama le laissa seul avec Miriam. Nayir s'assit sans bruit à côté du lit, et ne put s'empêcher de jeter des regards furtifs en direction de la porte. Même dans le sommeil, Miriam avait un air anxieux, le front plissé, un rictus amer au coin des lèvres. Son visage et ses mains étaient couverts de minuscules entailles, apparemment sans gravité.

Quand elle se réveillerait et le découvrirait à son chevet, sa vue n'allait-elle pas lui rappeler le cauchemar qu'elle avait vécu dans le désert ? Tout ce qu'elle s'efforçait justement d'oublier ? À cette pensée, il faillit partir, pendant qu'il en était encore temps. Puis il l'imagina se réveillant seule, cherchant vainement du regard le réconfort d'une présence amie, et son cœur se serra. Il contempla la main de la jeune femme. Une vilaine meurtrissure violacée encerclait son poignet, là où les liens avaient imprimé leur marque dans la chair. Et cette main pendant au bord du lit paraissait si vulnérable qu'il eut envie de s'en emparer, de la serrer. Mais il se contenta de remonter la couverture sur les épaules et les bras frêles, puis ferma les yeux pour prier.

47

NAYIR FRAPPA À LA PORTE. Comme personne ne répondait, il appuya sur la sonnette, d'un geste réticent. Une seconde après, il entendit des pas traînants et la porte s'ouvrit sur le visage juvénile et un tantinet ahuri d'Ayman.

« Oh, salut ! dit-il. Entrez. Katya est là, et mon oncle aussi. »

Rassuré par cette information, Nayir se laissa conduire dans le salon des hommes et s'assit sur le bord d'un canapé pendant qu'Ayman allait chercher le père de Katya.

Cinq minutes plus tard, le jeune homme reparut, l'air exaspéré.

« Vous feriez mieux de venir. Abu-hibn est sorti.

— Comment l'as-tu appelé ?

— Abu-hibn, répéta Ayman, l'air penaud. *Père-singe.*

— Tu ne devrais pas parler ainsi de ton oncle, le réprimanda Nayir en se levant.

— Mais ce n'est pas mon oncle, le singe ! expliqua le garçon. Je l'appelle "le père *du singe*" parce que Katya est affreusement grincheuse en ce moment. Plus hargneuse qu'un babouin.

— Il vaudrait peut-être mieux que je revienne plus tard, fit Nayir, hésitant.

— Je ne crois pas, répliqua Ayman, avec un regard qui semblait dire : *Par pitié, vous n'allez pas me laisser seul avec cette femme !*

— Je voulais juste lui remettre quelque chose, reprit Nayir, de plus en plus anxieux. Cela concerne l'affaire sur laquelle elle travaille.

— Oh. Bien sûr. »

Nayir n'eut pas le temps de lui tendre l'objet en question, le jeune homme s'éloignait déjà dans le couloir.

Nayir lui emboîta le pas, avec une appréhension croissante. Il n'était pas allé plus loin que le salon, lors de sa dernière visite, et faire intrusion chez elle à l'improviste lui semblait être le sommet de la grossièreté.

Elle était assise en face d'un ordinateur, dans le séjour. La pièce communiquait avec une cuisine américaine d'où s'échappait une odeur de café. Katya ne portait pas de foulard et ses cheveux, d'un brun profond et soyeux, luisaient dans la lumière de la lampe. Elle était tellement absorbée par son travail qu'elle ne se retourna pas, et quand elle le fit, il comprit pourquoi elle n'avait pas réagi tout de suite : elle portait des écouteurs. Sur l'écran derrière elle se déroulait une interview.

L'espace d'un instant, son expression demeura indécise. Puis elle se leva en hâte, retira son casque et saisit un foulard rouge posé sur le bureau qu'elle noua sur ses cheveux, en lançant un regard courroucé à Ayman, qui avait déjà tourné les talons. Visiblement, il ne l'avait pas prévenue de l'arrivée de Nayir.

« Je suis contente de vous voir, dit-elle. *Ahlan.* Prenez un siège, je vous en prie », ajouta-t-elle en lui indiquant les deux canapés derrière lui.

Malgré ce geste accueillant, il perçut une certaine froideur dans sa voix, et ne s'assit pas.

« Excusez-moi de vous déranger ainsi, commença-t-il.

— Vous ne me dérangez pas le moins du monde. »

Mais c'étaient des paroles de pure forme, dénuées de chaleur. Elle portait une robe gris pâle toute simple et de vieilles pantoufles en peluche à motifs léopard qui, bizarrement, emplirent Nayir de ravissement – tout en lui donnant encore plus le sentiment d'être un intrus.

« Je vous en prie, asseyez-vous donc, reprit-elle. Vous prendrez bien une tasse de café ?

— Non, merci », répondit-il, peut-être un peu trop brusquement.

Elle le regarda longuement. Derrière elle, des images défilaient sur l'écran ; il entrevit l'intérieur d'une maison.

« Un court-métrage réalisé par Leila », dit-elle en guise d'explication.

Il était huit heures du soir, et elle travaillait encore. Son père risquait de rentrer d'un moment à l'autre.

« Je suis contente de voir que vous êtes revenu sain et sauf du désert », poursuivit-elle.

Il ne sut que répondre. Il lui vint à l'esprit qu'elle savait probablement la raison de son expédition et ce qu'il avait fait pour sauver Miriam. Il eut la vague impression qu'elle attendait des excuses.

« J'avais besoin de partir un peu », se justifia-t-il.

Cette explication dut lui paraître inadéquate, car son visage s'assombrit.

« Et je m'inquiétais pour Miriam », reprit-il.

Elle ne réagit pas.

« Je voulais vous montrer quelque chose », s'empressa-t-il d'ajouter.

Plongeant la main dans sa poche, il en retira un DVD et le lui tendit. Elle le prit avec une expression étrange.

« J'ai reçu hier un appel du patron de SynTech, la société qui employait Eric Walker. Vous vous rappelez qu'il l'accusait d'avoir volé du matériel de surveillance ?

— Oui.

— Ils ont fini par le retrouver. Il était rangé dans un carton caché derrière toute une pile d'autres caisses, si bien qu'ils ne l'avaient pas vu tout de suite. Il ne manquait rien, tout était en parfait état. Mais, sous l'un des rabats au fond du carton, ils ont trouvé ce disque.

— Curieux…

— Cet équipement avait disparu en même temps qu'Eric, c'est pour cela qu'ils l'ont soupçonné. De toute évidence, n'importe qui d'autre a pu le prendre En tout cas, la personne en question a tout rendu, en prenant toutefois soin de dissimuler la caisse, de manière à faire croire que le matériel n'avait pas été volé, mais simplement égaré.

» Quand M. Shaw, le patron d'Eric, a découvert le disque, il a pensé qu'il pourrait lui révéler l'identité du voleur et a interrogé ses employés. Il leur a montré ce qu'il y avait sur le DVD, mais comme personne ne savait de quoi il s'agissait, il s'est adressé à moi, dans l'espoir que je pourrais lui fournir des éclaircissements.

— Et vous l'avez fait ?

— Je n'en suis pas sûr. »

Il indiqua l'ordinateur du geste et ils s'assirent tous deux face à l'écran. Le parfum de Katya flottait jusqu'aux narines de Nayir, et son cœur se mit à battre à se rompre. Il la regarda subrepticement et lut une vive excitation sur son visage. Même si elle lui en voulait d'être parti tout seul à la recherche de Miriam, peut-être lui pardonnerait-elle, à présent, songea-t-il avec espoir.

« Où est votre père ? s'enquit-il.

— Il dîne avec des amis », répondit-elle.

Retirant du lecteur le DVD de Leila, elle inséra l'autre avec dextérité. Remarquant qu'elle ne portait plus sa bague de fiançailles, une lueur d'espérance se ranima en lui.

« Ne vous inquiétez pas, ajouta-t-elle d'un ton froid. Mon père a toute confiance en vous. »

Une image apparut sur l'écran, épargnant à Nayir la peine de répondre. Elle avait visiblement été prise par une caméra de surveillance et montrait l'intérieur de ce qui ressemblait à un grand magasin. C'était la nuit et la plupart des lumières étaient éteintes. Seule une faible lampe à côté de la caisse éclairait la scène.

Un homme s'avança, et Katya plaqua une main sur sa bouche.

« Vous le reconnaissez ? » demanda Nayir.

Elle hocha la tête. L'homme se dirigea vers la caisse, l'ouvrit et s'empara de l'argent, qu'il jeta hâtivement dans un sac à glissière. Puis il fit le tour du magasin. Comme il ne se trouvait plus dans la lumière, ils avaient du mal à distinguer ce qu'il faisait, mais quand il revint vers la caisse enregistreuse, ils le virent rafler une pleine brassée de vêtements sur un portant. Il les fourra dans un grand sac-poubelle déjà bien rempli.

« J'ai l'impression que c'est de la lingerie », dit Nayir, en essayant de ne pas avoir l'air trop troublé.

Katya acquiesça gravement.

« En effet. C'est le magasin d'Abdulrahman. Et lui, c'est Fuad. Son assistant.

— Il travaille dans la boutique ?

— Oui. »

Oubliant soudain sa réserve antérieure, elle tourna vers lui un visage animé. Il comprit qu'elle venait d'avoir une illumination, et l'enthousiasme que lui procurait cette découverte la rendait plus belle encore. Sans aucun apprêt, dans sa robe d'intérieur, rouge d'excitation, jamais elle ne lui avait paru aussi séduisante. Il dut lutter contre une envie insensée de se pencher vers elle pour l'embrasser.

« Donc, c'est sûrement Eric qui a volé cet équipement à l'intention de Leila. Ils ont installé un système de surveillance dans le magasin de son frère. Elle devait suspecter un des employés de commettre des vols. Mais comment ce disque a-t-il atterri dans la caisse qu'Eric a rapportée à son bureau ? »

C'était une question à laquelle Nayir avait déjà réfléchi.

« Il s'agit sans doute d'une copie de sauvegarde, dit-il. Elle voulait peut-être montrer le film à Fuad avant d'en parler à son frère. Et elle a jugé préférable de mettre une copie en lieu sûr, au cas où Fuad détruirait l'autre.

— Vous voulez dire qu'elle comptait le faire chanter ?

— Pourquoi pas ? Pensez-vous que cela ait pu être un motif suffisant pour le pousser au meurtre ? »

Lentement, Katya hocha la tête.

« C'est fort possible. Fuad prend son travail très au sérieux, et Abdulrahman est un vrai tyran. S'il avait appris que son assistant le volait, il ne se serait pas contenté de le renvoyer, il aurait veillé à ce qu'il soit châtié… »

Elle s'interrompit, réfléchit un instant.

« Mais si Eric était au courant, pourquoi n'a-t-il pas dénoncé Fuad, lorsque Leila a disparu ? Il a dû le soupçonner…

— Il ne savait peut-être rien. Le disque était soigneusement dissimulé, il ignorait probablement jusqu'à son existence et n'a donc jamais visionné l'enregistrement.

— Ce qui signifie que Leila ne le lui a jamais montré, et qu'elle a placé ce disque dans la caisse à son insu ?

— Vraisemblablement. Admettons qu'elle voulait s'en servir pour faire chanter Fuad. Si Eric avait appris que l'assistant volait son patron, il aurait sans doute compris, en voyant qu'Abdulrahman ne le renvoyait pas, le petit jeu de Leila.

— Évidemment. Et elle ne tenait pas à ce que cela se sache, dit Katya, qui se tut un instant avant de reprendre : Dire que tout le monde pensait qu'elle avait été tuée parce qu'elle filmait des prostituées et provoquait des inconnus... »

Les paroles de l'imam résonnèrent dans la mémoire de Nayir : « Beaucoup de femmes s'exposent aux regards des inconnus pour trouver un mari. » Même si, au cours des cinq dernières minutes, l'attitude de Katya à son égard était devenue plus chaleureuse, une chose demeurait évidente : elle était entièrement vouée à son travail. Et l'idée de lui demander d'y renoncer pour éduquer des enfants lui apparut tout à coup d'un égoïsme inimaginable. Mais maintenant qu'il était confronté à cette évidence - elle ne serait jamais heureuse dans le rôle d'épouse -, pourquoi ne s'en allait-il pas ? Pourquoi ne mettait-il pas fin à cette conversation et ne prenait-il pas congé ?

« Accepteriez-vous de dîner avec moi ? lui demanda-t-il au lieu de cela - à leur plus grand étonnement à tous deux.

— Oh, fit-elle, l'air embarrassé. J'ai déjà mangé, mais...

— Non, pas ce soir, mais dans les jours à venir. »

Était-ce de la peur qu'il voyait dans ses yeux ?

« Oui, répondit-elle d'une voix hésitante. Oui, avec plaisir. »

Il se leva, avec la soudaine impression de déborder d'énergie.

« Je ferais mieux de partir à présent.

— Nayir, je vous remercie infiniment, dit-elle avec un geste en direction de l'ordinateur.

— De rien.

— J'ai une dernière chose à vous dire.

— Oui ? fit-il en se figeant.

— J'ai menti en racontant que j'étais mariée. »

Il retint son souffle. Le visage de Katya était cramoisi, mais elle ne se détourna pas et continua bravement :

« Je suis désolée. Je n'ai jamais prétendu que vous étiez mon mari, simplement... il fallait qu'on me croie mariée, sinon on ne m'aurait jamais recrutée. Les gens ont présumé que... »

Elle laissa la phrase en suspens et esquissa un vague geste de la main. Comme il ne répondait pas, elle ajouta :

« Mais Osama connaît la vérité maintenant.

— Ah.

— Et je regrette de vous avoir mêlé à tout ça.

— Ce n'est rien », murmura-t-il.

Après un silence gêné, il reprit :

« Garderez-vous votre emploi malgré tout ?

— Oui, répondit-elle d'un ton circonspect. Pour le moment, en tout cas. »

Il n'aurait jamais cru éprouver un jour un tel soulagement à l'annonce de cette nouvelle.

« C'est bien », dit-il.

Sa réaction parut la surprendre et elle lui adressa un petit sourire timide.

« Eh bien, reprit-il, *tisbah al-khayr*. Bonne nuit. »

Et il quitta la pièce avant qu'elle ne dise quelque chose qui l'oblige à l'embrasser – ou ne brise ses illusions.

Il sortit dans la rue sans attendre qu'elle l'ait rejoint sur le seuil, et se retourna une seule fois pour lui envoyer un petit salut de la main. Il s'aperçut alors, avec un choc pareil à celui d'une décharge d'adrénaline, que la chaussée était humide, que les fenêtres scintillaient dans la lumière des réverbères, tandis qu'une pluie fine et douce comme un duvet caressait son visage et ses mains. À mesure qu'il s'éloignait, la pluie se mit à tomber plus fort, éclaboussant ses pieds, crépitant autour de lui telle une multitude d'impulsions électriques, le cinglant jusqu'à ce que sa chemise détrempée lui colle à la peau, et qu'il se mette à sourire. La pluie ! Les gens sortaient de leurs maisons, les enfants se précipitaient sous l'averse avec des cris de joie, hommes et femmes se penchaient aux balcons et contemplaient le ciel, comme pour demander à Allah pourquoi il avait tellement tardé à leur envoyer ce miracle.

48

KATYA OBSERVAIT LE VISAGE MAIGRE ET TENDU DE FUAD à travers la glace sans tain de la salle d'interrogatoire. Elle était arrivée de bonne heure et s'était installée à l'angle de la vitre, en se faisant toute petite sur sa chaise pour se faire moins remarquer.

Fuad était là depuis quelques heures à présent, attendant d'être intérrogé, mais elle savait qu'Osama prolongeait l'attente délibérément. Elle espérait seulement être autorisée à rester, et qu'aucun policier ne s'offusquerait de sa présence. Ou, pire, ne lui demanderait de retourner dans son laboratoire pour analyser les indices recueillis dans la cuisine de Fuad. Le dénouement de cette affaire particulièrement atroce était tout proche, et elle était certaine que tous les membres de l'équipe voudraient y assister. Elle était toutefois bien déterminée à garder sa place.

Très tôt ce matin-là, elle avait montré la vidéo à Osama, et celui-ci avait aussitôt procédé à l'arrestation de Fuad. La police scientifique avait ensuite investi les lieux, et trouvé rapidement quantité d'indices révélateurs. Des éclaboussures de sang subsistaient sur le sol de la cuisine – qu'on avait hâtivement tenté de nettoyer au moyen de détergent – ainsi que sur un couteau. Mais la preuve la plus accablante, c'était le sang sur un vieil *iqal*. Katya avait passé toute la journée à attendre impatiemment dans son labo, mais il y avait tellement d'éléments à recueillir – échantillons de sang, fibres textiles, couteaux et bouteilles d'huile, empreintes digitales et cheveux – que les techniciens n'avaient pas encore terminé leur tâche et continueraient probablement jusqu'à une heure avancée de la nuit.

Une demi-heure plus tard, Osama passa la tête à l'intérieur de la pièce et lui sourit. Quelques employés du labo se pressaient derrière lui. Mais avant qu'elle ait pu prononcer un mot, l'inspecteur ressortit.

Quand il revint, il tenait deux tasses de café.

« J'espérais bien vous trouver ici, dit-il en lui en tendant une. Vous avez beaucoup travaillé sur cette affaire. »

Elle prit cela comme un compliment et le remercia d'un sourire.

« Et c'est grâce à vous que nous avons mis la main sur cette vidéo, ajouta-t-il.

— Grâce à Nayir, vous voulez dire.

— Je sais, mais sans vous, nous n'aurions jamais bénéficié de l'aide de Nayir. »

Il repartit un instant après, et elle baissa les yeux sur sa tasse pour dissimuler son visage aux techniciens. Elle était à peu près sûre que sa joie se lisait sur ses traits, et le moindre soupçon d'un flirt entre l'inspecteur et elle pouvait mettre en danger sa carrière.

Osama fit son entrée dans la salle d'interrogatoire. Fuad leva vers lui un regard plein d'aversion. Un téléviseur avait été disposé dans un coin, connecté à un lecteur de DVD. Ce détail mis à part, on avait rendu la pièce aussi peu accueillante que possible. Une table, deux chaises et un sol recouvert de linoléum. Personne n'avait proposé de café ou de chips au suspect. Il n'y avait même pas de poubelle. Au plafond, un éclairage au néon jetait sur la table une affreuse lumière blafarde qui donnait à Fuad un visage creux et gris. La bouche d'aération était ouverte, mais la climatisation avait manifestement été coupée. Katya pouvait sentir à travers la vitre la chaleur poisseuse imprégnant la pièce.

Fuad paraissait exténué. Sa chemise était froissée et des mèches de ses cheveux d'ordinaire si bien peignés lui tombaient dans les yeux. Il se tenait immobile, comme plongé dans une sorte de stupeur.

Osama alluma le téléviseur. Les premières images de l'enregistrement apparurent sur l'écran. Fuad les regarda défiler, le visage impassible. Quand ce fut terminé, Osama éteignit et se tourna vers lui.

« De toute évidence, vous voliez régulièrement votre employeur. Leila avait des soupçons, et c'est pourquoi elle a mis en place un système de surveillance.

— Je ne l'ai pas tuée », répondit Fuad d'une voix mécanique.

Deux hommes entrèrent dans la pièce où se trouvait Katya. Elle ne se retourna pas, mais quand ils vinrent se planter devant la vitre, elle reconnut l'inspecteur qu'on appelait Abu-Haitham, et qui avait la réputation d'être tellement traditionaliste qu'il avait un jour refusé d'arrêter une meurtrière parce qu'il se serait trouvé seul avec elle dans sa voiture. L'autre était plus jeune et se tenait derrière son aîné dans une attitude révérencieuse. Elle crut reconnaître un des membres de la brigade volante. Elle n'abaissa pas sa burqa. Les deux hommes l'ignorèrent totalement.

« Comment va-t-il s'y prendre pour obtenir des aveux, à votre avis ? demanda le plus jeune à l'autre.

— Je ne sais pas trop, grommela Abu-Haitham. Il doit déjà avoir recueilli le maximum de preuves contre ce type. Et ce n'est pas bête de l'avoir laissé mariner ici.

— Ça doit bien faire six heures, qu'il est là, non ? » s'enquit le jeune homme, et l'autre acquiesça.

Katya reporta son attention sur ce qui se passait à l'intérieur de la salle.

« Il est également évident, disait Osama, que Leila ne vous a pas dénoncé à son frère. Si elle l'avait fait, il ne vous aurait pas gardé à son service.

— Je ne l'ai pas tuée », répéta Fuad de la même voix monocorde.

« Il va falloir employer des moyens plus persuasifs, avec ce gars-là », commenta Abu-Haitham.

Katya frémit, et son cœur se glaça d'appréhension. Faisait-il allusion à la torture ? Le jeune policier demeura silencieux, le regard résolument fixé sur la vitre.

« Je n'ai pas l'impression qu'Abdulrahman soit quelqu'un de très indulgent », poursuivit Osama.

Sans lui laisser le temps de terminer sa phrase, Fuad déclara :

« Je ne l'ai pas tuée. »

Katya commençait à s'énerver. Il subsistait encore un doute sur la culpabilité de Fuad – après tout, n'importe qui avait pu tuer Leila dans sa maison – mais il était à tout le moins complice du meurtre, en plus d'être un voleur. Elle avait envie de se ruer dans la pièce et de lui tordre le cou, ou peut-être de lui nouer un *iqal* autour de la gorge et de serrer jusqu'à ce que ses yeux lui sortent de la tête et qu'il lui reste juste assez de souffle pour cracher des aveux. Ils se retrouvaient une fois de plus dans un cul-de-sac. Fuad savait, tout comme eux, que les preuves ne seraient peut-être pas suffisantes. Tout dépendrait du juge qui instruirait l'affaire. Ce qui comptait vraiment, c'était une confession en bonne et due forme, et qui serait assez fou pour avouer un meurtre en sachant que cela lui vaudrait automatiquement la peine de mort ?

Il se pouvait aussi que la famille de la victime, en l'occurrence Abdulrahman et ses frères, accorde son pardon au meurtrier, à condition qu'il s'acquitte du « prix du sang ». Mais étant donné le caractère du commerçant, c'était peu vraisemblable – surtout quand il apprendrait que son assistant piquait dans la caisse. Néanmoins, c'était sans doute la question qui trottait dans la tête de Fuad en ce moment même : pourrait-il s'en sortir en payant le prix du sang ? Pourrait-il, lui dont la seule richesse provenait sûrement de ce qu'il avait volé à son patron, réunir une somme suffisante pour inciter Abdulrahman à se montrer clément ? À en juger par sa réticence et ses dénégations obstinées, la réponse à laquelle il était parvenue était : non, aucune chance.

Sans crier gare, Osama quitta la salle d'interrogatoire. Abu-Haitham et son acolyte allèrent le rejoindre à l'extérieur. Katya attendit qu'ils aient franchi le seuil pour se lever, puis se précipita vers la porte et glissa son pied entre le battant et le dormant, pour l'empêcher de se refermer. Elle tendit l'oreille, écoutant la conversation qui se déroulait dans le couloir.

« Je vais attendre encore quelques heures, disait Osama.

— Il va répéter la même phrase toute la nuit, si tu n'emploies pas des moyens plus énergiques, déclara Abu-Haitham.

— Je pense que, d'ici deux ou trois heures, nous aurons réuni assez de preuves pour le coincer, rétorqua Osama. Vu tout ce que l'équipe scientifique a trouvé chez lui et l'état dans lequel il sera si on le laisse poireauter encore un moment, ça ne devrait pas être trop difficile de lui soutirer une confession.

— Ce n'est pas nécessaire de posséder des preuves, il suffit de lui faire croire que tu en as. Rafiq aurait dû au moins t'enseigner ça. »

Osama ne répondit pas et s'éloigna. Katya regagna silencieusement sa place.

Elle venait tout juste de se rasseoir quand l'inspecteur entra. Il prit la tasse de café qu'il avait abandonnée sur la table, puis alla jusqu'à la vitre, croisa les bras et observa sa proie.

Katya ne savait que lui dire. Elle aurait dû sortir avant son arrivée ; il n'avait probablement envie de voir personne en ce moment.

« Cela vous ennuierait-il d'aller voir Majdi, pour lui demander ce qu'il a tiré jusqu'à présent des premiers échantillons prélevés dans la cuisine ? lui demanda-t-il soudain.

— Non, bien sûr », répondit-elle en se levant d'un bond.

Elle avait déjà atteint la porte quand il l'arrêta.

« Attendez, dit-il, la mâchoire contractée, le regard indéchiffrable. En fait, ce que je voudrais, c'est que vous participiez à l'interrogatoire. »

Elle se rendit compte qu'il parlait tout à fait sérieusement.

« Écoutez, bredouilla-t-elle, interloquée, je suis peut-être qualifiée pour interroger une suspecte, mais ici… »

Elle tourna la tête vers la vitre sans tain en essayant d'analyser la cause de la panique qui s'était emparée d'elle. La certitude qu'elle allait se ridiculiser ? Ou simplement la crainte de s'attirer des ennuis ?

Quelle qu'en soit la raison exacte, il aurait été stupide, oui, stupide, de ne pas saisir la chance qui s'offrait à elle.

« Très bien, répondit-elle enfin. Qu'attendez-vous de moi au juste ?

— Je veux simplement que vous soyez assise à côté de moi. »

Elle acquiesça lentement.

« Nous improviserons en fonction de ses réactions, poursuivit Osama. J'ai l'intuition que votre présence le déstabilisera. Cela ne vous dérange pas, vous en êtes sûre ?

— Oui », mentit-elle.

Elle rabattit sa burqa et suivit l'inspecteur dans la salle d'interrogatoire.

Fuad leva la tête à leur entrée. Sans en être tout à fait certaine, Katya crut voir, l'espace d'un instant, la méfiance et la lassitude faire place à la rancœur dans son expression, quand il l'aperçut. Osama lui avança une chaise et elle s'assit face à Fuad, le visage toujours dissimulé.

Sans donner la moindre explication sur l'identité de sa collègue ou la raison de sa présence, Osama se dirigea vers le téléviseur et le débrancha. Puis il enroula le câble et le posa sur la table à roulettes, avant de pousser celle-ci hors de la pièce. La porte se referma sur lui avec un bruit sec.

Katya percevait le bruit de sa propre respiration. Elle ne savait pas si Osama désirait qu'elle commence l'interrogatoire ou demeure muette, pour mettre le suspect encore plus mal à l'aise. Il régnait dans la pièce une chaleur suffocante et l'air était empuanti d'effluves corporels. Une goutte de sueur dégoulina sur le cou de Fuad.

« Qui êtes-vous ? » s'enquit-il.

Sans répondre, elle croisa les mains sur la table pour les empêcher de trembler.

« Pas très douée pour les interrogatoires, hein ? »

Elle garda le silence, s'en enveloppant comme d'un cocon.

« C'est une nouvelle forme de torture qu'ils ont inventée ? poursuivit-il, un sourire sarcastique fendant son visage. Enfin, au moins, vous restez voilée. »

D'un geste brusque, elle releva sa burqa. L'expression railleuse de Fuad fut aussitôt remplacée par une grimace de dégoût.

À cet instant, Osama reparut et s'exclama, d'un ton faussement outragé :

« Agent Hijazi, pourquoi avez-vous ôté votre voile ? »

Elle comprit brusquement ce qu'il cherchait à faire et se prêta au jeu.

« Parce que cet homme se montre insultant envers moi.

— Ce n'est pas une raison pour compromettre votre vertu, répondit l'inspecteur posément.

— J'agis comme je l'entends », répliqua-t-elle.

Osama soupira avec force. Fuad continuait à la dévisager, d'une façon de plus en plus menaçante.

« Vous n'avez aucun respect pour les femmes ? l'apostropha-t-elle. C'est pour ça que vous me lorgnez ainsi ?

— Vous devriez vous couvrir le visage, riposta Fuad. Vous êtes officier de police, vous ne devriez pas recourir au mensonge et à la fourberie.

— C'est ainsi qu'elle a agi envers vous ? s'enquit-elle. En usant de mensonge et de fourberie ? »

Les yeux de Fuad cessèrent de la fixer pour se poser sur son foulard, et elle s'empressa de l'ôter également.

« Agent Hijazi ! » s'écria Osama.

Fuad serra les dents.

« Mes cheveux offensent-ils votre regard ? ironisa Katya. Ou vous donnent-ils envie de les toucher ? »

Fuad laissa fuser un ricanement de mépris. L'hostilité qui émanait de lui la rendait malade. Il ruisselait d'une transpiration huileuse, sa chemise adhérait à sa peau, de telle sorte qu'on voyait, à travers la fine étoffe bleue, les poils courts et noirs de son torse s'agiter à chacun de ses mouvements comme des fourmis. L'odeur âcre de sa sueur emplissait les narines de Katya, s'infiltrait dans sa gorge.

« Ton problème, reprit-elle, abandonnant toute forme de politesse, c'est que tu n'arrives pas à te trouver une femme. »

Elle vit qu'elle avait touché un point sensible, et cele ne fit que l'enhardir davantage.

« Tu penses que les femmes ne sont bonnes qu'à être des esclaves sexuelles. C'est ce que Leila était à tes yeux, hein ? Un joli minois, un beau petit cul bien serré. Une fille qui ne demanderait pas mieux que de se faire baiser si l'envie t'en prenait. »

Elle n'arrivait pas à croire que de tels mots puissent sortir de sa bouche. Elle se força à ne pas penser à tous ceux qui l'écoutaient sûrement de l'autre côté de la vitre, la bouche béante de stupeur.

« Alors, qu'est-ce qui s'est passé ? reprit-elle. Elle a dit non ? Elle a rencontré un bel Américain ? »

À ce mot, le visage de Fuad se crispa, et il se pencha vers elle, en tapant violemment du poing sur la table.

« Ferme ta putain de gueule ! »

Elle ne broncha pas.

« Elle couchait avec un Américain, n'est-ce pas ? poursuivit-elle, haussant le ton pour maîtriser sa voix tremblante. Elle baisait avec Eric Walker.

— C'était une dévergondée !

— Et ensuite ? Elle n'a pas voulu de toi ? Cette sale pute égoïste a refusé de te donner ce que tu voulais ? »

Il se dressa d'un bond, repoussant sa chaise qui alla s'écraser contre le mur. C'est à peine si Katya tressaillit. Osama se tenait juste derrière Fuad, prêt à l'empoigner.

« Elle t'a dit : "Non, plutôt mourir" ? demanda Katya. C'est ça qui t'en a donné l'idée ? »

Fuad serrait et desserrait les poings d'un mouvement convulsif ; ses mâchoires étaient tellement contractées qu'on voyait les muscles saillir sous la peau de ses joues.

« Leila n'était pas seulement belle, poursuivit Katya, de plus en plus téméraire. Elle était aussi intelligente. En te voyant, elle a su tout de suite ce que la plupart des femmes ne font que pressentir – que tu ne valais pas le coup.

— C'était une garce, rugit Fuad, lui postillonnant au visage.

— Peut-être, mais elle ne méritait pas de mourir.

— Si, elle le méritait ! vociféra-t-il, ses mains enserrant le bord de la table comme s'il s'apprêtait à la renverser. Elle le méritait, cette putain !

— Et elle méritait aussi d'être aspergée d'huile bouillante ? s'écria Katya, sans plus contenir sa fureur. D'être frappée à coups de couteau, battue à mort ?

— Elle méritait chaque seconde de son châtiment ! »

Et, avec une force monstrueuse, il souleva la table et la projeta dans la poitrine de Katya. Osama se rua sur lui. Katya tomba à la renverse, levant les bras pour se protéger, et heurta le mur avec un bruit sourd. La porte s'ouvrit brusquement, d'autres policiers accoururent. Elle n'arrivait plus à respirer. Puis, tout à coup, l'air afflua de nouveau dans ses poumons. La table ne lui écrasait plus la poitrine. Les hommes roulaient sur le sol en une mêlée furieuse. Katya eut envie de vomir. Tremblante, elle se releva, la vision obscurcie. Osama se dressa devant elle, l'air terrifié.

« Je n'ai rien », dit-elle d'une voix réduite à un chuchotement.

Elle toussa, et répéta :

« Je n'ai rien. »

Osama écarta la table pour s'approcher d'elle. Il la prit par le poignet et l'entraîna avec douceur. Il lui tenait toujours la main quand ils sortirent de la pièce.

49

NAYIR OBSERVAIT LE FRÈRE DE MIRIAM avec un sentiment proche de la fascination. Grand, blond et solidement charpenté, Justin était l'opposé de la jeune femme, à tous les points de vue. Tout ce qu'ils avaient en commun, c'étaient leurs grands yeux bleus d'Américains. Nayir ne put s'empêcher de penser qu'il valait effectivement mieux qu'ils soient occidentaux. Le vieux proverbe affirmant que lorsqu'on choisissait une épouse, il suffisait de regarder le frère pour voir à quoi elle ressemblait aurait été tellement mensonger en la circonstance que l'époux en puissance se serait senti totalement floué.

Ses yeux d'azur se posaient sur Nayir bien plus souvent qu'il ne l'aurait souhaité. Miriam et lui étaient assis sur deux sièges voisins dans la salle d'attente de l'aéroport. Justin se tenait à trois mètres de là, afin de leur laisser un peu d'intimité, à la demande de Miriam, mais Nayir sentait sur lui son regard scrutateur. À plusieurs reprises, il le surprit à lui lancer des coups d'œil soupçonneux, comme si c'était lui, Nayir, qui avait trompé Miriam, puis s'était fait enlever et assassiner.

« Je ne sais toujours pas que penser de tout ça », murmura-t-elle.

Une fois de plus, Nayir demeura à court de réponse. Il songea à tout ce dont la police n'avait pas parlé à la jeune veuve – la vidéo où l'on voyait Eric et Leila dans le désert, dans son appartement, ou buvant de l'alcool dans le complexe résidentiel américain. Au cheveu trouvé sur la burqa de Leila, dont Katya avait découvert qu'il appartenait à Eric. Il prit note mentalement de remercier Osama pour son tact.

Miriam lui avait déjà signalé que la police avait finalement réussi à retrouver la camionnette d'Eric. Mabus l'avait abandonnée dans une rue, à huit cents mètres environ de leur appartement. La jeune femme était allée identifier le véhicule à la fourrière et récupérer les effets personnels qu'il contenait. Elle ne lui avait pas dit quoi au juste, mais ce sujet lui était manifestement douloureux, et Nayir n'avait pas cherché à en savoir plus.

« Les policiers vous ont-ils informée qu'ils tenaient le meurtrier de Leila, un dénommé Fuad ? lui demanda-t-il.

— Oui. Mais ils ne m'ont pas révélé son nom.

— Il volait son employeur, le frère de Leila. Elle lui a apporté la vidéo prise par la caméra de surveillance, sans doute dans l'intention de le faire chanter. »

Miriam hocha la tête et contempla ses mains. Une larme roula le long de sa joue.

« Miriam, dit soudain son frère, surgissant devant eux, nous devons nous rendre à la porte d'embarquement.

— Je ne sais pas ce que j'aurais fait sans vous, murmura-t-elle en se tournant vers Nayir. Ou en fait si : je serais morte dans le désert, ajouta-t-elle en riant, avant d'essuyer ses joues du revers de sa manche.

— Vous avez survécu.

— Grâce à vous.

— Je suis désolé pour Eric », reprit-il.

Elle hocha la tête, et ses larmes se remirent à couler. Nayir faillit céder à l'impulsion de lui prendre la main, mais la présence de son frère l'en dissuada.

Elle leva vers Justin un visage ravagé et s'accrocha à son bras pour se redresser. Nayir se leva à son tour, bouleversé par ce départ précipité.

« Cette triste histoire aura au moins eu une conséquence bénéfique, reprit Miriam.

— Laquelle ?

— Elle m'a permis de vous rencontrer. »

Lâchant le bras de son frère, elle attira Nayir contre elle pour l'étreindre avec fougue. Abasourdi, il lui rendit son accolade.

En la regardant s'éloigner, il éprouvait un poignant sentiment de perte. C'était d'autant plus douloureux qu'il savait que cette perte était définitive, il ne la reverrait jamais. *Cela a été, mais n'est plus.* Quand elle fut hors de vue, il resta planté là, comme hypnotisé, le regard fixé sur le point où elle avait disparu, jusqu'à ce qu'il prenne conscience qu'elle ne reviendrait pas.

50

Après l'avoir traîné hors de la salle d'interrogatoire, les gardes emmenèrent Fuad dans une autre pièce, tout au fond du couloir, où ils le menottèrent à une table rivée au sol. Ils lui entravèrent également les pieds, puis le laissèrent seul. L'accès de colère dont Katya avait fait les frais avait été aussi violent qu'une éruption volcanique et n'était pas complètement apaisé.

Quand Osama vint recueillir ses aveux, cinq jours plus tard, l'état de Fuad s'était considérablement dégradé. Il ressemblait à l'un de ces vieux hadjis qui arrivent à Djeddah et restent là, comme perdus dans des sortes de limbes, sans jamais atteindre La Mecque pour y accomplir leurs obligations religieuses et sans jamais repartir, et qui vivent de mendicité en prétextant qu'ils ont besoin d'argent pour rentrer dans leur lointaine patrie. Contrairement à ces pèlerins sans domicile, Fuad ne s'abaissait pas à essayer d'éveiller la compassion. C'était un homme brisé, qui souhaitait simplement signer des aveux pour en finir et quitter cet enfer.

D'habitude, cela prenait davantage de temps – quelques semaines de prison au moins. Mais Osama pressentait que Fuad ne supporterait pas longtemps de ne pas se raser, d'être affamé, épuisé, et de mourir de chaud. C'était un homme habitué aux costumes propres, aux cheveux bien coiffés, aux belles montres. Ses frais de teinturerie mensuels étaient exorbitants. Il avait toujours vécu en célibataire et gagné suffisamment pour se vautrer sans complexe dans le confort.

Osama s'assit à la table, déposa une bouteille d'eau devant Fuad et ouvrit son dossier. Le gardien ôta les menottes du prisonnier pour lui permettre de boire, mais le jeune homme n'esquissa pas le moindre geste vers la bouteille.

Osama prit son temps pour rassembler photos et documents, feignant d'ignorer le prisonnier assis en face de lui, même si c'était difficile, en raison de la puanteur qui se dégageait de ses vêtements. Le soir, les gardiens le ramenaient en cellule où il pouvait prier et prendre un repas consistant, mais il passait toute la journée enfermé là, dans cette pièce non climatisée, à attendre sans fin.

Il avait commencé à se confesser le quatrième jour, leur racontant tout à travers la glace sans tain. Osama, cependant, avait préféré patienter. Les techniciens n'avaient pas terminé leurs analyses, et il se disait que plus Fuad serait affaibli, plus il aurait de chances d'obtenir de lui des aveux complets.

« Reprenons tout depuis le début, fit-il d'un ton décontracté. Donc, vous l'avez tuée.

— Oui.

— Quand ? »

Lorsque Fuad entama son récit, Osama s'aperçut que la langue du jeune homme était enflée. Il poussa la bouteille d'eau vers lui, mais Fuad la dédaigna. Même s'il se trouvait dans un état lamentable, il conservait sa fierté.

« Elle est venue ce matin-là pour vous montrer la bande vidéo, l'encouragea-t-il.

— Je me suis mis en rogne. »

L'ombre d'un remords passa sur le visage de Fuad, mais il semblait surtout soucieux de ne pas se laisser de nouveau emporter par la colère.

« Elle m'a proposé un marché. Si je lui donnais la moitié de l'argent, elle ne dirait rien à son frère.

— Elle ne lui dirait pas que vous voliez dans la caisse, c'est bien ça ?

— Exactement. »

Fuad déglutit et passa sa langue avec précaution contre l'intérieur de sa joue.

« Et qu'avez-vous répondu ?

— Je lui ai dit… »

Il hésita. C'était la partie de l'histoire qu'il avait passée sous silence quand il clamait sa culpabilité derrière la vitre sans tain.

« Je lui ai dit que j'allais réfléchir. Elle a refusé, elle voulait une réponse immédiate. »

Brusquement, tout devint clair dans l'esprit d'Osama. Leila était peut-être assez courageuse pour critiquer l'injustice et l'hypocrisie du monde qui l'entourait, mais elle n'avait rien d'une idéaliste. Il repensa à tous les rapports qu'il avait lus, les conclusions de Majdi, les dépositions recueillies par Katya, ses propres entretiens avec Abdulrahman, Ra'id et Bashir. L'argent était le nœud de toute l'affaire. Leila en avait besoin. Pour les femmes qu'elle interviewait, c'était le souci primordial. Et c'était peut-être ce qui intéressait Leila avant tout : comment se procurer de l'argent, comment cesser de dépendre des hommes. Bashir l'avait même déclaré sans ambages : tout ce qu'elle voulait, c'était son fric.

Avait-elle fait chanter d'autres personnes ? Le documentaire sur Mabus était nettement plus intéressant que la vidéo du magasin d'Abdulrahman, de ce point de vue. Au moins, Mabus possédait des biens d'une valeur non négligeable.

« Et ensuite ? s'enquit-il.

— Elle s'est fâchée. »

Fuad émit un renâclement de mépris et s'empara de la bouteille. Il but à longs traits, l'eau dégoulinant sur son menton.

« Elle s'est mise à me traiter de voleur – comme si elle était honnête, elle ! Elle a menacé d'aller me dénoncer à la police sur-le-champ si je n'acceptais pas sa proposition. Je n'arrêtais pas de me dire : C'est la sœur d'Abdulrahman. Une sale menteuse et une profiteuse, qui se prend pour une femme vertueuse. C'était une créature immonde.

— Et après, que s'est-il passé ?

— Elle m'a touché. Elle m'a empoigné par le bras et elle m'a poussé, parce que je ne réagissais pas, expliqua Fuad, qui s'interrompit de nouveau pour boire. Puis elle est devenue vraiment menaçante : "Je vais tout raconter à mon frère. Ta vie est foutue."

— Et ça vous a rendu furieux ?

— Oui, acquiesça le jeune homme avec véhémence. Elle incarnait ce qu'il y a de pire au monde. Une fille trop gâtée, une menteuse. Réclamant sans cesse de l'argent à son frère, ne faisant jamais rien pour les autres. On était dans la cuisine. J'étais en train de me préparer à manger. Et elle est venue se planter devant moi et me crier en pleine figure : "Je veillerai à ce qu'il te traîne en justice." Elle parlait d'Abdulrahman. Je n'ai pas pu me contrôler davantage, j'ai saisi la poêle à frire et je la lui ai jetée au visage. L'huile bouillante, les aubergines, tout a voltigé... Elle a levé les mains pour se protéger, mais c'était... répugnant. »

Il reposa la bouteille ; ses mains ne tremblaient pas, mais ses traits se contractaient. Il lui fallait un énorme effort pour réprimer sa colère.

« Elle s'est mise à me frapper, à hurler, comme si elle n'était pas brûlée, comme si l'huile bouillante ne lui avait rien fait. Elle a pris une marmite, m'a lancé tout ce qui lui tombait sous la main, des assiettes, des verres... J'ai attrapé le premier objet à ma portée, le vieil *iqal* suspendu à un crochet, et j'ai essayé de lui frapper les bras, pour lui faire lâcher ce qu'elle tenait. À ce moment-là, j'étais vraiment hors de moi. J'avais envie de lui faire mal. Elle était venue chez moi pour souiller tout ce qui m'appartenait... Elle a ramassé un couteau sur le plan de travail et s'est ruée sur moi. J'en ai empoigné un autre et je l'ai frappée. Je ne sais pas combien de fois. Elle me bourrait de coups de poing, mais je ne pouvais plus m'arrêter. Je ne pouvais plus m'arrêter. J'ai continué à frapper, frapper... »

Il se tut. Son visage n'exprimait rien d'autre qu'une vague surprise, comme s'il n'arrivait pas tout à fait à y croire lui-même.

« Puis je l'ai repoussée loin de moi, et je me suis rendu compte qu'elle était morte.

— Non, elle ne l'était pas encore, intervint Osama. Elle est morte quand vous lui avez brisé le cou, pas avant.

— Je voulais seulement en être sûr. Elle était... il n'y avait plus rien d'autre à faire. Son visage..., bredouilla-t-il, en montrant le sien. C'était fini. »

Un long silence passa. Osama eut l'impression d'être soudain atteint d'une sorte de stase mentale, et resta assis à regarder son interlocuteur d'un air hébété. Les mots *son visage... c'était fini* résonnaient sans fin dans son esprit. Que voulait dire Fuad ? Que, parce qu'elle était brûlée, hideusement défigurée à jamais, elle devait mourir ? Que sans son joli visage, elle n'avait plus de raison d'exister ?

Il se contraignit à poser une nouvelle question :

« Comment lui avez-vous brisé le cou ?

— Je lui ai empoigné la tête et je l'ai secouée, comme ça..., répondit Fuad en mimant le geste, les lèvres retroussées dans un petit rictus.

— Et les brûlures sur les mains ? »

Pour la première fois, le meurtrier parut légèrement gêné.

« J'ai remis de l'huile à chauffer, pour finir le travail. Pour qu'on ne puisse plus la reconnaître.

— Et ensuite, vous lui avez retiré son jean. »

Il hocha la tête, ouvrit la bouche, la referma.

« Quand j'ai sorti le corps de la voiture, son pantalon s'est accroché à quelque chose. J'ai entendu le tissu se déchirer. J'ai voulu le lui enlever, mais je n'y suis pas arrivé. J'étais pressé de me tirer de là, alors je l'ai laissée comme ça.

— Et où avez-vous jeté le corps ?

— Du haut d'une jetée au nord de la ville. C'est le seul endroit qui m'est venu à l'idée. »

Osama demeura un instant silencieux.

« Vous aviez déclaré vous être rendu chez le dépanneur, ce matin-là. Nous avons obtenu confirmation de votre alibi.

— J'ai menti.

— Le commerçant aussi, dans ce cas.

— Sa boutique est toujours pleine de monde, répondit Fuad. Il est tout le temps sur les nerfs. J'étais passé chez lui le jour d'avant, et j'étais à peu près sûr qu'il ne se souviendrait plus de la date exacte.

— Vous aviez aussi prétendu avoir pris un café en compagnie d'un ami. Était-ce également un mensonge ?

— Non, c'était vrai, je suis allé le voir... après », dit Fuad en secouant la tête.

Il paraissait n'éprouver aucun remords. Il ne demanda pas, comme tant de meurtriers en pareilles circonstances, s'il pouvait espérer un peu de clémence de la part du juge. Il acceptait pleinement le fait qu'en avouant le meurtre il s'était lui-même condamné à mort. Il connaissait le système pénal. Et peut-être se considérait-il désormais, ainsi qu'il l'avait fait pour Leila, comme une marchandise avariée.

« Vous ne semblez pas accorder beaucoup d'importance à la religion, reprit finalement Osama. Croyez-vous en Dieu ? »

Fuad laissa échapper un petit rire contraint.

« Voulez-vous ajouter l'athéisme à la liste de mes crimes ?

— Non. Je suis simplement curieux.

— Non, déclara Fuad. Non, je ne crois pas en Dieu. »

51

QASAMA. DIVISER. COUPER EN DEUX. Nayir entendait ce mot bourdonner continuellement dans sa tête, comme une incantation murmurée par un millier de bouches, un chœur de déments. *Qasama. Qasama.*

Il se trouvait une fois de plus en proie à l'indécision. Son séjour dans le désert n'avait été qu'un répit ; affronter une tempête de sable était en un certain sens plus facile que combattre le doute. Avait-il bien fait de venir ici, ou pas ? Cette nouvelle effusion de sang était-elle justifiée ?

Nayir venait de sortir de la mosquée de Jufalli, où il avait participé à la prière du vendredi, et était maintenant sur le parking, au milieu d'une marée de fidèles flânant avec insouciance de-ci de-là, attendant de voir si le bourreau allait se montrer ce jour-là. Il avait eu du mal à se concentrer sur ses prières, ayant constamment à l'esprit l'image de ce parking où devait se dérouler l'exécution. Il avait toujours cru que la peine de mort était un châtiment juste et nécessaire, mais à présent, cette conviction était ébranlée. En quoi était-il juste de refuser à quelqu'un la possibilité de se repentir ? Chacun ne méritait-il pas le pardon d'Allah ?

Les exécutions n'étaient jamais annoncées à l'avance, mais grâce à Osama il avait pu savoir où et quand celle-ci se tiendrait. Il tomba sur l'inspecteur, adossé à une voiture banalisée en lisière du parking. Derrière lui s'étendait le lac. Son centre était d'un vert-gris profond, mais ses bords avaient une nuance brunâtre et étaient jonchés de bouteilles de pepsi et de sacs en plastique. Une odeur fétide s'en exhalait, bien que la municipalité ait procédé à des travaux d'assainissement quelques années plus tôt.

Le ciel était dégagé, le brouillard dû à la pollution avait été chassé par la brise matinale, et Nayir sentait le soleil lui brûler le crâne et la nuque. Étrangement, Osama avait l'air content d'être là. C'était pour lui un épilogue satisfaisant à une affaire particulièrement atroce.

« Vous ne portez pas d'uniforme, lui fit remarquer Nayir. Je m'attendais à vous voir en grande tenue.

— Je préfère passer inaperçu. »

Nayir hocha la tête. L'heure de l'exécution étant tenue secrète, les gens n'en étaient avertis que lorsqu'ils entendaient les voitures de police débouler sur le parking, toutes sirènes hurlantes.

« Nous avons encore une demi-heure devant nous, reprit l'inspecteur. Si nous allions nous mettre à l'ombre ? »

Ils se frayèrent un passage jusqu'à l'arcade au bout de la mosquée, mais il y avait déjà trop de monde se disputant ces places tant convoitées, aussi furent-ils obligés de demeurer sous la lumière brutale qui se reflétait sur les murs d'un blanc éclatant avec l'intensité d'une explosion nucléaire.

En regardant vers le parking, Nayir fut surpris par le nombre de personnes qui s'y pressaient déjà – sûrement supérieur à celui des fidèles venus là pour prier. Il prêta l'oreille aux bavardages autour de lui.

Les gens se passionnaient pour l'affaire Nawar, qui faisait les gros titres de la presse depuis deux semaines et demie. Ils savaient que le coupable avait été arrêté, et que la famille de la victime lui avait refusé son pardon. Certains continuaient à soupçonner l'Américain d'avoir commis le crime, affirmant que le pauvre type qui allait être exécuté n'était qu'un bouc émissaire, peut-être un quelconque trafiquant de drogue à qui on avait collé ce meurtre sur le dos, parce que les Américains arrivaient toujours à s'en sortir d'une manière ou d'une autre. Cela rendait Nayir furieux de penser qu'Eric Walker, tué par le plus égoïste de tous les hommes, était à présent calomnié par des inconnus ignorant tout de ce qui s'était réellement passé. C'était Apollo Mabus qu'on aurait dû traîner aujourd'hui sur l'échafaud, mais il était toujours en prison, attendant la date de son procès, tandis que le consulat britannique se démenait pour obtenir son extradition.

Nayir tenta de se distraire de ces pensées sinistres. Il n'avait pas envie de songer à Miriam en ce moment. En fouillant dans ses poches, il trouva un *miswak*, l'épousseta et le fourra dans sa bouche. Le bâtonnet de bois d'araq était desséché et avait perdu presque toute sa saveur épicée, mais il lui fournissait au moins une occupation.

À côté de lui, Osama avait chaussé une paire de Ray-Ban. Le soleil lui tapait en plein sur le crâne. Lui qui avait déjà l'air de dépérir sous l'effet de la chaleur lorsqu'il était appuyé à sa voiture, on aurait dit maintenant que quelqu'un l'avait aspergé avec une lance d'incendie, tant il transpirait.

« Où est votre chapeau ? demanda Nayir.

— Je l'ai oublié.

— Je peux vous prêter mon *shumagh*, si vous voulez.

— Je préfère mourir d'insolation que de porter cet accoutrement ! » rétorqua Osama d'un ton dédaigneux.

Puis il sourit, et Nayir secoua la tête. L'anticonformisme de l'inspecteur l'amusait désormais plus qu'il ne l'irritait.

« Alors, comment Fuad réagit-il ? » demanda-t-il.

Osama garda les yeux rivés au sol.

« Il vous arrive parfois d'avoir des intuitions, à la vue de certaines personnes ? »

Nayir acquiesça.

« Eh bien, en le voyant, j'ai immédiatement su qu'il haïssait les femmes. Extérieurement, il présente peut-être l'apparence d'un homme tout à fait moderne, il m'a même dit qu'il ne croyait pas en Dieu, mais au fond il pense comme les intégristes. Pour eux, les femmes n'existent que pour servir les hommes. On peut les utiliser à sa guise et les jeter après usage. »

Si ce discours désobligeant envers les religieux conservateurs offensa quelque peu Nayir, il s'abstint néanmoins de changer de sujet.

« Vous croyez qu'il l'a tuée rien que parce que c'était une femme ?

— Non, mais sa misogynie entre pour une grande part dans ce meurtre. Il l'a tuée parce qu'il exécrait ce qu'elle était. Elle ne se conduisait pas correctement. Elle filmait les gens dans la rue. Elle sortait tout le temps, malgré l'interdiction de son frère. Tout cela contrariait énormément Fuad. Puis elle l'a surpris en train de voler et, au lieu d'en avertir son frère comme elle l'aurait dû, elle a voulu l'obliger à partager avec elle le produit de son larcin.

— Ne croyez-vous pas que si elle l'avait dénoncé il lui en aurait voulu tout autant ? s'enquit Nayir.

— Sans doute, mais il ne l'aurait sûrement pas tuée, car il n'en aurait pas eu l'occasion. Il l'a massacrée dans un accès de rage. Ce n'était pas prémédité, il a cédé à son impulsion. S'il s'était trouvé confronté à un homme essayant de le faire chanter, il aurait probablement réagi différemment. Mais c'était une femme..., ajouta Osama avec un haussement d'épaules cynique. Savez-vous ce qui l'attirait dans le commerce de la lingerie ? Il était obsédé par la pornographie. Il y avait tellement de revues et de vidéos pornos dans son appartement que la table de la cuisine disparaissait littéralement dessous. Il s'est fait embaucher dans la boutique d'Abdulrahman, en débutant comme simple vendeur, parce qu'il adorait tripoter les mannequins, ainsi que son beau-frère nous l'a révélé par la suite. Pour lui, un homme avait parfaitement le droit de regarder des films pornos, mais qu'une femme puisse revendiquer sa liberté d'agir ? pas question. Il ne supportait pas que Leila se comporte de façon immorale. Si vous voulez mon avis, c'est la marque d'une ignorance crasse.

— Vous pensez que les fondamentalistes ne respectent pas les femmes ? » demanda Nayir, de plus en plus hérissé.

Osama le considéra d'un œil circonspect.

« Ce que je suis en train de dire, c'est que même si, extérieurement, il n'avait rien d'un homme pieux, il avait des idées extrémistes.

— Sur la religion, ou sur les femmes ?

— Sur les femmes. Mais cela va de pair, ne croyez-vous pas - les femmes et la religion ? Peut-on être un bon musulman et penser que les femmes devraient pouvoir se promener le visage nu ? »

Nayir ne savait plus, quant à lui, ce qu'il en pensait au juste, et il faisait bien trop chaud pour se lancer dans ce genre de discussion.

« Ce type représente vraiment un cas limite, reprit Osama. Savez-vous ce qu'il a écrit dans son testament ? Il laisse tous ses biens à son beau-frère, qui réside en Libye. Et absolument rien à sa sœur. Par contre, il a gâché plusieurs feuilles de papier pour l'exhorter à ne pas porter de maquillage et à ne pas se conduire comme une putain. Si ce n'est pas un comportement d'intégriste… »

Nayir comprit que le policier cherchait à le provoquer et ne mordit pas à l'hameçon. Le mot *qasama* résonnait de nouveau dans son esprit. Il regarda en direction de la place, mais le débat inachevé resta suspendu dans l'air humide et suffocant, telle une barrière intangible entre eux deux.

Un frémissement parcourut la foule quand le mugissement des sirènes retentit au loin. Aussitôt, les badauds dégainèrent leurs téléphones portables, probablement pour prévenir leurs amis. Quelques secondes après, six voitures de police arrivèrent sur le parking, leurs gyrophares jetant un éclat bien pâle comparé à celui, aveuglant, du soleil et de la mosquée.

Un murmure salua l'apparition du bourreau. Physiquement, il ne présentait aucune particularité remarquable – un homme noir d'une quarantaine d'années, de taille moyenne. Il portait un *shumagh* à carreaux rouges et blancs et une robe d'une blancheur immaculée. Sa seule marque distinctive, c'était le splendide cimeterre accroché à son flanc. Cette arme d'argent étincelant, gravée de versets du Coran, provoqua sur son passage des cris d'effroi et d'admiration qui firent naître sur les traits de son propriétaire une expression réjouie. Mais ce qui glaça Nayir plus que tout le reste, ce fut la banalité de son visage. L'homme qui gagnait sa vie en tranchant des têtes aurait pu être son voisin. Il devait sans doute avoir une femme, des enfants…

Tel un troupeau d'oies, la foule suivit le bourreau. Nayir aperçut quelques femmes jouant des coudes pour se frayer un chemin et un homme blanc, peut-être américain, dont le crâne chauve brillait sous le soleil. Nayir vit un badaud l'empoigner par le bras. L'Américain prit un air alarmé, mais l'autre lui sourit en disant : « Venez, je vais vous trouver une bonne place. » Il s'ouvrit un passage dans la foule, et les gens s'écartèrent obligeamment devant eux.

Lorsque l'échafaud eut été dressé, les policiers firent sortir Fuad du fourgon. Il avait les mains attachées dans le dos et un bandeau sur les yeux. Il titubait en peu en marchant. Nayir eut l'impression que ce n'était pas seulement parce qu'il n'y voyait pas. Ses mouvements étaient lents, malhabiles. La rumeur prétendait que les condamnés étaient drogués avant leur exécution, pour empêcher qu'ils ne résistent ou ne manifestent leur émotion de façon trop dramatique. Nayir songea que ce devait être vrai.

Fuad fut conduit sur l'échafaud. Rien de plus, en fait, qu'une bâche en plastique étendue sur le sol et un bloc de pierre dont l'un des bords était creusé en demi-cercle – l'endroit où Fuad poserait bientôt la tête pour se prosterner une dernière fois devant Allah.

En regardant cette pierre, Nayir se sentit soudain devenir lourd, comme si chaque molécule de son corps s'était transformée en plomb. Il n'avait encore jamais assisté à une exécution publique et n'était pas sûr de pouvoir le supporter. La chaleur était écrasante. La foule de plus en plus dense le bousculait de toutes parts. Il fut repoussé vers les derniers rangs par des gens déterminés à ne rien manquer du spectacle. Il transpirait à grosses gouttes et le soleil le tourmentait cruellement, lui brûlant la nuque, lui vrillant le crâne. Il tendit le cou pour ne pas perdre le bourreau de vue. Quelqu'un lui donna un coup sur l'épaule et, en se retournant, il découvrit une femme tentant de l'écarter au moyen de son sac à main.

La foule s'immobilisa quand l'un des policiers prit la parole. Nayir entendit les mots comme s'ils lui parvenaient de très loin, par-delà un gouffre : « Cet homme s'appelle Fuad al-Jamia. Il a été déclaré coupable du meurtre d'une jeune femme et condamné à mort. »

Nayir fendit la foule, sans comprendre pourquoi ses pieds le propulsaient en avant, ni où il trouvait la force de bousculer des inconnus, en écrasant un orteil de temps à autre. Il devait accéder au premier rang avant que la lame ne s'abatte. Il aperçut Osama, qui semblait le chercher du regard, et se dirigea vers lui, indifférent aux protestations sur son passage. Fuad était agenouillé, la tête sur le billot. De la sueur dégoulinait de la pointe de ses cheveux qui pendaient sur sa figure.

Osama lui expliqua que l'homme qui se tenait à côté d'un des policiers était le frère de Leila. Le jeune homme près de lui était le cousin de la jeune femme, Ra'id. Son visage était pâle et fermé.

« Monsieur Nawar, dit alors le bourreau au frère, vous avez encore la possibilité d'accorder votre pardon à cet homme. Lui pardonnez-vous ? »

Abdulrahman baissa les yeux vers Fuad, recroquevillé sur le sol comme un petit animal aveugle paralysé de peur. Il le contempla longuement, tandis que la foule retenait son souffle en observant son visage tourmenté.

« Non, répondit-il enfin, je ne lui pardonne pas. »

Le bourreau hocha la tête d'un geste vif, tel un serveur à qui l'on aurait demandé l'addition. Puis il se tourna vers le condamné et lui ordonna de réciter le *Shahada* : « Il n'y a pas d'autre dieu qu'Allah et Mahomet est son prophète. » Mais Fuad n'alla pas jusqu'au bout de sa phrase et se tut après avoir marmonné les premiers mots.

D'une main experte, le bourreau lui enfonça la pointe de sa lame au creux des reins, pour l'obliger à redresser la tête, et, en un moulinet spectaculaire, brandit son arme dans les airs. Nayir regarda fixement le cimeterre, pendant que le mot *qasama* tournoyait follement dans son cerveau. La lame s'abattit. Un scintillement de lumière. Le fracas du métal contre la pierre. Un halètement, un bref cri de surprise. La tête de Fuad roula au sol.

Le sang jaillit du cou du cadavre, aspergeant la bâche en plastique. Derrière eux, quelqu'un s'évanouit, provoquant un remous dans la foule et incitant Nayir à se retourner. Il ne vit rien d'autre que des dos vêtus de blanc – un océan de blancheur qui l'aveuglait.

Tous les bruits s'étaient tus. Le mot avait cessé de résonner dans sa tête. Il regarda le sol, vit des hommes se courber pour ramasser la tête tranchée, un médecin se pencher inutilement sur le corps de Fuad pour confirmer sa mort. Nayir sentit sa respiration revenir peu à peu à la normale. Un froid glacial se répandit dans son corps. Un nouveau mot lui vint à l'esprit. Ce n'était plus *qasama,* mais un nom tout proche, *qismah.* Le destin. Ce qui t'est imparti. La part qui te revient sur ce qui a été divisé.

Il décida que Fuad avait mérité son sort.

52

NAYIR MARCHAIT AU CÔTÉ DE KATYA. Ils n'avançaient pas très vite parce qu'elle portait une burqa et qu'elle s'arrêtait de temps à autre pour la soulever et contempler le soleil couchant sur la mer Rouge. Il devait garder un œil sur elle. Plus d'une fois déjà, il l'avait distancée sans s'en rendre compte. Le petit choc qu'il avait éprouvé en s'apercevant qu'il l'avait perdue, si brièvement que ce fût, le poussait à s'interroger sur tous les hommes mariés qui déambulaient autour d'eux sur la Corniche, foulant le trottoir d'un pas assuré, leurs épouses suivant docilement dix pas derrière. Comment savaient-ils si elles les suivaient vraiment ? Si elles ne s'attardaient pas pour faire du lèche-vitrines ou lever furtivement leur burqa et lancer des œillades à des inconnus ?

Katya était plus silencieuse que d'habitude, ce soir-là. Et si cela l'emplissait de crainte, il se sentait en même temps d'une générosité débordante et disposé à imaginer que ce silence était pour les femmes l'équivalent d'une retraite d'un mois dans le désert – une pratique à laquelle il s'était livré bien des fois et qu'il ne pouvait donc pas lui reprocher. Il aurait cependant aimé qu'elle l'aide à alimenter la conversation et réponde à ses questions par autre chose qu'un *aywa* ou un *laa*. Quand le soleil s'enfonça derrière l'horizon, la soudaine éruption de couleurs le détourna de ses pensées et, l'espace d'un instant, la lumière rose et or et le vent charriant un parfum végétal contribuèrent à rendre le spectacle aussi émouvant qu'une prière du ramadan.

Mais ce soir-là, de toute évidence, chacun ne pensait qu'à manger. Le temps était inhabituellement frais pour la saison, pas plus de 32 degrés, et tout Djeddah était sorti pour pique-niquer. On étalait des tapis sur les plages, les routes, les parkings. On dressait des tentes sur les trottoirs. Large de quatre mètres et s'étirant jusqu'à l'horizon, celui de la Corniche aurait sans doute pu contenir la nation entière. Les moins prévoyants s'asseyaient sur le sable, à côté des baraques où l'on vendait de la *balela*. Des arômes de pois chiches et d'agneau grillé montaient de partout. Même si les familles veillaient à laisser entre elles une distance respectueuse, le lieu était aussi grouillant de vie qu'un récif corallien.

« Pas de soucis, au travail ? s'enquit Nayir, en espérant que c'était le cas, et qu'il ne s'agissait pas d'un problème plus grave – ou de quelque chose le concernant, lui.

— Non, ça va », affirma-t-elle, lui servant une fois de plus une réponse trop succincte pour ne pas prêter au doute.

Il ne voulait pas avoir l'air de la harceler, et ils poursuivirent leur chemin en silence jusqu'au restaurant. C'était un établissement familial et tranquille, où l'on pouvait dîner dans des bungalows individuels, à l'abri des regards indiscrets. Il y était venu plusieurs fois avec Samir, et la nourriture avait toujours été excellente.

« C'est ravissant ! s'exclama Katya. Comment avez-vous déniché cet endroit ?

— Il y a un site de plongée très fréquenté, à proximité », répondit-il en montrant la mer, à une dizaine de mètres de là.

Elle sembla sur le point de dire quelque chose, mais garda le silence.

Un serveur les conduisit à un bungalow juste assez grand pour deux. Les murs étaient faits de bambou, dans le style hawaïen, mais l'un des côtés restait ouvert, leur offrant une vue sur la plage rocheuse et, au-delà, la mer Rouge miroitant dans le soleil couchant. Un store roulant permettait à ceux qui souhaitaient plus d'intimité de s'isoler complètement.

Ils s'assirent sur des coussins posés sur une natte. Le serveur revint avec les menus et une carafe d'eau. Katya l'interrogea sur les différents plats de poisson inscrits à la carte et Nayir la conseilla, tout en repassant dans son esprit les événements de l'après-midi.

Il s'était rendu chez elle pendant qu'elle était au travail. Son père l'avait d'abord accueilli avec méfiance ; il avait paru deviner, à l'expression de Nayir, la raison de sa visite. Après l'avoir escorté jusqu'au salon, il avait apporté un grand pot de thé et des dattes, puis s'était assis en face de son hôte en disant :

« Alors, comment allez-vous, monsieur Sharqi ? »

L'usage de son nom de famille avait conféré au reste de la conversation un ton encore plus guindé. Nayir s'était forcé à participer à une longue discussion sur le temps, et sa tension s'était accrue lorsqu'il avait pris conscience qu'Abu n'avait aucune intention de lui faciliter les choses. Enfin, quand Nayir eut le sentiment d'avoir sacrifié au rite du bavardage aussi longtemps que l'exigeait la politesse, il avait déclaré :

« Je suis venu vous demander la main de Katya. »

Abu s'était renfoncé dans le canapé et l'avait dévisagé, impassible. Nayir avait fait de son mieux pour ne pas se tortiller d'un air gêné. Il avait posé sa tasse sur la table et affronté le regard d'Abu. Dans le silence grandissant, il avait pensé qu'il aurait dû en dire plus, expliquer au moins pourquoi il voulait épouser Katya, mais les mots n'arrivaient pas à franchir ses lèvres. Cela aurait été admettre qu'il avait passé suffisamment de temps avec elle pour la connaître et apprécier ses qualités. Et, même si le père de la jeune fille devait s'en douter, Nayir n'était pas encore prêt à l'avouer.

Puis Abu se pencha vers lui, mettant fin à ce silence insupportable :

« Vous êtes un bon musulman, Nayir. Je pense que vous ferez un excellent mari pour ma fille. »

Et ce fut tout. Abasourdi, Nayir avait laissé échapper un soupir de satisfaction. En voyant le visage sévère d'Abu, il s'était repris aussitôt, mais il était tellement soulagé et heureux d'avoir obtenu son consentement qu'il avait eu l'impression de flotter sur un petit nuage en repartant. Abu lui-même avait semblé content, à la fin, et lui avait serré la main avec chaleur.

Comme il le raccompagnait jusqu'à la porte, il avait toutefois ajouté une dernière chose :

« Je dirai à ma fille que vous avez ma bénédiction, mais je préférerais que vous lui parliez d'abord.

— Oui, je vais le faire », avait répondu Nayir, quelque peu perplexe.

En s'éloignant, il avait senti l'appréhension le gagner. La décision était entre les mains de Katya, à présent. Bien sûr, il avait su que ce moment viendrait. Traditionnellement, c'étaient les parents qui menaient les tractations. Mais Abu venait de lui signifier qu'il déclinait cette responsabilité. Si Katya repoussait sa proposition, elle le lui dirait elle-même. Cette hypothèse l'horrifiait, mais était-ce uniquement parce qu'elle blessait son amour-propre ?

Nayir soupçonnait, sans en avoir la certitude, qu'Abu agissait ainsi par respect envers Katya, et non par lâcheté ou indifférence. Mais il ignorait ce qu'il devait en déduire, ce que cela lui disait sur elle.

Ces pensées pesaient toujours sur son esprit quand le serveur s'en alla et qu'il resta seul face à elle. Elle semblait différente ce soir-là – en quoi, il n'aurait pas su l'expliquer. Elle était en train de se métamorphoser sous ses yeux : ce n'était plus la femme dont il rêvait, mais celle qui allait peut-être lui appartenir, celle qui allait peut-être devenir son épouse, son amante, son amie, et, pendant qu'ils dégustaient leur jus de mangue frais et leur mérou, il se surprit à observer fréquemment son visage, à en étudier les contours comme pour s'assurer qu'ils n'avaient pas changé. Ils reparlèrent de l'affaire Nawar, mais très brièvement, et elle passa ensuite aux nouveaux cas sur lesquels elle travaillait. Cela lui rappela une fois de plus qu'elle adorait son métier, et que le mariage et la maternité n'entraient peut-être pas dans ses plans. Mais la question qui le hantait depuis maintenant deux semaines – ou, s'il voulait être honnête avec lui-même, depuis ces neuf derniers mois – lui brûlait les lèvres. Et, tandis que l'image d'Omran s'élançant du sommet de la dune lui traversait la tête, il posa sa fourchette et demanda :

« Katya, veux-tu m'épouser ? »

Sa main délicate, qui s'apprêtait à reposer son verre sur la natte, demeura suspendue en l'air. Elle évita d'abord de le regarder, mais il la scrutait avec suffisamment d'attention pour discerner l'embarras qui se peignit fugitivement sur ses traits. Elle abaissa sa main et prit une profonde inspiration.

« Nayir… »

Elle parut hésiter. Il eut envie de lui dire que, s'il ne lui avait pas parlé pendant tous ces mois, c'était parce qu'il avait peur – une peur tellement écrasante, énorme et floue qu'il n'arrivait pas à se l'expliquer lui-même. En la revoyant, il avait compris combien il la désirait. Il espérait seulement qu'il n'était pas trop tard. Il fut pris d'une faiblesse passagère, puis la certitude le submergea, balayant ses dernières craintes.

« Katya, commença-t-il, je sais que je ne suis pas parfait, et que je ne suis peut-être pas l'homme qu'il te faut. Je sais que tu aimes ton travail. Et qu'il te sera difficile d'éduquer des enfants avec un métier aussi exigeant. Mais je crois que nous pourrions essayer. Nous pourrions trouver un moyen de tout concilier. »

Elle refusait toujours de le regarder. Il inclina sa tête vers elle afin de l'encourager à croiser son regard, mais elle continuait à contempler résolument la natte.

« Katya. »

Elle déglutit, l'air apeuré. Et, sans savoir comment, il tendit la main vers sa joue, tourna son visage vers lui. Sa peau était tiède et douce. Katya ne résista pas. Lorsque leurs yeux se rencontrèrent, il vit que les siens étaient mouillés de larmes. Poussé par un élan venu de tout son être, il se pencha encore, s'immobilisa un instant quand leurs nez se touchèrent, au cas où elle aurait voulu se dérober. Mais elle ne se déroba pas, alors il l'embrassa, doucement au début, leurs lèvres sèches s'effleurant à peine, puis avec plus d'insistance, tandis que des feux de Bengale explosaient en lui.

Katya fut la première à mettre fin à leur baiser.

« Nayir », dit-elle à voix basse, stupéfaite par sa propre audace, mais encore plus par la sienne à lui.

Ainsi, ce que l'on racontait était vrai : trop de refoulement pouvait mener un homme droit au péché. Elle mit une main devant sa bouche et laissa échapper un petit rire nerveux.

Cinq minutes plus tôt elle était vaguement mal à l'aise, se demandant si Nayir s'amusait vraiment. Il avait arboré un air incroyablement angoissé, à un certain moment. À présent, elle en connaissait la cause. Bien sûr, elle aurait dû s'en douter. Pour quelle autre raison lui aurait-il proposé de dîner avec lui ? Sa première réaction avait été de le repousser, mais la douceur de sa voix, le contact de sa main sur sa joue avaient déchaîné, en elle comme en lui, une réaction frénétique. Elle ne savait plus ce qu'elle faisait, elle n'obéissait plus qu'à son corps, et son cerveau paraissait avoir disparu dans une tempête de sable.

Elle se redressa, prit son verre, le reposa. *Je suis désolée,* faillit-elle lui dire, mais elle n'était pas désolée, elle était effrayée. Se marier ? Avec Nayir ? La vision de sa mère lui traversa l'esprit – les déceptions, les frustrations… Ummi avait cru épouser un homme à l'esprit plus ouvert. Katya, quant à elle, savait exactement à qui elle avait affaire.

« Nayir, commença-t-elle, je ne…

— Tu as peur, l'interrompit-il. Moi aussi. »

Surprise, elle poursuivit :

« J'ai besoin de savoir que tu me respecteras. Que tu respecteras mon travail. Et tout ce que je pourrais avoir envie de faire, ajouta-t-elle, plongeant ses yeux droit dans les siens sans qu'il les détourne. J'ai vraiment besoin de savoir…

— Je ne le perdrai pas de vue », murmura-t-il.

Il parlait d'une voix tendre, et elle se rendit soudain compte qu'il citait le Coran. « Je ne perdrai pas de vue l'œuvre de celui qui, homme ou femme, agit pour le bien ; vous êtes issus les uns des autres. »

Les larmes lui montèrent aux yeux, menaçant de ruisseler sur sa joue.

« Je ne peux pas prendre une telle décision tout de suite, déclara-t-elle.

— Tu n'es pas obligée de me répondre aujourd'hui même. »

Quand elle trouva le courage d'affronter de nouveau son regard, elle vit qu'il comprenait.

Ils retournèrent d'un pas lent jusqu'à la voiture de Nayir, sans trouver grand-chose à se dire. Katya était incapable de penser de façon cohérente. À mesure que le silence se prolongeait, elle se laissa envahir par d'autres sensations. Les odeurs, la chaleur de la brise effleurant leurs deux corps dans une même caresse, les familles pique-niquant autour d'eux comme autant d'heureux présages. Une joie de vivre brouillonne et féconde. Elle sentit naître en elle une lueur d'espoir. Peut-être trouverait-elle le bonheur, après tout ? Elle se rapprocha de Nayir et, furtivement, afin que personne ne le remarque, pressa son bras contre le sien.

Il sourit et continua d'avancer.

Collection « Littérature étrangère »

ADAMS Poppy
Le Temps des métamorphoses

ADDERSON Caroline
La Femme assise

AGUÉEV M.
Roman avec cocaïne

ALI Monica
Sept mers et treize rivières
Café Paraíso
En cuisine

ALLISON Dorothy
Retour à Cayro

ANDERSON Scott
Triage
Moonlight Hotel

ARLT Roberto
Les Sept Fous
Les Lance-flammes

ARPINO Giovanni
Une âme perdue
Le Pas de l'adieu

AUSLANDER Shalom
La Lamentation du prépuce
Attention Dieu méchant

BAXTER Charles
Festin d'amour

BENIOFF David
24 heures avant la nuit

BLOOM Amy
Ailleurs, plus loin

BROOKNER Anita
Hôtel du Lac
États seconds
La Vie, quelque part
Une chute très lente
Une trop longue attente
Fêlures
Le Dernier Voyage

BROOKS Geraldine
Le Livre d'Hanna
La Solitude du Dr March

CABALLERO Antonio
Un mal sans remède

CAÑÓN James
Dans la ville des veuves intrépides

CONNELL D. J.
Julian Corkle est un fieffé menteur

CONROY Pat
Le Prince des marées
Le Grand Santini

COURTENAY Bryce
La Puissance de l'Ange

CUNNINGHAM Michael
La Maison du bout du monde
Les Heures
De chair et de sang
Le Livre des jours

DORRESTEIN Renate
Vices cachés
Un cœur de pierre
Sans merci
Le Champ de fraises
Tant qu'il y a de la vie

DUNANT Sarah
La Courtisane de Venise
Un cœur insoumis

DUNMORE Helen
Un été vénéneux
Ils iraient jusqu'à la mer
Malgré la douleur
La Faim
Les Petits Avions de Mandelstam
La Maison des orphelins

EDELMAN Gwen
Dernier refuge avant la nuit

ELTON Ben
Nuit grave
Ze Star

FERRARIS Zoë
La Disparue du désert

FEUCHTWANGER Lion
Le Juif Süss

FLANAGAN Richard
La Fureur et l'Ennui
Désirer

FREY James
Mille morceaux
Mon ami Leonard

FROMBERG SCHAEFFER Susan
Folie d'une femme séduite

FRY Stephen
L'Hippopotame
Mensonges, mensonges
L'Île du Dr Malo

GALE Patrick
Chronique d'un été
Une douce obscurité
Tableaux d'une exposition
Jusqu'au dernier jour

GARLAND Alex
Le Coma

GEE Maggie
Ma bonne

GEMMELL Nikki
Les Noces sauvages
Love Song

GILBERT David
Les Normaux
Les Marchands de vanité

GUSTAFSSON Lars
La Mort d'un apiculteur

HAGEN George
La Famille Lament
Les Grandes Espérances du jeune Bedlam

HOMES A. M.
Mauvaise mère

HOSSEINI Khaled
Les Cerfs-volants de Kaboul
Mille soleils splendides

JOHNSTON Jennifer
Petite musique des adieux
Ceci n'est pas un roman
De grâce et de vérité
Un Noël en famille

JONES Kaylie
La fille d'un soldat ne pleure jamais
Dépendances

JORDAN Hillary
Mississippi

KAMINER Wladimir
Musique militaire
Voyage à Trulala

KANON Joseph
L'Ultime Trahison
L'Ami allemand
Alibi

KENNEDY Douglas
La Poursuite du bonheur
Rien ne va plus
Une relation dangereuse
L'homme qui voulait vivre sa vie
Les Désarrois de Ned Allen
Les Charmes discrets de la vie conjugale
Piège nuptial
La Femme du Ve
Quitter le monde

KLIMKO Hubert
La Maison de Róża
Berceuse pour un pendu

KNEALE Matthew
Les Passagers anglais
Douce Tamise
Cauchemar nippon
Petits crimes dans un âge d'abondance
Maman, ma sœur, Hermann et moi

KOCH Herman
Le Dîner

LAMB Wally
Le Chant de Dolorès
La Puissance des vaincus
Le Chagrin et la Grâce

LAWSON Mary
Le Choix des Morrison
L'Autre Côté du pont

LEONI Giulio
La Conjuration du Troisième Ciel
La Conspiration des miroirs
La Croisade des ténèbres

LI Yiyun
Un beau jour de printemps
Un millier d'années de bonnes prières

LISCANO Carlos
La Route d'Ithaque
Le Fourgon des fous
Souvenirs de la guerre récente
L'Écrivain et l'Autre

LOTT Tim
Frankie Blue
Lames de fond
Les Secrets amoureux d'un don Juan
L'Affaire Seymour

MADDEN Deirdre
Authenticité

MARCIANO Francesca
L'Africaine
Casa Rossa
La Fin des bonnes manières

MATTHEWS Owen
Les Enfants de Staline

MCCANN Colum
Danseur
Les Saisons de la nuit
La Rivière de l'exil
Ailleurs, en ce pays
Le Chant du coyote
Zoli
Et que le vaste monde poursuive sa course folle

MCCOURT Frank
Les Cendres d'Angela
C'est comment l'Amérique ?
Teacher Man, un jeune prof à New York

MCGARRY MORRIS Mary
Mélodie du temps ordinaire
Fiona Range
Un abri en ce monde
Une douloureuse absence
Le Dernier Secret

MERCURIO Jed
La Vie sexuelle d'un Américain sans reproche

MILLS Jenni
Le Murmure des pierres

MORTON Brian
Une fenêtre sur l'Hudson
Des liens trop fragiles

MURAKAMI Haruki
Au sud de la frontière, à l'ouest du soleil
Les Amants du Spoutnik
Kafka sur le rivage
Le Passage de la nuit
La Ballade de l'impossible
L'éléphant s'évapore
Saules aveugles, femme endormie
Autoportrait de l'auteur en coureur de fond
Sommeil

NICHOLLS David
Un jour

O'DELL Tawni
Le Temps de la colère
Retour à Coal Run
Le ciel n'attend pas
Animaux fragiles

O'FARRELL Maggie
Quand tu es parti
La Maîtresse de mon amant
La Distance entre nous
L'Étrange Disparition d'Esme Lennox
Cette main qui a pris la mienne

OWENS Damien
Les Trottoirs de Dublin

PARLAND Henry
Déconstructions

PAYNE David
Le Dragon et le Tigre : confessions d'un taoïste à Wall Street
Le Monde perdu de Joey Madden
Le Phare d'un monde flottant
Wando Passo

PEARS Iain
Le Cercle de la Croix
Le Songe de Scipion
Le Portrait
La Chute de John Stone

PENNEY Stef
La Tendresse des loups

RADULESCU Domnica
Un train pour Trieste

RAVEL Edeet
Dix mille amants
Un mur de lumière

RAYMO Chet
Le Nain astronome
Valentin, une histoire d'amour

ROBERTIS Carolina De
La Montagne invisible

ROSEN Jonathan
La Pomme d'Ève

SANSOM C. J.
Dissolution
Les Larmes du diable
Sang royal
Un hiver à Madrid
Prophétie

SAVAGE Thomas
Le Pouvoir du chien
La Reine de l'Idaho
Rue du Pacifique

SCHWARTZ Leslie
Perdu dans les bois

SEWELL Kitty
Fleur de glace

SHARPE Tom
Fumiers et Cie
Panique à Porterhouse
Wilt 4
Le Gang des mégères inapprivoisées ou Comment kidnapper un mari quand on n'a rien pour plaire

SHREVE Anita
Le Poids de l'eau
Un seul amour
La Femme du pilote
Nostalgie d'amour
Ultime rencontre
La Maison du bord de mer
L'Objet de son désir
Une lumière sur la neige
Un amour volé
Un mariage en décembre
Le Tumulte des vagues
Une scandaleuse affaire

SHRIVER Lionel
Il faut qu'on parle de Kevin
La Double Vie d'Irina
Double faute

SMITH Tom Rob
Enfant 44

SOLER Jordi
Les Exilés de la mémoire
La Dernière Heure du dernier jour
La Fête de l'Ours

SWARUP Vikas
Les Fabuleuses Aventures d'un Indien malchanceux qui devint milliardaire
Meurtre dans un jardin indien

TOLTZ Steve
Une partie du tout

TSIOLKAS Christos
La Gifle

ULINICH Anya
La Folle Équipée de Sashenka Goldberg

Unsworth Barry
Le Nègre du paradis
La Folie Nelson

Vallejo Fernando
La Vierge des tueurs
Le Feu secret
La Rambla paralela
Carlitos qui êtes aux cieux

Vreeland Susan
Jeune fille en bleu jacinthe

Watson Larry
Sonja à la fenêtre

Weisgarber Ann
L'Histoire très ordinaire de Rachel Dupree

Wells Rebecca
Fleurs de Ya-Ya

West Dorothy
Le Mariage

Wingfield Jenny
Les Ailes de l'ange

Zhang Xianliang
La mort est une habitude
La moitié de l'homme, c'est la femme

Zweig Stefan
Le Monde d'hier. Souvenirs d'un Européen

Composé par Nord Compo Multimédia
7, rue de Fives, 59650 Villeneuve d'Ascq

Cet ouvrage a été imprimé par
CPI Firmin Didot à Mesnil-sur-l'Estrée
en mai 2011

Dépôt légal : mai 2011
N° d'impression : 105015
Imprimé en France